Nacht

EDGAR HILSENRATH

Nacht

EULE DER MINERVA

Homepage des Autors:
www.hilsenrath.de

Homepage des Verlags:
www.euledeminerva.de

Homepage zum Werk:

Nacht
http://dx.doi.org/10.4444/10.1.de

Copyright © 1964 Freundeskreis Edgar Hilsenrath e. V.

Eule der Minerva Verlag
An Imprint of Owl of Minerva Press GmbH
Berlin 2016

doi: 10.4444/10.1.de
ISBN 978-3-943334-31-9 (Hardcover)
ISBN **978-3-943334-51-7** (Paperback)

Ich habe dich einen kleinen Augenblick verlassen, aber mit großer Barmherzigkeit will ich dich sammeln.

Jesaja 54, 7

Meiner Mutter

Nach dem Fall von Odessa nahmen die deutschen Truppen östlich des Bug Stellung und überließen den verbündeten Rumänen den gesamten westlichen Abschnitt zwischen Dnjestr und Bug zur Okkupation und Verwaltung. Das Gebiet wurde »Transnistria« genannt. Kurz darauf, im Oktober 1941, begannen die Rumänen, auf Befehl des Marschalls Antonescu, mit der systematischen Aussiedlung der Juden in den rumänischen Provinzen Bukowina, Bessarabien und der nördlichen Moldau. Die Transporte wurden in das eroberte Gebiet von Transnistria abgeschoben oder, wie es in manchen Berichten hieß: »den rumänischen Osten«. Die meisten der Verschickten wurden nie wieder gesehen.

Erster Teil

1

Der Mann war leise eingetreten ... so leise, als hätte er Angst, die Toten zu wecken. Im Zimmer herrschte Halbdunkel. Allmählich gewöhnten sich seine Augen daran, und die Umrisse der langen Schlafpritsche wurden deutlicher.

Da lagen sie. Die meisten waren im Lauf der Woche an Flecktyphus gestorben; einige Leute atmeten noch, aber waren zu kraftlos, um sich zu bewegen. Hinten, in der äußersten Ecke, dicht unter dem scheibenlosen Fenster, war ein einziger leerer Platz; der gehörte ihm.

Eine Weile fingerte er nervös an seiner Jacke herum, an der Stelle, wo der schmutziggelbe Judenstern hing; der Stern hatte sich etwas losgelöst, und er hakte ihn jetzt wieder fest.

Warum war er wieder nach Hause gekommen? Das war ja vollkommen verrückt! Nein, heute nacht konnte er nicht mehr hierbleiben; hier war schon alles verseucht; er mußte sich irgendwo anders nach einer Schlafstelle umsehen.

Seine Blicke wanderten zu dem eisernen Herd, auf dem noch ein Kessel Wasser stand und ein leerer, verkrusteter Eßnapf ... und weiter ... zu der halboffenen Tür, hinter der ein Stück nasse Straße wie ein Ausschnitt der verregneten Stadt sichtbar war. Er ging wieder auf die Tür zu, aber als er die Klinke in seiner Hand hielt, fiel ihm plötzlich etwas ein, und so drehte er sich nochmals um und schlurfte zurück.

»Nathan«, sagte er heiser, »ich muß dich um einen letzten Gefallen bitten.«

Nathan gab keine Antwort. Der Mann starrte nachdenklich auf die Füße des Toten, die mit Fußlappen und Bindfaden umwickelt waren, wie seine eigenen. Die Bindfäden sind noch gut, dachte er, nicht so zerfranst wie deine; die Lappen sind zwar nicht viel wert, aber sie sind wenigstens trocken, und man kann sie zum Wechseln benützen. Er überlegte nicht lange. Er knotete die Bindfäden auf und steckte sie ein. Dann wickelte er die Lappen von den starren, krähenartig gespreizten Füßen und ließ auch sie in seinen Taschen verschwinden. Er tat das ohne Widerwillen. Nathan war sein bester Freund gewesen, und es war nur zu natürlich, daß er ihn beerbte. Bevor er ging, nahm er den Hut des Toten und stülpte ihn sich auf den Kopf, während er seinen alten achtlos auf den Boden fallen ließ.

»Sei nicht bös, Nathan«, sagte er, »sei nicht bös, daß ich auch den Hut …, aber meiner ist nicht mehr wasserdicht.« Er grinste leicht, blickte nicht mehr hin und ging.

Die Straße war verödet. Der Regen und die Abenddämmerung mußten die Menschen vertrieben haben … oder war es nur die Angst? Es wird die Angst sein, dachte der Mann. Seine Lippen, die eben erst gegrinst hatten, schlossen sich wieder, und sein Gesicht wurde auf einmal hart.

Er hatte ein völlig verwahrlostes Gesicht, in dem Hunger und Not erbarmungslos gewühlt hatten. Er drückte den zu großen fremden Hut jetzt tiefer in die Stirn; seine Hosen, die mit einem Eisendraht verschnürt waren, band er fester zu; er hatte kein Hemd an, und seine eingefallene Brust schaute grau und haarig unter der zerfetzten Jacke hervor. Wie kalt es noch immer ist, dachte er schaudernd. Diesmal ließ der Frühling lange auf sich warten. Dabei war es schon März ... März 1942.

Als er das Haus verlassen hatte, war er links abgebogen und dann einfach geradeaus gegangen. Er hätte auch rechts abbiegen können; es wäre egal gewesen, denn er hatte keine Ahnung, wohin er jetzt ging. Er wußte nur, daß er heute nacht irgendwo landen würde, irgendwo landen mußte, wo vier Wände waren und ein Dach.

Im Prokower Getto sahen die meisten Straßen gleich aus. Der Krieg hatte nicht viel übriggelassen ... ein paar vereinzelte Häuser ... und sonst ... nur die langen Reihen schwarzgefleckter, hohläugiger Ruinen. Prokow war eine ukrainische Stadt am Ufer des Dnjestr, die nach dem Abzug der Roten Armee von rumänischen Truppen besetzt worden war. Im Getto wohnten jetzt meistens deportierte rumänische Juden, aber es gab auch noch andere, ein paar Überlebende der alten jüdischen Gemeinde von Prokow, die schon immer hier gewohnt hatten, und auch Juden aus der Umgebung der Stadt. Die Ukrainer waren fortgezogen, als das Getto errichtet wurde; sie hatten nicht viel in den Trümmerfeldern zu verlieren; die Behörden hatten ihnen leere Wohnquartiere in den vom Krieg zum Teil noch unbeschädigten Vierteln im Norden und Süden von Prokow zugewiesen; viele von ihnen waren auch weitergezogen und hatten sich in alle Windrichtungen zerstreut.

Der Mann war unter den ersten gewesen, die nach der Ukraine verschleppt wurden. Er war schon seit Oktober einundvierzig hier und hatte noch die Geburtsstunde des Prokower Gettos erlebt. Er erinnerte sich, daß hier, am Anfang, alles noch leichter gewesen war als heute. Denn damals war das Getto noch nicht so überfüllt. Damals hatte es unter den Einwohnern nur den verzweifelten Kampf um ein Stück Brot gegeben; erst später, als immer wieder neue Menschentransporte aus Rumänien ankamen, fing auch der Kampf um eine Schlafstelle an, der ebenso erbittert und rücksichtslos ausgefochten wurde und ebenso wichtig war.

Er ging jetzt sehr langsam. Er wäre gern schneller gegangen, aber er war zu müde und zu schwach, und seine Beine wollten nicht mehr richtig mitmachen. Das Straßenbild wurde zusehends verwischter. Ihm schien, als hätten sich die Schattenflügel eines großen Totenvogels herabgesenkt, die den Schlamm und die Ruinen allmählich zudeckten. Die abgebrannten Mauerstümpfe am Rand der Straße lachten den fahlen Himmel lautlos an. Zuweilen sah er einen Toten im Schlamm liegen, und er dachte daran, daß der andere Pech gehabt hatte. Er dachte daran, ohne etwas anderes dabei zu empfinden als den leisen Triumph, daß er es nicht war, der dort lag ... daß er noch gehen konnte, wenn er jetzt auch nicht wußte, wohin.

Für einen Augenblick sah er auf. Ein einzelner Pferdewagen kam durch den Regen auf ihn zu. Der Kutscher lag unter der dicken Plane versteckt. Das Pferd tappte wie blind, ohne Führung, vorwärts. Es war ein sehr mageres Pferd, dem die Rippen, wie die Sprossen einer Leiter, aus dem Bauch staken.

Er ließ das Fuhrwerk vorbei. Dann überquerte er die Straße.

2

Die Frau folgte ihm schon eine ganze Weile, aber er drehte sich nicht um. Jetzt hörte er wieder die tapsenden Schritte hinter sich auf dem regenfeuchten Pflaster.

Sie scheint auch nicht mehr ganz sicher auf den Beinen zu stehen, dachte er gleichgültig. Die Frau mußte ihn beobachtet haben, als er die Straße überquerte; sie stand, an eine Hausmauer gelehnt, unter einem tiefen Dachvorsprung und hatte ihn angesprochen, als er an ihr vorbei wollte.

An ein paar Wortfetzen erinnert er sich noch: Tauschmittel ... Mantel ... einen guten Mantel ... fast neu ... für eine Schlafstelle ... nur für eine Schlafstelle. Er war nicht lange bei ihr stehengeblieben.

In Gedanken tauchte wieder das verängstigte Gesicht vor ihm auf. Es ist immer dasselbe, dachte er verstimmt. Die Frau war obdachlos und wollte jemandem die Schlafstelle im Massenquartier abkaufen. Sie hatte Angst vor den Razzien. Er wußte, daß sie alles hergeben würde, um heute nacht nicht auf der Straße bleiben zu müssen. Wenn man Angst hat, geizt man nicht. Er lachte kurz auf. Er hatte ihr vorhin klarzumachen versucht, daß er selbst obdachlos sei, doch es war, als hätte sie seine Einwände gar nicht gehört oder als könnte sie einfach nicht begreifen.

Sie hing wie eine Klette an seinen Fersen. Nach einer Weile blickte er verstohlen zurück, aber er sah sie nun nicht mehr, denn sie war weit hinter ihm zurückgeblieben. Die Dämmerung hatte sie verschluckt. Er war froh, daß er sie abgeschüttelt hatte, und vergaß den Vorfall bald.

Er kam jetzt nur schwerfällig vorwärts. Stellenweise zog sich der Schlamm des Fahrwegs bis über den Rand des rissigen Trottoirs, und wenn er aus Versehen hineinpatschte, lief er jedesmal Gefahr, seine Fußlappen zu verlieren. Er legte noch ein Stück Wegs zurück, ehe er wieder in die trottende Gangart verfiel, weil ihm plötzlich übel wurde und das Schwächegefühl in den Kniekehlen mehr und mehr zunahm.

An der nächsten Straßenecke blieb er stehen, um sich zu sammeln. In seinem Schädel war eine sonderbare Leere. Für den Bruchteil einer Sekunde entstand vor seinen Augen die Illusion eines flaumigen Maisbreis, und ihm lief das Wasser im Mund zusammen; dann zerrann das Bild allmählich, und er stand eine Zeitlang über eine Pfütze gebeugt und versuchte zu brechen.

Als der Anfall vorüber war, begann er wieder zu gehen.

Er wollte noch unterkommen, ehe das Ausgehverbot in Kraft trat. Der Gedanke an die Nacht – die blankgefegten, unbeleuchteten Straßen des Prokower Gettos und das Einsetzen der Razzien – wirkte jetzt wie starker Kaffee, peitschte seine Energien wieder auf und hetzte ihn vorwärts. Es kam ihm auch plötzlich vor, als riefe irgendjemand seinen Namen. »Ranek!« rief die Stimme. »Ranek! Ranek!« Es war wie eine Warnung; sie kam mit dem Flüstern des Sprühregens, sie kam aus dem glucksenden Schlamm der Straße. Vielleicht ist das Mutter, dachte er, oder sie ist's auch nicht, verflucht noch mal. »Du hast es bis jetzt immer geschafft«, murmelte er im Selbstgespräch, »du wirst es wieder schaffen.« Aber ihm fiel kein Schlafquartier ein, das ihn aufnehmen würde. Er hatte es gestern schon in mehreren ergebnislos versucht.

In einem hatte er vor längerer Zeit mal gewohnt. Das Haus, das damals einem Russen gehörte, war allgemein unter dem Namen »Nachtasyl« bekannt, weil die Leute, die im großen Raum schliefen, für dieses Vorrecht 10 Kopeken pro Nacht zahlen mußten. Es war gut dort gewesen, gut und warm. Eines Tages wurde die Bude ausgehoben. Er selbst hatte Glück gehabt, weil er zufällig nicht da war. Seitdem hatte er sich nicht mehr in der Gegend blicken lassen. Inzwischen waren neue Leute eingezogen; sie wohnten jetzt kostenlos, da der Besitzer deportiert worden war. Jetzt wäre er gern dorthin zurückgekehrt, aber er wußte, daß es keinen Sinn hatte, denn sein Schlafplatz war ja längst wieder besetzt worden.

Vom Dnjestr wehte ein scharfer Wind herüber, der ihm unter die Fetzen seines Anzugs griff und ihn wie einen Ballon aufbauschte. Unweit tauchten die unklaren Konturen einer Brücke auf, sichtbar durch den Mauerriß eines abgebrannten Hauses. In der Nähe des Flusses hing der Nebel stets dichter über der Straße. Hier fing der östliche Teil der Ruinenstadt an; drüben, hinter den Nebelschwaden, lagen der Basar und die lange Straße der Puschkinskaja, das Herz der Stadt, das am Tag lebhaft schlug, aber immer beim Einbruch der Nacht erstarb. In der Nähe des Basars auf einer Anhöhe befand sich eine stillgelegte Fabrik … dann kam der kahle Park, dessen Rasen sie zertrampelt hatten, der Park mit den abgesägten Bäumen und den Bänken ohne Lehnen.

Wieder lagen zwei am Rand des Gehsteigs, und von ihnen strahlte eine sonderbare Ruhe aus; ihre Gesichter waren grau getüncht … wie das Gesicht der Straße. Während er vorüberging, hatte er das Gefühl, daß sie ihn anglotzten. Im Dunkel eines Hausflurs sah er einige bewegungslose Körper; da das abgerissene Haustor auf der Straße lag, vermochte er bis zur Treppe zu sehen; auch dort lagen Tote; anscheinend hatte man sie für die Nacht provisorisch aufgestapelt. Er kam an einem anderen Haus vorbei, an dem nur ein halbes Dach fehlte, das aber sonst noch gut erhalten war; es war von grellroter Farbe; jetzt, im Regen, wirkte es rostbraun. Hinter einem Fenster, im ersten Stock, zeichneten sich die Schattenrisse der Einwohner ab, und der flüchtige Eindruck begleitete ihn diesmal länger als sonst. Vielleicht kochte dort drinnen, in diesem Moment, gerade jemand Suppe, und die Leute standen gierig um den Kessel herum, wieder andere schnarchten vielleicht bereits oder lagen unruhig auf der Schlafpritsche und warteten. Er dachte an den Duft, der aus dem Kessel stieg und sich mit dem sauren Schweiß-geruch all der Menschen vermischte, und etwas wie Sehnsucht überkam ihn.

Aus einer Seitenstraße drang das Grölen betrunkener rumänischer Soldaten herüber, wurde dann schwächer und verklang. Instinktiv hatte sich sein Rücken gekrümmt. Plötzlich brannte auch wieder die Narbe auf seinem Hinterkopf. Er griff mit der Hand an die Stelle und rieb daran, und dabei fiel ihm jener Tag ein, als er zum erstenmal in seinem Leben mit dem Knüppel geschlagen wurde. Eine flüchtige Erinnerung stieg in ihm auf, wie ein Blitzlicht, sekundenweise klar, dann plötzlich verlöschend … Wie sie ihn damals im Morgengrauen aus dem Bett holten. Er sah sich selbst wieder, schlaftrunken auffahrend und auf die Tür starrend, von der sich langsam die gedunsene Gestalt des Sergeanten löste und auf ihn zukam. Erst dann sah er im fahlen Licht noch drei andere fremde Männer. Als sie ihn aus dem Zimmer schleiften, klingelte gerade der Wecker, den er am Abend vorher gestellt hatte.

Er kramte in der Tasche seiner Jacke herum und wollte etwas Ersatztabak hervorholen, aber irgendwie spürte er jetzt Wider-willen gegen das schwarze, stinkende Zeug.

Die Straße machte nun eine starke Biegung nach rechts. Als er erneut Umschau hielt, bemerkte er, daß die Gegend allmäh-lich lauter wurde, je näher er dem Basar kam. Überall standen noch vereinzelte Gruppen flüsternder Männer herum, die in später Stunde Geschäfte abschlossen. Er stieß auf eine Schar kahlköpfiger Kinder, die im Regen herumsprangen und Fangball mit Papierknäueln spielten und die ihm einige Male zwischen die Beine rannten. Aus einem Hinterhof tönten die abgerissenen Klänge einer Mundharmonika. Hoch über ihm wurde ein Fenster aufgerissen. Er hörte eine zankende Frauenstimme und das Plärren eines Säuglings ... und dann kam es ihm vor, als ob von dort oben jemand auf die Straße pißte.

Erst jetzt bemerkte er die langen, dumpfen Menschenreihen auf der anderen Seite des Fahrwegs. Es waren Obdachlose. Das wenige Gepäck und ein paar lose Ballen Bettzeug lagen auf der Straße. Wenn die Razzien anfangen, werden sie weggewischt, dachte er ... weggewischt, wie der Kehricht vom Besen der Straßenkehrer; morgen früh wird man nichts mehr sehen. Er spürte heftiges Darmjucken. Daß einem so was in die Hosen geht, dachte er, dabei hat man's schon so oft gesehen. Man gewöhnt sich nicht daran.

Vor ihm wuchs jetzt ein klobiger Schatten auf: das demolierte Lenindenkmal; es stand mitten auf dem Trottoir, ein Kennzeichen dieser Straße. Er dachte jetzt intensiver daran, in einem der Häuser Unterschlupf zu finden, ehe es zu spät wurde. Sollte er es doch noch einmal in seiner alten Wohnung versuchen ... im Nachtasyl? Vielleicht ließen die Leute mit sich reden? Irgendwo in dem großen Saal mußte doch noch ein Fleckchen Raum für ihn sein. Oder würden sie ihn nicht mal zur Tür hereinlassen? Niemand kannte ihn. Oder doch? Angeblich waren Kanner und Rosenberg wieder dort; das waren alte Kumpane. Wenn sie ein Wort für ihn einlegen würden? Seine Gedanken kreisten hartnäckig um den Plan, doch er konnte keinen Entschluß fassen, weil er plötzlich abgelenkt wurde.

Seine Aufmerksamkeit galt einem Toten, der ihm auffiel, weil er von den Leuten der Straße nicht völlig ausgeplündert worden war; er hatte noch ein Paar Hosen an, und nur sein Oberkörper und seine Füße waren nackt. Der Tote lag im Rinnstein, einige Schritte von dem kaputten Denkmal entfernt; seine Arme weit von sich gestreckt, den Mund sperrweit aufgerissen, machte er den Eindruck, als wollte er noch einmal schreien. Unweit lag ein Spazierstock. »Ranek«, sagte sich der Mann, »das hier ist was für dich.« Hastig blickte er sich um, doch keiner der Vorübergehenden schien sich um ihn zu kümmern. Er kniete jetzt neben dem Toten nieder und untersuchte die Hosen. Sie waren zerfetzt und besudelt. Kein Wunder, daß man sie ihm gelassen hatte; sonst war man hier nicht so großzügig. Er durchstöberte die Taschen. Einmal, dann noch einmal. Enttäuscht wollte er schon aufgeben, als er plötzlich etwas fand: eine halbausgerauchte, zerdrückte rumänische Zigarette.

Er stand auf. Er eilte nicht weiter. Er zündete den Stummel mit zitternden Fingern an. Reg dich ab, dachte er ... Mensch, reg dich doch ab; mal erst in Ruhe rauchen; auf die paar Minuten kommt's schließlich nicht an.

Allmählich überkam ihn ein seltsames Wohlgefühl, denn es war schon sehr lange her, daß er die letzte, wirkliche Zigarette geraucht hatte. Seit jenem Tag, als seine Welt wie ein Kartenhaus zusammenstürzte, gab es für ihn nur schwarzen Tabak aus Abfällen, in Zeitungspapier gewickelt.

Je mehr die Dämmerung fiel, desto trostloser sah die Straße aus.

3

Die Frau kam jetzt zögernd näher. Sie ging schwankend wie eine Betrunkene. Ihr Gesicht war erschreckend ausdruckslos.

Ranek spuckte ärgerlich aus; er war nicht gerade begeistert darüber, daß sie ihn doch eingeholt hatte, und er tat jetzt, als hätte er sie nicht bemerkt. Inzwischen war seine Zigarette naß geworden und drohte auszugehen; schnell klebte er ein Stückchen Zeitungspapier darauf, und sie begann wieder zu glimmen.

Ranek wußte nicht, ob es die Frau noch auf ihn abgesehen hatte und ihn wieder belästigen würde oder ob diese zweite Begegnung zufällig war. Als sie aber jetzt beim Denkmal stehenblieb und ihn abwartend beobachtete, trat er wütend auf sie zu und packte sie derb an. »Verflucht, den Trick kenn' ich«, schnauzte er, »sich einem so lange an den Hals hängen, bis man ihn weichkriegt, was?«

Die Frau starrte ihn wortlos an.

»Warum gehen Sie mir noch immer nach? Warum, verflucht noch mal?« Er begann sie heftig zu schütteln; sie schwankte völlig widerstandslos in seinen Armen wie eine Stoffpuppe.

»Was wollen Sie denn von mir? Ich habe keine Schlafstelle, verstanden! Ich hab's Ihnen doch schon mal gesagt!«

»Sie lügen«, sagte die Frau jetzt stockend. »Ich hab' Sie genau beobachtet. Sie sehen so aus ... wie einer ..., der jetzt nach Hause geht. Sie haben noch ein Zuhause! Ich weiß es.«

»So! Sie scheinen das ja genau zu wissen!« Ranek lachte wütend. »Sie glauben wohl, daß Sie alles kaufen können«, sagte er dann mühsam beherrscht, »auch ein Menschenleben, nicht wahr?«

Die Frau japste und starrte ihn nur immerfort an.

»Falls ich wirklich einen Schlafplatz hätte«, sagte er, »glauben Sie, daß ich ihn für Ihren dreckigen Mantel hergeben würde? Und daß ich Ihretwegen auf die Straße gehe und mich schnappen lasse, damit Sie Ihren Arsch in meinem Bett wärmen können?«

»… den Mantel …, den können Sie doch für Lebensmittel umtauschen«, sagte sie tonlos.

»Interessiert mich nicht«, sagte er.

»Sie könnten ihn doch eintauschen! Sie könnten ihn doch eintauschen!« Stotternd wiederholte sie immer dasselbe.

Ranek lockerte seinen Griff. Er wollte ihr jetzt nochmals ihren Irrtum klarmachen und ihr wieder sagen, daß er selbst nicht wußte, wo er heute nacht den Kopf hinlegen sollte, aber er unterließ es, weil er es für zwecklos hielt. Ein einziger Gedanke schien sie vollkommen zu beherrschen. Sie hatte wohl schon vorher andere angeredet, und die Aussichtslosigkeit schien sie verwirrt zu haben. Er kannte das. Mit seiner Geduld am Ende, wollte er sie schon von sich stoßen und weitergehen, aber plötzlich fühlte er, durch den dünnen Mantel, daß sie rundlich war, ganz im Gegensatz zu den ausgemergelten Frauen des Gettos.

»Noch nicht lange hier?« fragte er verblüfft.

»Seit heute morgen erst«, sagte sie zögernd.

Er lächelte. »Sind Sie eine von dem abgekuppelten Transport aus Czernowitz?«

»Ja.«

»Wo sind Ihre Koffer?« forschte er weiter.

»Keine Koffer«, sagte sie, »keine Zeit gehabt, einzupacken.« Ihre Stimme klang heiser wie vom Schnaps.

»Müde?« grinste er. Sie nickte.

»Nichts zu fressen, wie?«

»Nicht nur davon«, sagte sie, »aber wenn man den ganzen Tag

auf Wohnungssuche ist …« Dann fragte sie plötzlich: »Wohin laufen all diese Leute?« und sie deutete mit dem Kopf in die Richtung, wo sich der Haufen Mensch und Gepäck die Straße hinunterbewegte.

»Wahrscheinlich zum Flußufer«, sagte Ranek gleichgültig, »irgendwo müssen sie sich doch verstecken. Heute nacht wird man sie alle zusammenraffen und zum Bug transportieren … zum Erschießen. Es gibt hier wieder zuviel Obdachlose.«

Die Frau blickte ihn wieder mit ihren erloschenen Augen an. »Bug …«, flüsterte sie, als wüßte sie nicht, was das sei.

»Der Bug ist ein Fluß«, sagte er, »wie der Dnjestr, der hier fließt, ein Fluß weiter im Osten.«

»Warum erschießt man die Leute nicht hier?« fragte sie. »Warum schleppt man sie für diesen Zweck so weit weg?«

»Woher soll ich das wissen?« sagte er. »Sie stellen dumme Fragen.«

Er ließ sie nun los und schob seinen Hut nachlässig ins Genick. Als er einige Schritte weitergegangen war, drehte er sich nochmals um und sagte: »Die Razzien werden bald losgehen; sehen Sie zu, ein Dach überm Kopf zu finden. Ich werde das Gleiche tun. Aber rechnen Sie nicht auf mich.«

»Ich rechne auf niemanden mehr«, sagte sie.

»Sie pochen auf Ihr Geld, nicht wahr?«

»Geld?« hauchte sie.

»Dann eben auf Ihren Mantel«, feixte er, »ist ein verdammt guter Mantel.«

Die Frau nickte wieder.

»Ein Mantel bedeutet Brot und Mais«, sagte er ironisch.

Die Frau lächelte schief.

»Es gibt immer noch irgendwo ein paar Trottel, die selbst

ihre Haut für diesen Preis verkaufen würden«, sagte er, »es bleibt Ihnen bloß keine Zeit mehr, sie zu finden.«

»Wegen der Nacht?« flüsterte sie.

Er grinste hämisch. Aber plötzlich sah er, wie die Hände der Frau ins Leere griffen. Er trat schnell auf sie zu und hielt sie fest. »Dummheiten!« sagte er roh und zeigte auf den Straßenschlamm. »Wenn sich ein jeder einfach da hineinschmeißen würde, wo käme man da hin! Reißen Sie sich doch zusammen!«

Ihr Gesicht hatte sich verändert. Es war vor Angst völlig verzerrt und wirkte im Halbdunkel der Straße wie eine Fratze. Die Frau hatte ihre Fingernägel in seiner zerschlissenen Jacke festgekrallt; ihr Körper zuckte wie unter Peitschenhieben.

Er fluchte überrascht. Da er einen Nervenschock vermutete, ließ er nicht locker und umspannte ihre Hände wie mit einem Stahlring. Sie standen ineinander verkrampft. Er war der Anstrengung nicht gewachsen, und eine wieder eintretende, sekundenlange Blutleere im Kopf machte ihn benommen. Die Straße begann langsam auf und ab zu wippen. Das Lenindenkmal, der Spazierstock, das starre Gesicht des Toten im Rinnstein und die entsetzte Fratze der Frau dicht vor seinem eigenen Gesicht, all das verschwamm, verschmolz ineinander, wurde zu einem bunten Zerrbild, übertüncht mit dem grauen Hintergrund von Schlamm und Regen.

Es ging rasch vorbei, und er sah wieder klar. Während der Zuckungen waren seine Hände unwillkürlich unter ihren Mantel gekommen; er hatte sie dort gelassen. Sie war ihm so nah, daß er ihre Ausdünstung spürte; das war ganz anders als der Geruch der Schlafsäle, der Latrinen und der Verwesung. Obwohl er keine Gier dabei empfand, tastete er dann langsam unter das Hemd, unter den Büstenhalter der Frau. Eine Weile hielt er ihre weichen, vollen Brüste in seinen Händen.

Die Frau machte sich jetzt frei. »Geben Sie mir eine Zigarette«, sagte sie nur. Ihre Stimme war noch immer so tonlos und heiser.

Ranek holte etwas von dem schwarzen Zeug hervor, schüttete es in Zeitungspapier, spuckte darauf und rollte die Zigarette. »Nehmen Sie das da«, sagte er.

Inzwischen hatte sich auch hier die Straße geleert und gähnte vor ihnen naß und abgrundlos. In irgendeinem Hof balgte sich ein Katzenpaar, und es klang wie das Weinen kleiner Kinder. Er gab ihr Feuer und musterte sie nun zum erstenmal aufmerksam. Trotz des trüben Lichtes entging ihm nicht, wie gut sie angezogen war.

»Man sieht, daß sie noch grün sind«, sagte er grinsend; »seltsamer Einfall das … in Seidenstrümpfen ins Getto zu kommen. Werden Sie kaum lange tragen können.«

Die Frau antwortete überhaupt nicht; sie rauchte nervös, in hastigen Zügen. Ranek hatte seine Stirn in Falten gezogen; er wollte es nochmals im Nachtasyl versuchen; irgendwie war sein Entschluß gereift … wie stets in letzter Minute.

»Ich gehe jetzt«, sagte Ranek bestimmt.

Die Frau machte ein paar taumelnde Schritte auf ihn zu. »Ich kann doch nicht hierbleiben … allein … auf der Straße … die Razzien. Was soll ich machen?«

»Heute muß jeder zuerst an sich selbst denken«, sagte er kalt, »es ist das Gesetz unserer Zeit.«

Ranek ging weiter.

Ein wenig später vernahm er wieder das unregelmäßige Klopfen ihrer Absätze. Es ist die Angst, dachte er; die Frau folgt dir nur noch automatisch; vielleicht weiß sie es nicht einmal. Am liebsten hätte er sie mit Drohungen fortgejagt, weil sie ihm bei seinem Vorhaben nur hinderlich sein konnte, doch er tat es nicht und schritt bloß schneller vorwärts.

4

Es war bereits Nacht, als er anlangte. Weit und breit war kein Mensch zu sehen. Jenseits des Straßengrabens erkannte er jetzt die sanft aufwärts laufende Böschung, die oben in einem Stacheldraht endete; es war ein rostiger, durchhauener Stacheldraht, der noch aus der Zeit stammte, als die Stadt angegriffen wurde, und der heute zu nichts anderem mehr gut war, als den Leuten, die über die Böschung kletterten, die Hosen zu zerreißen. Dahinter erstreckte sich das Gelände eines zerstörten Bahnhofs. Die Leute nannten ihn den alten Bahnhof, denn es gab bereits wieder einen neuen in der Nähe des Stadtparks. Ranek wußte, daß auf den zerrissenen Schienensträngen zwei unbrauchbare Waggons standen, in denen Menschen hausten, aber da sein Entschluß bereits gefaßt war, dachte er jetzt nicht daran, dort Herberge zu suchen. Eisenbahnwagen waren nicht nach seinem Geschmack. Nein, dachte er, verdammt, davon hat unsereins genug gehabt. Er hustete und spuckte wieder aus. Er tastete sich langsam vorwärts. Seitwärts ragte eine verbogene Telegrafenstange aus dem Dunkel. Vor ihm tauchte die Silhouette eines Zaunes auf; der Zaun war schadhaft und wies stellenweise Löcher auf. Ranek trat hindurch und befand sich in einem Hof, in dessen Hintergrund sich die Umrisse einer einsamen Ruine abhoben. »Das Nachtasyl«, flüsterte er, »… endlich.«

Das Nachtasyl war das einzige Haus in der Straße, dessen

Reste sich wie durch ein Wunder erhalten hatten. Die Zimmer des Seitenflügels waren eingestürzt, aber der Hausflur und das große Zimmer oben an der Treppe waren erhalten geblieben. Es schien, als hätten die Bomben im vorigen Jahr das Haus nur spaßeshalber in den Seiten gekitzelt. Die übrige Straße war abgebrannt; nur Schutt und Aschehaufen waren noch da, die sich am Rand des Fahrwegs bis hinunter zum Basar zogen. Die Straße hatte keinen Namen. Vielleicht hieß sie einst Leninstraße oder Gorkijstraße. Irgendeinen Namen wird sie wohl gehabt haben, jedoch er wußte ihn nicht, und es war ihm außerdem egal.

Hinter dem Nachtasyl befand sich buschiges, von Unkraut und Gestrüpp durchwuchertes Flachland, das sich westwärts erstreckte und am Fluß jäh aufhörte; es war ein beliebter Schlupfwinkel vieler Obdachloser.

Ranek ging vorsichtig über den dunklen Hof. Da er den Weg noch gut im Gedächtnis hatte, fand er mit Leichtigkeit über Geröll und Trümmer bis an den Hausflur mit der Treppe, die aussah, als hinge sie in der Luft. Der Boden des Hausflurs war naß und schmierig, denn der Regen fiel schräg durch den offenen Eingang und sickerte auch durch die Lücken der Mauern herein.

Vor dem Aufgang stolperte er über etwas Weiches.

Ranek bückte sich und zündete ein Streichholz an. Im flüchtig, rasch verglimmenden Schein des Flämmchens sah er das entsetzte Gesicht eines Mannes.

»Sie brauchen keine Angst zu haben«, sagte Ranek, »ich gehöre nicht zu den Treibern.«

»Wer sind Sie?« keuchte der Mann.

Ranek fühlte, wie eine Hand seine Füße umklammerte. Dann … ein erleichtertes Aufatmen: »Sie haben keine Schuhe … bloß Lappen.«

Ranek lachte leise.

»Die Treiber tragen Schuhe«, flüsterte der Mann.

»Sie doch auch«, sagte Ranek spöttisch.

»Aber meine sind zivile ... das erkennt man.« Der Mann hustete; es klang dumpf. Er war Ranek fremd und offenbar einer von den Neuen.

»Warum schlafen Sie eigentlich im Hausflur?« fragte Ranek dann.

»Wohnte dort oben«, sagte der Mann mit seiner schwachen, dünnen Stimme und zeigte in das Dunkel über der Treppe. »Die Leute setzten mich am Nachmittag vor die Tür ... Angst vor der Ansteckungsgefahr. Ich habe das Fieber bis heute verheimlicht, aber schließlich kamen sie drauf.«

»Was ist's denn?«

»Flecktyphus.«

»Warum sind Sie nicht ins Seuchenspital gegangen?«

»Aus dem Spital ist noch niemand lebendig zurückgekommen«, sagte der Mann zögernd.

Ranek nickte. Er blickte zurück in den finsteren Hof.

»Es ist kein Haustor da«, sagte Ranek, »und mit einer Taschenlampe kann man Sie von der Straße aus sehen. Passen Sie auf, daß man Sie nicht mitnimmt!«

»Ich kann nicht gehen«, sagte der Mann.

»Die verstehen einem Beine zu machen.«

»Ja, das verstehen die«, sagte der Mann.

»Zigarette?«

»Danke«, sagte der Mann langsam, »ich werd' in der hohlen Hand rauchen, dann sieht man's nicht von der Straße.«

Ranek hätte sich nicht weiter bei dem Mann aufgehalten, aber er rechnete bereits kaltblütig. In derartigen Situationen arbeitete sein Hirn stets ruhig und logisch. Scheinbar folgte er heute einem guten Stern. Da war erst die ergatterte Zigarette … und jetzt der Kranke. Der Kranke kam wie vom Himmel gesandt und änderte auf einmal den ganzen Sachverhalt, denn jetzt brauchte er nicht mehr auf gut Glück auszugehen. Jetzt wußte er, was er zu tun hatte.

»Ich habe selbst nicht viel Tabak«, sagte Ranek, »man muß heutzutage sparen … kann Ihnen aber einen Stummel anbieten.« Ranek spürte klebrigen Speichel an seinen Fingern, während er den Stummel zwischen die Lippen des Mannes steckte. Als er ihm Feuer gab, sah er wieder die Angst.

»Wieviel Tage fiebern Sie schon?«

»Ungefähr zwölf.«

»Dann ist wohl heute die Krise?«

»Ich glaube.«

Er geht heut nacht drauf, dachte Ranek.

»Vielleicht übersteh' ich die Krise«, sagte der Mann unsicher.

Der Kranke tat Ranek nicht leid; er war bloß ein alltäglicher Fall. Trotzdem wollte er ihm irgendwie behilflich sein, um ihn wenigstens vor der Verschleppung zu retten. Auch dies war keine Sentimentalität; Ranek beabsichtigte hiermit bloß, den Gewinn zurückzuzahlen, den er im Begriffe war aus der Lage des Mannes zu ziehen. Das war nur fair. Er machte selten unfaire Sachen; nur dann, wenn es nicht anders ging.

»Ich werde Sie irgendwo verstecken«, sagte er, während er dem Mann unter die Arme griff.

»Legen Sie mich unter die Treppe«, bat der Mann.

Ranek versuchte, ihn auf die Schultern zu laden, aber da er zu schwach war, ließ er ihn wieder fallen und schleifte ihn dann ruckweise über den aufgeweichten Boden. Der Hohlraum unter der Treppe war durch die verrutschte Wand nicht so groß, wie er geglaubt hatte. Als er den Mann endlich verstaut hatte und sein Werk nochmals prüfte, fand er, daß der Mann gekrümmt lag und der Hintern heraussah; er drehte ihn deshalb um, was aber nicht viel half. Schließlich hatte er eine Idee; er führte sie gleich aus; er holte einige herausgefallene Latten vom Zaun und stapelte sie vor der Öffnung auf. Für einen Außenstehenden sah das wie ein Haufen Brennholz aus und wirkte völlig harmlos.

»Sie sind anständig«, sagte der Mann. »In dieser verdammten Zeit trifft man selten Menschen, die noch anständig geblieben sind.«

»Die Sache ist nicht der Erwähnung wert«, grinste Ranek, »... geschieht gern.«

»Wohin gehen Sie?« fragte der Mann, plötzlich mißtrauisch geworden, und Ranek drehte sich nochmals um.

»Bloß mal nachsehen, ob Ihr Platz noch frei ist.« Er stand schon auf der Treppe.

»Was soll das?« sagte der Mann dumpf.

»Wenn ich ihn nicht besetze«, antwortete Ranek gleichgültig, »dann wird es ein anderer tun ... Sie verstehen ...« Er zuckte die Achseln.

Ranek übersah den Schlafsaal mit einem Blick: die kartenspielenden Männer am Fenster, im matten, leise flackernden Licht einer Petroleumlampe ... die als Tisch dienende Kiste ... und dann ... den übrigen Teil des großen Raumes, außerhalb des Lichtkreises, im Halbdunkel, mit den Umrissen der Schlafpritsche und der kahlen Wände. Stimmengewirr und rauhes Gelächter drangen zu ihm. Niemand schien sich um ihn zu kümmern, doch als er näher treten wollte, versperrte ihm jemand den Weg.

Der Mann mußte rechts von der Tür, hinter dem Küchenherd, gestanden haben, denn er hatte ihn nicht bemerkt.

»Wir lassen niemanden von der Straße rein ... alles überfüllt. Scheren Sie sich sofort wieder raus!«

Der Mann versuchte, ihn zurück zur Tür zu drängen. Eine Weile rangen sie verbissen miteinander. Dann fiel etwas polternd zu Boden. Sie ließen sich los. Die Männer schauten jetzt von ihren Karten auf ... lauter fremde Gesichter. Ranek lehnte mit dem Rücken gegen die Tür. Der andere hielt Abstand und musterte ihn bloß; auch er war ihm unbekannt, doch Ranek sah sofort, daß er der Wortführer war oder allenfalls etwas zu sagen hatte.

»Ich möchte eine Nacht hierbleiben«, sagte Ranek, »morgen sehe ich mich dann anderswo um.«

Die Männer im Lichtkreis der Lampe machten keine Anstalten, aufzustehen und einzugreifen. Sie saßen faul auf ihren alten Reisekoffern, rings um die Kiste, und starrten ihn an.

Aber einer sagte jetzt: »Schmeiß den Kerl raus, Sigi!«

»Habt ihr das gehört«, lachte der mit Sigi Angesprochene höhnisch, »nur eine Nacht will er hierbleiben.«

Er sagte zu Ranek: »Wir kennen das ... einmal drin ... dann kriegt man euch Gesindel nicht mehr raus.«

»Schmeiß ihn raus!« sagte der Mann am Fenster wieder, »der blufft doch nur.«

»Los!« sagte Sigi. »Hier ist's eng genug, auch ohne dich.« Das war nicht mißzuverstehen.

»Hau dem Jud eins runter, Sigi!« Die Männer lachten und ließen die Karten wieder kreisen. Einer von ihnen sagte: »Moische, du gibst die nächste Runde.«

Ranek stand wie angewurzelt. Aber nichts geschah. Mittlerweile hatten sich seine Augen an den Tabaksqualm und die schlechte Zimmerbeleuchtung gewöhnt, und er konnte jetzt undeutlich das wirre Knäuel halbnackter Gestalten unterscheiden. Obwohl die Schlafpritsche die ganze Länge des Zimmers einnahm, reichte sie nicht für alle, und die Leute lagen auch auf dem Fußboden, eng aneinandergeschichtet. Sie schliefen noch nicht und hatten sich nur aus Mangel an Sitzgelegenheiten auf ihre Plätze begeben. Aber der Schein der Lampe war mild, und von dort ging etwas Warmes aus und durchrieselte ihn. Nein, er wollte nicht wieder hinaus auf die Straße. Seine Kleider klebten wie Mehlkleister auf dem Körper, von der Krempe seines Hutes liefen kleine Rinnsale über sein Gesicht und tropften auf den Fußboden. Vor ihm, aus den weißlichen Rauchschwaden, sah er das Gesicht Sigis. Ein Totenschädel, rasiert, ausgemergelt.

Sigi schien darauf zu warten, daß er von selbst ginge, denn er rührte ihn nicht an. Ranek wollte erklären, daß er einmal hier gewohnt hatte, aber Sigi würde ihm das nicht glauben, und Kanner und Rosenberg, die das bezeugen konnten, hatte er in dem überfüllten Raum nicht gesehen; er bezweifelte jetzt auch, daß die beiden tatsächlich wieder hierher zurückgekehrt waren; es war wohl ein Gerücht wie eben alle Gerüchte. Deshalb sagte er jetzt bittend: »Vielleicht haben Sie unter der Pritsche noch einen Platz … es macht mir nichts aus … ich …«

»Andere würden wer weiß was darum geben, um dort unten liegen zu dürfen«, sagte Sigi. »Heute kamen den ganzen Tag Leute; wir mußten sie abweisen.« Er machte eine kreisförmige Handbewegung. »Sie sehen doch selbst, da geht keine Maus mehr rein.«

Als er Ranek bewegungslos stehen sah, geriet er wieder in Erregung und begann, mit den Armen fuchtelnd, Ranek wegzudrängen. Aber mit Sigis Körperkraft war es ebensowenig weit her wie mit seiner eigenen; das blutleere Gesicht gab ihm plötzlich Mut.

»Mit Gewalt wird's kaum gehen«, sagte Ranek spöttisch. Er spielte den letzten Trumpf aus. »Ich weiß genau, daß hier ein Platz frei ist. Jemand liegt draußen im Hausflur!«

Sigi fühlte sich in die Enge getrieben und blickte sich unsicher um. In die Menschenmasse war Bewegung gekommen, und Ranek fürchtete, daß sich die Leute nun einmischen würden. Er stand noch immer an der Tür und deckte somit seinen Rücken.

Da sagte plötzlich jemand: »Servus, Ranek!«

Es war Rosenberg. Rosenberg klopfte ihm schmunzelnd auf die Schulter: »Dachte, daß du schon längst abgekratzt wärst.«

»Ich hab's nicht so eilig«, sagte Ranek mit schwachem Lächeln.

»Freut mich, dich wiederzusehen. Hätt' dich schon früher begrüßt, war beschäftigt.«

»Glaubte zuerst, daß du nicht zu Hause wärst.«

»Wir spielten gerade ›NascheWasche, MeinDein‹, kennst du doch?«

»Ja, das kenn' ich.« Ranek konnte sich noch immer nicht entsinnen, Rosenberg unter den spielenden Männern am Fenster gesehen zu haben.

»Mit Knöppen«, erklärte Rosenberg, »im Dunkeln, auf meinem Schlafplatz … werd's dir mal zeigen … ist meine Erfindung.« Dann wandte er sich an den Ausgemergelten: »Das ist Ranek.« Sigis Züge blieben ausdruckslos. Rosenberg blinzelte Ranek zu. »Die Bude hat sich ein bißchen verändert, was?«

Ranek nickte. Dann fragte er: »Wo ist Kanner?«

»Gestorben.« Rosenberg zeigte auf Sigi. »Der schläft jetzt auf Kanners Platz.« Sigi grinste.

Irgendwo auf der Pritsche begann eine Frau wie irre zu lachen. Einer der Männer am Fenster warf die Karten zu Boden und schrie wütend: »Schnauze!«

Rosenberg verhandelte mit Sigi, und Ranek zog sich diskret zurück. Sieht noch gut aus, fand Ranek; neben Sigi wirkte Rosenberg wie ein Bulle. Vielleicht macht er schwarzen Markt? Scheint ihm was einzubringen; sieht man gleich. Rosenberg mochte sechsundzwanzig Jahre alt sein, schon fast kahl, er hatte kleine, braungesprenkelte Flecke auf dem Schädel, aber seine Augen waren unbesorgt.

Jetzt drehte sich Rosenberg um. »Es klappt«, sagte er, »du wirst auf Levis Platz schlafen.«

»Also – Levi hieß der Mann im Hausflur.«

Rosenberg sagte zu dem Ausgemergelten: »Levi kommt doch sowieso nicht mehr zurück.«

»Haben Sie irgendwelche ansteckenden Krankheiten?« fragte Sigi; es klang bereits viel freundlicher.

»Quatsch!« sagte Rosenberg. Sigi war im Begriff, neue Einwendungen zu machen, aber Rosenberg winkte ab und zog Ranek mit sich fort. Sie unterhielten sich eine Weile, und Rosenberg stellte an Ranek einige Fragen. Dann gab er ihm zu verstehen, daß er wieder ›NascheWasche‹ spielen wollte, und führte Ranek zu seiner Schlafstelle. Bevor er ging, sprach er mit jemandem unter der Pritsche, an dessen Seite Ranek liegen sollte. Und Ranek hörte, wie er seinen Fall nochmals auseinandersetzte.

Sein neuer Schlafplatz befand sich in der Ecke, dicht neben der Tür. Wieder in der Ecke, dachte er sarkastisch. Als er sich hinlegen wollte und seinem Nachbarn näher kam, sah er das Gesicht einer alten Frau.

»Der Fußboden ist naß«, sagte Ranek zu der alten Frau. »Hier regnet's doch nicht etwa rein, wie draußen im Hausflur?«

»Nein, es regnet nicht rein«, sagte die Alte, »aber die Leute bringen die Nässe mit ihren Dreckfüßen ins Zimmer. Sie hätten sich Sägespäne mitbringen sollen. Wenn draußen schlechtes Wetter ist, streue ich mir immer welche unter den Arsch.« Die Alte betrachtete ihn mit ihren wässerigen, trüben Augen. Sie sagte jetzt unvermittelt: »Mein Sohn liegt im Hausflur. Sie haben ihn wahrscheinlich gesehen? Die Bande hier wollte ihn loswerden, weil der Arme Fieber hat. Es hat ihn gepackt; da kann man doch nichts machen.«

Ranek nickte. Die Alte roch schlecht, und er hatte keine Lust, ihr zu antworten.

»Ich war den ganzen Nachmittag bei ihm«, sagte die Alte, »aber jetzt ist es zu dunkel für mich dort draußen …, und er sagte zu mir: Geh rein, Mama. Geh rein.«

Ranek bettete sich die Jacke unter, den Hut warf er als Kopfkissen an die Wand; dann streckte er sich der Länge nach auf dem Fußboden hin und deckte sich mit einem Teil der Jacke zu. Eine Weile lag er ruhig, dann stand er nochmals auf und zog sich an.

»Er ist mein Jüngster«, begann die Alte von neuem, »den Älteren haben sie mit einer Holzhacke erschlagen.«

Ranek knöpfte gähnend seine Jacke zu; oben saßen noch zwei Knöpfe, den unteren Teil steckte er in die Hose.

»Das war in den Wäldern bei Djurin«, sagte die Alte. »Während der Zwangsarbeit. Weil er nicht schnell genug arbeitete.«

»Er hätte eben schneller arbeiten sollen«, grinste Ranek.

Sie sagte: »Er war immer ein Träumer. Der Jüngere ist das genaue Gegenteil … ist praktisch. Er hat mir gesagt, daß er nachts zurückkehren wird, wenn die anderen schlafen.«

»Er kann nicht mehr gehen«, sagte Ranek kalt, »außerdem bin ich jetzt hier.«

Die alte Frau weinte leise.

»Die Ansteckungsgefahr ist zu groß«, sagte Ranek, »er darf nicht mehr zurück, das müssen Sie doch begreifen.«

Sie lallte etwas Unzusammenhängendes vor sich hin; dann fragte sie plötzlich wieder mit klarer Stimme: »Glauben Sie, daß die Polizei heut nacht hierherkommt?«

»Kaum anzunehmen«, sagte Ranek unsicher. »Die Polizei hat vorläufig genug Arbeit mit den Herumtreibern draußen auf der Straße. Erst wenn die Kerle mit denen fertig geworden sind, dann kommen sie in die Häuser rein.«

»Und mein Sohn?«

»Er liegt doch nicht auf der Straße.«

»Der Hausflur ist aber offen. Das ist so, als wäre man auf der Straße.«

»Ich habe Ihren Sohn versteckt.« Er klärte sie auf. »Machen Sie sich um ihn keine Sorgen.« Er wußte nicht, ob sie ihm deshalb dankbar war oder ob sie ihn haßte; das behaarte Gesicht der Alten war nichtssagend.

»Sie werden nicht lange hierbleiben«, höhnte sie, »weil er wiederkommen wird … wenn nicht heute nacht … dann in einer anderen Nacht. Er wird wieder gesund werden. Auch der Luftzug und die Nässe im Hausflur können ihm nichts anhaben; er hat eine zähe Natur.« Jetzt wandte sie sich ihm ganz zu: »Er ist erst fünfundzwanzig; wenn man ihn anschaut, denkt man, daß er niemals jung gewesen ist.«

Ranek sagte: »Verzeihung, ich muß mal rausgehen.«

»Die Latrine ist im Hof«, sagte sie.

»Ich weiß.«

Sie blickte ihn erstaunt an. Er lächelte.

»Ich dachte. Sie wären neu«, sagte sie.

Er lächelte noch immer.

»Die Schweine haben wieder einmal auf das Brett geschissen«, sagte sie. »Passen Sie auf, daß Sie nicht ausrutschen.« Und dann fügte sie hinzu: »Vorige Woche fiel ein Mann in die Grube und ertrank.«

Ranek blieb nicht lange auf dem schmierigen Brett. Als er auf dem Rückweg wieder bei Levi vorbeikam, stieg ein würgendes Gefühl in seiner Kehle auf, und er konnte nicht umhin stehenzubleiben, um ihm einige Worte zu sagen. Dann hörte er jemanden schreien ... irgendwo in der Nacht.

»Es ist nichts Besonderes«, sagte Ranek, »jemand ist hysterisch geworden.« Er häufte mehr Holz auf Levis Körper an, und als er sah, daß der Kranke sich damit nicht zufriedengab, begann er, auch den Kopf und dann das Gesicht mit dem angstverzerrten Mund zuzudecken.

Levi blickte durch die Bretterlücken starr auf den fremden Mann, dessen Namen er nicht mal kannte und der jetzt über ihn gebeugt stand und ihn zudeckte.

»Sie sind gut zugedeckt«, sagte der fremde Mann kalt, »wir sind jetzt quitt. Von der Straße wird Sie niemand sehen können ... höchstens, wenn sie in den Hausflur kommen und unter die Bretter leuchten.«

Levi hörte den Mann davonschlurfen, und er versuchte nun mühsam, sich etwas aufzurichten. Schließlich gelang es ihm. Einige Schritte entfernt, an der Mauer, stand eine zweite, fremde Gestalt ... wie ein Schatten ... nur etwas schimmerte weißlich, wahrscheinlich ein um den Hals geschlungenes Tuch. Levi entsann sich, daß die Gestalt schon sehr lange dort wartete. Als der Mann vorhin die Treppe herunterkam, war er vorbeigegangen, ohne die Person zu beachten, und Levi wunderte sich, daß der Mann jetzt auf sie zutrat.

Er beobachtete und hörte nun beide sprechen. Eine Frau – durchzuckte es ihn. Beide traten näher.

Einmal hörte er den Mann sagen: »Ich verkaufe meinen Schlafplatz nicht. Schlagen Sie sich das Tauschgeschäft mit dem Mantel aus dem Kopf.« Dann etwas später: »... aber Sie können den Platz mit mir teilen.«

Die Frau murmelte irgend etwas.

Die barsche Stimme des Mannes: »Sie haben meinen Gegenvorschlag zur Kenntnis genommen, es liegt an Ihnen, anzunehmen oder nicht; in Ihrer Lage würde ich nicht soviel Umstände machen.«

Die Stimme der Frau: »Ich bin verheiratet.« Dann zögernd: »Mein Mann ist seit November einundvierzig spurlos verschwunden.«

Die Unterhaltung wurde hier etwas leiser; manchmal lachte der Mann rauh, und die Frau gluckste wie eine Henne.

Als sie die Treppe hinaufstiegen, sagte der Mann: »Die meisten Frauen des Gettos sind vollkommen verwahrlost.« Nach kurzer Pause: »... aber Sie riechen noch frisch; eigentlich habe ich mich nur deshalb dazu entschlossen.«

Der Regen fiel sickernd und gleichmäßig, und dem Sterbenden schien es, als wäre das alles so eintönig wie die zeitlose Ewigkeit.

Er hustete und das Fieber schüttelte ihn. Trotzdem verharrte er, auf seine Ellbogen gestützt, und blickte den beiden Menschen nach. Seit dem Auftauchen der Frau hatte sich seine Verbitterung noch vertieft. Die beiden würden sich jetzt in die Ecke neben die Tür zwängen; vielleicht würde die Frau bei ihm bleiben, vielleicht auch nicht und bald wieder gehen, weil der Mann sie satt hatte oder weil er bequemer liegen wollte und deshalb vorzog, allein zu schlafen. Dann würden einige Wochen vergehen oder mehr, und eines Tages würde der Mann sich eine andere Frau nehmen. Alles würde sich in der Ecke abspielen; dort würde der Mann huren und seine Mahlzeiten einnehmen, Karten spielen oder einsame Stunden verdämmern. Sein Alltag würde dahinfließen, als wäre das immer so gewesen, und er würde nicht mehr zurückdenken und tun, als wäre nichts geschehen.

Levi traten die Tränen in die Augen. Als er vor drei Monaten in das Zimmer einzog, da trug man gerade jemanden hinaus. Er hatte den anderen nicht gekannt und sich nie darum gekümmert, wer er wohl gewesen sein mochte. Aber jener war gestorben, und es war das Recht der Lebenden, das Erbe der Toten anzutreten.

Levi schleimte; er konnte sich jedoch nicht abwischen, weil er keine Bewegungsfreiheit hatte. Der Gedanke, daß man selbst für sie alle dort oben bereits nicht mehr existierte, war so ungeheuerlich, daß er ihn plötzlich bezweifelte. »Unmöglich«, murmelte er, »… sie können mein Bett doch noch nicht vergeben haben … das kann nicht sein.«

Er legte sich röchelnd wieder hin. Dann kam ihm ein anderer Gedanke, panischer Schrecken ergriff ihn, und er urinierte.

Oben standen die beiden still und warteten. Sie warteten sehr lange. Erst als das Licht im Zimmer ausging … wieder das kratzende Geräusch von Schritten. Die Tür hatte keine Klinke, und Levi vernahm, wie der Mann sie leise aufstieß und wieder schloß.

Dann herrschte Stille.

Ranek hatte gehofft, daß niemand den Zwischenfall bemerken würde, aber die Gestalt, die sich jetzt von der Pritsche heruntergleiten ließ, zögernd stehenblieb, sich dann wieder vorwärts bewegte, kam gerade auf sie zu. Obwohl es stockfinster war, erkannte Ranek an der schleichenden Art des Mannes, daß es Sigi war. Die Kontrolle konnte unangenehm werden. Ranek nahm ihn zur Seite und bot seine ganze Überredungskunst auf, um die Angelegenheit mit der Frau in Ordnung zu bringen. Schließlich kletterte Sigi wieder auf sein Lager.

Ranek trat vor die Frau hin. Es kam ihm plötzlich vor, als wären sie beide in dem dunklen Raum allein.

»Was haben Sie ihm gesagt?« flüsterte sie.

»Ich habe ihm Maismehl versprochen.«

»Haben Sie welches?« fragte sie begierig.

»Nein«, lachte er.

Ihr warmer Atem streifte sein Gesicht; sie stand so dicht vor ihm, daß er das Heben und Senken ihrer Brüste spürte. Er war froh, daß es dunkel war. Wie lange hatte er schon keine Frau besessen … Es sind schon viele Monate her, dachte er, und da er den Augenblick auskosten wollte, zog er sie noch nicht mit sich fort unter die Pritsche. Die Frau schien sehr ruhig; das wunderte ihn.

»Es ist schon lange her«, sagte er.

»Was werden die Leute von mir denken?«

»Das Licht ist aus«, sagte er, »… außerdem ist man hier an so was gewöhnt; man blickt nicht mehr hin.«

Sie standen vor dem Küchenherd, derselbe viereckige Herd, halb Gußeisen, halb altes, rostiges Wellblech, wie man ihn überall antraf.

Er knöpfte den Mantel auf und hob ihr dann langsam das Kleid hoch. Die Nacktheit der Frau fühlte sich kalt an. Es war noch etwas von der Straße daran und vom Regen. Aus Versehen stieß seine andere Hand an die Herdplatte, berührte einen schmutzigen Topf ... einen Kessel; all das war ebenfalls kalt.

Er begann sie wortlos auszuziehen. Die Frau war völlig stumpf. Vielleicht war sie immer so, vielleicht erst seit der langen Fahrt im Güterwagen. Er wußte es nicht; es kümmerte ihn auch nicht. Es war kein Widerstand vorhanden.

Der Herd begann bedenklich zu wackeln; die wahllos über den unteren Teil des Ofenrohrs geworfenen Kleidungsstücke fielen auf die Erde. Er ließ den fremden Körper nicht los, der sich weit zurückgelehnt hatte, um ihn zu empfangen.

Ein wenig später, nachdem sie sich aus seinen Armen freigemacht hatte, sagte sie gleichgültig zu ihm: »Wenn ich gewußt hätte, daß Sie impotent sind, hätt' ich Ihren Vorschlag gleich angenommen. Schließlich hätten Sie mir das nicht zu verschweigen brauchen.«

Er sagte nichts. Er hob den Mantel von der Erde auf und reichte ihn ihr. Dann trat er vom Herd weg und zeigte ihr den Schlafplatz.

Er beobachtete, wie sie im Dunkeln den Mantel ausbreitete und somit das Bett herrichtete, genauso wie er's auch getan hätte.

»Sie hätten's mir nicht zu verschweigen brauchen«, sagte sie jetzt wieder; ihr Gesicht ... ein schwarzer Fleck ... war ihm zugewandt. Er hätte gern gesehen, ob es spöttisch verzogen war oder ob es bloß lächelte. Aber dann dachte er daran, daß es auch eine Maske sein konnte.

Er legte sich neben sie. Am liebsten hätte er sie jetzt

geschlagen, aber dann sah er, daß sie sich gar nicht über ihn lustig machte, und schwieg. Allmählich flaute seine Wut ab. Er suchte nach dem Schlüpfer, fand aber nur seinen Hut und entsann sich, daß der Schlüpfer noch am Herd liegen mußte.

»Ziehen Sie sich wieder an«, sagte er, »Sie werden sich sonst erkälten.« Sie stand auf, um ihre Sachen zu holen, und war kurz darauf wieder zurück.

»Ich habe bloß das Kleid gefunden ... und das hier.« Sie hielt ihm die Strümpfe und den Büstenhalter und ein kleines Mieder hin. »Ich weiß nicht, wo der Rest meiner Sachen ist.«

»Haben Sie unter dem Herd nachgeschaut?«

Sie sagte zögernd: »Jemand schläft unter dem Herd. Ich habe ihn atmen gehört.«

Er wußte, daß sie Angst hatte und jetzt nicht unter den Herd kriechen würde. »Wir werden morgen früh nach den Sachen suchen«, sagte er.

Irgend jemand im Zimmer hielt ein Selbstgespräch. Manche Leute hatten einen pfeifenden Atem.

Die Frau ergriff behutsam seine Hand; es war ihm unangenehm, daß sie ihn streichelte.

»Wie heißen Sie eigentlich?« fragte er.

»Sara«, flüsterte sie.

Er nannte seinen Namen. Also das war in Ordnung; irgendwie mußte er sie doch nennen, und vorher hatte er keine Zeit gehabt, sie danach zu fragen.

Auf der Pritsche über ihnen ertönte ein Klopfsignal.

»Das ist Rosenberg«, sagte Ranek. »Er will uns zu verstehen geben, daß er noch wach ist.« Das Klopfsignal ertönte wieder. »Mir ist kalt«, sagte sie. Sie begann sich anzukleiden.

»Die Hälfte unseres Transportes wurde weiter nach dem

Osten verschickt«, sagte sie. »Wußten Sie das?«

»Ja. So was spricht sich rum.«

»Wir anderen waren froh, daß wir hierbleiben durften.«

»Die meisten wollen in Prokow bleiben«, sagte er. »Das Prokower Getto ist ein gutes Getto.«

»Das hat man uns auch gesagt. In Prokow geht's den Juden verhältnismäßig gut.«

Er nickte. »Besser als woanders«, sagte er dann ruhig. »Vor allem besser als unter den Deutschen. Wir können von Glück reden, daß dieser Teil der Ukraine, hier, wo wir sind, nicht von den Deutschen okkupiert worden ist, sondern von den Rumänen. Die rumänischen Behörden sind nicht so streng. Nicht ganz so streng.«

»Man hat uns auch gesagt, daß es hier mit der Lebensmittelblockade nicht schlimm ist«, forschte sie. »Stimmt das?«

»Es war schlimm«, sagte Ranek. »Es war sehr schlimm. Besonders im Winter. Jetzt ist es besser geworden.«

»Wie kommt es dann, daß so viele Tote auf den Straßen rumliegen?«

»Das sind meistens Flecktyphusfälle.«

»Aber auch Verhungerte?«

»Ja, auch Verhungerte.«

»Wie kommt das?«

»Sie stellen wieder dumme Fragen«, sagte er rauh. »Wir durften weder Geld noch Wertsachen mitnehmen, als wir hierherkamen. Das wissen Sie doch! Die meisten, die schon länger hier sind, haben längst ihre letzten Habseligkeiten im Schleichhandel bei den ukrainischen Bauern für Brot eingetauscht. Sie haben eingetauscht, was sie eintauschen konnten. Auch das letzte Hemd. Und das letzte Paar Schuhe.«

»Ja«, flüsterte sie.

»Keiner kann sein nacktes Fleisch für Brot eintauschen«, sagte Ranek.

»Das kann keiner«, sagte sie erschrocken. »Aber man kann doch arbeiten und wieder was verdienen. Gibt es denn hier keine Arbeitsmöglichkeiten?«

»Arbeitsmöglichkeiten gibt es schon«, sagte er kalt. »Zwangsarbeit! Wissen Sie, was das ist? … Aber dafür wird man nicht bezahlt, und dafür kriegt man auch kaum was zu fressen.« Er drückte ihre zitternden Schultern gegen die harte Wand. »Regen Sie sich nicht auf«, beruhigte er sie. »Nur wer sich erwischen läßt, muß Zwangsarbeit machen.« Er starrte eine Weile sinnend vor sich hin. Er erzählte ihr dann, daß er monatelang nach einer anständigen Arbeit Ausschau gehalten und es schließlich aufgegeben hatte. So was gab's im Prokower Getto nicht.

»Man muß doch was verdienen«, flüsterte sie. »Man muß doch essen. Man muß doch leben.«

»Das müßte man wirklich«, sagte er höhnisch. »Das ist doch 'ne Pflicht, nicht wahr? Die allererste und wichtigste Pflicht, die jeder von uns zu erfüllen hat.«

»Aber wer kauft denn die Lebensmittel im Getto auf, die ab und zu hereinkommen?«

»Leute, die noch was zum Tauschen haben«, sagte Ranek. »Ist doch klar. Es gibt sie noch. Manche haben es auch verstanden, Schmuck ins Getto zu schmuggeln. Dann gibt es andere, die Geldsendungen aus Rumänien kriegen.«

»Geht denn so was?«

»Nicht offiziell.«

»Ich verstehe.«

»Man muß Kontakt mit einem Kurier haben … rumänischer

Beamter, Offizier oder so was Ähnliches, Personen, die ungehindert über die Grenze können und sich drüben frei bewegen dürfen. Außerdem braucht man einen dritten Mann in Rumänien, der das Geld auftreibt.«

»Das Getto ist also gar nicht so hermetisch von der Außenwelt abgeriegelt?«

»Es ist nur für unsereins hermetisch abgeriegelt«, sagte Ranek gehässig, »aber für Leute mit den richtigen Beziehungen ist das was ganz anderes.«

»Und wer keine Beziehungen hat?« flüsterte sie, »… und keine Kleider … und keinen Schmuck … und keine Geldreserven … und doch leben will?«

»Der muß sich irgendwie zu helfen wissen.«

»Irgendwie?«

»Ja«, sagte er. »Irgendwie.«

»Und sonst?« fragte sie ängstlich.

»Sonst muß man dunkle Geschäfte machen«, sagte Ranek grimmig. »Die Schieber und Schwarzhändler sind immer bei Kasse, außerdem die von der Polizei. Und dann gibt's noch 'ne andere Sorte von Leuten, denen es hier ganz gut geht.«

»Wer sind die?«

»Die Erpresser, die Menschenhändler und die Prostituierten.«

Sie nickte stumm. Sie versuchte, seine Worte zu verdauen. Dann fragte sie unvermittelt. »Und Sie, Ranek? Was tun Sie für Ihren Lebensunterhalt?«

Er klärte sie auf; er sagte ihr alles, was er selbst in den langen und schweren Monaten gelernt hatte, was für Tricks man kennen mußte und wie man es anstellte, um sich über Wasser zu halten.

Die Zeit war langsam verronnen. Allmählich war das Gespräch abgebröckelt, bis es ganz aufhörte und sie beide nur noch stumm nebeneinander lagen.

Er war dann eingeschlafen.

Jetzt war er wieder wach. Es mußte schon gegen Mitternacht sein.

Die Razzien hatten längst begonnen. Da waren die bekannten Geräusche, die von draußen hereindrangen, auf die sein Ohr bereits abgestimmt war und die er einzeln unterscheiden konnte. Wie aus weiter Ferne klang das; er lauschte und wußte nicht, ob das Heulen vom Flußufer oder aus der Richtung der Puschkinskaja kam. Ranek dachte flüchtig an die Menschen, die da draußen durch die Nacht stampften, an das Gelächter der Treiber und an das Kreischen der Frauen, an die Kinder mit den verängstigten Augen und an all die anderen, die im Schlamm nicht mehr weiterkonnten und am Wegrand liegenblieben. Solange er sich selbst unbeteiligt wußte, war ihm das alles egal. Er hatte Hunger. Er fühlte nichts anderes. Ein Kalbsschnitzel wäre jetzt nicht schlecht gewesen. Oder eine Salami. Verflucht, wenn er wenigstens etwas Mais bekommen könnte.

Die Alte zu seiner Linken schnarchte. Es war wie ein rasselnder Motor. Ranek rüttelte sie, worauf sie für kurze Zeit aufhörte, um dann von neuem zu beginnen. Ihr Sohn liegt dort draußen, dachte er, und sie kann trotzdem schlafen. Ist das nicht sonderbar? Manchmal jedoch fuhr die Alte im Schlaf jäh auf; sie murmelte dann unzusammenhängende Worte, ihre Arme schlugen aus und trafen seinen Kopf, und ihre spitzen Knie stießen in seinen Rücken.

Plötzlich sagte die Stimme zu seiner Rechten: »Sind Sie wach, Ranek?«

»Ja.«

»Wie spät ist es?«

»Ich habe keine Uhr.«

Er spürte ihren Arm auf dem seinen ... ihre Hand.

»Sie hatte ebensolche warmen Hände«, sagte er gedankenverloren. Die Frau blickte ihn erstaunt an.

Ranek fuhr sich nervös über die Stirn. Da war sie wieder: die Erinnerung.

»Ich rede verdammten Blödsinn zusammen«, sagte er. Seine Stimme klang zittrig. »Ich werd' mir was von dem schwarzen Zeug anstecken.«

Da er sich im Dunkeln nicht zurechtfand, kroch er unter der Pritsche hervor und versuchte, sich bis zur Lampe zu tasten. Er trat behutsam auf, immer nur in den fußbreiten Lücken zwischen den Schlafenden. Schließlich stieß er an den Fensterrahmen. Ein Fenster ohne Glasscheibe ... wie das im anderen Quartier ... aber es war trotzdem ein besseres Fenster, denn es war mit Pappe verdeckt, und die Pappe war wie eine Scheibe; sie paßte genau in den Rahmen. Seine Finger tasteten neugierig über die Pappe, glitten dann langsam abwärts, dorthin, wo das Fensterbrett sein mußte ... und berührten plötzlich den Glasschirm der Lampe. Er schüttelte den Behälter. Es war noch ein Rest Petroleum drin. Das ist gut, dachte er, das ist gut.

Als er wieder kehrtmachen wollte, trat er aus Versehen auf jemanden. Es mußte sehr fest gewesen sein, doch der Mensch gab keinen Laut von sich. Ein unbestimmtes Gefühl sagte ihm, daß er auf einen Toten getreten hatte. Er stieß die reglose Gestalt nochmals hart mit dem Fuß. Wie ein Hund, dachte er ... wie ein Hund auf dem Fußboden krepiert. Er verspürte unbändige Lust zu rauchen.

»Hier«, sagte die Frau. »Ich habe Ihren Tabak inzwischen

gefunden.«

Er stellte die Lampe zu ihren Füßen nieder, fingerte nach den Streichhölzern und machte jetzt Licht. Eine Weile ruhten seine Augen fasziniert auf dem zuckenden Flämmchen. Licht übte immer einen sonderbaren Reiz auf ihn aus. Vielleicht weil man so lange im Dunkeln gelebt hatte.

Er blickte wieder auf. Die Frau war im Begriff, eine Zigarette für ihn zu drehen, und verschüttete dabei die Hälfte des Tabaks. Er nahm sie ihr schnell weg.

»Das kommt mit der Zeit. Übungssache.«

Er rauchte die Zigarette über dem heißen Glasschirm an, inhalierte tief, blies den Rauch geistesabwesend gegen ihre nackten, runden Schenkel und dachte an den Toten.

»Warum schrauben Sie den Docht nicht runter?« sagte sie tonlos, aber sie raffte ihr Kleid nicht zusammen.

»Lassen Sie's nur«, sagte er. »Ich nehme die Lampe bald weg.« Und er dachte: Sie braucht nichts von dem Toten zu wissen.

Unweit sah er Rosenbergs Beine von der Pritsche herunterbaumeln. Sollte er Rosenberg wecken? Eigentlich wollte er die Angelegenheit mit dem Toten fallenlassen; schließlich mußte er sich nicht um jede Kleinigkeit kümmern … überhaupt als Fremder … aber irgendwie konnte er jetzt nicht widerstehen.

Ranek ging mit der Lampe zu Rosenberg. Rosenberg war noch wach. Ranek teilte ihm die Neuigkeit im Flüsterton mit.

»Warum so geheimnisvoll?«

Ranek deutete auf die Frau. »Ich will nicht, daß sie sich unnötig beunruhigt.«

Rosenberg kam grunzend von seinem Platz herunter. Während sie zum Fenster gingen, streifte Ranek die vielen Beine auf dem Holzgestell mit einem raschen Seitenblick. Wie Bindfäden, dachte er. Zwischen den Beinen entdeckte er einen Kopf mit auffällig langem Haar. Er machte Rosenberg darauf aufmerksam.

»Das ist die Langhaarige«, sagte Rosenberg. »Sie liegt verkehrt. Manche ziehen diese Stellung dem Umstand vor, ewig angeatmet zu werden.«

Ranek nickte. »Kennst du die Frau näher?«

»Ja. Werd' sie dir morgen vorstellen, wenn du willst. Mensch, halt doch bloß die Lampe gerade, der Zylinder!«

»Und?«

»Sie hurt nicht.«

»Keuschheit? Das gibt es nicht mehr.«

Rosenberg feixte. »Laß mich doch ausreden. Ich meine, daß sie nicht mit dir huren wird.«

»Weil ich nicht bezahlen kann?«

»Nicht nur deshalb … die geht auch mal ohne.«

Ranek stutzte. Dann zuckte er die Achseln. Rosenberg wußte also, daß er impotent war …

Er schwankte wieder und hielt sich einen kurzen Moment an Rosenberg fest. Als sie endlich vor dem Toten standen, schnippte Rosenberg mit den Fingern. »Lohnt sich nicht rauszutragen … zuviel Mühe.«

Ranek hielt die Lampe niedrig über den Toten. Ein kleiner, magerer Mann mit schütterem, blondem Bart.

»Er war nicht mal krank«, sagte Rosenberg, »bloß verhungert. Hat 'n Bruder, der hier wohnt. Dem Kerl geht's ganz gut, wenigstens besser als den meisten hier. Hätt' ihm helfen können, aber du weißt ja, wie es hier zugeht.«

»Jeder denkt eben zuerst an sich«, sagte Ranek.

Er dachte: Schade, daß der Kerl barfuß ist.

»Die Kleiderfetzen sind wertlos«, sagte Rosenberg, »die

können wir ihm ruhig lassen.«

»Du hast recht, damit können wir nichts anfangen.«

»Wir werden ihn durchs Fenster runterlassen«, meinte Rosenberg fachmännisch.

Ranek stimmte zu. Es war der einfachste und bequemste Weg, um ihn loszuwerden.

»Mach mal auf, Ranek!«

Es ging alles sehr schnell. Der knarrende Fensterriegel ... hereinwehende Nachtluft, frisch, angenehm kühlend ... der Körper des kleinen Mannes ... vorwärts gestoßen ... ins Leere; dann ... unten ... ein patschender Laut.

»Jetzt hat Levi Gesellschaft«, sagte Rosenberg.

»Levi lebt noch.« Ranek warf ihm einen schrägen Blick zu. Rosenberg fluchte, weil das Licht vom Luftzug vorzeitig ausgegangen war, und beide riegelten das Fenster in gemeinsamer Anstrengung wieder zu.

Ranek ging wieder zurück und versuchte, nicht mehr an den kleinen Mann zu denken, an den blonden Bart, an Levi und an den Kopf der Frau zwischen den vielen Füßen, von der Rosenberg behauptete, daß sie nicht mit jedem ginge. Als er sich schwerfällig hinlegte, war er verwundert, daß Sara nach seiner Hand griff.

»Sie hatte doch auch warme Hände«, sagte sie leise.

Von hier aus konnte man das Fenster nicht sehen, weil die vorderen Balken der Pritsche jede Aussicht versperrten, und man mußte erst bis zur Tür rutschen; er wußte plötzlich, daß sie ihren Platz verlassen und alles gesehen hatte.

»War sie schön?« fragte sie.

Warum redet sie bloß von Dingen, die ihr gleichgültig sind? dachte er. Um das Fenster zu vergessen und den Nachklang eines dumpfen Falls im Schlamm? Und die Nacht und die Gefahr und die endlos dahinziehenden Stunden?

Er lächelte. »Ich weiß nicht, ob sie schön war«, sagte er, »das weiß man nie.«

»Wie war sie?«

»Still«, sagte er.

»Still?« fragte sie.

»Wie ein See«, sagte er. »In ihrem Umkreis herrschte Frieden.«

»Ihre Geliebte?«

Er lachte heiser auf. »Meine Mutter«, sagte er.

Schweigen. Er fühlte eine tiefe Scham in sich aufsteigen, weil er die Hände der Hure mit denen seiner Mutter verglichen hatte.

Nach einer Weile sagte sie: »Stört das die Leute nicht, wenn man nachts spricht?«

»Es kommt oft vor, daß jemand nicht schlafen kann; schließlich sind wir in keinem Sanatorium; hier nimmt man's mit der Rücksicht auf den Nächsten nicht so genau.«

»Dann sprechen Sie doch!«

»Ich wüßte nicht, was.«

»Aus Ihrer Vergangenheit.«

»Das interessiert Sie doch nicht«, sagte er hämisch.

»Aber die Zeit verstreicht schneller.«

»Sie sind wenigstens aufrichtig«, grinste er und schob seine Hände zwischen die Schenkel der jungen Frau. Er spürte das leise, unverkennbare Zucken ihrer Haut. Sie reagiert noch, dachte er. Sie ist noch nicht erledigt wie du. Oder log ihre Haut?

Er sagte leise: »Es regnet noch draußen.«

»Angst«, sagte sie.

Also das war es: die Angst.

»Und Sie glauben, daß sie vergeht, wenn man sich unterhält?«

»Warum stellen Sie mir keine Fragen?« sagte sie, und er spürte wieder, wie ihr warmer Atem sein Gesicht streifte.

»Über Ihre Vergangenheit?« Er lachte wieder leise.

»Das interessiert Sie doch nicht«, äffte sie ihn nach.

»Ich kenne Sie kaum«, sagte er roh, »was geht mich die Geschichte einer Unbekannten an.«

Sie glitt ins Dunkel zurück. Wie lächerlich, dachte er, daß sie jetzt die gekränkte Leberwurst spielt; aber dann merkte er, daß sie gar nicht böse war.

»Er nannte mich Dragutza«, sagte sie ohne Traurigkeit.

»Wer?«

»Mein Mann … er war gut zu mir. Dragutza … ein schönes Wort, nicht wahr? Manchmal nannte er mich auch Chérie. Er konnte nämlich ein bißchen Französisch. Aber das klingt nicht so schön.«

»Dragutza klingt besser«, sagte er.

»Wir waren noch nicht lange verheiratet. Als man ihn holte, war das Baby gerade fünf Monate alt.«

»Sie fanden natürlich ein Versteck für sich und das Baby, nachdem er weg war?«

»Nein, die Adresse unserer Wohnung war der Polizei nicht bekannt.«

»Wo hat man ihn verhaftet?«

»Im Kaffeehaus.«

»Leichtsinnig von ihm«, sagte Ranek.

Sie nickte. »Das Kaffeehaus steckte voller Spitzel; er wußte es, und er ging trotzdem wieder hin.«

»Die alte Geschichte.«

»Damals gab es bereits nicht mehr viel Juden in Czernowitz, weil man die meisten schon abgeholt hatte.«

»Um so auffälliger. Sie blieben also im Haus?«

»Ja. Einige Zeit ging alles gut. Ich ging ja nur aus, um das Nötigste einzukaufen.«

»Bis man Sie eines Tages schnappte …«

Sie nickte wieder.

»Wo?«

»Auf der Straße.« Sie atmete hörbar. »Es ging alles so schnell … und man ließ mir nicht einmal Zeit, nach Hause zu gehen, um das Baby zu holen.«

»Wo ließen Sie es?«

»In seinem Wagen, im Kinderzimmer.«

Ranek rauchte gleichgültig. Was hätte sie schon mit dem Baby angefangen, dachte er; sie wird froh sein, daß sie es los ist.

»Das Kinderzimmer war weiß getüncht und sauber«, sagte sie, »und tagsüber voller Sonnenlicht … ich darf nicht mehr daran denken.«

»Besser nicht.«

»Es ist gut, daß mein Mann nicht dabei war und nie etwas davon erfahren hat; er hätte das nicht ertragen; er war so weich.«

»War er das?«

»In seiner Freizeit schrieb er Gedichte; ich glaube, sie waren nicht besonders gut.«

»So …«

»Er war Volksschullehrer. Er war ein wenig pedantisch, aber ein gutmütiger Mensch.«

»Die Gutmütigen sind die Bedauernswertesten«, sagte er, »sie sind schwach und nicht lebensfähig. Wissen Sie, wie es ihm heute geht?«

»Nein. Ich hab's Ihnen doch vorhin im Hausflur gesagt. Er ist verschollen. Ich habe keine Nachrichten.« Nach einer Pause sagte sie: »Unser Leben verlief so ruhig und gleichmäßig. Ranek, war das nicht schön, das Damals … all das, was vorher war … Leben ohne Unrast?«

»Ich denke nicht mehr zurück. Das ist vorbei.«

»Ich glaube Ihnen nicht. Gegen Erinnerungen sind wir machtlos.«

»Ich dränge sie zurück.«

»Das kann man. Aber nicht immer.«

Er überlegte ein wenig.

Dann sagte er: »Sie haben recht, ganz kann man sie nie streichen, es gibt immer wieder Augenblicke, wo alles wieder da ist; das ist dann so, als würde man auf eine Folterbank gespannt, und die Bilder grinsen einen an. Nur die Toten haben keine Erinnerungen. Sie wissen nichts mehr.«

Während er sprach, bewegte sich der glimmende Teil seiner Zigarette im Dunkeln auf und ab, und sie vermutete, daß er sie an der Unterlippe festgeklebt hatte. Von Zeit zu Zeit vernahm sie auch, wie er schmatzend an dem Stummel sog.

»Ich komme aus Litesti«, sagte er jetzt zu ihr. »Sie werden wahrscheinlich schon von Litesti gehört haben … eine kleine Stadt in Rumänien, im Süden der Bukowina.«

»Ja, Ranek.«

»Wir nannten Litesti eine jüdische Stadt, weil es in Litesti mehr Juden gegeben hat als Rumänen.« Er machte eine unruhige Bewegung; sie hörte, wie er den Hut an der Wand zurechtschob. Dann lag er wieder still. »Manchmal denke ich noch an das Haus in der Badgasse«, sagte er leise, »mein Vater hatte es gekauft, als er aus Polen einwanderte … ein kleines Einfamilienhaus, drei Zimmer, eine Küche und ein schiefer Balkon, von dem man auf den Fischmarkt sehen konnte.«

Sie dachte: Wenn er mir doch bloß nicht den Rauch fortwährend ins Gesicht blasen würde.

»Mein Vater war Bäcker«, sagte Ranek. »Der Laden lag hinten im Hof. Ein Fenster ging auf den Stadtkanal hinaus, auf dem wir als Kinder immer Papierschiffchen fahren ließen.« Er hüstelte. Der Zigarettenstummel beschrieb etwas in der Luft. Vielleicht will er die Papierschiffchen andeuten, dachte sie.

»Der Alte konnte sich keine Angestellten leisten«, fuhr Ranek fort. »Deshalb half Mutter mit. Sie mußte außerdem noch den Haushalt versorgen. Mutter war immer müde und abgearbeitet.«

»Was waren Sie eigentlich früher mal, Ranek?«

»Kleiner Angestellter«, grinste er, »bei Leibowitz und Compagnon.«

»Leibowitz und Compagnon hatten Filialen im ganzen Land«, sagte sie zögernd, aber es fiel ihr sichtlich schwer, den Mann irgendwie mit dem Räderwerk der damals bekannten Firma in Verbindung zu bringen. Sie versuchte sekundenweise, sich ihn bei der Arbeit vorzustellen oder frühmorgens, mit einer Tasche, in der verstohlen ein paar Butterbrote verpackt waren, aber das Bild zerrann sofort, und in ihrer Vorstellungswelt fand sie keinen Platz für ihn.

Sie hörte ihn auf einmal auflachen. Es war ein seltsames Lachen, das ihr durch und durch ging. Sie glaubte schon, daß seine dürre Gestalt nun wie eine Spinne auf sie hinaufkriechen würde, es war jedoch nur sein unrasiertes Gesicht, das jetzt für einen Moment das ihre berührte, als wollte er sich nur vergewissern, daß sie nicht eingeschlafen war und ihm noch zuhörte. Sein Lachen hatte also nicht ihr gegolten.

»Ich hatte auch einen Bruder«, sagte jetzt die eintönige, brüchige Stimme neben ihr. »Er hieß Fred.« Ranek kicherte leise.

»Er hieß eigentlich Ephraim. Ephraim, das ist schon 'n richtiger Name, aber der paßte den Freunden meines Vaters nicht, Freunde aus der Hauptstadt, die zu Geld gekommen waren und die mein Vater deshalb sehr respektierte. Sie besuchten uns mal, als mein Bruder 'n halbes Jahr alt war, und sie redeten dem Alten ein, daß er nur Fred heißen könnte, Fred und nicht anders; sie hatten den Namen in irgendeinem Buch entdeckt ... Fred, jawohl ... verrückt ist das, nicht wahr?«

»Ein bißchen komisch ist das schon«, sagte sie.

»Ephraim, das war ein verstorbener Onkel von uns«, sagte Ranek. »Es ist doch Sitte, daß die Lebenden nach den Toten genannt werden, damit das Andenken erhalten bleibt. Das ist mal so. Daran läßt sich nichts ändern.«

»Natürlich«, sagte sie.

»In der Synagoge, wenn er zur Thora aufgerufen wurde, war's immer Ephraim, immer nur Ephraim, aber draußen vor den Leuten war's Fred, zu Hause oder in Gesellschaft; Sie verstehen mich schon?«

»Natürlich«, sagte sie.

Er fing wieder zu kichern an. Sie dachte: Sein Name klingt doch auch fremd. Hat was Polnisches an sich. Ist er auch aus einem Buch? Aber sie hielt es nicht für nötig, ihn danach zu fragen.

»Mein Bruder arbeitete in Vaters Bäckerladen«, sagte er. »Ohne Vater wäre nie was aus ihm geworden; ohne ihn wäre er auf der Gasse krepiert, denn Fred war eine vollkommene Null, ein leichtsinniger Mensch, ein schwacher Charakter. Er wird Sie nicht weiter interessieren; wenn Sie aber wollen, werd' ich Ihnen was von Debora berichten.«

»War das Ihre Schwester?«

»Nein, meine Schwägerin. Die Frau von Fred.«

»Erzählen Sie ruhig«, sagte sie.

Sie dachte: Laß ihn doch erzählen; man kann ja sowieso nicht schlafen.

»Debora war die Tochter von Nachbarsleuten«, sagte Ranek. »Wir kannten sie schon als Kind. Sie war unsere Spielgefährtin.«

»Also eine Jugendliebe von Fred?«

Er schüttelte den Kopf. »Fred hat sich nie besonders um sie gekümmert. Das fing erst viel später an, und dann, auf einmal, wurde es ernst. Aber glauben Sie mir, Fred paßte gar nicht zu ihr. Ich hab's nie verstanden, warum sie ihn genommen hat, denn er war nicht mal wert, ihre Füße zu waschen.«

»Das klingt bitter«, lächelte sie. »Konnten Sie ihn nicht leiden? Oder waren Sie eifersüchtig?«

Er überhörte die Frage und fuhr fort: »Als die beiden heirateten, sagte Mutter: ›Das Haus ist geräumig genug; ihr könnt ruhig bei uns wohnen; es ist besser, wenn die Familie nicht auseinandergeht.‹ Daraufhin zog Debora bei uns ein.«

»War das nicht ein Fehler?« fragte sie. »Jungverheiratete Leute sollten weg von zu Hause. Das ist besser.«

»Das stimmt im Allgemeinen; aber bei uns klappte es trotzdem. Denn mit Debora war leicht auszukommen. Manchmal sagte Mutter im Scherz: An dir kann nicht mal die schlechteste Schwiegermutter was aussetzen … die möchte ich kennenlernen, die sich mit dir zanken kann.«

»Sie hat wohl tüchtig in der Wirtschaft mitgeholfen?«

»Das hat sie«, sagte er. »Mutter wollte erst nicht, daß Debora arbeitete, weil sie so zart und zerbrechlich war, aber wenn Debora sich etwas in den Kopf setzte, dann führte sie es durch; sie bestand darauf, überall mit Hand anzulegen, und das Komische war, daß sie sich immer die schwersten Arbeiten aussuchte, nur um Mutter zu schonen. Sie sagte immer: Mutter ist doch alt; sie hat genug geleistet; und ich bin doch jung.«

Die Frau sah, wie er den Zigarettenstummel wegwarf, in die Richtung des Küchenherdes, und sie beobachtete, wie der Stummel allmählich auf dem Fußboden verlöschte.

»Wir liebten Debora alle sehr«, sagte er leise. »Wissen Sie, je länger sie bei uns wohnte, desto mehr fiel mir die Ähnlichkeit ihres Wesens mit Mutter auf. Debora und Mutter, das wurde später fast so wie ein einziger Begriff. Beide waren Menschen, die immer nur für andere dazusein schienen, so als hätten sie gar kein Eigenleben.«

Wo ist Debora? wollte sie fragen. Und wo ist Ihre Mutter? Aber dann überlegte sie's sich und schwieg, weil sie das für ratsamer hielt.

»Wir hatten ein altes Klavier im Wohnzimmer«, sagte Ranek, »… auf dem die Sabbatleuchter standen und die Schachtel mit Mutters Haarnadeln. Debora spielte gern Klavier. Sie hatte sich das selbst beigebracht. Mutter bat sie manchmal, was Jiddisches zu spielen, und Debora tat ihr dann den Gefallen; weiß der Teufel, woher sie all die jiddischen Lieder kannte …«

Er atmete zufrieden in der aufsteigenden Erinnerung. »Da war so 'n Lied«, sagte er, »… die Mamme. Wenn sie die Mamme spielte, standen die Leute vor dem Fenster und hörten zu.«

»Ich kenne es«, sagte die Frau leise, »es ist ein schönes Lied.«

Plötzlich sagte Ranek: »Debora war sonst sehr auf Ordnung bedacht; ich verstand nie, warum sie die Leuchter und Mutters Haarnadeln auf ihren alten Plätzen ließ.«

»Weil Debora klug war«, lächelte die Frau. »Debora mußte gewußt haben, daß alte Leute keine Änderung dulden.«

»Sie haben recht«, sagte er langsam. »Debora war klug, und sie wußte immer, was ein Mensch tun sollte und was nicht.«

»Sie muß eine wunderbare Frau gewesen sein?«

»Ja, das war sie.«

»War sie sehr glücklich mit Ihrem Bruder? Sie sagten doch, daß er ein Schwächling und ein leichtsinniger Mensch war?«

»Ich weiß nicht. Ich frage mich noch heute, ob sie ihn jemals geliebt hat ... ich meine, so wie eine Frau einen Mann liebt. Ich glaube, er war für sie nur ein großes Kind, auf das man aufpassen muß und das ohne einen nicht sein kann.«

»Auch das ist Liebe«, sagte sie sanft.

Er hüllte sich in Stillschweigen, und sie hatte das Gefühl, daß er etwas mit sich auskämpfte und auslöschen wollte. Später kam er ihr wieder sehr nah. Sie rückte weg. An die kalte Wand. Sie dachte, daß er sie jetzt nehmen würde, aber er sagte nur: »Kratzen Sie mich mal!«

Sie lag bewegungslos.

»Stellen Sie sich doch nicht so zimperlich an!« fuhr er sie an. »Es sind bloß Läuse!« Er zerrte ihren Arm. »Sie haben sie doch auch ... oder nicht?«

»Ja«, sagte sie leise, »aber lassen Sie das doch jetzt sein, bitte.«

Die Minuten verrannen wie in einer Sanduhr.

»Warum versuchen Sie nicht zu schlafen?« fragte er.

»Hören Sie denn gar nichts?«

Er vernahm es jetzt ebenfalls. Dieses Wimmern dort draußen, dachte er, waren das noch menschliche Stimmen? Er wußte, daß sie es waren.

»Gegen Abend hörten wir etwas Ähnliches«, sagte er, »... erinnern Sie sich? ... Katzen.«

»Aber das ... das sind keine Katzen.«

»Nein«, sagte er.

Sie wurden jetzt abgelenkt. Die Pritsche knarrte. Jemand kam herunter, schlich an ihnen vorbei. Das Geräusch eines klappernden Blecheimers auf dem Fußboden. Ranek fuhr auf, weil der Gestank sich mehr und mehr zu verbreiten begann. Der Mann hockte nur eine Armlänge von ihnen entfernt, auf dem freien Platz zwischen Tür und Herd.

»Was fällt Ihnen ein«, sagte Ranek barsch, » ... jetzt ... auf den Nachttopf ... im Zimmer!«

»Ich trau' mich nicht raus«, sagte der Mann, »und bis morgen kann ich nicht warten.« Der Mann stöhnte. Da Ranek keinen Streit vom Zaun brechen wollte, ließ er sich mit einem dumpfen Ruck wieder zurückfallen.

»Ranek!« Die Frau machte plötzlich eine hastige Bewegung. Sie hatte sich halb aufgerichtet, und er glaubte erst, daß sie den Verstand verloren hätte. Er fühlte ihre tastenden Hände auf seinem Körper.

Der Mann auf dem Topf keuchte, stand dann mühsam auf, öffnete die Tür einen Spaltbreit und schob den Topf hinaus.

»Komm!« flehte sie. »Halt mich fest! Halt mich ganz fest!«

Jetzt verstand er. Es war der Ekel. Sie wollte ihn überwinden. Er stieß sie weg. »Nein«, sagte er hart. »Nicht so!«

Sie wickelte sich in ihren Mantel und lag zusammengekauert. Lange Zeit richtete er kein Wort mehr an sie, und als er sich später wieder an sie wandte, war sie eingeschlafen.

Das Winseln auf der Straße war verstummt. Es waren nur noch die Geräusche des Windes und des Regens zu hören. Er lauschte eine Weile, dann schob er sich den Hut übers Gesicht. Aber er konnte nicht schlafen ... denn jetzt ... in der Stille der Nacht ..., während er stumm, mit halbgeschlossenen Augen dalag, begann ihn die Erinnerung wieder zu quälen. Er dachte an Rumänien. Er sah wieder die weiten Maisfelder vor sich, die, fern am Horizont, den wolkenlosen, blauen Himmel berührten; er sah die niedrigen Hütten mit den gelben Strohdächern, in denen Störche nisteten, und er dachte an die herumstreichenden Zigeuner, die einem für ein paar Münzen mit ihren Geigen aufspielten.

Er entsann sich, wie er als Junge einmal ins benachbarte Dorf ging, um frische Eier zu holen. Es war ein winziges Dorf mit einer weißen Kirche und Straßen aus hellbraunem Löß und Brunnen, aus denen man das Wasser wie in Urzeiten schöpfte. Auf dem Rückweg hatte er sich verlaufen und war stundenlang umhergeirrt, und dann, später, als er außer Atem auf dem Hügel stehenblieb, dessen Ausläufer in die Stadt mündeten, da begann die Erde auf einmal zu duften, und die warme Nacht stimmte ihn traurig.

»Das ist niemals wahr gewesen«, murmelte er verbissen. Ihm schien, als zittere der Pappdeckel des Fensters; aber das war bloß Einbildung. Die Unruhe, dachte er, verflucht. Er hob den Kopf; er kroch dann etwas nach vorn, saß minutenlang mit gekreuzten Beinen und starrte ins Dunkel.

Was ist nur heute mit dir los? Seit Monaten existierst du nur, und dein Schädel ist wie ein Sumpf, und du denkst an nichts. Er starrte angestrengt zum Fenster, immer auf dieselbe Stelle. Vielleicht weil du vorher mit der Frau darüber gesprochen hast; von den Toten soll man lieber nicht reden, sonst fallen sie nachts über einen her.

Er flucht. Er hält sich den Kopf fest. Seine Schläfen hämmern.

Wart ein bißchen, denkt er, die Kopfschmerzen werden schon vergehen und das Schwindelgefühl auch … ist bloß vom

Hunger ... verdammte Scheiße. Aber er sitzt wie gebannt und starrt, und die Gesichter ziehen vorüber, langsam, eines nach dem anderen, genau an der Stelle des Fensters, wo der Regen gegen die Pappe klopft.

Da ist das massige Gesicht des Alten mit den kleinen, trüben Augen, das Gesicht eines plumpen Mannes, der wenig spricht und jedes Wort wiegt. »So, so ... hm, bin um zehn Uhr aus der Synagoge zurück ... äh ... oder um elf ... äh, Mammchen ... Bohnen mit gehackten Zwiebeln? Gut, sehr gut.« Seine Augen schwimmen feucht, manchmal ähneln sie einer Qualle. »Debora wird ja heute am Sabbat kein Feuer machen ... äh ... hm ... also ruf die Schickse von nebenan. Gekochtes Huhn? Gut, sehr gut.«

Das abgearbeitete Gesicht seiner Mutter. Ihr müder Mund. Jetzt fragt sie besorgt: »Willst du etwas ›gefillte Fisch‹, Rani?« Als Kind hatte sie ihm Märchen erzählt. »Rani, Rani, sieh mal ...«

Auch Fred ist da. Er grinst ihn an. Und er verschwindet jenseits des Fensters. Und dann kommt Debora. Sie schreitet vorbei; ihre Bewegungen sind so ruhig und besonnen wie immer.

Leg dich besser auf den Bauch, denkt er, dann siehst du das alles nicht.

Das bekannte Klopfzeichen über seinem Kopf.

»Wa ... was'n los?«

»Mein ganzer Hintern tut weh«, sagt Rosenberg. Ranek rollt sich zusammen, liegt bewegungslos, spürt nach einer Weile, daß er einschlummert.

Er träumte in dieser Nacht, er wäre noch einmal durch die Straßen von Litesti gewandert. Die Straßen einer judenreinen Stadt. Niemand erkannte den Rückkehrer. Er sprach einige Leute an. Sie schüttelten die Köpfe. Er zeigte ihnen die Narbe auf seinem Hinterkopf. Sie wußten von nichts.

Er ging und ging, und plötzlich stand er vor dem Haus seines Vaters, dem Haus mit dem schiefen Balkon, von wo man auf den Fischmarkt sehen konnte. Was suchst du in dem leeren Haus? fuhr es ihm durch den Sinn, und er wollte umkehren … fort … weglaufen, aber irgend etwas Unbestimmbares trieb ihn vorwärts. Und er ging und ging … durch das breite Tor, das sonderbarerweise unverriegelt war, an dem Bäckerladen vorbei, die Stiegen hinauf.

Er stieß die Tür auf. Lähmende Stille. Nur sein eigener Atem und das taktmäßige Klopfen seines Herzens füllten den Raum … dann das Knarren seiner Schritte. Er ging sehr vorsichtig, wie in einem verdunkelten Zimmer; das war die Gewohnheit. In der Küche stand er still, sehr lange, blickte sich um, lächelte und begann seine Jacke auszuziehen. Er hängte sie neben die alte Kaffeemaschine auf einen großen, freien Nagel, den er selbst vor Monaten an der Kredenz angebracht hatte. Sie konnte das nie leiden, dachte er. Er hängte auch seinen Hut auf; es war Nathans Hut. Was würde sie dazu sagen, wenn sie das wüßte? dachte er amüsiert.

Aus dem Schrank lächelten ihn Tassen und Teller an; es war alles ein wenig verstaubt. Eine Tasse nahm er heraus, füllte sie bis zum Rand mit Wasser, trank, stellte sie dann achtlos auf den Küchentisch neben das Nudelbrett.

Er trat ins Wohnzimmer; es war öde. Sonst war alles beim alten. Die Gardinen am Fenster waren nicht ganz sauber, aber das war immer so gewesen; schließlich konnte Debora sich nicht um alles kümmern.

Auf dem Tisch stand noch die Obstschale mit Äpfeln und Birnen, aber der Teller Bohnen mit gehackten Zwiebeln, die man für den Alten vorzubereiten pflegte, fehlte. Er bemerkte die Sabbatleuchter. Im geheimen wunderte er sich, denn heute war Sabbat, und an diesem Tag nahm Mutter die Leuchter ausnahmsweise vom Klavier herunter, um sie auf den Tisch zu stellen; sie zündete dann die Kerzen an und sprach das Gebet mit geschlossenen Augen.

Da hörte er Musik.

Er blinzelte … und bemerkte auf einmal Debora auf dem eben noch leeren Sessel vor dem Piano. Sie spielte, ohne ihn zu beachten. Seit Monaten ist sie tot, dachte die Traumgestalt, die er selbst war, lächelnd. Sie wurde doch damals zusammen mit den anderen wegen Drückebergerei erschossen, nachdem die Soldaten das Versteck im Keller gefunden hatten. Wie nett, daß sie für ein paar Minuten wieder hierherkommt, um dir etwas vorzuspielen.

Debora war nicht schön. Ihre Gestalt mit den kleinen Brüsten und den mageren, ein wenig zu weit nach vorn abfallenden Schultern war formlos, ihr Gesicht unregelmäßig. Aber es war ein liebes Gesicht, in das man gern sah; es war so beseelt.

Er wollte sich eine Zigarette anzünden, aber er erinnerte sich, daß das Rauchen am Sabbat verboten war. Eigentlich durfte sie auch heute kein Klavier spielen, fiel ihm ein.

Sie drehte sich jetzt um. »Servus«, sagte sie.

»Servus«, erwiderte er mechanisch.

Dann sagte er: »Am Sabbat ist das Klavierspielen verboten; es ist gegen das Gesetz.«

Debora lächelte mitleidig. »Es gibt keinen Sabbat mehr … und kein Gesetz. Er ist doch damals gestorben.«

»Wer?« flüsterte er.

Sie blickte ihn erstaunt an. »Gott«, sagte sie langsam.

Debora stand auf und trat auf ihn zu. »Soll ich dir etwas vorspielen?« Und ohne seine Antwort abzuwarten, setzte sie sich wieder hin.

»Die Mamme«, sagte sie. Er lauschte erstarrt. Als die letzten Töne verklungen waren, sagte sie schelmisch: »Ich weiß, was du jetzt gern hören möchtest ... etwas Rumänisches ... eine Doina zum Beispiel oder ... feuilles verdes ... das Lied von den grünen Blättern.«

Und dann war Debora verschwunden, der Sessel vor dem Klavier ... leer ... Da riß er erschrocken die Augen auf.

Du hast nicht wirklich geschlafen. Du hast das bloß alles im halbwachen Zustand gedacht. Letztens passiert dir das öfters. Du weißt nicht mehr, was Träume sind und was Gedanken. Aber du bist noch nicht verrückt. Du bist bloß hungrig.

Er war vollkommen durchnäßt, sogar seine Hände schwitzten. Plötzlich hatte er eine Idee; sie kam und ließ ihn nicht mehr los und preßte sich in seinem fiebrigen Hirn fest.

Die Frau lag noch immer zusammengekauert wie vorhin, jedoch er hatte das Gefühl, daß sie aufgewacht war.

Ranek stand auf, nahm seine Jacke und zog sie an. Die Frau stand plötzlich neben ihm. »Ranek! Sind Sie verrückt geworden!«

»Ich will versuchen, etwas zum Essen aufzutreiben«, sagte er heiser.

6

Dvorski war ein alter Bekannter von Ranek, der vis-à-vis dem Nachtasyl in einem Keller unter der Straße wohnte. Das Haus, das einst dort am Rand der Böschung gestanden hatte, war längst vom Erdboden weggewischt worden, aber Dvorski, der sich immer zu helfen wußte, hatte den Keller wieder ausgeschaufelt und sich mit seiner Frau und dem Baby häuslich eingerichtet. Sie hatten eine Zeitlang allein gewohnt, sich aber später in eine Ecke zurückgezogen und den übrigen Raum vermietet.

Um in den Keller zu gelangen, mußte man eine Zeltplane, die über das riesige Loch gespannt war, beiseite schieben. Treppen aus gestampfter Erde führten in die Tiefe.

Ranek versuchte, so leise wie möglich zu sein, aber auf der untersten Stufe machte er einen Fehltritt, rutschte aus und stürzte. Eine Weile blieb er auf dem feuchten Fußboden liegen, dann hob er den Kopf: Finsternis und das Schnarchen vieler Leute waren auch hier das einzige, was er vernehmen konnte. Da ihm der Keller vertraut war und er Dvorskis Schlafplatz auch im Dunkeln zu finden vermochte, kroch er jetzt hin, ohne sich unnötig anzustoßen.

Dvorski war wach. Er hatte ihn gehört. Seine ängstliche Stimme: »Wer da?«

»Ranek.«

»Ranek?« Die Stimme klang verwundert, aber beruhigt. »So spät?«

Ranek richtete sich jetzt auf. Er spürte wieder Kopfschwindel. »Wollte mal sehen, wie's dir geht«, sagte er ins Leere, »wir sind jetzt wieder Nachbarn ... wollte nur mal ...«

»Wird wohl nicht meine schöne Fresse sein, der dein Besuch

gilt«, unterbrach ihn Dvorski kalt.

Dvorski verließ sein Lager; er hatte einen zu kurzen Fuß, und Ranek hörte ihn jetzt durch den dunklen Keller humpeln. Bald flammte Licht auf. Die Lampe stand auf einem rohgezimmerten Tisch an der Mauer. Daneben befand sich eine Kiste, in der das Baby schlief.

Das Baby begann zu weinen. Die Leute auf dem Fußboden erwachten und rappelten sich auf; manche schimpften; eine Frau spuckte wütend in die Richtung der Kiste; ein Mann, der neben der aufgeregten Frau lag, kniff sie ein paarmal in den Hintern und beruhigte sie und zündete sich dann grinsend eine Zigarette an.

Dvorski kam wieder auf Ranek zu. Er schaute ihm prüfend ins Gesicht. »Ist dir nicht gut?« fragte er plötzlich.

»Ein bißchen schwindlig«, sagte Ranek leise, »… mach dir keine Sorgen … das geht vorbei.«

»Setz dich 'n Moment hin.« Dvorski schaute sich suchend um. »Setz dich aufs Sofa«, sagte er dann.

Ranek entsann sich noch genau an das Sofa – ein alter, mit Säcken zugedeckter Reisekoffer, auf dem man bequem sitzen konnte. Er ließ sich nicht zweimal auffordern. Er setzte sich keuchend hin, stützte den Kopf in die Hände und dachte: Nicht wieder kotzen … nicht jetzt … nur nicht jetzt.

Das Baby hatte sich nicht beruhigt. Es schrie und strampelte noch immer. Dvorski hinkte jetzt fluchend auf die Kiste zu und begann sie ärgerlich zu schaukeln.

Dvorski war ein ehemaliger Fiakerkutscher. Er kam aus derselben Kleinstadt wie Ranek. Drüben in Litesti war Dvorski ein ehrenhafter Bürger gewesen; er hatte nur Reisende beschummelt, die von weither kamen und die Fahrpreise nicht kannten, aber nie

Leute aus Litesti. Dvorski ging damals regelmäßig in den Tempel, er zog jeden Morgen die Gebetsriemen an und versäumte nie, seiner Frau für Sabbat ein fettes Huhn auf den Tisch zu bringen. Hier im Getto machte Dvorski dunkle Geschäfte. Er besaß die nötige Kaltblütigkeit, um gefährlichen Situationen zu begegnen, und er scheute keine Mittel, wenn es darum ging, jemanden zu betrügen. Er war keine große Figur auf dem Schwarzmarkt, er war nur ein kleiner Schieber, aber er kannte die richtigen Quellen und hatte Beziehungen, und Ranek brauchte ihn. Sie hatten schon oft Geschäfte miteinander gemacht. Zuweilen zog Ranek irgendeinen Toten aus und brachte Dvorski die Kleidungsstücke, die dieser dann weiterverkaufte. Dafür erhielt Ranek von ihm Lebensmittel.

Dvorski wartete, bis das Baby still wurde, dann streichelte er es zärtlich mit seinen großen, rauhen Händen und deckte es zu. Er wandte sich wieder an Ranek. Da er glaubte, daß Raneks Besuch geschäftlicher Natur sei, fragte er jetzt lauernd: »Was hast du mitgebracht?«

»Sag mir zuerst, was du hast«, sagte Ranek ausweichend.

»Zwiebeln!« sagte Dvorski. Er schnüffelte und rieb genießerisch seine Hände. »Zwiebeln!« wiederholte er, »… nun, wie ist's damit?«

Ranek schüttelte den Kopf.

»Ein halbes Ersatzmehlbrot«, sagte Dvorski.

»Was noch?«

»Kannst auch Sojabohnen haben … weil du's bist. Wollte die Bohnen eigentlich selber behalten … für meine Alte … du verstehst schon, nicht wahr? Aber weil du's bist …«

»Ist das alles?«

»Fleisch gibt's jetzt nicht«, sagte Dvorski kalt. Er kratzte seinen Kopf und starrte Ranek an. »Du hast mir manchmal Schuhe gebracht«, sagte er dann langsam, »… du weißt doch … die Schuhe der Toten.«

Ranek nickte.

»Die ukrainischen Bauern wollen im Augenblick nur Mäntel und Anzüge«, fuhr Dvorski fort, »… aber drüben auf der anderen Seite der Grenze … bei den rumänischen Bauern … herrscht nach Schuhen Nachfrage. Große Mode dort drüben. Die Bauern sind ganz scharf auf das Zeug. Die wollen plötzlich nicht mehr barfuß gehen, seitdem die Judenschuhe so billig geworden sind.«

Dvorski redete noch eine Weile, ohne daß Ranek hinhörte, denn es sauste und dröhnte in seinen Ohren. »Es ist das beste, wenn ich offen mit dir bin«, sagte Ranek plötzlich. »Ich habe nichts mitgebracht. Ich bin hergekommen, weil ich Hunger habe, und weil ich's einfach nicht mehr aushalten kann. Du mußt mir was zu essen geben.«

»Nichts zu machen«, sagte Dvorski.

»Ein Stück Brot«, bat Ranek, »… nur ein Stück.«

»Nein«, sagte Dvorski. »Du weißt, ich kann nichts verschenken.«

»Ich will nichts geschenkt. Borg mir was. Ich werde dir's zurückgeben.«

»Ich kann nicht. Nicht mal die Leute, die hier im Keller bei mir auf Untermiete wohnen, kriegen Kredit. Wer nicht zahlen kann, fliegt raus.« Dvorski machte eine nicht mißzuverstehende Handbewegung. »Ich will jetzt schlafen. Komm ein anderes Mal vorbei, wenn du was zum Tauschen hast.«

Ranek rührte sich nicht vom Fleck. »Ich hab' was für dich«, sagte er schnell. Er schluckte, als hätte er auf einmal Atemnot, »… gib mir ein Stück Brot … und ich hab' was für dich.«

»Also doch!« schmunzelte Dvorski, »… was ist's?«

»Eine Frau«, sagte Ranek leise.

Dvorski war zusammengezuckt. Er musterte Ranek schweigend mit zusammengekniffenen Augen.

»Ich hab' sie vorhin mitgebracht«, sagte Ranek. »Von der Straße aufgelesen. Sie schläft jetzt. Du kannst zu ihr gehen. Ich werde draußen im Hausflur warten. Es ist stockdunkel im Zimmer. Und sie wird nicht mal wissen, daß du's bist. Sie wird glauben … ich bin's, verstehst du … weil … weil es so dunkel ist.«

»Klar, verstehe«, grinste Dvorski.

»Willst du?«

Dvorski schien etwas mit sich auszukämpfen, dann aber schüttelte er seinen massigen Kopf. »Nein«, sagte er, »… nicht heute … vielleicht ein anderes Mal.«

»Warum nicht heute?«

»Hab' vorhin meine Alte gefickt … hab' jetzt keine Lust.«

»Kannst wohl nicht zweimal?« höhnte Ranek, aber seine Stimme klang verzweifelt; er dachte fortwährend: Das Brot, das verdammte Brot, der verdammte Geizhals.

»Kannst du etwa zweimal?« sagte Dvorski, und er fing plötzlich zu lachen an, sein unangenehmes, gurgelndes Lachen, das er sich hier im Keller angewöhnt hatte. Ranek ließ ihn lachen; es kümmerte ihn nicht mehr. Er stand wortlos auf und taumelte zum Ausgang. Langsam und benommen ging er nach oben, und er hörte noch, wie Dvorski ihm nachrief: »Paß auf, wenn du über die Straße gehst … laß dich nicht schnappen!« Dann trat er hinaus in die Nacht.

Es regnete nicht mehr. Am Himmel standen vereinzelte Sterne, und ein Streifen Mond blickte aus einer Wolkenlücke müde auf die blassen Pfützen herab.

Ranek überquerte eilig die ausgestorbene Straße. Er suchte eine Weile, bis er ein Loch im Zaun entdeckte, dann betrat er den Hof und wankte keuchend auf die einsame Ruine zu. Im Hausflur tastete er sich wie ein Blinder an der rissigen Wand entlang, fand endlich im Dunkeln das schiefe Treppengeländer und begann, mit seinen schwachen Beinen die Stufen emporzuklimmen.

Er wußte nicht, wie es kam, daß er mitten auf der Treppe stehenblieb, sich umdrehte und zurück hinunterging. Er wußte nur, daß er plötzlich wieder vor dem Loch unter der Treppe stand, in dem er vor einigen Stunden den kranken Mann versteckt hatte.

»Levi«, sagte er leise, »Levi ... ich bin's ... hab' keine Angst ... ich bin's.« Er entfernte ein paar Bretter und legte den Körper frei. Dann kniete er nieder und fing den Reglosen zu rütteln an.

Levi gab keinen Laut von sich. Auch jetzt zündete Ranek ein Streichholz an. Zum wievielten Mal schon heute nacht? Aber das war egal. Er wollte Licht. Er wollte Gewißheit. Und wieder leuchtete er in das Gesicht des Mannes, dessen Nachfolger er geworden war.

Levi bewegte jetzt die Lippen. Er konnte nicht mehr sprechen; er konnte auch nicht den Kopf wenden, nur seine Augen wanderten langsam seitwärts wie zwei schwere Bleikugeln, so als würden sie magnetisch von dem Licht des Streichholzes angezogen. Seine Augen blickten jetzt ohne Angst. Sie waren groß und ruhig, aber eine stumme Anklage stand darin, eine furchtbare Anklage ohne Worte. Er stirbt, durchfuhr es Ranek. Man müßte die Alte benachrichtigen! Vielleicht wollte Levi sie noch einmal sehen? Ranek verwarf den Gedanken sofort, weil es jetzt Wichtigeres für ihn zu tun gab.

Das Streichholz verlosch. Er nahm sich keine Zeit, ein anderes anzuzünden, sondern fing gleich an, Levi zu untersuchen. Der Sterbende trug weder Jacke noch Hose; um seinen nackten Körper waren zwei aufgetrennte Mehlsäcke gewunden. Ranek hielt sich nicht unnötig mit den Mehlsäcken auf; er betastete Levis Beine ... und jetzt fühlten seine Finger: die Schuhe.

»Levi«, flüsterte er, »du brauchst die Schuhe doch nicht mehr, verdammt noch mal, du brauchst sie nicht mehr.«

Er kam sich plötzlich wie ein Geier vor. Ein Geier vor einem Aas. Nein, dachte er, noch nicht, noch kein Aas.

Raneks Finger waren von der kalten Nachtluft steif geworden und arbeiteten nur langsam und ungeschickt. Er fühlte, wie ihm vom Bücken das Blut in den Schädel schoß; seine Schläfen hämmerten und schmerzten. Als er die Schnürsenkelknoten endlich aufgebunden hatte, setzte er sich erschöpft neben dem Sterbenden auf die Erde, um ein wenig zu verschnaufen.

Es war unheimlich still im Hausflur. Ranek lehnte seinen Kopf an die Mauer und starrte grübelnd auf die schwarze Treppe. Er war sich vollkommen bewußt, daß es kein gewöhnlicher Schuhdiebstahl war, was er jetzt vorhatte; für hiesige Begriffe galt so etwas als schweres Verbrechen. Nicht einmal die Abgebrühtesten wagten es, einen Sterbenden auszuplündern; sie warteten lieber, bis er tot war, und nahmen ihm erst dann die Sachen fort ... »Stimmt«, murmelte er halblaut vor sich hin, »... stimmt vollkommen; man wartet ab ... so ist's anständig. Wenn er tot ist, dann sieht er nicht, was man mit ihm macht; dann weiß er nichts mehr.«

Ranek blieb noch ein paar Minuten an der Mauer sitzen; dann

raffte er sich auf und machte sich wieder über den Sterbenden her ... Was ging ihn das alles an! Er hatte Hunger, und er wollte die Schuhe; er würde sie Dvorski bringen, und Dvorski würde ihm was zu fressen geben. Und das war das Wichtigste! Wichtiger war's als der ganze moralische Kram ...

Der eine Schuh fiel patschend in den Schlamm. Mit dem anderen hatte er mehr Mühe. Der verfluchte Schuh saß wie festgegossen auf dem Fuß. Er zog und zog. Es half nicht. Ärgerlich geworden, stemmte er sich jetzt mit aller Kraft gegen den Bauch des Sterbenden, und wieder packte er den Schuh und zog. Diesmal bekam er ihn los.

Dann schlurfte er zurück zum Keller.

»Woher hast du die Schuhe?«

»Von einem Toten«, log Ranek.

Dvorski nahm die Schuhe prüfend in die Hände und roch daran. »Die riechen nach Schweiß«, sagte er dann langsam. »Wie kommt das?«

»Der Mann war noch nicht lange tot«, antwortete Ranek ausweichend.

Dvorski drehte die Schuhe nach allen Windrichtungen, »'n großer Dreck«, sagte er geschäftsmäßig, »das Oberleder ist zerrissen, die Sohlen haben Löcher ... kann dir nicht viel dafür geben.«

Ranek sagte nichts, denn er bemerkte jetzt, daß Dvorskis Frau, die aufrecht auf ihrem Lager saß und zu ihnen herüberstarrte, den Arm hob und Dvorski ein Zeichen machte. Dvorski sah es nicht. Ranek konnte die Frau nicht leiden. Sie hatte ein hochmütiges Gesicht. Ihre Augen waren wie eine Falle, heimtückisch und gefährlich. Sie erhob sich jetzt und kam zu ihnen. Ihr Kleid war zerknittert; sie sah verstaubt und verschlafen aus. »Mehr als ein paar Zwiebeln sind die Schuhe nicht wert«, sagte sie bissig zu Dvorski. »Gib ihm nicht mehr dafür!« Die Frau beachtete Ranek gar nicht; sie tat so, als sei er nicht anwesend.

Dvorski lachte.

»Du hörst, was sie sagt«, wandte er sich an Ranek, »sie hat immer das letzte Wort.«

»Kommt nicht in Frage«, sagte Ranek mit Bestimmtheit, »ist ja lächerlich ... 'n paar lausige Zwiebeln für echte Lederschuhe ... mach' ich nicht!«

Die Frau wurde wütend. »Was bildet der Kerl sich eigentlich ein!« Sie zupfte ihren Mann am Ärmel. »Eine Frechheit! So ein Schnorrer ... kommt da mitten in der Nacht her ...« Sie unterbrach sich plötzlich, weil das Baby in diesem Moment wieder zu schreien anfing. »Da hast du die Bescherung«, schnaufte sie und ließ jetzt Dvorskis Hemd los, »du mit deinen Geschäften! Jetzt ist das Kind wieder wach geworden!«

Dvorski versetzte Ranek einen leichten Stoß. »Willst du das Kind 'n bißchen schaukeln? Geh mal zu ihm rüber! Inzwischen werden meine Frau und ich uns besprechen.«

Ranek nickte mechanisch. Er wußte, daß die Frau nur noch gereizter werden würde, wenn er ihrem Mann jetzt absagte. Er wankte unsicher auf die Kiste zu. Es ist ganz gut, daß du die beiden jetzt allein läßt, dachte er; laß sie nur beraten. Sie werden dir bestimmt mehr als bloß Zwiebeln für die Schuhe geben, nachdem du ihnen gezeigt hast, daß du nicht auf den Kopf gefallen bist. So muß man's machen! Einfach nicht drauf eingehen und mehr verlangen. Man darf nicht nachgeben, verflucht noch mal.

Er bewegte die Kiste verbissen hin und her, ohne daß es ihm

gelang, das Baby zum Verstummen zu bringen. Ab und zu blickte er verstohlen zu dem Paar hinüber, das leise miteinander flüsterte und sich offenbar nicht einig werden konnte. Diese verfluchte, kleine, schwarze Hexe von Frau, dachte er ... verdirbt einem alles, muß immer ihren Senf dazugeben. Dann fiel ihm ein, daß er vor Dvorski, der mit seiner immer gleichbleibenden, kalten Ruhe das Gegenteil seiner Frau war, noch mehr auf der Hut sein mußte.

Dvorski rief jetzt herüber: »Zum Teufel, steck ihm doch den Nuckel rein!«

Ranek suchte vergebens nach dem Beruhigungsmittel. Er wunderte sich im Stillen, wo Dvorski im Getto einen Nuckel aufgetrieben haben mochte, denn solche Luxusartikel gab's nirgendwo zu kaufen. »Ich kann ihn nicht finden!« rief er zurück.

»Er muß in der Wiege liegen!«

Ranek durchstöberte die Kiste aufs neue. Er fand ein Stück Kohlrabi. Er hielt es in die Höhe.

»Steck's ihm rein!« rief Dvorski.

Also das ist der Nuckel, dachte Ranek. Der Kohlrabi war spitz zugeschnitten; er paßte gerade in den kleinen Mund. Das Baby blies verzweifelt die Backen auf, gab aber keinen Laut mehr von sich.

Raneks Kopfschmerzen hatten nicht nachgelassen. Der Anblick des Kohlrabis brachte ihm seinen Hunger nur noch mehr zum Bewußtsein, und das leere Gefühl im Magen wurde immer unerträglicher. Und da er's nicht länger aushalten konnte, klappte er das rostige Taschenmesser, das er immer mit sich herumtrug, auf und schnitt ein Stück von dem Kohlrabi ab.

Dvorski und seine Frau schenkten ihm jetzt keine Aufmerksamkeit. Ranek dachte sich, daß sie auch später nichts bemerken würden … er hatte ja nur ein kleines Stück genommen. Er zerkaute es langsam. Es hatte einen seltsamen Nachgeschmack. Wie Urin. Es mußte längere Zeit in der Kiste gelegen haben. Nicht dran denken, sagte er sich … nicht dran denken! So ist's gut. Jetzt ist's besser. Jetzt schmeckt's wie richtiger Kohlrabi. Es hat gar keinen Nachgeschmack mehr. Es schmeckt wunderbar.

Er konnte nicht widerstehen und schnitt noch ein zweites Stück ab und steckte es gierig in den Mund. Und dann noch ein drittes. Der Rest des Nuckels war so unansehnlich geworden, daß er Angst hatte, daß das Kind ihn verschlucken würde. Das hätte noch gefehlt, dachte er, daß dir das Kind unter der Hand krepiert! Er nahm nun auch den Rest des Nuckels und aß ihn auf.

Nun begann das Kind wieder zu weinen. Dvorski kam ärgerlich herangehumpelt. »Was hat es denn schon wieder?«

»Es hat den Nuckel verloren.«

Dvorski durchsuchte mürrisch die Kiste. »Ist nicht in der Wiege«, sagte er dann. Er begann, den Fußboden rings um die Kiste abzusuchen. Seine Frau kam mit der Lampe und half ihm dabei. Eine Männerstimme schimpfte: »Hört doch endlich auf mit dem Theater, man kommt ja nicht mehr zur Ruhe!« Und dann begann die Stimme das Baby zu verfluchen: »Ersäufen müßte man den kleinen Schreihals, ersäufen, ersäufen!«

»Halt's Maul«, sagte Dvorski wütend, »kannst selber ersaufen!«

»Ersäufen müßte man's«, wiederholte der Mann.

»Wenn's dir nicht paßt, zieh aus!« sagte Dvorski.

»Ein Meckerer«, mischte sich die Frau ein, »soll er doch ausziehen. Es gibt genug Leute, die auf seinen Platz warten und uns das Doppelte dafür zahlen würden.«

»Klar«, sagte Dvorski.

»Rätselhaft«, sagte die Frau jetzt, »der Nuckel ist verschwunden, wie verhext.«

»Verstehe ich auch nicht«, sagte Dvorski.

Plötzlich zeigte die Frau auf Ranek. »Der Kerl hat ihn bestimmt geklaut! Wie konnte dir nur einfallen, ihm das Kind anzuvertrauen?«

Dvorski blickte Ranek scharf an. Er sagte wieder: »Du hast gehört, was sie sagt!«

»Ich hab's gehört.«

»Warst du's?«

»Nein.« Ranek grinste unsicher. »Hör nicht auf sie! Sie traut doch niemandem. Du kennst sie doch.«

»Ich glaub' dir«, sagte Dvorski, »weil ich's nicht beweisen kann.« Er wandte sich an seine Frau. »Bleib du jetzt bei dem Kind!«

»Ich bleib ja schon«, sagte sie.

Dvorski warf noch einen besorgten Blick in die Kiste, dann zog er Ranek in die Nähe der Kellertreppe.

»Ein Kilo Zwiebeln und ein halbes Ersatzmehlbrot für die Schuhe«, flüsterte er.

»Nein«, sagte Ranek.

»Meine Frau wollte dir nur Zwiebeln geben, das Ersatzmehlbrot hast du meiner Fürsprache zu verdanken.«

»Ich könnte einen ganzen Sack Maismehl für die Schuhe bekommen.«

»Für neue Schuhe«, sagte Dvorski zögernd, »nicht für so 'n Dreck. Guck sie doch mal richtig an!«

»Man kann sie flicken«, sagte Ranek. »Die Bauern, drüben auf der anderen Seite der Grenze, nehmen's nicht so genau; für die ist das prima Ware. Und du kannst einen anständigen Preis erzielen.«

Dvorski roch wieder an den Schuhen, dann hielt er sie Ranek plötzlich unter die Nase, als wüßte er, daß Ranek Angst vor diesem Geruch hatte. Ranek wagte nicht zu atmen. Er spürte, wie seine Hände zitterten. Er stieß die Schuhe von seinem Gesicht weg.

»Die riechen noch frisch, was?« sagte Dvorski gedehnt. »Mir kannst du doch keinen Bären aufbinden. Da stimmt was nicht. Der Mann, von dem du sie geklaut hast, war bestimmt noch nicht tot. Ich dürfte sie gar nicht kaufen.«

Ranek wußte, daß Dvorski mit seinem Gerede nur den Preis herunterdrücken wollte. Er hatte sich rasch wieder in der Gewalt. »Komm mir jetzt nicht mit Moralpredigten«, sagte Ranek kalt. »Mich kannst du nicht einschüchtern.«

Sie verhandelten noch eine Weile. Ranek gab nicht nach. Schließlich einigten sie sich auf ein Kilo Maismehl, ein halbes Ersatzmehlbrot und ein paar Zwiebeln als Zugabe.

Dvorski begleitete ihn diesmal hinaus.

»Wie still es auf einmal geworden ist!«

»Ja.«

»Man hört wirklich keinen Laut von der Straße. Auch nicht vom Bahnhof.«

»Stimmt. So ist das immer. Es wird auf einmal still.«

Dvorski nickte. Er reichte ihm die Hand. »Wir arbeiten jetzt wieder zusammen?«

»Klar.«

Dvorski räusperte sich. Er flüsterte plötzlich: »Ich weiß, wem die Schuhe gehören. Es fällt mir jetzt ein.«

»Was weißt du?«

»Es gibt nur einen Mann im Nachtasyl, der Schuhe von dieser

Sorte hat.«

»Du hältst dein Maul!«

Dvorski nickte.

»Wegen der Alten«, zischte Ranek, »seiner Mutter ... ihr Schlafplatz ist neben dem meinen. Ich will nicht, daß sie's erfährt. Ich will nicht, daß sie weiß, daß ...«

»Verlaß dich drauf!«

Das Geräusch sich nähernder Schritte draußen auf der Treppe. Sara lauschte angestrengt. Ranek ist zurück, dachte sie aufatmend. Sie verließ ihren Schlafplatz und kauerte sich neben die Tür. Sie wagte nicht, aufrecht zu stehen, weil sie nicht bemerkt werden wollte. Während Raneks Abwesenheit hatte sie keinen Schlaf zu finden vermocht, weil der Mann unter dem Herd einmal zu ihr herübergekommen war. Er hatte ihr nichts getan; er kam bloß herangeschlichen, als wollte er sich vergewissern, ob Ranek noch da sei. Dann hatte er wieder kehrtgemacht. Vielleicht traute er sich nicht, ihr Gewalt anzutun, ehe er nicht sicher war, wie lange Ranek wegblieb. Und er wollte noch eine Weile warten. Denn wenn Ranek nicht bald kam, hatte man ihn geschnappt ... Sie wußte nicht, wie der Mann unter dem Herd aussah. Sie hatte ihn nur gerochen. Und diesen Geruch würde sie nie vergessen.

Jetzt hörte sie Ranek im Hausflur hüsteln ... ausspucken ... und kurz darauf gegen die Tür stoßen. Sie wich rasch aus, als die Tür aufsprang, konnte aber nicht verhindern, daß Ranek im Dunkeln über sie stolperte. »Verflucht«, schimpfte er, »wer ist das?«

»Sara«, flüsterte sie.

»Warum kauern Sie sich vor die Tür, verdammt?« Er trat sie leicht gegen den Bauch.

»Ich … ich wollte bloß …«, stammelte sie, »… ich hab' Sie kommen hören, und ich dachte …«

»Schon gut«, sagte er barsch. Er reichte ihr seinen Hut, in dem die Lebensmittel verstaut waren.

»Woher haben Sie das bekommen?« fragte sie voller Bewunderung.

»Fragen Sie nicht soviel!« Er stieß sie auf ihren Platz und befahl ihr, sich ruhig zu verhalten.

»Ich werde die Lampe holen«, sagte er. »Bin gleich wieder zurück.« Seine Stimme wurde leiser. »Schneiden Sie inzwischen das Brot in kleine Scheiben. Lassen Sie den Rest im Hut, und passen Sie auf, daß niemand etwas davon wegnimmt. Hier klaut man wie die Raben, kapiert?«

»Ja«, sagte sie. Er reichte ihr nun das Taschenmesser, und dann ließ er sie allein.

Wieder der Weg zum Fenster, der Weg über die vielen Körper. Er bewegte sich diesmal vorsichtig wie eine Katze. Die neue Kontrolle, die der Geist über den Körper gewonnen hatte, seitdem wieder Hoffnung da war, trug wohl dazu bei, daß seine Schritte nicht mehr so taumelig waren. Er wußte nun, daß er heute nacht überleben würde. Er hatte nicht nur ein Bett, er hatte nun auch etwas zu essen … und, wenn man wie er von einem Tag auf den anderen lebte, war man damit zufrieden und dachte an nichts anderes mehr. Er hatte längst gelernt, jeden einzigen Tag des Lebens als ein kostbares Geschenk anzunehmen und dafür dankbar zu sein.

Er fand die Lampe, ohne lange umherzutasten. Er steckte sie an. Der schwache Lichtschein reichte nicht weit und beleuchtete nur undeutlich die herabhängenden Beine der Leute auf dem Holzgestell und einige schattenhafte Körper auf dem Fußboden in der Nähe des Fensters. Aus der Richtung der langen Wand, gegenüber der Pritsche, ließ sich eine Stimme vernehmen: »Warum machen Sie mitten in der Nacht Licht?« Die Stimme war so kraftlos, daß es schwer zu erkennen war, ob sie einem Knaben oder einer Frau gehörte.

»Laß dich nicht stören«, sagte Ranek freundlich. »Penne nur ruhig weiter. Ich mach' bald wieder aus.« Er kümmerte sich nicht weiter um den Unbekannten.

Sara war noch immer damit beschäftigt, das harte, verkrustete Brot zu zerschneiden. Ihr Gesicht war vor Anstrengung verzerrt. »Das Messer ist stumpf«, sagte sie, als Ranek neben ihr Platz nahm. »Das liegt am Brot«, sagte er, »nicht am Messer.«

Er hatte die Lampe wieder auf den Fußboden gestellt. Er wickelte die feuchten Lappen ab und wärmte seine frierenden Füße an dem warmen Lampenschirm. Sie sprachen nicht während der Mahlzeit. Ranek aß mit Heißhunger, obwohl er das Brot auf dem Rückweg durch den Hof bereits angebissen hatte. Die Frau zeigte mehr Beherrschung als er; man merkte ihr noch an, daß es erst kurze Zeit her war, seitdem sie die Zivilisation hinter sich gelassen hatte, und es würde wohl noch ein paar Wochen dauern, bis sie so schmatzen und schlucken konnte wie er. Ranek holte sich verstohlen eine Zwiebel und steckte sie mit der Schale in den Mund. Die Schale spuckte er nach und nach aus. Er gab ihr absichtlich nichts von den Zwiebeln, um ihren Appetit nicht unnötig anzuregen, denn er war auf jeden Bissen eifersüchtig, den sie zu sich nahm.

Jetzt fing sie zu sprechen an: »Sie brauchen nicht Versteck mit mir zu spielen! Ich weiß, daß Zwiebeln im Hut sind.«

Er lachte gezwungen. Er sagte nichts. Dann kaute er weiter an dem schwarzen Brot.

Plötzlich stieß sie ihn an und flüsterte: »Wir werden beobachtet ... die alte Frau neben Ihnen!«

Er nickte gleichgültig: »Ich weiß es«, sagte er.

»Sie hätten kein Licht machen sollen!«

»Die Alte hat bloß Hunger. Wenn's ihr Spaß macht, dann soll sie ruhig zugucken. Die meisten Leute hier leben nur von Kartoffelschalen und Abfällen; sie sind immer neidisch, wenn ein anderer was Anständiges frißt.« Er grinste zufrieden und leckte seine gesprungenen Lippen.

»Wissen Sie«, sagte sie, »ich kann das Gefühl nicht loswerden, daß jemand durch die Ritze der Schlafpritsche fortwährend auf uns herunterstarrt.«

»Man müßte die Ritze in dem Brett mal verstopfen«, sagte Ranek. »Man darf sich aber im allgemeinen nicht um solche Kleinigkeiten kümmern. Merken Sie sich ein für allemal: Scheren Sie sich nicht um andere Leute. Es muß Ihnen immer ganz egal sein, was andere machen, ob sie essen oder huren oder verrecken ... ganz Wurscht ... jeder kümmert sich hier nur um sich selbst.«

»Natürlich«, gab sie kleinlaut zu, »Sie werden's ja wissen.«

Ehe er die Lampe auslöschte, kontrollierte er nochmals die Kostbarkeiten in dem Hut. Dann verdeckte er sie sorgfältig mit den Wäschestücken der jungen Frau.

»Sie brauchen das Zeug doch im Moment nicht?«

»Nein ... ich brauch's nicht.«

»Es ist besser, wenn der Hut zugedeckt ist.«

»Man kann bestimmt nicht von Ihnen sagen, daß Sie leichtsinnig sind«, lächelte sie.

Sie hängte den Mantel wieder um ihre Schultern und hüllte sich tief darin ein.

Morgendämmerung. Erstes, schwaches Licht drang an den Seiten der Pappdeckelfensterscheibe vorbei ins Zimmer. Das Licht sah wie Nebel aus, ein hauchdünner Nebel, der allmählich von draußen hereinkroch, vorerst nur die Zimmerdecke und den oberen Teil der Wände aus dem Dunkeln hebend, während der Fußboden und die schlafende Masse Mensch einstweilen noch im Schatten der Nacht blieb.

Ranek hockte unter dem Rand der Schlafpritsche. Seine Augen hafteten auf der gegenüberliegenden Wand. Er konnte jetzt schon die Zeitungspapierfetzen unterscheiden, die stellenweise über die Löcher und Risse der Wand geklebt waren. Genau in der Mitte der Wand war ein Brett mit einigen Kleiderhaken angebracht. Sie waren leer. Niemand war so einfältig und ließ seine Jacke über Nacht dran hängen. Manchmal wurden die Haken am Tag benützt, aber meistens nur dann, solange der Besitzer der Jacke im Zimmer verweilte. Um einen der Haken war das Ende einer Wäscheleine geknüpft, die quer durch das Zimmer lief. Auch die Leine war leer.

Ranek stand jetzt auf und trat aus dem Zimmer. Er ging langsam die steile Treppe hinunter. Kalte Morgenluft wehte in den offenen Hausflur; er wußte, wie anfällig er war und wie leicht er sich erkältete, aber er machte nicht wieder kehrt, weil er sehen wollte, wie es mit Levi stand.

Levi war tot. Seine nackten Füße staken grau und stumm unter dem Sack hervor. Ranek kniete neben ihm nieder. Er drückte ihm die erloschenen Augen zu. Dann schob er die Beine tiefer in den Hohlraum unter der Treppe hinein, damit man nicht auf sie trat.

Als Ranek zurückging, folgte ihm das Bild des Toten; es blieb und ließ sich nicht wegwischen, auch nicht, als er fröstelnd die

Tür schloß und die Wärme des Zimmers ihn wieder aufnahm.

Es war noch zu früh, um aufzubleiben; der Tag war sonst zu lang, und deshalb legte er sich wieder auf seinen Schlafplatz zwischen den beiden Frauen. Die junge schlief noch, die alte war wach und starrte ihn schweigend an.

Er kehrte der alten Frau den Rücken und schob seinen Körper dicht an den der jungen heran, weil ihn noch immer fror und weil er glaubte, das wäre das beste, um den Toten zu vergessen … Vergiß, was du gestern mit ihm gemacht hast, versuchte er sich zu beruhigen; man muß immer dafür einstehen, was man tut, und man darf nicht zurückdenken.

Plötzlich fuhr er zusammen, weil er die schlaffe Hand der alten Frau auf seinen Schultern fühlte.

»Was wollen Sie von mir?« keuchte er.

»Haben Sie ihn gesehen?« flüsterte sie hinter seinem Rücken.

»Ich hab' ihn gesehen«, flüsterte er höhnisch zurück. Jetzt drehte er sich um. »Warum gehen Sie nicht selbst hinaus?«

»Weil es noch nicht hell genug ist«, sagte sie ängstlich. Sie richtete sich etwas auf. »Haben Sie mit ihm gesprochen?«

»Ja«, log er.

»Was hat er gesagt?« fragte sie begierig.

»Nichts Besonderes. Er hat bloß nach Ihnen gefragt.«

»Und was haben Sie ihm gesagt?«

»Daß Sie in Ordnung sind.«

Die Alte nickte. »Ich wußte ja, daß er die Flecktyphuskrise überstehen wird«, sagte sie. »Wissen Sie, ich hab' nicht mal einen Moment lang dran gezweifelt. Ich sagte Ihnen doch schon gestern: Der ist ein ganz Zäher.«

»Das ist er bestimmt«, versicherte Ranek.

»Wissen Sie«, lispelte sie, »ich hatte bloß Angst, daß er dort

draußen frieren würde … er hat ja nur einen Doppelsack an …
und ich habe doch keine Decke für ihn … so was besitz' ich
nicht, mein' ich … Sie sehen's ja … keine Decke, gar nichts zum
Zudecken … und ich wußte auch nicht, wo ich eine für ihn
borgen sollte. Wer borgt einem denn was? Sie wissen ja, wie das
ist.«

»Sie dürfen sich keine Vorwürfe machen.«

»Ich hab' erst dran gedacht, nackt zu schlafen, um ihn mit
meinem Kleid zuzudecken … aber das geht doch nicht?«

»Das geht nicht«, sagte Ranek.

»Das hätt' er auch nicht von mir angenommen«, flüsterte sie,
und sie schüttelte nachdenklich den grauen Kopf, »… nein, da
kennen Sie ihn schlecht … der hätt' so was nie von mir angenommen.«

»Machen Sie sich keine Vorwürfe«, sagte Ranek wieder. »Sie
haben wirklich keinen Grund dazu.«

Die Alte seufzte eine Zeitlang. Dann fragte sie: »Hat er nicht
noch irgend etwas zu Ihnen gesagt?«

»Nein. Er hat nichts mehr gesagt.«

Die Alte stierte eine Weile ins Leere. Dann wandte sie ihm
wieder ihr Gesicht zu, als wäre ihr auf einmal etwas eingefallen.
»Wenn's draußen heller wird, werd' ich ihn irgendwo unterbringen lassen«, sagte sie. »Er will nicht ins Spital. Man muß was
anderes für ihn finden!«

»Vorläufig ist er im Hausflur gut aufgehoben«, antwortete
Ranek trocken.

»Nein, er muß aus dem Hausflur raus!« Sie wiederholte: »Er
muß raus!« Und dann sagte sie denselben Satz noch einige Male.
Ihre Stimme aber klang so leierhaft und eintönig, als wäre sie
gar keiner Erregung mehr fähig, als wären das alles nur fremde

Gedanken, die sie jetzt aussprach. Zu seinem großen Erstaunen aber stand sie dann ganz plötzlich taumelnd auf und hielt sich krampfhaft die Hand vor den Magen. »Was ist los?« fragte Ranek erschrocken.

»Nichts. Gar nichts.« Sie legte sich wieder hin, aber nur, um sich Sekunden später wie ein gequältes Tier auf dem Fußboden hin- und herzuwinden. Und sie hielt weiter die Hand gegen den Magen gepreßt. Sie kam auf die Knie und kroch stöhnend vorwärts, taumelte wieder hoch und erbrach sich in der Nähe des Küchenherdes. Dort schrie jemand wütend. Die Stelle auf dem dunklen Fußboden, über die die alte Frau ihren zuckenden Kopf hielt, bewegte sich. Ein Mann rappelte sich auf, kam auf die Beine und rannte gegen die alte Frau. Ranek sah, wie der Mann mit einem Stück Holz wütend auf die Alte einschlug. Er schrie fortwährend: »Du verdammtes altes Biest ... alles auf mich drauf ... alles auf mich drauf!«

Ranek hörte die Alte heulen, und er verließ jetzt schnell seinen Platz und fiel dem Mann in die Arme. Der Mann war nur ein Skelett. Er hatte sich ausgetobt und hatte bereits keine Kraft mehr. Ranek stieß ihn mühelos zu Boden. »Versuch's nicht noch mal!« sagte er drohend. »Laß die Frau in Ruhe! Sie hat's nicht absichtlich gemacht.«

Er half der schluchzenden alten Frau wieder auf ihren Platz. Er wischte ihr das Blut aus dem Gesicht. Er nahm den Rest des Brotes aus dem Hut und gab's ihr, und er wußte plötzlich, daß er all das bloß tat, um an ihr wiedergutzumachen, was er an ihrem Sohn verbrochen hatte.

Die alte Frau aß hastig. Sie schluchzte nicht mehr. Sie war ausgehungert und konzentrierte sich jetzt vollständig auf das Brot. Als sie fertig gegessen hatte, sagte sie zu ihm: »Sie sind anständig.«

Ranek mußte jetzt grinsen. Dasselbe hat dein Sohn gesagt, dachte er.

»Das ist mir hier noch nicht passiert, daß ein Mensch einem anderen was von sich abgibt«, flüsterte die alte Frau.

Wenn du wüßtest, dachte er ... wenn du wüßtest, daß das Brot rechtmäßig eigentlich dir gehört ...

»Wenn man so eng zusammenwohnt wie wir«, sagte er, »dann kann man ruhig mal einander helfen. Das spielt keine Rolle.«

Die alte Frau drängte sich an ihn heran. »Es tut mir leid, daß ich Sie gestern so falsch eingeschätzt hatte«, sagte sie. »Sie sind wirklich ein guter Mensch.« Sie streichelte dankbar seine Hände. Und er wagte nicht, sie wegzustoßen, weil das Bild des Toten wieder da war.

»Sie nehmen mir's doch nicht übel, daß ich mich vorhin so albern benommen hab'«, sagte sie, »ich meine, weil ... weil ich gekotzt hab'? Aber wissen Sie ... die Aufregung von gestern abend ... und die Sorgen ... die Sorgen ... und dann die Gewißheit, daß er lebt. Das war zuviel für mich.«

»Ich verstehe Sie vollkommen«, sagte Ranek. »So was kann jedem Menschen passieren.«

»Ich bin so froh, daß er lebt«, sagte sie.

»Das kann ich mir gut vorstellen.«

»So froh«, sagte sie, »... so froh.«

Die Alte rülpste und fing an, das Brot wiederzukäuen. »Wenn Sie ihn nicht unter den Brettern versteckt hätten, wäre er bestimmt von der Polizei mitgenommen worden.«

»Ja«, sagte Ranek heiser.

»Werden Sie mir auch helfen, ihn irgendwo unterzubringen? Ich bin eine alte Frau. Ich kann's nicht allein machen.«

»Natürlich.«

»Und Sie werden ihm auch seine Rechte wieder einräumen, wenn er wieder ganz gesund ist und hierher zurückkommt? Sie werden das tun, nicht wahr? Ich weiß es doch! Inzwischen wird bestimmt ein anderer Platz für Sie frei. Sie sind doch tüchtig. Ein Mann wie Sie findet immer was. Sie schlagen sich schon durch.«

Ranek wußte, daß sich die Alte in diesem Augenblick in einer Art Rauschzustand befand. Das Brot hatte seine Wirkung getan. Er kannte das ja. Sie fühlte sich körperlich und seelisch völlig wohl. Das Leben sah wieder rosig aus. Und alles war wieder gut.

Noch immer streichelte sie seine Hände, und noch immer wagte er nicht, sie ihr zu entziehen, denn ihm war, als streichele nicht die Mutter des Toten, sondern der Tote selbst seine Hände.

Sie öffnete ihr Kleid und legte seine Hände behutsam, dankbar, zärtlich auf ihre Brüste, diese welken, runzeligen Brüste, die ihn mit Ekel erfüllten.

»Vielleicht sehe ich älter aus, als ich in Wirklichkeit bin«, sagte sie leise, »aber ich bin noch nicht alt. Es ist nur das harte Leben. Das macht einen Menschen kaputt.«

7

Vor dem Haus lag eine Menge brauchbarer Dinge herum: Teile von Möbelstücken, die noch zum Verheizen gut waren, und andere ehemalige Einrichtungsgegenstände und Hausgeräte, die beim Einsturz in den Hof gepurzelt waren. Auch Sachen aus dem einen bewohnten Raum, welche die Leute aus Platzmangel herausgeschmissen hatten, waren dabei. Der Unrat vieler Monate war darüber aufgehäuft worden, Kohlenstaub und Asche, verdorbene Speisereste, zerrissene Schuhsohlen, der Inhalt ausgeleerter Nachttöpfe, Wäschefetzen und Pappschachteln.

Ranek, der zwischen dem Gerümpel nach einem alten Kochtopf Ausschau hielt, stieß auf das Skelett einer Katze. Neben der Katze lagen ein paar angekohlte Bilderrahmen, dann das Pendel irgendeiner nicht mehr vorhandenen Wanduhr und etwas weiter ein verrosteter Hammer mit einem kaputten Stiel. Er hob das Pendel auf und warf es wieder fort. Er nahm auch den Hammer in seine Hände. Er hielt ihn längere Zeit fest und betrachtete ihn interessiert und dachte daran, daß er von Nutzen sein könnte. Dann legte er ihn zurück. Die Stelle würde er sich merken.

Endlich fand er, was er suchte. Zwar war der Topf nur aus dünnem, verbeultem Blech und glich eher einer großen Konservenbüchse, aber er würde seinen Zweck erfüllen, und das war ja die Hauptsache.

Unweit der Latrine befand sich ein Brunnen. Ranek ging jetzt hinüber. Die schwere Eisenkette, die sich um das Holzrad wand, war abgerissen, das Rad selbst aus den Fugen gehoben. Der Eimer war noch intakt. Die Leute hatten einen Strick um seinen Henkel gebunden, und wer noch einigermaßen bei Kräften war, konnte damit hantieren.

Ranek ließ den Eimer in die Tiefe des Brunnens hinab. Er füllte ihn bis zum Rand und versuchte, ihn wieder heraufzuziehen, war aber zu schwach dazu. Er schlenkerte den Strick so lange hin und her, bis die Hälfte des Wassers überschwappte. Dann zog er den leichter gewordenen Eimer keuchend herauf.

Während er noch damit beschäftigt war, den Blechtopf auszuwaschen, hörte er plötzlich einen Schrei aus der Richtung der Ruine. Der Schrei wiederholte sich nicht; es blieb eine Weile still, dann aber fing ein entsetzliches Gejammer an. Das kommt aus dem Hausflur, dachte er; wahrscheinlich hat die Alte den Toten entdeckt. Er füllte jetzt den Topf mit Wasser und ging zurück zum Haus.

Ein paar Leute traten aus dem Eingang. Sie lachten und unterhielten sich. Sie hatten zu lange geschlafen und wollten jetzt frische Luft schöpfen.

Ranek drückte sich verstohlen an der Alten vorbei. Ehe er die Treppe hinaufstieg, nahm er noch rasch ein paar von den Zaunlatten mit, die er gestern über Levi gehäuft hatte und die noch immer vor der Treppe lagen. Die sind hier überflüssig, dachte er, höchste Zeit, daß sie in den Küchenherd wandern.

Er wollte jetzt Feuer machen und sich ein anständiges Frühstück kochen.

Die meisten Leute hatten das Zimmer verlassen. Ein paar Halbtote waren geblieben; sie lagen stumpf auf ihren Plätzen; sie konnten nicht mehr schlafen, aber sie waren zu willenlos, um aufzustehen. Der einzige, der jetzt noch schlief und laut und gesund schnarchte, war der Mann unter dem Küchenherd.

Ranek brachte schon mehr als eine halbe Stunde vor dem Herd zu. Das Holz war nicht richtig trocken und brannte schlecht. Erst jetzt fing das Wasser im Topf zu kochen an. Er schüttete Maismehl hinein, wartete ein wenig und begann dann emsig mit einem langen Holzspan in der schäumenden, gelben Masse herumzurühren.

»Dauert verdammt lange«, sagte Sigi, der die ganze Zeit hinter Ranek stand und den Topf nicht aus den Augen ließ.

»Meckre nicht soviel«, sagte Ranek. »Ich kann nicht hexen.« Ranek hatte ihm gestern, ohne viel zu überlegen, Mais versprochen, und nun mußte er sein Wort wohl oder übel halten.

Sigi zeigte sich heute von einer ganz neuen Seite und tat, als wären er und Ranek alte Kameraden, die stets durch dick und dünn gegangen sind und selbstverständlich alles miteinander teilten. Auch ein gutes Frühstück. Das ist ein ganz geriebener Bursche, dachte Ranek. Den wirst du nicht so leicht loswerden. Sigi hatte ihm vorhin mit übertriebenem Eifer beim Feuermachen geholfen: den Ofen für ihn gereinigt, die Asche hinausgetragen und das Holz gespalten.

»Wie lange dauert's noch?« fing Sigi jetzt wieder an.

»Bis es fertig ist«, sagte Ranek.

»Das weiß ich ... ich wollte nur so ungefähr ...«

»Kannst es nicht mehr aushalten, was?«

»Doch«, grinste Sigi, »aushalten kann ich schon ... dir zum Trotz ... ich kann hier bis morgen früh stehen, ohne umzufallen.«

»Red weniger Quatsch zusammen und besorg lieber ein paar Löffel.«

»Es liegen genug Löffel auf dem Herd rum. Man nimmt sie. Man fragt nicht viel. Oder schämst du dich?« kicherte Sigi.

»Leck mich am Arsch«, sagte Ranek. Er blickte Sigi spöttisch über die Schulter an; dann wandte er sich wieder dem Kochtopf zu; seine rechte Hand schmerzte von dem andauernden Rühren; er wechselte und rührte jetzt mit der linken weiter.

Plötzlich fragte Sigi: »Wo ist eigentlich die Frau, die du gestern abend mitgebracht hast?« Sigi grinste sein steifes Totengrinsen.

»Wo ist sie?« fragte er wieder, als ob er ihre Abwesenheit erst jetzt bemerkt hätte.

»Fort«, sagte Ranek. »Sie sucht sich einen anderen Schlafplatz.«

Sigi nickte.

»Sie wird natürlich wiederkommen«, sagte Ranek leise, »weil sie nichts anderes finden wird.«

»Es gibt nichts anderes!«

»Ich wäre froh, wenn sie fortbliebe.«

»Ein Fresser weniger, nicht wahr?«

»Stimmt.«

»Gestern abend, als du mit ihr reinkamst, war's dunkel. Ich konnte nicht sehen, wie sie aussah. War sie mager?«

»Sie war fett«, sagte Ranek.

»Fett …«, flüsterte Sigi neidisch. Und er fragte weiter: »War sie jung?«

»Ich glaube ja«, sagte Ranek, »obwohl ich mir ihr Gesicht nicht richtig angeschaut hab'.«

Nachdem der Maisbrei endlich fertig geworden war, rückte Ranek den Topf an den äußeren Rand des Herdes, wo die Flamme nicht mehr hinreichte. Er leckte den klebrigen Holzspan ab und stellte ihn neben das Ofenrohr. Dann suchte er sich einen Löffel aus. Sigi, der schon längst einen genommen hatte, flüsterte ihm jetzt etwas ins Ohr. Ranek nickte. Sigi hatte recht. Der Mann unter dem Herd hatte zu schnarchen aufgehört, war also wach. Es war besser, wenn sie auf der Pritsche aßen, damit er es nicht sah.

Bald hatten sie es sich auf der Schlafpritsche bequem gemacht. Sie hockten sich gegenüber.

»Gib mir deinen Teller«, sagte Ranek.

»Warum denn?«

»Damit wir den Brei in die Hälfte teilen können. Einer wird aus dem Topf essen. Einer aus dem Teller.«

Über Sigis Mundwinkel rann Speichel; seine Hände zitterten, während er sich ängstlich an dem dampfenden Topf festkrallte.

»Wir können beide aus demselben Topf essen«, sagte Sigi hastig, »du von der einen, ich von der anderen Seite.«

Ranek willigte ein. Zu spät bemerkte er, daß er übertölpelt worden war, denn Sigi verschlang unheimliche Bissen in überstürzter Eile, ohne sie zu zerkauen und ohne sich darum zu kümmern, daß sie heiß waren. Ranek konnte nicht mit ihm Schritt halten.

»Mach nicht so schnell«, sagte Ranek wütend, »willst wohl alles allein fressen?«

Sigi schien ihn gar nicht zu hören, er aß in demselben Tempo weiter. Ranek nahm ihm den Topf weg. »Genug«, sagte er. »Du Schwein!« Sigi grunzte und wischte sich über den Mund. »Ich glaub', ich werd' alles wieder rausscheißen«, sagte er kläglich, »es war zu gut.«

Später, als Sigi fort war und Ranek sich unbeobachtet wußte, leerte er die Speisereste auf ein Stück Zeitungspapier. Es wurde ein faustgroßer Klumpen. Er würde ihn am Abend essen. Erkalteter Maisbrei läßt sich wie Brot in Scheiben schneiden, und wenn man sich beim Essen die Nase zuhält, dann kann er tatsächlich wie Brot schmecken. Etwas Mehl war beim Kochen übriggeblieben, und auch ein paar Zwiebeln waren noch da. Ranek packte alles zusammen, machte ein Paket daraus und versteckte es im Gestrüpp hinter der Ruine.

Er hatte ein paar Stunden geruht. Er hatte nachgedacht und Pläne geschmiedet. Dabei kam nie etwas heraus; man verschwendete Zeit und fühlte sich nachher um so elender. Am Nachmittag entschloß er sich zu einem Spaziergang, 'n bißchen die Umgebung wechseln, dachte er, wirst auf andere Gedanken kommen, das ist manchmal genauso wichtig wie fressen. Vielleicht gehst du zum Basar? Oder Lupus Kaffeehaus? Bei Lupu ist immer was los.

Als er aus dem Hausflur trat, bemerkte er den Menschenauflauf in der Nähe des Zaunes. Er sah auch die beiden ukrainischen Totenträger. Er ging zögernd über den Hof. Er wollte an der Gruppe vorbei, aber dann, ganz gegen seinen Willen, blieb er stehen, um zuzuschauen, wie Levi aufgebahrt wurde.

Er hatte sich neben Sigi gestellt. Sigi nickte ihm vergnügt zu und zeigte auf die stämmigen Träger. Sie hatten Levi auf ein flaches Brett gelegt und waren gerade dabei, ihn festzubinden.

Jetzt sagte der eine Träger mürrisch: »Noch einen Knoten … an den Beinen.«

»Die Beine halten doch«, sagte der andere, »er wird schon nicht weghopsen.«

Die alte Frau kniete neben der Leiche. Sie hatte das Gesicht in den Händen vergraben und schluchzte unaufhörlich. Ihr graues, strähniges Haar hatte sich ganz aufgelöst und berührte die Erde. Die Umstehenden schnatterten gleichmütig durcheinander; manche Leute, die kaum noch auf den Füßen stehen konnten und denen langes Reden schwerfiel, gaben ab und zu heisere Laute von sich.

»Komisch, daß so viel Leute zusammengelaufen sind«, sagte Ranek, »als ob sie so was noch nie gesehen hätten.«

»Das ist doch immer so … 'n bißchen Theater.«

»Ich glaube, sie amüsieren sich am meisten über die alte Frau.«

»Mit Recht, die macht viel zuviel Spektakel.«

»Sie ist doch die Mutter des Toten!« sagte Ranek.

Sigi machte eine wegwerfende Handbewegung und lachte.

Sie sahen jetzt, wie einer der Träger zu dem zweiten Toten hinüberschlenderte … dem kleinen Blonden, den Ranek und Rosenberg gestern nacht aus dem Fenster geworfen hatten. Der

Tote lag auf dem Rücken. Er starrte zum Fenster hinauf. So hatte er die ganze Nacht und den ganzen Morgen gelegen.

Der Träger lud den Toten wie einen Mehlsack auf seine breiten Schultern und kam wieder zurück zum Zaun. Sigi stieß Ranek an und machte ihn auf einen Mann in der Menge aufmerksam, der dem Toten täuschend ähnlich sah.

Ranek erschrak.

»Das ist Seidel«, sagte Sigi, »der Bruder.«

»Rosenberg erzählte mir, daß Seidel seinen Bruder verhungern ließ, obwohl es ihm finanziell ganz gutgeht.«

»Das stimmt«, sagte Sigi, »man darf ihm das aber nicht übelnehmen. Seidel hat drei Buben zu füttern. Ein Bruder ist heute nicht mehr so wichtig.«

»Da hast du recht«, sagte Ranek.

»Nicht wichtig«, wiederholte Sigi, »und trotzdem, Seidel ist so anständig und bezahlt für die Beerdigung. Die Träger kosten nämlich 'ne schöne Stange Geld. Aber das ist er seinem Bruder schuldig.«

Ranek nickte. »Ist trotzdem 'ne Geldverschwendung. Der städtische Leichenwagen …«, er verbesserte sich, »… der große Karren … hätte die beiden doch umsonst mitgenommen.«

»Der große Karren kommt hier nicht alle Tage vorbei«, sagte Sigi.

Ranek fiel noch etwas ein. »Wie kommt es, daß der Seidel für den Levi mitbezahlt?«

»Du irrst dich. Seidel bezahlt nur für seinen Bruder.«

»Und wer hat die Kosten für Levi aufgebracht?«

»Die Alte. Wer sonst?«

»Die Alte hat kein Geld.«

»Hat sie auch nicht.«

»Erkläre!«

Sigi kratzte sich verlegen. Dann zeigte er auf die Büsche hinter dem Haus. »Ich stand dabei, als die Alte mit den Trägern verhandelte«, sagte Sigi, »… nicht nur ich, die meisten Leute, die jetzt hier sind, waren dabei. Die Alte sagte, daß sie nicht zahlen kann. Die Träger sagten: ›Entweder Geld, oder sie soll mit ihnen in die Büsche gehen.‹ Die Alte sagte: ›Dann eben die Büsche …‹ Wir sind alle mitgegangen. Die Träger haben sie dort gehurt. Die Alte hat wie 'ne Sau geschrien, aber sie hat durchgehalten.« Sigi schlug sich mit der dünnen Hand auf den Bauch; es sollte lustig aussehen, jedoch sein Gesicht blieb diesmal ernst. »Die Alte wollte nicht, daß ihr Sohn hier tagelang rumliegt«, sagte er langsam. »Sie wollte noch etwas für ihn tun.«

Sie sahen jetzt, wie der Blonde auf Levi gepackt wurde. Levis Kopf rutschte ein wenig seitwärts. Die kleinen Hände des zierlichen Blonden patschten auf Levis Gesicht. Die Leute ringsum brachen in Gelächter aus. Die alte Frau jammerte noch immer und wollte nicht aufstehen, obwohl die Träger sie mit den Füßen stießen und ihr zuriefen, Platz zu machen.

Ein Mann mit einem Bulldoggengesicht, der vor Ranek stand, drehte sich eine Zigarette. Er wandte sich jetzt um und fragte: »Haben Sie vielleicht Feuer?«

Ranek kannte ihn. Er wohnte in Dvorskis Keller.

Ranek gab ihm Feuer.

»Gestatten Sie«, sagte der Mann, »mein Name ist Sami.«

»Wir kennen uns doch«, sagte Ranek.

»Entsinne mich nicht«, sagte der Mann.

»Macht nichts«, sagte Ranek.

Der Mann musterte mißtrauisch Raneks zu großen Hut, dann sein Gesicht und schüttelte den Kopf. »Sonst merke ich mir

nämlich jeden. Aber Sie haben sich wahrscheinlich verändert?«
Er wurde jetzt auf einmal heiter. »Haben Sie das vorhin gesehen?
Die beiden Toten ... wie der Blonde dem anderen die Patsche
aufs Gesicht gelegt hat?«

Ranek antwortete nicht. Ihm war nicht gut.

»Kannten Sie ihn?« fragte der Mann.

»Wen?« fragte Ranek unwillig.

»Den Blonden?«

»Flüchtig.«

»Und den anderen, der unter ihm liegt?«

»Flüchtig«, sagte Ranek wieder.

Die Bahre schaukelte gemächlich die Straße hinunter. Es war ein
weiter und anstrengender Weg bis zu den Massengräbern. Die
Träger ließen sich Zeit. Sie machten öfter halt, um ihre Pfeifen zu
stopfen, ruhten eine Weile aus und setzten dann ihren Weg fort.

Allmählich zerstreute sich der Menschenhaufen am Zaun.
Niemand hielt es für nötig, den Toten das letzte Geleit zu geben,
denn diese Sitte war längst überflüssig geworden. Seidel, der
sein Mittagessen versäumt hatte, begab sich wieder ins Zimmer,
um für sich und die Buben Kartoffeln zu kochen. Die alte Frau
torkelte auf die Latrine, um ihren Schoß vom Andenken der
beiden Träger zu reinigen. Nur Sigi starrte der Bahre noch eine
Zeitlang nach.

Als Sigi wieder zurückgehen wollte, sah er Ranek durch eine
Zaunlücke auf die Straße schlüpfen. Ranek schien es eilig zu
haben, von hier fortzukommen.

Sigi kletterte ihm nach. »Wohin?« fragte er.

»Ins Kaffeehaus.« Ranek blieb unschlüssig stehen. Er bereute
bereits, was er gesagt hatte.

»Meinst du Lupus Kaffeehaus in der Puschkinskaja?«

Ranek nickte.

»Du hast mir vorhin den Topf vor der Nase weggenommen«, sagte Sigi vorwurfsvoll, »das war 'ne Schweinerei; hätt' ich dir gar nicht zugetraut.« Sigi blinzelte. »Wenn du mir 'n Kaffee zahlst, sind wir quitt.«

»Trink Wasser«, sagte Ranek ärgerlich, »wird dir besser bekommen.«

»Der Kaffee bei Lupu ist nicht teuer«, keuchte Sigi, »es ist doch kein echter ... und ich will auch nur einen ... nur einen.«

Sigi sah ihn mit flehenden Augen an.

Raneks Gesicht war steinhart geworden. »Nur einen«, wiederholte Sigi. »Vielleicht kann ich mal wieder was für dich tun.« Sigis Stimme überschlug sich: »Du weißt doch ... ich kann ... ich kann immer mal was für jemanden tun.«

»Du irrst dich, wenn du glaubst, daß ich mich von dir ausnützen lasse«, sagte Ranek kalt. »Ich bin nicht der Typ dafür.«

Sigi wurde unsicher. »Das weiß ich«, sagte er betreten, »hab's doch nicht schlecht gemeint; man versucht halt sein Glück.«

Raneks Züge entspannten sich plötzlich. Er musterte Sigi verächtlich vom Kopf bis zu den Füßen. Ein Jammerlappen, dachte er, der ist doch viel schlimmer dran als du.

»Gut, komm mit«, sagte Ranek plötzlich.

»Danke«, sagte Sigi, »du bist doch ein feiner Kerl.«

»Ich kann die Zeche natürlich nicht bezahlen«, sagte Ranek, »weder für mich noch für dich. Ich bin vollkommen blank.«

»Kredit?« forschte Sigi.

Ranek schüttelte den Kopf. »Mir gibt niemand Kredit.«

»'n bißchen rumschnorren, wie?«

»Schnorren ist ein häßliches Wort«, grinste Ranek. »Ich

bin doch kein Schnorrer. Hab' eben Bekannte im Kaffeehaus, freundliche Leute, verstehst du, die warten nur drauf, um mir was zu spendieren.«

»Du hältst mich zum besten.«

»Was fällt dir ein. Ich bin ganz ernst.«

»Nun gut, wenn deine Bekannten dich einladen, was hab' ich davon?«

»Das weiß ich nicht.«

»Glaubst du, daß sie mich auch einladen?«

»Wenn nicht, dann laß ich dir 'n Schluck zurück.«

»Gut«, sagte Sigi, »auf dein Wort.«

Sie gingen am Bahnhofsgelände entlang. Die Straße lief gleichmäßig geradeaus. Stellenweise war sie aufgeplatzt. Es war nichts Besonderes daran, es war kein Erdrutsch gewesen, es waren nur die Bomben, die die großen, trichterförmigen Löcher in die Straße geschlagen hatten. In einiger Entfernung konnten sie die Bahre mit den beiden Toten in eine Seitengasse abbiegen sehen. Sie folgten ihr nicht. Sie gingen immer die Straße entlang.

Der Himmel hatte sich völlig gelichtet. Die matte Sonne machte den Schlamm bunt glitzern. Nachdem sie ungefähr eine Viertelstunde nebeneinander hergetrottet waren, verließen sie die Straße, um den Rest des Weges abzukürzen. Sie schritten quer über ein Trümmerfeld. Sie konnten nicht weit sehen, weil Schutthaufen und Mauerreste die Aussicht versperrten, aber sie wußten, daß es nicht mehr weit bis zum Zentrum der Stadt war, denn sie hörten jetzt ein fernes Getöse, es kam vom Basar und von der Puschkinskaja, es stieg hinter den Ruinen auf und war wie ein Wegweiser in der steinernen Einöde.

8

Ein Teil der früheren Hauptstraße von Prokow lief quer durchs
Getto, aber niemand wußte genau, wo die Straße war, da sie bis
zur Unkenntlichkeit zerbombt und irgendwo in den Trümmerfeldern begraben lag. Der Verkehrsstrom ergoß sich jetzt durch
die Puschkinskaja. Die Puschkinskaja lag dicht am Fluß; deshalb
nannten manche Leute sie auch »Flußstraße«. Diese Bezeichnung
war natürlich irreführend, besonders für Neuankömmlinge, da
es noch andere Straßen im Getto gab, die das unregelmäßige
und oft abschwenkende Band des Flusses an irgendeiner Stelle
berührten.

Die Häuser der Puschkinskaja waren zum größten Teil
unversehrt geblieben. Über den Türen ehemaliger ukrainischer
Geschäfte hingen noch rostige Schilder in kyrillischer Schrift, die
einen freundlich angrinsten und die niemand entfernen wollte,
obwohl ihre ursprüngliche Bedeutung längst den Sinn verloren
hatte. In einem früheren Eisenwarengeschäft, dessen Lager von
den rumänischen Behörden beschlagnahmt worden war, befand
sich jetzt eine Bäckerei, in deren Schaufenster verdächtig ausse-
hende, dunkle Brote aus Kleie und Sägemehl ausgestellt waren.
Nebenan war ein Holzladen, in dem man Baumstümpfe und,
für einen geringen Kostenaufschlag, auch zerhacktes Feuerholz
kaufen konnte.

Es gab auch einen Sackhändler, der leere Mehlsäcke feilbot,
Säcke zum Umwickeln, für die armen Leute, und Säcke für die
Reichen, die sie zum Verstauen von Lebensmitteln verwandten.
In einem schiefen, kleinen Haus befand sich eine Totenträger-
agentur ... und etwas weiter ein Friseurladen. Vis-à-vis vom
Friseur stand ein Bordell. Und schließlich, am Ende der Straße,

war Itzig Lupus Kaffeehaus.

Eine seltsame Straße. Wo es doch sonst nichts als Trümmer und Zerstörung in der Stadt gab, ging hier der Pulsschlag des Lebens unbekümmert weiter. Es gab Leute, die nur deshalb aus den stillen, ausgestorbenen Gassen hierherkamen, um die vertrauten Geräusche einer Verkehrsstraße wiederzuhören, Geräusche, an die sich Erinnerungen knüpften, die noch nicht ganz vergessen waren. Manche kamen auch aus einem anderen Grund: weil die Straße einen Namen hatte. Denn wo es noch Symbole gab, war noch Hoffnung da. Der Krieg hatte also doch noch nicht alles gleichgeschaltet.

Die Puschkinskaja entsprang am Basar. Er war das Räderwerk der Straße, der ihren emsigen Betrieb tagsüber in Schwung hielt. Der Basar war ein bunter Tummelplatz. Hier wurde mit alten Kleidern gehandelt, Fußlappen und Schuhen, Töpfen und Bratpfannen, mit vergilbten Eheringen und mit den Goldzähnen der Toten. Leute, die zum Zeitvertreib gern etwas knabbern wollten, konnten sich Sonnenblumen- oder Kürbiskerne kaufen. Einen schnellen Imbiß bekam man beim »Bärtigen« – ein in Lumpen gehüllter Hüne, dessen schwarzer Vollbart sprichwörtlich geworden war. Man konnte ihn bei jedem Wetter antreffen, immer an derselben Stelle: am Ausgang des Basars, Ecke Puschkinskaja. Dort stand er, hinter seinem fahrbaren Backofen, und bot den Leuten »heiße Knisches« an, die knusprigen, falschen Kartoffelkuchen aus Ersatzmehl, Kartoffelschalen und anderen Abfällen, die so verführerisch dufteten und die man auf nüchternen Magen langsam essen mußte, um sie nicht gleich wieder zu erbrechen. Der Bärtige hatte eine kräftige Stimme. Man hörte sie schon von weitem: »Heiße Knisches ... heiße Knisches ... heiß ... heiß ... heiß.«

Im Prokower Getto gab es keine Lebensmittelkarten. Wer die Augen offenhielt, konnte zuweilen auf den Verkaufsständen des Basars, zwischen alten Kleidern und Federbetten, ein paar versteckte Kartoffeln oder Rüben entdecken, manchmal auch ein paar Bohnen, etwas Mais, Hirse, dunkles Mehl und andere Lebensmittel, die für hohe Bestechungsgelder durch die Hungerblockade gesickert waren und hier zu Wucherpreisen verkauft wurden.

Vereinzelte ukrainische Bauern, die Passierscheine hatten und das Getto betreten durften, brachten ab und zu Mais und Kartoffeln mit und tauschten sie ein gegen Schmuck oder Kleidungsstücke. Größere Mengen Lebensmittel, auch Delikatessen, wie Butter, Milch, Eier und Fleisch, bekam man zuweilen auf dem Schwarzmarkt; seine Vertreter waren gewöhnlich auf einer abseits gelegenen Stelle des Basars zu finden – und in gewissen Häusern der Puschkinskaja: beim Friseur, im Bordell, im Kaffeehaus.

Die beiden Männer hatten den Basar erreicht. Sigi wollte jetzt nicht mehr weiter, aber Ranek zog ihn mit sich fort. »Komm!« sagte er.

»Vielleicht kann man was klauen?« flüsterte Sigi.

»Nicht jetzt«, sagte Ranek. »Zuviel Polizisten hier. Lohnt sich nicht.«

»Wir kommen später wieder hierher zurück, was?« fragte Sigi ängstlich.

»Klar«, sagte Ranek. »Klar. Komm schon!«

Sie gingen über den großen Platz. Es standen so viele Menschen um die Verkaufsstände herum, daß sie nur mit Mühe vorwärtskamen. Manche Leute sahen gut ernährt aus und trugen warme Kleider; die meisten aber hatten graue, abgehärmte

Gesichter; es waren Leute von ihrem Schlag, die Armen, die Bettler und Abfallfresser, die sich hier jeden Tag ein Rendezvous gaben. Sie sahen auch einige Tote im Schlamm liegen, die starren Gesichter von Erde beschmutzt und von den vielen Füßen platt-getreten.

Sie kamen an den Ausgang und bogen in die Puschkinskaja ein. Da sie nicht am Bäckerladen vorbeigehen wollten, um sich nicht sinnlos aufzuhalten, überquerten sie gleich die Straße und schritten auf der anderen Seite weiter.

Aus dem Bordell kamen zwei Huren. Die eine strotzte nur so vor Gesundheit und sah wie ein aufgeblasener Ballon aus; die andere aber war abgezehrt und hatte ein müdes, gequältes Gesicht. Man konnte es der zweiten ansehen, daß sie Hunger und Not gekannt hatte und daß es noch nicht lange her war, seitdem sie den rettenden Sprung gemacht hatte. Als die beiden an ihnen vorbeikamen, blieb die Magere plötzlich stehen. »Ranek …«, flüsterte sie, »… Ranek!«

Ranek hob den Kopf. »Betti!« rief er erschrocken aus.

Die Fette zog die andere schnell fort. »Wer ist der Zerlumpte?« zischelte sie. »Kennst du ihn?« Das Mädchen nickte. Die bemalte Fratze war aschfahl. Sie gingen rasch weiter.

Sigi und Ranek blieben hinter den beiden Huren zurück. »Ich kenn' sie von früher her«, sagte Ranek, »war 'ne Arbeitskollegin von mir … wußte nicht, daß sie jetzt auf'n Strich geht.«

»Die geht nicht auf'n Strich«, grinste Sigi, »die hat doch 'ne feste Stellung. Hast du nicht gesehen, daß sie aus dem Bordell rauskam?«

»Halt's Maul!« sagte Ranek kalt. Ihm war nicht zum Lachen zumute. Sie folgten den beiden, ohne daß es eigentlich in ihrer Absicht lag, denn offenbar hatten die Huren dasselbe Ziel wie sie:

Itzig Lupus Kaffeehaus.

Jetzt, am Nachmittag, war der Verkehr auf der Puschkinskaja besonders stark. Die ersten, leeren Leichenwagen kamen vom Friedhof zurück und machten noch einmal die Runde auf dem Korso der Straße, ehe sie heimwärtsfuhren. Aus der Richtung des Basars und den Seitenstraßen, die zum neuen Bahnhof und zur Brücke führten, kamen Leute mit Schubkarren und Leiterwagen, Fuhrwerke, die von kleinen Panjepferdchen gezogen wurden, und zuweilen auch Lastautos. Wer um diese Stunde über den schlammigen Fahrdamm wollte, mußte scharf aufpassen. Die einzigen, die sich nicht um den Verkehr zu kümmern brauchten und ihn schweigend über sich hinwegrollen ließen, waren die Toten, die auch hier herumlagen wie überall.

Vor der Sackhandlung stand ein alter Mann mit einer Geige. Ein Kreis Neugieriger hatte sich um ihn gebildet. Der alte Mann spielte irgend etwas. Niemand wußte, was es war. Nach einer Weile legte er die Geige fort und zog den Hut vom Kopf. Er hielt den Hut krampfhaft in seiner ausgestreckten Hand.

Jemand aus der Menge trat dicht an ihn heran und spuckte in den Hut. Gelächter erscholl. Der alte Mann wischte den Hut wortlos aus, setzte ihn wieder auf, klemmte die Geige unter den Arm und trollte sich.

»Was war das, was er gespielt hat?« fragte eine Frau aus der Menge ihren Mann. Die Frau trug ein Baby auf ihrem Rücken. Das Baby kreischte.

»Ich weiß nicht, was er gespielt hat«, sagte der Mann, »es war nichts Rumänisches, es war auch nichts Jiddisches.«

»Auch nichts Ukrainisches«, sagte die Frau, »und auch nichts Russisches, denn das kennen wir doch.«

»Scheißdreck war's«, sagte der Mann, »wie jede Musik. Du siehst doch. Nicht mal einen Rubel hat er damit verdient. Nicht einen einzigen.«

»Das stimmt«, sagte die Frau, »nichts hat er damit verdient.« Die Frau lief jetzt zum Rand des Trottoirs und nahm das Kind von ihrem Rücken herunter. Sie hielt es über den Rinnstein.

Der Mann folgte ihr. »Schon wieder?« fragte er.

»Das Kind kreischt so«, sagte die Frau, »ich glaube, es muß pissen!«

»Du merkst alles zu spät«, sagte der Mann höhnisch, »es hat längst gepißt.«

Er kicherte eine Zeitlang, während die Frau das Kind wieder auf den Rücken packte.

»Na, sieh mal einer an!« sagte er plötzlich. »Da ist ja wieder der Alte mit seiner Geige!« Der Mann trat auf den Alten zu. »Warum kommen Sie denn wieder zurück? Die spucken Ihnen doch bloß wieder in den Hut.«

»Ich wollte über die Straße«, sagte der Alte, »aber ich kann nicht. Ich sehe nicht gut.«

»Und da kommen Sie wieder zurück?«

»Kann mir nicht jemand helfen? Über die Straße helfen?«

»Wohin wollen Sie denn?«

»Zum Bordell.«

»Wollen Sie dort spielen?«

»Ja ... vor der Tür.«

»Die dort ... haben wohl mehr Verständnis für Musik?«

»Ja ... ich glaube. Wollen Sie mir jetzt über die Straße helfen?«

»Was redest du soviel mit ihm?« schimpfte jetzt die Frau. »Laß ihn doch allein gehn!«

»Wollen Sie?« fragte der Alte wieder.

»Nein«, sagte der Mann. »Sie sehen doch ... meine Frau ... sie will nicht ... sie ist wütend, weil das Kind gepißt hat.«

Inzwischen, während der alte Mann erneut Umfrage hielt, kam – weiter oben auf der Straße – ein pfeiferauchender Mann aus dem Bordell: der Portier. Er war bekannt dafür, daß er Bettler und Herumstreicher von der Tür wies.

Der Portier war ein vierschrötiger Mann mit einem Pockennarbengesicht und schläfrigen Augen. Seine Bewegungen waren langsam und bedächtig; meistens war es überhaupt nur die braune Pfeife, die sich zwischen seinen Lippen bewegte, während er stundenlang, O-beinig, in gemessener Ruhe vor der Haustür stand und Wache hielt. Er wirkte eher wie ein alter, abgedienter Seebär und gar nicht wie der Portier des berüchtigtsten Hauses von Prokow. Wer ihn näher kannte, wußte jedoch, daß sein nach außen zur Schau getragenes Phlegma nur eine Täuschung war, denn in Wirklichkeit paßte er wie ein Luchs auf und hatte Augen für alles, was im Umkreis des Bordells vor sich ging.

Der Portier blieb jetzt breitspurig auf der Schwelle stehen und blickte angestrengt in die Richtung, in der die beiden Huren davongegangen waren. Weg, dachte er mißmutig, nicht mehr zu sehen, bestimmt schon im Kaffeehaus. Und dabei hast du der Fetten doch gesagt, daß sie warten soll. Wegen des Kerls, der um fünf Uhr kommt. Um fünf Uhr, hat er doch gesagt? Verflucht, da wird ja wieder die Hölle los sein, wenn der Kerl sie nicht antrifft. Der Portier schüttelte ärgerlich den Kopf. Dann hätte doch wenigstens die Magere bleiben sollen, dachte er. Oder nicht? Nein, lieber nicht? Die nicht.

Verdammt, dachte er, wenn das nur gut abläuft ... die Sache mit der Mageren. Es war deine Idee. Du warst es, der sich bei der Madame für sie eingesetzt hat. Und er erinnerte sich, wie er zu der Madame gesagt hat: »Verlassen Sie sich drauf, die hat Temperament, wenn sie auch halb verhungert ist.«

»Ich gebe ihr sechs Wochen Frist«, hatte die Madame zu ihm gesagt, »wenn sie bis dahin kein Fett ansetzt, dann muß sie wieder gehen. Die Kunden von heute wollen nun einmal Fett; das mit dem Temperament ist nicht mehr wichtig. Das war mal anders, wie?« Die Madame hatte ihm lachend zugeblinzelt.

»Zu fressen gibt's bei uns ja Gott sei Dank genug«, hatte er geantwortet. »Ich garantiere Ihnen, in sechs Wochen …«

Der Portier wurde jetzt in seinen Gedanken gestört. Nanu, was ist denn schon wieder, dachte er, Polizei? Was laufen die denn so? Ist doch nicht etwa 'ne Razzia? Lächerlich! So früh am Nachmittag ist hier nie was los. Sind sicher hinter einem Schwarzhändler her … geschieht ihm recht. Warum paßt er nicht besser auf? Leichtsinniges Gesindel.

Dem Bordell vis-à-vis, im Friseurladen, wurde jetzt die Tür aufgerissen. Jemand steckte dort den Kopf hinaus: der Friseur. Er hatte die Polizisten am Fenster vorbeilaufen sehen. Er wollte wissen, was los war.

Der Portier winkte ihm.

Der Friseur kam nun zögernd über die Straße. Er hatte einen tänzelnden Gang, so wie die Huren, die hier in der Gegend herumspazierten und ihre Hintern eitel auf und ab bewegten. Er war ein zierlicher Mann, so um die vierzig. Man sagte von ihm, daß er eine scheue Art an sich hatte, so eine Art, die Frauen von älterem Kaliber besonders zu schätzen wissen, obwohl er sich nichts aus Frauen machte. Aber das war nun einmal so. Ja, dachte der Portier, der hat 'ne feine Art, das stimmt schon, trotzdem kann man ihm nicht über den Weg trauen.

Der Friseur hatte geile Augen, und seine hohe Fistelstimme erinnerte einen irgendwie an Honig. Sein Haar war dünn und von stumpfer, rostbrauner Farbe. Er trug den Scheitel sorgfältig, wie mit einem Lineal gezogen, in der Mitte des Schädels.

»Wissen Sie, was das Gerenne zu bedeuten hat?« fragte der Portier, während seine Augen nachdenklich auf den Hüften des Schwulen haftenblieben.

»Keine Ahnung.«

»Razzien?«

»Bestimmt nicht. Sonst wär' ich jetzt nicht hier.«

»Ja … ja.«

»Und die vielen Leute auf der Straße. Die stehen bloß da und gucken. Da, sehen Sie mal!« sagte der Friseur plötzlich. »Die Polizisten rennen grade auf den Bäckerladen zu!«

»Ja, jetzt seh' ich's auch!«

»Wahrscheinlich gibt's wieder Stunk beim Bäcker.«

»Das mag sein.«

»Letztens stürmten die Leute das Schaufenster, wo die schwarzen Brote ausgestellt sind. Wird wohl diesmal dasselbe sein.« Der Friseur seufzte. »Ich hab' den Bäcker neulich gewarnt. Hab' ihm gesagt, wenn er den Laden zusperrt, dann soll er die Brote aus dem Schaufenster rausnehmen. Wer läßt denn auch Brot unbewacht? Da muß man ja verrückt sein!«

»Klar«, sagte der Portier. »Der Bäcker ist ein Idiot. Es gibt eben Leute, die nie auslernen.«

Der Portier gähnte. Er zog phlegmatisch an seiner Pfeife und blies dem Friseur den Rauch ins Gesicht. Der Friseur hustete, wandte den Kopf weg und wischte sich die Augen.

»Sie vertragen wohl keinen Rauch?« schmunzelte der Portier.

»Nicht, wenn's in die Augen geht«, sagte der Friseur. Er

lächelte schwach. »Aber kümmern Sie sich nicht drum. Sie haben's ja nicht absichtlich gemacht.«

Der Friseur wußte ganz genau, daß der Portier es absichtlich gemacht hatte, aber er durfte dem Grobian nichts sagen. Er durfte ihn unter keinen Umständen beleidigen. Denn der Portier war ein Mann mit Beziehungen; er stand mit der Polizei, die doch täglich ins Bordell kam, auf vertrautem Fuß. Man mußte sich vor ihm in acht nehmen. Und man durfte ihn nicht vor den Kopf stoßen.

»Ich muß jetzt wieder zurück in den Laden«, sagte der Friseur. »Sind noch 'n paar Kunden da ... Ich kann nicht zu lange wegbleiben.«

»Lassen Sie sich nur nicht aufhalten«, sagte der Portier. Dann fragte er: »Glauben Sie, daß ich mir schon die Haare schneiden lassen muß?«

»Sie haben's noch nicht nötig«, sagte der Friseur. »Ihr Haar ist noch nicht lang genug.«

»Ich komm' trotzdem später zu Ihnen rüber«, grinste der Portier.

»Ich sage Ihnen doch ... Ihr Haar ist noch nicht ...«

»Das macht nichts«, unterbrach ihn der Portier, noch immer grinsend, »ich will mir nämlich den Schädel rasieren lassen; es wird doch jetzt wärmer draußen.«

»Gut, dann kommen Sie nur«, sagte der Friseur ohne Begeisterung.

»Ich krieg's doch gratis?«

»Selbstverständlich«, sagte der Friseur, und er dachte sich: Wenn du dem Kerl jetzt absagst, dann schickt er dir letzten Endes noch die Polizei auf den Hals. »Kommen Sie ruhig«, sagte er unterwürfig, »ich rasier' Ihnen den Schädel gratis.«

Das Kaffeehaus – ein großer Raum voller Rauch mit rohgezimmerten Tischen und Stühlen, einer schmierigen Theke und einem runden, rotglühenden Eisenofen – machte eher den Eindruck einer verräucherten russischen Vorstadtkneipe. Der Wirt behauptete, daß es tatsächlich vor dem Krieg eine Kneipe gewesen war, in der die Leute Wodka aus dicken Wassergläsern getrunken hatten. Als Itzig Lupu das Lokal übernahm – kurz nach dem Fall der Stadt Prokow –, gab es bereits keinen Wodka mehr; deshalb taufte er es um. Der Name »Kaffeehaus« war eine Erfindung, auf die Itzig Lupu besonders stolz war.

Das Kaffeehaus war immer voll. Der Großteil der Gäste, die hierherkamen, setzte sich aus Schwarzmarkthändlern, Huren, Zuhältern und Gelegenheitsdieben zusammen. Ab und zu kamen auch Polizisten außer Dienst, Soldaten und rumänische Beamte; sie bezahlten keine Zeche und verhielten sich aus diesem Grund meistens ruhig. Man konnte jedoch auch andere Leute antreffen, erbärmliche Gestalten, die Itzig Lupu verächtlich »Mistkäfer« nannte; sie suchten das Lokal nur deshalb auf, weil es immer gut geheizt war. Gewöhnlich standen sie um den kleinen Eisenofen herum und wärmten ihre frierenden Hände oder rösteten Sojabohnen, die sie in ihren Taschen mitgebracht hatten, auf der Ofenplatte. Wenn der Wirt sein wachsames Auge auf sie richtete, verdrückten sie sich schnell in eine andere Ecke. Zuweilen kam auch ein Halbtoter von der Straße hereingetaumelt, schaute sich mit leeren Augen um und machte wieder kehrt.

Nach der Sperrstunde wurde das Kaffeehaus in ein Hotel verwandelt. Diese Idee stammte nicht von Itzig Lupu, sondern von seiner Frau. Es war eine gute Einnahmequelle, oft besser als der Verkauf des nach Galle schmeckenden Ersatzkaffees. Alle möglichen Leute trafen hier nach sieben Uhr abends zusammen.

Manche blieben nur vorübergehend, andere schliefen immer hier. Sie zahlten Itzig Lupu in Lebensmitteln, aber auch bar.

Nachdem die letzten Tagesgäste das Lokal verlassen hatten, wurden die Stühle und Tische zusammengerückt und das Feuer im Ofen gelöscht. Ein paar Leute, die mit der Miete im Rückstand waren, kehrten für den Wirt aus und streuten Sägespäne auf den schmierigen Fußboden. Die Verwandlung dauerte nicht lange. Wenn alles zum Schlafen hergerichtet war, trat Itzig Lupu vor die Tür und gab den Leuten, die draußen warteten, das Zeichen zum Einlaß. Er gab das Zeichen mit einer Blechpfeife. Er pfiff gewöhnlich dreimal. Das bedeutete soviel wie: Das Kaffeehaus ist geschlossen ... das Hotel ist eröffnet ... ihr Armleuchter könnt jetzt reinkommen.

Itzig Lupu und seine Frau schliefen hinter der Theke. Beide gingen als letzte zu Bett, und frühmorgens standen sie vor allen anderen auf, um die Leute, die auf den Tischen oder auf dem Fußboden schliefen, mit Flüchen und Schimpfreden wachzurütteln und schleunigst vor die Tür zu setzen. Denn der Raum mußte geleert werden, ehe die ersten Tagesgäste eintrafen, um ihren Kaffee zu trinken.

Sigi machte Ranek auf die Menschenmenge aufmerksam, die vor der Kaffeehaustür lümmelte. Er hatte sie schon von weitem gesehen, aber erst jetzt, als sie näher kamen, wurde er unruhig.

»Guck mal – das Gesindel da vor der Tür; die machen Gesichter, als wollten sie uns auffressen.«

»Die sind harmlos«, sagte Ranek.

»Sie versperren doch die Tür!«

»Das kommt dir nur so vor.«

»Wer sind sie?«

»Die schlafen nachts hier. Hast doch sicher schon von Lupus

Hotel gehört?«

»Hab' ich gehört.«

»Lupu läßt keinen von ihnen am Tag rein. Ist 'ne Prinzipsache. Wahrscheinlich hat er Angst, daß sie von früh bis spät drinnen rumsitzen, ohne was zu verzehren, nur weil sie bei ihm schlafen und deshalb glauben, sie dürften das. Die meisten von diesen Leuten wissen am Tag nicht, wo sie hingehen sollen und warten einfach vor der Tür, bis ihre Zeit kommt.«

Sigi hielt sich dicht an Ranek, während sie sich ihren Weg zwischen den verbitterten Menschen hindurch zur Tür bahnten. Er dachte sich: Etwas wird passieren; bestimmt; irgend etwas wird passieren; die hassen doch jeden, der hier rein darf. Aber Ranek hatte recht gehabt. Sie kamen ohne Zwischenfall durch.

Sie hatten Glück und fanden noch einen leeren Tisch neben einem der verschmierten Fenster.

»Die Bude ist wenigstens warm«, sagte Sigi, der sich behaglich in dem wackligen Stuhl zurücklehnte, »wirklich gemütlich; ich werde … ich glaube, ich werde öfter hierherkommen.«

Ranek hatte sich eine Zigarette gedreht. »Hast du ein Streichholz?«

Sigi verneinte. »Ich werde öfter hierherkommen«, sagte er wieder.

»Verflucht«, sagte Ranek, »daß mir immer die Streichhölzer ausgehen!« Ranek durchstöberte ärgerlich seine Taschen. Dann stand er auf und ging zum Ofen.

Inzwischen blickte Sigi sich interessiert um. Am nächsten Tisch spielten einige Männer mit eisigen, verschlossenen Gesichtern Poker; an anderen Tischen wurde geschwatzt, gehandelt und Valuten geschoben. Er bemerkte auch die zerlumpten Gestalten am Ofen, die dort irgend etwas zu kochen schienen und die sich andauernd ängstlich nach der Theke umschauten. Sigi wußte nicht, wer diese Leute waren, er wußte nur, daß sie nicht zu dem Kreis der übrigen Gäste gehörten, und plötzlich fiel ihm ein, daß sie genausowenig hierherpaßten wie Ranek und er.

Sigi glaubte, daß Ranek sofort wieder zurückkommen würde, aber Ranek hatte offenbar etwas anderes im Sinn. Zu seinem Erstaunen sah Sigi ihn jetzt zur Theke hinübergehen, wo die beiden Huren standen. Ranek sprach längere Zeit mit der Mageren. Die wischt sich ja die Augen, dachte Sigi belustigt, das ist ja rührend. Was hat der Kerl ihr wohl erzählt? Paß auf, dachte er, gleich wird auch Ranek in Tränen ausbrechen. Er schüttelte sich kichernd.

Als Ranek wieder an den Tisch zurückkam, sagte Sigi: »Was redest du so verdammt lange mit der Nutte?«

»Ich hab' ihr 'ne Geschichte erzählt«, grinste Ranek.

»'ne rührende, was?«

»Natürlich, so was wirkt immer.«

»Du meinst bei den Nutten?« Sigi kicherte wieder. »Wie hat sie darauf reagiert?«

»Sie hat mir was zu fressen versprochen«, sagte Ranek.

»So was«, stöhnte Sigi, »so 'n Glück hat der Mensch.«

»Im Bordell ist eine fabelhafte Küche, hat sie gesagt, alles gibt's dort zu fressen. Sogar Fleisch. Komm mal vorbei, hat sie gesagt.«

»Allerhand«, sagte Sigi, »wirklich allerhand.«

»Betti ist ein guter Kerl.«

»Betti? Den Namen müßte man sich aufschreiben.«

»Kannst ihn aufschreiben. Wird dir aber nichts nützen; sie hat dich ja nicht eingeladen.«

»Weiß ich«, kicherte Sigi, »aber den Namen muß ich mir trotzdem merken, weil sie so 'n Engel ist, so 'n richtiger Engel von 'ner Nutte.«

»Bloß schade, daß du keinen Bleistift hast«, höhnte Ranek. »Und wenn du einen hättest, dann mußt du erst mal schreiben können.«

»Schreiben kann ich noch«, sagte Sigi, »das hab' ich noch nicht vergessen.« Er kritzelte versonnen ein großes »B« mit dem Finger auf die verstaubte Tischplatte. »Du willst also wirklich ins Bordell gehen?«

»Natürlich.«

»Weißt du, daß du ihr nur Schwierigkeiten machen wirst? Warum hast du ihr nicht gesagt, daß sie dir den Fraß runterbringen soll ... ich meine, anstatt dort raufzugehen?«

»Ich weiß. Das wäre besser. Aber ich will sie nicht damit belästigen. Man soll nie zuviel verlangen. Dann kriegt man nämlich am Ende überhaupt nichts. Du weißt doch, wie das ist!«

»Vielleicht hast du recht. Dann geh' eben zu ihr, wenn sie's so haben will.« Sigi schaute wieder interessiert hinüber zur Theke. Plötzlich sagte er: »Verdammt dicke Luft hier. Schau dir mal den Kerl dort an!« Sigi zeigte auf einen Mann am Ende des Schanktisches, der die Armbinde der jüdischen Polizei trug. Der Mann war auffallend gut angezogen: Samtjacke, Sporthemd, lederbesetzte Reithosen und braune, sorgfältig polierte Motorradstiefel. An seinen Hüften baumelte ein kurzer Holzknüppel. Der Mann unterhielt sich mit der Frau des Wirtes.

»Das ist Daniel«, lächelte Ranek. »Der kommt oft her ... in seiner Freizeit.«

»Daniel«, sagte Sigi nachdenklich, als versuche er, sich an irgend etwas zu erinnern.

»Du brauchst dich seinetwegen nicht zu beunruhigen«, lächelte Ranek. »Polizei außer Dienst ist ungefährlich. Hierin sind sie sich alle gleich. Nachts machen sie Jagd auf Menschen, und am Tag sind sie zahm wie Schafe, froh, daß sie das eklige Geschäft für eine Weile los sind.«

»Woher kennst du ihn?«

»Wir gingen miteinander zur Schule. Wir duzen uns sogar.«

»Immer noch?«

»Ja, immer noch.«

Ranek rauchte versonnen. Er hielt eine Weile die Hand vors Gesicht und blies den Rauch spielerisch durch seine gespreizten Finger. »Vor einiger Zeit«, sagte Ranek langsam, »war ’ne nächtliche Aushebung in dem Quartier, wo ich wohnte. Daniel war mit dabei. Er ließ mich laufen.«

»So was kommt vor«, sagte Sigi, »war ’ne Schwäche von ihm; das nächste Mal wird er sie wettmachen und dich nicht wieder laufenlassen.«

»Er hat mir versprochen, daß ich nie was zu fürchten hab’, wenn er dabei ist; er wird mich immer in Schutz nehmen.«

»Und du glaubst das?«

»Ja.«

»Dann hat er also wirklich was für dich übrig? So wie die Hure?«

»Wenn sie mich sehen, dann erinnern sie sich an die Vergangenheit; das macht sie weich.«

»Bei der Hure versteh’ ich’s. Aber bei so ’nem Polizisten?«

»Du siehst doch, auch er; ich kann’s mir nicht anders erklären.« Ranek schüttelte den Kopf und lachte leise vor sich hin. Sigi starrte ausdruckslos auf Raneks Zigarette.

»Willst du sie zu Ende rauchen?« fragte Ranek.

»Ja. Ist dir schlecht geworden?«

»Nein. Aber ich hab’ genug. Nimm sie.«

Sigi schielte wieder zu Daniel hinüber. »Erinnerst du dich noch an die Zeit, als die Razzien ausschließlich von ukrainischer Miliz und rumänischen Soldaten durchgeführt wurden?«

»Klar. Damals war ich schon hier.«

»Also auch du? Unter den allerersten, was?«

»Ja.«

Sigi strich sich nachdenklich mit den dünnen Händen über den rasierten Schädel. »Wer hätte wohl damals gedacht, daß wir einmal 'ne jüdische Polizei in Prokow kriegen würden?«

»Kein Mensch.«

»Das stimmt. Kein Mensch hätte damals an so was Verrücktes gedacht.«

Ranek nickte gleichgültig.

»Und doch«, fuhr Sigi redselig fort, »ist es gar nicht mal so verrückt. Die Behörden sind nämlich nicht auf den Kopf gefallen, und die Idee mit der jüdischen Polizei ist nicht so ohne. Es klappt in anderen Gettos, die unter deutscher Aufsicht sind. Warum soll es nicht hier klappen? Die Rumänen haben viel von den Deutschen gelernt. Sie wissen, daß die Gründung der jüdischen Polizei den Razzien, wie man so sagt, 'nen Schein von Legalität gibt. Verstehst du doch, was? Wenn Juden Jagd auf Juden machen, dann muß es schon richtig sein. Wozu braucht ihr uns dazu? Ihr könnt euren Saustall allein reinigen.«

»Die jüdische Polizei macht's nicht allein«, sagte Ranek jetzt. »Es gehen immer noch ein paar Rumänen und Ukrainer mit.«

»Vorläufig. Aber das wird aufhören, sobald die jüdische Polizei beweisen wird, daß sie's allein schaffen kann.«

»Kann sein«, sagte Ranek gelangweilt. Er hatte kein Interesse an diesem Gespräch. Was Sigi sagte, war nichts Neues. Er wiederholte nur, was man überall an den Straßenecken, wo die Leute herumstanden und diskutierten, zu hören bekam.

»Hat dir Daniel auch sonst mal geholfen? Ich meine, hat er dich manchmal mit Essen versorgt?«

Sigi fragte nur aus Neugierde, ohne irgendeinen Hintergedanken, aber er merkte plötzlich, daß Raneks gleichgültiges Gesicht sich wieder straffte. Da stimmt was nicht, dachte Sigi. Warum wird er auf einmal so unruhig? Warum fingert er jetzt an seinem Hut herum, als wäre ihm auf einmal heiß geworden? Er fragte wieder: »Hat er dich manchmal mit Essen versorgt?«

»Nein«, sagte Ranek. »Daniel hat versucht, mir auf andere Weise unter die Arme zu greifen.«

»Hat er dir Geld angeboten?«

Ranek schüttelte den Kopf. »Er hat mir 'ne Stellung angeboten.«

Sigi horchte gespannt auf.

»Ist schon ziemlich lange her«, sagte Ranek, »war noch zur Zeit, als es hier im Getto freie Schlafplätze gab. Kannst dich doch noch dran erinnern, was?«

»Ja, verdammt«, sagte Sigi. »Erzähl schon!«

»Daniel machte mir damals den Vorschlag, in die Polizei einzutreten.«

»Daniel hat dir …?«

»Ja, das hat er mir vorgeschlagen«, unterbrach Ranek den erstaunten Sigi. »Das klingt 'n bißchen komisch. Aber so war's. Er hat's damals ganz ernst gemeint. Er wollte alles für mich erledigen: Papiere, Formalitäten und all den übrigen Kram. Ich hätte nur ›Ja‹ sagen brauchen … ein einziges Wort, bloß ›Ja‹ … und ich hätte bis zum Ende des Krieges ausgesorgt: gutes Essen, anständige Zigaretten, warme Kleider.« Ranek grinste vielsagend: »Hast du mal den Ausweis gesehen, den die Polizisten mit sich rumtragen? So 'nen Ausweis hätt' ich auch gehabt ... mit den vielen Stempeln, alle möglichen Stempel ... hätt' ihn immer in der Tasche gehabt; ist sehr wichtig, verstehst du, so 'n Ausweis bestätigt nämlich, daß du ein nützliches Mitglied der menschlichen Gesellschaft bist und deshalb das Recht hast zu leben. Macht dich unantastbar. Kein Schwein kann dir mehr was anhaben. So 'n Ausweis ist schon was wert.«

»Und was hast du gemacht?«

»Ich hab's nicht angenommen. Ich hab' zu ihm gesagt: Nein.«

»Das war ein Fehler.« Sigi schaute ihn verständnislos an. »Das war bestimmt der größte Fehler, den du jemals in deinem Leben gemacht hast.«

»Damals war ich noch ein ganzer Kerl«, sagte Ranek, »wie man so sagt ... handfest. Daniel hielt große Stücke auf mich.«

»Jetzt wird man dich nicht mehr in die Polizei aufnehmen«, sagte Sigi kopfschüttelnd, »auch nicht, wenn du wolltest; du siehst viel zu schwach aus.«

»Ja, ich weiß. Das ändert aber nichts an meinem Entschluß. Sogar, wenn ich jetzt kräftiger wäre, würd' ich mich nicht zur Polizei melden ... hat eben nicht jeder das Zeug dazu.«

»Das lernt man schnell.«

»Nein«, sagte Ranek, »das nicht.« Ranek lächelte unmerklich. »Ich hab' schon ziemlich schiefe Sachen gedreht, schiefe oder ganz miese, wie du's willst; ich hab' allerhand auf dem Kerbholz. Aber ich hab' noch niemanden umgebracht.«

»Als Polizist brauchst du doch niemanden umzubringen«, sagte Sigi, »du schleppst die Leute bloß zum Bahnhof. Daß sie dann später erschossen werden, das geht dich doch nichts an.«

»Es ist dasselbe«, sagte Ranek, »es ist Mord; du weißt das genausogut wie ich.«

»Gut, ich weiß es genau wie du ... du hast recht, aber es ist doch egal.« In Sigis Augen begann es zu flackern, sie wurden auf einmal größer, fast rund. »Wer so dran ist wie wir«, sagte er hart, »der kann nicht mehr wählerisch sein. Der nimmt jede Arbeit an, wenn's nur dafür was zu fressen gibt ... und vielleicht ein paar warme Kleider und einen Fetzen Papier, der ihn vor den Deportationen schützt. Der guckt nicht mehr drauf, ob ihm die Hände dreckig werden oder blutig; der macht alles; der stellt keine Fragen mehr. Du bist doch keine Ausnahme?«

Ranek schwieg verbissen. Du kannst ihn nicht überzeugen, dachte er. Es hat keinen Zweck.

»Du glaubst mir nicht?«

»Nein. Du bist keine Ausnahme. Du machst alles.«

»Du scheinst mich ja sehr gut zu kennen?«

»Ich weiß, wer 'ne Ausnahme ist und wer nicht. Du bestimmt nicht.« Sigis Stimme wurde noch höhnischer. »Wahrscheinlich hat die Sache mit der Polizei nicht geklappt. Du bist nicht der Typ, der sich so 'ne Gelegenheit entgehen läßt. Es hat bloß nicht geklappt, und du willst es nicht zugeben.«

»Glaub, was du willst.«

»Weißt du«, grinste Sigi, »ich bin Menschenkenner.«

»Hätt' ich dir gar nicht zugetraut«, sagte Ranek bissig.

»Ich schaue einen Mann nur einmal an, und ich weiß, wer er ist.«

»Da bleibt einem ja die Spucke weg.«

»Als du gestern nacht zu uns reingetorkelt kamst, da wußte ich gleich, was mit dir los war.«

»Was denn?«

»Der hat das richtige Zeug in sich, hab' ich zu mir gesagt, dem ist alles zuzutrauen, der scheut vor nichts zurück.«

Sigi kaute schmunzelnd an dem Ende des längst ausgegangenen Zigarettenstummels. Ranek starrte leer auf den Tisch. Sigi öffnete seine Jacke und begann sich zu kratzen. Er fuhr eine Weile nachdenklich mit dieser Beschäftigung fort.

Etwas später stieß er Ranek vorsichtig unter dem Tisch an. »Jemand kommt auf unseren Tisch zu. Ein Kerl mit 'ner Schürze um den Bauch. Ist das der Wirt?«

Ranek wandte den Kopf um. »Ja. Das ist er.«

Sigi, der Itzig Lupu nur dem Namen nach gekannt hatte, sah ihn jetzt zum erstenmal. Er hatte sich Itzig Lupu nicht so klein vorgestellt. Ein kleiner Mann mit einem großen Kopf, dachte er belustigt. Sein Gesicht war eine fleischige, breite Masse Mißtrauen. Zwei zu lange Vorderzähne schoben sich weit über die Unterlippe und verliehen dem Mund etwas Mausähnliches. Itzig Lupu schlich argwöhnisch um ihren Tisch herum, als wollte er sich erst mal vergewissern, mit wem er's zu tun hatte. Dann blieb er brüsk vor Ranek stehen. »Kaffee?«

»Kaffee«, sagte Ranek, »aber bitte nicht das imitierte Zeug.«

»Es gibt nur Ersatzkaffee«, antwortete Itzig Lupu unwirsch.

»Also dann Ersatzkaffee, natürlich mit Zucker.«

»Kein Zucker.«

»Gut«, sagte Ranek großzügig, »dann eben ohne Zucker. Aber heiß!«

Itzig Lupu rührte sich nicht vom Fleck. Er hatte ein nervöses Augenzucken. Er blickte fortwährend zwinkernd von Ranek auf Sigi. Ranek wußte genau, worauf er wartete, aber er tat so, als wüßte er es nicht. Itzig Lupu wischte ein paarmal mit dem Zipfel seiner schmutzigen Schürze über den Tisch. Plötzlich sagte er: »Bezahlung im voraus!«

»Seit wann denn?« fragte Ranek unschuldig.

»Ist seit immer bei uns Sitte.«

»Das stimmt nicht. Ich bin nicht zum erstenmal hier. Die meisten zahlen nachher.«

»Wenn Sie hier so genau Bescheid wissen«, schnaufte Itzig Lupu, »dann lassen Sie sich jetzt mal was von mir sagen: Die meisten zahlen nachher, aber manche müssen eben im voraus bezahlen. Schließlich hab' ich hier zu bestimmen.«

»Sie trauen mir nicht, was? Vielleicht … weil ich keine Seidenkrawatte trage?«

»Er hat 'ne Seidenkrawatte«, mischte sich Sigi kichernd ein, »aber er hat sie zu Haus gelassen, weil er doch kein Hemd anhat. Und es sieht doch nicht gut aus, wenn er sich die Krawatte bloß so um den nackten Hals bindet.« Sigi spuckte den Zigarettenstummel aus und lachte Itzig Lupu mit seinem zahnlosen Mund an.

»Warten Sie 'n Moment«, sagte Ranek brüsk. Ranek stand auf und ging hinüber zur Theke. Sigi konnte sehen, wie er mit Daniel sprach. Daniel machte Itzig Lupu ein nicht mißzuverstehendes Zeichen.

Ranek kam wieder zurück. »Bringen Sie uns zwei Halbe«, sagte Ranek, »auf Rechnung von Daniel.«

»Daniel trinkt hier immer umsonst«, sagte Itzig Lupu zögernd.

»Diesmal wird er bestimmt bezahlen«, versicherte Ranek.

Itzig Lupu raufte verzweifelt die Hände. »Daniel will Sie auf meine Kosten einladen«, klagte er.

»Daniel ist kein Ausnützer«, lächelte Ranek, »so was macht der nicht. Er wird bestimmt bezahlen.«

»Zwei Halbe also«, keuchte Itzig Lupu.

»Glaubst du, daß Daniel bezahlt?« fragte Sigi, nachdem der Wirt fort war.

»Vielleicht. Daniel hat so seine Launen.«

»Hast du gesehen, was der Lupu für 'ne Angst gekriegt hat?«

»Ja. Der traut sich nicht, Daniel was abzuschlagen.«

»Was sind eigentlich zwei Halbe?«

»Eine volle Tasse für zwei Leute.«

»Wir werden also beide aus einer Tasse trinken?«

»Nein«, lachte Ranek. »Lupu bringt noch 'ne zweite Tasse mit, 'ne leere. Damit man die Hälfte abgießen kann, verstehst du? Ist ganz einfach. Das sind zwei Halbe. Ist doch 'ne glatte Rechnung?«

»Ja. Natürlich.«

»Für die leere Tasse verlangt er kein Geld. Die kriegst du gratis, verstehst du? Die Wirtin wäscht sie sogar für dich, alles gratis. Wunderbar, nicht wahr? Was es doch alles auf dieser Welt gibt!«

»Wirklich wunderbar. Warum hast du nicht gleich zwei Volle verlangt?«

»Ich hab' dir doch vorhin gesagt, daß man nie zuviel verlangen soll.«

Bald kam Itzig Lupu mit den zwei Tassen zurück – der vollen und der leeren. Er stellte sie, ohne ein Wort zu verlieren, achtlos an den Tischrand und ging wieder fort.

Ranek schob Sigi die leere Tasse zu und füllte sie bis zur Hälfte. Sigi hob sie in die Höhe wie ein Champagnerglas. »Auf dein Wohl!«

Ranek tat das gleiche. »Auf dein Wohl!« Er fügte hinzu: »Verbrenn dir nicht die Schnauze. Trink langsam.«

»Langsam«, nickte Sigi. Er nippte. »Es schmeckt wie richtiger Kaffee«, sagte er begeistert.

»Du hast schon vergessen, wie richtiger Kaffee schmeckt.«

»Es schmeckt wie richtiger Kaffee«, sagte Sigi dickschädlig.

Ranek rückte plötzlich seinen Stuhl nach rückwärts und bückte sich.

»Was hast du entdeckt?«

»Einen Zigarettenstummel.« Ranek hob den Stummel auf und zeigte ihn Sigi.

»Nationale«, staunte Sigi.

»Stimmt. Nationale. Alte Marke.«

»Es gibt also doch noch gute Zigaretten?«

»Klar. Und auch Leute, die sie rauchen.«

»Vornehme Leute«, sagte Sigi.

»Gestern fand ich einen ähnlichen Stummel … bei einem Toten.«

»'n vornehmer Toter«, sagte Sigi.

»Ja, ein vornehmer Toter. Er hatte nur beschissene Hosen.«

»Das macht nichts. War trotzdem vornehm. Hat der den Stummel zwischen den Lippen gehabt?«

»Nein. In der Tasche.«

»Das ist schon weniger vornehm. Hat sich nicht gegönnt, ihn zu Ende zu rauchen, was? Hat ihn aufgehoben …«

»Er war eben 'ne sparsame Natur«, grinste Ranek.

Ranek ging wieder zum Ofen und holte sich Feuer. Er kam zurück. Er rauchte genießerisch, während er mit halbgeschlossenen Augen Sigi beobachtete, der seinen Kaffee schon ausgetrunken hatte und jetzt begann, die Tasse auszulecken. Er hatte sein Gesicht auf die Tasse gepreßt. Die Muskeln seines knochigen Schädels zuckten angestrengt. Nach einiger Zeit tippte Ranek mit den Fingerknöcheln gegen den zuckenden Schädel. Sigi schaute ärgerlich auf.

»Hör auf mit dem Gelecke«, sagte Ranek. »Der Wirt beobachtet dich.«

»Laß ihn doch gucken.«

»Er wird dich hinauswerfen, weil er Angst hat, daß du die Tasse zerbrichst.«

»Ich zerbrech' sie nicht.«

»Hör trotzdem auf!«

Im Lauf des Nachmittags wurde ihr Gespräch immer angeregter. Sie unterhielten sich kichernd, wie Männer, die entweder leicht betrunken sind oder die sich bewußt eine Komödie vorspielten, um ihre Sorgen zu vergessen.

Einmal fragte Sigi unvermittelt: »Wie lange hast du den Levi gekannt?«

»Erst seit gestern.«

»Er hat noch 'n Bruder gehabt«, grinste Sigi.

»Ich weiß, die Alte hat's mir erzählt.«

»Hat sie dir auch erzählt, daß sie ihn mit 'ner Holzhacke umgelegt haben?«

»Ja.«

Sigi kicherte wieder kindisch. »Findest du das nicht komisch, daß sie ihn ausgerechnet mit 'ner Holzhacke ... einmal, als er noch bei uns gewohnt hat ... stach er sich 'ne Nadel in den Finger ... hat die ganze Nacht gestöhnt ... stell dir vor, wegen so 'ner Kleinigkeit. So wehleidig war der Kerl.«

»Die Alte sagte zu mir: Er war ein Träumer.«

»Ein Träumer, ein richtiger Träumer«, kicherte Sigi. »Dein Toter mit dem feinen Zigarettenstummel ... der war ... war 'ne sparsame Natur ... hast du doch gesagt, nicht wahr? 'ne sparsame Natur? ... Der Levi war ... der war 'ne verträumte Natur. Alles

Naturen, ha, ha …« Sigi schlug plötzlich mit der Hand auf den Tisch. »Was ist los mit dir? Warum bist du auf einmal so verdammt ernst geworden?«

»Ich bin nicht ernst. Ich glaube aber, wir reden zuviel Quatsch.«

Sigi prüfte wieder Raneks Gesicht. »Ich hab' schon recht«, sagte er kopfschüttelnd. »Du lachst nicht mehr. Du hast was. Was hast du nur?«

»Gar nichts.«

»Tut dir die Alte leid?«

»Nein.«

»Aber warum bist du auf einmal so verflucht …?«

»Wie waren die beiden zu der Alten? Waren sie gut zu ihr?«

»Ja. Sie haben viel für ihre Mutter getan.«

»Beide?«

»Ja. Ich sag's dir doch … alle beide … der, den sie mit der Holzhacke … und auch der andere, der gestern nacht im Hausflur krepiert ist.«

»Das wollte ich nur wissen.«

»Sie waren gut zu ihr. Aber die Alte war's nicht wert. Sie hat dem Kerl im Hausflur nicht mal was zum Zudecken gegeben.«

»Sie hat nichts gehabt, womit sie ihn zudecken konnte.«

»Na ja«, sagte Sigi, »verdammt noch mal … daran hab' ich gar nicht gedacht.«

»Man kann niemanden zudecken, wenn man nichts zum Zudecken hat. Auch eine Mutter nicht ihren Sohn.«

»Ja«, sagte Sigi, »da hast du eigentlich recht.«

»Sie hat genug für ihn getan, als er beerdigt wurde; das hast du mir doch selbst erzählt!«

»Die Sache mit den beiden Trägern? Weil sie mit ihnen gehurt hat? Damit sie den Toten mitnehmen?«

»Ja. Das meine ich.«

»Das war keine Kleinigkeit«, sagte Sigi. »Ich zieh' mein Wort zurück.« Und er sagte jetzt wieder zu Ranek: »Sie hat wie 'ne Sau geschrien. Aber sie hat durchgehalten.«

»Es war ein Opfer.«

Ranek sagte das sehr leise.

Sigi nickte.

Seine Augen begegneten Raneks. Ihn fror ganz plötzlich. Der Ausdruck von Raneks Augen, dachte er. Was hat der nur?

»Ein Opfer«, wiederholte Ranek, und er sagte das so, als dulde er keinen Widerspruch, »ein Opfer, das jeder Mutter zur Ehre gereicht. Das war keine Erniedrigung. Das war ein Triumph. Alle Mütter auf dieser verfluchten Welt können sich an der Alten ein Beispiel nehmen.«

»Ja«, sagte Sigi kleinlaut.

Wieder kam jemand an ihren Tisch. Diesmal war's nicht der Wirt. Es war Daniel. Er rückte sich einen Stuhl heran.

»Danke für den Kaffee«, sagte Ranek.

Daniel winkte ab. Er spielte sekundenlang mit dem kurzen Holzknüppel an seiner Hüfte; das war nur eine Gewohnheit, derer er sich kaum bewußt war, so wie manche Leute an ihren Nägeln kauen oder in der Nase bohren, ohne es zu wissen, und die dann erstaunt sind, wenn sie darauf aufmerksam gemacht werden; er ließ den Knüppel wieder los; er lächelte; er faltete dann seine gepflegten Hände eitel über der Tischkante, als wollte er sie zur Schau stellen.

»Hast du was von Debora gehört?«

»Debora ist tot«, sagte Ranek erblassend.

»Verzeih' … dumme Frage von mir …«

Ranek sagte nichts.

»Dumme Frage«, wiederholte Daniel, »kommt davon, daß man's manchmal nicht glauben kann. Debora ... und tot? Kannst du das glauben?«

»Nein. Aber das ändert nichts. Sie ist tot.«

»Ich weiß«, sagte Daniel kopfschüttelnd. Er blickte eine Weile sinnend vor sich hin.

Sigi knabberte noch immer an seiner Tasse. Daniel schaute jetzt auf. »Wer ist das?«

»Ein Freund. Heißt Sigi.«

Sigi grinste verlegen. Er ließ die Tasse in Ruhe.

»Er knabbert immerfort an der Tasse«, sagte Ranek zu Daniel, »dabei hat er keine Zähne mehr.«

»Rausgeschlagen«, sagte Sigi.

Daniel nickte verständnisvoll.

»Die Backenzähne sind noch da«, sagte Sigi.

Daniel nickte wieder. »Wie steht's mit deinen Zähnen?« wandte er sich scherzend an Ranek.

»Nicht rausgeschlagen«, sagte Ranek, »bloß rausgefallen.«

»Viele?«

»Nein. Bloß ein paar.«

»Dann geht's ja.«

»Ich hab' noch genug. Aber sie werden immer schlechter. Ich weiß nicht, warum.« Ranek lachte verzerrt. »Vielleicht, weil ich so viel Schokolade esse.«

»Weil du dir nie die Zähne putzt«, warf Sigi kichernd ein, »du hast keine gute Erziehung genossen; davon kommt das.«

»Mach dir keine Sorgen«, sagte Daniel abwesend, »es gibt wichtigere Dinge als Zähne.« Er zeigte plötzlich hinüber zur Theke. »Wer ist die Frau, mit der du vorhin gesprochen hast? Die ist neu hier. Woher kennst du sie?«

»Du kennst sie bestimmt auch.«

»Nein.«

»Sie ist aus Litesti.«

»Ich kenn' sie nicht. Wieviel kostet sie?«

»Ich weiß nicht.«

Daniel zündete sich eine Zigarette an. Er starrte schweigend zur Theke. Der tut so, als wären wir gar nicht mehr da, dachte Ranek, der benimmt sich auch manchmal ganz komisch. Woran denkt er jetzt? An die Hure? Oder an Litesti? Oder denkt er an Debora? ... Unsinn. Warum gerade an Debora? Er schaut doch zu Betti hinüber. Vielleicht will er mit ihr ins Bett gehen? Vielleicht gerade deshalb, weil sie aus Litesti ist? Vollkommen verrückt! Weil sie aus Litesti ist? Lächerlich. Oder denkt er bloß daran, daß es bald Nacht ist und daß die Razzien bald anfangen und daß er fort muß?

Daniel rauchte seine Zigarette zu Ende. Dann erhob er sich, grüßte kurz und ging.

»Bei dem ist auch was nicht in Ordnung«, sagte Sigi, »der hat was.«

»Wir haben alle was.«

»Glaubst du ... jeder in Prokow?«

»Jeder hat irgend etwas«, sagte Ranek.

Sie hatten noch keine Lust fortzugehen. Weder die kalte Straße noch das Nachtasyl lockten. Sie blieben und schlugen die Zeit tot. Erst, als es draußen, hinter dem verschmierten Fenster, dämmrig wurde, brachen sie auf.

Sie suchten unter den Tischen nach Zigarettenstummeln. Sie fanden ein paar ... schmutzige, zertretene. Sie lasen sie hastig auf. Und dann verließen sie das Lokal.

Die Menschenmasse draußen vor der Tür wartete noch immer auf Einlaß. Ihre Zeit war noch nicht gekommen, denn es waren noch einige Gäste da, und es würde wohl noch eine geraume Weile dauern, bis das Kaffeehaus ganz leer wurde und Itzig Lupu endlich das Zeichen mit seiner Blechpfeife gab.

Ranek bemerkte eine Frau unter den Leuten, die er kannte. Sie hockte auf der Türschwelle und summte leise vor sich hin. Ein kleines Kind saß auf ihrem Schoß. Das Kind tätschelte verspielt ihre schlaffen Brüste, die nackt aus der zerrissenen Bluse hervorsahen. Die Frau war bucklig. Der kraushaarige Kopf saß platt zwischen den schmalen Schultern; es sah aus, als hätte sie keinen Hals. Ihre Beine waren übermäßig lang und sehr dünn. Sie erinnerte einen an eine graue, häßliche Spinne.

Jetzt hob sie den Kopf, und als sie Ranek erblickte, stand sie auf, ließ das Kind allein auf der Türschwelle zurück und kam auf ihn zu.

»Mach, daß du wegkommst!« sagte Ranek barsch.

Die Frau hielt ihm ihre hohle Hand hin. »Ein paar Kopeken«, bettelte sie.

»Kopeken sind längst außer Kurs«, sagte Ranek.

Die Frau nickte abwesend.

»Dann geben Sie mir einen Rubel«, sagte sie, »... oder ein paar Lei ... oder 'ne Mark.«

»Mach, daß du wegkommst«, sagte Ranek.

»Sie haben dort drinnen Kaffee getrunken. Sie haben noch Geld. Geben Sie mir was!«

Jetzt mischte sich Sigi ein. Er sagte zu der Frau: »Leck ihn am Arsch!«

Die Frau starrte Sigi mit bitteren Augen an. »Warum sagen Sie das? Was hab' ich Ihnen denn getan?«

»Hau ab«, sagte Sigi. Er hob drohend die dünne Faust.

»Ich hab' nicht immer gebettelt«, sagte die Frau. »Ich war mal besser dran.«

»Wir waren auch mal besser dran«, sagte Sigi. »Hau ab!«

Die Frau machte wortlos kehrt und ging zurück zu dem Kind.

Während sie weitergingen, sagte Ranek: »Die bettelt mich immer an; jedesmal, wenn ich von hier rauskomme, leiert sie mir dasselbe Lied vor.«

»Sie glaubt eben, daß du ein gutes Herz hast«, spöttelte Sigi.

Als sie am Bordell vorbeikamen, hörten sie plötzlich aus der Richtung des Basars Gewehrschüsse. Sie blieben erschrocken stehen.

Die Haustür des Bordells war offen. Niemand hielt Wache; offenbar hatte der Portier sich verdrückt. Sie traten schnell ein.

Auf der Straße fingen die Leute an zu rennen. Drüben, beim Friseur, wurde die Tür aufgerissen und wieder zugeklappt. Irgendwo oben im Bordell ging ein Fenster auf, und sie hörten die hysterischen Schreie einer Hure.

Bald verstummten die Gewehre. Sigi sagte jetzt: »Schau, wie leer die Straße geworden ist!«

»Ja.«

»Wir können jetzt nicht mehr auf den Basar. Dabei wollten wir was klauen.«

»Wir werden morgen hingehen«, sagte Ranek.

»Was glaubst du? Auf wen haben die geschossen?«

»Weiß ich nicht.«

»Vielleicht bloß in die Luft, um den Basar abzubrechen?«

»Möglich.« Plötzlich stieß er Sigi an. Er zeigte auf die leere Straße. »Siehst du's?«

»Ja.«

»Sieht wie 'ne Zeitung aus.«

»Nein. Ein Stück Sack ... oder irgendein Fetzen.«

»Ich hab' noch gute Augen«, sagte Ranek eigensinnig, »es ist 'ne Zeitung.«

Im Getto waren Zeitungen verboten, aber man konnte sie natürlich auf dem schwarzen Markt bekommen. Die Nummern waren meistens schon Wochen alt. »Bleib hier!« sagte Sigi.

Umsonst. Ranek war schon ins Freie getreten. Jetzt ging er vorsichtig über die Straße. Weiter oben, an der Ecke der Puschkinskaja, tauchte ein ukrainischer Milizmann auf. Etwas später zwei rumänische Soldaten. Sie überquerten die Straße. Der Milizmann verschwand wieder in Richtung des Basars, während sich die Soldaten vor dem Eckhaus postierten. Sie sahen wie zwei stumme Statuen aus; ihre grünen Uniformen wirkten jetzt grau in der Dämmerung.

Sie schenkten Ranek keine Beachtung. Oder sie hatten ihn überhaupt nicht gesehen. Ranek hob die Zeitung auf und ließ sie unter seiner Jacke verschwinden; dann schlenderte er ebenso gemächlich wieder zurück.

Sie hätten ihn abknallen können, dachte Sigi. Lohnt sich doch nicht wegen 'ner dreckigen Zeitung.

Ranek trat wieder zu ihm. »Ich hab' doch recht gehabt«, sagte er schmunzelnd.

»Jetzt hast du wieder was zu lesen.«

»Vor allem ... Zigarettenpapier für 'n paar Wochen.«

»Brauch' ich auch. Gibst du mir ein Blatt?«

»Ja, kriegst 'n Blatt.«

»Jetzt?«

»Nein. Zu Hause.«

Sigi nickte. »Zu Hause«, sagte er plötzlich schwermütig, als hätte dieses Wort eine besondere Bedeutung. Es blieb ruhig auf der Straße. Es wurde finster. Sie kehrten auf Umwegen ins Nachtasyl zurück.

Die Leute hatten sich schon zur Ruhe begeben. Als Ranek im Dunkeln auf seinen Schlafplatz schlich, bemerkte er Sara. Sie schlief schon. Sie hat also nichts anderes gefunden, dachte er lächelnd; du wußtest ja, daß sie zurückkehren wird.

9

Seit seinem Umzug hatte das tägliche Einerlei des Lebens wieder begonnen. Zuweilen schloß er sich den Nachtasylleuten an, wenn sie am Vormittag gruppenweise die Ruine verließen und auf Nahrungssuche gingen. Sie gingen gewöhnlich ein Stück Wegs gemeinsam, zerstreuten sich aber später, weil jeder nach seiner eigenen Methode arbeiten wollte. Die meisten durchstöberten die Mülleimer des Gettos nach Küchenabfällen; andere trieben sich tagsüber, wie er selbst, auf dem Basar herum, stahlen ab und zu, wenn sich die richtige Gelegenheit bot, oder machten kleine Vermittlungs- und Tauschgeschäfte. Manche bettelten an den Straßenecken und manche gingen regelmäßig in die Armenküche.

Die Armenküche war eine private Einrichtung, die von Leuten finanziert wurde, die noch genügend Geldreserven hatten, um es sich leisten zu können, ihr Gewissen mit dem Ausschenken von wässeriger Hirsesuppe wieder reinzuwaschen. Ranek mochte diese Küche nicht. Der Menschenandrang vor dem Suppenkessel war so ungeheuerlich groß, daß man meistens unverrichteter

Dinge wieder heimkehren mußte. Außerdem bestand die Gefahr, beim stundenlangen Schlangestehen ohnmächtig umzufallen. Er ging deshalb nur selten hin.

Im Nachtasyl starb fast jede Woche irgend jemand. Man merkte es kaum noch, weil die leer gewordenen Schlafplätze sofort wieder von Obdachlosen besetzt wurden.

Um die Kleiderfetzen der Toten, soweit sie nicht völlig zerrissen waren, gab es jedesmal Streit. Jeder glaubte, ein Anrecht darauf zu haben, und sobald die Leute eines Toten gewahr wurden, stürzten sie sich wie eine Herde wilder Tiere auf ihn. Hier, wie überall, schnitt nur der Schnellste und Gewandteste gut ab und durfte sich mit den Kleidern davonmachen, um sie in Brot umzusetzen.

Ranek machte diesen Sport nicht lange mit; die Konkurrenz im Zimmer war zu groß, der ewige Streit mit den Leuten ermüdete ihn, man hatte nichts davon als Ärger.

Du mußt dir ein anderes Arbeitsfeld aussuchen, sagte er sich; versuch's doch mal auf der Straße.

Er hatte es dann auf der Straße versucht. Ein paar Tage lang arbeitete er mit verbissenem Eifer. Er brach schon in der Morgendämmerung auf, irrte draußen herum, er suchte in den Straßengräben und in den Büschen hinter dem Haus. Tote gab es dort immer. Aber auch sie waren schon ausgeplündert; sie lagen nackt da, so wie Gott sie erschaffen hatte, und ihre steifen, grinsenden Gesichter verhöhnten ihn, als wüßten sie, daß er zu spät gekommen war.

Heute abend wirkt das Zimmer ein wenig verändert. Der Grund: Es wird nicht mehr am Fenster Karten gespielt. Der Mann, dem die Spielkarten gehörten, kam nämlich eines Abends zu spät nach Hause und wurde verhaftet. Mit ihm sind natürlich auch die Karten verschwunden. Die Holzkiste, um die die Männer immer herumsaßen, ist auch weg; sie hat nur als Kartentisch gedient und ist jetzt überflüssig geworden. Gestern hat man sie zerhackt. Teile davon sind bereits verheizt worden; der armselige Rest liegt noch vor dem Küchenherd und wird auch bald dran glauben müssen.

Ranek hockt, wie gewöhnlich um diese Stunde, auf seinem Schlafplatz unter der Pritsche. Er raucht. Es gibt sonst nichts Vernünftigeres zu tun. Man könnte höchstens mit Rosenberg Nasche Wasche spielen; was anderes hat der Kerl doch nie gelernt; aber ohne Karten, nur mit den verdammten Knöpfen und noch dazu bei schlechtem Licht, dazu hatte er keine Lust. Sonst könnte man mit irgend jemandem ein Gespräch anknüpfen, aber da fast jeder immer wieder über dasselbe sprach, daß es einen schon ankotzte, war's besser, auf Unterhaltungen zu verzichten. Es bleibt einem am Abend nichts anderes übrig, als vor sich hin zu dösen. Man fühlt sich am Abend wie ein Vogel im Käfig. Wo sind die Zeiten hin, als man am Abend ausgehen konnte … in ein gemütliches Kaffee … oder ins Kino?

Plötzlich spürt er wieder: Angst. Es war diese andere Angst, die Angst, eingeschlossen zu sein, stundenlang zu dösen und vor lauter Nichtstun verrückt zu werden … Und nur, um seine Gedanken mit irgend etwas zu beschäftigen, damit sie nicht leer um den gefährlichen, toten Punkt kreisen, nur deshalb fängt er jetzt an, sich mit den Gestalten seiner Schlafnachbarn zu befassen.

Es ist wie ein Spiel: Nummer eins, Nummer zwei, Nummer drei …

Nummer eins ist im Augenblick nicht auf ihrem Platz, der Platz an der Wand, den er ihr eingeräumt hatte. Sara steht vor dem Küchenherd und kocht. Diesmal sind's Bohnen, die er auf dem Basar, im Tausch für zwei gestohlene Kartoffeln, eingehandelt hatte. Er kann von hier aus nur ihre Beine sehen. Ab und zu, wenn sie etwas seitwärts tritt, erhascht sein Blick noch den Kleidersaum.

Damals, in jener ersten Nacht, war sie nur ein fremder Körper gewesen, ein fremder Körper im Dunkeln, an seiner Seite ... und als sie am nächsten Tag fort war, wußte er nicht mal, wie ihr Gesicht ausgesehen hatte. War sie jung? hatte Sigi gefragt. Er hatte es wirklich nicht gewußt.

Jetzt weiß er es. Sie ist jung. Aber das bedeutet nicht viel. Hier wird man schnell alt. Er weiß jetzt, daß sie noch schöne Zähne hat, so wie Perlen ... die wahrscheinlich durch die Unterernährung bald herausfallen werden. Ihr frischer Mund wird dann zusammenfallen; er kann sich das genau vorstellen. Ihre Haut ist noch nicht grau. Das kommt auch noch.

Sie hat kurzgeschnittenes, dunkelblondes Kraushaar; große, sehr helle, aber ausdruckslose Augen. Ihr Gesicht ist zu regelmäßig und erweckt den Eindruck, als wäre es geistlos; das ist eine Täuschung: Sara ist intelligent und hat eine verdammt gute Bildung, viel mehr als die meisten Leute hier im Zimmer. Und doch ... etwas fehlt ihr. Was ist es nur?

Manchmal vergleicht er Sara mit einer anderen aus seiner Erinnerung: Debora. Sara kann diesem Vergleich nicht standhalten. Neben Debora wirkt sie leer und bedeutungslos.

Seitdem Sara zu ihm zurückgekehrt ist, ernährt er sie. Sie weiß ganz genau, wie ungern er das tut, aber sie stellt sich dumm. Es steht für ihn fest, daß sie für seine Gutmütigkeit teuer bezahlen wird. Er hatte ihr damals den Mantel gelassen, weil er ihr keine Rechte verkaufen wollte. Der Schlafplatz gehörte ihm, und so sollte es bleiben. Aber er hatte schon damals gewußt, daß ihm eines Tages sowieso alles gehören würde … nicht nur die Frau … auch der Mantel und der Rest ihrer Habseligkeiten. Er wird ihr alles wegnehmen.

Soweit Schlafplatz Nummer eins. Zwar gibt es mehr über Sara zu sagen, schließlich und endlich ist sie ein Mensch, jemand, der Gedanken hat, der sich Sorgen macht, der Pläne schmiedet, der träumt … und wenn ihr Gesicht und ihre Augen auch nichts davon verraten … irgend etwas bewegt auch sie, irgendwas bewegt jeden … sogar die Halbtoten fühlen was. Aber das ist alles Unsinn. Du willst gar nicht mehr von ihr wissen.

Schlafplatz Nummer zwei gehört dir; dann – rechts: die Alte. Die Reihenfolge hat sich nicht geändert.

Er wundert sich oft, daß die Alte ihn nicht haßt. Wie kommt das? Weil er ihr damals den Mund mit Brot verstopft hatte? Weil sie ihm noch immer dafür dankbar ist und darüber vergißt, daß er, ein wildfremder Mann, an Stelle des Sohnes neben ihr liegt?

Es stimmt. Er ist der Nachfolger geworden. Jedoch, die Alte ist viel zu vernünftig, um ihm deshalb noch immer Vorwürfe zu machen; irgend jemand hat doch den Platz übernehmen müssen! Also … die Alte sieht das ein?

Es trifft sich auch gut, daß er nur um ein paar Jahre älter ist als der Sohn. Wahrscheinlich ist das der Grund, daß sich die Alte in letzter Zeit von einer ganz neuen Seite zeigt: Sie ist mütterlich besorgt um ihn; manchmal benimmt sie sich so seltsam, als sähe sie in seinem Gesicht die Züge des Toten.

Ahnt sie bereits etwas? Nein. Sonst wäre sie anders zu dir. Sie weiß noch immer nicht, daß du es warst, der dem Sohn die Schuhe stahl. Sie wird es nie erfahren. Sie wird auch nie erfahren, daß der Sohn noch nicht ganz tot war, als du es gemacht hast.

Neulich streichelte sie deinen Kopf. Sehr zärtlich. Mit sehr viel Liebe. Das spürt man nämlich. Du hast dich wieder gefragt: Wen meint sie? Dich oder den Sohn?

Der nächste in der Reihe ist der Kaufmann Axelrad. Ein kleiner, traurig aussehender Mann, der geschwollene Beine hat und nur mühselig gehen kann. Er sieht wie eine Kröte aus.

Der kleine Kaufmann war früher mal ein Multimillionär. Wenigstens behauptet er das. Ein paar Millionen rumänische Lei. Das will was heißen: Er redet fortwährend davon. Ach, sagt er, ich war mal jemand … wissen Sie. Drei Geschäfte in der Kirchengasse, zwei in der Herrengasse, Hemden und Unterwäsche … wissen Sie. Und die herrliche Zehnzimmerwohnung mit der amerikanischen Bar im Wohnzimmer. Ja, das war 'ne Bar … sag' ich Ihnen … Klasse, ganz große Klasse.

Oft bricht er mitten im Erzählen ab und verfällt ins Brüten.

Ranek kann ihn nicht leiden. Die ewige Melancholie des kleinen Mannes und das Gewäsch seiner Erinnerungen stacheln seine Wut auf.

Axelrad hat einen Spitznamen: Parech.

Ein Parech ist eine Kopfhautkrankheit. Der Schädel des kleinen Kaufmannes ist das beste Beispiel dafür. Man könnte seinen Schädel mit einem von Heuschrecken überfallenen Maisfeld vergleichen: überall kleine, übriggebliebene strähnige Haarbüschel und dazwischen die ausgefressenen kreisrunden Löcher. Es sieht häßlich aus, abstoßend, ekelerregend. Dir fallen doch auch die Haare raus? Aber anders … gleichmäßiger.

Er erinnert sich: Als Junge ging er öfter mit Vater am Ringplatz spazieren. Eines Tages: Ein Bekannter kam vorbei, er zog höflich den Hut. Als er außer Sicht war, flüsterte Vater ihm ins

Ohr: »Hast du seinen Kopf gesehen? Das ist ein Parech.« Vater kicherte. »Weißt du, Rani, daß Leute mit einem Parech einmal im Jahr nach dem Land Ägypten pilgern müssen?«

»Nein. Warum?«

Vater kicherte wieder, aber er wollte nicht mit der Sprache heraus.

Neben dem Kaufmann schläft seine Frau. Sie ist der Abklatsch der kleinen Kröte.

Ranek blickt jetzt zu ihr hinüber. Sie bemerkt es. Sie schneidet ihm eine Grimasse. Dann wendet sie den Kopf weg und nimmt keine Notiz mehr von ihm. Ihre Augen ruhen stumpf auf dem hellen Fleck des Fußbodens unter dem Fenster, den die Petroleumlampe wirft.

Dann kommt wieder eine Frau. Sie hat auch einen Spitznamen: Blutspucker. Sie hustet immer so dumpf. Meistens spuckt sie bloß in die Hände; sie wischt sie dann am Kleid ab. Das Kleid ist voller roter Flecke. Kein Wunder, daß das Kaufmannspaar über diesen Schlafpartner nicht gerade begeistert ist.

Neulich sagte der Kaufmann zu seiner Frau: »Warum guckst du immer auf den gelben Fleck unter dem Fenster?«

»Ich weiß nicht«, sagte die Frau.

Der Kaufmann seufzt. Die Frau sagt: »Ich kann doch nicht immerfort die Wand vis-à-vis anschauen!«

»Der Lichtschein unterm Fenster erinnert mich an was«, sagt der Kaufmann. »Dich nicht auch?«

»Ja. Manchmal.«

»Die Petroleumlampe. Was für schwaches Licht. Kein Vergleich mit unserer elektrischen Deckenbeleuchtung im Wohnzimmer, nicht wahr?«

Die Frau sagt nichts mehr. Dafür mischt sich die andere ein, die Blutspuckerin. Sie krächzt: »Schwaches Licht, wie? Und dabei dachte ich immer, bei uns wär's besonders hell. Da müssen Sie mal woanders hinkommen.«

»Mischen Sie sich nicht immer in unsere Unterhaltungen ein!« sagte der Kaufmann, seine dünne Stimme zur Festigkeit zwingend. »Passen Sie lieber auf, daß Sie meine Frau nicht anspucken.«

»Ich hab's mir hier vom Fußboden geholt. Kann doch jedem passieren. Ihnen auch. Oder vielleicht nicht?«

»Oder vielleicht nicht«, äfft der Kaufmann sie nach. »Rücken Sie ein Stück weiter weg. Oder ziehen Sie meinetwegen aus. Aber um Gottes willen ... stecken Sie meine Frau nicht an!« Er fügt hinzu: »Weil ich's dann von ihr abkriege.«

Ranek fängt wieder zu zählen an. Nummer eins, zwei, drei, vier, fünf, sechs ...

Nummer sieben und acht ist das Ehepaar Stein. Er kennt sie fast nicht, er weiß nur soviel: Sie gehen immer nachts auf den Blecheimer – zuerst der Mann, dann die Frau.

Da ist noch jemand, der zwar nicht in derselben Reihe mit ihm, aber doch in allernächster Nähe liegt: der Mann unter dem Küchenherd.

Er geht selten aus. Tagsüber schläft er. Gegen Abend verläßt er manchmal seinen Platz unter dem Herd und geht in die Büsche. Er nimmt dann immer eine Waffe mit, den Feuerhaken oder einen Stock; kein Mensch weiß, was er in den Büschen treibt. Er ist ein unheimlich starker Mann, der hier jedem Angst einflößt. Besonders Sara fürchtet ihn.

Die Leute behaupten, er wäre ein Totschläger. Sie sagen, daß er sich über die Obdachlosen in den Büschen hermacht, besonders die Frauen oder kranke, alte Leute, die sich nicht wehren können; sie sagen, daß er sie niederhaut und bis auf die nackte Haut ausplündert. Ob das wahr ist? Es sind bestimmt nur Gerüchte. Wer weiß?

Der Mann unter dem Küchenherd hat rote Haare. Sein Spitzname: Roter. Er ist der einzige hier, der sich nicht über seinen Spitznamen ärgert. Axelrad zum Beispiel wird furchtbar wütend, wenn ihn jemand mit »Parech« anspricht. Dagegen findet der Rote das ganz natürlich. Vielleicht weil er stolz auf seine Haare ist? Oder weil er froh ist, daß ihn hier niemand nach seinem wirklichen Namen fragt? Vielleicht will er seinen Namen vergessen, den Namen und die Vergangenheit, die mit ihm verbunden sind?

Unlängst sagte Sara zu Ranek: »Ich kann meine Beine nicht mehr richtig ausstrecken.«

»Warum?«

»Weil ich Angst hab', gegen den Küchenherd zu stoßen.«

»Na, und wenn schon …?«

»Weil ich den Roten nicht anstoßen will.«

»Du zerbrichst dir wieder mal zuviel den Kopf.«

»Er könnte mir …«

»Der tut dir nichts. Hab' keine Angst.«

Wer den Roten zum erstenmal sieht, dem läuft's kalt über den Rücken. Das knochige, sommersprossige Gesicht glänzt vor Haß. Die Augen sind blutunterlaufen. Wenn er sich kratzt, dann wirkt das nicht so natürlich wie bei den anderen Leuten – schließlich hat doch jeder Läuse –, bei ihm denkt man unwillkürlich an einen Menschenaffen. Er kratzt seine breite, haarige Brust mit verbissener Wut, seine Finger sind verkrallt, und er schnauft dabei und entblößt seine Zähne.

Einmal bist du vor dem Herd niedergekniet. Du hast zu ihm

gesprochen. Du warst neugierig. Du wolltest wissen, ob er wirklich solch ein Ungeheuer ist.

Du hast ihm irgendwas erzählt. Dabei hast du ihn scharf beobachtet. Du dachtest, daß er jeden Augenblick nach dem Feuerhaken greifen würde. Aber er lag ganz still da. Er hörte dir zu, nickte ab und zu, und als du nichts mehr zu sagen hattest, richtete er sich auf. Er sagte: »Jeder hat was zu erzählen, stimmt's?«

Du sagtest: »Ja ... jeder. Hab' ich Sie gelangweilt?«

Er entblößte seine starken Zähne. Er fing plötzlich an zu lachen. »Das ist doch egal«, sagte er, »ob Sie mich langweilen oder nicht. Geben Sie mir jetzt eine Zigarette!«

Du hast gezögert. Dann hast du dir's überlegt und gabst ihm eine.

Er hat sich nicht bedankt. Er rauchte sie schweigend an. Sein Gesicht glänzte wieder vor Haß. Plötzlich griff er in seine Jackentasche und brachte ein verwaschenes Bild zum Vorschein.

»Wer ist das?«

»Sie sehen's doch.«

»Ja, natürlich.«

»Ein Mädchen ... das sehen Sie doch.«

»Ja.«

»Meine Tochter. Auf dem Bild ist sie fünf.«

»Ein altes Bild?«

»Nein, gar nicht alt, das Bild ist nur schmutzig geworden.«

»Lassen Sie mich mal näher hinschauen.« Er studierte es wieder. Dann gab er es dem Roten zurück.

»Sie war auch rothaarig ... wie ich.«

Ranek nickte. Plötzlich sagte der Rote: »Die haben die Schweinehunde in den Dnjestr geschmissen.«

»Wann war das? Bei der Überfahrt?«

»Ja. Einfach reingeschmissen.«

Der Rote sprach nur von dem kleinen Mädchen. Seine Frau hat er mit keinem Wort erwähnt.

Am Ofenrohr hängen zwei Fetische. Sie gehören dem Roten. Der eine ist eine lange Schnur, an der drei Zähne angebracht sind. Sicherlich gehörten die Zähne jemandem, der dem Roten einst nahestand. Vielleicht sogar seiner Frau?

Der zweite Fetisch ist eine Puppe. Auch sie hängt an einer Schnur. Die Herkunft der Puppe ist weniger unklar. Die Puppe gehörte dem kleinen Mädchen.

Er nennt die Puppe Mia. Ein schöner Name. Mia hat nur ein Auge. Ihr Bauch ist schon ein wenig aufgeschlitzt, und die Holzwolle quillt heraus. Trotzdem ist sie nicht häßlich. Wie kommt das nur? Vielleicht, weil das Zimmer so kahl ist und nicht mal Bilder an der Wand hängen? Die Puppe verleiht dem Zimmer etwas Wärme. So wie die Petroleumlampe.

Seine Blicke huschen weiter über den Fußboden. Die meisten Leute hier unten sind ihm völlig unbekannt. Es sind die Namenlosen, die, die bloß Beine haben, Körper und Köpfe ... aber keine Gesichter. Namenlos sind sie wie die Straßen von Prokow. Man bemerkt sie nur, wenn man über sie stolpert, sie liegen einem im Weg.

Sie haben keine Gesichter, denkt er ... sie haben keine Gesichter.

Die Bohnen sind noch nicht fertig. Er denkt: Bald ... es kann doch nicht mehr lange dauern. Noch ein wenig Geduld.

Er vernimmt Rosenbergs Gelächter oben auf der Pritsche. Die Knöpfe rascheln auf dem glatten Holz. Der Kerl hat also wieder mal jemanden gefunden, der sich mit ihm einläßt und das verrückte NascheWasche spielt. MeinDein.

Ein komischer Kauz, dieser Rosenberg. Findet immer irgend etwas, das ihm noch Spaß macht. Er ist ein Mensch, der seine Zehenspitzen betrachten kann und sich dabei köstlich amüsiert. Rosenberg hat noch eine gute Jacke, Maßschneider, warmes Futter.

Es wird auf einmal sehr laut auf der Pritsche. Die Bretter dröhnen, krachen in allen Fugen. Sind bestimmt Seidels Buben, die wieder Versteck spielen? Das müßte man ihnen abgewöhnen.

Ein sonderbares Versteckspiel. Die Lausbuben laufen auf der Pritsche rum, treten auf die dösenden Leute und kauern sich hinter ihre Rücken. Man müßte dem Seidel mal ordentlich Bescheid sagen.

Du erinnerst dich nicht dran, wie die Buben heißen. Oder doch? Der älteste? Er hat abstehende Ohren. Wenn Seidel von diesem Sohn spricht, sagt er: »Mein Ältester, der mit den abstehenden Ohren.«

Jetzt geht's los. Jemand flucht. Es ist Sigi. Kurz darauf ein Aufschrei. Wahrscheinlich hat er einen Buben geschlagen.

Der Lärm wächst. Sigi und Seidel beschimpfen sich. Der Bub weint. Wieder Schläge. Diesmal klingt's anders: wie Faustschläge. Keuchen. Man hört's ganz deutlich: Zwei Männer ringen miteinander. Kein Zweifel.

Dann stürzt jemand über den Pritschenrand und bleibt in der Nähe des Herdes liegen, rafft sich etwas später auf und lehnt sich erschöpft an die Tür: Seidel. Sein Gesicht ist leichenblaß. Wieder fällt Ranek auf, wie ähnlich Seidel seinem toten Bruder sieht ... der, der durch Seidels Schuld verhungert war. Und einen kurzen Augenblick denkt er daran, wie sie den Bruder damals durch das offene Fenster in den Hof warfen ... der kalte Luftzug ... dann der patschende Laut im Schlamm.

10

Rosenberg ist geschnappt worden. Er war mitten in der Nacht auf die Straße gegangen, weil er's im Zimmer nicht mehr aushalten konnte. Er ist einfach fortgerannt. Es ist unglaublich. Wie konnte ein Mann, der immer so viel gesunden Humor besessen hatte, so ganz plötzlich den Kopf verlieren und verrückt werden? Sogar seine Jacke hat er auf der Pritsche vergessen.

Sigi, der in Rosenbergs Nähe schlief und den Vorfall als erster bemerkte, zog die Jacke gleich an. In seiner Freude über die ergatterte Jacke kletterte er gleich von der Pritsche herunter, um Ranek von dem frei gewordenen Schlafplatz Mitteilung zu machen.

Als Sigi durch das dunkle Zimmer torkelte, kamen ihm jedoch Bedenken: Ranek war nicht nur auf den Schlafplatz hier oben auf der trockenen Pritsche, Ranek war auch auf die Jacke scharf. Wenn er ihn jetzt aufweckte, würde Ranek die Jacke verlangen. Es würde nur Streit geben. Man konnte Ranek nicht trauen. Und was, wenn Ranek ihn überrumpelte und ihm die Jacke wegnahm?

Sigi legte sich wieder zurück. Als es draußen zu dämmern begann, verließ er leise das Zimmer. Er vergewisserte sich zuerst, ob die Luft rein und die Polizei außer Sicht war; dann schlich er vorsichtig die Treppe hinunter.

Etwas später verschwand er in den Büschen hinter der Ruine. Er rüttelte einen der Obdachlosen, die dort lagerten, und verkaufte ihm das Geheimnis des frei gewordenen Schlafplatzes für ein Stück altes Fleisch.

Nachdem Ranek Saras Kleidungsstücke zu einem Paket verschnürt hatte, machte er sich auf den Weg zum Basar. Ranek hatte ihr nur das Allernotwendigste gelassen. Sogar die Schuhe nahm er ihr fort, weil er dachte, daß es besser war, diese jetzt zu verkaufen, solange sie noch nicht abgewetzt und ausgetreten waren.

Zuerst hatte Sara sich geweigert, die Sachen herzugeben, und sich mit Händen und Füßen gewehrt, als er sie auszog; dann aber, als er ihr gut zuredete und ihr versprach, den Erlös ehrlich mit ihr zu teilen, gab sie nach. Vielleicht hatte sie auch eingesehen, daß es nicht viel Zweck hatte, ihm Widerstand zu leisten.

Er brachte den ganzen Tag auf dem Basar zu. Erst gegen Abend gelang es ihm, den richtigen Kunden zu finden. Der Mann bezahlte bar.

Als er die Sachen endlich losgeworden war und das Geld in der Tasche hatte, war es schon zu spät, um heute noch größere Mengen Lebensmittel einzukaufen. Er mußte das auf den nächsten Tag verschieben. Er ging deshalb nur bis zur Bäckerei.

Der Laden war schon zu. Er versuchte den Hintereingang. Der Bäcker machte auf. Er knurrte ein wenig, verkaufte ihm aber schließlich zwei Ersatzmehlbrote.

Sara hatte ihn ungeduldig erwartet.

»Warum hast du nur zwei Brote mitgebracht?«

»Wir kaufen morgen mehr. Vor allem Mehl.«

»Gut.« Sie senkte ihre Stimme. »Wo ist das Geld?«

»In meiner Tasche«, flüsterte er, »wo sonst?« Er drehte sich ängstlich um.

»Es hat niemand gehört«, flüsterte sie.

»Hast du jemandem was erzählt?«

»Nein. Gib mir das Geld!«

»Traust du mir nicht?«

»Doch. Aber du kannst es verlieren.«

»Du auch. Dein Kleid hat keine tiefen Taschen.«

»Meinetwegen. Behalte es. Aber paß auf. Besonders nachts.«

»Es weiß doch niemand.«

»Man hat dich fortgehen sehen ... mit den Kleidern ... man weiß, daß du sie verkauft hast. Paß auf. In der Nacht.«

Er behielt einen Teil des Geldes in der Tasche; den Rest versteckte er im Hut.

In dieser Nacht kämpften sie beide hartnäckig gegen den Schlaf. Sie kontrollierten immer wieder und wieder, ob auch alles noch da war.

Es war alles da.

Endlich beruhigten sie sich. In der Morgendämmerung schliefen sie vor Übermüdung fest ein. Und als sie wieder erwachten, war das Geld fort.

Ranek fuhr wie elektrisiert auf. Er lief verzweifelt im Zimmer auf und ab und hielt Umfrage. Niemand wußte etwas. Niemand hatte etwas bemerkt. Manche Leute schüttelten stumm den Kopf, einige lachten schadenfroh und gehässig.

11

Ranek lag schon mehr als vierundzwanzig Stunden kraftlos auf seinem Schlafplatz. Wie lange mochte es her sein, seitdem er gegessen hatte? Er versuchte sich zu erinnern. Wann hatten sie die beiden Brote angeschnitten? Und wie lange hatten sie gereicht? Er versuchte zu zählen, aber das verwirrte ihn nur noch mehr. Die letzte Scheibe habt ihr doch miteinander geteilt? dachte er. Ihr habt euch sogar deswegen gezankt ... du erinnerst dich doch ganz genau daran? Aber verflucht ... wann war das? Warum kannst du dich nicht ...?

Ihm fiel plötzlich ein, daß Sara allein fortgegangen war, um etwas Eßbares aufzutreiben. Vielleicht hatte sie Glück und brachte was mit? Er empfand keine Freude über diese Aussicht, denn ein anderer Gedanke ... daß sie nämlich noch sicher auf den Beinen stand, während er schlappgemacht hatte ... erfüllte ihn jetzt mit ohnmächtiger Wut. Er verbiß sich immer mehr in diese Wut. Und die Wut verlieh ihm plötzlich wieder neue Energie.

Dann raffte er sich auf. Er zog seine Beine ein und setzte sich gerade. Er war nun entschlossen, sich nicht wieder hinzulegen.

Es mußte schon spät am Nachmittag sein, denn die Sonnenstrahlen fielen schräg durchs Fenster. Das Zimmer wirkt jetzt viel freundlicher. Was das doch ausmacht, wenn die Sonne hereinscheint! Alles hat ein wenig Farbe abgekriegt. Sogar der Dreck. Überall sind hellgelbe Flecken. Der rostige Küchenherd glänzt, die graue Zimmerdecke sieht fast beige aus ... und die Zeitungspapierfetzen an der gegenüberliegenden Wand springen einem mit ihren Schlagzeilen ins Auge.

Ihm fiel etwas ein: Das Bordell ... Betti ... Sigi ... eine Verabredung. Wann hatte er sich verabredet? Er verfiel in schweres Grübeln. Wann? Verflucht, wann?

Dann erinnerte er sich: heute morgen. Ehe Sigi fortging. Sigi sagte: »Es ist höchste Zeit, daß du mal ins Bordell gehst.«

»Ja«, hatte er geantwortet.

»Wann gehst du?«

»Ich weiß nicht.«

»Wenn ich du wär', dann würd' ich heut nachmittag hingehen.«

»Gut. Ich werde hingehen.«

»Ich muß jetzt fort«, sagte Sigi, »auf den Basar.«

»Dann geh.«

»Ich erwarte dich am Nachmittag vor dem Bordell«, sagte Sigi.

»Du?«

»Ja«, sagte Sigi. »Ich wart' dort auf dich. Du wirst raufgehen. Ich paß' unten auf. Falls dir was zustößt ... dann verständige ich Daniel. Der wird dich dann wieder rausholen.«

»Gut.«

Sigi grinste. »Für meine Dienste will ich was. Du gehst dort rauf. Du frißt dich dort voll. Dann bringst du mir was runter.«

»Ja.«

»Am Nachmittag also! So gegen fünf. Frag jemand, der 'ne Uhr hat. Ich erwarte dich.«

»Ja.

Du hättest Betti schon längst besuchen sollen, grübelte er. Warum hast du so lange gewartet? Wenn Sigi dir nicht zugeredet hätte ... dann ... dann ... würdest du auch heute nicht hingehen. Verrückt ... vollkommen verrückt ... Weil du dir ausgerechnet hast, daß es besser ist, abzuwarten. Hast geglaubt, daß du dann mehr aus ihr rauspressen kannst. Macht 'nen besseren Eindruck; man läßt 'ne gewisse Zeit verstreichen ... und dann geht man hin ... und sagt: »Ich wollte gar nicht kommen, du kennst mich ja. Dummer Stolz, nicht wahr? Aber ich kann's nicht mehr aushalten. Heute mußte ich kommen.«

Ranek stand mit zitternden Knien auf. Er zog seine Jacke an und setzte den Hut auf. Als er auf die Tür zuschlurfte, taumelte er und stieß gegen den Küchenherd.

Er bemerkte zwei Männer, die vor dem Herd knieten.

»Der Rote ist gestorben«, sagte der eine.

»Ich glaub's nicht«, sagte der andre.

»Er rührt sich nicht mehr.«

»Der döst bloß.«

»Ich werd' ihm ein Stück Papier in den Mund stecken.«

»Tu's nicht.«

»Doch. Wenn er krepiert ist, wird er's nicht verschlucken.«

»Und wenn er nicht krepiert ist?«

»Dann wird er davon aufwachen und sich aufrappeln.«

»Laß ihn lieber in Ruhe. Mit dem ist nicht zu spaßen. Der ist nicht krepiert.«

Ranek hatte sich gegen das Ofenrohr gestützt. Er ließ das Rohr jetzt los und ergriff einen Topf, der halb mit Wasser gefüllt war. Er setzte ihn an und begann hastig zu trinken. Er spürte, daß die beiden Männer aufschauten, aber er ließ sich nicht stören. Er leerte den Topf und stellte ihn wieder zurück. Dann ging er auf die Tür zu.

Er hörte, wie einer der Männer jetzt sagte: »Mensch, der hat aber Durst! Hast du das gesehen?«

»Ja. Weißt du, wer das ist?«

»Der schläft doch in der Ecke, mit der Blonden.«

Er hörte sie noch kichern. Dann war er aus dem Zimmer.

Auf der Straße wurde ihm etwas besser.

Im Bordell war heute Backtag. Das Küchenfenster stand offen, und ein Duft nach frischem Kuchen strömte auf die Straße.

Sigi wartete vor dem Friseurladen. Als er Ranek jetzt drüben am Bordell vorbeiwanken sah, rief er seinen Namen laut über die Straße.

Ranek kam herüber.

»Ich hab' mich erschrocken, als ich dich nicht sah. Warum stehst du hier?«

»Drüben ist's zu auffällig«, sagte Sigi. »Ich wollte nicht, daß der Portier was merkt.«

»Wartest du schon lange?«

»Ungefähr 'ne Stunde.«

»Ich wollte früher kommen. Aber ich konnte nicht.«

»Ist in Ordnung. Die Hauptsache, du bist da.«

»Hoffentlich klappt's.«

»Es muß klappen!«

Sie hockten sich aufs Trottoir hin, direkt unter dem breiten Schaufenster des Friseurs, und blickten hinüber zum Bordell. Der Portier stand wie immer auf der Türschwelle und rauchte seine Pfeife. Ab und zu kam ein betrunkener Soldat aus dem Haus, zuweilen ging einer hinein.

»Spürst du den Geruch?«

»Ja. Ich glaube, die ganze Puschkinskaja riecht heut nach Kuchen. Ich hab's schon gespürt, als ich an der Ecke war.«

»Kein Kunststück«, sagte Sigi neidisch, »die kriegen weißes Mehl aus den Vorratskammern der Armee.«

»Die kriegen nicht nur Mehl.«

»Ja, ich weiß, alles kriegen die, alles, was sie haben wollen. Weißt du«, seufzte er, »wenn ich noch mal auf die Welt käme und der liebe Gott mich fragen würde: Was willst du werden, ein kleiner Knabe oder ein kleines Mädel? dann würd' ich zu ihm sagen: ein kleines Mädel. Und wenn er dann weiterfragt: Na, und wenn du mal erwachsen bist, was willst du dann werden? Ein großes Mädel, würd' ich sagen, eine mit 'nem großen, fetten Arsch – ein Arsch, der einen ernähren kann.« Sigi verdrehte sehnsüchtig die Augen. »Spürst du's?« fragte er jetzt wieder.

»Ja, verflucht.«

»Rat mal, was dort oben gebacken wird.«

»Mandelkuchen.«

»Nein … Fladen … richtige Fladen mit Rosinen und Äpfeln.«

»Du hast ja 'ne verdammt gute Nase.«

Sigi lachte. »Manchmal ist's besser, man hat 'n Schnupfen. Vorhin wollte nämlich ein Bettler ins Bordell, den hat auch der Geruch angelockt; der Portier hat ihn fürchterlich verprügelt. Er hat den armen Kerl so windelweich gehauen, daß er mir fast leid getan hat.«

»So ein Schwein. Für den ist's auch schon höchste Zeit, daß er krepiert.«

»Davon hätten wir nichts. Dann kommt bloß ein anderer Portier. So ist das nämlich; wenn der eine weg ist, dann kommt wieder ein anderer. So ist das immer. Das ist der Lauf der Welt.« Sigi nickte tiefsinnig.

»Glaubst du, daß er mich reinläßt?« fragte Ranek.

»Du mußt einen Grund angeben. Sag ihm, du hast 'ne Cousine dort oben.«

»Wär's nicht einfacher, ich sagte ihm, ich wollte zu einer Frau?«

»Das wird er dir nicht glauben. So einer wie du geht nicht in 'nen Puff, um mit 'ner Frau zu schlafen. So einer wie du geht nur hin, um dort was zu fressen. Ist doch klar.«

»Dann bleibt's bei der Cousine?«

»Natürlich. Du mußt nur richtig auftreten, dann wird er's

glauben.«

»Und wenn Betti nun nicht zu Haus ist«, sagte Ranek unsicher.

»Ich hab' vorhin im Kaffeehaus nachgeschaut«, sagte Sigi, »dort war sie nicht. Sie ist bestimmt zu Haus.«

Sie hörten jetzt, wie jemand im Laden wütend gegen das Schaufenster klopfte. Sie wandten die Köpfe um und sahen den Friseur hinter der dicken Glasscheibe stehen.

»Dem Schwulen paßt's nicht, daß wir hier vor seinem Laden sitzen«, flüsterte Sigi. »Wir sind ihm nicht fein genug.«

»Komm weg von hier!«

»Ja. Gehst du jetzt rüber?«

Sigi ging bis zum nächsten Haus. Er wartete wieder. Er ließ das Bordell nicht aus den Augen.

Ranek verhandelte nicht lange mit dem Portier. Bald kam er wieder zurück.

»Nichts zu machen. Der Kerl ist 'ne harte Nuß.«

»Du hast's nicht richtig angestellt.«

»Er hielt mich zuerst für einen Bettler. Ich dachte zuerst, er würde handgreiflich werden, aber er hat mir nichts getan, wie du siehst.«

»Hast du ihm gesagt, daß sie deine Cousine ist?«

»Nein. Ich hab' mir's überlegt. Das hätt' er sowieso nicht geglaubt. Ich hab' bloß Bettis Namen genannt. Der war ganz erstaunt. ›Sie kennen also das Fräulein Betti?‹ hat er gesagt. Und dann wurde er ein bißchen freundlicher. Hat mir erklärt, warum er mich nicht rauflassen kann. Hat sich sogar entschuldigt.«

»Was du nicht sagst«, schnaufte Sigi, »er hat sich also vor dir entschuldigt.«

»Er erzählte mir was von 'ner neuen Verordnung. Die können jetzt keine Zivilisten mehr rauflassen. Nur noch Polizei und Militär.«

Sigi wurde etwas ruhiger. »Das ist schon möglich«, sagte er.

»Der Kerl hat Angst, daß er seinen Posten verliert; da kann man nichts machen. Aber verlaß dich drauf, so schnell geb' ich's nicht auf; ich werd' schon mit Betti sprechen.«

»Wann?«

»Ein anderes Mal.«

Später versuchten sie ihr Glück im Bordellhof. Es war ein langer, düsterer Hof, mit einer hohen Mauer. Die Mauer bildete eine Art Damm, dahinter war der Fluß. Man konnte den Fluß nicht sehen, aber man hörte ihn ganz deutlich, ein Geräusch, eintönig, brausend, als wäre irgendwo in nächster Nähe eine Wassermühle. Im Schatten der Mauer stand eine alte, morsche Holzbank, unter der ein paar leere Konservenbüchsen lagen. Quer über den Hof waren Wäschestricke gespannt.

»Schade, daß sie die Wäsche runtergenommen haben«, sagte Sigi.

»Die haben nicht auf uns gewartet«, sagte Ranek. Eine Weile hielten sie Umschau. Neben der Kellertreppe befand sich ein Mülleimer. Sie wühlten darin herum, fanden aber nichts Eßbares ... wieder nur ein paar leere Konservenbüchsen, die aussahen, als hätte man sie sorgfältig ausgewaschen ... dazwischen schmutziges, nasses Papier.

»Man sagt, daß der Portier die Küchenabfälle an die Straßenhändler verkauft, ehe sie in den Mülleimer wandern.«

»Das kann sein«, sagte Ranek.

»Der Schlag soll ihn treffen«, sagte Sigi, »weil's die besten

Küchenabfälle im Getto sind.« Sigi wühlte aufgeregt weiter. Schließlich entdeckte er am Boden des Mülleimers ein paar blutige Fetzen. »Die werfen so was weg, verrückt.«

»Menstruationsbinden?«

»Was weiß ich, blutig sind sie.«

»Willst du sie mitnehmen?«

Sigi nickte. »Ich werd' sie auswaschen und Fußlappen draus machen.«

»Es sind gute Lappen«, sagte Ranek. »Nicht mal durchgerieben. Wir werden sie teilen. Du gibst mir doch ein paar, was?«

»Klar«, sagte Sigi großzügig.

Betti hatte sich in den nächsten Tagen nicht mehr im Kaffeehaus blicken lassen. Ranek wußte nicht, was los war. War sie krank? Oder hatte sie bloß diese Woche Tagesdienst im Bordell und konnte deshalb nicht ausgehen? Er mußte wieder mit ihr Kontakt bekommen. Sie hatte ihm Essen versprochen … er kannte sie doch … sie würde ihr Wort halten.

Einige Male kritzelte er Nachrichten für sie auf kleine Zettel und gab sie den Huren mit, wenn sie zurück ins Bordell gingen. Umsonst. Es kam nie eine Antwort. Wahrscheinlich hielten sie ihn für einen Bettler, der durch irgendeinen Zufall Bettis Namen erfahren hatte und sich durch diesen Trick in das Haus einschleichen wollte, und sie warfen die Zettel wieder weg, sobald er außer Sicht war.

Er versuchte es wieder mit dem Portier, aber der Portier antwortete ihm bloß: Ich bin kein Briefträger. Wenn er doch wenigstens Bettis Freundin – die Fette – treffen würde! Die kannte ihn und würde alles ausrichten. Aber auch sie war nicht zu sehen.

Es blieb ihm nichts anderes übrig, als abzuwarten. Betti würde nicht ewig im Zimmer hocken. Sie mußte eines Tages wieder auf die Straße kommen. Das galt auch für die Fette. Eine von den beiden würde er wiedertreffen. Du mußt abwarten, sagte er sich, du mußt abwarten. Ranek spazierte ganze Nachmittage vor dem Bordell auf und ab. Zuweilen stellte er sich einfach vor den Eingang hin, ohne sich um den Portier zu kümmern.

12

Der Hunger weckte ihn oft mitten in der Nacht auf. Dann saß er stundenlang zusammengeduckt auf seinem Platz. Sara dagegen schlief tief und fest. Sie schlief wie ein Mensch, der satt war.

Ranek wurde mißtrauisch. Er dachte daran, wie oft er ihr etwas von seinen täglichen Streifzügen mitgebracht hatte: gestohlene Kartoffeln oder Rüben, manchmal auch Küchenabfälle, die er im Tausch für Zigarettenstummel eingehandelt hatte. Sie aber kam immer mit leeren Händen nach Hause. Irgendwas stimmt da nicht, dachte er. Sie verheimlicht dir was. Sie hungert nicht so wie du. Sie scheint eine Quelle zu kennen, wo man Essen bekommt, und sie will es dir nicht sagen.

Sie ging immer allein fort. Wo trieb sie sich herum?

Eines Morgens folgte er ihr, als sie das Nachtasyl verließ. Sie schien sich sehr sicher zu fühlen, denn sie wandte kein einziges Mal den Kopf um. Sie überquerte den Basar. Sie ging die Puschkinskaja entlang. Sie ging unaufhaltsam vorwärts. Dann schwenkte sie ab; sie bog in eine schmale Gasse ein und verschwand in einem der schiefen Häuser.

Vor dem Haus lag ein abgebrannter russischer Tank. Kann

man sich leicht merken, dachte Ranek. Der Tank. Der rote Stern. Du wirst auch das nächste Mal hierher zurückfinden. Er trat ein. Eine Treppe. Eine bessere Treppe als bei uns, stellte er fest, die hängt nicht in der Luft. Der Lärm von Kinderstimmen. Der Lärm wurde immer lauter, je weiter er die Treppe hinaufstieg.

Oben befand sich ein langer Gang, der in ein offenes, mit Strohmatten ausgelegtes Zimmer führte. Außer einer Kinderschar und einem Toten, der friedlich auf seiner Strohmatte lag, war niemand anwesend. Wo waren die Leute, die hier wohnten? Waren sie außer Haus? Er bemerkte eine Tür. Also noch ein zweites Zimmer, dachte er. Wer wohnt dort? Er ging neugierig näher an die Tür heran, aber er trat nicht ein. Er hörte Stimmen. Er versuchte zu erkennen, ob eine dieser Stimmen Sara gehörte. Nein, dachte er, nicht ihre Stimme. Aber das hatte nichts zu bedeuten. Er wußte, daß sie in dem zweiten Zimmer war; er hatte sich nicht im Hauseingang geirrt. Sie war hier. Sicher.

Er schaute eine Weile den spielenden Kindern zu. Sie spielten Haschen. Wenn du jetzt dort reingehst, kannst du Unannehmlichkeiten haben, dachte er. Du wirst hier auf sie warten und sie überraschen, wenn sie rauskommt.

Nach einiger Zeit wurde die Tür geöffnet. Ein Mann mit einem Suppenteller kam heraus. Er war ins Essen vertieft und beachtete Ranek nicht. Auch Ranek konnte sein Gesicht nicht erkennen, weil es tief über den Teller gebeugt war. Irgendein Fresser, dachte er, der seine Suppe einsam und unbeobachtet auslöffeln wollte und der sich jetzt an das einzige schmale Fenster im Raum stellte und ihm den Rücken zukehrte.

Ranek trat hinter den Mann, weil er den Geruch, der dem Teller entströmte, einatmen wollte. Der Mann hatte eine schnelle Art zu essen, sein Rücken war verkrümmt, der Kopf zuckte – es war ein rasierter Kopf. Plötzlich wandte der Mann ihm das Gesicht zu.

»Sigi!« rief Ranek verblüfft aus.

Sigi nickte. Seine Augen waren feucht; der körperliche und seelische Genuß während des Essens mochte die Ursache seiner Rührung sein.

»Ich habe dich hier erwartet«, sagte Sigi. »Ich wußte, daß du Sara eines Tages nachgehen würdest.« Sigi kaute mit vollen Backen. Ranek konnte kaum verstehen, was er sagte.

»Fleischstücke«, sagte Sigi, »… in der Suppe … aber ich zerkau' sie trotzdem … du siehst … auch ohne Zähne.«

»Mach keine faulen Witze«, sagte Ranek kalt. »Bin jetzt nicht in Stimmung.« Er hatte sich schnell wieder gefaßt. »Was hat das alles zu bedeuten? Was treibt ihr beide hinter meinem Rücken?«

Sigi zeigte mit dem Kopf auf die Tür. »Frag sie doch selbst.«

»Ich will es von dir wissen. Du weißt, warum.«

Sigi nickte wieder. Er stellte den Teller jetzt aufs Fensterbrett, es war noch etwas Suppe drin; in dem fahlen Licht, das vom Hof durchs Fenster fiel, sah die Suppe wie graues, schmutziges Wasser aus, in dem irgendetwas Dunkles, Fasriges herumschwamm, das Fleisch sein mochte.

»Ich weiß, was du denkst«, sagte Sigi. »Du glaubst, daß ich sie verkuppelt habe. Du glaubst, daß sie dort hinter der Tür, in dem anderen Zimmer, mit jemandem hurt. Und daß wir dafür … beide was zu fressen kriegen.«

»Was sonst sollte ich glauben?«

»Du irrst dich aber«, grinste Sigi, »… das heißt … ich habe etwas für sie vermittelt … aber nicht das … nicht das, was du glaubst.«

»Was denn?«

»Ein paar Seidenstrümpfe.«

Sigi trat noch dichter ans Fenster, als hätte er plötzlich Angst, daß Ranek sich des Tellers bemächtigen würde; jedoch Ranek drängte ihn nicht weg. Ranek schien die Suppe in diesem Augenblick vergessen zu haben.

»Du lügst«, sagte Ranek. »Ich habe die Strümpfe selbst verkauft, und das ist noch gar nicht lange her.«

»Sie hat noch ein zweites Paar gehabt, das sie nie getragen hat und das sie vor dir versteckt hielt. Sie hat mich gebeten, dieses zweite Paar für sie zu verkaufen.«

»Das hätte ich auch für sie machen können.«

»Dir traut sie nicht.« Sigi fügte hinzu: »Nicht mehr.«

»Das Biest«, sagte Ranek.

»Sie glaubt, daß du nicht gerissen genug bist. Du hättest nicht den richtigen Preis erzielt … hättest nur alles vermasselt … so wie schon einmal zuvor.«

»Das Biest«, sagte Ranek wieder, »das verdammte Biest.«

»Ich sollte dir nichts erzählen, aber jetzt, da du nun einmal hier bist, hat es doch keinen Sinn, die Tatsachen noch weiter zu verheimlichen.«

»Es ist besser für dich, daß du ausgeplaudert hast«, sagte Ranek. Sigi wischte sich mit dem Handrücken einigemal übers Gesicht; er schielte dabei abwechselnd auf die Suppe und auf Ranek. Du wirst sie später fertig essen, dachte er, erst mal mit Ranek ins reine kommen. Ranek hatte sich die ganze Zeit, gegen Sigis Erwartungen, ruhig verhalten. Er wußte nicht, was Raneks Absichten waren, aber sein feiner Instinkt sagte ihm, daß Raneks Haß sich im Augenblick nicht gegen ihn, sondern gegen Sara richtete und daß es am besten war, um allen Scherereien aus dem Weg zu gehen, sich jetzt auf Raneks Seite zu stellen und mit ihm gemeinsame Sache gegen Sara zu machen.

»Mir ist das Ganze furchtbar unangenehm«, sagte Sigi vorsichtig, »du weißt, ich mache immer Vermittlungen, wenn's nur irgendwie geht, aber diesmal wollte ich nicht ... wollte mich nicht drauf einlassen.« Sigi schaute Ranek unschuldig an. »Aber dann hat Sara mich überredet. Du kennst sie doch. Die wickelt einen um den kleinen Finger. Sie ist an allem schuld.«

»Mach jetzt nur nicht in die Hosen«, sagte Ranek zynisch.

»Ich habe keine Angst vor dir«, sagte Sigi störrisch, »ich wollte dir nur erklären ...«

»Ich hab' nichts gegen dich«, unterbrach ihn Ranek kalt, »brauchst mir auch nichts zu erklären. Ich bin hier, um mit Sara abzurechnen, nicht mit dir.«

»Das wußte ich doch«, sagte Sigi erleichtert.

»Sie wird's bitter bereuen«, sagte Ranek tonlos.

»An deiner Stelle würde ich sie verprügeln«, hetzte Sigi.

Ranek lachte mit zusammengebissenen Zähnen. »Mit Prügel allein wird sie nicht davonkommen. Ich will ihren Anteil vom Erlös der Strümpfe – das, was davon noch übriggeblieben ist.«

»Zu spät. Wir erhielten kein Geld. Du siehst doch: bloß Essen. Jeden Tag einen Teller Fleischsuppe mit Hirse. Wir wurden eine Woche lang ordentlich durchgefüttert, und heute läuft der Termin ab.«

Ranek stieß einen heiseren Fluch aus.

Sigi blickte verlegen zum Fenster. Jetzt kannst du weiteressen, dachte er, oder du gibst Ranek die paar Löffel Suppe? Nein, dachte er, es ist zu schade drum, und heute läuft doch der Termin ab.

»Wem habt ihr die Strümpfe verkauft?« fragte Ranek unvermittelt. »Wer ist das?«

»Einer im Zimmer, hinter der verschlossenen Tür.«

»Das weiß ich. Ich will mehr von ihm wissen.«

»Er ist von Beruf Schuster«, sagte Sigi, »ich weiß aber nicht, wie er heißt. Er macht nebenbei Schwarzmarktgeschäfte. Hat 'ne Menge Lebensmittel unter der Pritsche verstaut. Warum willst du das alles wissen? Willst du mit ihm reden?«

Ranek starrte auf die verschlossene Tür. »Nein«, sagte er. »Ich wollte's nur wissen.«

Sigi griff jetzt nach dem Suppenteller.

Ranek sagte plötzlich. »Gib her!«

Sigi zögerte. Dann überlegte er's sich, fischte hastig die letzten Fleischfasern aus der Suppe, steckte sie in den Mund, würgte sie herunter und reichte Ranek den Teller. Es ist eh' nichts mehr drin, dachte er, ein lächerlicher Rest, den kann er haben.

Als Ranek ihm den Teller wieder zurückgab, bemerkte Sigi, daß Raneks Hände zitterten, sein Gesicht war aschgrau, und die Augen standen darin wie ausgeglühte Kohlen.

»Warum kommt sie nicht raus?«

»Sie wird jeden Moment kommen.«

Seine Hände zittern vor Schwäche, dachte Sigi, und dabei will er sie verdreschen. »Wir können auf der Straße auf sie warten«, schlug Sigi vor, »auf der Straße ist's besser als hier … hier wird sie nur Krawall schlagen.«

Sie stellten sich an der nächsten Straßenecke auf. Sara ließ nicht lange auf sich warten. Sie sahen sie aus dem Haus kommen. Sie nagte an einem Suppenknochen. Sie ging sehr langsam, wie ein Mensch, der mit offenen Augen träumt und nicht mehr weiß, was um ihn her geschieht. Hinter ihr ging eine Frau mit einem Kind. Das Kind betrachtete Sara mit heißen, hungrigen Augen.

»Sie sieht uns gar nicht«, flüsterte Sigi. »Sie hat nur Augen für den Knochen.«

»Du hast mich vorhin auch nicht gesehen«, sagte Ranek heiser.

Als sie an ihnen vorbei wollte, vertrat Ranek ihr plötzlich den Weg. Sie blickte erschreckt auf. Sie machte eine halbe Wendung nach links und fing zu rennen an.

Ranek holte sie rasch ein. Er packte sie an den Haaren und trommelte mit der einen freien Faust von hinten auf ihren Kopf, bis sie in die Knie ging; er stieß sie aufs Pflaster und trat mit seinen verbundenen Füßen in ihr Gesicht, immer wieder, immer wieder, ohne auf ihre dumpfen Hilferufe zu achten. Seine Fußlappen verrutschten; er verlor beim Bücken seinen Hut, aber er ließ nicht nach; sein Gesicht war völlig entstellt, Speichel troff ihm aus dem Mund. »Du Aas«, keuchte er, »... du Aas, du Aas ...«

Die Frau und das Kind gingen weiter.

Das Kind drehte sich fortwährend neugierig um, aber die Frau zog es energisch mit sich fort.

»Warum hat er sie so geschlagen?« fragte das Kind ein wenig später seine Mutter.

»Sie hat etwas verbrochen«, sagte die Mutter.

»Sie hat doch bloß gegessen?« fragte das Kind.

»Das ist es eben«, sagte die Mutter.

Ranek hielt nach Sigi Ausschau, jedoch Sigi hatte sich inzwischen verdrückt. Er sah jetzt einen Mann aus dem Haus des Schusters kommen, der einen Toten auf den Schultern trug – derselbe, der oben auf der Strohmatte gelegen hatte. Als der Mann näher kam und Sara erblickte, blieb er verwundert stehen; er ließ den Toten aufs Trottoir fallen und kniete neben Sara nieder und wischte ihr das Blut aus dem Gesicht und half ihr wieder aufstehen.

Ranek hob seinen Hut vom Rinnstein auf und ging schnell über die Straße.

Er hörte noch, wie der Mann hinter ihm herrief: »He, Sie, warten Sie … warten Sie doch …!«

Zu Hause, im Nachtasyl, empfing ihn der Kaufmann Axelrad in der Tür. »Na, endlich kommen Sie!« rief er ihm entgegen. »Jetzt können Sie mich ablösen.« Er zog Ranek ungeduldig ins Zimmer.

Was wollte die kleine Kröte von ihm?

Der Kaufmann zeigte auf ein nasses Wäschestück, das am Ofenrohr zum Trocknen hing. »Sara hat den Schlüpfer heute in aller Früh ausgewaschen. Bevor sie fortging, bat sie mich, drauf aufzupassen, bis sie wieder zurück ist.« Er fügte händeringend hinzu: »Aber das Zeug will einfach nicht trocknen.«

»Sonst hab' ich immer auf ihre Wäsche aufgepaßt«, wunderte sich Ranek, »aber diesmal hat sie mir überhaupt nichts davon gesagt.«

Der Kaufmann lächelte kläglich. »Vielleicht, weil sie weiß, daß Sie kein Sitzfleisch haben, während ich ja meistens zu Hause bin, wegen meiner geschwollenen Füße.«

»Ja«, sagte Ranek. »Wegen Ihrer Füße.«

»Neulich hat Sara meiner Frau einen Gefallen erwiesen«, sagte der Kaufmann, »und deshalb konnte ich ihr jetzt nicht absagen, man kann doch nicht so sein, nicht wahr? Ich hab' der Sara heut morgen gesagt: Verlassen Sie sich drauf; wenn ich aufpasse, dann wird nichts gestohlen; Sie können ganz getrost weggehen.«

»Vielen Dank«, sagte Ranek. »Ich löse Sie jetzt ab.«

Der Kaufmann grinste kläglich. »Wie gesagt, ich gehe selten

aus, aber gerade heute muß ich fort ... es ist 'ne dringende Sache ... kein Spaß mit meinen geschwollenen Füßen ... aber was kann man da machen; meine Frau ist allein auf dem Basar ... jemand hat uns nämlich Mehl versprochen, wissen Sie ... ein Gelegenheitskauf ... und sie kann den Sack doch nicht alleine schleppen.«

»Gehen Sie nur. Ihre Frau wartet sicher ungeduldig.«

Ehe der Kaufmann ging, flüsterte er ihm ins Ohr: »Lassen Sie den Roten nicht aus den Augen! Der Kerl lauert wie ein Luchs unter dem Herd.«

»Machen Sie sich nur keine Sorgen«, flüsterte Ranek zurück; »der wird den Schlüpfer nicht klauen ... nicht, wenn ich da bin.«

Ranek wartete, bis sich die Tür hinter dem Kaufmann geschlossen hatte, dann nahm er hastig den nassen Schlüpfer vom Ofenrohr herunter und steckte ihn in die Tasche. Er grinste jetzt zufrieden. Die Prügel hat sie längst verdaut, dachte er, das hier ist 'ne bessere Strafe, und nun wird man wenigstens auf seine Kosten kommen.

Der Schlüpfer war das einzige Wäschestück, das Sara, außer dem schon fadenscheinig gewordenen Kleid, besaß; er war von guter Qualität und würde sich leicht verkaufen lassen. Er dachte an Dvorski. Dvorski würde ihn ohne weiteres kaufen. Aber Dvorski zahlte schlecht. Der Schuster war besser. Wenn Sigi und Sara eine Woche lang von ihm Fleischsuppe bekommen hatten, was also zusammen vierzehn Mahlzeiten ausmachte, dann konnte er für den Schlüpfer, der doch mehr als die Strümpfe wert war, bestimmt das Doppelte kriegen. Er überlegte, ob er jetzt gleich fortgehen sollte oder ob es ratsamer wäre, bis morgen mit dem Verkauf zu warten. Bei seinem Erschöpfungszustand war es gefährlich, den weiten Weg zur Stadt zweimal am Tag zurückzulegen.

Dann aber faßte er einen raschen Entschluß. Besser, du führst gleich aus, was du vorhast, dachte er, ehe sie zurück ist.

Er ruhte sich ein paar Minuten auf seinem Schlafplatz aus, nur um wieder Atem zu schöpfen und um abzuwarten, bis das Zittern seiner Arme und Beine etwas nachließ. Dann machte er sich wieder auf den Weg.

Inzwischen war Sara wieder zurück. Der Zufall wollte es, daß Ranek gerade das Zimmer verließ, als sie den Hausflur betrat. Ranek stutzte, als er sie sah, kehrte aber nicht um. Sie begegneten sich auf der Treppe, aber sie gingen wie zwei fremde Menschen aneinander vorbei.

In diesem Augenblick wußte Ranek noch nicht, daß er heute abend nicht mehr nach Hause kommen würde; er wußte auch nicht, daß der ihn unabsichtlich im Vorbeigehen streifende Kleidersaum die letzte Berührung mit ihr sein sollte und die vom trüben Licht im Stiegenhaus gebrochene Linie ihrer Gestalt in diesem Moment endgültig aus seinem Leben verschwand – so unerwartet, wie sie damals im Regen auf der Straße aufgetaucht war, um eine kurze Zeitspanne mit ihm zu vegetieren.

Sara blieb oben auf der Treppe stehen und blickte ihm nach. Auch sie hatte nicht die leiseste Ahnung, daß der ihr durch die Wohnungsnot aufgezwungene Bettpartner heute nacht nicht mehr heimkehren würde und daß der Platz in der Ecke unter der Pritsche für eine Weile ihr ganz allein gehören würde … bis dann wieder jemand kam, ein anderer Mann oder eine Frau.

Sie murmelte eine heisere, erbitterte Verwünschung hinter ihm her, während sie ein letztes, flüchtiges Bild von ihm in ihre Erinnerung mitnahm: Fußlappen und Bindfaden, einen zerfetzten Anzug, einen schiefsitzenden, verbeulten Hut.

13

Ranek fand die Wohnung des Schusters ohne Schwierigkeiten wieder.

Diesmal hielt er sich nicht in dem ersten offenen Zimmer auf, sondern ging direkt auf die rückwärtige Tür zu und öffnete sie. Er sah ein Zimmer, das ungefähr halb so groß wie das Nachtasyl war; auch hier waren eine Schlafpritsche und ein Küchenherd da, aber der Fußboden war sauber ausgefegt und die Wände frisch gestrichen. In der Mitte des Zimmers: ein rohgezimmerter Tisch, einige Hocker. Alles zeugte davon, daß die Leute, die hier wohnten, noch was auf sich hielten. Auf der Pritsche lagen zwei alte Männer. Vor dem Herd stand eine Frau, und neben ihr kauerte ein kleines Mädchen, das ihr beim Kochen zusah.

Die Frau hatte ihn eintreten sehen, aber sie kümmerte sich nicht um ihn. Sie trug ein gesticktes Kopftuch, das ihr Gesicht halb verdeckte. Als er sie ansprach, schlug sie das Tuch zurück: Die Frau mochte fünfundvierzig sein; sie hatte ein derbes, abgearbeitetes Gesicht.

»Der Schuster ist nicht da«, sagte sie kurz, als er seine Frage wiederholte. »Ich bin seine Frau, soll ich ihm was ausrichten?«

»Nein. Ich möchte selber mit ihm sprechen.«

»Wer hat Sie hierhergeschickt?«

»Meine Frau ... die Blonde, die vorhin da war.«

»Die ... von den Seidenstrümpfen?«

»Ja.«

Sie warf ihm einen mißtrauischen Blick zu. »Ihre Frau kriegt nichts mehr bei uns; wenn Sie was zu essen wollen, dann kommen Sie zu spät.«

»Das weiß ich. Ich komme nicht deshalb.«

»Mein Mann wird so gegen vier zurück sein.«

»Kann ich inzwischen warten?«

»Meinetwegen.«

Er holte sich einen Hocker und setzte sich in der Nähe des Herdes hin. Das kleine Mädel, das noch immer still neben der Frau kauerte, starrte fortwährend auf Raneks Fußlappen. Ranek bemerkte es; er wußte, daß es nur wegen der Blutflecke war, die diese aufwiesen, denn er trug jetzt die Menstruationsbinden, die er und Sigi unlängst im Mülleimer des Bordellhofs gefunden hatten.

Das Kind zupfte die Frau am Rock. »Blut«, sagte es schaudernd.

»Das geht dich nichts an«, sagte die Frau barsch. Und sie wandte sich entschuldigend an Ranek. »Die Kleine ist ein bissel vorlaut, machen Sie sich nichts draus; es ist mit allen Gören dasselbe, die lassen sich heutzutage nicht mehr erziehen.«

»Ja, es ist nicht leicht«, sagte Ranek. Er zögerte, dann preßte er heraus: »Sie tun sicher Ihr Bestes.«

Er wollte der Frau noch irgendeine Schmeichelei sagen, weil er hoffte, daß sie ihm vielleicht etwas aus dem Kochtopf anbieten würde, ehe der Schuster nach Hause kam, aber im Moment fiel ihm nichts mehr ein.

»Sie tun sicher Ihr Bestes«, wiederholte er.

Die Frau antwortete ihm nicht; sie schien seine Anwesenheit bereits wieder vergessen zu haben. Er sah, daß sie Holz in den Herd warf und dann eine Zeitlang angestrengt in das Feuer pustete, bis sie zu husten begann; sie schloß die Ofentür wieder und wischte ihr rußiges Gesicht mit dem Kopftuch ab.

»Die Flamme hat keinen richtigen Zug; du hast wohl vorhin wieder Abfälle reingeworfen?« sagte sie boshaft zu dem kleinen

Mädel.

»Nein. Ich war's nicht.«

»Etwas stimmt nicht mit der Feuerung; warum qualmt es so?«

»Ich weiß nicht, ich war's nicht.«

»Mach das Fenster auf!«

Die Kleine folgte nicht.

»Hast du nicht gehört, was ich dir gesagt hab'?«

Ranek stand plötzlich auf. »Lassen Sie nur sein«, sagte er schnell, »ich mach's schon auf«, und er dachte bei sich: Jetzt wird sie dir sicher was anbieten.

Es war ein Doppelfenster. Beim Öffnen der inneren Flügel sah er ein paar Sekunden lang auf dem dunklen Hintergrund der Glasscheibe sein eigenes Spiegelbild. Es war verwischt: ein unrasiertes Gesicht ohne Züge, umschattet von einer breiten Hutkrempe. Er trat noch näher an die Fensterscheibe heran, aber sein Gesicht wurde nicht deutlicher. Und dann hatte er auf einmal das Gefühl, als wäre es gar nicht sein Gesicht, das ihn hier anstarrte, sondern das Gesicht, das von Rechts wegen zu dem Hut gehörte: Nathans.

»Geht's nicht?« rief die Frau.

»Es geht schon!« Er stieß die äußeren Flügel auf und ging wieder zurück zum Herd.

»Manchmal klemmt's«, sagte sie, »von der Feuchtigkeit.« Sie bedankte sich nicht einmal bei ihm.

»Der Rauch wird jetzt abziehen«, sagte er freundlich. Die Frau nickte.

»Ein schönes Zimmer haben Sie hier«, sagte er.

»Ja. Wir haben Glück gehabt.«

»Wieviel Leute seid ihr hier?«

»Bloß vierzehn.«

»Da haben Sie wirklich Glück.«

»Die meisten sind jetzt auf dem Basar«, sagte sie, »fast jeder handelt mit irgend etwas, wir haben keine Müßiggänger hier.« Sie fügte hinzu: »Außer den beiden Alten.«

»Ja, das sieht man.«

»Wie viele wohnen denn bei Ihnen?« fragte sie neugierig.

»Mehr«, sagte er ..., »viel mehr. Ich hab' sie nicht gezählt.«

Die Frau lachte höhnisch, dann beugte sie sich wieder über den Kochtopf.

»Was kochen Sie da?« fragte er, obwohl er es wußte.

»Sojabohnen.«

»Das ist sehr nahrhaft, nicht wahr?«

»Ja, es ist gut.«

»Meine Frau sagte, daß ... daß Sie ausgezeichnet kochen«, schmeichelte er.

»So ... so ...?« Sie lachte wieder höhnisch, und dann drehte sie sich zu ihm um: »Das Kompliment sitzt nicht. Ich weiß doch, worauf Sie aus sind. Ich hab' Ihnen doch schon mal gesagt: Ich kann Ihnen nichts zu essen geben!«

»Ich habe Kopfschmerzen ... so ein komisches Hämmern ... wenn ... Sie mir nur 'ne Kostprobe geben würden ...«

»Nur 'ne Kostprobe«, lachte sie, »das könnte Ihnen so passen, was?«

»Ich kann kaum auf den Füßen stehen.«

»Dann setzen Sie sich eben wieder hin. Sie wollen doch auf meinen Mann warten?«

Ranek hockte sich wieder auf den niedrigen Schemel. Er hielt es für ratsamer, die Frau nicht mehr zu stören und in Ruhe abzuwarten, bis der Mann nach Hause kam. Jedoch – je länger er wartete, desto unerträglicher wurde der Hunger. Einmal erhob er sich und taumelte auf den Herd zu, in der Absicht, die Frau wegzustoßen und sich über den Topf herzumachen, aber er beherrschte sich im letzten Moment, denn er wußte, daß die Frau viel kräftiger war als er.

»Setzen Sie sich hin!« sagte die Frau betont. »Und versuchen Sie's nicht noch mal, mich von hinten anzuschleichen; das könnte Ihnen schlecht bekommen.« Während sie das zu ihm sagte, klammerte sich das kleine Mädchen ängstlich an ihre Schürze, und dabei starrte es auf seine blutigen Fußlappen.

Als der Schuster kam, mußte es viel später als vier Uhr sein, denn die Frau schaute bei seinem Eintreten auf ihre Armbanduhr und sagte mürrisch: »Hast dich wieder verspätet; ich dachte schon, es wäre was passiert.«

»Was soll denn passiert sein?« sagte er kleinlaut.

»Wo sind die anderen?«

»Noch auf dem Basar.«

»Gut, dann können wir gleich essen; wir haben jetzt den Tisch für uns allein.«

Der Mann küßte die Frau schüchtern auf den Nacken. Er war etwas kleiner als sie, sein Gesicht war gedunsen und von unzähligen Pocken durchsetzt, und doch wirkte es nicht so vulgär wie das ihrige.

Der Mann zog seine Jacke aus und hielt sie gegen das Licht.

»Hast du was erwischt?« fragte die Frau.

»Nein, ich sehe nichts.«

»Auf dem Basar treibt sich so viel verlaustes Gesindel rum. Bist du auch sicher, daß dich niemand angestreift hat?«

»Ganz sicher.« Der Mann schnupperte eine Weile am Kochtopf herum; die Frau stieß ihn ärgerlich weg, nahm den Topf vom Herd herunter und goß das Wasser ab.

»Jemand wartet auf dich«, sagte sie jetzt, während sie die heißen Bohnen auf einen großen Suppenteller umleerte; sie deutete mit dem Kopf auf Ranek: »Das ist der Mann von der Blonden ... die von den Seidenstrümpfen.«

Die Frau begann den Tisch zu decken. Der Mann zog seine Jacke wieder an und kam auf Ranek zu. »Ich wußte nicht, daß Sie auf mich warten«, sagte er lächelnd, »sonst hätt' ich gleich mit Ihnen geredet.« Er rückte pedantisch seinen Hemdkragen zurecht. »Es kommen nämlich fast täglich Leute zu uns, die auf irgend jemanden warten ...«

»Das kann ich mir vorstellen«, sagte Ranek höflich, »hier wohnen doch lauter Geschäftsleute?«

»Ja, das stimmt.« Er schaute lächelnd auf Raneks Lappen. »Sie kommen ja auch nicht zu mir, um sich Ihre Schuhe besohlen zu lassen; Sie kommen auch geschäftlich, nicht wahr?«

Ranek nickte.

»Sind's wieder Seidenstrümpfe?«

»Nein, diesmal Unterwäsche.«

»Männerunterwäsche?«

»Meine hab' ich längst verkauft«, grinste Ranek schwach, »die Unterwäsche ist von meiner Frau.« Er erhob sich jetzt und zog den nassen Schlüpfer aus seiner Tasche. Der Schuster prüfte ihn sorgfältig auf Qualität. »Nicht schlecht«, sagte er zögernd.

»Er ist erstklassig«, stammelte Ranek, »nicht mal durchgerieben, Sie sehen doch?«

»Kommen Sie morgen wieder vorbei«, sagte der Schuster.

»Er ist gut. Warum nehmen Sie ihn nicht gleich?«

»Weil ich erst mal einen Kunden dafür finden muß. Ich kauf' die Sachen doch nicht für meinen Haushalt. Doch auch nur zum Weiterverkauf.«

»Sie finden sicher jemanden, der sich dafür interessiert. Sie riskieren nichts, wenn Sie den Schlüpfer jetzt kaufen.«

»Das kann sein. Aber sicher ist sicher. Kommen Sie morgen vorbei. Wenn ich einen Abnehmer gefunden hab', dann können wir miteinander reden.«

»Sie brauchen mir kein Bargeld zu geben. Ich will bloß was zu essen.«

»Das weiß ich. Kommen Sie morgen!«

»Können Sie mir nicht wenigstens jetzt ein paar Bohnen …?«

Der Mann schüttelte traurig den Kopf. Jetzt rief die ungeduldige Stimme der Frau. »Komm schon! Das Essen wird kalt.«

Auf der Straße fiel ihm ein, daß es am besten wäre, jetzt ins Bordell zu gehen. Du gehst einfach rauf, dachte er, du kümmerst dich nicht um den verdammten Portier.

Während er die schmale Gasse entlangschritt, spürte er den mehligen Geschmack der Sojabohnen auf seiner Zunge, als hätte er sie wirklich gekostet; er biß sich vor Hunger in die Lippen, bis sie bluteten. Und auch das Blut schmeckte nach Sojabohnen. Er erinnerte sich, daß er als Kind immer ein schlechter Esser gewesen war und daß seine Mutter ihm vor der Hauptmahlzeit Salzheringe zur Appetitanregung gegeben hatte. »Sonst ißt er die Nudelsuppe nicht«, hatte sie einmal erklärend zu Vater gesagt.

»Du verwöhnst ihn zu sehr«, hatte Vater geantwortet.

»Er wird auch das Fleisch nicht essen«, klagte Mutter, »und auch nicht die Zimmes.«

Zimmes waren Mohrrüben, die mit Zucker zubereitet wurden. Er hatte sie nie gemocht.

Nach ein paar Minuten erreichte er die Puschkinskaja. Er ging zuerst in den Bordellhof und suchte dort nach einer Wasserpumpe, fand aber keine; dann entdeckte er etwas Regenwasser in einem Blechgefäß unter der Dachrinne. Er wusch seine zerbissenen, blutigen Lippen und goß sich den Rest des Wassers über den schmerzenden Schädel.

Als er wieder auf die Straße trat, bemerkte er, daß der Portier fortgegangen und das Bordell im Augenblick unbewacht war. Bloß eine Bettlerin mit ihrem Kind saß vor der Eingangstür. Die Frau wiegte das Kind – ein kleines, verhutzeltes Gerippe – zärtlich auf ihrem Schoß, und dabei summte sie fortwährend: »Buba, buba, bubischka … buba, buba …« Die Bucklige, dachte er verwundert, die bettelt doch sonst immer vor dem Kaffeehaus.

Sie hielt ihm die Bettelhand hin. »Haben Sie heut was für mich?«

»Nein, aber vielleicht ein anderes Mal.«

Er dachte bei sich: Gut, daß der Portier nicht da ist; da hast du heut mal Schwein … jetzt kannst du raufgehen. Und wenn der Portier zurückkommt? Na ja, die Bucklige wird nicht ausplaudern, wenn du jetzt ein bißchen nett zu ihr bist. Los! Sei jetzt ein bissel nett zu ihr.

»Wohnen Sie nicht mehr bei Itzig Lupu?«

»Nein, nicht mehr.«

»War die Miete zu hoch?«

»Ja, viel zu hoch.« Sie lächelte. »Ich wohne jetzt umsonst. Das ist besser.«

»Ganz meine Ansicht. Umsonst wohnen ist das Vernünftigste.« Er fragte: »Wo wohnen Sie jetzt?«

»Im Bordellhof«, sagte sie.

»Ist das nicht gefährlich?«

»Sie meinen nachts … weil so viel Militär im Haus ist?«

»Ja, das mein' ich.«

Sie schüttelte den Kopf. »Die kommen nicht in den Hof«, sagte sie, »und dann ... die, die nachts ins Bordell gehen, sind besoffen. Die Besoffenen sind harmlos.«

»Ja«, sagte er, »es sind die Besoffenen, die heutzutage harmlos sind. Komisch, wie sich die Zeiten ändern.«

»Ja«, nickte sie, »das ist komisch.«

Er fragte: »Wie alt ist Ihr Kind?«

»Zwei Jahre.«

»Wirklich? Schon so alt?«

»Zwei Jahre«, wiederholte sie, »und dabei ist es nicht größer als ein Baby von einem Jahr.«

»Das ist auch komisch«, sagte er.

»Es will einfach nicht wachsen.«

»Sie müßten ihm ein bißchen Hefe zu fressen geben«, scherzte er.

Sie grinste ihn an. »Wenn es stirbt, würd' ich mir gern ein anderes anschaffen, obwohl es heut so schwer ist mit 'nem Kind, wissen Sie ... nur um etwas auf dem Schoß zu halten, so einen kleinen, warmen Körper ... weil man so allein ist.«

»Ja, das kann ich verstehen«, sagte er.

»Ich kriege natürlich keine Kinder mehr«, sagte sie.

»Wenn Ihr Kleines krepiert, dann werden Sie eben eins adoptieren«, tröstete er, »das ist mit weniger Schmerzen verbunden, und das kostet auch nichts; schauen Sie mal in den Straßengräben nach, da finden Sie genug von den kleinen Würmern.« Er bückte sich und streichelte das Kind, aber sie stieß ihn sofort weg. »Rühren Sie's nicht an«, zischte sie, »Ihre Hände sind viel zu rauh.« Und dann fing sie das Kind wieder zu wiegen an: »Buba, buba, bubischka ...«

Ranek schenkte ihr weiter keine Aufmerksamkeit. Er klinkte

die Bordelltür auf und lugte vorsichtig in den Flur. Dann trat
er ein und schloß die Tür. Er begegnete niemandem. Es war
ein langer Flur; an den Wänden brannten Reihen verstaubter
Lampen, die ein intimes Licht auf die abgetretenen, bunten,
rumänischen Läufer warfen. Rumänische Läufer, dachte er
wehmütig, so wie zu Hause in Litesti ... Er bewegte sich ungeschickt vorwärts, als ob er keine feste Erde unter den Füßen hätte;
er war es nicht mehr gewöhnt, so weich aufzutreten. Irgendwo
im Haus spielte ein Grammophon. Es war zu leise; erst oben auf
der Treppe, als er im ersten Stock anlangte, wurden die Klänge
deutlicher. Er blieb ein paar Sekunden stehen und lauschte: Ein
rumänischer Tango ... Er schüttelte verwundert den Kopf und
schlurfte weiter. Er hörte noch, wie die Platte zu kratzen anfing
und dann zu spielen aufhörte.

Als er im dritten Stock war, ging er von Tür zu Tür und
studierte die Zimmernummern; manche waren verwischt und
kaum noch erkenntlich. Nummer zwölf, dachte er; Betti sagte
dir: »Nummer zwölf, das ist mein Zimmer ...« Endlich fand er
die gesuchte Tür. Er klopfte einige Male. Keine Antwort.

Vielleicht ist sie gerade mit jemandem? dachte er. Wart einen
Moment ... klopf noch mal ... etwas stärker ...

Schräg vis-à-vis von Nummer zwölf wurde jetzt eine Tür
geöffnet. Ein pfeiferauchender Mann kam heraus. Der Portier,
durchfuhr es Ranek, verflucht ... ausgerechnet jetzt ... Der
Portier hatte ihn nicht gesehen; er blickte in die andere Richtung,
dort, wo die Treppe lag. Ranek sah nur sein Profil. Vielen Dank,
sagte eine Frauenstimme aus dem Zimmer. Der Portier drehte
sich nochmals um und blickte auf die halboffene Tür; er kehrte
Ranek den Rücken. »Nichts zu danken«, sagte er mürrisch zu
der Frau, die Ranek nicht sehen konnte, »das Schloß wird jetzt

halten, und wenn nächstens was kaputtgeht, dann rufen Sie mich eben wieder; dafür bin ich ja da.«

»Was würden wir hier ohne Sie machen?« scherzte die Frau.

»Dafür bin ich ja da«, sagte der Portier.

Jetzt, dachte Ranek ... ehe er sich wieder umdreht ... schnell ... los! Er öffnete geräuschlos die Tür Nummer zwölf, trat ein und schloß sie ebenso leise. Das Zimmer war leer. Er atmete erleichtert auf, seine zittrigen Hände lagen noch auf der Klinke. Er ließ die Klinke los, blieb aber an der Tür stehen und lauschte nach draußen. Er hörte eine Tür zufallen, und dann ... das Geräusch gedämpfter Schritte, das sich allmählich auf dem Gang und der Treppe verlor.

Er blickte sich jetzt im Zimmer um. Sein Staunen kannte keine Grenzen. Keine Schlafpritsche, sondern ein breites Bett, ein gutes Bett, ein richtiges Bett. Ein dicker Teppich auf dem Fußboden. Ein runder Tisch ... und Stühle, die vier Beine hatten. Ein altmodischer Klubsessel. Eine Kommode mit drehbarem Spiegel. Ein zierlicher Nachttisch, auf dem eine Blumenvase stand ... Also, so etwas gab es noch?

Auf dem Tisch stand ein Glasaschenbecher, in dem ein paar Zigarettenstummel lagen. Er nahm sich einen und steckte ihn an; die anderen ließ er in seiner Jackentasche verschwinden. Dann nahm er auf dem Klubsessel Platz und lehnte sich weit zurück. Hoffentlich kommt sie bald, dachte er. Er rauchte den Stummel zu Ende und steckte sich einen zweiten an. Er rauchte auch diesen aus. Sie kann nicht zu lange fortbleiben, dachte er; sie muß ja auch zurück sein, bevor es dunkelt. Klar. Sie wird jeden Augenblick eintreten. Sie wird ein wenig überrascht sein ... Aber das macht nichts. Sie wird dir was zu essen geben, das ist die Hauptsache. Und dann haust du wieder ab; du wirst bestimmt noch rechtzeitig nach Hause kommen.

Er trat ans Fenster und schlug die sauberen, weißen Gardinen zurück. Das Fenster ging nach Westen. Man hatte von hier oben eine klare Aussicht auf den Dnjestr und, jenseits der Grenze, auf eine wellige, grüne Landschaft. Es ist Frühling geworden, dachte er versonnen, und du hast es gar nicht gemerkt. Oder doch? Es ist in den letzten Tagen etwas wärmer geworden; man friert nicht mehr so unheimlich ... eigentlich nur, wenn's windig ist, aber das auch nur, weil man kein Hemd anhat. Und dann ... gab's nicht auch hier im Getto frisches, grünes Gras, das zwischen den toten Ruinen sproß? Und wucherte nicht Unkraut in den Straßengräben? Und das Buschland hinter dem Nachtasyl? Hatte es sich nicht verändert?

Er preßte seine Stirn gegen das kühle Glas der Fensterscheibe. Vielleicht weil das Herz nicht mehr dabei ist, dachte er, deshalb hast du's nicht gemerkt. Es ist wirklich Frühling jetzt, nur ist er hier bei uns anders als dort drüben.

Sekundenlang setzte sich ein wahnwitziger Gedanke in seinem Hirn fest, um dann gleich wieder auszulöschen wie ein gefährlicher Funke Feuer, über den man sofort kaltes Wasser gießt. Nein, dachte er, Flucht aus dem Getto ist Wahnsinn. Es gibt nur eines: abzuwarten, bis der Krieg zu Ende ist.

Er hatte den Gedanken an eine Rückkehr in die alte Heimat schon öfter erwogen, aber immer wieder verworfen. Die Flucht war an sich nicht schwierig. Die Wächter auf der Brücke waren leicht zu täuschen; man brauchte ja nur nachts durch den Fluß zu schwimmen, und man war drüben in Rumänien. Aber was dann? Wohin sollte man gehen? Ohne Papiere? Und mit dem Stempel, der einem ins Gesicht geschrieben stand? Drüben fiel man sofort auf, und wer erwischt wurde, der war verloren.

Er blickte noch eine Weile gedankenversunken über die Grenze, dann hängte er das Fenster zu.

Wieder gedämpfte Schritte draußen auf dem Gang. Sie kamen immer näher und machten vor der Tür halt.

Dann klopfte es. Das Klopfen wiederholte sich. Ranek wagte nicht zu atmen. Plötzlich hatte er das Gefühl, daß die Person vor der Tür durchs Schlüsselloch schaute. Er machte einen hastigen Schritt seitwärts und lehnte sich an die Wand.

»Sind Sie's, Herr Jonell?« fragte die Stimme des Portiers. Ranek antwortete nicht. Er hat dich nicht gesehen, aber er hat dich gehört, zuckte es in seinem Hirn ... du mußt jetzt antworten.

»Herr Jonell, das Fräulein Betti läßt Ihnen sagen, daß sie bald zurück ist.«

Ranek hüstelte. Der Portier brummte noch etwas Unverständliches und entfernte sich.

Dann näherten sich wieder Schritte. Im Nebenzimmer ging eine Tür auf ... die Stimme eines Mannes ... die Stimme einer Frau ... kurzes Lachen ... das Geräusch eines Schlüssels.

Ranek trat wieder ans Fenster, aber er blieb nicht lange, weil seine Augen von dem hellen Licht zu schmerzen begannen, er wandte sich weg und schlurfte zurück zur Wand. Es war eine sehr dünne Wand, man konnte fast alles hören, was im Nebenzimmer vor sich ging. Das Knarren eines alten Bettes. Das Quietschen rostiger Sprungfedern. Und der stoßende Atem zweier Menschen. Er lauschte eine Weile, aber seine Gedanken waren ganz woanders. Er bekam es plötzlich mit der Angst zu tun. Wer war dieser Jonell, den Betti erwartete? Also irgendein rumänischer Soldat? Wenn der nun vor Betti ankam und ihn hier erwischte? Er überlegte, was er in diesem Fall machen sollte ... Du könntest dich hinter der Kommode verstecken? Oder unter dem Bett? Er wollte auf das Bett zugehen, aber mitten im Zimmer wurde ihm so schwindlig, daß er stehenblieb und sich am Tisch festhielt. Der Anfall kam mit unerwarteter Heftigkeit. Das Zimmer begann sich rasend um ihn herum zu drehen, seine Hände krallten sich immer ängstlicher an den Tisch, er sackte zusammen, er raffte sich wieder auf ... und taumelte auf das Bett zu ... und setzte sich auf die Kante ... und stützte den schweren Kopf in die Hände.

Er vergaß vollkommen, daß er sich verstecken wollte. Er hatte nur einen einzigen Gedanken: Es ist nichts. Hab keine Angst, daß du alle machst. Das geht vorbei ... so wie immer ... es passiert dir doch nicht zum erstenmal. Langsam hob er den Kopf. Eine Zeitlang starrte er mit leeren Augen auf die Kommode mit dem drehbaren Spiegel. Ein aschfahles, zerknittertes Gesicht sah ihn an, nicht mehr verschwommen wie in der Fensterscheibe beim Schuster, sondern ein Gesicht mit so deutlichen Zügen, daß er erschrak.

Und dann fing das Kreisen wieder an, zuerst war's sein Gesicht im Spiegel ... und dann die Kommode ... und der Fußboden ... und das Bett, auf dem er saß. Er hielt plötzlich seine Knie fest, aber seine Beine schienen von ihm wegzurutschen wie zwei Stöcke auf Glatteis; er versuchte sie zurückzuziehen und konnte nicht, er spürte, wie sein Kopf nach vorn fiel und sein Kinn die Brust berührte, er verlor wieder seinen Hut, er spürte noch, wie er vom Bett herunterglitt. Und dann wurde es dunkel.

Als er wieder zu sich kam, spürte er den Geruch frisch gebratenen Fleisches, er hörte das Klappern von Geschirr, irgendwo wurde irgend etwas weggerückt, ein Tisch oder ein Stuhl, und dann eine leise Frauenstimme, die irgend etwas zu irgend jemandem sagte.

Die fernen Laute wurden allmählich deutlicher, der Duft des Fleisches stärker, aufreizender. Er wurde ganz wach und öffnete die Augen. Sein Blick fiel auf Betti. Sie stand vor dem Tisch. Er konnte alles ganz deutlich sehen: Betti ... den Tisch ... im Hintergrund das Fenster mit den weißen Gardinen ... auch einen Teil der Frisierkommode ...

Ranek bewegte langsam den Kopf seitwärts, weil er den Unbekannten sehen wollte, zu dem sie vorhin gesprochen hatte. Er dachte zuerst, es wäre der Soldat Jonell, aber dann sah er, daß es nur der Portier war, der in der Tür stand.

»Der Kerl ist aufgewacht«, sagte der Portier plötzlich. Dabei verzog er keine Miene; er blieb faul in der Tür stehen, die Hände in den Hosentaschen vergraben, und starrte über seinen Pfeifenkopf hinweg zu ihm herüber.

Ranek ließ den schmerzenden Kopf zurückfallen; er schloß für eine Weile wieder die Augen, und als er sie wieder öffnete, kniete Betti neben ihm.

»Ach, Ranek«, seufzte sie, »wenn ich gewußt hätte, daß es so schlimm ist ...«

»Du hast es gewußt«, flüsterte er.

»Nein«, seufzte sie, »nicht so, nicht so ...«

»Du hast auch gewußt, daß man mich nicht hier raufläßt«, flüsterte er. »Warum hast du mir nicht gleich gesagt, daß ...«

»Ich hab' nicht daran gedacht«, sagte sie sanft, »ich hatte es vollkommen vergessen, daß man dich nicht rauflassen wird.«

»Ich hab' oft unten vor der Tür auf dich gewartet. Ich dachte ... du kommst ... du bringst mir was.«

»Ich hab' einfach nicht mehr daran gedacht. Ich war so beschäftigt. Aber ich verspreche dir ... von jetzt ab werde ich jeden Tag runterkommen und dir was bringen. Du wirst nicht mehr hungern. Ich verspreche es dir, Ranek.«

Sie lächelte jetzt. »Als ich ins Zimmer kam, lagst du ohnmächtig auf dem Fußboden. Der Portier war so nett und half mir, dich aufs Bett zu legen.«

»Ja, der Portier ist ein sehr netter Mensch.«

»Sei nicht so bitter, Ranek, er hätte dich schon raufgelassen. Aber er darf es nicht. Er hat seine Befehle.«

Sie wandte den Kopf zur Tür.

»Sie können jetzt gehen«, sagte sie. »Ich glaube nicht, daß ich Sie heut noch brauche.«

Der Portier rührte sich nicht vom Fleck. »Ich würde Ihnen raten, Fräulein Betti, den Kerl nicht zu lange im Zimmer zu behalten; vielleicht kommt der Herr Jonell doch noch … und dann … wenn die Kontrolle kommt.«

»Er wird nicht lange bleiben«, versicherte Betti.

Der Portier brummte irgend etwas, aber er ging noch nicht. Plötzlich näherte er sich dem Bett. Betti fuhr herum. »Gehen Sie doch!«

»Möchte wissen, wie der Kerl hier reinkam, wo ich doch so aufpasse …«

»Ja. Sie passen gut auf … ich weiß es … alle wissen es hier.«

»Ich sage Ihnen, das ist ein ganz geriebener Bursche.« Betti stand auf und zog den Portier vom Bett fort. Ranek hörte sie flüstern. »Um Gottes willen, lassen Sie ihn in Ruhe, vergreifen Sie sich nicht an ihm … er ist doch halbverhungert.«

Die ärgerliche Stimme des Portiers: »Kenne den Typ … Jude durch und durch.«

Bettis abgerissenes Lachen: »Sie sind doch selbst Jude, schämen Sie sich nicht, so was zu sagen?«

Dann ging er. Die Tür fiel zu. Betti kam wieder an sein Lager.

Sie nahm seine Hände in die ihren:

»Ranek«, sagte sie, »versuch dich hinzusetzen.« Sie half ihm dabei. Und sie legte ein Kissen unter seinen Rücken und ein anderes unter seinen Kopf, sie küßte ihn auf die wochenalten Bartstoppeln ... so wie eine Schwester, so wie jemand, der einem sehr gut ist. »Jetzt wirst du erst mal tüchtig essen«, sagte sie zärtlich, »und dann ... dann werden wir schon sehen ... nein, du kannst nicht hierbleiben, ... aber morgen kommst du, ja, morgen ... du wirst unten auf mich warten, nicht wahr?«

»Du bist sehr lieb«, flüsterte er heiser, »du erinnerst mich fast an Debora.«

Wieder das brüchige Lachen. »Debora wäre nicht ins Bordell gegangen. Sie wäre eher krepiert.«

»Wir reden zuviel, Betti. Das ist alles Quatsch. Mir ist's scheißegal, was du gemacht hast, du bist gut zu mir. Du bist wie eine Schwester zu mir. Das vergeß' ich dir nicht.«

14

Gegen Abend begann es zu regnen. Die ausgetrockneten Furchen der Straße waren verschwunden; man sah jetzt nichts als Schlamm; die ganze Stadt hatte sich in ein riesiges, nasses, sumpfiges Loch verwandelt.

Als Ranek aus dem Bordell kam, war ihm so übel, daß er vor der Tür stehenbleiben mußte. Betti hatte nicht mit dem Essen gespart, aber es war zuviel auf einmal gewesen, der Magen war es nicht mehr gewohnt, und außerdem hatte er zu schnell gegessen. Er wartete eine Weile und dachte, es würde ihm besser werden; er versuchte tief zu atmen, aber es half nicht.

Der Portier, der wieder vor der Tür Wache hielt, beobachtete ihn mit schadenfrohem Grinsen. »Ist Ihnen nicht gut?« fragte er. Ranek antwortete ihm nicht. Geh weiter, dachte er, bleib nicht hier, stell dich woanders hin, der braucht's nicht zu sehen.

Er ging über die Straße. Einige Schritte vor dem Friseurladen übergab er sich.

Nachdem ihm wieder besser geworden war, wischte er die Flecken von seiner Jacke fort und machte sich auf den Heimweg. Der Regen wurde stärker. Er schritt eilig auf der leer gewordenen Puschkinskaja dahin, überquerte den ebenfalls leeren Basar und bog in das Trümmerfeld ein, um, wie gewöhnlich, den Weg abzukürzen.

Er mochte ungefähr zehn Minuten durch den Regen gegangen sein, als er plötzlich merkte, daß er sich verlaufen hatte. Wo war der Ausgang des Trümmerfeldes? Er hätte längst dort sein müssen. Da es immer dunkler wurde und es zu spät war, umzukehren, hastete er aufs Geratewohl weiter, in der Hoffnung, sich später wieder zu orientieren.

Bald gelangte er wieder auf eine freie Straße. Er blieb stehen und hielt nach einem Kennzeichen Ausschau: irgendein Mauerrest von einer besonderen Form oder eine Laterne ... ein Denkmal oder sonstwas, das einem bekannt vorkam und nach dem man sich sonst immer zurechtfand ... Nichts. Oder war es schon zu dunkel? Nein, das war's nicht, er hatte ja immer seinen Weg im Dunkeln gefunden ... diese Straße war ihm unbekannt. Geh ein Stück weiter, dachte er, vielleicht begegnest du jemandem, der dir Auskunft geben kann.

Er stand mitten auf dem Fahrweg. Er watete durch den dicken Schlamm zurück zum Trottoir, und dann fing er wieder an, vorwärts, ins Ungewisse zu schreiten.

Zuerst begegnete er niemandem, aber ein wenig später sah er plötzlich einen einzelnen Mann aus dem Regen auftauchen.

»Gehen Sie zurück!«

»Was ist denn los?«

Der Mann zeigte in die Richtung, aus der er kam: »Polizisten. An der nächsten Straßenkreuzung.«

»Razzien?«

»Ich weiß nicht. Ich hab' sie nur von weitem gesehen. Aber ich rate Ihnen trotzdem, wieder zurückzugehen.«

»Danke für den Tip.«

»Nichts zu danken. Sagen Sie mir lieber, ob Sie auch was Verdächtiges gesehen haben?«

»Nein. Ich komme von der Puschkinskaja. Dort ist's ruhig.«

»Dann ist's gut. Wollen Sie mit mir zurückgehen?«

»Ja. Was sonst.«

Der Fremde trug eine lederne Tasche, die Ranek gleich aufgefallen war, und die er an den dünnen, schäbigen Mantel preßte, als fürchte er, daß der scharfe Wind sie ihm wegreißen könnte. Er hatte keine Kopfbedeckung. Seine Krawatte flatterte unter dem Mantel hervor und schlug um sein Gesicht. Es war ein angenehmes Gesicht, das Vertrauen erweckte.

Ranek schloß sich ihm an. Sie gingen jetzt stumm nebeneinander her, achteten auf den Weg und lauschten in die Dämmerung. Nirgends regte sich etwas Verdächtiges. Es war nichts anderes zu sehen als der Schlamm und die gebrochene, graue Linie der Ruinen. Und die einzigen Schritte, die sie jetzt auf der Straße hörten, waren ihre eigenen, die schleppenden Raneks und die knirschenden des anderen, der eisenbeschlagene Schuhe trug. Nach einiger Zeit gelangten sie an ein Haus, das ein Dach hatte, und da der Regen noch immer nicht nachgelassen hatte, suchten sie für eine Weile im Hausflur Schutz.

»Ich glaube nicht, daß wirklich Grund zur Unruhe da ist«, sagte Ranek, »wenn's 'ne Razzia wäre, hätte man schon was gehört.«

»Das kann man nie voraussagen. Man muß abwarten.«

»Haben Sie wirklich Polizisten gesehen? Oder kam's Ihnen nur so vor?»

»Doch, es waren Polizisten.«

»Eine Patrouille?«

»Nein, dafür waren es zu viele.«

»Ich denke ... Sie haben sie nur von weitem gesehen?«

»Soviel konnte ich noch erkennen ... daß es viele waren.«

»Das hat immer noch nichts zu sagen. Schließlich haben Sie keinen Soldaten gesehen und auch keine ukrainische Miliz ...«

»Die hab' ich nicht gesehen«, sagte der Mann.

»Na also«, sagte Ranek, »da wird nicht viel dahinterstecken. Ich garantiere Ihnen, heute nacht ist absolut nichts los.«

Der Mann lachte. »Sie sind ein komischer Kauz.«

»Warum?«

»Weil Sie auf einmal so tun, als ob alles in Butter ist; dabei hatten Sie vorhin die Hosen voll.«

»Das war vorhin«, sagte Ranek trocken.

Ranek trat wieder hinaus auf die Straße, blickte forschend nach allen Richtungen und kam dann wieder zurück. Inzwischen hatte der Mann seine Tasche auf dem Boden hingestellt und war jetzt dabei, sich eine Zigarette zu drehen. »Haben Sie was gesehen?«

»Nein«, sagte Ranek, »nichts.«

»Wir werden bald wieder gehen. Hoffentlich läßt der Regen nach.«

»Ja.«

»Wohnen Sie weit von hier?«

»Im Nachtasyl«, sagte Ranek. »Sie haben sicher davon gehört? Das Haus ist bekannt.«

Der Mann schüttelte den Kopf.

»Ich hab' mich nämlich verlaufen«, sagte Ranek, »der verdammte Regen, die verdammte Dämmerung, bin vom Weg abgekommen. Das Nachtasyl liegt am alten Bahnhof. Sie wissen doch sicher, wo der alte Bahnhof liegt? Können Sie mir später wenigstens zeigen, wie ich dort hinkomme? Wenn ich einmal dort bin, dann find' ich das Haus schon.«

»Ja, ich weiß, wo der alte Bahnhof liegt. Ich werde Ihnen später den Weg zeigen.«

Der Mann drehte noch eine Zigarette und bot sie Ranek an. »Der Tabak ist ein bißchen feucht geworden.«

»Wird schon qualmen. Danke.« Ranek grinste schwach. »Ich dachte, Sie würden 'ne bessere Marke rauchen.«

»Wegen meiner Kleidung?«

»Ja, Ihnen geht's doch nicht dreckig?«

Der Mann lachte jetzt wieder. Er gab Ranek Feuer, dann zündete er seine eigene Zigarette an. »Alles geerbte Sachen ... außer der Tasche ... die hab' ich noch von drüben.«

»Was haben Sie denn in der Tasche?«

»Instrumente, etwas Verbandszeug.«

Ranek stieß einen leisen Pfiff aus. »Verbandszeug?«

»Ich bin Arzt, Doktor Hofer.«

»Hofer«, flüsterte Ranek, als versuche er, sich an etwas zu erinnern. Dann schüttelte er den Kopf.

»Ich war früher Gynäkologe ... das ist ... ein Frauenarzt.«

»Früher mal? Wo? In der Hauptstadt?« fragte er zerstreut ...

und er dachte: Warum gehen wir nicht weiter? Der Regen hört ja sowieso nicht auf.

»Nein, nicht in der Hauptstadt«, sagte der Mann, »sondern in Czernowitz.«

»Kamen Sie vorhin von einem Krankenbesuch zurück?«

»Ja.«

»Was war's denn?«

»Flecktyphus.«

»Gehört das eigentlich zu einem Frauenarzt?« fragte Ranek spöttisch.

»Nein. Aber bei den Massenerkrankungen … und der Knappheit der Ärzte …«

»Verstehe.«

»Man kann sowieso nicht viel machen. Es gibt keine Medikamente. Nicht mal auf dem Schwarzmarkt kriegt man sie. Und die richtige Diät? Das kann sich fast niemand leisten.«

»Wozu gehen Sie dann noch hin?«

»Wenn man mich ruft, geh' ich. Außerdem muß ich leben.«

»Was kriegen Sie für so 'nen Besuch?«

»Manchmal einen Teller Suppe.«

Ranek kicherte leise. Er zog noch einmal an der feuchten Zigarette, dann warf er sie hinaus in den Regen. Hofer folgte seinem Beispiel. Sie traten jetzt tiefer in den Hausflur und gingen vorsichtig auf die Treppe zu. Es war ein sehr enger Hausflur, kaum breit genug für zwei nebeneinanderstehende Männer. Der Boden jedoch war mit Schotter gestampft und nicht schlüpfrig. Die Stiegen waren nicht aus Holz, sondern aus rostigem Eisen und wanden sich wie eine Wendeltreppe schraubenartig nach oben. An der rechten Wand stand ein Mülleimer, aus dem der Kopf einer toten Frau herausragte.

»Schauen Sie nicht dorthin«, sagte Hofer. »Das ist zu ekelhaft.«

Hier herrschte eine befremdende Stille. Ranek wunderte sich, wo das übliche Getöse, das einem sonst aus allen Massenquartieren entgegenschlug, geblieben sein mochte.

»Man hört kein einziges Wort von dort oben?«

»Ja … sonderbar«, sagte Hofer.

Sie machten noch einmal die Tour zum Haustor und zurück zur Treppe. »Haben Sie vielleicht ein Stück Zeitungspapier?« fragte Ranek. »Damit ich mich trockenreiben kann. Ich bin bis auf die Haut durchnäßt.«

»Leider nicht.«

»Vielleicht ist welches im Mülleimer«, sagte Ranek. Er schob die Tote etwas zur Seite und wühlte auf dem Boden des Eimers rum. Er fand ein Stück dickes Packpapier, fischte es heraus, zog die Jacke aus und begann seinen Oberkörper abzureiben. Als er fertig war und die Jacke wieder anzog, sagte er zu Hofer: »So, ich glaube, wir sollten nun weitergehen, es wird sonst zu dunkel …«

Plötzlich hörten sie Laufschritte auf der Straße. Dann kam jemand durch das Haustor gestürzt: ein atemloser Mann. Er wollte an ihnen vorbei, jedoch Ranek hielt ihn fest, ehe er die Treppe erreichte.

»Was ist los?«

»Das ganze Viertel ist abgesperrt. Wo kann man sich hier verstecken?«

15

Es hatte wieder in den Hausflur hineingeregnet. Ein Glück, daß die Zimmerdecke noch ganz war.

Sigi stand am Fenster. Er drehte jetzt den Lampendocht herunter. Es wurde fast ganz dunkel im Zimmer, nur noch am anderen Ende, im Umkreis des Küchenherdes, glühte der Fußboden rötlich vom Widerschein der Flamme.

Sigi schob die Pappdeckelscheibe vorsichtig zur Seite und spähte hinaus in den Hof.

»Sehen Sie was?« fragte der Kaufmann, der hinter ihm stand.

»Nein. Ich schaue bloß aus Gewohnheit raus. Sie brauchen sich nicht zu beunruhigen. Heut nacht kommen die nicht her.«

»Woher wissen Sie das?«

»Jemand hat mir's gesagt ... jemand, der Bescheid weiß.«

»Wer ist das?«

»Ein Bekannter von Ranek, ein befreundeter Polizist.«

»Gibt's denn so was?«

»Ja, er ist mit Ranek befreundet.«

»War er hier?«

»Ja. Gegen Abend. Er hat Ranek gesucht.«

»Was wollte er von Ranek?«

»Er wollte ihn warnen ... wollte ihm sagen, daß er heut zu Haus bleiben soll, weil im Stadtzentrum Razzien sind.«

»Also doch?«

»Ja.«

»Nicht hier in der Gegend. Gott sei Dank.«

»Sie können dem lieben Herrgott ruhig zweimal danken«, spottete Sigi, »doppelt hält besser.«

»Ist Ranek denn nicht zu Hause?«

»Nein, noch nicht.«

Sigi schob den Pappdeckel wieder zurecht und drehte die Lampe auf.

Sara stand am Herd. Sie kochte den Knochen, den sie vom Schuster mitgebracht hatte. Der Knochen war auf die Straße gefallen, als Ranek sie verprügelt hatte, aber sie hatte ihn später wieder aufgehoben.

Ihr zerschlagenes Gesicht wies große, häßliche, blaue Flecken auf.

Ranek ist noch nicht zurück, dachte sie jetzt. Hat er sich bloß verspätet? ... Oder ... kommt er nicht mehr zurück? ... Nein, dachte sie, er hat sich nicht verspätet. Im Zentrum ist was los. Der Polizist hat's doch gesagt. Also hat man ...? Natürlich. Geschnappt! Der kommt nicht mehr zurück ... Jedoch sie empfand keine Freude bei diesem Gedanken. Ihr Haß war schnell wieder verraucht. Denn sie sagte sich: Es ist besser mit ihm als ohne ihn. Wenigstens schützt Ranek sie vor den anderen Leuten im Zimmer. Sie wußte, daß sie noch gut aussah – sogar sehr gut, im Vergleich mit den anderen Frauen hier. Seidel hatte es auf sie abgesehen, Sigi und auch ein paar andere, auch der Rote. Wenn Ranek fortblieb, würde sie nachts nicht mehr ruhig schlafen können, denn sie würden wie die wilden Tiere herangekrochen kommen. Sie verspürte plötzlich eine unheimliche Angst, ohne Schutz in dem dunklen Zimmer zu schlafen. Hat er's nicht gesagt? Hier kümmert sich niemand um den anderen! Kein Mensch, dachte sie. Kein Mensch wird sich drum scheren, wenn dir was zustößt ... Und die Leute glauben an nichts mehr, sie haben vor nichts Respekt, nichts ist ihnen mehr heilig. Sie können nur noch hohnlachen.

Sie schaute verstohlen unter den Herd. Der Rote lag mit

geschlossenen Augen da, aber sie wußte, daß er nicht schlief. Sein schweißiges Hemd war offen, und sie konnte die rostfarbenen, filzigen Brusthaare sehen. Schon damals, dachte sie, als du zum erstenmal hierherkamst ... schon damals war dir der Mann unter dem Herd nicht ganz geheuer.

Die Tür ging auf: Frau Dvorski. »Wollte nur mal nachsehen, ob bei euch alles in Ordnung ist«, sagte sie zu Sara.

»Das ist nett von Ihnen.«

»Ist Ranek zurück?«

»Nein.«

»Er wird schon noch kommen.«

»Vielleicht.«

»So was kommt vor. Mein Mann ist auch schon mal so spät nach Hause gekommen, und es ist ihm nichts passiert.« Sie sagte noch etwas Tröstendes und ging wieder. Als die Tür hinter ihr zuschlug, fragte Sara sich, wie es kam, daß Frau Dvorski, deren giftige Zunge doch bekannt war, hergekommen war, um sie zu beruhigen. Sonderbar. Man wird aus den Menschen nicht mehr klug.

In diesem Augenblick trat sie aus Versehen auf die unter dem Herd hervorragenden Beine des Roten. Sie hörte ihn fluchen ... dann, eine verdächtige Bewegung, so wie ein liegender Körper, der sich auf demselben Fleck umdreht. Sein Kopf erschien zwischen den Ofenbeinen; er kroch noch etwas weiter, streckte plötzlich die Hand aus und hob ihr Kleid hoch. Sie hörte sein bellendes Lachen.

»Lassen Sie sofort mein Kleid los!« sagte sie.

»Warum haben Sie mich getreten? Jeder tritt auf mich, als wär' ich ein Stück Vieh.«

»Man tritt auch auf andere. Das läßt sich nicht vermeiden.

Lassen Sie mein Kleid los!« Jedoch sie rührte sich nicht vom Fleck. Sie stand wie festgenagelt, weil sie Angst hatte, daß das dünne Kleid bei einem unbedachten Schritt nach rückwärts zerreißen könnte.

»Sie haben mich absichtlich getreten«, sagte der Rote.

»Nein, nein, ich wollte wirklich nicht«, sagte sie bebend. »Zerren Sie doch nicht so an meinem Kleid. Es geht sonst in Stücke.«

»Sie tragen keinen Schlüpfer«, sagte der Rote plötzlich; sein Kopf stieß an ihre Knie; er fing zu keuchen an, und dann sagte er wieder: »Sie tragen keinen Schlüpfer.«

»Wenn Sie mein Kleid zerreißen, werden Sie es bezahlen. Lassen Sie los!«

»Ranek hat ihn geklaut«, zischte die Stimme an ihrem Knie, »ich hab's gesehen ... hat ihn in die Tasche gesteckt ... ist dann fortgegangen.«

»Wenn Sie mich nicht sofort loslassen, schreie ich ...« Sie packte jetzt seine Hand, bückte sich und biß; der Kopf zuckte zurück, er ließ ihr Kleid los, und sein Arm schlug auf den Boden. Sie nahm schnell den Knochen aus dem Topf und begab sich auf ihren Schlafplatz.

Ranek hat den Schlüpfer mitgenommen, dachte sie, aber sie empfand auch jetzt keinen Haß. Er hätte ihn ihr sowieso fortgenommen, früher oder später, sie hatte es gewußt, es war ihr jetzt egal. Hoffentlich kommt er zurück, dachte sie ... nur nicht allein bleiben, nur nicht allein bleiben ...

Es wurde spät. Sehr spät. Die Lampe ist längst ausgegangen. Das Feuer im Herd ist tot.

Nur draußen geht noch immer der Regen.

Nein, dachte sie, Ranek hat sich nicht verspätet. Man hat ihn geschnappt. Sie versuchte sich vorzustellen, wer von den vielen Männern wohl heut Nacht zu ihr kommen würde, aber sie sah immer nur ein einziges Gesicht vor sich, ein sommersprossiges, abstoßend häßliches Gesicht. Wenn der Rote kommt, dachte sie verzweifelt … dann schrei' ich … so laut, daß man's auf der Straße hören wird.

Die alte Levi schlief wie gewöhnlich unruhig, sie wälzte sich von einer Seite auf die andere und stieß zuweilen heisere, abgehackte Worte aus. Nach einer Weile wachte die Alte auf, kroch nach rückwärts an die Wand und setzte sich auf. Die Alte hatte seit einiger Zeit Furunkulose und trug daher einen schmutzigen Verband um den Hals. Jetzt wickelte sie ihn auf.

»Müssen Sie das gerade jetzt machen?« zischte Sara, der von dem Eitergestank übel wurde.

»Es dauert nicht lange«, sagte die Alte, »ich wickle den Verband gleich wieder zu.«

»Können Sie nicht bis morgen warten?«

»Nein. Ich habe Schmerzen. Das eine Geschwür ist schon auf … aber das andere … es schmerzt so … dieses verdammte Stechen … kaum auszuhalten. Können Sie mir nicht eine Nadel geben?«

»Ich habe keine.«

»Es geht schnell. Das Geschwür ist reif. Ich will es nur aufstechen. Ich gebe Ihnen die Nadel wieder zurück.«

»Ich sage Ihnen doch, daß ich keine Nadel habe.«

»Ein Messer?«

»Auch nicht.«

»Sonst haben Sie doch immer ein Messer?«

»Ranek hat das Messer. Ich hab' keines.«

»Gut. Dann mach' ich's mit den Fingernägeln.«

Sie hörte die Alte stöhnen. Etwas später fragte sie: »Ist es auf?«

»Ja.«

»Haben Sie einen Reserveverband?«

»Ja.«

»Schmeißen Sie den alten fort«, sagte sie angeekelt. »Ich will mich nicht anstecken. Lassen Sie ihn nicht hier liegen.«

»Ich schmeiß' ihn gleich fort ... So ... weg damit.«

»Wohin haben Sie ihn ...?«

»Das ist doch egal. Weg ist er.«

Die Alte legte sich wieder zurück. Auch Sara kuschelte sich in ihrer Ecke zusammen und schloß die Augen. Sie hatte wieder Angst. Ihre Brust war wie zusammengeschnürt. Man hört nichts, dachte sie. Keinen Schuß. Keinen Schrei. Nur den Regen. Wohin mochten sie Ranek geschleppt haben? Zum Bug? Wird man ihn umbringen? Oder hat man ihn gar nicht zum Bug ...?

Vor ihrem inneren Auge taucht sein Gesicht auf, dann seine hagere Gestalt inmitten der totmüden Kolonne.

Später übermannte sie der Schlaf. Raneks Gesicht zog sich zurück, es wurde kleiner und kleiner, es löste sich im Nebel auf. Eine weiße Hand winkte. Und dann wurde auch die Hand zu Nebel.

In dieser Nacht träumt sie von der Vergangenheit.

Sie träumt von jenem Tag, an dem sie den langweiligen Volksschullehrer heiratete, nur um des bißchen Sicherheit willen, die er verkörperte. Sie träumt von der Hochzeitsnacht und von dem Ekel und der bitteren Enttäuschung. Sie träumt von ihrer Schwangerschaft, von den Wehen und von der Geburt des Babys.

Und sie träumt von den Sonntagnachmittagen, an denen sie

und der pedantische, bebrillte Mensch mit dem Baby im Volksgarten spazierengingen …

Es ist helles Sonntagswetter. Eine bunte Menschenmenge wogt durch die gepflegten Alleen des großen Parks. Ab und zu trifft man Bekannte zwischen den Flanierenden oder auf einer Bank. Man grüßt sie flüchtig.

Der Lehrer schiebt den Kinderwagen vor sich her. Es ist ein neumodisches Erzeugnis mit einer ausziehbaren, weißen Lederplane und niedrigen Vollgummirädern. Der Lehrer schiebt den Wagen nur mit einer Hand, in der anderen hält er einen Band Schopenhauer. Schopenhauer ist seine Lieblingslektüre, er liest ihn immer und immer wieder, als müßte er ihn auswendig lernen.

Jetzt fängt er wieder von dem Buch zu sprechen an, obwohl er genau weiß, daß sie keine Lust hat, sich in eine Diskussion verwickeln zu lassen. Sie haßt diese Diskussionen. Sie hat andere Sorgen. Es gibt wichtigere Dinge, über die man an einem Sonntag sprechen kann, und auch erfreulichere. Sie schielt ihn verstohlen an. Komisch. Er ist doch sonst ein Gemütsmensch, aber wenn er von dem Buch spricht, wird sein Mund hart, und sein Lächeln wird kalt und zynisch. Er schiebt seine Brille jetzt etwas nach vorn. »Die Leute behaupten, daß Schopenhauer ein Pessimist ist«, sagt er jetzt. »Das stimmt aber nicht. Er war bloß ein vernünftiger Mensch, der das Leben so sah, wie es wirklich ist. Findest du das nicht?«

»Ich weiß nicht«, sagt sie gelangweilt.

Sie fragt: »Hast du die Milchflasche bei dir?«

»In meiner Tasche«, sagt er ärgerlich.

»Gib Lea jetzt die Flasche«, sagt sie.

»Gib du sie ihr. Die Leute schauen sich sowieso schon um, weil ich den Wagen schiebe. Das macht niemand.«

»Ich mach's die ganze Woche«, sagt sie, »wir haben vereinbart, daß du am Sonntag …«

»Schon gut«, antwortet er beschwichtigend. »Halt mal 'n Momentchen.« Er gibt ihr den Band Schopenhauer. Sie bleiben stehen. Der Lehrer legt einen eckigen Stein unter eines der Vorderräder des Kinderwagens, als hätte er Angst, daß der Wagen davonrollen würde. Dann zieht er umständlich die Milchflasche aus der Tasche und beugt sich zärtlich über die kleine Lea.

Plötzlich hört sie klirrende Glasscherben. Sie hat das Gefühl, als hätte er die Milchflasche fallen lassen, und erwacht erschreckt.

Der Spuk ist verschwunden. Nichts ist zerbrochen. Es ist nur der alte Stein, der den Nachttopf knirschend neben der Tür zurechtrückt.

Der alte Stein entleert geräuschvoll seine Gedärme. Er hustet laut, um den Leuten ein anderes Geräusch vorzutäuschen. Davon erwacht ein Kind und beginnt zu weinen … einer von Seidels Jungen, wahrscheinlich der jüngste. Jemand brüllt: »Ruhe!«

Es muß jetzt Mitternacht sein, denkt sie; wenn der alte Stein auf den Topf geht, dann ist's Mitternacht; der ist pünktlich wie eine Uhr. Sie starrt auf die Tür. Es ist zu dunkel, um die hockende Gestalt zu erkennen. Bald hört sie ihn zurückschlurfen. Dann wird es wieder still.

Plötzlich spürt sie, daß sie beobachtet wird.

»Sara!«

»Ja.«

»Versuchen Sie doch zu schlafen! Denken Sie nicht an Ranek!«

»Ich denke gar nicht an ihn«, flüstert sie.

Die Alte nähert ihren Mund ihrem Ohr: »Vorhin, während Sie schliefen, war ein Mann hier.«

»Der Rote?« fragt sie schaudernd.

»Nein. Es war Sigi.«

»Was wollte er?«

»Sie wissen genau, was er wollte.« Sie zischelte: »Ich hab' ihn fortgejagt.«

Zweiter Teil

1

Es mochten ungefähr drei Wochen verstrichen sein, seitdem Ranek verschwunden war.

Eines Abends …

Die alte Levi war gerade eingeschlummert, als Stimmen im Hausflur laut wurden. Sie wurde sofort wach, rappelte sich auf und kroch etwas vor … gegen den Herd hin. Sie wagte nicht, die Tür zu öffnen, obwohl sie wußte, daß augenblicklich keine Razzien im Gange waren. Nein, dachte sie … das nicht; es ist wieder still in der Stadt geworden, Gott sei Dank … und dort draußen im Hausflur, das war keine Polizei. Aber man öffnet eben nicht gern die Tür, wenn's nicht unbedingt sein muß.

Sie lauschte. Es waren Männerstimmen. Einer sprach etwas lauter als die anderen: eine heisere, brüchige Stimme. Plötzlich wußte sie, wer das war. Ranek … durchfuhr es sie, das ist Ranek, verdammt will ich sein, wenn er's nicht ist.

Etwas später ging die Tür auf. Jemand ging durch das Dunkel.

Sie packte seinen Fuß.

»Ranek!« flüsterte sie.

»Ich bin's«, sagte der Mann, »ich bin's doch, Sigi.« Aber die Alte ließ das Bein nicht los. »Sigi«, sagte sie beschwörend, »ich hab' Raneks Stimme im Hausflur gehört. Sagen Sie … ist er's wirklich?«

»Ja, er ist's. Als er ankam, war ich zufällig im Hausflur …
ich konnte meinen eigenen Augen nicht trauen … schleicht die
Treppe rauf, steht plötzlich oben neben mir, am Geländer, haut
mir auf die Schulter, lacht und sagt nur: Na, alter Knabe, wie
geht's? Hast du wieder mal in den Hausflur gepißt?«

»Das sieht ihm ähnlich«, sagte die Alte kichernd. Sie hielt
noch immer Sigis Bein fest. Draußen im Hausflur waren wieder
Stimmen vernehmbar. Sie lauschte, und dann dachte sie kopfschüttelnd: Warum kommt er nicht rein? Mit wem redet er? Was
ist denn los?

»Ich dachte, daß Ranek längst irgendwo fault«, sagte Sigi
jetzt, »aber der Kerl hat mehr Glück als Verstand. Sie haben ihm
kein Haar gekrümmt.«

»Wo war Ranek?«

»Er war nicht am Bugfluß.«

»Nicht am Bugfluß?«

»So weit hätt' er mit seinen schwachen Beinen gar nicht
laufen können«, höhnte Sigi.

»Fährt man denn nicht mit der Eisenbahn dorthin?«

»Natürlich. Ich meine bloß, er hätte nicht von dort hierher
zurücklaufen können. Sie verstehen schon? Man kriegt nur eine
Fahrt gratis.«

»Klar«, grinste die Alte, und sie fragte nun wieder beharrlich:
»Wo war er?«

»Bei der Zwangsarbeit. Beim Brückenbau.« Sigi senkte seine
Stimme, als gälte es, der Alten ein Geheimnis mitzuteilen:
»Außerhalb des Gettos, ungefähr zehn Kilometer von hier, wird
nämlich 'ne neue Brücke gebaut.«

»'ne neue Brücke?« lispelte die Alte.

»Ja, 'ne nagelneue.«

»Hat man Ranek denn laufenlassen, bevor die Brücke …?«

»Man läßt niemanden laufen«, sagte Sigi kalt, »das wissen Sie doch selbst, daß man niemanden laufenläßt.«

»Ja, das weiß ich.«

»Viele werden bei der Zwangsarbeit erschlagen«, flüsterte Sigi, »die Langsamen, zum Beispiel … so wie damals Ihr Sohn.«

»Ja«, sagte die Alte leise, »meinen Sohn haben sie mit 'ner Holzhacke …«

»Sehen Sie, Sie haben noch ein gutes Gedächtnis«, spottete Sigi, »dabei dachte ich immer, daß es schon verkalkt wäre.«

»Daran entsinne ich mich noch ganz genau«, sagte die alte Frau.

»Nur die Langsamen werden bei der Arbeit erschlagen«, zischelte Sigi, »die Tüchtigen nicht.«

»Die Tüchtigen nicht«, flüsterte die alte Frau.

»Die krepieren später«, sagte Sigi. »Lange hält's keiner aus.«

»Ja«, sagte die alte Frau. »Lange hält's keiner aus. Und man läßt niemanden laufen. Aber Ranek ist doch zurück?«

»Ranek ist abgehauen«, sagte Sigi.

Die Alte nickte.

»Ranek ist jeder Lebenslage gewachsen«, sagte sie langsam, »der läßt sich nicht so leicht umbringen.«

»Sie halten wohl große Stücke auf ihn?« kicherte Sigi.

»Der läßt sich nicht so leicht umbringen«, wiederholte die alte Frau ehrfurchtsvoll.

»Jetzt können Sie endlich meinen Fuß loslassen.«

»Haben Sie ihm was von der Sara erzählt?«

»Nein, das überlasse ich Ihnen.«

»Er weiß also noch nicht, daß sie …«

»Nein, nein, ich sag's Ihnen doch; ich hab' ihm nichts erzählt.

Lassen Sie jetzt meinen Fuß los!«

»Warum kommt Ranek nicht ins Zimmer? Mit wem redet er dort draußen?«

»Er hat jemanden mitgebracht. Jemand, mit dem er zusammen geschnappt wurde. Der Kerl ist 'n Doktor.«

»Wie heißt er?«

»Hofer«, sagte Sigi unwirsch. »Lassen Sie jetzt meinen Fuß ...« Er ballte plötzlich seine dünne Hand zur Faust und schlug die kniende, alte Frau ungeduldig auf den Kopf. Sie ließ wimmernd los.

»So, du verdammtes Biest«, knurrte Sigi und rieb sich den schmerzenden Fuß; dann tastete er sich am Pritschenrand durch den stockdunklen Raum zu seinem Schlafplatz.

Die Alte wartet gespannt im Dunkeln. Wieder das leise Quietschen der ausgeleierten Türangeln ... ein scharfer Luftzug ... dann ein Krachen, wie immer, wenn die Tür zu weit aufgestoßen wird und gegen den Küchenherd rammt. Jetzt! denkt die Alte. Das ist er!

Die Gestalt auf der Schwelle ist völlig unkenntlich. Die Alte wittert sie bloß. In ihrer Einbildung glaubt sie, eine leichte Verdickung in der dunklen Türöffnung zu sehen, so, als wäre die Finsternis, dort, wo er steht, durch seinen Körper konzentrierter geworden. Da sie keine Schritte vernimmt, glaubt sie, daß Ranek zögert. Vielleicht wittert er Lunte? denkt sie. Oder irrt sie sich? Er weiß ja nicht, daß Sara nicht mehr da ist. Und auch nicht, daß sein Platz bereits vergeben ist ... Aber das müßte er sich eigentlich denken können. Und dann ... hatte Sigi ihm wirklich nichts erzählt?

Sie hört, wie die Tür zufällt. »Ranek!« ruft sie leise, »hierher,

hierher!« Aber er stolpert an ihr vorbei in Richtung des Fensters.

Ach so, denkt sie. Der will erst mal die Lampe holen. Natürlich. Die Lampe. Die steht noch dort, Ranek. Dort, wo du sie immer gesucht hast. Die alte Frau lächelt. So, denkt sie. Jetzt wird er die Lampe holen. Und dann wird er zurückstolpern … und die Lampe auf den Fußboden hinstellen, in der Ecke neben der Tür, wo einmal sein Schlafplatz war. Ranek ist ein Gewohnheitsmensch.

Die alte Frau kriecht langsam auf ihren Platz zurück. Sie kichert jetzt leise vor sich hin, und sie denkt: Der wird sich schön wundern.

»Sara ist tot«, sagt die Alte zu der hockenden Gestalt neben der Lampe.

Ranek sagt gar nichts. Die Kringel seiner Zigarette ziehen phlegmatisch, wie in einer Zeitlupenaufnahme, nach rückwärts über seine eingefallenen Schultern. Erst dann sagt er: »Tot ist sie also?«

Seine Stimme ist bleiern, aber die alte Frau weiß: Nicht vor Schmerz. Bloß aus Gleichgültigkeit.

»Tot ist sie also«, sagt er jetzt wieder, und dabei bläst er der Alten den Rauch ins Gesicht. Plötzlich fängt er zu lachen an: »Ich hab' mir immer schon vorgestellt, daß sie … so ganz plötzlich krepieren wird … grad, wenn's niemand erwartet.«

»Sie hat eine Magenvergiftung gehabt. Die hat sie sich von Abfällen geholt. Sehen Sie, das kommt davon, wenn einem der Hunger zu Kopf steigt und man nicht mehr weiß, was man frißt.«

Die Alte kriecht etwas näher. »Stellen Sie doch die Lampe auf den Herd!« sagt sie. »Das Licht blendet mich. Meine Augen tränen ja schon.«

Ranek tut, was sie sagt. Dann kommt er zurück.

»Sigi hat mir erzählt, daß Sie jemanden mitgebracht haben«, sagt die Alte, »… einen Doktor …«

»Ja, ganz richtig.«

»Ist er noch im Hausflur?«

»Ja. Der wird heut nacht auf der Treppe schlafen.«

»Das ist auch das beste«, sagt die Alte. Sie hatte längst bemerkt, daß Ranek die ganze Zeit unverwandt in die Ecke unter der Pritsche starrt; sie zeigt jetzt mit dem Finger auf den schlafenden Mann und grinst.

»Wer ist der Kerl auf meinem Schlafplatz?« fragt Ranek.

Ihr Grinsen wird noch breiter, ihre Finger verkrümmen sich vor Heiterkeit. »Raten Sie mal!« kichert sie.

»Los! Sagen Sie's mir!«

»Saras Mann«, kichert die Alte, »der Volksschullehrer.«

»Saras Mann?« stößt er heiser aus.

»Ja«, nickt sie, »'ne Überraschung, was?« Sie fährt mit den runzligen Fingern durch ihr zerzaustes Haar und glättet es eine Weile gedankenversunken. »Sara hat Ihnen doch von dem Mann erzählt?«

»Nicht viel«, sagt er. »Ich entsinne mich: Sie sagte, daß er verschollen war.«

»Das stimmt. Sie wußte nicht, wo er war. Und dann ist er ganz plötzlich wieder aufgetaucht.« Ihr Mund ist jetzt wieder ernst. »Wissen Sie«, sagt sie leise, »es kommen jetzt so viele Leute ins Getto, die ihre Angehörigen suchen, Verschleppte, Verschollene, Totgeglaubte … eines Tages tauchen sie wieder auf … Und wenn man ihnen begegnet, dann kommt's einem wirklich vor, als wär's einer aus 'nem Massengrab, der da vor einem steht und fragt: ›Sagen Sie, kennen Sie nicht zufällig meine Frau? Oder meine

Schwester? Sie sieht so und so aus …‹«

»Wo war Saras Mann?«

»In Berschad«, sagt die Alte, »irgend so 'ne ukrainische Dreckstadt, dieses Berschad.«

»Also nach Berschad hat man ihn damals verschleppt! Und sie hat's nicht mal gewußt! Hat sie ihn wenigstens noch gesehen, als er hier ankam?«

»Ja. Aber sie hat ihn nicht mehr erkannt. Er kam gerade zurecht, um den Schlafplatz zu übernehmen.«

»Sagen Sie dem Kerl jetzt, daß ich meinen Platz zurück will!«

»Er schläft doch jetzt«, sagt die Alte. »Lassen Sie ihn in Ruhe.«

»Ich werde ihn wachrütteln.«

»Das wird Ihnen nichts nützen. Reservierte Plätze gibt's hier nicht. Außerdem waren Sie viel zu lange fort.«

»Zu lange? Drei Wochen bloß!«

»Drei Wochen Zwangsarbeit«, kichert sie. »Drei Wochen beim Brückenbau.«

»Woher wissen Sie das?« fragt Ranek.

»Von Sigi.«

Ranek nickt nachdenklich. »Es war 'ne lange Zeit«, sagt er leise, »manchmal kann man's kaum glauben, daß drei Wochen so lang sein können.«

Ranek zieht plötzlich etwas aus seiner Jackentasche: eine Flasche. Er setzt sie an seine Lippen und trinkt. Dann reicht er die Flasche der Alten. »Sie dürfen dran nippen«, sagt er.

»Was ist es?«

»Schnaps.«

»Richtiger?«

»Ja. Nur einen Schluck, hören Sie! Wenn Sie mehr trinken,

hau ich Ihnen den Schädel ein.«

Die Alte gluckst. Er reißt ihr die Flasche aus den zittrigen Händen und steckt sie wieder ein.

»Noch«, bittet die alte Frau. »Noch!«

Er überhört das vollkommen.

»Woher haben Sie die Flasche?«

Ranek zieht grinsend an seiner Zigarette. Er verhustet sich. Dann sagt er: »Ein Toter gab sie mir. Der Tote sagte: Kannst sie behalten.«

»Fauler Witz. Wahrscheinlich haben Sie die Flasche bei einem Toten gefunden?«

»Ja. So war's. Ich hab' sie gefunden.«

»Hat man viele umgebracht?«

»Ich hab' sie nicht gezählt.« Er hüstelt wieder. »Da lag so 'n Haufen«, sagt er, »... ich meine 'n Leichenhaufen ... wir hatten den Auftrag, sie ins Wasser zu werfen ... so eine nach der anderen ... ist 'ne Sauarbeit ... ist schlimmer als die Arbeit auf der Brücke, sag' ich Ihnen ...«

»Und da haben Sie die Flasche gefunden?«

»Mitten im Haufen. Weiß nicht, wie sie dort reinkam.«

»Vielleicht gehörte die Flasche einem Soldaten, der sie dort liegenließ?« meint die Alte.

»Das kann schon sein.«

»Geben Sie mir noch einen Schluck!«

»Nein.«

»Bitte.«

»Ich will den Schnaps morgen für Lebensmittel umtauschen, das ist wichtiger.«

Die alte Frau dringt nicht weiter in ihn. »Das ist wichtiger«, sagt sie leise.

Sie schaut prüfend in sein Gesicht. Warum redet er so lange mit mir? denkt sie. Das tut er doch sonst nicht?

Ihr dämmert plötzlich etwas: Er hat seinen Schlafplatz verloren. Vielleicht glaubt er, daß ich ihn … Nein, ich kann ihn doch nicht zu mir ins Bett nehmen.

»Sie können nicht mit mir schlafen«, sagt sie lächelnd, »obwohl ich nichts dagegen hätte, aber Sie sehen doch selbst: Wohin soll ich Sie legen?«

Wieder scheint er sie vollkommen zu überhören.

»In einigen Tagen wird hier wieder was frei«, flüstert sie. »Kennen Sie die beiden Gottschalks? … Wie? … Sie kennen sie nicht? … Obwohl Sie doch so lange hier gewohnt haben? … Na ja. Sind Brüder, einer heißt Leo, der andere heißt Benni. Benni und Leo Gottschalk, müssen Sie sich merken! Die beiden sind bald fällig.«

»Alle beide?«

»Jawohl.«

»Und wo soll ich inzwischen schlafen?«

»Im Hausflur … wie Ihr Kollege, den Sie mitgebracht haben.«

Sie faßt in einer jähen Gefühlsaufwallung nach seiner Hand: »Sie können natürlich tagsüber meinen Platz benützen … wenn ich nicht da bin … macht mir nichts aus … tu' ich gern. Ich weiß, daß Sie ein anständiger Mensch sind, ich hab' nämlich nicht vergessen, was Sie alles für meinen Sohn getan haben … wie Sie ihn unter den Brettern versteckt haben, wie Sie sich um ihn bemüht haben … hab' ich nicht vergessen.« Sie haucht: »Und das Brot, das Sie mir damals in der Nacht gaben. Auch das hab' ich nicht vergessen.«

»Ich geh' nicht in den Hausflur«, keucht Ranek, und die Alte merkt, wie seine Hände auf einmal zittern. »Der verdammte

Hausflur«, sagt er, »der verdammte Hausflur.«

Die Alte weiß, daß Ranek den Hausflur aus Leib und Seele haßt.

»Jetzt, wo ich wieder zurück bin, geh' ich nicht dort raus«, sagt er, »jetzt bleib' ich hier drinnen.«

»Und wie wollen Sie das machen?«

»Ich werde mit dem Roten sprechen. Ich hab' ein paar Kartoffeln mitgebracht. Hab' sie in der Tasche. Ich werd' ihm eine geben. Vielleicht läßt er mich dafür mit unter dem Herd schlafen?«

»Eine gute Idee. Für so was ist der Rote immer zu haben. Woher haben Sie die Kartoffeln?« fragte sie dann interessiert.

»Ehe ich geschnappt wurde«, er räuspert sich, »kurz vorher hat mir Sara ihren Schlüpfer geschenkt …«

»Geschenkt?«

»Das ist doch egal. Ich hab' den Schlüpfer in der Tasche gehabt«, fuhr er fort. »Und ich hab' ihn verkauft.«

»Wo denn? Bei der Zwangsarbeit?«

»Ja. Auf der Brücke.«

»Also … sogar dort habt ihr noch gehandelt?« fragt die Alte ungläubig. Aber Ranek antwortet nicht mehr; er hat sich schon entfernt und ist zum Herd gekrochen. Die Alte greift nach dem Stummel, den er auf den Boden geworfen hatte, und steckt ihn zwischen die Lippen. Er ist naß und zerkrümelt. Sie spuckt ihn wieder aus. Hoffentlich kriegt Ranek den Platz, denkt sie, während ihre trüben Augen auf die Stelle vor dem Herd geheftet sind, wo Ranek hockt und wo die Beine des Roten wie zwei vergessene Stöcke hervorragen.

Sie sieht jetzt, wie Ranek den Roten rüttelt. Hoffentlich klappt's, denkt sie, und dann dreht sie den Kopf weg, weil ihr jetzt einfällt, daß es höchste Zeit ist, den Lehrer aufzuwecken, um ihm die Neuigkeit mitzuteilen.

Sie stößt den schlafenden Mann in die Rippen. Sie tut es mit ihren spitzen Ellbogen. Aber der Lehrer hat einen festen Schlaf und rührt sich nicht.

Sie weiß nicht viel über ihn: Ein phlegmatischer Mensch, der auch am Tag immer etwas schläfrig aussieht. Er spricht wenig … und wenn er sich mal in eine Unterhaltung einläßt, dann nur, um von seinen Afterschmerzen zu sprechen. Er hat nämlich dort eine Wunde, die von einem Messerstich herrühren soll und die einfach nicht heilen will. Dabei ist er doch ein gebildeter Mensch, der bestimmt mehr zu sagen hat. Oder will er's bloß nicht? Sara hatte ihr einmal erzählt, daß er früher über Bücher zu sprechen pflegte. Wer kennt sich da aus?

Er ist hochgewachsen; er hat lange, schlaksige Arme, die er beim Gehen komisch hin und her schlenkert, als wüßte er nicht, wohin mit ihnen. Sein Schädel ist eiförmig. Er kämmt die schütteren Haare eitel von hinten nach vorn, um seine Glatze zu verbergen. Seine Augen hinter den dicken, doppelten Brillengläsern sind blaßblau wie wässerige Tinte.

Sie rüttelt ihn wieder. Jetzt endlich wird er wach. Er kommt langsam hoch. Sein verschlafenes Gesicht wirkt verstört und töricht.

»Ranek ist wieder zurück«, flüstert die Alte.

»Wer ist Ranek?«

»Ich hab's Ihnen doch erzählt! Er ist der Mann, mit dem Ihre Frau zusammengelebt hat.«

Der Lehrer zuckt plötzlich zusammen. Seine blassen Augen weiten sich.

Sie weiß: Jetzt ist er hellwach.

Er starrt sie eine Weile an. Dann sagt er langsam: »Ja ... der ... ich vergaß bloß seinen Namen.«

»Sie werden bald mit ihm sprechen. Machen Sie ihm keine Vorwürfe. Versuchen Sie, ihm zu verzeihen.«

»Verzeihen?«

»Er hat Ihrer Frau das Leben gerettet. Sie dürfen das nie vergessen. Er ist ein anständiger Mensch.«

Der Lehrer schweigt sich aus. Die Augen der Alten bohren sich hypnotisierend in sein Gesicht. »Er hat sie nicht gehabt«, flüstert sie, »wenigstens nicht richtig gehabt. Ich bin Zeuge.«

Der Lehrer bewegt die Lippen, aber sagt noch immer nichts.

»All das ist unwichtig«, sagt die Alte. »Wichtig allein ist, daß er sie damals nicht auf der Straße gelassen hat.«

Der Lehrer nimmt seine Brille ab und wischt seine Augen. Er legt sich wieder zurück. Erst nach einer Weile flüstert er: »Es gibt eben doch noch anständige Menschen.«

Das Geschäft mit dem Roten war zum Abschluß gekommen. Er durfte einige Nächte unter dem Herd schlafen, unter der Bedingung, daß er dem Roten für jede Nacht im voraus bezahlte: Lebensmittel oder Geld. Es war eine kostspielige Angelegenheit, aber Ranek war viel zu erschöpft, um sich jetzt Sorgen zu machen. Er kroch unter den Herd, legte sich auf seine Jacke, bettete den Hut unter den Kopf, so wie er das immer machte.

Der Rote hatte ihm absichtlich den schlechtesten Platz zugewiesen, dort, wo der Herd im spitzen Winkel die Tür berührte. Da sein Kopf neben den Türangeln lag und dem kalten Durchzug ausgesetzt war, schob er den Hut etwas von der Tür fort, machte sich's wieder so bequem wie möglich, merkte aber dann, daß er fast auf dem Roten lag. Er änderte wieder seine Lage und versuchte, umgekehrt zu schlafen, mit den Beinen gegen die Tür und dem Kopf unter der Feuerung. So ging's aber auch nicht; vorhin hatte er wenigstens die Beine ausstrecken können und sie, ebenso wie das der Rote machte, unter dem Herde herausragen lassen, denn das war erlaubt: Man schob seine Beine ganz einfach zwischen die Körper der Leute, die in der Nähe des Herdes schliefen … Beine nahmen ja nicht viel Raum ein, und die Leute merkten das kaum. Aber mit dem Rumpf war's anders. Er konnte nicht mehr weiter nach vorn rücken. Wenn er nun so liegenblieb, wohin sollte er mit seinen Beinen, da doch die Tür geschlossen war? Die Tür aufmachen und die Beine einfach in den Hausflur heraushängen lassen? Das wollte er unter keinen Umständen. Also: den Hut wieder an die Türangel. Das war doch noch das Vernünftigste.

Zwischen den Ofenbeinen hingen dichte Spinngewebe. Wenn er den Kopf hob, verfing er sich darin. Du mußt flach liegen, dachte er, dann kriegst du sie nicht ins Gesicht.

Trotz der großen Müdigkeit fand er keinen Schlaf. Die Feuchtigkeit des Fußbodens drang durch seine Jacke hindurch. Vielleicht hat der Rote gepißt? dachte er. Der Gedanke ließ ihn nicht los. »Sagen Sie«, sprach er ins Dunkel, »'s ist verdammt naß hier.«

»Sie haben am wenigsten Grund, sich zu beschweren«, antwortete der Rote mürrisch. »Seien Sie froh, daß ich Sie hier schlafen lasse. Oder wollen Sie lieber zu Ihrem Kollegen in den Hausflur?«

»Nein«, sagte Ranek, »das nicht.«

»Ich möchte nicht in seiner Haut stecken«, sagte der Rote.

»Ich auch nicht«, sagte Ranek.

»Man kann nie wissen, wann sie kommen … und dort

draußen …«

»Ja, ich weiß. Ich bin froh, daß ich hier bin. Ich hab' mich gar nicht beschwert. War nur 'ne Bemerkung. Vergessen Sie's.«

»Ist in Ordnung.« Er fragte plötzlich: »Sie machen sich doch nicht etwa Sorgen um den dort draußen?«

»Nein, mach' ich mir nicht.«

»Ist doch Wurscht, wenn er's ist … und nicht Sie?«

»Klar.«

»Ist es wahr, daß er 'n Professor ist?«

»Wer hat Ihnen das gesagt?«

»Sie haben's vorhin gesagt.«

»Ich sagte, daß er 'n Doktor ist … von wegen Professor hab' ich nichts gesagt.«

»Das ist doch dasselbe.«

»Es ist nicht dasselbe«, sagte Ranek.

»Seid ihr zwei gut befreundet?«

»Wir wurden zusammen geschnappt, und wir kamen zusammen zurück. Mehr steckt nicht dahinter.«

»Das hab' ich mir gedacht.« Eine Zeitlang sagte der Rote nichts mehr, und Ranek dachte, daß er nun schlafen wollte. Aber er hatte sich getäuscht. »Haben Sie noch 'ne Kartoffel? Eine von den gebratenen?« fragte er plötzlich.

»Nur 'ne rohe.«

»Macht nichts. Geben Sie sie her!«

»Sie haben Ihren Anteil bekommen. Mehr kriegen Sie nicht.«

»Geben Sie sie her!« sagte der Rote wieder.

»Sie werden sich nur den Magen verderben.«

Der Rote zischelte irgend etwas. Seine Fingerknöchel trommelten nervös auf den Fußboden, dann bewegte sich sein Körper ruckartig, seine Hände umklammerten eines der Ofenbeine, und er zog sich dann langsam in die Höhe und beugte sich zu Ranek herüber.

»Sie wollen sich's doch nicht ganz mit mir verderben?« Sein aufgeregter Atem schlug Ranek ins Gesicht. Seine großen Hände schoben sich unter Raneks Rücken und zerrten an der Jacke.

»Hände weg!« keuchte Ranek.

»'ne halbe«, sagte der Rote.

»Gut ... 'ne halbe ... aber lassen Sie meine Jacke ...«

Er holte jetzt die Kartoffel aus seiner Tasche hervor, schnitt sie entzwei und gab ihm die eine Hälfte. Er dachte: Jetzt wirst du endlich Ruhe haben. Er schloß die Augen. Der Rote glitt auf seinen Platz zurück. Eine Weile war nichts anderes zu hören als Knirschen und Schmatzen. Erst etwas später, nachdem der Rote die rohe Kartoffel verdrückt hatte, nahm er das Gespräch wieder auf.

»Was meinten Sie eigentlich vorhin ... von wegen Nässe?«

»Als ob hier jemand gepißt hätte«, sagte Ranek.

»Ich bin kein Bettnässer.«

»Es kam mir nur so vor ...«

»Es ist Moisches Frau.«

»Sie meinen ... sie hat hier unter dem Herd ...«

»Nein, sie hat einen Topf Wasser verschüttet.«

»Ach so!«

»Heißes Wasser. Ich hab' was abgekriegt. Verfluchtes Mistvieh.«

»Ja. Das ist Pech.«

»Hab' ihr tüchtig Bescheid gesagt. Moische hat's gehört. Hat sich aber nicht eingemischt.«

»So ...« Ranek entsann sich nur unklar an Moische. »Einer von den Kartenspielern ... dieser Moische ... nicht wahr?«

»Ja, damals, als wir hier noch Karten spielten, hat er immer mitgespielt. Aber das ist ja heut vorbei.«

»Entsinne mich jetzt. Saß mit den anderen um die Kiste rum ... am Fenster ... am Abend?«

Der Rote antwortete nicht gleich. Ranek bemerkte, daß er den Kopf hob, und es kam ihm vor, als starre er zum Fenster. Dann fiel sein Kopf wieder zurück.

»Moische ist nicht einer von uns«, sagte er jetzt leise.

»Was meinen Sie?«

»Er ist ein Prokower. Hier geboren. So was gibt's auch.«

»Also ein Prokower?«

»Ja ... einer von den wenigen, die noch da sind.«

»Spricht er Jiddisch?«

»Ja, sehr gut sogar. Auch die Frau ... sehr gut.«

Ranek versuchte sich an die Frau zu erinnern, aber es gelang ihm nicht.

»Die Frau ist noch nicht lang im Nachtasyl«, sagte der Rote plötzlich, als ob er seine Gedanken erraten hätte, »'s ist 'n Kreuz mit der Frau. Kennen Sie nicht die Geschichte?«

»Nein.«

Der Rote lachte leise. »Die muß ich Ihnen erzählen, 's ist 'ne interessante Geschichte.«

»Nicht jetzt«, sagte Ranek. »Ich will jetzt schlafen.«

»Dann morgen«, sagte der Rote. »Ich erzähl' sie Ihnen morgen.«

»Gut«, sagte Ranek. »Sie können sie mir morgen erzählen.«

»Beim Frühstück«, sagte der Rote. »Wir frühstücken doch zusammen?«

»Ja«, sagte Ranek, weil er endlich Ruhe haben wollte. Der Rote kicherte noch eine Weile. Dann beruhigte er sich. Und bald darauf hörte Ranek ihn schnarchen.

Jemand bewegte sich ächzend in der Ecke unter der Pritsche. Eine Gestalt, der das Kriechen schwerzufallen schien, näherte sich ungeschickt dem Herd. Plötzlich kauerte sie neben Ranek.

Ranek rührte sich nicht. Er wußte, wer es war: der Lehrer.

»Ranek!« flüsterte eine Stimme. »Sind Sie wach?«

»Ja, ich bin wach«, sagte er kalt. »Was wollen Sie?«

Er spürte, wie der andere ihm eine Zigarette zuschob.

»Danke. Warum tun Sie das?«

»Ich möchte mich gern erkenntlich zeigen …« Die Stimme brach ab, dann, nach einigen zögernden Sekunden, fuhr sie schüchtern fort: »… wegen meiner Frau. Für alles, was Sie für sie getan haben.« Wieder brach die Stimme ab. »Es ist nicht viel«, flüsterte sie dann, »… ich hab' jetzt nicht mehr … aber wenn ich sonst mal irgendwas für Sie tun kann …?«

Ranek starrte den Mann schweigend durch das Dunkel an. Er spürte voller Ekel seinen Schweißgeruch, und im Geist sah er das Gesicht vor sich, so wie er es vorhin im Schein der Lampe gesehen hatte: die Brille … den schwachen Mund … das schüttere Haar. Ich hab' mit deiner Frau geschlafen, dachte er … wenn du das meinst, wenn du mir dafür dankbar bist? Ich hab' sie geschlagen, und ich hab' ihr alles weggenommen, was sie gehabt hat.

»Die alte Frau hat mir alles erzählt«, sagte der Mann leise, und er wiederholte: »Alles, was Sie für sie getan haben …«

»Sie können sich erkenntlich zeigen«, sagte Ranek lauernd.

»Sprechen Sie ruhig.«

»Ihr Schlafplatz ist ein Doppelplatz«, sagte Ranek eindringlich, »… wenigstens war's mal einer, als Ihre Frau noch mit mir …«

Er unterbrach sich und lachte eine Weile hüstelnd. Dann fuhr er fort: »Ich kann nicht hier unterm Herd bleiben. Wenn Sie wollen, könnten wir beide zusammen schlafen. Es ist doch ein Doppelplatz!«

»Das geht nicht«, sagte der Mann.

»Warum nicht?«

»Weil es zu eng ist.«

»Das hat auch die alte Levi gesagt. Eine faule Ausrede.«

»Keine Ausrede. Ich werd's Ihnen erklären: Sie kannten doch das Ehepaar Stein? Sind beide gestorben ... erst sie, dann er kurz nach meiner Frau. Jawohl ... erst meine Frau und dann die Steins.«

»So, das wußte ich nicht«, unterbrach ihn Ranek erstaunt.

»Auch das Kaufmannspaar ist nicht mehr da.«

»Auch tot?«

»Nein, bloß umgezogen. Vom Fußboden nach oben auf die Pritsche.«

»Die haben aber Schwein. Nach oben also?«

»Ja. Sehen Sie: Fünf frei gewordene Plätze. Einen davon hab' ich belegt. Bleiben noch vier. Sie folgen mir doch, nicht wahr?«

»Nicht ganz.«

»Auf die vier frei gewordenen Plätze haben sich fünf Neue gelegt. Fünf von der Straße. Kamen einfach rein und haben sich hingelegt.«

»Ja«, sagte Ranek.

»Sie verstehen jetzt, warum ...?«

»Ja.«

»Ich würde Ihnen bestimmt helfen, wenn es nur eine Möglichkeit gäbe.«

»Es gibt eine«, flüsterte Ranek.

»Wie denn?«

»Wenn Sie mir meinen alten Platz zurückgeben und an meiner Stelle unter dem Herd schlafen.«

»Das kann ich nicht.«

»Wenn Sie nur wollen ...«

»Das ist zuviel verlangt.«

Erst jetzt richtete Ranek sich auf. »Sie scheinen zu vergessen, was ich für Ihre Frau getan habe«, zischelte er. Diesmal kam keine Antwort. Er wiederholte sich nochmals, aber seine Worte verhallten im leeren Dunkel.

Er liegt noch lange wach. Er hatte zuerst versucht, an Sara zu denken, als wäre das eine Pflicht, wenigstens noch einmal an sie zu denken, aber Saras Gesicht hatte keine Form. Vielleicht soll es so sein, denkt er. Sie hat dir nichts bedeutet. Er zündet sich die Zigarette an, die der Lehrer ihm gegeben hat, und er bläst den Rauch gegen die Tür. Ein paar Leute unterhalten sich noch. Nach und nach aber wird es ruhig im Zimmer. Er versucht dann auch nicht mehr, an Sara zu denken. Er denkt an die Schnapsflasche, die er morgen für Lebensmittel umtauschen wird, und sein Mund wird wässerig davon. Er denkt an Fleisch und an Eier und an ein großes, schwarzes Brot. Und beim Einschlafen denkt er an Mutters guten Bohnenkaffee.

Er träumt von einer frühen Morgenstunde zu Hause. Er steht am Fenster und zieht die Gebetsriemen an. Es ist jeden Morgen dieselbe Routine ... Tefillin legen ... und dabei das Morgengebet herunterleiern, dann ein kleines Frühstück, das aus Buttersemmeln und Kaffee besteht und das er meistens mit Mutter und Debora einnimmt ... und nachher muß er fort, zur Arbeit.

Heute wird er wieder mit Mutter und Debora frühstücken, denn Vater und Fred sind längst in der Bäckerei. Die Küchentür ist offen. Er hört Mutter geschäftig hin und her trippeln. Er spürt den Duft des frischen Kaffees. Jetzt geht draußen eine Tür auf. Das wird Debora sein, die die Stiegen gewaschen hat und nun zu Mutter in die Küche geht, um ihr zu helfen. Er hört Deboras leise, melodische Stimme, die irgend etwas zu Mutter sagt.

Nach einer Weile hört er Mutter rufen: »Ranek, bist du endlich mit dem Beten fertig?«

»Nein, Mutter.«

»Mach heut ein bissel schneller ... ich werd's Vater nicht sagen ...«

»Ja, Mutter.«

»Der Kaffee ist nämlich schon fertig.« Sie spricht das Wort »Kaffee« wie »Kaawe« aus.

Er lächelt und ruft zurück. »Ja, ich weiß ... der Kaffee.«

Beim Erwachen stößt er mit dem Kopf gegen das Ofenbein. Zuerst weiß er gar nicht, wo er ist, und es dauert geraume Zeit, bis er in die Gegenwart zurückfindet.

Im Zimmer herrscht wie gewöhnlich dumpfer Gestank. Ranek steckt den Kopf unter dem Herd hervor, aber als er sieht, daß die Leute noch schlafen, legt er sich wieder zurück.

Der Rote ist munter. Er dreht jetzt langsam den Kopf um und starrt Ranek mit seinen blutunterlaufenen Augen an.

»Guten Morgen«, sagt er.

»Guten Morgen«, antwortet Ranek.

»Heut ist Sonntag«, grinst der Rote.

»Woher wissen Sie das?«

»Hören Sie denn nichts?«

Ranek liegt still und lauscht. »Ja«, sagt er dann leise, »… ich hör's … Kirchenglocken … ganz fern. Das kommt doch von drüben, vom rumänischen Ufer?«

2

Moische – oder wie ihn manche nannten: der Prokower – war ein großer, schwarzhaariger Mann, der die meisten Leute im Nachtasyl um Kopfeslänge überragte. Er hatte ein intelligentes, aber verschlossenes Gesicht. Vor dem Krieg war er Werkmeister in einer hiesigen Eisenfabrik gewesen.

Seine Frau hatte schon am frühen Morgen Wäsche gewaschen: einige Wollstrümpfe, seine langen Unterhosen, einen Schal und ihr dünnes, wie Glas durchsichtiges Nachthemd, über das die Leute Witze rissen und das er ihr verboten hatte anzuziehen. Sie stand jetzt auf der Pritsche und war gerade dabei, das andere Ende der Wäscheleine um einen verbogenen Nagel zu wickeln, der in der Wand über ihrem Schlafplatz stak und an dem seine Jacke hing. Moische wartete ungeduldig, bis sie den Strick endlich verknotet hatte, dann schob er ihr das Wäschebündel zu. Er ließ sie nicht aus den Augen. Er merkte, daß sie nicht ganz bei der Sache war. Sie kann das Bordell nicht vergessen, dachte er grimmig … die vielen Monate in diesem verdammten Bordell.

Moisches Gesicht zeigte heute Spuren großer Müdigkeit, und die tiefen Schatten um seine Augen zeugten davon, daß er wieder einmal die ganze Nacht über mit ihr gestritten hatte.

Sie begann jetzt, die nassen Wäschestücke aufzuhängen; weil sie schwanger war, bewegte sie sich schwerfällig … ein Anblick, der ihn mit Ekel erfüllte; trotzdem wandte er nicht den Kopf weg und beobachtete sie weiterhin verbissen. Er dachte jetzt daran, wie er sich damals entschlossen hatte, sie ins Bordell zu schicken. Es war kurz nach der Invasion gewesen, gleich im Spätsommer einundvierzig. Damals waren die rumänischen Juden noch nicht hier, und die Mädchen im Bordell waren alle nur einheimische, aus der Stadt selbst und aus den benachbarten Dörfern. Er entsann sich noch genau an die heftigen Szenen, die ihm seine Frau gemacht hatte, die widerlichen Tränen, die Selbstmorddrohungen. Es stimmte, sie war ihm immer ein gutes Weib gewesen; sie hatte für ihn gekocht, gewaschen, seine Strümpfe gestopft und ihn gepflegt, wenn er einmal das Bett hüten mußte. Er hatte sie als Jungfrau geehelicht, und sie hatte ihn nie betrogen ... ja, ein gutes Weib war sie gewesen, Köchin, Waschfrau, Krankenpflegerin und Bettmatratze. Mehr konnte man nicht verlangen. Sie hatte es nicht verdient, was er ihr angetan hatte, aber daran war eben der Krieg schuld und der Hunger, dieser verfluchte Hunger. Er hatte den Hunger nicht ertragen können.

Es war nicht leicht gewesen, seiner Frau die Aufnahme im Bordell zu verschaffen. Sie war weder hübsch noch jung ... und es gab so viele hübsche, junge Mädchen, die gern dorthin gegangen wären. Protektion brauchte man und gute Verbindungen ... Moische hatte damals noch Verbindungen, und er verschaffte ihr die Stellung. Das Bordell war ein guter Ort. Dort gab's Brot in Hülle und Fülle. Seine Frau hatte das schließlich eingesehen.

Er war jeden Tag vor dem Bordell auf und ab spaziert. Manchmal hatte er stundenlang warten müssen, bis endlich oben am Fenster das Gesicht seiner Frau erschien ... bis sich dann das Fenster öffnete und sie ihm ein kleines Paket mit Lebensmitteln herunterwarf.

Das Gesicht dort oben am Fenster war mit jedem Tag fetter

geworden, jedoch auch er hatte mit der Zeit etwas Gewichtszunahme bei sich feststellen können. Für seine Begriffe war das ein Zeichen gewesen, daß es ihm und seiner Frau ausgezeichnet ging und daß sie allen Grund hatten, dem Schicksal dankbar zu sein, denn auf diese Weise konnten sie beide den Krieg überleben.

Aber alles war nicht so glatt abgelaufen, wie es am Anfang ausgesehen hatte. Sie wurde schwanger. Und eines Tages, als sie ihren Zustand nicht länger geheimhalten konnte, hatte man sie auf die Straße gesetzt ... Dann war sie zu ihm zurückgekommen.

Sie kletterte jetzt mit ungeschickten Bewegungen von der Pritsche herunter, holte ein Säckchen mit Lebensmitteln, legte ein schmutziges Handtuch über den Pritschenrand, schüttete den Inhalt des Säckchens darauf aus und begann, das Frühstück zuzubereiten. Er beobachtete sie noch eine Weile. Seine schlechte Laune schlug bald in Haßgefühle um; sie richteten sich nicht gegen sie, denn was sie getan hatte, war seine Schuld gewesen ... und außerdem ... sie hatte ja eine schöne Stange Geld mitgebracht, genug, um davon ein paar Monate lang Brot zu kaufen. Sein Haß galt dem Kind, das sie in ihrem Schoß trug; dem Bankert.

Er dachte für sich: der verfluchte Bankert. Du mußt ihr wieder mal nachts mit den Fäusten auf den fetten Bauch hauen, damit sie ihn los wird.

»Sehen Sie ... dort ... die Schwangere ... das ist Moisches Frau!« Der Rote kichert. Und dann erzählt er Ranek die Geschichte von dem Bankert. Es scheint ihm unheimlichen Spaß zu machen. Seine Augen leuchten vor Schadenfreude. Ranek hört uninteressiert zu. Er fragt bloß nach einer Weile: »Wie kommt es, daß sie Saras Kleid trägt?«

»Saras Mann hat es ihr billig verkauft.«

Ranek nickt. Er sagt: »Na ja!«

»Sara war splitternackt, als man sie aus dem Zimmer getragen hat«, sagt der Rote. »Sie hätten sie sehen müssen!«

»Ich bin froh, daß ich sie nicht gesehen hab'«, sagt Ranek.

Benni und Leo Gottschalk lagen unter dem Fenster; ihre Gesichter waren schon wächsern, obwohl sie noch nicht tot waren. Beide waren noch jung; sie hatten blondes Haar und helle Augen und sahen wie Zwillingsbrüder aus. Man wußte noch nicht, welcher zuerst sterben würde. Einige von den Leuten hatten bereits Wetten abgeschlossen; die meisten hatten auf Benni gesetzt.

Ranek, der jetzt neben ihnen stand und sie in seiner abschätzenden Art fixierte, spürte nach einiger Zeit Stechen in den Augäpfeln … und dann wieder das bekannte Schwindelgefühl, so daß er sich am Fenster festhalten mußte. Die eingeschrumpften Gesichter der beiden Halbtoten verschwammen derart vor seinen Augen, daß es ihm vorkam, als wären dort vor ihm auf dem Fußboden gar nicht zwei Gesichter, sondern nur noch Haare und Augen. »Der mehr zur Pritsche zu ist der Leo … der andere der Benni«, hatte vorhin einer der Leute zu ihm gesagt. »Wollen Sie auf einen wetten?« – »Nein«, hatte er geantwortet.

Er schlurfte zurück zum Herd, um den Rest der Kartoffeln zu braten, den er noch in der Tasche hatte. Die beiden machen nicht mehr lange mit, dachte er. Bald wird man sie raustragen, zuerst den einen, dann den anderen. Er würde aufpassen. Er würde den ersten frei gewordenen Schlafplatz rasch besetzen. Die alte Levi hatte recht gehabt. Er würde sich nicht mehr lange unter dem Küchenherd quälen müssen.

3

Ranek war noch gestern abend, bevor er ins Nachtasyl kam, mit dem Schnaps bei Dvorski gewesen, aber Dvorski hatte sich nicht dafür interessiert. Wirst schon jemanden finden, dachte er jetzt, während er den Kork der Flasche prüfte. Der Kork saß fest. Er steckte die Flasche ein und verließ das Zimmer.

Im Treppenhaus blickte er sich nach Hofer um. Hofer war nirgends zu sehen. Er schlurfte die Treppe hinunter. Er bemerkte die alte Levi unten im Hauseingang und blieb bei ihr stehen. Sie sah ungewaschen und zerrauft aus; an dem Geruch, den sie ausströmte, erkannte er, daß sie gerade von der Latrine kam. Sonnenlicht spielte auf ihrem Gesicht; es war ihm vorher nie so zum Bewußtsein gekommen, wie verwüstet es eigentlich war.

»Haben Sie den Mann gesehen, den ich gestern abend mitgebracht hatte?« fragte er sie.

»Ich sah ihn vorhin fortgehen.«

»Schade. Ich dachte, daß er bleiben würde.«

»Er wird zurückkommen.«

»Woher wissen Sie das?«

»Sigi hat ihm einen Platz auf der Pritsche angeboten.«

»Es ist doch niemand gestorben?«

»Nein, das nicht. Aber Sigi hat mit ein paar Leuten gesprochen und sie davon überzeugt, daß ein Arzt hier von Nutzen sein könnte; die Leute werden auf ein Minimum zusammenrücken, um dem Mann Platz zu machen.«

»Das freut mich«, sagte Ranek, »war gescheit von Sigi.« Er tippte an seinen Hut und wollte nun an der Alten vorbei, aber sie hielt ihn plötzlich zurück.

»Warten Sie«, sagte sie schnell, »ich muß Ihnen noch was

sagen, ich hätte es fast vergessen.«

»Was denn?« fragte er gleichgültig.

»Gestern vormittag war jemand hier und hat nach Ihnen gefragt.«

»Ein Mann?«

»Nein … eine Frau.« Die Alte holte tief Atem, als wüßte sie, wie wichtig die Nachricht war, die sie ihm jetzt mitzuteilen im Begriff war, und dann erzählte sie in einem Atemzug: »Die Frau ist erst ganz kurze Zeit in Prokow. Sie sagte mir, daß sie sich überall in der Stadt nach Ihnen erkundigt hätte und schließlich in Lupus Kaffeehaus die Adresse vom Nachtasyl erhielt. Ich hab' ihr gesagt, daß Sie nicht mehr hier wohnen … daß man Sie geschnappt hätte … ich wußte ja nicht, daß Sie am selben Tag wieder auftauchen würden …«

»Warum haben Sie mir das nicht gestern gesagt?« fragte er, und er dachte für sich: Wer kann das sein? Und aus irgendeinem Grunde scheute er sich, sie zu fragen.

»Ich habe es vergessen, ich sagte Ihnen doch, daß ich es vergessen habe.«

»Ja, natürlich«, sagte er verwirrt.

»Die Frau sagte, daß sie wiederkommen würde.« Die Alte senkte plötzlich ihre Stimme, und es kam jetzt wie ein Flüstern: »Sie wollte mir's nämlich nicht glauben … daß … daß man Sie geschnappt hat … Sie konnte 's einfach nicht glauben.«

Erst jetzt fragte er stockend: »Hat sie ihren Namen genannt?«

»Ihre Schwägerin«, sagte die Alte.

Er starrte sie erschrocken und ungläubig an.

»Eine junge Frau«, sagte die Alte, »jung und dunkelhaarig. Hat 'n feines Gesicht, so wie …« Sie suchte nach dem richtigen Ausdruck, fand ihn aber nicht. Sie fing plötzlich zu kichern an:

»Sie werden's schon wissen, ob sie's ist, nicht wahr?«

»Debora«, sagte er leise.

»Ihr Gesicht ist ja ganz grau geworden«, flüsterte die Alte.

»Sie kann's nicht sein«, stammelte er, »es ist unmöglich.«

»Nichts ist unmöglich«, sagte die Alte eindringlich. Ihr fiel auf, wie seine Gestalt, die ganz in sich zusammengesunken war, sich plötzlich wieder straffte. »Debora ist tot«, sagte er jetzt, »alle sind tot, Debora und der Rest meiner Familie.«

Seine Stimme wurde kalt und abweisend. »Es muß eine Verwechslung vorliegen!«

Die Alte schüttelte stumm den Kopf; auf ihren Lippen lag ein mitleidiges Lächeln. Sie dachte: Das dauert immer lange, bis einer so was kapiert.

»Sie wurden alle wegen Drückebergerei erschossen«, sagte er kalt.

»Drückebergerei?« fragte sie erstaunt.

»Sie wollten sich nicht verschleppen lassen. Sie hielten sich tagelang versteckt. So was nennt man Drückebergerei.«

»Ja. Ich versteh' schon … eine von den üblichen Wortverdrehungen.« Sie fragte: »Wo war Ihre Familie versteckt?«

»Im Keller. Im Haus meines Vaters.«

»Waren Sie dabei, als sie erschossen wurden?«

»Nein.«

»Wo waren Sie?«

»Auch versteckt. Aber nicht zu Haus. In der Wohnung eines Freundes.«

»Und als Sie erwischt wurden …?«

»Mich haben sie eben nicht an die Wand gestellt«, unterbrach er sie schroff, da er gleich merkte, worauf sie hinzielte, »die machen auch mal Ausnahmen … mich haben sie nur auf den

Bahnhof gebracht.« Er fügte eisig hinzu: »Ich weiß aber, was mit Debora und den anderen geschehen ist.«

»Vom Hörensagen?« lächelte die Alte.

Er nickte. »Unsere Stadt war klein«, sagte er, »und so was spricht sich schnell rum. Ich erfuhr es bereits auf dem Bahnhof.«

Die Nachricht der Alten begann erst zu wirken, nachdem er wieder allein auf der Straße war. Er merkte gar nicht, wohin er ging, so tief war er in seine Gedanken versunken, und eine Zeitlang kam's ihm vor, als schritte er durch hohe Hallen, von deren marmornen Wänden das quälende Echo der Vergangenheit auf ihn herabtönte. Sein Herz pochte wie ein Hammer. Die Straße schwamm wieder im Nebel, wie so oft, aber diesmal nur … weil seine Augen feucht geworden waren.

Ihm fielen die Worte der Alten ein, die sie gestern zu ihm gesprochen hatte: »Wissen Sie … es kommen jetzt so viele Leute ins Getto, die ihre Angehörigen suchen. Verschleppte, Verschollene, Totgeglaubte … eines Tages tauchen sie wieder auf … Und wenn man ihnen begegnet, dann kommt's einem wirklich vor, als wär's einer aus 'nem Massengrab, der da vor einem steht und fragt: ›Kennen Sie nicht zufällig meine Frau? Oder meine Schwester? Sie sieht so und so aus …‹«

Während er immer weiter auf der zerstörten Straße entlangschritt, wurde er allmählich ruhiger. Seine Zweifel waren zu stark. Sein Realismus gewann wieder mal die Oberhand. Die Alte hat gelogen, dachte er. So ist es. Natürlich gibt's 'ne Menge Leute, die plötzlich wieder auftauchen, so wie zum Beispiel Saras Mann. Aber das war ja was ganz anderes. Der war bloß verschollen; Sara hat nie was Authentisches von ihm gewußt. Du aber weißt, was man mit Debora gemacht hat!

Er schüttelte den Kopf und spuckte kräftig aus. So ein verdammtes altes Tratschweib, dachte er wütend. Woher wußte die Alte eigentlich, daß du eine Schwägerin hast? Natürlich: Du hast es Sara erzählt. Und die Alte hatte dich belauscht. Und daher wußte sie's. Und sie hat sich einen Spaß mit dir erlaubt. Und du Schafskopf läßt dich so von ihr zum Narren halten!

Er fühlte sich wieder vollkommen in Ordnung. Nein, dachte er, nur keine sentimentale Schwäche. Das darf nicht sein. Die Alte hat dich gefoppt. Debora ist tot. Alle sind sie tot. Denk nicht mehr daran!

Jetzt achtete er wieder auf die Straße. Er überschritt eine Kreuzung, bog in eine schmale Gasse ein, ging eine Weile geradeaus, schwenkte dann nach links ein, kam wieder in eine ähnliche Gasse, bog dann wieder ab und ging dann wieder geradeaus. Er begegnete einigen Bäuerinnen, die große, aus Stroh geflochtene Körbe trugen und viel schneller als er ausschritten. Die Körbe waren verdeckt. Er bemerkte, daß ein Mann aus einem Haustor winkte, daß daraufhin eine der Bäuerinnen zögernd stehenblieb, plötzlich kehrtmachte und in dem Haustor verschwand, in dem der Mann soeben noch gestanden hatte.

Er spürte wieder stechenden Hunger, obwohl er vorhin gefrühstückt hatte. Eine Zeitlang ging er mit wässerigem Mund den übrigen Bäuerinnen nach und kämpfte mit dem Gedanken, ob er sie ansprechen sollte, um die Schnapsflasche gegen einen ihrer Körbe einzutauschen. Er versuchte schneller zu gehen, seine Blicke hafteten starr auf den breiten Hintern der Frauen; ihm war, als schwebten sie vor ihm über die Straße; er fing keuchend zu laufen an, sah dann auf einmal einen Milizmann um die Ecke kommen und verlangsamte wieder seine Schritte. Nein, dachte er, nicht hier auf offener Straße, das ist zu gefährlich.

Die Frauen entschwanden seinen Blicken. Weiter oben auf der Straße tauchte ein bekanntes Denkmal auf. Na, jetzt weißt du wieder, wo du bist, dachte er … da ist ja das Lenindenkmal. Als er vorbeikam, konnte er nicht umhin, einen Augenblick stehenzubleiben und in den Rinnstein zu starren, wo damals, in jener Nacht, die ihm immer im Gedächtnis bleiben würde, ein Toter gelegen hatte, ein Toter und ein Spazierstock. Und in nächster Nähe hatte er selbst gestanden; er hatte eine fremde Frau in seinen Armen gehalten … eine von der Straße … eine, die aus dem Regen kam. Und die Frau hatte gut gerochen. So wie eine Frau riechen soll.

Gestern abend, als sie vom Brückenbau zurückkamen, hatte Hofer ihm ein paar Zigaretten gegeben. Er hatte sie noch auf dem Nachhauseweg geraucht. Hofer ist ein feiner Kerl, dachte er.

Die Erinnerung an gestern abend stieg wieder auf: Sie hatten den ganzen Tag gearbeitet. Kurz vor Feierabend winkte ihnen der Aufseher, woraufhin er und Hofer vom Brückenpfeiler herunterkletterten und zurück zum Ufer gingen, um noch eine Ladung Holz herüberzubringen. Es war die letzte Ladung, die auf einem verspätet eingetroffenen Pferdewagen ins Barackenlager angeschaukelt kam.

Es dämmerte schon. Als sie mit dem Abladen fertig waren, zog Hofer ihn auf die Seite. Die Dunkelheit war schon weit fortgeschritten. Sie wußten sich unbeobachtet. Der wachhabende Soldat am Ufer war bis zu den Schlafbaracken geschlendert, um auszutreten, die anderen waren alle noch auf der Brücke. Auch der ukrainische Kutscher beachtete sie nicht, denn er war gerade damit beschäftigt, das Pferd zu schirren.

Hofer und er stiegen rasch in den leeren Wagen und legten

sich hinter einige lose Bretterplanken. Die Dunkelheit schützte sie. Etwas später, als der Wagen den Umkreis des Barackenlagers verließ, sprangen sie ab und erreichten auf Umwegen das Getto.

»Wohin werden Sie gehen?« fragte ihn Hofer.

»Zurück ins Nachtasyl«, sagte Ranek. »Wohin sonst?«

»Begleiten Sie mich ein Stück?«

»Es ist spät.«

»Wir haben das Ausgehverbot sowieso schon übertreten.«

»Ja.«

»Ich hab' ein paar Zigaretten in meiner Wohnung versteckt. Die Hälfte davon gehört Ihnen. Ich könnte sie Ihnen auch morgen geben.«

»Nein, lieber jetzt«, lachte Ranek. »Ich begleite Sie. Ist es weit?«

»Nicht sehr weit.«

Als sie vor Hofers Wohnung ankamen, stutzte Ranek. Das Haus war ihm bekannt. Es war von grellroter Farbe.

»Wissen Sie«, sagte er leise zu Hofer. »Einmal stand ich hier im Regen und hab' hinaufgeschaut ... zum ersten Stock. Ein gutes, warmes Licht kam von dort oben runter auf die Straße. Schade, daß ich Sie damals noch nicht gekannt habe. Ich ... ich war damals obdachlos.«

Hofer nickte. »Warten Sie hier«, sagte er dann.

Ranek wartete nicht lange. Als Hofer wieder zurückkam, stand ein erschreckter Ausdruck auf seinem Gesicht. »Bei uns ist Flecktyphus ausgebrochen«, sagte er.

»Verfluchtes Pech«, sagte Ranek.

Hofer gab ihm jetzt die versprochenen Zigaretten und grinste schwach: »Ich hatte sie gut versteckt ... wie Sie sehen ...«

»Danke.«

»Wissen Sie nicht irgendwo eine Bettstelle?«

Ranek nickte. »Kommen Sie mit ins Nachtasyl«, sagte er, »vielleicht ist dort wieder was frei.«

Und sie gingen miteinander.

Ranek ging jetzt in die Richtung, wo das rote Haus stand. Hofer ist sicher dort, dachte er, und kümmert sich um die Kranken. Hofer hatte ihm gestern erzählt, daß er dort einen guten Freund hatte, einen gewissen Doktor Goldberg, der ebenfalls Flecktyphus hatte, und daß er beabsichtige, diesem Goldberg Lebensmittel zu bringen, bis er wieder selber für sich sorgen konnte. Schon aus diesem Grund wird Hofer dort sein, dachte Ranek.

Er steckte die Hand in die Jackentasche und fühlte die Schnapsflasche. Es wäre gut, wenn er Hofer antreffen würde. Sicher wußte er, wo man den verdammten Schnaps anbringen konnte, denn Hofer kam überall rum und kannte mehr Leute als irgend jemand. Es war schon richtig. Erst mal Hofer aufsuchen! Und schließlich ... was hatte er zu verlieren? Wenn Hofer ihm nicht helfen konnte, dann hatte er immer noch Zeit, auf den Basar zu gehen.

Ranek merkte, daß ein paar Vorübergehende die Köpfe nach ihm umwandten. Weil der Flaschenhals aus deiner Tasche rausguckt, dachte er. Du müßtest die Flasche mit irgendwas verdecken! Wirst noch Schwierigkeiten haben. Kann noch jemandem einfallen, dich anzuzeigen. Paß auf! Er hielt seine Hände schützend über die Tasche. Er ging langsam und blickte sich öfter um, ob nicht irgendwo wieder ein Milizmann auftauchte.

Endlich erblickte er das rote Haus. Es ragte wie ein Neubau zwischen den Ruinen hervor. Das breite Haustor war zu. Als er schon sehr nahe war, wurde es von innen geöffnet, und er sah einen Mann mit einer schiefen Sportmütze herauskommen.

Ranek steuerte gerade auf das Haustor zu. Jetzt hatte ihn auch der Mann mit der Sportmütze bemerkt. Er stutzte, blieb stehen und verstellte ihm den Weg.

»Was zu verkaufen?« fragte er, neugierig schnüffelnd, als Ranek an ihm vorbei wollte.

Ranek machte Halt und musterte den Mann mißtrauisch. Vor dem brauchst du keine Angst zu haben, dachte er dann.

»Ich meine die Flasche«, sagte der Mann, auf Raneks Tasche zeigend.

»Ja, ist zu verkaufen.«

»Was ist drin?«

»Schnaps.«

Der Mann schob schweigend seine Mütze hin und her und beobachtete ihn dabei tückisch.

»Schnaps«, sagte Ranek wieder, »gebe ihn preiswert her.«

»Dachte, 's wäre Öl«, sagte der Mann enttäuscht. »Sieht nämlich wie 'ne Ölflasche aus.« Er zögerte. »Sagen Sie die Wahrheit. In der Flasche ist Öl, nicht wahr?«

»Nein.«

»Lügner.«

Ranek trat einen Schritt zurück. Seine Blicke ruhten schweigend auf dem schäbigen Gesicht mit der schiefen Mütze. Von dem hast du nichts zu fürchten, dachte er, der ist bloß von der Sorte, die gern aus Langeweile streiten.

Er sagte langsam und betont: »Dreckfresse!«

Der Mann nickte und grinste; er rückte wieder an seiner Mütze. Ranek versuchte jetzt, an dem Mann vorbeizugehen, aber der Mann hielt ihn zurück. »Nicht so stürmisch«, sagte er, »das

Haus ist nämlich verseucht.«

»Weiß ich«, sagte Ranek.

»Im ersten Stock. Im Frontzimmer. Flecktyphus! Liegen dort wie die Heringe. Rühren sich kaum noch. Ich wollte Sie nur warnen.«

»Ja, danke, ich weiß Bescheid.«

»Haben wohl auch Verwandte dort oben, wie?«

»Ja«, log er.

Der Mann kratzte sich verständnisvoll.

»Ihre Mutter?« fragte er.

»Mein Onkel«, grinste Ranek.

»So … ein Onkel«, nickte der Mann. »Bei mir ist's der Vater.«

»Macht er gute Fortschritte?«

Der Mann grinste wieder. »Ich gucke alle halbe Stunde mal nach, um zu sehen, wie weit es mit ihm ist. Aber der ist zähe, wissen Sie. Dabei hat er noch Appetit wie 'ne schwangere Frau. Komisch, wie? Bei so hohem Fieber?«

»Ja.«

»Ich selbst gehe nicht rein ins Zimmer. Bin ja nicht verrückt und werd' mich anstecken. Ich bleib' draußen vor der Tür stehn und pfeife. Dann kommt der Alte angekrochen, und ich schiebe ihm den Fraß durch den Türspalt rein.«

Während er sprach, starrte er fortwährend auf Raneks Tasche. Plötzlich machte er einen Schritt auf Ranek zu und versuchte, ihm die Flasche aus der Tasche zu ziehen. Ranek schlug ihm heftig auf die Hand. Der Mann wich zurück und lachte. »Na, ich wollt' nur mal sehn, ob's wirklich Schnaps ist. Warum wollen Sie mir einen Bären aufbinden? Sie sehen nämlich nicht aus wie einer, der sich's leisten kann, mit Schnaps zu handeln. Ich weiß bestimmt, daß es Öl ist.« Und er fuhr redselig fort: »Ich brauch' nämlich Öl, wissen Sie. Hab' zu Haus 'n Sack Kartoffeln. Könnt' sie ja kochen, aber Bratkartoffeln sind eben schmackhafter. Ist immer so«, schmunzelte er, »wenn jemand in der Familie stirbt, dann krieg' ich Appetit auf Leckerbissen, ha, ha, ... also, wollen Sie das Öl ...?«

Ranek stieß ihn ungeduldig zur Seite und verschwand im Hausflur.

Oben im ersten Stock befand sich eine kreisförmige Diele. Die Wohnung links von der Treppe war offen; von dort drangen gesunde, kräftige Stimmen zu ihm heraus. Nicht hier, dachte er, es muß die nächste Wohnung sein. Er öffnete die zweite Tür zu seiner Rechten, betrat einen schmalen Gang, dessen Fußboden mit abgetretenem Linoleum überzogen war, bemerkte drei geschlossene Türen und hielt zögernd inne.

Es war nicht schwer, das Frontzimmer zu finden. Er stieß die Tür um einen Spalt auf und steckte den Kopf hindurch: ein kahles Zimmer. Ein paar Eisenbetten ohne Matratzen, in denen je vier und fünf Menschen lagen. Keine Pritsche. Kein Herd. Bloß ein kleiner kalter Ofen in der Mitte des Zimmers. Durch das kahle Fenster sah man auf die Ruinen von der anderen Straßenseite ... die Ruinen und ein Stück blasser Himmel. Er hielt nach Hofer Ausschau. Hofer war nicht da.

Er verbrachte den Rest des Tages auf dem Basar, konnte den Schnaps aber nicht absetzen. Gegen Abend verließ er den großen Tummelplatz, um einen letzten, verzweifelten Versuch im Kaffeehaus zu machen. Auf dem Weg dorthin ... in der Puschkinskaja ... wurde ihm schwindlig. Er setzte sich einige Minuten in den Rinnstein und ruhte sich aus. Als er wieder aufstand, fühlte er sich so elend, daß er beschloß, umzukehren und nach

Haus zu gehen.

4

Auf der Straße vor dem Nachtasyl stand eine junge Frau. Sie stand hier schon mehr als eine Stunde, ohne sich vom Fleck zu bewegen. Die Leute, die gegen Abend aus der Stadt heimkehrten, kümmerten sich nicht um sie. Irgendeine Fremde, dachten manche von ihnen achselzuckend, irgend jemand, der auf irgend jemanden wartet.

Als Ranek näher kam, hob die Frau den Kopf. Sie erkannte ihn sofort, obwohl er sich vollkommen verändert hatte. Sie wollte ihm entgegenlaufen, aber ihre Beine versagten ihr plötzlich den Dienst. Sie blieb stehen, wo sie war, und breitete bloß, wild aufschluchzend, die Arme aus.

Ranek wischte sich den Mund ab. »Verzeih, daß ich gebrochen hab'«, sagte er, »brauchst dich nicht zu erschrecken ...« Er hüstelte verlegen: »Mein Magen, weißt du, ist nicht mehr ganz in Ordnung, breche bei jedem Anlaß ... und jetzt die Aufregung ...«

Er wußte nicht, was er ihr sagen sollte. Es ist zuviel auf einmal, dachte er, und dann: Warum sagt sie kein Wort? Warum weint sie die ganze Zeit?

»Ich bin nicht mehr der Alte?« fing er wieder an, »'n bißchen verändert, was?« Er grinste und wischte sich wieder mit dem Handrücken über den Mund. Wart ab, bis sie sich beruhigt, dachte er. Schließlich, nach einer Pause des Schweigens, sagte er: »Jemand brachte mir die Nachricht, daß du hier bist ... und ich

Idiot wollte es nicht glauben.«

»Glaubst du es jetzt?« fragte sie, unter Tränen lächelnd. Es waren ihre ersten, stammelnden Begrüßungsworte.

»Ja, Debora«, sagte er leise.

»Woher wußtest du, daß ich in Prokow bin?« fragte er dann.

»Ich wußte nichts Bestimmtes, aber man sagte mir, daß viele, die damals aus Litesti abgeschoben wurden, nach Prokow kamen ... und da dachte ich, daß du vielleicht ...«

»Ja, ich versteh' schon ... So findet man sich wieder. So ist das. Wir sind nicht die einzigen.«

»Du fragst gar nicht nach den Eltern.«

Ranek zuckte zusammen. Er antwortete nicht gleich und dachte nur im stillen: Sie erwähnt nur die Eltern. Aber nichts von Fred. Warum?

»Du weißt es also?«

»Ich weiß es jetzt«, sagte er hart. »Ich kann es dir ansehen ... Sag, Debora! Wo hat man sie umgebracht? Im Keller?«

»Nein ... Nicht im Keller. Sie wurden aus dem Keller herausgeholt ... und dann ... und dann ...« Ihre Stimme überschlug sich und brach plötzlich ab.

»Sag schon!« fuhr er sie rauh an.

»Ach, Ranek!«

»Wo hat man sie ermordet?« fragte er unerbittlich.

»Hinter der Bäckerei ... unten am Kanal«, flüsterte sie mit erstickter Stimme.

»Hat man sie lange gequält?«

»Nein, Ranek ... es ging schnell.«

Sie starrten sich beide an, als suchten sie etwas in ihren Gesichtern. Dann war's wieder er, der das bedrückende Schweigen mit seiner heiseren Stimme brach. »Wo warst du die ganze Zeit ...

seit Oktober einundvierzig?«

»In Schargorod … in Kopaigorod … In Obodowka
… zuletzt im Getto von Berschad.«

»Also … auch in Berschad?«

»Ja, auch dort.«

»Bist du illegal hierhergekommen oder mit falschen Papieren?«

»Illegal.« Plötzlich sagte sie: »Fred lebt!«

»Fred? Warum hast du mir nicht gleich …?«

»Ich kann doch nicht alles auf einmal …«

»Natürlich.«

»Damals hat man uns beiden das Leben geschenkt. Warum?
Dafür gibt es keine Erklärung, Ranek. Vielleicht weil wir noch
jung waren und noch gut genug, um später mal für Zwangsarbeit
verwendet zu werden. Oder auch … weil sie Kugeln sparen
wollten. Wer kann das wissen?«

»Es gibt keine Erklärung. Du hast recht. Es gibt überhaupt
keine Erklärungen mehr.«

»Du wunderst dich sicher, warum ich Fred nicht mit hierher-
gebracht habe.«

»Ja.«

»Wir sind zusammen deportiert worden, Fred und ich …
noch am selben Tag, als Vater und Mutter erschossen wurden.
Wir waren dann immer zusammen … überall … die ganze
Zeit … und wir kamen auch zusammen nach Prokow.«

»Dann … wo ist er?«

»Im Spital, Flecktyphusverdacht!«

»Du hättest ihn nicht ins Spital lassen sollen!« stieß er aus.

»Vorgestern, als wir hier ankamen … wir lagerten auf der
Straße … und Fred hatte hohes Fieber … und fiel sofort auf.«

»Trotzdem … du hättest ihn nicht …«

»Ich wollte nicht ... ich wollte ihn doch nicht lassen. Aber dann ... die Polizei. Sie haben ihn mir aus den Händen gerissen. Und dann haben sie ihn hingeschleppt.«

»Das Spital ist ein Friedhof«, sagte er leise, »dort ist noch keiner gesund geworden, niemand kommt von dort wieder zurück.«

»Ich weiß«, sagte sie.

»Deine Stimme ist auf einmal so ruhig?«

»Wir werden ihn heute nacht aus dem Spital herausholen«, sagte sie plötzlich.

»Das geht nicht!«

»Ich war dort. Ich habe einen der Wächter bestochen, den, der heute Nachtdienst hat. Es ist alles abgemacht.«

»Debora?«

»Stell jetzt keine Fragen. Wir werden später alles besprechen. Vertraust du mir?«

Er nickte stumm. Wie sie sich das vorstellt, dachte er ... Fred aus dem Spital herauszuholen ... mitten in der Nacht ... das ist ja vollkommen verrückt.

Sie hängte sich in seinen Arm. Während sie nun langsam über die Straße, auf den Zaun zugingen, spürte er, wie seine Knie weich wurden; sekundenlang verschwamm wieder alles um ihn herum im Nebel, und er taumelte leicht. Er hatte das Gefühl, als wäre er auf einmal ganz allein, dann aber fühlte er den sanften Druck ihrer Hände, und er blickte sie an und sagte: »Es ist schon gut, Debora.«

Die Straße sah jetzt wie eine unwirkliche Nebellandschaft aus; das Dämmerlicht hatte seinen grauen Schleier über die Zerstörung geworfen und verbarg sie wie ein sorgsam behütetes Geheimnis. Über den Hof des Nachtasyls huschten vereinzelte

Schatten; von der Latrine drang gedämpftes Lachen auf die Straße.

»Komm in den Hof!« sagte sie.

»Später«, sagte er.

»Wir sind die einzigen, die noch auf der Straße sind!«

»Wart noch ein wenig! Es sind jetzt zu viele Leute im Hof. Es ist besser, wenn sie nicht sehen, daß ich dich mit reinnehme. Sonst gibt's nur Stunk.«

Erst jetzt fiel ihm ein, daß er sie irgendwo unterbringen mußte. Aber wo? Er selbst hatte ja keinen Schlafplatz. Wenn er wenigstens ein paar Kartoffeln gehabt hätte, um wieder mit dem Roten verhandeln zu können! Aber er hatte nichts! Und dann: Sogar wenn der Rote diesmal Kredit geben würde und Debora unter dem Küchenherd schlafen ließe … konnte er das verantworten? … Nein, dachte er, du wirst sie nicht unterm Herd schlafen lassen! Am besten, wir bleiben beide im Hausflur.

Sie gingen am Zaun entlang, erreichten sein Ende, machten kehrt und schlenderten wieder zurück.

»Wir gehen rein, wenn's dunkel ist«, sagte er.

»Ja, Ranek.« Sie streichelte seinen Arm. Sie schmiegte ihre Wange an seine Schulter.

»Bist du froh, daß du hier bist?« fragte er mit belegter Stimme.

»Wenn du wüßtest, wie wir dich gesucht haben«, sagte sie sanft, »zuerst in Berschad, wenn neue Transporte ankamen … und später … unterwegs … in jedem neuen Ort. Fred sagte jedesmal, daß es zwecklos wäre, daß wir dich nicht finden würden. Aber ich habe den Glauben nie aufgegeben.«

»Wir haben uns viel zu sagen, Debora.«

»So viel«, sagte sie.

Sie waren stehengeblieben. Debora hatte sich an den Zaun

gelehnt und wartete darauf, daß er zu erzählen anfangen würde, aber er fand wieder nicht die richtigen Worte. Sein harter Mund blieb geschlossen. Er trat nur etwas näher und schaute wieder stumm und prüfend in ihr Gesicht. Ihr dunkles Haar war glatt nach rückwärts gekämmt und hinten zu einem schlichten Knoten zusammengebunden ... so wie sie ihr Haar immer getragen hatte ... vor dem Krieg. Ihr Gesicht war völlig abgemagert. Sie war ja nie dick gewesen. Aber diese spitz hervortretenden Backenknochen und die tiefen Höhlen darunter ... die hatte sie nicht gehabt. Und doch ... je länger er sie anschaute, desto mehr verstärkte sich der Eindruck, als ob ihr Gesicht sich überhaupt nicht verändert hätte. Wie kam das nur? Und dann, auf einmal, wußte er's. Es war der innere Ausdruck ihres Gesichtes, der der gleiche geblieben war, den Krieg, Strapazen und erlittenes Unrecht nicht hatten wegwischen können.

Er erinnerte sich, wie sein Vater einmal im Scherz gesagt hatte: »Debora sieht wie eine Heilige aus.« Er hatte diese Bemerkung während des Essens gemacht und sich vor Lachen fast verschluckt. Ranek entsann sich, daß er dann noch eine Weile gekichert hatte, so wie das seine Gewohnheit war, und daß er dabei ein Stück kalten Karpfens mit seinen fetten Fingern entgrätet hatte.

»Warum starrst du mich so an?« unterbrach sie den Lauf seiner Gedanken. »Erschrickst du vor mir? Bin ich so alt geworden?«

Sie saßen auf der Treppe. Es war stockdunkel.

Sie hatten sich erzählt, was sich in den letzten Monaten zugetragen hatte. Ein jeder hatte sich kurz gefaßt, denn die Einzelheiten waren zu furchtbar, um sie ausführlich zu schildern. Wichtig war nur, daß beide nun das Wesentlichste von sich wußten.

Sie saßen jetzt eng beieinander und schwiegen. Von der Latrine kamen die letzten Leute zurück und stolperten hastig und ängstlich, als säße ihnen die Dunkelheit wie ein Kinderspuk im Nacken, die Treppe hinauf. Die Tür ging andauernd auf und zu. Dann, als endlich alle im Zimmer waren, wurde es still im Hausflur.

Später wurde die Tür noch einmal geöffnet. Es war Sigi. Sigi stellte sich oben ans Treppengeländer und pißte in den Hausflur hinunter.

Als er wieder fort war, flüsterte Ranek: »Der hat 'ne schlechte Angewohnheit. Man müßte ihm das abgewöhnen.«

»Wer ist das?«

»Sigi.«

»So«, sagte sie gleichgültig.

»Ich weiß nicht, ob er dich gesehen hat.«

»Das ist doch egal. Die anderen haben mich doch auch gesehen ... vorhin, als sie die Treppe raufkamen.«

»Ja, aber sie haben dich nicht erkannt.«

Er fragte: »Hast du nicht was zu essen?«

»Ja, eine Scheibe Brot.«

»Wir können sie jetzt essen.«

»Wir haben noch die ganze Nacht vor uns.«

»Ich glaube, wir sollten jetzt ...«

»Wenn du willst«, sagte sie.

Sie teilte das Brot mit ihm. Sie aßen schweigend.

»Wir werden um Mitternacht aufbrechen«, sagte sie plötzlich. »Ruh dich ein wenig aus. Schlaf, wenn du kannst.«

»Und du?«

»Ich bin nicht müde.«

»Du bist zu aufgeregt?«

»Ich bin nicht müde«, sagte sie wieder.

Na ja, sie will's nicht zugeben, dachte er … du kennst sie doch, so ist sie nun einmal.

»Wär's nicht besser, wenn wir hier abwarten, bis es dämmert?« fragte er vorsichtig.

»Nein. Wir können Fred nur in der Nacht abholen. Am Tag ist es zu auffällig. Und außerdem ist doch der Wärter, der uns helfen wird, nur nachts da; aber das hab' ich dir doch alles schon erklärt!«

»Ich dachte nur …« Er verbesserte sich: »Muß es gerade um Mitternacht sein?«

»Er hat gesagt: Kurz nach Mitternacht! Wird schon 'nen Grund haben.«

»Weißt du, was uns blüht, wenn wir nachts auf der Straße geschnappt werden?«

»Wir werden eben aufpassen.«

»Wenn man uns schnappt, sind wir erledigt.«

»Ich weiß.«

»Hast du denn keine Angst?«

»Ja und nein.«

»Was meinst du?«

»Daß die Angst vergeht, wenn ich dran denke, worum es geht.«

»Ja, ich versteh' schon. Aber lohnt es sich denn?«

»Ranek! Wie kannst du nur so etwas fragen? Es geht doch um deinen Bruder!«

Und um deinen Mann, dachte er.

»Es geht um deinen Bruder«, wiederholte sie tonlos.

»Verzeih«, sagte er beschämt. Plötzlich mußte er an Seidel denken. Der hatte seinen eigenen Bruder verhungern lassen!

Was hätte Seidel wohl jetzt an seiner Stelle getan? Der Gedanke belustigte ihn ... und er konnte es nicht verhindern, daß er auf einmal heiser auflachte.

»Woran hast du gedacht?«

»Ach, gar nichts!«

Sie griff nach seiner Hand und streichelte sie. »Du darfst nicht zweifeln, Ranek. Fred hat dich lieb. Er hätte dasselbe für dich getan.«

Er bettete seinen Kopf auf ihren Schoß und schob den Hut über die Augen. Jedoch, er konnte nicht einschlafen. Debora war also dabeigewesen, als Vater und Mutter erschossen wurden. Sie hatte alles gesehen. Es war vor ihren Augen geschehen.

Er versuchte sich die Szene vorzustellen, die sie ihm nicht erzählt, sondern nur angedeutet hatte. Aber er konnte es nicht. Er sah nur den Kanal. Immer wieder nur den Kanal. Er sah das schmutzige, von Fliegen und Mücken umschwärmte, träge Wasser, und er hörte es leise hinter der Bäckerei vorbeirauschen.

Nach einer Weile vernahm er Deboras sanfte Stimme: »Du bist auch zu aufgeregt, nicht wahr?«

»Ich bin nicht müde«, lächelte er, »so wie du ... nicht müde.«

»Hast du an ihn gedacht?«

»An Fred?« Sie nickte.

»Ja«, log er. Er packte plötzlich ihren Arm, weil ihm etwas eingefallen war. »Du hast mir vorhin erzählt, daß du den Wärter bestochen hast, aber du hast mir nicht gesagt ... womit.«

»Ich gab ihm Geld.«

»Viel?«

»Nicht viel.«

»Du hast ihm alles gegeben, was du gehabt hast?«

»Es war nicht viel«, sagte sie wieder. Sie fügte hinzu: »Aber Fred hat noch etwas Geld. Ich hab's ihm in die Hosen eingenäht ... vor einiger Zeit ... auf dem Weg nach Obodowka.«

»Das war klug.«

»Ich hab's gut eingenäht. Niemand wird es bei ihm finden.«

Sie verfielen wieder in Stillschweigen.

Er setzte sich eine Zeitlang aufrecht hin, weil sein Rücken von der ausgetretenen und verbeulten Stiege schmerzte ... dann, als der Schmerz nachließ, legte er sich zurück und bettete wieder den Kopf auf ihren Schoß. Er spürte wieder das warme Fleisch ihrer Schenkel; er spürte es durch das dünne Kleid, und dieser wunderbare menschliche Wärmestrom, dem er vorhin, in der Verwirrung seiner Gedanken, keine Beachtung geschenkt hatte, beruhigte ihn jetzt und stimmte ihn dankbar und friedlich.

Er hatte das Gefühl, als ruhten ihre Augen auf seinem Gesicht, aber es war zu dunkel, um das festzustellen ... vielleicht blickte sie auch bloß auf die schwarze Treppe ... oder sie starrte hinaus in die Nacht?

5

Während sie durch das finstere Getto gingen, schlug in der Ferne eine Turmuhr. Es war jetzt Mitternacht. Die Uhr verstummte wieder; in ihren Ohren aber hallten die Klänge noch lange nach, und es kam ihnen vor, als schwebten sie geheimnisvoll über dem toten Gelände, dem schwarzen Fluß und den menschenleeren Straßen.

»Das kommt aus dem anderen Stadtteil«, sagte er, »dort, wo wir nicht hindürfen.« Er fügte leise hinzu: »Schade, daß es so was nicht hier bei uns gibt ... ich meine ... eine Turmuhr.«

»Hier sind nicht mal richtige Häuser da«, sagte sie, »und du wünschst dir eine Turmuhr.«

»Wenn ich die Zeit schlagen höre, dann weiß ich, daß ich noch lebe.«

»Wir hören sie doch schlagen!«

»Nicht immer ... bloß jetzt ... weil es so still ist.«

»Es ist still«, sagte sie, »es ist sehr still.«

»Heute morgen hab' ich Kirchenglocken gehört«, flüsterte er. »Sie läuten immer am Sonntag. Sie sind lauter. Man hört sie bis ins Nachtasyl.«

»Auch ... aus dem anderen Stadtteil?«

»Nein«, sagte er. »Dort stehen keine Kirchen mehr.«

»Wo haben die Glocken geläutet?«

»Auf der anderen Seite des Dnjestr.«

»Was ist dort drüben ... eine Stadt oder ein Dorf?«

»Ein Dorf«, sagte er. »Man kann es nicht sehen. Es liegt versteckt hinter den Hügeln.«

Sie wollte gerade fragen: Wie heißt das Dorf?, als Ranek plötzlich stehenblieb. »Jemand kommt!« flüsterte er. In seine Gestalt kam wieder Leben. Er griff nach ihrem Arm und zog sie stolpernd quer über den dunklen Fahrweg, bis zum Straßengraben. »Da rein!« zischte er. Sie kletterten in den Graben und legten sich flach hin, so daß sie nicht gesehen werden konnten.

Schritte näherten sich ... Stimmen wurden laut. Ein paar Männer kamen die Straße entlang. Als sie vorbei waren, stand Ranek mit schlotternden Knien auf. »Daß man immer gleich so 'ne Angst kriegt«, stotterte er. Er half ihr aus dem Graben heraus. »Verdammte Dreckkerle!«

»Die Hauptsache, daß sie uns nicht gesehen haben.«

»Ja.«

»Sie haben rumänisch gesprochen.«

»Es waren keine Rumänen.«

»Was denn?«

»Jüdische Polizei. Die reden im Dienst immer rumänisch.«

»In der Nacht«, sagte sie.

»Komm jetzt!« sagte er.

»Glaubst du, daß wieder was los ist?«

»Was weiß ich. Komm jetzt! Wir müssen uns beeilen!«

Sie gingen jetzt dicht am Straßengraben entlang, darauf gefaßt, bei jedem verdächtigen Geräusch wieder hineinzuspringen. Aber es kam ihnen niemand entgegen.

»Bist du auch sicher, daß keine Wache vor dem Spital ist?«

»Er hat gesagt, daß keine da ist.«

»Wer paßt denn auf?«

»Die Polizei kommt ab und zu vorbei.«

»Und sonst?«

»… sind nur die Wärter da. Sie sind verantwortlich.«

»Das sieht den Rumänen ähnlich.«

»Es ist doch nur ein Zivilspital.«

»Natürlich«, grinste er.

»Weißt du, was der Wärter gesagt hat?«

»Wie soll ich das wissen?«

»Er hat gesagt: Es läuft ja doch niemand davon.«

Sie hatten es nicht mehr weit. Nach einer kurzen Weile kamen sie in eine Gasse, die steil bergan lief und auf deren Gipfel das Spital lag. Auch diese Gasse hatte keinen Namen.

Sie keuchten die Anhöhe hinauf. Es war inzwischen heller geworden; die Wolken am Himmel hatten sich geteilt, und der Mond übergoß die schmale Gasse mit seinem milden Licht. Um das Spital zog sich eine niedrige Mauer, die mit bunten Glas-scherben besprenkelt war. Am Tor hing eine Holztafel, auf der mit weißer Kreide geschrieben stand: Jüdisches Spital.

Sie warteten einige Minuten auf der einsamen Gasse vor dem Tor und lauschten angestrengt, ob sich drinnen im Hof Schritte näherten. Als es aber still blieb und niemand kam, steckte Debora vorsichtig ihre Hand zwischen die Torspalte, bis ihre Finger den inneren Riegel erreichten; sie schob ihn zurück und stieß das Tor auf. »Komm!« flüsterte sie.

Sie traten durch das Tor und schlossen es wieder.

Ranek blickte sich ängstlich um: ein langer, mit Schotter bestreuter Hof, der von unzähligen Radspuren durchfurcht war; am Ende zwei niedrige, schuppenähnliche Gebäude, durch deren abgedunkelte Fenster ein schwaches, bläuliches Licht heraus-drang. Längsseits der Hofmauer lagen aufgerissene Matratzen herum, Teile von Eisenbetten, Rollen Stacheldraht und ein umgekippter Schubkarren. Er bemerkte noch, daß das eiserne Hoftor von innen weiß gekachelt war, eine Farbe, die jetzt im Mondschein wie Quecksilber leuchtete, und daß seitwärts, im Mauerwinkel, nur ein paar Schritte vom Hoftor entfernt, ein Holunderbusch blühte, wie ein Stück verirrte Natur.

»Er hat gesagt, daß wir hinter dem Busch warten sollen.«

»Glaubst du, daß er kommt?«

»Ja, er kommt bestimmt.«

»Und wenn das nur eine Falle ist?«

»Hab keine Angst; es ist keine Falle.«

Sie traten hinter den Busch. Sie standen eng aneinandergelehnt, mit dem Rücken gegen die Mauer.

»Hab' keine Angst«, sagte sie wieder.

»Ja« sagte er, obwohl er fühlte, daß seine Glieder vor Furcht steif geworden waren. Du könntest jetzt keinen Schritt gehen, dachte er ... aber das braucht sie nicht zu wissen.

»Hast du die beiden Schuppen gesehen?«

»Natürlich«, sagte er.

»Das ist das Spital.«

»Ja, so was nennen die Spital.«

Sie stieß ihn plötzlich leicht an. »Da! Siehst du, das ist er.«

»Der Wärter?«

»Ja.«

Ein einzelner Mann war aus dem größeren der beiden Schuppen getreten und ging jetzt langsam über den Hof, auf den zweiten zu. Er trug einen Wassereimer in der einen Hand, den er beim Gehen hin und her schwenkte; in der anderen hielt er einen langen Besen oder einen Stock; man konnte das von hier aus nicht genau erkennen. Die Tür des großen Schuppens war offengeblieben, und von dort kam ein widerlicher Gestank zu ihnen herübergeweht.

Als der Wärter wieder verschwunden war, sagte sie: »In dem großen Schuppen liegen die Toten.«

»Das hab' ich längst gerochen.«

»Ausgerechnet in dem großen.«

»Die Toten haben eben mehr Recht als die Lebenden«, sagte er bitter, »oder ist dir das neu?«

»Nein«, sagte sie.

»Man hat immer mehr Nachsicht mit ihnen; sie dürfen sogar nachts auf der Straße schlafen, ohne dafür bestraft zu werden ... nur wir dürfen's nicht.«

»Wenn man dir zuhört, glaubt man fast, daß du sie beneidest.«

Er nickte und fingerte nachdenklich an seinem Hut herum.

Dann sagte er leise: »Wir beneiden die Toten ... und doch, wenn es dazu kommt, will niemand sterben. Warum hängen wir so sehr am Leben?«

»Weil wir die Hoffnung noch nicht aufgegeben haben.«

»Wir haben sie aufgegeben, Debora!«

»Nein, Ranek. Sonst würden wir nicht so verzweifelt um unser nacktes Dasein kämpfen. Wer noch kämpft, der hofft noch.«

»Vielleicht ist es so, wie du sagst. Aber sogar wenn es so ist, dann sicher nur, weil wir uns selbst belügen.«

»Nein, Ranek. Wir müssen nur abwarten und Geduld haben. Es wird alles wieder gut werden. Auch für uns.«

Sie hob jetzt ihr Gesicht zu ihm auf, und er sah, wie bleich es war. Nur die Augen darin leuchteten. Er blickte sie wieder sehr lange an. Sie hat keine Angst, dachte er kopfschüttelnd; sie ist ruhig und voller Zuversicht. Er spürte, daß die Sicherheit, die von ihrem schmächtigen Körper ausging, wieder auf ihn einzuwirken begann, und seine Angst verebbte allmählich.

Der Busch verdeckt uns vollkommen, dachte er beruhigt. Sogar wenn die Polizei inzwischen ankommt, wird man uns kaum sehen können. Und dann: Der Wärter wird uns sicher bald rufen. Hat wahrscheinlich noch zu tun.

»Debora ... ich wollte dich schon vorhin etwas fragen«, flüsterte er, »es geht mir nämlich die ganze Zeit im Kopf rum ... ich kann's einfach nicht begreifen.«

»Frag ruhig«, sagte sie sanft, »du weißt, daß ich vor dir keine Geheimnisse habe.«

»Wie konnte Fred, in seinem Zustand, den weiten Weg von Berschad bis hierher zurücklegen? Ich weiß ... ihr seid doch zu Fuß gegangen!«

»Als wir aufbrachen, war er noch gesund. Unterwegs haben

wir in Scheunen und Ställen geschlafen, zusammen mit anderen Flüchtlingen ... und dort ... dort hat er sich angesteckt.«

»Also ... erst unterwegs?«

»Ja, Ranek.«

»Und was war dann?«

»Er bekam hohes Fieber. Er ging noch ein Stück. Dann ist er zusammengebrochen.«

»Kurz vor dem Ziel?«

»Es war nicht mehr weit nach Prokow.«

»Aber die letzte Strecke ... nachdem er schlappmachte; wie konnte er ...? Ihr seid also doch gefahren?«

»Nein. Womit denn? Wir hielten uns abseits von der Straße. Im Wald. Dort gab es keine Fahrzeuge.«

»Du willst mir doch nicht weismachen, daß er sich wieder aufgerappelt hat und weitergegangen ist?«

Er merkte, daß sie plötzlich zögerte, aber er ließ sich nun nicht beirren und fragte wieder beharrlich: »Die letzte Strecke?«

»Ich habe ihn getragen.«

»Dazu bist du viel zu schwach.«

»Fred wiegt nicht mehr viel«, sagte sie tonlos.

»Trotzdem. Du kannst ihn keine drei Schritte tragen.«

Wieder zögerte sie mit der Antwort. Sie spricht nicht gern darüber, dachte er, laß sie in Ruhe. Er zerkaute etwas schleimigen Speichel und zerrieb ihn mit der Zunge an seinem trockenen Gaumen, dabei schaute er sie weiter unverwandt an. Er wußte selbst nicht, warum er plötzlich Lust hatte, ihr etwas Häßliches zu sagen.

»An deiner Stelle hätt' ich ihn einfach am Wegrand liegengelassen.« Er grinste höhnisch. »Das hätte nämlich jeder normale Mensch gemacht.«

»Warum, Ranek?«

»Weil es in solch einer Situation das einzig Vernünftige ist, was einem zu tun übrigbleibt.«

»Das ist keine Erklärung.«

»Nun gut. Man macht sich doch Gedanken? Ich, zum Beispiel, hätte mir gesagt: Das ist unmöglich. Das geht über deine Kraft! Du kannst es mit ihm nicht schaffen; selbst dann nicht, wenn du versuchst, ihn auf den Rücken zu nehmen und huckepack zu tragen. Also, laß ihn liegen! Ist doch klar? Man überlegt doch?«

»Ich hatte solche Angst um ihn, daß ich gar nicht zum Überlegen kam«, sagte sie. »Als er umfiel, da hab' ich ihn einfach aufgehoben und bin mit ihm weitergegangen.«

»Einfach mit ihm weitergegangen«, murmelte er verständnislos. Er versuchte sich vorzustellen, wie sie ihn getragen hatte, und er sah vor seinem inneren Auge, wie oft sie gestolpert und zusammengebrochen und wieder aufgestanden war und wie sie ihn mit letzter Kraft geschleppt hatte ... bis nach Prokow. Es ist kaum vorstellbar, dachte er, aber du weißt, daß sie nicht lügt. Wenn sie's sagt, dann ist es so gewesen.

»Wie hast du das nur fertiggebracht?«

»Ich habe gebetet«, kam es jetzt leise über ihre Lippen.

»Während du ihn getragen hast?«

»Ja ... die ganze Zeit ... gebetet. Die ersten paar Schritte waren schwer, und ich konnte kaum auf den Füßen stehen ... aber dann, als ich zu beten anfing, wurde es leichter und immer leichter. Es war auf einmal so leicht, Ranek, und ich hätte ihn noch sehr weit tragen können ... sehr weit. Gott hat mich erhört.«

»Ich weiß nicht, ob er dich erhört hat«, sagte Ranek lächelnd, »aber eines weiß ich: du hast ihn erlebt. Das ist schon sehr viel,

Debora ... weißt du ... wenn man Gott erleben kann ... wer das noch kann.«

Er schaute jetzt verstohlen in die Richtung der beiden Schuppen, aber von dem Wärter war noch immer nichts zu sehen. Sein unruhiger Blick schweifte dann zurück zum Tor ... zur Straße. Auch dort rührte sich nichts.

Er fing auf einmal zu lachen an, sein heiseres, freudloses Lachen, das wie ein Röcheln tief aus der Brust kam. »Du hast dich nicht geändert«, sagte er, »ich hab's mir ja gedacht.«

Er trat tiefer in den Busch hinein, die Zweige schoben seinen Hut nach hinten, ins Genick, wie menschliche Hände, die seine Gewohnheit kannten. Er stand ein paar Minuten halb geduckt und starrte auf den schweigenden Hof, und er dachte: Du kannst es ihr ruhig erzählen, du kannst es ihr erzählen ... es ist doch weiter nichts dabei. Langsam drehte er sich wieder um und trat zu ihr zurück an die Mauer. »Vor einiger Zeit hab' ich von dir geträumt«, sagte er mit schwachem Grinsen, »das kommt nämlich manchmal vor, weißt du ... daß ich noch träume ...«

»Nur von mir?« fragte sie.

»Ja, nur von dir. Nicht von den anderen. Du hast am Klavier gesessen. Du spieltest. Es war Sabbat. Du sagtest zu mir: Es gibt keinen Sabbat mehr ... und kein Gesetz; er ist doch damals gestorben ... Ich fragte: Wer? Du sagtest: Gott.« Er unterbrach sich. Dann fuhr er leise fort: »Das kannst du aber nicht gesagt haben; es muß ein Irrtum gewesen sein.«

Sie schwieg. Und sie wußte nicht, ob er sich über sie lustig machte oder ob es ihm bitterer Ernst war.

»Nein, das kannst du nicht gesagt haben«, murmelte er. »Sonst hättest du Gott nicht erlebt. Gott kann man nur erleben, wenn man nicht an ihm zweifelt.«

Sie sah, daß sein Gesicht sich wieder höhnisch verzerrte. Er schöpfte tief Atem, als befürchte er einen Erstickungsanfall und müßte seine Lungen mit soviel Luft wie möglich vollpumpen. Dann preßte er zwischen seinen aufgesprungenen Lippen hervor: »Menschen wie du geben nicht auf. Sie glauben selbst dann noch, wenn sie Dreck und Sägespäne fressen.«

»Wozu sagst du mir das alles?«

»Gott wird immer für dich dasein«, sagte er bitter, »nur für einen wie mich ist er tot und begraben.«

»Hör auf mit dem Gerede«, sagte sie mit zitternder Stimme.

Sie hörten wieder die Turmuhr im anderen Stadtteil schlagen; ein einzelner, dünner Ton zerflatterte in der Luft, eine halbe Stunde anzeigend, die in die Ewigkeit eingegangen war. Plötzlich fuhren sie herum. Knirschende Schritte auf dem Schotter. »Endlich«, flüsterte Debora. Der Wärter kam direkt auf den Busch zu. Er war ein blonder Ukrainer mit einem massigen Kopf und breitem Stiernacken. »Kommen Sie jetzt!« rief er mit gedämpfter Stimme auf ukrainisch. Sie traten hinter den Zweigen hervor. Ein Glück, daß man die verdammte Sprache erlernt hat, dachte Ranek. »Können wir ihn gleich mitnehmen?« fragte Debora, ebenfalls auf ukrainisch.

»Ja … gleich.« Er zeigte auf Ranek.

»Der ist in Ordnung«, sagte Debora schnell, »er wird mir helfen.«

Der Mann nickte gleichmütig. Dann machte er kehrt. Er ging voran, und sie folgten ihm dicht auf den Fersen.

Der Mann führte sie in die Totenkammer. Als sie eintraten, verschlug ihnen der Gestank fast den Atem. Von der Decke baumelte ein langer Strick herunter, an dem eine kleine Öllampe hing. Auf dem Fußboden häuften sich Berge von Leichen:

Männer, Frauen und Kinder, ein Durcheinander nackter Leiber und wirrer Haare.

»Man hat Ihren Mann irrtümlicherweise in die Totenkammer gelegt«, wandte sich der Wärter erklärend an Debora. »War nicht meine Schuld. Passierte gegen Abend, ehe ich den Dienst antrat.«

Der Mann bückte sich schwerfällig, ergriff einen an der Türschwelle stehenden Eimer, der mit Sand gefüllt war, und begann seinen Inhalt über den blutverschmierten Fußboden zu verstreuen. Als er den Eimer geleert hatte, wischte er seine Hände an der langen Schürze ab und wandte sich ihnen wieder zu: »Eine Sauarbeit. Muß die Kerle alle allein schleppen. Solange sie noch krächzen, ist's halb so schlimm, aber nachher, wenn die Kerle stocksteif sind, wiegen sie immer mehr. Ich sage Ihnen, das ist eine verdammte …«

Ranek und Debora hörten gar nicht mehr auf seine Worte. Sie standen vor dem Totenhaufen. Sie suchten und suchten, aber sie konnten Fred nicht finden.

Dann kam ihnen der Wärter zu Hilfe und zerrte Fred aus dem Totenhaufen hervor. Er war bewußtlos. Ranek erkannte ihn nicht, obwohl er wußte, daß das Skelett, das da vor ihm auf dem Fußboden lag, sein Bruder war. Er wußte es, weil der Wärter, nachdem er Fred einige Male hin und her gedreht hatte, zu ihnen sagte: Das ist er!, und weil Debora zu schluchzen anfing und neben dem Skelett niederkniete.

Ranek stand hinter Debora und starrte gebannt in das fremde Gesicht, das sie in ihren Händen hielt und streichelte. Er empfand keinen Schmerz. Nur eine große Verwunderung war's, die ganz von ihm Besitz ergriffen hatte, und er fragte sich, ob das völlig entstellte, zusammengeschrumpfte Gesicht in ihren Händen wirklich dasselbe war, von dem die Leute immer behauptet hatten, daß es ihm ähnlich sah.

Jetzt erhob sie sich. Sie sagte zu ihm: »Komm! Pack an! Wir müssen weg von hier!«

»Ich trage das schwerere Ende«, sagte er, »du nimmst seine Beine, das ist leichter für dich.«

Sie hoben den Bewußtlosen mit einem Ruck hoch und taumelten mit ihm keuchend ins Freie. Als sie ungefähr in der Mitte des Hofes angelangt waren, verließen Ranek die Kräfte; ihm war, als würden dicke Stränge seine Arme nach unten ziehen, seine Knie gaben nach, und vor seinen Augen stoben glühende Funken.

»Absetzen!« stöhnte er.

»Ja ... aber paß auf!«

Sie legten ihn vorsichtig auf die Erde.

»Ich hatte ihn schlecht angepackt«, sagte er.

»Du mußt dich umdrehen«, sagte sie, »greif ihm unter die Arme; wir können dann beide seitwärts gehen.«

»Gut. Laß mich bloß ein bißchen verschnaufen.«

Inzwischen war Fred aufgewacht. Er schlug die Augen auf und blinzelte erschrocken. Er sah eine lange Mauer, die sich gespenstisch aus der mondhellen Nacht heraushob, er sah den weiten Himmel über sich und flimmernde Sterne, und dann bemerkte er zwei dunkle Gestalten, die sich über ihn beugten. Er wollte schreien, aber die Angst verschloß ihm den Mund. Jetzt kamen schwere Schritte herangestolpert. Eine tiefe Männerstimme sagte auf ukrainisch: »Sie können ihn hier nicht liegen lassen. Er muß weg von hier, ehe die Polizei kommt.«

Eine Frauenstimme antwortete: »Ja ... wir gehen schon weiter.« Er wollte den Kopf heben, weil er plötzlich glaubte, die

Stimme der Frau erkannt zu haben, aber sein Kopf war seltsam schwer, und je mehr er sich Mühe gab, ihn etwas zu bewegen, um so schwerer wurde er. Er fühlte noch, wie er hochgehoben wurde ... und verlor wieder das Bewußtsein.

In einiger Entfernung vom Spital machten sie halt und legten den Bewußtlosen hinter einen Schutthaufen am Straßenrand.

»Wir werden hier das Ende der Nacht abwarten«, sagte Ranek.

Die Nacht war nicht mehr lang. Bald wurde der Himmel blasser, und die Sterne verschwanden nach und nach, als griffe eine unsichtbare Faust nach ihnen. Als es tagte, brachen sie auf. Sie hatten Glück und begegneten einem Mann mit einem Leiterwagen, der Fred ein Stück Wegs mitnahm, ohne Geld dafür zu verlangen. Nachher mußten sie ihn wieder tragen.

Sie brauchten fast den halben Vormittag, bis sie endlich im Nachtasyl anlangten.

Natürlich war gar nicht daran zu denken, Fred im Zimmer unterzubringen. Er war krank und mußte deshalb abseits von den anderen liegen. Daran war nichts zu ändern.

Ranek verstaute seinen Bruder fachmännisch in dem Hohlraum unter der Treppe ... ebenso wie er es mit Levi gemacht hatte. Er holte auch diesmal wieder einige Zaunlatten und deckte Fred damit zu ... es war nur eine Probe, das mit den Latten ... er wollte bloß sehen, ob man Fred, im Fall einer Razzia, unauffällig verstecken konnte.

Fred war nicht größer als Levi, auch seine Beine waren nicht länger, und sogar die Breite seines Schädels entsprach ungefähr der seines Vorgängers.

Debora hinderte Ranek nicht, weil sie sich sagte: Er weiß

schon, was er tut. Obwohl es ihr weh tat, mit ansehen zu müssen, was Ranek alles mit dem Kranken anstellte, wie er ihn hin und her schob, als wäre er kein Mensch, sondern nur ein Gegenstand … wie er ihn in das dunkle Loch hineinstopfte, mit dem Kopf gegen die feuchte, bröcklige Mauer, dann das Holz anhäufte, um es gleich wieder zu entfernen … wie Ranek ihn zerrte und mit den Füßen schob.

Als Ranek sich überzeugt hatte, daß der Hohlraum – oder »das Loch«, wie die Leute die Stelle nannten – für Fred »wie geschaffen« war, schleifte er die Latten wieder zum Zaun zurück und lehnte sie provisorisch in die beim Herausreißen entstandenen Lücken.

»Eigentlich nur ein Versteck für die Nacht«, sagte er zu Debora, »trotzdem habe ich beschlossen, daß er auch am Tag unter der Treppe liegen soll.«

»Warum, Ranek?«

»Damit man nicht auf ihm rumtritt.«

Mittlerweile hatten sich einige Leute vor der Treppe versammelt. Ihre Gesichter waren verschlossen und boshaft. Ranek redete mit ihnen und überzeugte sie schließlich, daß die beiden Neuen nicht die Absicht hätten, irgend jemanden aus dem Zimmer zu verdrängen, und er machte ihnen klar, daß nicht nur sein Bruder, sondern auch Debora im Hausflur bleiben würde, um bei dem Kranken zu wachen.

»Und wenn Ihr Bruder krepiert?« fragte einer der Leute, »dann wird doch die Wache nicht mehr nötig sein, und dann wird Ihre Schwägerin sicher rauf ins Zimmer wollen?«

»Klar. Aber sie wird ihre Reihe abwarten«, sagte Ranek. »Sie wird erst raufkommen, wenn wieder ein Platz frei wird.«

Als Sigi in den Hausflur trat und an die Treppe herankam,

blickte er Fred lange und nachdenklich an. Sigi wußte längst, was los war. Er wandte sich dann an Debora, und das einzige, was er zu ihr sagte, war: »Wenn ich nachts in den Flur pisse, wird Ihr Mann naß werden. Das wird ihm sicher keinen Spaß machen.«

Später gesellte sich der Rote zu der Gruppe und spuckte Fred ins Gesicht. Er war der einzige, der sich das erlaubte. Debora sagte nichts. Sie wischte den Schleim schweigend von Freds Gesicht ab.

Die Leute blieben nicht lange. Ihre Neugierde glich dem Schwefelkopf eines Streichholzes, das rasch zündete und schnell wieder erlosch. Die meisten von ihnen hatten bloß eine Weile Freds Hand- und Beingelenke betrachtet und diese kritisch mit denen Deboras verglichen … und dann waren sie wieder fortgegangen.

6

Ranek tauschte den Schnaps noch am selben Tag bei einem ukrainischen Bauern für Maismehl ein: ein kleiner Sack von einem Pud; das waren umgerechnet etwas über 16 Kilo. Debora hatte Freds Hosennaht aufgetrennt, das Geld herausgenommen und es ihm ausgehändigt; dafür erstand er im Schleichhandel ein paar Eier, zwei Flaschen Milch … und einen leeren Sack als Zugabe. Der Sack war für Fred bestimmt. Sie hatte es sich nun einmal in den Kopf gesetzt, Fred ein weiches Lager zu bereiten, und er hatte ihr diese Bitte nicht abschlagen wollen.

Bevor er zur Stadt gegangen war, hatte er sich noch einmal neben das Lager seines Bruders hingehockt. Er hatte ihn kopfschüttelnd betrachtet und war dann zu dem Schluß gekommen, daß es besser für ihn sei, wenn er nicht mehr lange litt. Fred würde unter der Treppe sterben ... so wie Levi. Man durfte das nicht zu tragisch nehmen. Ein schmerzliches, aber unvermeidliches Ereignis war besser, wenn es früher eintrat als später; man mußte sich eben nur an den Gedanken gewöhnen und sich mit ihm abfinden.

Jetzt – auf dem Nachhauseweg vom Basar – beschäftigten sich seine Gedanken wieder mit seinem Bruder. Er wußte, daß Fred einen Goldzahn im Mund hatte. Wenn's soweit mit ihm ist, dachte er, dann wirst du ihm den Zahn herausziehen und dafür neues Maismehl einkaufen. Die nächsten Wochen würde man also sorgenlos leben können ... und nachher würde man schon weitersehen.

Als er mit seinen Einkäufen im Umkreis des Nachtasyls angelangt war, blieb er ein paar Minuten stehen, um die eine Milchflasche auszutrinken. Er warf die leere Flasche dann weg ... und dachte ein wenig beschämt: Das braucht sie nicht zu wissen.

Zu Hause sagte er zu ihr: »Hier, ein Pud Mehl. Hab' ich für den Schnaps gekriegt.«

Ihr Gesicht glühte vor Freude. »Das hast du gut gemacht, Ranek.«

Sie wickelte dann den zweiten Sack auf, der für Fred bestimmt war und in dem die anderen Lebensmittel verstaut waren.

»Ist das ... von Freds Geld?«

»Ja.«

»Ich dachte, daß es für mehr ausreichen würde«, sagte sie ein wenig enttäuscht, »vor allem für mehr Milch.«

»Milch ist verdammt teuer«, sagte er ausweichend.

»Ja, ich weiß. Sei nicht bös. Ich dachte nur, daß ... weil wir doch mehr Milch für Fred brauchen.«

»Er wird sich eben mit einer Flasche begnügen.«

»Er muß wieder zu Kräften kommen, Ranek.«

»Wird schon werden.«

»Wir rühren die Milch nicht an, nicht wahr?«

»Schon gut ... die Milch ist nur für ihn.«

»Das ist lieb von dir«, sagte sie dankbar.

Er nickte kurz, warf sich den Sack mit dem Maismehl über den Rücken und stampfte die Treppe hinauf. Oben band er den Sack ans Treppengeländer fest.

Sie war ihm nachgegangen. »Hier draußen?« fragte sie.

»Ja, der Sack bleibt hier. Du wohnst ja jetzt im Hausflur und kannst drauf aufpassen. Und wenn du kochst, dann laß die Tür offen. Du mußt den Sack immer im Auge behalten!«

Er ließ sie stehen und ging hinaus in den Hof. Als sie ihm nach einiger Zeit auch dorthin folgte, sah sie ihn zwischen den Gerümpelhaufen stehen. Er hielt ein paar große Blechkannen in den Händen. »Hier ist etwas Geschirr«, sagte er, »einstweilen wird es genügen; später schaffen wir mehr an.«

»Gut«, sagte sie.

»Hast du Fred den Sack untergebettet?«

Sie nickte.

»Das ist besser als auf der harten Erde, nicht wahr?«

»Das ist besser.«

Er zeigte ihr jetzt den rostigen Hammer. »Den hab' ich vor einigen Wochen entdeckt, auch hier im Gerümpel ... das war noch, bevor sie mich geschnappt haben ... Den kannst du zum Holzhacken benützen.«

»Den Hammer?«

»Ja, weil wir keine Hacke haben. Für dünnere Latten ist er gut genug.«

Sie nahm den Hammer. Sie sah, daß er grinste. »Mit dem spitzen Ende«, sagte er.

»Ich weiß.«

»Ich bring' dir ein paar Latten«, sagte er. »Die kannst du zerhacken. Wenn du fertig bist, laß den Hammer hier im Hof.« Er deutete auf die Stelle im Gerümpel, wo er ihn gefunden hatte. »Leg ihn dorthin zurück, dann wissen wir immer, wo wir ihn finden; im Zimmer kommt er nur weg.«

Bald machte sie sich an die Arbeit. Sie kratzte den Rost vom Geschirr ab und wusch es aus; dann spaltete sie Holz ... und als sie mit allem fertig war, ging sie nach oben, machte Feuer im Herd und setzte Wasser für den Maisbrei auf.

Während sie kochte, blieb Ranek in der Nähe des Herdes. Anfangs hatte er gefürchtet, daß man sie aus dem Zimmer jagen würde; da aber nichts dergleichen geschehen war, beruhigte er sich wieder: Die Leute hatten also nichts dagegen, daß sie den Herd benützte; das war immerhin schon ein Schritt vorwärts. Traute man ihr? Glaubten die Leute wirklich, daß sie keine Absicht hatte, jemanden von seinem Platz zu verdrängen? Oder hatten sie schon vergessen, wer sie war?

Er bemerkte, daß viele Augen auf den Herd gerichtet waren ... aber das bedeutete nichts ... das war ja immer so, das galt nicht ihr, das galt dem Kochtopf. Auch Sigi schaute fasziniert herüber. Er saß auf der Pritsche und bewegte seine Beine unruhig im Takt.

Sie schüttete jetzt ein zweites Mal Mehl ins kochende Wasser. Sie rührte emsig mit dem Holzspan. Ihre Bewegungen sind ganz anders als Saras, dachte er ... viel weicher, viel liebevoller; sie erinnert einen so sehr an Mutter. Als der Brei fertig war, leerte sie ihn auf ein Brett und schnitt die kompakte Masse mit einem

Faden in fünf Teile. Auch Mutter hatte es immer so gemacht.

»Wir sind nur drei«, sagte er jetzt lächelnd. »Warum hast du fünf Teile draus gemacht?«

»Ich weiß nicht«, sagte sie leise.

»Na ja, macht nichts.«

»Wir werden die beiden anderen Portionen später essen.«

»Eine davon gehört dem Roten.«

»Wer ist das?«

»Der, der Fred vorhin ins Gesicht gespuckt hat.«

»Warum willst du …?«

»Weil ich heut nacht mit ihm schlafe. Er kriegt dafür bezahlt.«

»Dann gib's ihm jetzt«, sagte sie, »sonst bleibt vielleicht nichts zurück.«

Er nickte. Er kratzte die Portion vom Brett herunter und warf sie unter den Herd und schaute zu, wie der Rote sie aus dem Dreck auflas und schmatzend verzehrte.

Sie nahmen ihre Mahlzeit draußen auf der Treppe ein.

»Du erzähltest mir vorhin, daß hier ein Arzt wohnt.«

»Doktor Hofer«, sagte er mit vollem Mund. »Er ist jetzt in der Stadt. Wenn er zurückkommt, dann wird er Fred untersuchen.«

»Müssen wir dafür bezahlen?«

»Von mir nimmt er kein Geld.«

»Glaubst du, daß er ihm helfen kann?«

»Nein«, sagte er hart.

»Man sieht noch keine Flecken auf seinem Körper«, sagte sie zögernd. »Es ist ja nur Flecktyphusverdacht.«

»Red' dir nichts ein. Er hat Flecktyphus. Diagnose hin, Diagnose her. Ich leb' schon zu lange hier, und ich hab' schon zu viel von solchen Fällen gesehen, um mir noch was vorzumachen. Ich weiß, wen's erwischt hat. Die Flecken werden dieser Tage sichtbar werden; verlaß dich drauf.«

»Was sollen wir machen, Ranek?«

»Man muß den Dingen ihren Lauf lassen«, sagte er, und dabei dachte er an Levis ängstliche Worte, damals im nächtlichen Hausflur ... Vielleicht übersteh' ich die Krise?

»Vielleicht übersteht er die Krise«, sagte er jetzt zu ihr.

»Mit Gottes Hilfe«, sagte sie inbrünstig.

Später, als Debora hinuntergegangen war, um den Kranken zu füttern, ging Ranek zurück ins Zimmer und hockte sich neben Sigi auf die Pritsche.

»Hast sie endlich allein gelassen?« grinste Sigi.

»Sie ist jetzt unten; sie gibt meinem Bruder zu essen.«

»Ist doch schade um jeden Bissen; dein Bruder krepiert sowieso.«

»Das weiß ich.«

»Du läßt ihr also freie Hand?«

»Sie will ihn pflegen. Sie glaubt, daß sie ihn durchbringt. Das ist ihre Sache.«

Sigi grinste noch breiter. »Wie heißt sie eigentlich?«

»Debora.«

»Sie sieht 'n bißchen komisch aus.«

Ranek nickte. Er sagte langsam: »Sie hat das Gesicht einer Heiligen.«

Sigi schnippte mit den dünnen Fingern und zwinkerte belustigt mit den blassen Augen. »Hast sie vorhin am Herd so komisch angestarrt. Wartest wohl nur drauf, daß dein Bruder krepiert, damit du mit ihr ins Bett kannst?«

»Arschloch«, sagte Ranek ärgerlich, »du verdammtes Arschloch.«

»Komischer Ausdruck, was? Ins Bett gehen? Wo wir doch

alle fast vergessen haben, was 'n Bett ist ... wie 'n richtiges Bett aussieht.«

»Quatsch nicht so 'n Blödsinn zusammen.«

»Ich nehm's dir nicht übel, wenn du mit ihr ins Bett willst«, fing Sigi wieder an. »Ich hab' nämlich dasselbe gemacht, als mein Bruder krepierte.« Sigi rückte nun etwas näher an ihn heran. Sein kreidiges Gesicht belebte sich, die Augen traten etwas hervor; er leckte seine Lippen und atmete schwer. »Ist schon 'n paar Monate her«, sagte er stockend. »Er hatte 'ne hübsche Frau. Auch dunkel. Groß und dunkel; stell dir vor ... 'n Kopp größer als ich. Hab' sie 'n bißchen gefüttert ... 'ne Zeitlang, verstehst du, und dafür hab' ich alles gekriegt. Hat mir aus der Hand gefressen, sag' ich dir, richtig aus der Hand gefressen.«

»Wenn man dir zuhört, kommt einem das Kotzen«, sagte Ranek angewidert und stand auf, aber Sigi, der plötzlich erkannte, daß er einen Fehler gemacht hatte, ließ ihn nicht gehen. »Man redet manchmal dummes Zeug zusammen«, sagte er versöhnend. »Kommt davon, daß man keine Beschäftigung hat. Verstehst mich doch, was?« Sigi rollte hastig zwei Zigaretten. »Nimm eine.«

Ranek nahm die Zigarette.

»Ist nämlich nicht wahr, was ich dir soeben erzählt habe«, flüsterte Sigi, »ich meine, das mit meiner Schwägerin.«

»Klar«, nickte Ranek, »wußte ich doch«, obwohl er sich dachte: Es ist wahr.

»Sie ist später geschnappt worden«, sagte Sigi, »konnte 's nicht verhindern.« Sigi gab ihm Feuer. »Schmeckt's?«

»Anständiger Tabak.«

»'ne Mischung«, sagte Sigi.

Ranek verzog den Mund und versuchte zu lächeln. »Werd' dir jetzt mal sagen, warum ich sie vorhin so komisch angeschaut hab'... Als sie vorhin so vor dem Herd stand und den Maisbrei zubereitete, da hat sie mich plötzlich an jemanden erinnert.«

»An wen denn?«

»An meine Mutter.«

Sigi legte ihm die Hand auf die Schulter. »Die alte Levi hat mir erzählt, was man mit deinen Eltern gemacht hat«, sagte er, und seine Stimme war auf einmal ernst geworden.

7

Hofer untersuchte Fred erst am nächsten Morgen, als es im Treppenhaus etwas heller geworden war. Seine Diagnose war: Flecktyphusverdacht. Er hielt sich nicht lange mit ihm auf, sprach einige belanglose Worte zu Debora und war dann gleich fortgegangen.

Am selben Nachmittag traf Ranek ihn zufällig an der Ecke der Puschkinskaja. Er bemerkte, daß Hofer wieder eine Ärztetasche trug.

»Woher haben Sie die Tasche?«

»Doktor Goldberg hat sie mir geborgt.«

»Sie werden sie erben, nicht wahr?«

»Wahrscheinlich«, sagte Hofer kurz.

»Wollen Sie mich ein Stück begleiten?«

»Wohin?«

»Hab' kein besonderes Ziel im Auge. Will mir ein bißchen die Beine vertreten. Oder haben Sie was vor?«

Hofer schüttelte den Kopf.

Sie gingen langsam über die Straße. Hofer erzählte ihm von seinen Krankenbesuchen ... wieder die alte Geschichte, die

Ranek schon auswendig kannte: daß den Ärzten die Hände gebunden waren, weil es im Getto keine Medikamente gab und man sie nicht mal auf dem Schwarzmarkt bekam. »Diese verfluchten Schweine«, sagte Hofer, »was die angerichtet haben.« Er erkundigte sich nicht nach Fred. Vielleicht vermied er es absichtlich, weil er wußte, daß man für Fred sowieso nichts mehr tun konnte.

Sie kamen ans Bordell. Vor der Eingangstür saß die bucklige Bettlerin. Sie starrte Ranek unablässig an.

»Was will die von Ihnen?« fragte Hofer leise.

»Sie kennt mich. Sie bettelte früher mal vor dem Kaffeehaus.«

Hofers Augen streiften die Frau wieder, dann schaute er prüfend auf die Tür. »Steht sonst nicht immer ein Portier hier?«

»Ja.«

»Sonst hört man auch immer Lärm von dort oben.«

»Ja.«

»Komisch«, sagte Hofer, »wirklich komisch. Glauben Sie, daß das Bordell geschlossen ist?«

»Ach wo. Wahrscheinlich ist dort mal ausnahmsweise kein Betrieb.«

Sie schlenderten zurück. Als sie wieder bei der Bettlerin vorbeikamen, gab Hofer ihr ein Almosen. »Danke«, sagte die Frau; dabei starrte sie nicht Hofer an, sondern Ranek, und es kam Ranek vor, als gelte ihm das »Danke«.

»Sie kriegen ein anderes Mal was von mir«, sagte Ranek.

»Ja, ich weiß«, sagte sie, und ihre traurigen Augen hingen weiter wie gebannt an ihm.

Ranek musterte sie kritisch. Eine Spinne, dachte er, und plötzlich fiel ihm etwas ein: eine andere Spinne, nur viel kleiner ... ein kleines, braunes Skelett, das die Bucklige immer mit sich herumgeschleppt hatte.

»Wo ist das Kind?« fragte er gleichmütig.

Die Frau grinste mit steifen Lippen.

»Ist es tot?«

Die Frau nickte.

Ranek fing plötzlich zu lachen an; er merkte, daß Hofer ihn am Ärmel zupfte, aber er hörte nicht auf zu lachen. Er sah, wie Hofer sich verlegen zu der Frau hin abbeugte und flüsterte: »Er meint's nicht böse, er lacht bloß, weil er glaubt ... es sei besser für das Kind, wenn's tot ist.«

Später, als sie zum Kaffeehaus schlenderten, fragte Hofer: »Warum haben Sie gelacht?«

»Ich weiß nicht, warum«, sagte Ranek.

Er hielt im Kaffeehaus nach Betti Ausschau, aber konnte sie nicht finden. Er erkundigte sich bei Itzig Lupu. Lupu war erstaunt: »Wo leben Sie denn? Auf dem Mond? Wissen Sie denn nicht, daß das Bordell geschlossen ist?«

»Ich war einige Wochen fort. Ich wußte es nicht.«

»Ein paar Soldaten haben sich Syphilis geholt«, sagte Lupu, »und da hat man die Bude zugemacht.«

»Wo sind die Mädchen?«

»Deportiert. Zum Bug. Alle. Geschieht ihnen recht.«

Lupus Nachricht war für ihn wie ein Schlag vor den Kopf. Darauf war er nicht gefaßt gewesen.

Zu Hause wurde er von Sigi wieder beruhigt. »Kann dich verstehen«, sagte Sigi. »Sie war 'ne Futterquelle für dich. Aber mit so was muß man heutzutage rechnen.«

»Ja«, sagte Ranek, »mit so was muß man rechnen.«

»Hast du es schon Debora erzählt?«

»Nein«, sagte Ranek. »Das braucht Debora nicht zu wissen.«

»Denk nicht mehr an Betti. Denk nie mehr an sie. Sonst kriegst du nur Appetit.«

»Appetit auf was?«

»Auf Suppe«, sagte Sigi. »Oder Fleisch.«

Ranek nickte. »Oder Kuchen«, sagte er. »Im Bordell gab's guten Kuchen.«

»Das stimmt«, sagte Sigi, »verdammt noch mal.«

Es gab Maisbrei und Eier zum Abendbrot. Nachher gingen er und Debora plaudernd im Hof auf und ab. Es war ein schöner Abend; man war satt und fast glücklich. Als es dunkelte, überkam ihn eine große Müdigkeit; er kroch dann gleich auf sein Lager unter dem Herd und schlief ein.

Spät in der Nacht weckt ihn ein gellender Schrei. Er fährt verwirrt hoch und kriecht mit brummendem Kopf unter dem Herd hervor. Der Schrei ist verstummt. Jetzt aber hört er jemanden im Hausflur wimmern ... dann vernimmt er zwei zankende Stimmen. Er erkennt: Sigi und Debora.

Er kommt auf die Beine, öffnet die Tür mit einem Ruck und prallt mit Sigi zusammen.

»Was ist denn los, verflucht noch mal?«

»Jemand hat sich hier eingeschlichen«, sagt Sigi, »eine Frau ... eine Obdachlose.«

Er spürt, wie jemand im Dunkeln seinen Arm packt. »Sigi hat sie die Treppe hinuntergeworfen«, sagt Debora.

»So ... hat er das gemacht?« sagt er gleichgültig.

»Hat sich hier eingeschlichen«, sagt Sigi wieder.

»Sie gemeiner Mensch!« schimpft Debora.

»Hört doch auf mit dem Gezanke!«

»Warum hat er das gemacht?«

»Ja, warum auch?« höhnt Sigi. »Warum auch, wie?«

Sigi geht wieder ins Zimmer und knallt die Tür hinter sich zu.

»Was sucht der überhaupt um diese Zeit im Hausflur? Hat er dich vielleicht belästigt?«

»Nein ... das nicht.«

Ranek grinst. »Ach so«, sagt er, »na ja.«

»Ja«, sagt sie.

»Hat wieder mal in den Hausflur gepißt, was?«

»Ja«, sagt sie.

»Der muß immer mitten in der Nacht«, sagt Ranek.

»Das hat er mir schon klargemacht.«

»Ein Pisser«, sagt Ranek, »ein gottverdammter Pisser.«

Sie sagt gar nichts. Sie geht jetzt vorsichtig die dunkle Treppe hinunter, und Ranek folgt ihr auf den Fersen. Er hört dann ihre Stimme neben dem Loch unter der Treppe, und er hat das Gefühl, als spreche sie zu Fred, aber er weiß: sie spricht nicht zu Fred; sie spricht zu der Obdachlosen, die dort hingestürzt war.

»Er ist fort«, sagt sie leise, »er ist fort.« Und dann: »Sie brauchen keine Angst zu haben.«

»Mein Rücken«, wimmerte die Frauenstimme, »mein Rücken, oh, mein Rücken ... fassen Sie mich nicht an; lassen Sie mich.«

Debora flüsterte ihm zu: »Hoffentlich ist es keine schlimme Verletzung.«

»Wird weiter nichts sein«, sagt er.

»Es ist besser, wenn wir sie nicht hier liegen lassen.«

»Was willst du mit ihr machen?«

»Wir können sie ein Stück weiter wegtragen ... bis zur anderen Wand.«

»Warum?«

»Ich will nicht, daß sie neben Fred liegt.«

»Meinetwegen.«

»Komm, hilf mir jetzt!«

Er bückte sich, wie unter einem Befehl, aber als er sie anfassen wollte, sagte die Fremde plötzlich: »Sie brauchen mich nicht zu tragen. Helfen Sie mir nur ein wenig. Ich glaube, ich kann gehen.«

Sie halfen ihr aufstehen, stützten sie und gingen mit ihr hinüber, bis zu der abgebröckelten Seitenmauer des Hausflurs. Dort legte sie sich wieder hin, während er und Debora zurück zur Treppe gingen.

»Sie ist noch ein ganz junges Mädchen«, sagte Debora, »fast noch ein Kind.«

»Hast du sie denn bei Licht gesehen?«

»Nein, aber das merkt man; sie ist noch sehr jung.«

»Na, das ist doch Wurscht.«

»Bevor Sigi herauskam, hab' ich ein paar Worte mit ihr gesprochen. Sie hat mir erzählt, daß sie aus den Büschen kommt; sie hat furchtbare Angst gehabt; sie konnte es nachts im Freien nicht mehr aushalten.«

»Hat sie Familie?«

»Eine Mutter. Die ist noch in den Büschen.«

Ranek nickte. Dann sagte er: »Sie kann nicht hierbleiben. Stell dir vor, wenn wir einfach jeden Obdachlosen, der hier Herberge sucht, bleiben ließen. Was würde dann aus uns werden?« Es kam ihm plötzlich zum Bewußtsein, daß man ihm, vor nicht allzu langer Zeit, als er selbst ein Dach über dem Kopf gesucht hatte, dasselbe gesagt hatte, aber er hatte keine Lust, seine Worte zurückzunehmen, denn er sprach nur aus, was er im Augenblick empfand. Da sie nicht antwortete, fuhr er fort: »Wir müssen hart sein. Wir müssen abweisen. Weil wir zuerst an uns denken müssen. Und wir dürfen uns deshalb keine Vorwürfe machen.«

»Laß sie wenigstens heute nacht hier. Tu's mir zulieb. Was ist das schon? Es ist ja nur für eine Nacht.«

»Das hab' ich auch mal gesagt«, lachte er leise, »laßt mich nur für eine Nacht hier, aber das hat mir kein Mensch geglaubt.«

»Bitte, Ranek, laß sie. Wo soll sie denn jetzt hin … mitten in der Nacht?«

Er widersprach nicht mehr. Wozu mit ihr streiten? dachte er. Wozu ihr klarmachen, daß es sich nicht lohnte, wenn man sich für andere einsetzte! Schließlich hatte sie dieselben Erfahrungen hinter sich wie er, und wenn sie noch immer nichts daraus gelernt hatte, dann war es jetzt zu spät.

Ranek kehrte nicht sogleich ins Zimmer zurück; er wollte noch auf die Latrine. Draußen ist jetzt nichts los, dachte er; es sind keine Razzien; man mußte nur aufpassen, wenn zufällig eine nächtliche Patrouille vorbeikam. Er verließ den Hausflur und lief geduckt über den Hof.

Die Latrine war so primitiv, daß nicht einmal eine Stange zum Festhalten da war. Sie hatte weder Wand noch Dach und bestand bloß aus einem langen, von Kot und Urin besudelten Brett, unter dem die tiefe Grube gähnte. Es hatte einmal eine Zeit gegeben, wo die Frauen nicht zusammen mit den Männern aufs Brett gingen, wo die einen schweigend und geduldig warteten, bis die anderen zurückkamen. Jedoch später fielen derartige Rücksichten weg, weil die meisten Leute Durchfall bekommen hatten und nicht warten konnten. Wie oft hatte Ranek neben einer Frau gehockt, ohne sich irgend etwas dabei zu denken.

Jetzt wollte er längere Zeit hierbleiben. Man hatte nicht immer dazu Gelegenheit; bei Regenwetter wurde man pitschnaß, und im Winter fror einem der Hintern ein, und sonst, wenn das Wetter günstiger war, dann war solch ein Menschenandrang, daß man froh war, wieder von dem Brett herunterzukommen.

Nach ungefähr einer halben Stunde verließ er die Latrine und ging zurück ins Haus. Er fühlte sich matt und wohl, wie ein Tier, das gegessen und sich dann entleert hatte. Als er im Hausflur angelangt war und an der Obdachlosen vorbeikam, hielt er seine Schritte an. Sie ist also mittlerweile eingeschlafen, fuhr's ihm durch den Sinn. Er starrte eine Weile gedankenlos auf die Stelle in der Finsternis, wo er den Körper des Mädchens vermutete ... und plötzlich hatte er das seltsame Gefühl, als ob nicht die Fremde, sondern Sara dort auf der Erde lag und auf ihn wartete. Ohne daß er sich's recht bewußt war, hatte er sich schon neben sie hingehockt. Er lauschte auf die Geräusche im Hausflur: das leise Atmen der Frau an der Wand ... und das der anderen, oben auf der letzten Stufe ... und da war auch das Gestammel des Fiebernden im Hohlraum unter der Treppe.

»Du hast doch heut abend gegessen«, lächelte Saras Maske. Und in seiner Einbildung hörte er sie flüstern: »Komm zu mir! Du hast doch gegessen! Versuch's noch mal!« Und dann wurde die Stimme eindringlich: »Du mußt beweisen, daß du noch nicht körperlich und seelisch erledigt bist. Es war ja alles Lüge. Du bist bestimmt noch ein Mann.« Seine knochigen Hände tasteten über das Kleid der Schlafenden; er wußte auf einmal, daß es nicht Sara war, aber jetzt, da er dem fremden Körper so nah war und sein Blut schneller zu kreisen begann, wollte er nicht mehr zurück. Er dachte nur daran, daß er noch nicht erledigt war; er spürte Druckknöpfe und riß sie mit einer unsicheren, hastigen

Bewegung auf. Das Mädchen hatte nichts unter dem Kleid an. Er hatte es sich ja gedacht, daß sie längst alle überflüssigen Kleidungsstücke für Brot eingetauscht hatte; sie war eben auch nur eine der Ärmsten unter den Armen, ein Abfallfresser wie er selbst, ein Mensch, der nicht mehr besaß als die Fetzen auf seinem Leib. Er spuckte wütend in seine Hände und riß ihre dürren Schenkel auseinander.

Sie erwachte. Er dachte zuerst, daß sie laut schreien würde, aber offenbar hatte sie Angst, die Leute aufzuwecken, wieder entdeckt zu werden und ein zweites Mal Prügel zu kriegen. Sie setzte sich stumm zur Wehr. Sie stemmte sich mit beiden Füßen gegen die harte Erde und versuchte, von ihm wegzurücken, wobei ihre kraftlosen Hände verzweifelt gegen sein Gesicht trommelten.

»Kriegst nachher was zu fressen«, flüsterte er, »ich weiß, daß du Hunger hast ... ich hab' Mais ... genug für dich ... du hast doch Hunger, was?«

Sie wehrte sich noch eine Weile, stumm und ohne Kraft. Dann gab sie plötzlich nach. Armes, verhungertes Ding, dachte er.

Debora schlief neben dem Mehlsack. Als Ranek wieder nach oben kam und den Sack öffnete, wurde sie wach.

»Was ist los, Ranek?«

Er antwortete nicht. Er schöpfte mit der hohlen Hand etwas Mehl heraus, wickelte es in Zeitungspapier und schlurfte wieder die Treppe hinunter.

Sie hörte ihn mit dem Mädchen flüstern. Sie wußte sofort, was geschehen war.

Als er zurückkam, sagte er: »Im Tausch für Zigaretten.«

Warum lügt er? dachte sie, aber sie sagte ihm nichts.

Dann ging er ins Zimmer, ohne ein weiteres Wort zu verlieren.

8

Es war jeden Morgen dasselbe Bild. Lärm und Gestank. Einige Leute lausten sich im Sitzen, andere aßen verstohlen irgend etwas, manche schnarchten noch vor Erschöpfung, und selbst der größte Lärm konnte sie nicht wecken. Frühaufsteher torkelten ungewaschen hinaus auf die Latrine und kamen kurz darauf wieder zurück. Die Tür ging fortwährend auf und zu. Ranek folgte Sigi. Auch jetzt blieb Sigi wieder oben am Treppengeländer stehen und urinierte. Ranek blieb hinter ihm. »Warum gehst du nicht auf die Latrine wie die anderen?«

Sigi antwortete nicht.

»Nachts ist das was anderes«, sagte Ranek, »aber am Tag kannst du doch hinausgehen.« Und er wiederholte: »Wie die anderen!«

»Laß mich in Ruhe«, sagte Sigi klagend, »ich fühl' mich heut zum Kotzen; mir war vorhin so schwindlig beim Aufstehen, daß ich Angst gekriegt hab'. Kann jetzt nicht die Treppe runter.«

»Du kannst schon. Alles bloß Ausrede. Ein fauler Hund bist du.«

Sigi wandte langsam den Kopf um: »Du mußt mir was zu essen borgen!« sagte er, aber er sprach das »Muß« zaghaft und leise aus, und dabei traten seine Augen ein wenig aus den Höhlen, wie bei einem Menschen, der gewürgt wird. »Glaubst du, daß mit mir was los ist?«

»Ja«, grinste Ranek, »ich glaub' schon.«

Sigi fingerte an seiner Hose herum, mit der anderen, freien

Hand strich er sich ängstlich über den rasierten Kopf. »Wenn du wüßtest, was für verdammte Kopfschmerzen ich hab'...«

Jetzt drehte er sich ganz zu ihm um: »Ich hab' noch zwei Zigaretten ... wenn du mir etwas Mais gibst, dann kriegst du sie ... es sind richtige.«

Ranek war gut gelaunt. »Wenn du abkratzt«, sagte er, »dann weiß ich bereits, wer deinen Platz kriegt.«

»Du«, sagte Sigi.

Ranek schüttelte lachend den Kopf. »Ich hab' was anderes in Aussicht.«

»Deine Schwägerin?«

»Nein, die bleibt bei meinem Bruder.«

»Die Frau, die gestern nacht kam?«

»Richtig«, lachte Ranek, »die kriegt ihn.«

»Ich hätte ihr gestern doch das Genick brechen sollen«, knurrte Sigi. Er gab ihm jetzt zögernd die Zigaretten. »Gibst du mir später was?«

»Ja.«

»Danke, du bist doch ...«

»Hau ab«, sagte Ranek.

Sigi machte kehrt und verschwand wieder im Zimmer, während Ranek nun die Treppe hinunterging. Er bemerkte jetzt zu seinem Erstaunen, daß sein Bruder mitten im Hausflur lag, als wollte er den Leuten den Weg versperren. Wahrscheinlich war Fred noch in der Nacht, während des Deliriums, aus dem Loch herausgekrochen und dann vor Schwäche auf dem Durchgang liegengeblieben.

Ranek drehte ihn jetzt mit dem Fuß um, so daß der Kranke, der vorher auf dem Bauch gelegen hatte, jetzt auf den Rücken zu liegen kam. Fred war bei Bewusstsein. Die Augen in dem eingeschrumpften, bärtigen Gesicht starrten ihn hilflos an. »Ranek«, flüsterte er, »Ranek.«

Debora, die im Halbschlaf am Treppengeländer lehnte, hörte alles, was um sie herum vorging, aber sie hatte nicht die Kraft aufzustehen. Sie hörte die Leute über die Treppe stolpern, sie hörte auch, wie Sigi ans Geländer trat und dicht neben ihr urinierte, und sie vernahm dann Raneks Stimme und dann Sigis und dann wieder Raneks, aber sie konnte die Augen nicht aufreißen. Erst etwas später, als sie angerufen wurde, richtete sie sich verschlafen auf.

Wieder rief Ranek: »Debora!«

Als sie hinunterging, war er gerade dabei, Fred mit dem Fuß in das Loch zurückzurollen.

»Was machst du mit ihm?« rief sie erschrocken.

»Was mache ich schon?« erwiderte er mürrisch. Dann klärte er sie auf.

Nachdem Fred wieder unter der Treppe lag, sagte er zu ihr: »Man hat auf ihm rumgetreten. Du mußt aufpassen, daß er nicht wieder aus dem Loch rauskommt. Weißt doch, wie die Leute sind, wenn einer so mitten im Hausflur liegt. Ich hab' dir das schon mal gesagt. Ich habe dich gewarnt.«

Später, am Herd, sagte sie: »Ranek!«

»Ja, Debora?«

»Hast du sein Gesicht gesehen?«

Er wußte nicht, was sie meinte.

»Die Bartstoppeln«, sagte sie, »er schaut so alt aus.«

»Es ist doch egal, wie er ausschaut.«

»Es ist nicht egal. Gerade jetzt ist es nicht egal.« Sie fuhr beharrlich fort: »Ich möchte ihn rasieren ... aber Fred hat sein

Rasiermesser unterwegs verloren. Willst du mir deines borgen?«

»Ich hab' auch keines.«

»Rasierst du dich denn nie?«

»Seh' ich etwa glattrasiert aus?« scherzte er.

»Nein, aber so lang sind deine Stoppeln nun auch nicht.«

»Ab und zu borg' ich mir eins.« Er schaltete eine Pause ein, als müßte er sich an etwas erinnern, dann sagte er: »Das letztemal hab' ich mich auf einer Eisenbahnbrücke rasiert. War auch 'n geborgtes Messer.«

»Besorg' mir eins«, bat sie.

Er nickte. »Gut … nach dem Essen … wenn du willst.«

Während sie den Maisbrei rührte, sprachen sie nicht mehr davon. Wozu wollte sie ihn noch rasieren? In ein paar Tagen ist doch sowieso alles vorbei … Er versuchte, sich Freds Gesicht vorzustellen, wenn es soweit sein würde: ein kaltes und erstarrtes Gesicht … und ein toter, schweigender Mund. Nein, er wird nicht jammern, wenn du ihm den Goldzahn herausziehen wirst, dachte Ranek. Es wird eine schmerzlose Operation sein, denn der Tod ist die beste Narkose … Ranek berührte leicht ihre Schultern. »Debora«, sagte er leise, »kannst du dich noch dran erinnern, wieviel Fred damals für den Goldzahn bezahlt hat?«

Sie schüttelte den Kopf … und dann rückte sie den Topf etwas von der Flamme weg und blickte ihn stumm an. Obwohl er nichts mehr sagte, las sie jeden einzelnen Gedanken aus seinen harten Augen ab.

Zwei Frauen traten aus den Büschen. Sie gingen zögernd um das Haus herum, als hätten sie Angst einzutreten; dann gingen sie quer über den Hof und hockten sich vor den Zaun hin.

Ranek ging ihnen nach. Obwohl nicht ganz sicher, glaubte er

dennoch zu wissen, wer sie waren: die eine konnte nur die sein, die gestern nacht im Hausflur geschlafen hatte; die andere – eine alte Frau – war offenbar die Mutter, die von der jungen jetzt hierhergeholt worden war.

Er bastelte eine Zeitlang an den beschädigten Zaunlatten herum und versuchte, ihr Gespräch zu belauschen, aber durch den Lärm, der von der Latrine herüberdrang, konnte er nichts hören. Erst als er näher herantrat, verstand er einige Sätze.

»Ich sehe sie nicht«, sagte die Junge, »vielleicht ist sie nicht mehr hier.«

»Warum soll sie denn nicht mehr hier sein?« sagte die Alte kopfschüttelnd.

»Heute morgen war sie noch da. Sie saß oben auf der Treppe. Sie schlief. Ich wollte sie nicht aufwecken.«

»Du hättest sie aufwecken sollen!«

»Soll ich reingehen?«

»Wie du willst.«

»Nein, lieber nicht; sie wird ja heut mal rauskommen.«

Ranek wußte, daß von Debora die Rede war und daß die beiden auf sie warteten.

Er wurde jetzt von ihnen bemerkt. Die Alte hob den Kopf und schaute ihn gleichgültig an; ihre Augen blieben dabei halb geschlossen, als wäre sie zu müde, um sie ganz zu öffnen. Die Junge musterte ihn neugierig; sie hatte ihn nicht erkannt.

Er sah sie zum erstenmal bei Tageslicht: Er sah ein häßliches, gelbes, von Narben übersätes Gesicht, das von einem Kranz dichten, braunen Haares umgeben war. Ihre grauen Augen waren ein wenig entzündet und wirkten verweint, obwohl das sicher nur von der Schlaflosigkeit herrührte. Er bemerkte noch eine schmutzige Schleife in ihrem Haar, und dann wandte er seinen

Blick wieder der Alten zu.

»Ihr beiden gehört wohl nicht hierher?« fragte er.

»Nein, aber wir kennen jemanden hier, der ein gutes Wort für uns einlegen wird.«

»So ... wer denn?«

»Eine Frau. Ich weiß nicht, wie sie heißt.«

»Ich war schon gestern hier«, sagte jetzt die Junge. »Ich hab' die Frau im Hausflur kennengelernt.«

»Ist es die, die im Hausflur wohnt?«

»Ja. Sie wohnt im Hausflur, aber sie gehört trotzdem so gut wie hierher. Und sie kann was für uns machen.«

»Na, dann ist's ja gut«, grinste Ranek. Er schaute wieder prüfend in ihr Gesicht. Nein, sie hat dich nicht erkannt, dachte er.

»Ich wollte eigentlich nicht wieder hierher zurück«, sagte jetzt die Junge leise, »aber wir halten es nicht länger in den Büschen aus ... und dann ... Mutter ist eine alte Frau.«

Er grinste verständnisvoll. Dann nickte er ihnen zu und schlurfte fort.

»Der Kerl hat so ein komisches Gesicht gemacht«, sagte jetzt die Alte, »so, als hätte er ein schlechtes Gewissen. Glaubst du, daß er's war, der dich gestern nacht überfallen hat?«

»Ich hab' dir doch schon mal gesagt, daß es zu dunkel war und ich ihn nicht gesehen habe.«

»Denk mal nach! Seine Stimme!«

»Ich weiß nicht ... er hat sehr leise zu mir gesprochen.«

»Du glaubst also nicht ...?«

»Nein, ich glaube, der war's nicht.«

»Vergewaltigt!« krächzte die Alte, während sich ihre halbge-schlossenen Augenlider plötzlich zuckend hochschoben; sie warf einen kurzen und durchdringenden Blick auf die Tochter und schüttelte dann wieder den Kopf.

»Er wollte nur«, sagte die Junge jetzt tonlos, »aber er konnte nicht … er war impotent.«

»Dann hätte er dich eben in Ruhe lassen sollen«, sagte die Alte, ein wenig beruhigt.

Die Junge nickte nur.

»So ein impotentes Schwein«, sagte die Alte.

»Ja, ein impotentes Schwein«, nickte die Junge.

Die Alte machte ein nachdenkliches Gesicht; plötzlich sagte sie: »Es ist trotzdem 'ne Vergewaltigung. Auch wenn er nichts ausgerichtet hat.«

»Natürlich«, sagte die Junge.

»Hat er dir wenigstens was dafür gegeben?«

»Ja, etwas Mais. Ich wollte es dir vorhin nicht erzählen; sonst glaubst du am Ende, daß er mich gar nicht vergewaltigt hat.«

»So! Das wollt' ich ja nur wissen!« Die Alte rutschte herum. »Hure!« zischte sie, »er hat dich also gar nicht vergewaltigt!«

Die Junge holte schweigend ein Knäuel Zeitungspapier aus der Tasche ihres Kleides. »Darin hat er's eingewickelt«, sagte sie kurz.

»Hast wohl schon davon genascht?«

»Ja, etwas.«

»Gib schon her«, sagte die Alte gierig.

»Fressen willst du«, muckte jetzt die Junge auf, »aber mich nennst du eine Hure.«

»Gib schon her«, sagte die Alte wieder.

9

Nachts weckte ihn Debora auf. Ihre Stimme klang erschreckt und ratlos: »Der Mehlsack ist verschwunden! Ranek ... ich weiß nicht, wieso ...«

Er folgte ihr verwirrt hinaus in den dunklen Hausflur. Er tastete einige Male das Treppengeländer ab, aber von dem Sack war keine Spur da.

»Das versteh' ich nicht. Ich hab' ihn doch festgebunden?«

»Weg«, sagte sie verzweifelt, »einfach weg.«

Jetzt kam auch der Rote, neugierig geworden, zu ihnen heraus. »So, man hat Sie also bestohlen?« sagte er schadenfroh.

»Ich schlief mit dem Kopf auf dem Sack«, sagte Debora verständnislos, »ich kann's mir einfach nicht erklären, wie man mir den Sack unter dem Kopf wegziehen konnte, ohne daß ich es merkte.«

»Ja, auf die Brüder kann man sich verlassen«, grinste der Rote, »die verstehen ihr Handwerk.«

»Sollen wir im Zimmer nachsuchen?« wandte sie sich an Ranek.

»Ja, können wir machen. Wird aber nicht viel Zweck haben; sogar wenn's einer von uns war, dann wird er nicht so blöd sein und den Sack mit ins Zimmer reinnehmen. Es gibt noch andere Verstecke.«

»Es war niemand aus dem Zimmer«, sagte der Rote.

»Woher wissen Sie das?«

»Ich hab' nicht geschlafen. Sonst hätt' ich nämlich was gehört. Aber die Tür ist nicht ein einziges Mal aufgegangen.«

»Verfluchte Scheiße«, sagte Ranek.

»Es kann nur 'n Obdachloser gewesen sein«, sagte der Rote,

»Sie wissen doch, wie leise sich das Gesindel einzuschleichen versteht.«

Ranek hörte nicht auf ihn. Er nahm Debora mit ins Zimmer. Er zündete die Lampe an und leuchtete die Pritsche ab … und dann den Fußboden … und dann nochmals die Pritsche. Als sie nichts fanden, gingen sie wieder hinaus in den Hausflur. Sie gingen die Treppe hinunter und durchsuchten den Durchgang, aber dort war nichts anderes zu sehen als der Kranke in dem Loch und die beiden schlafenden Frauen an der Seitenmauer.

»Komm in den Hof!« sagte er zu ihr.

Er löschte die Lampe. Sie suchten im Hof. Sie gingen dann hinters Haus und durchkreuzten einen Streifen Buschland, aber es war alles vergebens.

Auf dem Rückweg hörten sie Schreie im Treppenhaus. Debora fing plötzlich zu laufen an. Als sie atemlos im Hausflur ankam, sah sie einen knienden Schatten, der bei ihrem Eintritt in die Höhe schnellte, gegen die Treppe rannte und sich dort keuchend hinhockte.

Die Schreie hatten sie für Momente den schmerzlichen Verlust des Mehlsacks vergessen lassen. Durch den dunklen Gang taumelnd, stolperte sie über die Körper der beiden Frauen und hielt sich im Sturz an ihnen fest … und spürte etwas Klebriges an ihren Händen. Blut, dachte sie erschreckt … Blut … Blut.

Kurz darauf kam sie wieder auf die Füße und ging dann vorsichtig auf die Treppe zu. Jetzt bewegte sich der Schatten. »Sind sie gefallen?« fragte eine hämische Stimme, an der sie jetzt den Roten wiedererkannte. »Nein«, sagte sie ärgerlich, »aber ich hab' was angefaßt, und dabei sind meine Hände blutig geworden.«

Der Rote lachte. »Ich hab' die beiden ein bißchen verprügelt.

War bloß 'ne harmlose Warnung für die Zukunft. Wird ihnen gut tun. Werden jetzt endlich kapiert haben, was ihnen blüht, wenn es ihnen einfallen sollte, sich hier auf die Dauer einzuquartieren.«

»Gestern wurde die eine von Sigi die Treppe heruntergeworfen«, sagte Debora hart, »und später kam ein anderer und hat sie vergewaltigt ... und jetzt auch Sie! Es sind doch Frauen. Sie können sich nicht wehren.«

»Ach was, Frauen!« Die Stimme des Roten wurde schrill. »Gesindel ist's, Gesindel von der Straße, das nirgendwohin gehört.«

Debora ließ ihn stehen und ging nach oben. Sie hörte Ranek in den Hausflur treten: jetzt fiel ihr der gestohlene Sack wieder ein, und der Gedanke traf sie mit seiner ganzen Schwere. Zitternd setzte sie sich auf die Treppe hin und wartete, bis Ranek wieder bei ihr war.

Es war kurz vor Tag, und im Hof war es noch still und dunkel. Ranek war heute der erste auf der Latrine. Die Einsamkeit hier draußen wirkte sich beruhigend auf ihn aus. Zwar dachte er noch immer an das verschwundene Mehl, aber die Angst vor dem Hungern, die ihn die ganze Nacht wachgehalten hatte, quälte ihn jetzt nicht mehr. Allmählich begann sich der Himmel drüben hinter dem Bahnhofsgelände zu beleben. Auch im Hof wurde es schon etwas heller. Er hatte das Gefühl, auf einem Berggipfel zu sitzen und hinunter auf eine weite, dämmrige Kraterlandschaft zu blicken, und ihm war, als lösten sich unsichtbare Ketten von seinem Körper und fielen lautlos in die Tiefe.

Nach einer Weile sah er eine Frau aus dem Haus treten. Sie kam direkt auf die Latrine zu. Er erkannte sie jetzt: die alte Levi.

Als die Alte über das Brett schlurfte und sich dann neben

ihn hinhockte, sagte er lächelnd zu ihr: »Sie hätte ich jetzt am allerwenigsten erwartet.«

»Warum?«

»Wenn ich nicht irre, gehen Sie doch sonst nie aus dem Haus, ehe es nicht völlig hell ist?«

»Jetzt ist es doch ruhig«, sagte sie, »ich glaube, mit den Razzien hier bei uns in der Gegend ist es endgültig vorbei.«

Sie zog ihr Kleid aus und wickelte es um ihre spitzen, eingefallenen Schultern. Er stellte fest, daß sie fast keinen Hintern mehr hatte; wenigstens sah es so aus; nur eine Verlängerung des knochigen Oberschenkels war noch da. Er dachte: Die geht auch allmählich ein.

Sie wandte sich ihm wieder zu. Ihre langen, schlaffen Brüste wippten über ihrem Bauch; er bemerkte noch die tellerartigen, dunkelbraunen Brustwarzen, die wie häßliche, große Leberflecke wirkten, ehe er den Kopf angeekelt wegdrehte.

»Haben Sie den Mehlsack wiedergefunden?« fragte sie.

»Hat Ihnen der Rote erzählt, nicht wahr?«

»Ja.«

»Wissen Sie vielleicht was?«

»Nein. Ich kann Ihnen keinen Tip geben. Ich weiß nichts.«

Er spuckte in die Grube und zog dann seine Hosen hoch. »Ich habe Pech«, sagte er.

»Sie werden sich anderes Mehl kaufen.«

»Ohne Geld? Wie stellen Sie sich das vor?«

»Sie sind ein Lebenskünstler.«

»Ist das Ihre Meinung von mir?«

»Ja. Ich hab' das schon mal zu Sigi gesagt: Der Ranek ist …« Sie lachte leise. »Sie sind nicht unterzukriegen. Sie werden es schon wieder schaffen.«

»Danke. Ihre Worte tun einem gut. Da kann man fast wieder an sich glauben.«

»Und dann«, flüsterte die Alte, »haben Sie ja noch den Goldzahn ... den Goldzahn von Fred; der ist doch was wert ... und eines schönen Tages werden Sie ihm doch den Zahn herausziehen.«

»Fred hat keinen Goldzahn«, sagte Ranek.

»Doch«, sagte die Alte kichernd. »Er hat einen. Jemand hat den Zahn gesehen.«

»Wer hat ihn gesehen?«

»Der Rote«, sagte die Alte. »Der Rote hat ihn gesehen.« Sie duckte sich tief an das schmierige Brett, um ihn vorbeizulassen, und er kletterte über sie hinweg. Das weiß sie also auch, dachte er. Wie schnell sich doch alles herumspricht.

Als er wieder durch den Eingang der Ruine trat, vernahm er das Stöhnen seines Bruders aus dem Loch unter der Treppe, jedoch er kümmerte sich nicht darum; suchend blickte er sich nach den beiden Frauen um; sie waren nirgends zu entdecken. Er wußte auf einmal, daß die beiden zurück in die Büsche gegangen waren und nicht mehr hierher zurückkommen würden. Offenbar flößte ihnen das Nachtasyl mehr Entsetzen ein als die Gefahr draußen im Freien.

10

Ranek war den ganzen Tag auf dem Basar gewesen; nachher hatte er noch einen Sprung ins Kaffeehaus gemacht.

Jetzt stand er an der Theke. Einige Schritte weiter lümmelte ein rumänischer Soldat, ein junger Mensch mit einem eckigen

Bauernschädel, der wie aus Bronze gegossen wirkte; der Soldat trank Kaffee und unterhielt sich dabei mit Itzig Lupu.

Ranek hatte einige Abfälle in seinen Jackentaschen; es war nicht so viel, wie er gehofft hatte, aber immerhin genug, um eine Suppe für alle drei zu kochen: Ein paar verfaulte Kartoffeln und Rüben, deren schlechte Teile er halbwegs mit dem Messer herausgeschnitten hatte. Den Haupttreffer aber hatte er erst spät am Nachmittag gemacht: eine Tüte mit Äpfeln, die er, während einer harmlosen Schießerei, die das Militär dort wieder mal veranstaltet hatte, einem Schwarzhändler weggeschnappt hatte. Es war eine gute Gelegenheit gewesen.

Ranek aß jetzt einen Apfel. Als er damit fertig war, nahm er noch einen zweiten aus der Tüte heraus und aß auch diesen auf. Die Äpfel hatten den herben Geschmack von Orangenschalen ... wenigstens kam ihm das so vor.

Itzig kümmerte sich nicht um ihn, so sehr war er in das Gespräch mit dem Soldaten vertieft; aber auch der Soldat schenkte ihm keine Aufmerksamkeit und schien noch immer nicht bemerkt zu haben, daß Ranek ununterbrochen auf die Kaffeetasse schielte, die er nachlässig in den großen Bauernhänden hielt und ab und zu geistesabwesend an die Lippen setzte.

In diesem Augenblick sagte der Soldat zu Itzig Lupu: »Sie glauben wohl, daß ich zur Gettobesatzung gehöre?«

»Nein, glaube ich nicht«, sagte Itzig, »das sieht man doch. Sie kommen sicher direkt von der Front?«

»Ja, direkt von dort«, nickte der Soldat.

»Sie fahren jetzt in die Heimat, nicht wahr?« fragte Itzig süßlich.

»Ganz recht ... in die Heimat«, schmunzelte der Soldat, »ist mein erster Urlaub ... war nicht leicht, bis ich mir den durchgesetzt hab'.« Er hob die Kaffeetasse, als wollte er mit einem unsichtbaren Glas anstoßen: »Auf die Heimat!«

Itzig grinste höflich.

»Schade, daß Sie keinen Schnaps haben«, sagte der Soldat.

»Ab und zu krieg' ich mal 'ne Flasche, aber im Augenblick bin ich leider … Sie sehen doch …?«

Der Soldat tat einen bedächtigen Schluck; dann schaute er schweigend und gedankenverloren vor sich hin. Nach einer Weile nahm Itzig das Gespräch wieder auf: »Waren Sie schon mal hier bei uns in Prokow?«

Der Soldat blickte auf. »Ja, einmal«, sagte er sinnend, »das war auf der Fahrt zur Front … vor ein paar Monaten … hatten damals auch 'n paar Stunden Aufenthalt hier.« Er wurde plötzlich lebhaft. »Dachte nicht, daß ich bei meinem zweiten Besuch in dieser Scheißstadt noch so viele von euch antreffen würde.«

»Es geht uns hier gut«, sagte Itzig Lupu. »Die Behörden benehmen sich Gott sei Dank anständig. Wir leben ja nicht unter den Deutschen.«

»Ja, das stimmt«, sagte der Soldat verständnisvoll, »bei uns habt ihr's nicht so schlecht.« Er zwinkerte Itzig zu: »Hab' unlängst so 'n Gerücht gehört, daß die Juden hier alle krepiert wären … da sieht man wieder mal, daß man Gerüchten keinen Glauben schenken soll.«

Itzig wischte geschäftig mit seiner Schürze den übergeschwappten Kaffee unter der Tasse des Soldaten weg.

»Komisch ist nur«, sagte der Soldat kopfschüttelnd, »daß, wenn man wie ich nach so vielen Monaten wieder hierherkommt, man das Gefühl hat, es wären gar noch mehr geworden.«

»Wollen Sie noch einen Kaffee?«

»Ja, geben Sie mir noch einen.«

Itzig goß wieder ein. Der Soldat schlürfte eine Weile, dann beugte er sich über die Theke und flüsterte Itzig etwas ins Ohr.

Itzig nickte gewichtig und sagte dann höflich: »Das Bordell war 'n paar Wochen gesperrt, ist aber jetzt wieder offen; das Haus ist nicht weit von hier; Sie werden es leicht finden.«

Der Soldat zahlte und schickte sich zum Gehen an. Itzig kam steif und ehrerbietig hinter der Theke hervor und begleitete den Soldaten bis zur Tür.

Na endlich, dachte Ranek, und er griff jetzt nach der halbleeren Tasse und schlürfte sie gierig aus. Als Itzig wieder zurückkam, wischte Ranek verstohlen die Spuren des Kaffeesatzes von seinem Mund weg.

»Was machen Sie eigentlich noch hier?« sagte Itzig barsch. »Sie glauben wohl, daß ich Sie vorhin nicht bemerkt hab'?«

»Gar nichts«, grinste Ranek, »ich hab' nur auf jemanden gewartet ... und die Person ist leider nicht gekommen.«

»Wir machen bald zu«, sagte Itzig nervös, »wenn Sie was trinken wollen, dann müssen Sie schnell machen.«

»Nein, danke ... heut nicht«, sagte Ranek.

»Ist wohl niemand da, der Ihnen was spendieren will?« höhnte Itzig.

Ranek grinste wieder.

»Dann machen Sie, daß Sie rauskommen!« sagte Itzig.

Ranek hatte ein Schimpfwort auf der Zunge, aber er beherrschte sich und machte wortlos kehrt.

Ranek tauchte im Menschengewühl der Puschkinskaja unter. Er war nicht satt, aber fühlte sich doch kräftiger als heute morgen, als er mit nüchternem Magen zur Stadt gegangen war.

Vor dem Bordell machte er halt. Ihm waren zwei Mädchen

vor dem Eingangstor aufgefallen, die sich einige Male scheu umblickten und dann schnell eintraten. Die haben also wirklich wieder aufgemacht, dachte er, denn was sonst konnte das bedeuten? Da seine Neugierde geweckt worden war, trat er auf die bucklige Bettlerin zu, die auch jetzt wieder vor der Tür saß, den Bettelnapf auf dem Schoß, und stumpf vor sich hin blickte. Sie schien ihn nicht zu sehen, und er mußte sie erst ein paarmal kräftig rütteln, bis sie aus ihrer Benommenheit aufwachte und den Kopf zu ihm aufhob. »Ach, Sie sind's«, sagte sie tonlos.

»Ich wollte Sie nur was fragen. Sie sitzen doch immer hier, nicht wahr? Sie wissen doch, was hier los ist?«

»Sie sind nicht der erste, der mich heute um Auskunft fragt.«

»Die haben also wieder aufgemacht?«

Die Bucklige nickte.

»Sind schon viele Mädchen da?«

»Nein ... nicht viele ... ein paar bloß.« Ihre Stimme klang so schläfrig, als fiele es ihr schwer, den Mund zu öffnen. »Dieses ewige Gefrage«, sagte sie matt, »dieses ewige Gefrage.«

»Passen Sie auf«, sagte er, »bald geht der Betrieb wieder richtig los; die alten Huren, die man in den Tod geschickt hat, sind inzwischen schon vergessen worden.«

Er merkte plötzlich, daß sie ihm gar nicht mehr zuhörte; es war, als spräche er zu einer Wand; ihr Kopf war müde über den Bettelnapf gesunken, und er hatte das Gefühl, als würde sie jeden Moment einschlafen. Sie kam erst wieder zu sich, als sie von einem der Vorübergehenden aus Versehen so hart angestoßen wurde, daß sie mit dem Kopf nach hinten gegen das Haustor fiel. Sie blinzelte. »War das der Portier?«

Ranek schüttelte den Kopf. »Den hab' ich noch gar nicht gesehen.«

»Der stößt mich nämlich manchmal so ... das Schwein.« Sie fragte plötzlich: »Was haben Sie da in der Tüte?«, als hätte sie die Tüte erst jetzt bemerkt.

»Äpfel.«

»Äpfel?« hauchte sie. Ihre Augen weiteten sich; sie war plötzlich munter geworden. »Äpfel«, sagte sie wieder, »du großer Gott ... Äpfel hat er ...«

»'ne gute Sorte«, grinste Ranek.

»Was für eine?«

»Genau weiß ich's nicht ... aber 'ne gute ist's ... die riechen nämlich nach Orangenschalen.«

»Orangen?« sagte sie mit zitternder Stimme.

»Haben Sie schon mal welche gegessen?«

»Ja, vor langer Zeit. Die wachsen doch im Süden? Stimmt's?«

»Dort, wo ewiger Frühling ist«, grinste er.

»Da gab's so 'ne Sorte«, sagte sie, »Messinaorangen ... so kleine runde sind's, klein und saftig und blutrot.«

»Ganz richtig«, spottete er. »Und da gab's noch so 'ne Sorte, nannte man Jaffaorangen; das sind große, mit 'ner dicken Schale und überhaupt nicht blutig.«

»Die kenn' ich nicht«, sagte sie. »Sie scheinen überhaupt sehr bewandert zu sein. Sie sind ein gebildeter Mensch, nicht wahr?« Sie schmeichelte: »Ich wußte es ja, was Sie für einer sind. Man soll nie aufs Äußere schauen, nicht wahr? Wenn einer wer ist, dann kann er auch Lumpen tragen; man merkt ja doch, wer er ist, wenn man mit ihm spricht.«

»Da haben Sie vollkommen recht«, grinste er, und er dachte: Paß auf, die rückt gleich mit der Sprache raus.

Ihre Augen waren nicht mehr stumpf; sie schielte ihn schelmisch an, ihr Blick glitt langsam über seine Gestalt und verfing sich schließlich in seinen Lenden, und während sie ihr schmutziges Kleid vorsichtig zurückschob … bis übers Knie … und die abgemagerten Beine kokettierend hin- und herbewegte, sagte sie: »Sie geben mir doch einen Apfel, nicht wahr?«

»Ein anderes Mal«, sagte er ausweichend.

»Das haben Sie mir auch letztens gesagt!«

»Wenn ich nächstens wieder vorbeikomme …«

»Ich will ihn ja nicht für mich. Ich will ihn doch nur für das Kind … ich hab' das Kind im Keller zurückgelassen, ich …«

»Das Kind ist längst krepiert«, sagte er kalt.

»Sie wissen es also?«

»Sie haben es mir selbst gesagt.«

»Ach, du lieber Gott«, flüsterte sie.

Plötzlich aber stand sie auf. Sie ergriff seine Hand und zog ihn mit sich fort durch die rückwärtige Bordelltür in den Hof. »Hier ist niemand da«, flüsterte sie.

»Was wollen Sie von mir?«

»Den Apfel«, flüsterte sie; und sie beteuerte: »Ich will ihn nicht umsonst.« Sie hob ihr Kleid bis zum Hals hoch, und dabei blickte sie ihn herausfordernd an, als wollte sie ihm sagen: Das ist doch einen Apfel wert!

»So was hab' ich schon gesehen«, sagte er und spuckte aus.

»Wir können's neben der Kellertreppe machen«, sagte sie, »wenn jemand in den Hof kommt, dann hören wir's noch rechtzeitig; dort kann uns niemand erwischen.« Sie fuhr hastig fort: »Sonst brauchen Sie sich nicht den Kopf zu zerbrechen … ich meine, wegen 'nem Tripper oder so was … ich bin sauber, wirklich … ganz sauber … und … und um den Buckel brauchen Sie sich nicht zu kümmern … der stört nicht.«

Sie ging voran. Er wußte nicht, warum er ihr folgte; es war ja vollkommen verrückt.

Sie stellte den Bettelnapf auf die steinerne Kellertreppe. »Gedulden Sie sich noch ein paar Minuten«, bat sie, »ich muß nämlich mal schnell dort runter.« Ranek wußte, daß der Bordellkeller ein öffentliches Klosett war, in dem die Leute aus der ganzen Nachbarschaft ihre Notdurft verrichteten, und deshalb stellte er jetzt keine weiteren Fragen. Während sie die steile Treppe hinunterstieg, wandte er sich um und ließ seine Blicke über den Hof schweifen. Die vielen leeren Wäscheleinen waren noch immer da und wirkten völlig überflüssig und sinnlos, so wie ein Gitter, das ein Wahnsinniger vor den Himmel gespannt hatte. Er bemerkte eine häßliche, zerzauste, graue Katze, die langsam, wie ein totkrankes Raubtier, unter der an der Hofmauer stehenden Holzbank hervorkroch, um dann im Schneckentempo an der Mauer entlangzuschleichen, und ihre Existenz kam ihm auf einmal ebenso sinnlos vor. Dieser verdammte Hof sieht wie ein Symbol unseres Lebens aus, dachte er: die rissige Hofmauer, die graue, kranke Katze und die leeren Wäscheleinen. Er spuckte wieder aus, drehte sich um und blickte in den Keller, aber dort war es so düster, daß er die hockende Frauengestalt nicht sehen konnte.

Sie ließ nicht lange auf sich warten. Er hörte sie jetzt die Treppe heraufkeuchen. Als sie oben angelangt war, fragte er höhnisch: »Haben Sie Stuhl gehabt?«

»Durchfall«, grinste sie, »weil Sie mich mit Ihren Äpfeln so aufgeregt haben. Geben Sie mir jetzt den Apfel?«

»Nein ... nicht jetzt ... nachher.«

»Bitte!«

»Sie wollen wohl schwindeln?«

»Nein ... nicht schwindeln.« Sie zögerte. »Ich kann's nicht auf nüchternen Magen machen.«

»Unsinn!«

»Kein Unsinn. Ich werd' ohnmächtig, wenn Sie mich anfassen, wenn ich nichts im Magen hab'.«

»So derb faß' ich Sie gar nicht an.«

»Ich mein' ja nicht anfassen. Sie wissen schon, was ich meine?«

»Meinetwegen können Sie ohnmächtig werden … dann werden Sie wenigstens mal wissen, was ein richtiger Mann ist.«

»Bitte«, sagte sie wieder.

»Na gut. Aber wenn Sie schwindeln, dann wissen Sie ja, was Sie erwartet!«

»Ich schwindle nicht. Wirklich nicht.«

Er gab ihr jetzt den Apfel. Sie nahm ihn mit beiden Händen und fing gleich zu schlingen an. Dann machte sie plötzlich kehrt und taumelte wieder in den Keller. Er ging ihr zögernd ein paar Stufen nach, aber der Gestank, der ihm entgegenschlug, brachte ihn jäh zur Vernunft, und er blieb ruckartig stehen. Der Ekel war so stark, daß er jetzt überhaupt nicht mehr verstand, wie er sich hatte hierherlocken lassen. Er beschloß, sofort wegzugehen. Er eilte durch den Hof, aber als er am Ausgang war, fiel ihm ein, daß es doch schade um den Apfel sei und daß sie ihn eigentlich dafür bezahlen müßte. Das Geld … das Geld im Bettelnapf, dachte er; du mußt nur schnell machen, ehe sie wieder zurück ist. Wie konnte sie nur so unvorsichtig sein? Die ist auch nicht mehr ganz richtig beisammen. Läßt den Napf einfach stehen.

Verrückt! Verrückt!

Er ging zurück zum Keller und leerte den Inhalt des Blechnapfes in seine Taschen. Sie wird's nicht mal merken, dachte er, sie ist ja so verwirrt; sie wird denken, daß sie das Geld auf der Straße verloren hat.

Er wollte sich gerade aus dem Staub machen, als sie wieder heraufkam. »Wollen Sie schon gehen?«

»Ja … ich hab's mir überlegt … vielleicht ein anderes Mal.«

»Darf ich Sie ein Stück begleiten?«

»Natürlich.«

Sie ging jetzt neben ihm her. Sie hatte den leeren Napf noch nicht gesehen. Sie lächelte versonnen vor sich hin. »Ich hab's mir ja gleich gedacht, daß Sie's nicht ernst meinen«, sagte sie. »Sie sehen auch gar nicht danach aus, als ob Sie wirklich noch was von 'ner Frau wollten.«

»Sie verstehen Ihr Geschäft, was?«

»Das muß man doch«, lächelte sie. »Ich hab' schon öfter Kunden von Ihrer Sorte gehabt. Sind alle gleich. Sie wollen gar nicht, aber sie tun noch gern so, als ob sie's wirklich wollten.«

Sie traten auf die Straße. »Vielen Dank für den Apfel.«

Er wehrte ab.

»Vielleicht kann ich mal wieder was für Sie tun«, sagte sie freundlich, »man kann ja nie wissen … und wenn Sie mal wieder 'ne Auskunft brauchen, kommen Sie ruhig zu mir.«

Sie reichte ihm die Hand, und dann ging sie zurück in den Bordellhof. Ranek kaufte sich von dem Bettelgeld etwas frisch geschnittenen Tabak und machte sich daraufhin ohne Verzug auf den Heimweg.

»Vorhin war Dvorski da«, sagte Debora.

»Ich wußte nicht, daß du ihn kennst …«

»Ich kenne ihn.«

»Auch die Frau?«

»Ja, auch die Frau«, sagte sie.

»Was hat er gewollt?«

»Er hat dich gesucht. Aber er hat mir nicht gesagt, weshalb.«

»Dann werd' ich gleich mal rüber in den Keller gehen. Vielleicht ist's was Wichtiges.«

Ranek gab ihr die Lebensmittel. »War kein schlechter Tag heut.« Er grinste. »Mach rasch was zu essen. Koch 'ne Suppe aus dem Zeug. Die Äpfel heben wir auf.« Dann ging er davon.

Die Dunkelheit war rasch hereingebrochen, und die Straße lag verlassen da, wie immer um diese Stunde. Zuweilen brachte der Wind ein schauriges Wimmern aus den Büschen mit … aber das war nur das Wehklagen der Lebenden um die Toten … bekannte Laute, die das Schweigen der Straße nur leise aufrührten und kaum störten, denn sie gehörten zur Nacht. Ranek blieb ein paar Sekunden vor dem Keller stehen und schnüffelte wie ein Tier in der Luft herum. Es gibt Regen, dachte er.

Der Regen trommelte die ganze Nacht einsilbig auf das kaputte Dach der Ruine. Ab und zu schrie eine Frauenstimme aus dem Schlaf, und diese dünnen, halberstickten Schreie hörte man bis hinauf in den Hausflur.

Als gegen Morgen die Zimmertür aufgestoßen wurde, war Debora längst wach. Ein Mann stand unbeweglich auf der Schwelle. Debora erkannte ihn trotz des schlechten Lichtes: Ranek. Plötzlich ertönte wieder der Angstschrei. Er schloß jetzt die Tür und kam langsam durch das Halbdunkel auf sie zu.

»Es ist noch so früh«, sagte sie zu ihm.

»Ja, aber wer kann denn bei diesem Geschrei schlafen?«

»Mir ging's genauso«, sagte sie.

Ranek nahm neben ihr Platz. Er zündete sich eine Zigarette an und blickte schweigend ins Treppenhaus hinunter. Im Hauseingang war schon ein dämmriges Viereck sichtbar. Bald würde es sich auftun, und der Tag würde allmählich hereinfluten.

»Es ist Moisches Frau, die so schreit«, sagte er nach einer Weile, »du weißt doch, die Schwangere …«

Sie nickte bloß.

»Zuerst hab' ich gedacht, es wären schon die Wehen«, sagte er leise, »aber dann hab' ich zu mir gesagt: Das kann noch nicht sein, so weit ist es noch nicht. Und dann … so schreit man nicht, wenn man Schmerzen hat … so schreit man nur im Schlaf.«

»Alpträume«, flüsterte Debora.

»Vielleicht träumt sie nur vom Bordell«, meinte er nachdenklich. »Sie ist ja noch nicht lange von dort zurück.«

»Das kann sein«, sagte sie.

»Die Leute erzählen sich allerhand von ihr. Es heißt, daß das Kind ein Bankert ist.«

»Ja, das hab' ich auch gehört.«

»Ein Bankert«, sagte er, »ein verdammter Bankert.« Und er setzte hinzu: »Vielleicht träumt sie von dem Bankert … oder davon, daß Moische sie verläßt, wenn der Bankert erst mal da ist.«

Debora lächelte schwach. »Wie können wir wissen, wovon sie träumt?«

»Na ja!« sagte er.

»Man weiß nie, was in anderen Menschen vorgeht und warum sie im Schlaf schreien.«

»Es geht uns ja auch nichts an«, sagte er.

Er merkte, daß sie lauschend den Kopf hob und auf die Tür starrte, aber drinnen im Zimmer war es jetzt still geworden.

»Na endlich«, sagte er.

»Gib mir einen Zug von deiner Zigarette«, bat sie.

Vorsichtig nahm sie seine Hand; er spürte für einen kurzen

Augenblick, während sie an der Zigarette zog, die Feuchtigkeit ihrer Lippen an seinen Fingern, dann lehnte sie den Kopf zurück ans Treppengeländer.

Plötzlich sagte sie: »Gestern abend, nachdem du von Dvorski zurückkamst, wolltest du mir etwas erzählen, aber du hast dir's dann überlegt und bist gleich aufs Zimmer gegangen. War es wichtig?«

»Was Interessantes«, zwinkerte er.

»Na, sag schon«, drängte sie.

»Dvorski und ich, wir haben gestern was Geschäftliches verabredet.« Er holte tief Atem und schaute an ihr vorbei.

»Wir gehen heut nacht rüber auf die rumänische Seite!«

Sie tat einen erschreckten Ausruf.

»Über den Fluß ... jawohl.« Er versuchte zu grinsen. »Wie gefällt dir das?«

»Du weißt, daß Todesstrafe darauf steht. Die lassen doch niemanden rüber.«

»Wir fragen ja nicht.«

»Ach, Ranek!«

»Wir werden nur 'ne Stunde bleiben oder so was«, beruhigte er sie, »und kommen dann gleich zurück. Wir holen nur was rüber, verstehst du? Dvorski ist Berufsschmuggler. Mit ihm ist man sicher.«

11

Ranek wartete zur verabredeten Stunde vor dem Zaun. Die Dunkelheit schützte ihn vollkommen. Man sah weder Mond noch Sterne, und allem Anschein nach würde es heute nacht wieder regnen.

Allmählich wurde er ungeduldig, denn Dvorski ließ sich nicht blicken. Er hätte ihn zwar in der Kellerwohnung abholen können, aber da sie ausdrücklich vereinbart hatten, sich draußen zu treffen, um nicht die Aufmerksamkeit der Leute auf sich zu lenken, sah er davon ab.

Er hörte ein leises Trippeln in der Nähe der Latrine; es kam näher; aus der Dunkelheit tauchte ein Schatten auf, und er erkannte jetzt den gelben, zottigen Hund, der sich in der letzten Zeit immer hier im Hof herumtrieb.

Der Hund kam dicht an ihn heran und begann zu winseln. »Hast wohl auch Hunger?« flüsterte Ranek, »bist nur an die falsche Adresse geraten, was?« Er machte einen zögernden Schritt vorwärts, aber der Hund sprang plötzlich davon und verschwand wieder im Dunkeln, als wüßte er, was für schlechte Erfahrungen man mit Menschen machen kann, wenn man nicht scharf auf seine Haut aufpaßt.

Ranek spürte, wie die nervöse Unruhe von Minute zu Minute stärker wurde. Er wanderte hinüber zur Ruine, kam wieder zurück, spazierte einmal um die Latrine herum, näherte sich wieder dem Zaun und begann dann auf und ab zu gehen. Wo steckte Dvorski? Verdammt! Er zerkaute etwas Tabak, und während er sich dieser Beschäftigung hingab, dachte er an das Abenteuer, das ihnen heute nacht bevorstand.

Dvorski hatte ihm gestern mitgeteilt, daß zwei Bekannte von ihm vorgestern nacht versucht hatten, ans rumänische Ufer zu schwimmen. Flucht aus dem Getto. Während der Grenz-überschreitung waren sie von dem MG der Brücke beschossen worden. Einer wurde getroffen und blieb sterbend am anderen Ufer liegen, während der zweite zurückgeschwommen war. Er hatte sich dann noch durch die Büsche bis zu Dvorskis Keller durchgeschlagen und bei Dvorski übernachtet.

An sich war an der Geschichte nichts Besonderes. Sie war nicht mal interessant. Das Interessante war nur, daß der Tote Goldzähne hatte.

»Tote gibt's genug«, hatte Ranek zuerst zögernd gesagt, »auch welche mit Goldzähnen. Deshalb müssen wir nicht extra über den Drecksfluß.«

»Dummkopf, wir gehen rüber, weil das 'ne sichere Sache ist«, hatte Dvorski ihm geantwortet. »Weil wir keine Konkurrenz zu fürchten brauchen; niemand wird uns diesmal die Erbschaft vor der Nase wegschnappen.«

»Also 'ne sichere Sache?«

»Ganz sicher. Hundert Prozent.«

»Bist du auch sicher, daß der Tote noch dort liegt?«

»Natürlich. Wer soll ihn denn fortgeschafft haben? Das dauert manchmal Wochen, bis so einer von den Bauern entdeckt wird.« Und dann hatte Dvorski heiter hinzugefügt: »Kannte den Kerl gut. Wenn er lachte und dabei die Zähne entblößte, glänzte es buchstäblich.«

Er hörte jetzt schnelle Schritte auf der dunklen Straße. Kurz darauf stand Dvorski neben ihm. Er entschuldigte sich hastig. »Mußte warten, bis die Luft rein war.«

»Schlafen alle bei euch?«

»Ja.«

Sie gingen vorsichtig um die Ruine herum, dann schlugen die Büsche über ihnen zusammen. Sie hielten sich auf dem ausgetretenen, mit abgebrochenen Zweigen bestreuten, schmalen Pfad; sie gingen hintereinander, Dvorski immer einige Schritte vor Ranek. Erst als die Wegspur etwas breiter wurde, wartete Dvorski auf ihn, und dann trotteten sie dicht nebeneinanderher durch die Dunkelheit.

Nach einer Weile brach Dvorski das Schweigen. »Du gehst ja schon wieder wacklig.« Er stieß einen unterdrückten Fluch aus. »Mensch, wir haben heut nacht allerhand vor. Du mußt deinen Mann stellen. Ich rechne auf dich.«

Ranek spürte, wie Dvorski ihm etwas zusteckte: ein Stück Ersatzmehlbrot, alt, außen vertrocknet, aber innen klebrig wie Mehlkleister.

»Manchmal bist du wirklich sehr freigebig«, kicherte Ranek.

»Weil ich auch nicht allein gehen will ... so wie der Kerl, der gestern nacht in den Keller reingeschneit kam«, gab Dvorski zurück.

»Ich laß' dich doch nicht allein gehen«, kicherte Ranek. »Oder glaubst du, daß ich umfalle?«

»Hoffentlich nicht«, knurrte Dvorski.

Der Weg verlor sich plötzlich im Gestrüpp. Sie hörten zu sprechen auf. Sie hatten jetzt Mühe, sich zurechtzufinden, denn hier war das Gelände wie ein undurchdringlicher Dschungel, in dem die schwarze Nacht heimtückisch wie eine Falltür auf sie lauerte. Zuweilen hörten sie abgerissene Stimmen, die von irgendwoher kamen, einmal von links, einmal von rechts, und es kam ihnen vor, als wären es die Stimmen der Gestorbenen, die hier, im Gestrüpp, für eine Nacht wieder zum Leben erwacht waren. Sie waren bisher noch keinem Menschen begegnet, obwohl sie wußten, daß die Büsche nach wie vor nur so von Obdachlosen wimmelten und die leisen Stimmen aus den verschiedenen Richtungen echt waren und nicht bloß Ausgeburten ihrer erregten Phantasie.

Plötzlich trat Dvorski auf einen Körper. Sie hörten ein häßliches Quietschen. Eine Taschenlampe flammte auf. Die Gestalt eines Mannes kam von der Erde hoch. »Wer seid ihr?«

»Das, was ihr seid«, sagte Dvorski.

»Was macht ihr hier? Was geht ihr jetzt herum?«

»Wir gehen ein Stück spazieren«, grinste Dvorski.

Der Mann ließ die Taschenlampe sinken, knipste sie aber nicht aus. Erst jetzt bemerkte Ranek, daß ein paar Kinder in dem niedergehauenen Gestrüpp herumlagen, die offenbar zu dem Mann gehörten. Dvorski war also auf eines der Kinder getreten! Seitwärts hing ein zerbrochener Leiterwagen schief in den Zweigen.

»Mach das Licht aus!« sagte Dvorski jetzt.

Der Mann gehorchte. »Wohin geht ihr?«

»Das geht dich nichts an.«

»Seid ihr wirklich von hier?«

»Sehen wir etwa wie Touristen aus?«

»Das nicht.«

»Wir suchen jemand«, sagte jetzt Ranek. »Wir sind nicht von hier. Wir kommen aus der Stadt.«

»Ihr habt eine Wohnung?«

»Klar.«

»Wißt ihr nicht was für uns?«

»Nein.«

»Wieviel Kinder hast du?« fragte Dvorski.

»Fünf.«

»Und deine Frau und du ... das sind sieben?«

»Keine Frau, nur ich und die Kinder, nur sechs.«

»Nur sechs«, lachte Dvorski. »Viel Glück!«

Sie setzten ihren Weg fort. Bald gelangten sie ans Ende des Buschlandes, kamen an einen steilen Abhang, kletterten hinunter, und kurz darauf betraten sie den flachen Strand.

Es fing zu regnen an: kein Wolkenbruch wie gestern nacht, sondern ein feiner Sprühregen, der sich einem wie ein Netzschleier vor die Augen hängte. Ranek hüllte sich fester in seine zerrissene Jacke, er schlug den Kragen hoch, so wie immer, wenn es regnete, und er drückte auch den Hut tief ins Gesicht. Er trottete atemlos neben Dvorski her; seine Füße schmerzten bei jedem Schritt von den platten Schottersteinen. Aus der Ferne blinkte einen Moment lang das Licht einer Bahnlaterne auf, dann wurde es gleich wieder finster. Jetzt hörten sie das Rattern einer Eisenbahn: ein abgedunkelter Zug, der über die Brücke fuhr.

Sie begegneten wieder einigen Obdachlosen; erst waren es nur einzelne, dann wurden es mehr und mehr ... und sie stießen auf lange Reihen ... Menschen, die dicht nebeneinander saßen oder lagen.

»Sie können doch von der Brücke aus gesehen werden?« sagte Ranek, als fiele ihm das erst jetzt auf.

»Die auf der Brücke kümmern sich nicht um sie.«

»So dicht an der Grenze?«

»Das macht nichts. Die schießen erst, wenn einer zu nah an die Brücke rankommt oder versucht, über den Fluß zu schwimmen. Ansonsten tun sie den Leuten hier nichts. Weiß nicht, warum. Aber so ist es.«

»Es waren aber schon oft Razzien hier am Fluß.«

»Klar. Aber das hat nichts mit den Wachsoldaten auf der Brücke zu tun.«

»Na ja«, sagte Ranek, »das stimmt schon; trotzdem find’ ich’s seltsam, daß noch immer so viele Leute hier am Fluß schlafen. Da wären mir schon die Büsche lieber.«

»Das ist Ansichtssache. Die Polizei hat ’ne besondere Wut auf die Leute, die sich in den Büschen verstecken. Zuerst kommen immer die Büsche dran, wenn irgendwas los ist.«

»Ja, eigentlich hast du recht, aber weißt du, ich würde trotzdem nicht hier unten schlafen, wenn ich mal keine Wohnung mehr hätte.«

Dvorski zog ihn plötzlich zu Boden. Auf der Brücke war ein greller Scheinwerfer aufgeblitzt; der Lichtkegel kreiste sekundenlang über dem Fluß, wanderte dann hinüber zum anderen Ufer, kam zurück, huschte über den Strand, wurde umgedreht, beleuchtete ein Stück Himmellandschaft und verlosch.

»Ist es noch weit?« fragte Ranek, nachdem sie wieder aufgestanden waren und weiter stromaufwärts gingen.

»Nicht mehr weit.«

»Wir nähern uns schon zu sehr der Brücke.«

»Das kommt dir nur so vor.«

»Können wir nicht hier rüber?«

»Nein. Oder willst du in den Strudel reinkommen? Überlaß es nur mir. Ich kenn' den Scheißfluß besser als du. Weiter oben ist 'ne flache Stelle.«

Nach einigen Minuten blieb Dvorski stehen. »Hier«, sagte er. Er zog seine Schuhe aus, knotete sie zusammen und hängte sie sich über den Rücken. Dann krempelte er die Hosen hoch. Ranek machte es ihm nach, auch er zog die Hosenbeine bis über die Knie, nur hatte er's mit seiner Fußbekleidung etwas leichter und brauchte nicht soviel wie Dvorski zu schleppen. Er band die Lappen auf und steckte sie in die Jackentasche.

»Du gehst voran«, sagte Ranek.

»Hast wohl Angst?«

»Du zuerst.«

Dvorski watete ins Wasser. Er drehte sich noch mal um und

sah, daß Ranek noch immer zögerte. »Was ist los? Mach jetzt keine Geschichten.«

Der Dnjestr war um diese Jahreszeit noch eiskalt, die Strömung war reißend und konnte leicht einen Mann, der nicht fest genug auf den Füßen stand, wegschwemmen. Die beiden Männer keuchten vorwärts. Ranek strauchelte oft und mußte sich an Dvorski festhalten, der ihn immer wieder wegstieß. Als sie ungefähr die Mitte des Flusses erreicht hatten, ging drüben auf der Brücke der Scheinwerfer wieder an. Das Licht huschte über das Wasser. In seiner Angst schrie Ranek Dvorski etwas zu, aber seine Worte gingen vollkommen im Getöse des Wassers unter. In seinen rasenden Gedanken sah Ranek schon, wie der Lichtkegel sie erreichte und festhielt; er hörte Schüsse aufbellen und sah auch in diesem Moment, wie er und Dvorski bereits wie zwei tote Fische stromabwärts trieben. Er hielt sich wieder an Dvorski fest und stieß mit seinem verzerrten Gesicht gegen seine Schulter. Dann ... auf einmal ... der Lichtkegel tanzte ganz in ihrer Nähe, riß Dvorski ihn mit einer wilden Bewegung unters Wasser.

Als sie wieder auftauchten, war es stockdunkel. Sie warfen sich die Arme um die Schultern und lachten wie Jungens und kamen sich ein wenig verrückt vor. Ihre Körper schmerzten von dem kalten Wasser; Kälte kann wie spitze Nadeln stechen, und sie kann auch einen brennenden Schmerz erzeugen, und das ist dann so, als hinge man über einem offenen Feuer und hätte keine Haut mehr und wäre nur rohes Fleisch. Aber jetzt war es ihnen egal.

Wieder fuhr ein Zug über die Brücke. Ein kurzes Signal ertönte, das Rattern kam näher, dann hörten sie es in der anderen Richtung verklingen. Und dann blieb nur noch das Rauschen des

Flusses als einziges Nachtgeräusch.

Am rumänischen Ufer fielen sie erschöpft hin; sie blieben eine Weile liegen, den Kopf in den Armen vergraben, und dann begannen sie langsam, die Glieder zu bewegen, um ihren Blutkreislauf wieder zu regeln.

Der Strand bildete hier nur einen schmalen Streifen, der, wenige Meter vom Wasser entfernt, sanft anstieg. Oben, hinter der Böschung, war eine Landstraße, und hinter der Straße fingen schon die Felder an. Das Gefühl, der weiten, fruchtbaren Ackererde so nah zu sein, berauschte sie für Augenblicke; sie starrten atemlos hinüber und bekamen feuchte Augen; sie wußten, daß der Mais jetzt noch nicht reif war; erst im Sommer wurde er so gelb wie die Sonne und so hoch, daß ein erwachsener Mann darin verschwinden konnte.

»Komm jetzt«, sagte Dvorski leise, »oder willst du 'ne Aufnahme machen?«

»Dazu ist es zu dunkel«, antwortete Ranek, »und du ... red nur nicht soviel ... dir geht's nicht besser als mir.«

Sie standen auf und liefen geduckt am Strand entlang. »Vielleicht ist er nicht mehr da? Ich habe dich gewarnt!«

»Dummheiten«, zischelte Dvorski, »der ist da.« Sie fuhren fort, den Boden abzusuchen. Dvorski wußte doch, wo die Stelle war? Sie konnten doch nicht fehlgehen?

Es dauerte nicht lange, da fanden sie den Toten. Er lag auf dem Bauch. Der Körper ruhte auf dem feuchten Sand, während Kopf und Arme im Wasser lagen. Der Mann war in den Rücken getroffen worden; er mußte sich sterbend umgedreht haben und war dann nach vorn gefallen und ins Wasser gerutscht.

In nächster Nähe rauschte ein kleiner Bach, der aus den Feldern kam und sich in den Fluß ergoß. Sie zogen den Toten aus dem Wasser heraus. Und sie schleiften ihn weiter, bis zum Bach, und am Bach entlang, bis zur Straße und legten ihn zwischen die Maisstauden.

»Hier kann uns kein Schwein sehen«, sagte Dvorski.

Ranek nickte stumm. Sie hatten sich neben dem Toten hingesetzt und ruhten sich aus. Sie blickten mit halbgeschlossenen Augen auf die Weiden, die vereinzelt am Bachrand standen und die der Wind um die Taillen gepackt hatte und hin- und herschüttelte wie widerspenstige Frauen, und sie lauschten dem Klatschen des Regens auf den Maisblättern und auf der weichen Lehmerde.

Sie hatten den Toten nackt ausgezogen und seine Kleider zu einem Bündel zusammengeschnürt. Dann hatten sie ihn auf den Rücken gelegt. Dvorski hielt eine kleine Zange und einen Schraubenzieher in der Hand. »Paß auf«, sagte er halblaut, »du hältst den Kopf, während ich ziehe.«

Ranek nickte. Er faßte zögernd den kalten, nassen Kopf des Toten an; die Gesichtszüge waren durch die Nacht nicht zu erkennen. Besser, du hast sie nicht gesehen, dachte er, da bleibt wenigstens keine Erinnerung.

Er drückte den Kopf mit seiner ganzen Kraft gegen die Erde, damit er nicht abrutschte.

»Kannst du es ohne Licht machen?«

»Ja.«

»Sind's die Backenzähne?«

»Nein, nur die vorderen.«

»Bist du auch sicher?«

»Klar, ich hab' ihn doch gut gekannt.«

»Was ist mit den Backenzähnen?«

»Amalgam, wertlos.«

»Du schaust dir deine Freunde gut an, was?«

»Gründlich«, sagte Dvorski.

Dvorski hatte sich auf den Toten gesetzt. Er sah wie ein großer Käfer aus. »Ich fang' an. Hältst du auch fest?«

»Ja. Fang schon an!«

Während Dvorski keuchend einen Zahn nach dem anderen herauszog, zerrte er den Kopf des Toten jedesmal mit, und Ranek mußte den Kopf immer wieder zurückdrücken; er hatte dabei das grauenhafte Gefühl, als ob der Tote sich verzweifelt gegen die fremde Hand wehrte, die ihm Gewalt antat.

Als Dvorski fertig war, sagte Ranek: »Allerhand, ein Zahnarzt hätte es nicht besser machen können.«

»Ja, ich versteh' meine Arbeit.«

»Hast du alle?«

»Ich hab' mehr gezogen als nötig war, um sicherzugehen. Sind auch 'n paar weiße drunter. Wir werden sie zu Hause aussortieren.«

»Gut. Gib mir jetzt ein paar davon.«

»Laß sie bei mir. Meine Taschen sind besser als deine. Wir teilen zu Hause.«

»Ich will ehrliches Spiel«, sagte Ranek drohend.

»Du kannst ja beim Sortieren zuschauen«, höhnte Dvorski.

12

Das Kaffeehaus war wieder mal zum Bersten voll. Trotzdem kamen immer noch mehr Leute, Bettler, die scheu ihren Hut in der Hand hielten und die Itzig Lupu schnell wieder hinausexpedierte, andere, die verstohlen auf den kleinen Eisenofen zuschlichen, um ihre Hände zu wärmen oder was zu rösten, und wieder andere, Gut- und Schlechtangezogene, die ratlos herumstanden und auf einen freien Tisch warteten.

Der Mann am Nachbartisch, dem Raneks Aufmerksamkeit galt, trug einen frisch gebügelten, hellblauen Anzug, der aussah, als käme er direkt von einem Bukarester Maßschneider; auch das gestärkte Hemd, die Seidenkrawatte, die spitzen Lackschuhe mit den mausgrauen Gamaschen waren von einer aufdringlichen Eleganz. Er war ein dicker, kahlköpfiger Mann in den Fünfzigern; sein feistes, etwas verschwitztes Gesicht mit den kleinen Hängebacken, dem Doppelkinn und den schläfrigen, blauen Augen hätte einem reichen Spießer gehören können, wenn Ranek nicht gewußt hätte, daß hier, ganz in seiner Nähe, einer der berüchtigtsten Schieber von Prokow saß.

Ranek hatte bereits einen Käufer für die Goldzähne. Der Mann sollte ihn hier um fünf Uhr treffen. Ranek war absichtlich etwas früher gekommen, um allein einen Kaffee zu trinken und sich die Preisfrage nochmals in Ruhe durch den Kopf gehen zu lassen. Lebensmittel waren besser als bares Geld. Sagen wir: einen Monatsvorrat Mais, Hirse, Kartoffeln? Etwas Fleisch? Ja, auch Fleisch! Ranek fragte sich jetzt, ob er nicht lieber dem Dicken die Zähne anbieten sollte. Man konnte das schnell erledigen, ehe der andere kam. Er dachte eine Weile darüber nach, kam aber dann zu dem Schluß, daß es besser sei, zu warten; der Dicke war jetzt in Gesellschaft und würde im Augenblick kaum mit sich reden lassen; außerdem, wenn das Geschäft mit dem anderen nicht klappte, hatte man ja immer noch Zeit, den Dicken aufzusuchen. Er wußte, daß man ihn zu jeder Zeit auf dem Basar, beim Friseur oder hier im Kaffeehaus antreffen konnte. Also abwarten!

Ihm fiel jetzt ein, daß er den Dicken mal fragen könnte, wie spät es war. Er stand auf und ging zu ihm hinüber.

»Können Sie mir sagen, wie spät es ist?«

Der Dicke musterte ihn verächtlich; dann schob er langsam den Rockärmel hoch und schaute auf seine Armbanduhr. »Zehn vor fünf«, sagte er kurz.

»Danke.«

Der Dicke fing jetzt zu schmunzeln an, weil Ranek nicht zurückging, sondern stehengeblieben war und fasziniert auf die glänzende, silberne Armbanduhr starrte. Er schob den Rockärmel noch weiter zurück und bewegte den fetten Arm ein wenig, als wollte er Ranek die Uhr von allen Seiten zeigen.

»Gefällt Ihnen die Uhr?«

Ranek hatte diese Frage nicht erwartet. »Ja«, nickte er, »sie gefällt mir.«

Plötzlich sagte der Dicke: »Ich hab' sie nicht gestohlen!« Aus seinem Gesicht war die freundliche Miene verschwunden, und in die soeben noch schläfrigen Augen trat ein stechender Ausdruck.

»Hab' ich auch nicht behauptet«, sagte Ranek kalt, »ich wollte nur wissen, wie spät es ist, schere mich 'n Dreck darum, wie Sie zu der Uhr gekommen sind.«

Er bemerkte auf einmal, daß ihr Tisch im Mittelpunkt des allgemeinen Interesses stand, aber da er genau wußte, daß der Dicke bloß zum Spaß ein Schauspiel geben wollte und ihn absichtlich provozierte, drehte er sich kurz um und begab sich zu seinem Tisch zurück. Er kannte ja diese Sorte von Wichtigtuern.

Ranek trank schweigend seinen Kaffee. Er saß auch diesmal dicht unter dem Fenster wie damals mit Sigi. Einmal blickte er zufällig hinaus und bemerkte auf der anderen Seite der verschmierten Fensterscheibe ein plattgedrücktes Gesicht unter einem Paar hungriger Augen, die mit fiebrigem Glanz in seine Kaffeetasse starrten. Er schob seinen Stuhl herum, so daß er jetzt mit dem Rücken gegen das Fenster saß. Die kann man auch nicht loswerden, dachte er ärgerlich.

Inzwischen war die Gesellschaft am benachbarten Tisch fortgegangen. Nur der Dicke war allein zurückgeblieben. Ranek konnte sehen, wie er ein paar Rechnungen auf ein weißes Stück Papier schrieb, eine Zeitlang mit gespanntem Gesicht darüber grübelte, das Papier dann zusammenknüllte, ärgerlich auf den Fußboden warf, um es aber gleich wieder aufzulesen, als fürchte er, daß es einem Unberufenen in die Hände fallen könnte. Dann stand auch er auf und ging mit majestätischen Schritten durch den Saal. Die Umherstehenden traten ehrfürchtig zur Seite; es sah aus, als wollten sie Spalier bilden, um einen König oder einen General hindurchzulassen. Das ist ein ganz Großer, dachte Ranek, nicht bloß so ein Gelegenheitsschieber wie Dvorski.

Ranek griff jetzt in seine rechte Jackentasche. Er hatte sie notdürftig geflickt, auf eine einfache Methode, indem er die Stoffetzen miteinander verknotet hatte. Die Tasche war zwar dadurch kleiner geworden, hielt aber vorläufig dicht. Er fühlte jetzt die Zähne; sie waren mit dem feuchten Tabak vermischt, den er in derselben Tasche verstaut hatte ... er ließ sie spielerisch durch die Finger gleiten, dann schob er sie zur Seite, behielt nur den Tabak zwischen den zusammengepreßten Fingerspitzen und drehte sich dann eine Zigarette.

Sechs Goldzähne waren es gewesen: drei für Dvorski, drei für Ranek; außerdem waren noch die Kleider des Toten da. Ranek hatte einen Zahn und seinen Anteil an den Kleidern sofort an Dvorski verkauft, weil er hungrig war und nicht warten konnte. Natürlich hatte Dvorski die Situation wieder mal ausgenützt und den Preis weit unterboten: Zwei Ersatzmehlbrote, einige Zuckerrüben, etwas Tabak und ein Säckchen Maismehl, das kaum für eine Woche reichen würde. Dann, beim Weggehen, hatte er ihm noch zwei Markscheine in die Hand gedrückt. Ranek hatte, außer dem Tabak und dem Geld, alles Debora übergeben.

Sie kannte bereits die ganze Geschichte mit allen Einzelheiten.

»War er auch wirklich tot?« hatte sie ihn gefragt.

»Natürlich. Oder glaubst du, daß wir sie ihm bei lebendigem Leibe rausgezogen haben?«

»Nein, nein, sei nicht bös. Es ist eine dumme Frage.«

»Na also.«

»Was willst du mit den übriggebliebenen Zähnen machen? Wirst du sie auch an Dvorski verkaufen?«

»Nein, die kriegt er nicht. Du weißt, daß er nur Spottpreise zahlt.«

»Wem willst du sie denn verkaufen?«

»Weiß noch nicht, wem. Werd' ein bißchen rumschauen.«

Ranek zog genießerisch an seiner Zigarette; er starrte auf das verkohlende Zeitungspapier, dann griff er wieder nach der Kaffeetasse und schlürfte aus, was noch auf ihrem Boden zurückgeblieben war. Er dachte daran, wie schnell er den Kunden für die Zähne gefunden hatte. Hoffentlich klappte es auch.

Es war am Nachmittag auf dem Basar gewesen, als er plötzlich, ein paar Schritte entfernt, einen Mann in der bunten Menge erblickte, der ihm bekannt vorkam: ein Mann von niedrigem Wuchs, der eine Sportmütze trug, die schief in das schäbige Gesicht gedrückt war. Den hast du doch mal getroffen, als du Hofer in dem roten Haus gesucht hast; das ist doch der Kerl, der dir damals den Schnaps abkaufen wollte und glaubte, es wäre Öl? Ein verrückter Kerl. Aber Geld scheint er zu haben. Als Ranek ihn ansprach, war der Mann gerade dabei, gefleckte Bohnen zu kaufen. Er ließ sie sich in ein Tuch wickeln und steckte sie in die Tasche.

»Ach, Sie sind's? Ja, ich erinnere mich. Hab' ein paar Bohnen gekauft, wie Sie sehen. Bohnen sind nicht schlecht. Man verdaut sie geräuschvoll, da weiß man wenigstens, daß man was gegessen hat, ha, ha.« Er lachte dröhnend und klopfte ihm auf die Schulter.

»Ich hab' was zu verkaufen«, flüsterte Ranek. Er dämpfte seine Stimme noch mehr: »Goldzähne.«

Der Mann wurde auf einmal interessiert. »Zeigen Sie mal her!«

»Nicht hier. Das geht doch nicht.«

Ranek zog ihn auf die Seite. »Haben Sie wirklich Interesse dafür?«

Der Mann nickte.

»Ich bin Vermittler von Beruf. Ich könnte sie für jemanden brauchen.«

»Wann können Sie den Mann bringen?«

»Lassen Sie mich mal überlegen ...«

»Wollen Sie mich später im Kaffeehaus treffen?«

»Gut, im Kaffeehaus.«

»Wann?«

»Sagen wir ... so gegen fünf?«

»Ist in Ordnung. Ich werde auf Sie warten.«

Er bestellte noch einen Kaffee. Diesmal wurde er von der Frau des Wirtes bedient. Sie hatte ein müdes, verwaschenes Gesicht, aber sympathische Augen, die gutmütig zwischen einem Netz feiner, brauner Runzeln hindurchblickten. Sie war etwas größer als Itzig. Sie trug ein dünnes Kleid, das mit der Zeit ein wenig zu eng geworden war; wenn sie dicht vor einem stand, konnte man die Brustwarzen wie kleine, dunkle Teller hindurchschimmern sehen. Ranek wußte, daß Itzig sie wie eine Dienstmagd behandelte.

Sie stellte die Tasse vor ihn hin, legte den Löffel sorgsam daneben und lächelte ihn freundlich an.

»Mal was anderes, wenn man von 'ner Frau bedient wird«, grinste Ranek.

»Das sagen alle.«

»Ihr Mann stellt die Tasse immer nur an den Tischrand, und meistens vergißt er den Löffel.«

»Weil er keine Geduld hat. Ich widme mich meinen Gästen immer mehr als er. So ist er ... keine Nerven mehr ... was kann man da machen?«

Ranek legte den letzten Geldschein auf den Tisch. Sie steckte ihn ein und wollte wieder gehen, aber während sie sich umdrehte, stieß sie so ungeschickt gegen den wackligen Tisch, daß der Löffel auf den Fußboden fiel.

Als Ranek sich bückte, um ihn aufzuheben, fiel einer der Zähne aus seiner Tasche heraus. Er sah den Zahn neben das Tischbein rollen; er vergaß den Löffel und haschte nach dem Zahn, aber die Frau war schneller als er und kam ihm zuvor.

Er schaute ihr verlegen zu, wie sie beides aufhob, den Löffel wieder sorgfältig neben die Tasse legte und dann den Zahn neben den Löffel.

Wieder streifte ihn ihr freundlicher Blick, der nichts weiter zu sagen schien, als: Hier ... das ist der Löffel ... und das ist der Zahn. Als gäbe es keinen Unterschied zwischen diesen Dingen.

Er entschuldigte sich. »Es war ein Versehen.«

Sie tat erstaunt. »Aber nein, es war ja nur meine Ungeschicklichkeit.«

»Ich meine nicht, daß … der Löffel runterfiel; ich meine, daß … der Zahn …«

»Ach so!«

»Hab' ich Sie erschreckt?«

»Nein. Warum denn?«

»Ich dachte nur.«

»Sie haben sich den Zahn selbst rausgezogen, nicht wahr?«

»Nein, er war locker, fiel einfach raus.« Er grinste sie ausdruckslos an.

»Sie brauchen sich doch deshalb nicht zu genieren«, sagte sie, und sie beugte sich dicht an sein Ohr: »Sie sind nicht der einzige, der die Zähne verliert.«

Sie betrachtete den Zahn neugierig. »Wie das glänzt!« sagte sie bewundernd. »Ist das auch wirklich Gold?«

»Natürlich.«

»Es muß Ihnen sicher mal gutgegangen sein?«

»Es ist mir nicht dreckig gegangen«, sagte er. Während er den Zahn wieder einsteckte, blickte sie scheu zur Theke.

»Mein Mann wird schon ungeduldig«, sagte sie, aber sie machte keine Anstalten wegzugehen.

»Ach, lassen Sie ihn doch«, grinste er, »Sie arbeiten mehr als genug. Sie dürfen sich nicht so von ihm rumjagen lassen.«

»Er hat's nicht gern, wenn ich so lange mit jemandem rede.« Sie fügte schelmisch hinzu: »Besonders nicht mit Männern. Manchmal weiß ich wirklich nicht, ob's ihm nur um die verlorene Arbeitszeit geht oder ob er eifersüchtig ist.«

»Er ist bestimmt eifersüchtig«, scherzte Ranek.

Sie wischte kichernd mit dem Wischtuch auf dem Tisch herum. »Sie sind doch Stammgast bei uns?«

»Ja, mehr oder weniger.«

»Sie sind mir nämlich schon oft aufgefallen«, kicherte sie.

»Mein Hut wahrscheinlich?« grinste er.

»Nein«, sagte sie, »nicht bloß der Hut.« Ihr forschender Blick wanderte über sein Gesicht, dann weiter über seinen zerrissenen Anzug und dann wieder über sein Gesicht. »Sie sind doch bestimmt noch ein junger Mensch?« fragte sie etwas unsicher.

»Was man so jung nennt«, scherzte er.

»Kommen Sie doch mal vorbei, wenn nicht so viel zu tun ist, dann können wir ein bißchen länger schmusen.«

»Gern.«

»Ich gehe oft spazieren«, sagte sie langsam, »so gegen Abend; mein Mann hat ja keinen Sinn für so was.«

Ranek nickte. »Ich gehe auch oft spazieren«, sagte er, »und auch meistens gegen Abend.«

»Sie dürfen mich mal begleiten«, sagte sie halb im Scherz.

»Gern«, sagte Ranek.

»Ja, das wäre nett. Ich muß aber jetzt wirklich gehen, der wird sonst wütend.« Sie ging geziert weg. Er schaute ihr nach. Von der kann man vielleicht was rausholen, dachte er.

Plötzlich hörte er, daß jemand laut den Namen des Wirtes durch den Saal rief; auf der Türschwelle stand eine Frau, die aufgeregt ihre Arme schwenkte.

»Herr Lupu!« rief sie wieder. »Herr Lupu, Herr Lupu! Kommen Sie doch mal schnell her!«

Itzig stürzte jetzt hinter der Theke hervor, auf die Tür zu und verschwand mit der aufgeregten Frau auf die Straße. Da ist schon wieder irgendwas los, dachte er kopfschüttelnd.

In diesem Augenblick betrat der Mann mit der schiefen Sportmütze das Lokal. Er war allein. Er schaute sich suchend um und kam an Raneks Tisch.

»Wo ist der Mann, den Sie mitbringen wollten?«

»Er konnte nicht kommen. Aber wir können das Geschäft auch ohne ihn erledigen.«

Vielleicht hat er's sich überlegt und will die Zähne selber kaufen, dachte Ranek. Na, wir werden ja sehen.

»Kann man die Ware mal anschauen?«

Ranek nickte, dann aber sah er, daß Lupus Frau wieder zurückkam, und er flüsterte hastig: »Warten Sie noch!«

Während sie die Tasse abräumte und den Kaffeesatz vom Tisch herunterwischte, fragte er: »Warum ist denn Ihr Mann auf die Straße rausgelaufen? Ist irgendwas nicht in Ordnung?«

»Ach, nichts Schlimmes«, sagte sie.

»Was war denn los?«

»Jemand ist gestorben.«

»So?«

»Einer von den Leuten, die nachts bei uns schlafen.«

»Ein Mann?«

»Ich weiß nicht. Das ist doch egal. Irgend jemand.« Sie fügte klagend hinzu: »Mein Mann muß sich auch um alles kümmern; jetzt muß er sich noch wegen der Beerdigung den Kopf zerbrechen.«

»Ist der frei gewordene Platz noch zu haben?« fragte er lauernd.

Sie blickte ihn verblüfft an. Dann erhellte sich ihr Gesicht, als ginge ihr erst jetzt ein Licht auf: »Natürlich! Wollen Sie den Platz?« Sie war ganz aufgeregt.

»Ich werde gleich mit Ihrem Mann sprechen.«

»Warten Sie lieber. Jetzt ist er zu sehr beschäftigt. Ich schicke ihn nachher an Ihren Tisch.«

»Wird es nicht zu spät sein?«

»Nein. Überlassen Sie's nur mir.«

»Gut. Ihr Wort genügt mir.«

»Geben Sie mir 'nen Schwarzen«, sagte der Mann mit der Sportmütze jetzt zu der Frau.

Nachdem sie wieder fort war, fing der Mann breit zu grinsen an: »Die ist ja ganz scharf auf Sie!«

»Ach was! Das kommt Ihnen nur so vor.«

»Man erzählt sich 'ne Menge von ihr.« Der Mann beugte sich etwas vor und blickte geheimnisvoll. »Sie bezahlt für die Liebe«, sagte er dann leise. »Sie wissen ja, was ich meine?«

»Ja, ich hab' Sie verstanden.«

»Sie kann's sich auch leisten.«

»Weiß der Mann was davon?«

»Der geht ganz im Geschäft auf. Der kümmert sich nicht drum.«

Ranek schaute mit gespielter Gleichgültigkeit auf die feuchte Tischplatte und rieb seine knochigen Hände gegeneinander.

»Sie ist alt«, sagte der Mann verächtlich.

»Deshalb bezahlt sie eben für die Liebe«, grinste Ranek, »das macht sie wieder jung.«

Der Mann nickte tiefsinnig. Dann fragte er: »Haben Sie den Kerl gekannt, mit dem sie in der letzten Zeit immer rumgelaufen ist?«

»Nein.«

»Ein Glatzkopf«, sagte der Mann, »dabei war er 'n ganz junger, 'n junger mit 'ner Glatze.«

»Die sucht sich nur junge Männer aus, was?«

»Ja, nur junge Männer, die arm sind und nichts zu fressen haben. Die kriegt sie dann billig.«

»Was ist mit dem Glatzkopf geschehen?«

»Weiß ich nicht. Vielleicht hat sie ihn stehenlassen, weil er nichts mehr gekonnt hat? Oder er ist gestorben? Oder geschnappt worden? Keine Ahnung.«

Der Mann schneuzte sich umständlich und wischte seinen Handrücken unter der Tischplatte ab. »Sie wollen also wirklich ins Kaffeehaus ziehen?«

»Ja.«

»Sind doch nicht etwa obdachlos?«

»Nein ... das nicht ... will mir ein bißchen meine Lage verbessern.«

»Wer will das nicht?«

Ranek nickte. Der braucht nicht zu wissen, daß du vorübergehend mit dem Roten unterm Küchenherd schläfst, dachte er. Er braucht auch nicht zu wissen, daß du nun schon seit Tagen auf die Plätze der beiden Halbtoten unter dem Fenster wartest. Ranek überlegte schweigend. Die Leute im Nachtasyl hatten erwartet, daß die beiden Halbtoten schnell sterben würden, aber sie hatten sich geirrt. Es mochte sein, daß ihnen irgend jemand im geheimen etwas zu essen zusteckte. Vielleicht Hofer? Auf jeden Fall waren die beiden noch da. Sollte er noch warten? Lohnte es sich? Es konnte ja doch nicht mehr lange mit den beiden dauern, eine kleine Verzögerung, das war alles. Aber Ranek wußte plötzlich, daß er nicht länger warten würde, schon deshalb nicht, weil kein Zweifel bestand, daß man bei Lupu, der von der Polizei gedeckt wurde, während einer Razzia besser aufgehoben war als im Nachtasyl. Das Nachtasyl war eine Falle. Weiter nichts. Und auf Daniel war kein Verlaß; der war nicht immer da, wenn man ihn brauchte.

»Hab' im Augenblick 'ne ganz gute Wohnung«, prahlte Ranek, »aber 's ist zu unsicher dort. Hier bei Lupu ist man sicher vor den Razzien.«

»Bei Lupu ist noch nie was passiert. Da haben Sie recht. Der hat die ganze Polizei bestochen, von den niedrigsten bis zu den höchsten Graden; angeblich sogar den Polizeichef.«

»Die Wohnung hat bloß ein paar Haken«, sagte Ranek, »und einer davon ist, daß sie nur für die Nacht ist, aber da ich am Tag sowieso selten zu Hause bin, ist das kein Problem; natürlich hat man auch mit dem Kochen Schwierigkeiten, aber dafür gibt es genug offene Herde in den Ruinenfeldern. Solange Sommer ist, ist auch das kein Problem.«

»Das stimmt.«

»Im Winter ist das schlimm«, sagte Ranek, »aber der Winter ist noch weit; so lange kann heute niemand vorausplanen. Vorläufig ist es gut bei Lupu … das ist die Hauptsache; deshalb gut, weil man nachts ohne Angst schlafen kann, und das ist mehr, als ein Mensch heute vom Leben verlangen darf.«

Der Mann nickte.

»Lassen Sie sich die Gelegenheit nicht entgehen. Nur man feste zupacken! Sie sind doch allein, nicht wahr? Haben doch keine Familie, die Sie behindert?«

»Ich habe Familie«, sagte Ranek.

»Was werden Sie denn mit denen machen?«

»Weiß ich noch nicht.«

Der Mann grinste und rückte an der schiefen Mütze. »Wo wohnen Sie denn im Augenblick?« fragte er.

»Neben dem alten Bahnhof, 'ne Ruine ist's. Man nennt's Nachtasyl.«

»Hab' schon davon gehört. Kostenlos, wie?«

»Ja.«

»Hier werden Sie natürlich Miete bezahlen müssen.«

»Das läßt sich regeln.«

»Sie werden schon was ausknobeln, was?«

»Man zahlt im ersten Monat pünktlich«, lächelte Ranek, »damit man erst mal drin ist, und nachher macht man Schulden.«

»Man sieht, daß Sie nicht auf den Kopf gefallen sind.«

Die Frau kam jetzt mit dem Kaffee, aber sie hielt sich diesmal nicht lange auf, kassierte und hastete weiter zum nächsten Tisch.

»Gehen wir jetzt zum Geschäftlichen über? Wieviel Zähne haben Sie mitgebracht?«

»Zwei«, sagte Ranek.

»Nicht mehr?«

»Nein. Bloß zwei.«

»Zeigen Sie mal her!«

Ranek ließ die Zähne wie Würfel über den Tisch rollen. Der Mann prüfte sie eingehend. Sein Gesicht war undurchdringlich; es kam Ranek für einen Augenblick vor, als trage es plötzlich Dvorskis Züge, nur daß es kleiner und spitzer war. Der Mann legte die Zähne wieder auf den Tisch und tat einen tiefen Schluck aus der Kaffeetasse. »Ich bin nur Vermittler«, sagte er verbindlich, »Sie wissen ja, wie das Geschäft funktioniert? Sie geben mir die Ware, eine Woche später kriegen Sie das Geld?«

Ranek kniff die Augen zusammen. »Das ist mir neu«, sagte er scharf. »Seit wann übernimmt denn ein Vermittler die Ware? Vermittler bringen bloß den Kunden und kriegen ihre Provision nach Abwicklung des Geschäfts.«

Der Mann wurde unruhig. »Das war mal so ... früher ... das war die alte Methode.«

»Keine Ausflüchte. Wir haben's von Anfang an so vereinbart.«

»Vereinbart oder nicht vereinbart; er konnte doch nicht kommen.«

»Ohne Geld keine Ware!« sagte Ranek kurz. Ranek zweifelte jetzt nicht mehr daran, daß der Mann nur hierhergekommen war, um ihn zu bestehlen, und daß er auf Nimmerwiedersehen verschwinden würde, wenn er ihm die Zähne jetzt gab.

Er steckte die Zähne wortlos in die Tasche.

»Was machen Sie da?« fragte der Mann unsicher. »Trauen Sie mir nicht?« Er hob beschwörend die Hände.

Ranek beugte sich plötzlich zu ihm hinüber. »Mach, daß du wegkommst«, sagte er drohend, »aber schnell!«

»Ich habe ehrliche Absichten«, stotterte der Mann.

»Schnell!« zischte Ranek. »Eh' ich dir Beine mache, du Arschloch!«

Ranek war wütend aufgestanden. Auch der Mann hatte sich erhoben; er stand mit schweißbedecktem Gesicht neben seinem Stuhl und stützte sich müde mit dem Ellbogen auf die hohe Lehne, als wäre plötzlich etwas in ihm zusammengebrochen.

»Bist du noch immer da?«

»Was wollen Sie?« lächelte der Mann matt. »Man muß leben! Irgendwas muß man doch machen!«

»Erzähl mir jetzt keine Jammergeschichten. Hau ab!«

Der Mann drehte sich plötzlich um und ging. Er blickte nicht mehr zurück.

Ranek nahm wieder Platz. Er bemerkte, daß in der Tasse des anderen noch etwas Kaffee zurückgeblieben war. Er trank. Der Kaffee war schon kalt.

»Meine Frau unterrichtet mich soeben davon, daß Sie hier wohnen möchten?« Itzig Lupu rang geschäftsmäßig seine Hände. »Hab' den Toten soeben wegschaffen lassen«, sagte er achselzuckend, während die kleinen Augen unruhig in seinem

Luchsgesicht hin und her irrten, »war 'ne lange Zeit bei mir auf Untermiete ... ist leider verhungert. Was kann man da machen? Er schuldet mir sogar noch einen Kaffee; den gab ich ihm gestern als Stimulierungsmittel; hat aber nichts genützt. Es ist bedauerlich, nicht wahr?« Lupu stieß einen dramatischen Seufzer aus: »Ich bin anständig und geb' den Leuten, die hier wohnen, immer mal Kredit, aber wie Sie selbst sehen, man kriegt es nicht wieder.«

»Die Toten bezahlen keine Schulden«, grinste Ranek.

»So ist es«, sagte Itzig Lupu. »Also, um auf den Schlafplatz zurückzukommen ...«, er machte eine bedeutungsvolle Pause, »... der Platz ist nicht schlecht, gar nicht schlecht. Nach Torschluß werden die Tische und Stühle zusammengerückt, es wird sauber ausgekehrt ... wir leben nämlich hier mit einem System ... alles verläuft ordnungsgemäß ... so wie in einem richtigen Heim.« Er warf Ranek einen gönnerhaften Blick zu. »Sie werden mit einigen anderen Leuten unter den Tischen schlafen. Ist so wie ein Himmelbett.«

»Auf den Tischen wär's mir lieber«, sagte Ranek.

»Sie können nur kriegen, was frei ist.«

»Vielleicht könnte jemand mit mir tauschen? Auf Ihre Anregung natürlich.«

»Nein, das geht nicht.« Itzig schüttelte energisch den Kopf. Dann sagte er bissig: »Der Fußboden ist sauber, das hab' ich Ihnen doch schon gesagt! Bei uns hier ist kein Schweinestall!«

»Na ja, wenn's nicht anders geht.«

»Kostenpreis: Fünf Mark monatlich. Natürlich im voraus bezahlt! Keine Rubel! Keine Lei! Fünf Mark!«

»Nehmen Sie auch Lebensmittel?«

»Nein. Ist zuviel Wirrwarr. Ich führe nämlich Buch. Fünf Mark, wie gesagt.«

Ranek wußte, daß Itzig log und daß er auch andere Valuten oder Lebensmittel nahm, aber das war ihm jetzt sowieso egal.

»Ich erwarte Anfang nächster Woche wieder Geld«, sagte Ranek zögernd, »bis dahin müssen Sie sich gedulden.«

»Tut mir leid!« Das Luchsgesicht wurde abweisend. »Hab' genug Anwärter für den Platz. Brauche nur den kleinen Finger zu rühren.«

Ranek brachte die Zähne zum Vorschein; er hielt sie wie große Diamanten zwischen den Fingerspitzen, legte sie dann in die andere hohle Hand und bewegte die Hand spielerisch unter der Fensterscheibe. »Sie glauben mir nicht, was? Hier, gucken Sie sich das mal an! Was ist das? Dreck vielleicht? Sobald die Zähne verkauft sind, kriegen Sie Ihr Geld.«

Das Luchsgesicht glättete sich wieder, und seine Stimme wurde freundlich: »Davon hat mir meine Frau gar nichts erzählt. Gutes Gold. Allerhand. Aber sehen Sie, auf ein bloßes Wort kann man sich heutzutage nicht mehr verlassen. Was mache ich zum Beispiel, wenn Sie sich am Monatsende aus dem Staub machen oder, wenn Sie, Gott behüte, das Zeitliche segnen?«

»Aber ich bitte Sie«, warf Ranek beleidigt ein.

»Sie haben mich nicht ausreden lassen«, sagte Itzig, noch immer freundlich. »Bitte, mißverstehen Sie mich nicht! Wenn Sie zum Beispiel einen der Zähne als Pfand zurücklassen, dann wäre die Angelegenheit doch erledigt, nicht wahr? Warum soviel Schwierigkeiten machen? Und sobald Sie die Miete bezahlt haben, dann kriegen Sie den Zahn sofort zurück.«

Ranek überlegte. Er hatte sich die Sache mit dem Umzug nun einmal in den Kopf gesetzt und wollte sie durchführen. Zwar würde Itzig mit dem Pfand einen Druck auf ihn ausüben, aber schließlich mußte man die erste Monatsmiete sowieso bezahlen;

es blieb sich also gleich. Die Frage war, ob Itzig ihm auch den Zahn zurückgeben würde. Das mußte man eben riskieren! Und dann, dachte er, bleibt ja immer noch die Frau! Ein bißchen mit ihr anbandeln und sie dann warmhalten, solange man sie brauchte! Mit ihrer Rückendeckung würde es kaum viel Schwierigkeiten geben!

»Was überlegen Sie soviel?«

»Hier ist der Zahn«, sagte er kühl. Er verzog geringschätzig den Mund. »Sie kriegen das Geld nächste Woche.«

»Ich freue mich aufrichtig, daß Sie so viel Vertrauen zu mir haben«, sagte Itzig mit Begeisterung, während er den Zahn hastig unter der schmutzigen Schürze verschwinden ließ. »Sie werden es nicht bereuen. Jeder kennt mich hier. Ich mache keine krummen Geschäfte, denn das hab' ich nicht nötig.«

»Ich weiß, daß Sie's nicht nötig haben!«

»Vorhin haben Sie gerade das Gegenteil gesagt. Was ich meine ...«, verbesserte sich Itzig, »... ist, daß man wissen muß, zu wem man Vertrauen haben soll und zu wem nicht. Ich glaube, Sie haben das richtige Feingefühl dafür.«

Leck mich am Arsch, dachte Ranek.

»Sie werden es nicht bereuen«, sagte Itzig wieder. Sein Gesicht wurde auf einmal todernst. »Junger Mann, bald gehen die Razzien wieder los; bei mir sind Sie sicher aufgehoben.«

»Wenn's nicht deshalb wäre, gäb' ich Ihnen keinen Pfifferling für den Platz.«

»Verstehe Ihren Standpunkt.« Er senkte seine Stimme zu einem Flüstern: »Ich hab' sie alle gekauft, alle!«

»Weiß ich.«

»Na, sehen Sie!«

»Wann muß man spätestens hier sein?«

»Wenn's dunkel wird. Nachts wird die Tür verriegelt ... dann können Sie nicht mehr rein. Bis dahin können Sie machen, was Sie wollen.«

Auf der Straße nahm er den übriggebliebenen Zahn aus der Tasche. Er spuckte drauf, rieb ihn am Ärmel seiner Jacke blank, wickelte ihn diesmal in Zeitungspapier ein und legte ihn vorsichtig wieder zurück.

Ranek hielt nach dem dicken Schieber Ausschau, konnte ihn aber weder beim Friseur noch auf dem Basar finden. Später versuchte er sein Glück beim Schuster, der einmal Saras Seidenstrümpfe gekauft hatte. Der Schuster begutachtete die Ware mißtrauisch, flüsterte eine Weile mit seiner Frau und kam dann achselzuckend zu ihm zurück. »Wenn Sie wieder mal Wäsche haben oder Kleider, dann gern ... aber so was ... nein ... meine Frau und ich ... wir lassen uns nicht auf so was ein. Nicht koscher genug.« Er schob ihn aus dem Zimmer. Er war ein vorsichtiger Mann. Einer jener Typen, dachte Ranek ärgerlich, die sich nicht drum kümmern, wie dreckig eine Ware und wie dunkel ihre Herkunft ist, wenn sie nur auf den äußeren Blick nicht allzu verdächtig aussieht. Ranek steckte den Zahn wieder ein und ging nach Hause.

Debora hatte das Abendessen schon fertig: Maisbrei mit Zuckerrüben und ein süßes Getränk, das sie ebenfalls aus Zuckerrüben zubereitet hatte.

»Hat Fred schon gegessen?«

»Ja, Ranek.«

Sie setzten sich auf die Treppe. Und sie aßen schweigend und starrten hinaus in den Hof. Es war ein linder Abend, der die Erinnerung an den Regen und den kalten Sturmwind von gestern auslöschte. Ranek hatte diese Jahreszeit immer besonders gern gehabt. Früher einmal liebte er es, an solchen Abenden auf dem Balkon zu sitzen und die Sonne zu beobachten, die hinter dem Fischmarkt unterging. Wenn der Wind vom Osten wehte, aus der Richtung, wo die Hutweide lag, auf der er und Fred als Jungen Fußball gespielt hatten, dann brachte er den Duft von Kamille und frischem, jungem Gras mit.

Das Essen hatte ihm das Blut zu Kopf getrieben. Debora blickte ihn verstohlen von der Seite an; sein sonst aschgraues Gesicht war jetzt unnatürlich gerötet. Er tat einen herzhaften Rülpser und grinste sie an.

»Hat's geschmeckt?« fragte sie.

»Natürlich. Wenn wir nur jeden Tag so 'ne Mahlzeit hätten ...« Er kratzte sich unter dem Hut und lachte versonnen; dann aber änderte er auf einmal seinen Ton: »Du hast deinen Mais nicht aufgegessen? Du gönnst dir wieder mal nichts!«

»Ich war nicht sehr hungrig«, log sie.

Er wußte, daß sie ihre Portion für Fred zurückgelassen hatte, obwohl er ja schon gegessen hatte, aber Fred wurde oft in der Nacht hungrig und begann zu wimmern, und sie konnte das nicht mitanhören. Er tat so, als wüßte er es nicht und sagte bloß: »Du kannst es ja später aufessen.«

Er steckte sich eine Zigarette an und lehnte sich behaglich zurück ans Treppengeländer. Er rauchte still schweigend, und erst als er fertig war und das verkohlende Zeitungspapier auf der Stufe ausdrückte, teilte er ihr die Neuigkeit mit.

Ihr Gesicht, das soeben noch ruhig und besonnen war, fiel plötzlich in sich zusammen, aber sie blickte an ihm vorbei, als hätte sie in diesem Augenblick Angst, in seine Augen zu schauen.

»Ich wußte ja, daß du eines Tages von uns weggehen wirst«, sagte sie verzweifelt, »aber ich dachte, daß du wenigstens warten würdest, bis es Fred besser geht und ich ausgehen kann, um was zu verdienen.«

»Mach dir keine Sorgen. Ich lasse euch nicht im Stich. Ich werde euch weiter mit Brot versorgen, so gut ich kann.« Er gab ihr eine Zigarette. »Mach ein paar Züge, das beruhigt!«

Wenn Fred stirbt, wirst du sie auch hinholen, dachte er; du wirst mit Lupu sprechen ... sie soll nicht im Nachtasyl bleiben ... sie wird mit dir sein.

Er sagte: »Sobald Fred wieder auf dem Posten ist, werd' ich euch beide dorthin holen.«

»Meinst du das auch?«

»Natürlich.«

»Das ist lieb von dir.«

»Zuerst muß einer gehen, und dann kommen die anderen nach. Das wird immer so gemacht. Anders geht es nicht. Oder glaubst du, daß es anders geht?«

Sie schüttelte unmerklich den Kopf.

»In unserer Bude ist man nicht sicher«, sagte er. »Eines Tages werden sie kommen und uns abholen. Ich will nicht darauf warten. Deshalb, verstehst du? Bei Lupu ist man sicher. Das verstehst du doch, nicht wahr?«

»Ja, Ranek«, hauchte sie.

»Ich hole dich auch hin«, sagte er. »Das habe ich dir versprochen.«

»Und Fred«, flüsterte sie.

»Ja«, sagte er, »und Fred.«

Sie gab ihm die Zigarette wieder zurück; er sah, daß ihre Augen feucht waren. »Weißt du, daß Fred bald seine Krise hat?«

»Ja, ich weiß.«

»Ich zähle schon die Tage an den Fingern.«

»Ja, Debora, ich weiß, daß du die Tage an den Fingern zählst.«

»Es wird so unheimlich sein … ohne dich … allein hier.«

»Ich verspreche dir, daß ich jeden Tag vorbeikomme.«

»Ja, aber in der Nacht?«

»Du bist doch immer in der Nacht allein.«

»Nicht so allein! Wenn du im Zimmer schläfst und irgendwas los ist, dann brauch' ich nur zu rufen … und dann bist du bei mir. Aber, wenn du so weit fort bist …«

»Du tust so, als ob du noch nie allein gewesen wärst«, scherzte er.

Als sie in den Hof traten, war der Himmel blutrot. Ein paar einzelne Wölkchen segelten dort oben friedlich auf den Horizont zu, und es kam ihnen vor, als wären sie die einzigen, die ein Ziel und eine Richtung hatten.

»Schau, wie schön!« sagte er.

Sie nickte müde. »Ja, das ist immer schön.«

Sie begleitete ihn ein Stück. Auf der Straße nahm sie seinen Arm. Sie tat das sehr selten. Es konnte eine Abschiedsgeste sein, oder es war auch nur eine stumme Ermahnung: Vergiß uns nicht! Komm wieder zu uns zurück!

13

Nachdem sie wieder zurückgegangen war, schritt er schneller aus, weil er fürchtete, daß er sich verspäten könnte. Einmal trat er in eine tiefe, ausgetrocknete Straßenfurche und verstauchte sich den Fuß, aber er kümmerte sich nicht darum und humpelte keuchend weiter.

Das Kaffeehaus war noch nicht abgeriegelt. Da drinnen aufgeräumt wurde, waren die Leute, die bei Lupu wohnten, noch immer draußen auf der Straße; die meisten hockten vor der Tür; manche standen auch mit leeren Augen herum, und ein paar Kinder balgten sich vor dem Haus im Straßenstaub.

Als Ranek sich durch den Haufen hindurchdrängen wollte, trat ein baumlanger, breitschultriger Mensch, der kräftiger als die übrigen aussah und der lässig am Türpfosten gelehnt hatte, auf ihn zu. »Sind Sie der Neue?«

Ranek nickte. »Woher wissen Sie, daß ich hier neu bin?« fragte er. »Kennen Sie denn alle, die hier wohnen?«

»Nein, das nicht.« Der Mann lachte: »Lupu hat Sie mir beschrieben, hat mich nämlich beauftragt, hier draußen auf Sie zu warten, um Sie ein bißchen rumzuführen. Sie schlafen nämlich mit mir.«

Der Mann beugte sich grinsend zu ihm herab.

Ranek bemerkte, daß auf seinem fast kahlen, von kreisrunden Eiterwunden zerfressenen Schädel ein paar eklige Fliegen saßen.

»Der … der krepiert ist, war wohl Ihr Nachbar?«

»Ja, das war er. Hieß Feiwel. War 'n Abfallfresser. Kommen Sie! Wollen Sie reinkommen?«

»Können wir denn schon …?«

»Es wird noch aufgeräumt, aber das macht nichts.«

Sie traten ein. Der Saal war voll aufgewirbelten Staubes. Ein paar halbnackte, verschwitzte Männer, die damit beschäftigt waren, Stühle und Tische zusammenzurücken, kamen gleich auf sie zu; auch der Auskehrer ließ den großen Strohbesen stehen und schloß sich den anderen an.

»Sind Sie der, der mit dem Goldzahn angezahlt hat?« fragte der Auskehrer höhnisch.

»Es hat sich schnell rumgesprochen«, wandte sich der große Mann mit dem Eiterkopf erklärend an Ranek.

»War's 'n Backenzahn?« lachte einer der Männer.

»Das geht dich 'n Dreck an«, sagte Ranek.

»Laßt ihn doch in Ruhe«, sagte der Eitrige gutmütig.

»Nimmst ihn wohl in Schutz, weil er Feiwels Nachfolger ist?« fragte der Auskehrer.

»Muß ich doch«, grinste der Eitrige.

»Ist er auch 'n Abfallfresser?« höhnte der Auskehrer.

»Warum fragst du ihn nicht selbst?« grinste der Eitrige.

»Sind Sie's?« fragte der Auskehrer Ranek.

»Ja, ich bin's«, sagte Ranek, »und wenn's dir nicht gefällt, dann weißt du doch, was du mich kannst ...«

Der Eitrige zog ihn jetzt von den Männern weg. »Sie gefallen mir, mein Lieber! Sie haben's hier.« Er zeigte auf seine breite Stirn. »Man darf sich nichts gefallen lassen! Sie sind schon richtig. Wollen Sie mir jetzt einen Kaffee zahlen? Für die gute Kameradschaft?«

»Bin leider nicht bei Kasse.«

Der Eitrige grinste.

»Macht nichts. Der Itzig wird Ihnen bestimmt borgen; er hat Sie doch ohnehin am Wickel mit dem Goldzahn.«

»Gut«, sagte Ranek verstimmt. Man muß gute Miene zum bösen Spiel machen, dachte er, du bist im Augenblick auf den Kerl angewiesen.

»Wir können an die Theke gehen.«

»Ja, an die Theke.«

»Machen Sie doch nicht so 'ne saure Miene«, sagte der große

Mann mit seiner gutmütigen Stimme. »Es wird Ihnen bestimmt hier gut gefallen; sind alles nette Leute, und man wohnt schön hier.«

Als sie in der Nähe des Auskehrers vorbeikamen, rief ihm der Eitrige zu: »Wirbel doch nicht soviel Staub auf! Warum hast du kein Wasser auf den Boden gespritzt?«

»Spritz selber Wasser!« rief der Auskehrer zurück.

»Hättest wenigstens das Fenster öffnen können! Was soll der Neue bloß von uns denken?«

»Es ist besser, wenn er gleich von Anfang an den richtigen Eindruck bekommt!« rief der Auskehrer.

»Ach, das macht doch nichts!« sagte Ranek. »Fangen Sie doch meinetwegen keinen Streit an!«

»Der Staub wird sich bald setzen«, tröstete der Eitrige, »dann sieht man's nicht.«

Jetzt war nur Lupus Frau an der Theke. Sie konnten Itzig in der kleinen Küche hinter der spanischen Wand rumoren hören. Die Frau spülte das letzte, übriggebliebene Geschirr, und als sie jetzt das müde Gesicht aus dem Ausguß heraushob und Ranek sah, kroch ein feines Lächeln über ihre Lippen.

»Wir wollen Kaffee!« sagte der Eitrige.

Die Frau lächelte noch immer; sie wischte jetzt ihre Hände an der Schürze ab und strich sich dann übers Haar.

»Na, wird's bald!« sagte der Eitrige.

»Die Küche ist schon zu«, sagte sie zögernd.

Die spanische Wand bewegte sich, wurde zur Seite geschoben, und Itzig kam in Hemdsärmeln aus der Küche heraus.

»Was ist los?« fragte er mürrisch.

»Er will noch was«, sagte die Frau und zeigte auf den Eitrigen.

»Zwei Kaffee«, sagte der Eitrige.

»Gibt's nix jetzt«, sagte Itzig, »Sie kennen doch die Regeln?«

»Sie wissen ja, was ich von Regeln und Prinzipien halte?« grinste der Eitrige. »Ich werd' sie Ihnen mal auf ein Stück Klosettpapier aufschreiben, und dann können Sie sich den Arsch mit abwischen.«

»Reißt schon wieder sein Maul auf«, sagte Itzig zu der Frau. Die Frau flüsterte ihm jetzt etwas zu, worauf Itzig nachdenklich nickte, und während er jetzt das nasse Geschirrtuch über das Spülbecken zum Trocknen aufhängte, sagte er zu dem Eitrigen: »Nur weil Sie mit dem Neuen sind, mach' ich mal 'ne Ausnahme. Aber der Kaffee ist nicht mehr heiß.«

»Wir trinken ihn auch so«, sagte der Eitrige.

»Auf wessen Rechnung?«

»Auf Rechnung des Neuen«, grinste der Eitrige.

»Sie können's aufschreiben«, sagte Ranek.

»Ja, schreiben Sie's ruhig auf«, grinste der Eitrige.

»Schreib's auf, Sure!« wandte Itzig sich an die Frau.

Sie kramte eine Weile verzweifelt in dem wirren Haufen losen Schreibpapiers neben dem Spülbecken.

»In der Pfandliste«, fauchte Itzig sie an, »unter Goldzahn.«

»Ich hab's ja schon«, schmollte sie.

»Zwei Halbe«, sagte Ranek schnell.

»Geben Sie uns ruhig zwei Volle«, grinste der Eitrige, während er sich jetzt mit strahlendem Gesicht einen Stuhl heranrückte, mit weit abstehenden Knien Platz nahm und sein Kinn auf die niedrige Theke stützte.

»Passen Sie auf! Kommen Sie nicht zu nah mit dem Kopf an die Theke! Sie werden mir hier noch alles infizieren!« sagte die Frau ängstlich, dann ging sie, gefolgt von Itzig, in die kleine Küche, um den Kaffee zu holen.

»Das sagt sie mir jeden Tag«, flüsterte der Eitrige Ranek zu, ohne seine Stellung zu ändern, »das höre ich nun schon seit Monaten.«

»Warum tragen Sie eigentlich keinen Verband?«

»Weil es gar nicht so viel Fetzen auf der Welt gibt, wie ich zum Wechseln brauche. Ich will gar nicht erst damit anfangen. So hat man weniger Probleme.«

»Aber die Fliegen!«

»Zum Teufel mit den Fliegen!«

»Die Fliegen könnten sich doch anstecken«, grinste Ranek.

»Scheiße«, sagte der Eitrige.

Nachdem sie getrunken hatten, machten sie einen Rundgang durch den Saal.

»Unser Tisch ist der sechste von rechts. Merken Sie sich das ein für allemal!«

»Wo ist links und wo ist rechts?«

»Wenn Sie von draußen reinkommen, dann sind die Tische immer rechts!«

»Aber nicht, wenn ich rausgehe?«

»Zum Schlafen kommen Sie aber rein! Deshalb liegen die Tische immer rechts. Kapiert? Immer rechts! Und Sie fangen von der Tür zu zählen an.«

Er zeigte ihm genau, wie man's machte, und er blieb dann vor dem Tisch Nummer sechs stehen und sagte: »Der ist's.«

»Sollen wir jetzt mal probeweise runterkriechen, um zu sehen, ob auch genug Platz für uns beide ist?«

»Das ist nicht nötig. Sie sind ja nicht dicker als der Feiwel.«

Ranek nickte. Er dachte einen Moment an seinen Bruder, der auch nicht dicker als Levi war und genau in das Loch unter der Treppe reinpaßte, aber dann sagte er sich, daß dieser Vergleich weit übertrieben war.

»Könnte ich nicht neben dem Tisch schlafen?« fragte er zögernd. »Es ist doch genug Platz auf dem übrigen Fußboden?«

Der Eitrige schüttelte den Kopf. »Das sieht nur jetzt so geräumig aus, aber warten Sie erst mal ab, bis alle drin sind, der ganze Fußboden ist besetzt, von der Theke bis zu den Tischen.«

Also nicht anders als im Nachtasyl, dachte er, bloß, daß hier mehr Disziplin herrscht.

»Dann muß ich also noch froh sein, daß ich unter dem Tisch ...«

»Sie haben allen Grund, zufrieden zu sein«, unterbrach ihn der Eitrige.

»Und wie ist es mit den Stühlen?«

»Itzig läßt niemanden auf den Stühlen schlafen; die werden übereinandergestellt.«

»Das ist schade.«

»War schon oft Krach wegen der Stühle, aber Itzig gibt sie nicht her.«

»Schade«, sagte er wieder, und dann forschte er weiter: »Nach welchem System schlafen die Leute hier? Normal ... oder Spielkartensystem?« Er fügte erklärend hinzu: »Spielkartensystem, das ist, wenn Sie mit Ihrem Kopf an meinen Füßen schlafen und umgekehrt.«

»Wir schlafen alle normal«, sagte der Eitrige. »Wir sind alle normale Menschen.«

»Können wir's doch nicht mal andersrum versuchen?«

»Sie haben wohl Angst vor meinen Eiterwunden? Müssen eben aufpassen, daß unsere Köpfe nicht zusammenstoßen.«

»Es wäre aber doch einfacher ...«

»Nein, kommt nicht in Frage.«

»Warum denn? Nur weil's die anderen so machen? Sie scheren sich doch nicht um Regeln und Prinzipien?«

»Ja, das stimmt.«

»Na also!«

»Will's aber trotzdem nicht. Will nicht, daß mir jemand mit seinen Schweißfüßen im Gesicht rumfummelt. Kommen Sie!« sagte er plötzlich, als wollte er dem Gespräch, das ihm allmählich immer unbehaglicher wurde, eine andere Wendung geben. »Wir können noch ein bißchen frische Luft schnappen, bis er pfeift.«

»Wer pfeift?«

»Lupu! Der pfeift uns rein. Wußten Sie das nicht?«

»Ja. Ich hab' nicht daran gedacht.«

Sie gingen dann vor dem Haus auf und ab. »Ich hole mir manchmal 'ne Frau unter den Tisch«, sagte der Eitrige im Plauderton, »Sie brauchen sich dadurch nicht stören zu lassen.«

Die Leute kamen nach und nach in den Saal. Itzig Lupu verschloß die Tür mit einem großen, rostigen Schlüssel, den er zweimal im Schloß umdrehte, und dann schob er eine schwere Eisenstange über beide Türflügel. Die Leute standen noch eine Weile herum; nur die kleinen Kinder wurden gleich von ihren Müttern ins Bett gebracht. Die kleinen Kinder schliefen nicht auf den Tischen, weil dort die Gefahr bestand, daß sie hinunterpurzelten. Die Mütter legten sie liebevoll auf den Fußboden hin und deckten sie zu; aber manche wollten noch nicht schlafen, weil sie die größeren Kinder noch herumstehen sahen, und sie fingen zu weinen an, und die Mütter verloren die Geduld mit ihnen und begannen zu schimpfen und schlugen sie auf den Mund, und etwas später, nachdem die Kinder sich etwas beruhigt hatten, sangen die Mütter ihnen ein Schlaflied, bis sie ganz still wurden.

Als es draußen Nacht wurde, stellte Itzig eine einzige Lampe auf die Theke; dann verschwanden er und seine Frau hinter der spanischen Wand. Bald kamen beide wieder zum Vorschein. Sie waren im Nachthemd. Sie stellten sich mit steinernen Gesichtern vor die Theke hin, und sie standen minutenlang, ohne sich zu bewegen, wie ein Warnsymbol: Jetzt ist's aber höchste Zeit.

Nachdem die Leute endlich murrend zu Bett gegangen waren, ging Itzigs Frau zurück in die kleine Küche, um vor dem Schlafengehen noch ein Stück Schokolade zu essen und außerdem, um Toilette zu machen: Sie fettete ihr Gesicht mit Pflanzenöl ein, weil's jetzt keine Schönheitscreme gab; sie machte eine kleine Massage um die Augen rum und um die schlaffe Stelle unterm Kinn, und dann rieb sie sich auch die Hände mit dem Öl ein, und dann, als alles erledigt war, setzte sie die weiße Nachthaube auf den Kopf. Inzwischen hatte Itzig die Lampe unter den Arm genommen und wanderte im Nachthemd langsam durch den Saal, kontrollierte und leuchtete mißtrauisch in alle Ecken. Später ging er beruhigt zurück zur Theke, wartete eine Weile, bis die Frau aus der kleinen Küche rauskam, und löschte dann die Lampe.

Ranek wälzte sich lange Zeit schlaflos neben dem großen Mann hin und her. Zuerst war's der stinkende Schädel, der ihn nicht einschlafen ließ, und später, als er sich schon an den Geruch gewöhnt und auch die Angst vor der Ansteckung zum Teil überwunden hatte, war's das beklemmende Gefühl, in der Fremde zu sein, das ihm erst in der Stille der Nacht voll zum Bewußtsein kam. Er erinnerte sich, daß er früher mal, während einer Ferienreise, in einem teuren Hotelzimmer geschlafen hatte. Es war ein gutes, breites Bett gewesen, und doch hatte er nicht schlafen können, bloß weil's ein fremdes Bett gewesen war. Auch ein Fußboden hat seine Eigenheiten, dachte er, und ein fremder Fußboden ist so wie ein fremdes Bett.

Endlich, nachdem er sich lang genug gequält hatte, übermannte ihn die große Müdigkeit, und er fiel in einen unruhigen, von Alpträumen heimgesuchten Schlaf. Er träumte von einem breiten, nassen, von Fliegen umsummten Kopf, der gegen sein Gesicht stieß. Und die Fliegen blieben in seinen Bartstoppeln hängen, und sosehr er sich auch bemühte, sie wieder fortzujagen, sie blieben hängen, sie fraßen sich in seine Haut ein, und sie summten und summten.

Im Halbschlaf spürte er, daß jemand seine Taschen durchsuchte, aber er hatte nicht die Kraft, ganz aufzuwachen. Er träumte, er hätte gerade Saras Kleidungsstücke verkauft und den Erlös nach Haus gebracht. Er sah im Traum, wie er einen Teil des Geldes vorsichtig unter die Hutkrempe steckte und den Rest in seinen Taschen verwahrte. Und er sah, wie er und Sara zu Bett gingen. Und er sah, wie sie am anderen Morgen aufwachten und entdeckten, daß das Geld nicht mehr da war. Und er träumte von dem eisigen Schweigen der Leute. Niemand wußte etwas. Niemand. Niemand.

Dann träumte er von dem Mehlsack. Er hörte Deboras Stimme: »Der Mehlsack ist verschwunden … Ranek … ich weiß nicht, wieso!«

»Das versteh' ich nicht. Ich hab' ihn doch selber festgebunden«, sagte seine eigene Stimme.

»Weg … einfach weg. Ich schlief mit dem Kopf auf dem Sack … ich kann's mir einfach nicht erklären, wie man mir den Sack unter dem Kopf wegziehen konnte, ohne daß ich es merkte.«

Jetzt wurde er wach. Er setzte sich langsam auf und rieb seine schmerzenden Schläfen mit beiden Händen. Während er benommen, zwischen den Tischbeinen hindurch, in den dunklen Saal starrte, kam ihm der Traum wieder ins Gedächtnis zurück, und er dachte eine Weile kopfschüttelnd darüber nach. Seine Gedanken wurden immer klarer; plötzlich erinnerte er sich noch an etwas, und ein lähmender Schreck durchzuckte ihn.

Er durchwühlte seine Taschen. Er fand das alte Taschenmesser, die Streichhölzer, Tabak, loses Zeitungspapier ... bloß jenes andere Päckchen, in dem der Zahn eingewickelt war, fehlte. Also doch! Jemand hatte seine Taschen durchsucht, während er schlief!

Ranek zündete mit zitternden Händen ein Streichholz an und hielt es über seinen Schlafnachbarn. Der Eitrige lag auf dem Bauch; er hatte den Kopf in den Armen vergraben und schnarchte. Vielleicht verstellt er sich bloß, dachte Ranek. Er betrachtete ihn ein paar Sekunden mißtrauisch, konnte aber nichts feststellen, was seinen Verdacht bestätigte. Das schwache Licht erlaubte ihm noch, ein paar Meter des Durchgangs zu überblicken, aber dort ... auch nur schlafende, lang hingestreckte Körper.

Er hielt das Streichholz etwas höher, sein Blick erhaschte noch ein paar Köpfe unter dem Tisch Nummer fünf ... und, sich dann umdrehend, die regungslosen Beine der Leute unter dem Tisch Nummer sieben. Dahinter war nichts als die tückische Dunkelheit.

In dumpfer Verzweiflung tastete er den Fußboden ab, obwohl er wußte, daß er den Zahn nicht verloren hatte, und dann stand er auf und ging zur Theke, um den Wirt zu wecken.

Da er sich nicht traute, jetzt die Lampe anzufachen, zündete er wieder ein Streichholz an.

Er schlich hinter die Theke. Er sah Lupu und die Frau auf einer

Strohmatratze liegen; beide mit einer zu kurzen Decke zugedeckt, unter der Lupus haarige, weiße Beine und die schwammigen, von blauen Krampfadern durchzogenen der Frau hervorschauten. Er rief mit unterdrückter Stimme Lupus Namen, aber Lupu schlief tief und fest und hörte nichts.

Als er ein zweites Mal rief, erwachte die Frau. Sie schob schlaftrunken die Nachthaube zurück und fuhr sich gähnend mit den Händen über das ölverschmierte Gesicht. »Warten Sie vor der Theke«, flüsterte sie mit belegter Stimme. »Stehen Sie nicht hier rum!«

Er tat, wie ihm geheißen. Er hörte, daß sie den Wasserhahn aufdrehte, sich den Mund ausspülte, leise gurgelte und sich dann das Gesicht wusch. Kurz darauf kam sie hinter der Theke hervor.

»Ich bin's«, sagte er, »der Neue.«

»Glauben Sie, daß ich Sie nicht erkannt hab'?« flüsterte sie.

»Darf ich die Lampe anzünden?«

»Nein, um Gottes willen!« Sie senkte ihre Stimme noch mehr. »Ich wußte, daß Sie kommen würden. Aber man kommt doch nicht so spät!«

Sie tastete vorsichtig nach seiner Hand und zog ihn dann bis ans Ende der Theke. Es war so dunkel, daß er nur den Schimmer der weißen Haube sehen konnte.

»Ich wollte Sie nicht stören«, sagte er leise, »... ich ...«

»Schon gut«, unterbrach sie ihn flüsternd, »ich bin nicht bös'. Wir dürfen nur nicht soviel Lärm machen.«

Sie hielt noch immer seine Hand. »Mein Mann ist vollkommen übermüdet«, flüsterte sie, »er wacht nicht auf, aber wir müssen trotzdem vorsichtig sein.«

»Ich will ihn aufwecken«, sagte er.

»Sie sind wohl verrückt geworden!«

»Es ist was passiert.«

»Sie zittern ja? Was ist denn los?«

»Man hat mich bestohlen. Der Goldzahn ist weg.«

»Das ist ja furchtbar.«

»Ich muß Ihren Mann wecken!« drängte er wieder.

»Das hat doch jetzt keinen Zweck«, flüsterte die enttäuschte Stimme.

»Die Leute müssen untersucht werden. Niemand darf das Zimmer verlassen!«

»Das geht nicht so ohne weiteres.«

»Was soll ich machen?«

»Jetzt gar nichts! Ich werde dafür sorgen, daß mein Mann morgen in aller Früh' die nötigen Schritte unternimmt. Machen Sie sich jetzt keine Sorgen. Es kann doch niemand weg, weil die Tür verriegelt ist.«

Er sah ein, daß sie recht hatte. Lupu hätte jetzt sowieso nichts unternommen und wäre nur wütend über die Störung gewesen.

»Seien Sie doch vernünftig«, flüsterte sie. Sie lehnte an der Theke, und sie zog ihn gegen seinen Willen zu sich heran.

Er spürte, wie sie an dem Eisendraht fingerte, mit dem seine Hosen zugebunden waren. »Ich muß Ihnen mal einen richtigen Gürtel schenken«, flüsterte sie, »mein Mann hat noch einen alten, den er nicht trägt.«

»Was ist nur los mit Ihnen?« sagte sie plötzlich ärgerlich. »Können Sie den Zahn nicht vergessen? Ich hab' Ihnen doch gesagt, daß ich morgen früh …«

»Ich denk' doch jetzt nicht an den Zahn«, log er, »ich denk' gar nicht mehr daran.«

»Dann tun Sie doch nicht so unbeholfen! Können Sie den Draht nicht aufbinden?«

»Das ist ein bißchen kompliziert«, grinste er.

»Oder wollen Sie nicht?«

Die Tür ist zu, dachte er; es kann ja doch niemand raus. Du wirst den Zahn morgen in aller Früh …

»Oder wollen Sie nicht?« flüsterte sie wieder.

»Doch«, sagte er. »Ich will.«

Und er dachte: Sie ist 'ne neue Futterquelle; du darfst dir's nicht mir ihr verderben. Und morgen früh wird sie mit Lupu sprechen; es ist besser, wenn sie's tut als du.

»Sehen Sie«, flüsterte die Stimme dicht an seinem Ohr, »mir geht's nicht so dreckig wie Ihnen; ich esse jeden Tag … jeden Tag … aber glauben Sie mir … unsereins hat auch nichts mehr vom Leben. Können Sie das verstehen?«

»Nein«, sagte er. »Das kann ich nicht verstehen.«

»Na ja«, sagte sie, »na ja. Was ist mit dem Eisendraht?«

»Ich hab' ihn aufgekriegt«, sagte er.

»Na also«, sagte sie.

Sie machte ihm später keine Vorwürfe. Sie machte nicht mal ironische Bemerkungen. Sie sagte überhaupt nichts. Sie tat so, als wäre es auf einmal ganz unwichtig, ob er sie befriedigt hatte oder nicht.

»Können Sie mir nicht jetzt was zu essen geben?« fragte er. Und ohne zu zögern, sagte sie: »Ja.« Als hätte sie diese Frage erwartet.

Sie gingen dann in die kleine Küche. Die Frau machte erst Licht, nachdem die spanische Wand wieder vorgeschoben worden war, aber sie ließ den Lampendocht tief heruntergeschraubt.

Es war wirklich eine sehr kleine Küche. Kaum daß man sich drin umdrehen konnte. Der Tisch nahm mehr als die Hälfte des Raumes ein. Auf dem Tisch standen zwei Petroleumkocher, eine Büchse Ersatzkaffee und auch eine Dose Sacharin. Neben dem Tisch stand eine Kiste, die zum Abstellen von Schmutzgeschirr benutzt wurde und auf der noch ein paar ungewaschene Tassen herumstanden. Ein Stuhl war nicht da, aber in der Ecke befand sich ein alter Schrank, der keine Türen hatte und in dem Lebensmittel, Geschirr, Seife, Wischtücher und alle möglichen Kleidungsstücke des Ehepaares in wüstem Durcheinander herumlagen.

Die Frau stellte jetzt den Kocher an und setzte etwas Kaffee auf. Sie machte ihm ein stummes Zeichen, daß er sich still verhalten sollte, und sie lächelte gutmütig, und dann ging sie zum Schrank und schob ein paar Unterröcke beiseite und holte ein schwarzes Brot hervor und schnitt zwei große Scheiben ab und gab sie ihm. Dann, als der Kaffee aufkochte, nahm sie den Topf vom Petroleumkocher herunter, stellte ihn vorsichtig auf den Tisch, betastete mit ihren eingefetteten Fingern einige schmutzige Tassen auf der Abstellkiste, und als sie sich überzeugt hatte, daß die Tassen zu sehr verkrustet waren, ging sie wieder leise, auf Zehenspitzen, zum Schrank, suchte wieder eine Weile und brachte schließlich eine der verstaubten Reservetassen zum Vorschein. »Draußen stehen noch saubere Tassen«, sagte sie, »ich hab' sie früher gewaschen, aber ich kann jetzt nicht hin.«

»Ja«, sagte er, »es ist schon gut.«

»Schmeckt's?« fragte sie ein wenig später, nachdem sie ihm eingeschenkt hatte.

»Danke – wunderbar«, sagte er.

»Sie brauchen das Brot nicht in den Kaffee zu tauchen; es ist nämlich frisches Brot.«

»Ich tauch's aber gern ein«, sagte er.

»Die Hauptsache, es schmeckt«, sagte sie vergnügt. Sie schaute ihm schmunzelnd zu. Plötzlich aber zuckte sie zusammen und wandte den Kopf blitzschnell in Richtung der spanischen Wand, hinter der jetzt ein kratzendes Geräusch vernehmbar war.

»Ich dachte, er würde nicht aufwachen«, flüsterte sie erblassend, »er wacht sonst nie auf!«

Dann kam Itzig Lupu herein.

Als Lupu wie ein Besessener zu brüllen anfing, stürzten ein paar Leute mit verstörten Gesichtern in die Küche.

»Was ist los?«

»Ein Dieb!« schrie Itzig Lupu immer wieder. »Ein Dieb! Ein Dieb!«

Ranek stand wie gelähmt neben der Frau. Er hielt noch immer die Kaffeetasse in der Hand, er wollte sie zurück auf den Tisch stellen, aber er konnte nicht, er behielt sie einfach in der Hand, wie ein Zeichen der Selbstanklage.

Die Leute mischten sich anfangs nicht ein; sie standen stumm und noch halb verschlafen in der kleinen Küche herum und warteten; ein paar hatten sich vor den Ausgang gestellt und ein paar andere vor das schmale Fenster, als hätten sie Angst, daß Ranek flüchten würde, und als wollten sie Lupu damit beweisen, daß sie ganz auf seiner Seite waren. Beim Kreuzverhör waren die stammelnden Antworten der Frau und die leisen, heiseren Raneks kaum zu verstehen, weil sie von der tobenden, wütenden Stimme Lupus übertönt wurden. »Was treiben Sie nachts in meiner Küche?« brüllte Lupu. »Und du, Sure? Was stehst du so blöd herum? Warum hast du mich nicht gleich gerufen, als du ihn erwischt hast? ... Können Sie das gestohlene Brot bezahlen? ... Was? ... Nein? Und den Kaffee? ... Natürlich auch nicht! Hab' ich mir ja gleich gedacht! ... Was sagen Sie da? Sie haben gar nicht gestohlen? Meine Frau war so nett und hat Sie eingeladen? ... Ist das wahr, Sure? Eingeladen? Hast du etwa was mit dem Kerl gehabt? Was sagst du? ... Du sagst: Er lügt? ... Das wußte ich ja. Und Sie, Sie Lump, Sie wollen meiner Frau so 'ne Sache in die Schuhe schieben? ... Was? ... Das wollen Sie gar nicht. Sie geben's also zu? ... Na ja! ... Was sagen Sie da? Ein Goldzahn? Jemand hat Ihren Goldzahn gestohlen? Und Sie wollen eine Untersuchung?«

Inzwischen waren mehr und mehr Leute aufgewacht, die jetzt versuchten, in die Küche zu kommen, aber keinen Platz mehr fanden. Die spanische Wand wurde umgestoßen und fiel polternd nach rückwärts gegen die Theke.

Ein Unbekannter, der von Anfang an dabei war, sagte jetzt: »Er will 'ne Untersuchung, und dabei ist er doch selbst ein Dieb. Habt ihr schon mal so was gehört? Der Kerl will unschuldige Leute beschuldigen. Schmeißt ihn raus!«

Ranek bemerkte jetzt den Eitrigen, der seinen großen Körper keuchend durch das Gedränge zwängte und am Küchenschrank Aufstellung nahm. Plötzlich war der alte Verdacht wieder da. Ranek taumelte auf ihn zu: »Gib den Zahn zurück, du Schwein!«

Der Eitrige stieß ihn mühelos mit seinen Armen von sich weg, und als er sich erneut auf ihn stürzen wollte, wurde er von hinten zurückgerissen.

»Er hat den Zahn«, sagte Ranek bitter.

»Versuch's doch mal zu beweisen«, grinste der Eitrige.

»Ich kann da leider nichts machen«, sagte Itzig, der sich inzwischen beruhigt hatte. »Ich hab' kein Recht, fremde Leute zu untersuchen; so was kann nur die Polizei machen.« Er fügte eiskalt hinzu: »Außerdem glaub' ich's nicht, daß er was damit zu tun hat; bei uns ist so was noch nie vorgekommen ... hier wohnen nur anständige Leute.«

Der Eitrige lachte höhnisch auf. Einige Leute nickten ehrfürchtig bei Itzig Lupus letzten Worten.

»Machen Sie jetzt, daß Sie rauskommen!« sagte Lupu.

»Erst will ich mein Pfand zurück«, sagte Ranek verbissen.

»Was für ein Pfand?« fragte Lupu lauernd.

»Den anderen Zahn.«

»Frechheit!« Lupu wandte sich händeringend an die Gaffer. »Ein Verdreher, ein richtiger Verdreher ... schleicht nachts in meine Küche, frißt sich voll, vergreift sich an fremdem Eigentum, und dann redet er von einem Pfand. Weißt du was von einem Pfand, Sure?«

»Ich weiß nichts«, sagte die Frau unsicher und ängstlich.

Das Gedränge in dem engen Raum schwoll so sehr an, daß ihm völlig die Sicht versperrt wurde. Er hörte die Stimme des Eitrigen vom Küchenschrank her: »Raus! Raus mit ihm!«

»Haut ihm eins auf den dreckigen Schädel!« schimpfte irgend jemand aus der Menge.

»Obendrein schuldet er mir noch zwei Kaffee von gestern abend!« rief Lupu.

»Los, raus!« brüllten nun mehrere, die auf einmal ganz munter geworden waren.

»Tritt ihm in den Arsch, Lupu!«

»Ganz recht, tritt ihm doch mal tüchtig ...«

Ratlos blickte Ranek sich nach der Frau um, aber sie hatte sich inzwischen verdrückt. Er wollte erneut Einwände machen, noch irgend etwas sagen, um Zeit zu gewinnen, aber plötzlich wurde er von dem Mob vorwärts geschoben und aus der Küche hinaus in den großen, dunklen Saal gedrängt. Der Mob schob ihn wie eine große Walze vor sich her, in Richtung der Tür.

Irgend jemand riß die Eisenstange an der Tür herunter. Es wurde gerüttelt. Eine dünne Stimme rief Lupus Namen. Trippelnde Schritte. Lupu sagte: »Ich bin ja hier. Habt ihr die Stange runter?«

»Ja, verflucht.«

Dann ... das Geräusch des Schlüssels.

Er wollte zurück. Er wollte jetzt nicht auf die Straße. Aber viele Hände hielten ihn fest.

Die Tür fiel krachend hinter ihm zu. Aus, dachte er dumpf ... vorbei; das war wieder einmal eine Illusion.

Er wagte ein paar Schritte vorwärts über die stille, schwarze Straße, aber die Angst trieb ihn wieder zurück. Da er jetzt nichts unternehmen konnte, blieb ihm nichts anderes übrig, als sich hinter dem Haus zu verstecken, um dort das Ende der Nacht abzuwarten. Er fand eine Stelle, wo die Mauer etwas hervorsprang, und er hockte sich dort erschöpft hin.

Eine Zeitlang starrte er wie ein Blinder in die endlose Finsternis; dann schloß er die Augen, weil sie plötzlich schmerzten.

14

In derselben Nacht war eine Razzia am Flußufer.

Von der Brücke aus hielten zwei große Scheinwerfer den Strand unter greller Beleuchtung. Die Obdachlosen saßen schweigend auf ihrem Gepäck. Sie hatten gelbe Gesichter und sahen wie todmüde Schauspieler im Rampenlicht aus. Sie wagten nicht, sich zu rühren, sogar die kleinen Kinder verhielten sich still, als wären sie hypnotisiert worden.

Die Leute wußten noch nicht, was los war. Sie hatten geschlafen und waren von dem grellen Licht geweckt worden. Es kam ja oft vor, daß der Scheinwerfer aufflammte, aber sein Lichtkegel kreiste sonst immer nur wenige Minuten durch die Nacht und verlosch dann wieder. Nur heute hielt das Licht so lange an.

Die Menschenmenge wartete. Was konnte sie auch anderes tun als abwarten? Dann … auf einmal … ertönte ein Warnungsruf, und in die stummen Reihen kam plötzlich Leben.

Aber die Warnung kam zu spät. Man sah jetzt von allen Seiten Polizisten und Soldaten auftauchen, die blitzartig und völlig unerwartet das Ufer besetzt hatten und nun systematisch begannen, die schreiende, hysterisch gewordene Menge einzukreisen und wie herrenloses Vieh zusammenzutreiben.

Die Razzia verlief glatt. Ein paar Beherzte, denen es während des Tumults gelang, durch die Sperre zu brechen, mit fliegendem Atem in Richtung der Büsche zu rennen, wurden rasch wieder zurückgeholt, ebenso ein paar Verzweifelte, die sich ins Wasser stürzen wollten. Bald marschierte der Zug in aufgelösten Reihen am Strand entlang, ungefähr einen Kilometer flußabwärts, bis zu der Stelle, wo das Buschland aufhörte und wo eine Straße war, die direkt zum Bahnhof führte. Als die Leute fort waren, sah der Strand so leer aus, als hätte der liebe Herrgott ihn persönlich ausgefegt.

Zur selben Stunde fand eine andere Razzia in einem Viertel am Ostrand des Prokower Gettos statt. Es ging aber wieder mal nur den Obdachlosen an den Kragen, die in den Hinterhöfen und Hausfluren aufgestöbert wurden. Seltsamerweise blieb das Buschland verschont.

Die in den Büschen würden morgen sagen: Die Büsche sind

doch noch am sichersten. Und andere würden sagen: Das war reiner Zufall. Die Büsche kommen doch sonst immer zuallererst dran. Wahrscheinlich das nächste Mal.

Ranek, der die ganze Nacht frierend in seinem Versteck ausharrte, wußte nichts von der Razzia. Erst als der Morgen graute und er sich auf den Heimweg machte, erfuhr er von einigen Frühaufstehern, die auf der Straße nach Zigarettenstummeln suchten, was vorgefallen war.

Wieder zu Hause, führte ihn sein erster Weg auf die Latrine. Dort war noch genügend Platz. Zwei Frauen aus dem Nachtasyl hockten stumpf am Anfang des langen Brettes, die Röcke bis zu den schlaffen, grauen Brüsten hochgeschlagen. Die eine hatte blutigen Stuhl, die andere normalen. Die mit dem blutigen Stuhl wurde fortwährend von der Normalen verhöhnt. Etwas weiter hockte Seidel mit seinem größten Bub, der ein Liedchen vor sich hin pfiff. Als er Ranek erblickte, sagte er leise zu Seidel: »Da kommt doch der Kerl mit dem verbeulten, großen Hut zurück! Ich dachte, er wäre ausgezogen?«

Seidel schüttelte den Kopf. »Ins Nachtasyl kommt man immer wieder zurück!« sagte er ebenso leise zu seinem Sohn.

Er winkte Ranek. Ranek balancierte seine hagere Gestalt über das Laufbrett, grüßte Seidel, blieb aber nicht bei ihm stehen, weil er drüben, am anderen Ende der Latrine, Sigi und Frau Dvorski erblickt hatte.

Sigi verzerrte erstaunt sein Gesicht, als Ranek sich zwischen ihn und Frau Dvorski hinhockte.

»Bist ja schnell wieder zurück?«

Ranek nickte. »Hat dir Debora erzählt, wo ich war?«

»Ja.«

»Es war eben nicht das richtige«, sagte Ranek.

»Hat man dich rausgeschmissen?« Ranek schwieg.

»Zu Hause ist's doch noch am besten, was?«

»Ja, das stimmt.«

Frau Dvorski stieß Ranek plötzlich an. »Rausgeschmissen ... wie?« fragte sie lauernd, während sie mit ihrem nackten Knie an ihn herankam. Ranek rückte angeekelt von ihr weg. Er drehte sich jetzt ganz zu Sigi um und legte ihm die Hand auf die Schulter. »Ist hier inzwischen was frei geworden?« fragte er leise.

Sigi schüttelte den Kopf.

»Was ist mit den beiden Halbtoten unter dem Fenster?«

»Du meinst ... die Gottschalks?«

»Ja, verdammt, sind sie noch immer nicht krepiert?«

»Noch nicht. Du mußt noch warten.«

Ranek nickte stumm. Inzwischen hatte sich Frau Dvorski wieder angezogen und war im Begriff, die Latrine zu verlassen; sie wandte im Weggehen noch einmal den Kopf zurück, und ihre boshaften, kleinen Augen streiften ihn voller Hohn.

Als sie weg war, fragte Sigi: »Hast du schon gehört, was heute Nacht am Flußufer los war?«

»Ja.«

»Und noch irgendwo, ich glaube, in dem Viertel in der Nähe vom Friedhof?«

»Ja, auch dort. Aber die meisten haben sie unten am Fluß geschnappt. Wie war's hier im Nachtasyl?« forschte er dann.

»Wir haben wieder mal Schwein gehabt«, sagte Sigi. »Die Polizisten waren im Hof, sind aber nicht reingekommen. Nicht mal in den Hausflur.«

»Vielleicht hat jemand für euch alle gebetet«, sagte Ranek.

Sigi grinste.

»Vielleicht«, sagte er.

15

Es ist kaum zu glauben: Fred hat die Flecktyphuskrise überstanden! In der Nacht begann das Fieber zu fallen, und am anderen Morgen sagte Debora, daß es ihm besser geht. Es sprach sich schnell herum, und die Leute guckten neugierig unter die Treppe.

»Es geht ihm also tatsächlich besser …«, hatte Sigi kopfschüttelnd gesagt, »… dabei war ich so gut wie sicher, daß er abkratzt.«

»Ich auch«, hatte Ranek trocken geantwortet.

»Wie verhält sich Debora dazu?«

»Sie ist nicht mal überrascht.«

»Wie kommt das?«

»Weil sie nie an seinen Tod geglaubt hat. Sie sagt, sie hätte es gewußt.«

Heute saßen sie lange vor seinem Lager. Obwohl es schon spät am Nachmittag war, schlief Fred noch immer.

»Ich hab' ihn ein paarmal gerüttelt«, sagte Ranek, »es hat nichts genützt; er wacht nicht auf.«

Ranek versuchte, ihm jetzt mit einer mißtrauischen Bewegung die Augenlider hochzuschieben, aber Debora zog ihn sanft von ihm fort. »Laß ihn«, sagte sie nur.

»Weiß Hofer, daß er seit gestern ununterbrochen schläft?«

»Ja. Er hat gesagt, daß das immer so ist nach dem Flecktyphus. Manche schlafen tagelang. Es ist die Erschöpfung. Das wird sich wieder geben.«

Soeben wurde ein Toter von einem Mann aus dem Zimmer geschleift. Debora und Ranek blickten gespannt nach oben. Es war Benni Gottschalk.

Der Mann schleppte den Toten bis zum Treppengeländer, und dort lehnte er ihn an. Offenbar hatte er niemanden gefunden, der mit Hand anlegen wollte, und jetzt traute er sich nicht, ihn allein die Treppe hinunterzuziehen. Der Mann blickte eine Weile unsicher in die Tiefe des Hausflurs, dann holte er einen Zeitungsfetzen aus der Tasche, deckte das Gesicht des Toten zu und ging fluchend ins Zimmer zurück.

Der Tote saß wie ein müder Mann am Geländer. Die Zeitung verrutschte und fiel auf seinen Schoß. Es sah aus, als wollte er zum letztenmal die Neuigkeiten aus dem Krieg erfahren, obwohl das Sachen waren, die ihn nichts mehr angingen. Seine Beine hingen schlaff nach unten. Allmählich kam sein Körper in Bewegung, glitt nach vorn, kippte plötzlich um und fiel polternd die Treppe hinunter.

»Auf den hab' ich lang genug gewartet«, sagte Ranek, »ich werde jetzt den freien Platz reservieren.«

»Leg die Jacke drauf!«

»Das werd' ich machen ... den Fetzen stiehlt niemand mehr.«

Ranek ging nach oben. Bald kam er wieder. Sein nackter, eingefallener Oberkörper war von einer Gänsehaut überzogen; er rieb fortwährend seine Arme, seine Brust, seinen Bauch. Unten stolperte er über den Toten, der mit dem Schädel in den Geländerstäben hängengeblieben war, an der Stelle, wo die Treppe plötzlich abbrach, als hätte jemand sie weggesägt.

Er sah, daß Debora dem Toten den Rücken kehrte, so als

wollte sie ihn nicht sehen. Sie hielt Freds Hand, und mit der anderen streichelte sie fortwährend sein schlafendes Gesicht.

»Du wirst ihn aufwecken«, grinste er.

Sie wandte sich jetzt zu ihm um. »Hast du den Platz belegt?«

»Ja.«

»Ranek!« Sie zögerte. Dann sagte sie langsam: »Ich möchte dich um einen Gefallen bitten.«

»Leg schon los!« schmunzelte er.

»Willst du mir später helfen, Fred nach oben zu tragen? Er ist doch jetzt fieberfrei, und er braucht nun nicht mehr hier im Hausflur zu bleiben.«

»Daran hab' ich noch gar nicht gedacht«, sagte er betroffen.

Sie hatte sich erhoben und beglückt seine Hände ergriffen; in ihrem Gesicht spiegelte sich eine große Seligkeit. »Endlich darf er wieder unter andere Menschen«, sagte sie, »... nicht mehr so allein und wie vergraben unter der Treppe ... ich hab' so sehr auf diesen Augenblick gewartet, Ranek, so sehr gewartet.«

»Es ist kaum zu glauben«, sagte er kopfschüttelnd, »er lebte wie ein Hund unter dieser verfluchten Treppe, noch schlimmer als ein Hund.«

»Er wird nun wieder wie ein Mensch leben«, sagte sie, und so wie sie's sagte, kam's ihm vor, als glaubte sie's wirklich, und fast überzeugte sie ihn auch.

»Und wie ein Mensch schlafen«, sagte er, »wie ein Mensch zusammen mit anderen Menschen.«

Dann fiel ihm plötzlich ein, daß sie beide in der Erregung das Wichtigste vergessen hatten.

»Wohin willst du ihn eigentlich legen?« lächelte er dünn.

»Ihr werdet zusammen schlafen«, sagte sie, »... auf dem freigewordenen Platz. Es wird schon gehen.«

»Wie stellst du dir das vor?« erhob er Einspruch. »Wir werden uns beide kaum rühren können.«

»Es muß gehen!« sagte sie.

»Neben meinem Platz wird bald ein anderer frei«, versuchte er, unsicher geworden, »... der Bruder des Toten, der liegt doch auch im Sterben. Fred kann so lange warten.«

»Fred kann nicht warten«, sagte sie.

»Meinetwegen«, grunzte er, »ich mache dich aber drauf aufmerksam, daß ich sehr unruhig schlafe und Fred stoßen könnte, und Fred ist noch sehr schwach.«

»Das macht nichts. Die Hauptsache, daß er mal aus dem Hausflur herauskommt!«

Ranek war unschlüssig. Sie blickte ihn fortwährend an mit ihren leuchtenden Augen, und er spürte, wie etwas in ihm weich wurde und nachgab. Sein Blick fiel wieder auf den Toten, dessen grinsendes Gesicht nach wie vor in den Geländerstäben hing. Aber auch dieser Anblick half nicht. Wenn du Fred mit auf deinen neuen Platz nimmst, dachte er, dann muß Debora alleine draußen bleiben. Ist auch keine gerechte Lösung, verdammt noch mal.

Er drehte ihr wieder den Kopf zu, und dann sagte er unvermittelt: »Ihr beide könnt meinen Platz haben ... du und Fred!«

»Und du?« sagte sie.

»Frag nicht soviel«, sagte er rauh.

Es kostete viel Mühe, Fred die Treppe hinaufzutragen; sie mußten fast auf jeder zweiten Stufe absetzen, und so dauerte es sehr lange. Der Vorgang wurde schließlich durch die halboffene Zimmertür bemerkt.

Als sie oben angelangt waren, stand der Rote mit einigen Männern in der Tür und vertrat ihnen den Weg.

»Die haben nicht mal um Erlaubnis gefragt«, sagte der Rote hetzerisch, »die glauben, daß sie hier machen können, was sie wollen!«

»Runter mit ihm!« sagte einer der Männer drohend zu Debora.

»Er ist gesund!« keuchte Debora, die kaum mehr imstande war, die Last weiter festzuhalten. »Er ist gesund! Er hat dasselbe Recht wie ihr!«

»Ich kann nicht mehr festhalten«, flüsterte Ranek ihr zu. Sein Gesicht war grau und verzerrt. Nicht jetzt! dachte sie. Jetzt nicht absetzen! Aber sie konnte auch nicht mehr. Sie nickte Ranek zu. Und sie legten Fred wieder hin. Fred schlief ... und merkte von nichts ... und wußte von nichts.

»Er ist gesund!« sagte Debora wieder. Sie hatte sich ans Geländer gestellt und starrte mit fiebernden Augen auf die Männer. Ihr Kleid war vom Schweiß durchnäßt, es war auf der einen Seite verrutscht und ließ die spitze Schulter frei. »Er ist gesund!« sagte sie immer und immer wieder; sie keuchte nicht mehr, sie sagte es jetzt mit leiser Stimme ... aber es klang wie ein Schrei.

Sie soll nur jetzt keine Dummheiten machen, dachte Ranek. Er verhielt sich vorläufig ruhig und wartete. Er merkte, daß ihre Augen vor Aufregung zu flattern anfingen und daß ihr Blick fortwährend unruhig zur Tür irrte, und plötzlich konnte er das bestimmte Gefühl nicht loswerden, daß sie den Kopf verlieren und in ihrer Verzweiflung auf Fred zustürzen würde, um ihn, ohne sich um die Männer zu kümmern, mit Gewalt ins Zimmer zu schaffen.

Er sah es schon kommen: Sie würde Fred unter den Armen anpacken und ihn in Richtung der Tür schleifen ... der Tür, die halb offen und so nah war. Und sie würde die verdutzten Männer zur Seite drängen, und sie würde mit Fred vorwärtskeuchen … über die Schwelle, über die Schwelle.

Aber nichts geschah. Gottlob, dachte er. Das wäre ja auch verrückt gewesen.

»Tut mir wirklich leid«, sagte der Rote jetzt zu ihr, »ich kann Sie verstehen … er ist Ihr Mann … aber Sie müssen uns auch verstehen.«

»Was verstehen?« hauchte Debora.

»Ihr Mann hat infizierte Läuse in den Kleidern. Das ist gefährlich für uns.«

»Runter mit ihm!« sagte wieder einer der Männer.

Es sah aus, als ob die Männer nun Hand an Fred legen würden, aber Ranek stellte sich schützend vor ihn hin. Erst jetzt ergriff er das Wort. Seine Stimme war wieder sehr heiser. »Was redet ihr da von Läusen«, sagte er zu den Männern, »seine Läuse sind nicht schlechter als eure!« Er holte tief Atem. Es war ihm plötzlich wichtig, daß Fred und Debora den Platz des Toten bekamen. Er hatte Debora sein Versprechen gegeben, und er wollte es halten. »Debora hat seine Kleider desinfiziert«, sagte er, »sie hat's gründlich gemacht; der Rote hat's gestern gesehen; fragt ihn doch! Und wenn er jetzt wieder Läuse hat, dann sind's gesunde Läuse, die er sich hier in dieser Scheißbude geholt hat … von euch. Ihr könnt mir's glauben, Fred ist jetzt in Ordnung.«

»Klar«, sagte ein anderer, »er hat 'ne große Schnauze.«

»Er will euch was weismachen«, sagte der Rote.

Es kamen mehr Leute in den Hausflur; sie schimpften und schrien und ballten die Fäuste.

»Sie werden ihm was antun!« flüsterte Debora erschrocken. »Komm, wir tragen ihn wieder runter.«

Fred war einmal aufgewacht, aber vor Schwäche gleich wieder eingeschlafen.

Sie trugen ihn fort. Und sie legten ihn wieder unter die Treppe.

»Nimm's dir nicht so sehr zu Herzen«, sagte er leise zu ihr. »Wir haben unser Bestes getan. Mehr konnten wir nicht!«

»Ja«, sagte sie tonlos. Ihr Gesicht war sehr müde. Sie lehnte sich plötzlich erschöpft an ihn an, und für eine kurze Weile hielt er sie stumm in seinen Armen fest.

Sie ist jetzt nur müde, dachte er, und traurig, weil die Menschen so hart sind. Aber diese Stimmung wird vorbeigehen. Debora gibt nicht auf. Wenn sie ihn nicht oben im Zimmer pflegen kann, dann wird sie ihn eben im Hausflur pflegen, genauso wie bisher, und im Hausflur weiter bei ihm wachen, so lange, bis er sie nicht mehr braucht. Sie kennt nur die Pflicht. Sie erfüllt ihre Pflicht an Fred, und sie wird das bis zur letzten Stunde tun.

»Debora!« sagte er. »Du bist ein feiner Kerl.«

16

Links von Ranek lag ein Mann mit einem Holzbein. Man konnte an der Kunstfertigkeit, mit der das Holzbein am Schenkelstumpf angebracht war, leicht erkennen, daß der Mann es sich noch vor der Deportation angeschafft hatte. Vielleicht war er von Leuten der Eisernen Garde angeschossen worden, damals, kurz vor dem Angriff auf Rußland, als die ersten Pogrome in Rumänien losgingen? Wer wußte schon, wie er's verloren hatte! Vielleicht war's auch bloß ein Unfall gewesen? So was gab's ja auch noch.

Die Kleider des Krüppels waren besser erhalten als Raneks; ein Hosenbein war stets heraufgekrempelt, wahrscheinlich, um zu verhindern, daß es von dem Holzbein durchgestoßen wurde. Also ein umsichtiger Mensch!

Er hatte ein verschlossenes Gesicht. Ranek hatte ein paarmal versucht, mit ihm zu reden, jedoch ohne Erfolg. Offenbar war er einer jener Typen, die um jeden Preis in Ruhe gelassen werden wollten. Wenn sie auf dem Rücken lagen, stießen ihre Schultern zusammen, aber sie achteten nicht darauf und taten so, als würden sie so was gar nicht bemerken. Und das war bestimmt auch kein Grund, um ein Gespräch anzuknüpfen.

Leo Gottschalk lag rechts von Ranek, mehr gegen die Pritsche hin. Seitdem sein Bruder gestorben war, schlief Leo immer auf der Seite, als hätte er auf einmal Angst, auf dem Rücken zu liegen, so wie Käfer, die erst auf dem Rücken liegen, wenn sie tot sind.

Leo verrichtete seine Notdurft an Ort und Stelle. Manchmal benützte er das primitive Nachtgeschirr aus rostigem Wellblech, das Ranek neben seinen Schlafplatz hingestellt hatte; meistens aber konnte er sich nicht mehr dazu aufraffen und machte ganz einfach in die Hosen.

Ranek hatte ihm einmal deswegen ins Gewissen zu reden versucht, obwohl er gewußt hatte, daß es nur Zeitverschwendung war. »Hör mal, Leo!« hatte er zu dem Halbtoten gesagt. »Ich hab' dir den Nachttopf geschenkt, damit du ihn dir unter den Arsch schiebst, verstanden? Ich trag' ihn sogar für dich raus. Wir müssen unsere Plätze sauberhalten!« Und dann hatte er ihn angeschnauzt: »Wenn du noch einmal in die Hosen scheißt, dann dreh' ich dir den Hals um!«

Ranek erinnerte sich, daß Hofer einmal zu ihm gesagt hatte, daß alle Dinge auf dieser Welt eine Kehrseite hätten. Warum sollte das mit dem neuen Schlafplatz nicht ebenso sein? Der Platz hatte gewisse Nachteile, das stimmte schon, aber er hatte auch Vorteile, und man mußte blind sein, wenn man sie nicht sah.

Zu seinen Vorteilen gehörte der Umstand, daß er sich dicht unter dem Fensterbrett befand und Ranek nur die Hand auszustrecken brauchte, um die Petroleumlampe herunterzuangeln; dadurch wurde ihm der mühsame Weg im Dunkeln, von der Tür zum Fenster, erspart. Auch war der Platz bequemer als unter dem Küchenherd; er hatte es jetzt nicht mehr nötig, sich andauernd an den Ofenbeinen wund zu stoßen, und vor allem hatte er jetzt nichts mehr mit dem froschäugigen Roten zu tun. Das war schon was wert!

Ranek hockte unter dem Fenster und rauchte. Die Zigarette saß aus Gewohnheit schräg zwischen den Lippen. Er hatte den Hut bequem in den Nacken geschoben und starrte nachdenklich vor sich hin.

Auf die Dauer kann's kein Mensch neben Leo aushalten, dachte er, aber du mußt dir jetzt vor Augen halten, daß Leo nur noch kurze Zeit zu leben hat und daß du ihn bald los sein wirst.

Er blies den Rauch seiner Zigarette spielerisch über die Schulter und beobachtete die zuckenden Schatten, die die Lampe auf den Fußboden warf. Ja, verdammt noch mal, dachte er, du hast kein Recht, an dem neuen Platz rumzukritisieren. Sei froh, daß du ihn hast. Hast lange genug drauf gewartet.

Er hatte es satt, ewig hin und her zu wandern und die Schlafplätze zu wechseln. Er würde jetzt hierbleiben. Das war mal klar. Vielleicht würde bald oben auf der Pritsche was frei, dort bei den Bevorzugten, im Trockenen, aber er würde sich den Teufel darum scheren. Er wollte nicht mehr wechseln! Ein sonderbares Gefühl war das: Man hatte wieder einen eigenen Schlafplatz. Die Leute würden ihn nun jeden Abend auf derselben Stelle liegen sehen, und sie würden sich daran gewöhnen, und schließlich würden sie diese Stelle respektieren. Sie würden zu ihren Nachbarn sagen: Setz dich dort nicht hin! Der Platz gehört dem Kerl mit dem verbeulten Hut! Wie ein Stückchen Sicherheit war das: Man wußte plötzlich wieder, wo man hingehörte.

Eines Nachts kam Debora zu ihm.

Er hatte nicht geschlafen. Er hörte, wie die Tür leise aufging, und wußte sofort, daß sie's war. Er hörte sie über die vielen Leiber hinwegklettern, er hörte sie fallen und wieder aufstehen. Erst in der Nähe des Fensters rief sie seinen Namen.

»Was ist los?« rief Ranek zurück ins Dunkel. Sie arbeitete sich bis zu ihm durch und kniete neben ihm nieder. »Was ist los?« fragte er wieder. »Hat Fred einen Rückfall gehabt?«

»Nein«, zischelte sie, »mit Fred ist nichts los ... aber draußen ... draußen auf der Straße.«

»Was ist auf der Straße?«

»Eine Razzia ...«, stotterte sie.

»Du siehst Hirngespinste.«

»Nein, Ranek. Sie stehen drüben am alten Bahnhof. Ich hab' die Taschenlampen gesehen ... ich hab' sie gesehen.«

»Sprich leise«, flüsterte er, »denn wenn die Leute aufwachen und Lärm machen, dann werden die dort draußen um so aufmerksamer auf uns gemacht.« Er hatte sich gerade hingesetzt. Er war jetzt hellwach. »Die Polizei ist nicht zum erstenmal hier in der Nähe«, flüsterte er. »Vielleicht ziehen sie diesmal wieder ab? Vielleicht haben wir wieder mal Schwein?«

Sie nickte stumm. Sie starrte Ranek an, obwohl sie sein Gesicht nicht sehen konnte, sie starrte nur auf den Schatten, der sein Gesicht verkörperte, und sie wartete, daß er noch etwas sagte. Dann bemerkte sie, daß Ranek zusammenzuckte und zum Fenster sah.

Ich hab' nichts gehört, wollte sie sagen, aber sie sagte schon im nächsten Moment: »Jetzt hör' ich's auch. Sie sind im Hof. Sie kommen her!«

Er nahm ihre zitternde Hand in die seine, und er streichelte sie mechanisch. Wie kommt es nur, daß du so ruhig bist? fragte er sich. Ist dir plötzlich alles egal geworden? Oder ist es nur … weil sie bei dir ist? Weil du plötzlich weißt, daß sie dich braucht? Und weil du es noch nie so sehr gewußt hast wie jetzt?

»Fred ist allein draußen!« sagte sie plötzlich und versuchte, ihm ihre Hand zu entziehen.

»Bleib hier!« sagte er. »Geh nicht wieder fort!« Er umklammerte ihre Hand fester und war entschlossen, sie nicht wieder wegzulassen.

»Laß mich gehen«, sagte sie, »… bitte.«

»Du hast doch gewußt, daß er allein draußen ist. Warum bist du überhaupt hereingekommen?«

»Ich weiß nicht«, hauchte sie, »ich weiß nicht, Ranek. Laß mich gehen!«

Weil du auch bei mir sein wolltest, dachte er, genauso wie du bei ihm sein willst in der Stunde der Gefahr. Aber du kannst nicht gleichzeitig hier und dort sein. Das ist doch klar. Aber er sagte das alles nicht laut. Er sagte jetzt nur: »Du kannst ihm jetzt nicht helfen. Bleib hier!«

»Er hat Angst«, sagte sie.

»Ich weiß«, sagte er. »Schließlich hat jeder Angst. Hast du nicht etwa Angst?«

»Doch«, sagte sie. »Aber das ist was anderes. Du weißt nicht, wie das ist, so allein unter der Treppe zu liegen und zu wissen, daß man noch immer nicht gehen kann. Das ist furchtbar, Ranek. Wir können wenigstens weglaufen!«

»Wohin denn?« höhnte er.

»Ach, Ranek.«

»Eigentlich müßte er schon längst wieder auf den Beinen sein. Ich weiß gar nicht, was das mit ihm ist.«

»Ja, Ranek.«

»Vielleicht, weil er keinen Lebenswillen mehr hat?«

»Er wird sich schon erholen. Es dauert eben. Es hat ihn aufgezehrt.«

»Hoffentlich sehen sie ihn nicht. Er soll nur ruhig unter der Treppe liegenbleiben und nicht versuchen fortzukriechen.«

»Die Zaunlatten!« sagte sie plötzlich.

»Dazu ist es zu spät«, sagte er. »Ich kann ihn jetzt nicht mehr drunter verstecken. Du hättest mich früher rufen sollen.«

Irgend jemand hatte Lunte gerochen. Denn sie merkten jetzt, daß die Tür einen Spalt weit geöffnet wurde. Der Mann, der den Kopf lauschend heraussteckte, kam aber sofort wieder zurück und begann, die Schlafenden wachzurütteln.

»Bleib hier!« flüsterte Ranek wieder. »Geh jetzt nicht hinaus!«

Es war überflüssig, denn sie versuchte gar nicht mehr, sich von seiner Umklammerung loszumachen, weil sie wußte, daß die Polizei schon im Hausflur war.

In diesem Augenblick entstand ein wüster Tumult im Zimmer. Die Leute versuchten, ängstliche Schreie ausstoßend, unter die Pritsche zu flüchten. Dort war nicht genug Raum für alle. Das Gedränge nahm gefährliche Ausmaße an. Einige Leute waren von der Masse niedergerissen worden und wälzten sich, von vielen Füßen getreten, am Fußboden, ohne wieder hochkommen zu können; manche schlugen mit dünnen, kraftlosen Fäusten um sich, und andere versuchten, kratzend und beißend sich verzweifelt in der Finsternis Bahn zu brechen.

Ranek war aufgesprungen und zog Debora hinter sich her … zur Pritsche, aber er erkannte sogleich, daß sein Unterfangen völlig sinnlos war. Er zog sie wieder zurück. Und sie kauerten sich beide unter dem Fenster hin. Und sie ließen einander nicht los. Sie hielten sich an den Händen, wie zwei Kinder im Dunkeln, die wissen, daß sie zusammengehören.

Die Tür sprang auf und schlug so heftig gegen das Ofenrohr, daß es zusammenstürzte.

Auf der Türschwelle stand ein einzelner Polizist; die übrigen rumorten noch draußen im Treppenhaus. Man konnte den Polizisten kaum sehen, weil er hinter dem Lichtkegel der Taschenlampe stand. Aus dem Ofenrohr wuchs allmählich eine schwarze Rußwolke heraus; sie kroch langsam durchs Zimmer, und ebenso langsam, wie in einer Zeitlupenaufnahme, kroch das gelbe Licht durch den Ruß und wanderte phlegmatisch über die atemlose Masse Mensch auf dem Fußboden dahin, dann tanzte es eine Weile auf der kahlen Wand, beleuchtete sekundenweise die Kleiderhaken, huschte dann hinüber zur anderen Wand und setzte seinen Weg über die fast leer gewordene Schlafpritsche fort.

Sigi war oben auf der Pritsche geblieben. Das Licht blieb eine kurze Weile auf seinem Schädel haften, als wäre dem Polizisten etwas Sonderbares daran aufgefallen, es klebte sich dann auf seinem erschrockenen Gesicht fest, tastete es ab … und ließ es plötzlich los.

Dann kam ein ganzes Rudel Polizisten hereingestürzt. Alle trugen Taschenlampen, und auf einmal war das Zimmer taghell erleuchtet.

Am Anfang fiel kein Wort. Es war das übliche Spiel mit den Taschenlampen, ein Spiel ohne Worte.

Man konnte wieder schwere Schritte auf der Treppe hören. Zwei rumänische Soldaten tauchten in der Tür auf; sie hatten die Gewehre abgeschultert.

»Wir haben sie alle beisammen«, sagte der erste Polizist zu einem der Soldaten.

»Hast sie wohl gezählt?« grinste der Soldat.

»Nein, es sind zu viele«, gab der Polizist mürrisch zur Antwort.

»Ist auch nicht nötig. Wir brauchen bloß zehn.«

Der Polizist nickte gleichgültig. Er hatte ein arrogantes Gesicht; er sagte noch etwas leise zu dem Soldaten; der nickte ebenfalls und stieß jetzt den anderen Soldaten an, der steif dastand und mit zusammengepreßten Lippen stumm in den Raum starrte.

»Los! Zehn Leute!« schrie der erste Polizist. »Zehn Leute vortreten! Habt ihr's gehört?«

Seine Augen schweiften durch den totenstillen Raum. Die anderen Polizisten beobachteten ihn; sie standen in der Nähe des Herdes herum und warteten auf das Zeichen.

»Wer meldet sich freiwillig?« schrie der erste Polizist.

Ein guter Witz, dachte Ranek: Wer meldet sich freiwillig zum Abtransport in den Tod? Er versuchte sich tiefer an den Fußboden zu schmiegen, in der Hoffnung, hier hinten übersehen zu werden, aber es war sehr eng geworden, und er konnte sich nicht flach legen. Er merkte, daß er noch immer Deboras zitternde Hand in der seinen hielt; er wollte sie jetzt loslassen, aber er hatte plötzlich Angst, auch nur die leiseste Körperbewegung zu tun, die auffallen könnte. Er spürte ein seltsames Reißen in seiner

Schlagader, er hörte auch sein Herz klopfen, unnatürlich stark und laut, und er hatte das Gefühl, als würde man dieses starke Klopfen der Angst bis zur Tür hören, dort, wo sie standen. Wo ist Daniel, dachte er, warum ist er nicht mit dabei? Wenn er dabei wäre, dann hättest du nichts zu fürchten gehabt. Seine Gedanken hämmerten: Wo ist er? Wo ist er? Wo ist er? Und dann hörte das Hämmern plötzlich auf. Und es war, als hörte auch sein Herz zu schlagen auf.

Denn es ging los. Die Polizisten hatten sich verteilt und begannen nun mit ihren Knüppeln auf die ineinander verschlungenen Körper zu dreschen, auf das Durcheinander von Decken, Beinen, Köpfen, Armen. Sie droschen auf dem Durchgang herum und unter der Pritsche. Körper fuhren hoch und sackten wieder zusammen, andere wälzten sich zuckend herum und streckten die Arme schreiend hoch. Manche Leute waren aufgesprungen und versuchten, die Wand einzurennen, andere lagen verkrampft unter ihren Decken oder kauerten geduckt hinter den Rücken ihrer Nachbarn.

Von Sigi war keine Spur mehr auf der Pritsche zu sehen. Er war mit einem Satz heruntergesprungen und hatte sich unter einem Bewußtlosen versteckt, der wie tot auf ihm lag. Moische hatte sich auf seine Frau geworfen, im Versuch, die Schwangere vor den Schlägen zu schützen. Er schien in diesen Augenblicken vergessen zu haben, daß er sie unlängst selbst geschlagen hatte und daß er jetzt mit seinem eigenen Körper nicht nur sie, sondern auch den Bankert beschützte. Er lag schluchzend auf ihr, mit seltsam verkrampften Gliedern; es sah für einen Außenstehenden aus, als wollte er sie noch einmal begatten.

Ranek bekam einen Stiefeltritt in den Bauch. Er ließ Debora los und fiel seitwärts auf die Erde.

Es war vorbei.

Sie hatten diesmal nur Männer mitgenommen. Zehn Männer. Alle waren jung.

Die Männer hatten geschrien und gejammert und gebettelt, aber es hatte nichts geholfen. Sie hatten die Sichsträubenden über den Fußboden geschleift und dann hinausgezerrt. Eine Weile hörte man noch die Schreie draußen im Hof, dann kamen sie von der Straße und klangen immer ferner und ferner, bis sie sich schließlich irgendwo in der Nacht verloren.

Es war still im Zimmer. Niemand machte Licht. Nur unter dem Küchenherd glühte eine Zigarette.

Jemand flüsterte neben Ranek: »Sie hätten uns alle mitnehmen können!«

»Nein«, sagte Ranek, »das war doch keine richtige Razzia.« Er betastete seinen Bauch. Der Tritt war nicht so schlimm gewesen; er spürte jetzt keinen Schmerz.

»Ja, Sie haben recht«, sagte der Unbekannte zögernd.

»Die haben wieder mal 'n paar Leute für Bauarbeiten nötig. Mehr steckt nicht dahinter.«

»Haben Sie gehört, wie die Kerle geschrien haben? So, als ging's zum Bug. Nur die, die zum Bug gehen, schreien so.«

Ranek lachte leise: »Vielleicht glauben sie, daß man sie dorthin bringt? Kann nicht jeder so logisch denken wie wir hier, nachdem alles vorbei ist.«

»Ja, Sie haben recht«, sagte der Mann wieder.

»Wir sind sie trotzdem endgültig los«, sagte Ranek.

»Glauben Sie das?«

»Die Affen sind viel zu blöd, um sich wieder rauszudrehen. Man wird sie später erschießen, wenn man sie nicht mehr braucht.«

»Das stimmt ... Gut, daß es keine richtige Razzia war«, seufzte der Unbekannte dann erleichtert.

Nach und nach tasteten sich die Leute auf ihre Plätze zurück. Es wurde auch wieder Licht gemacht.

Ranek hatte sich nicht mehr um Debora gekümmert. Erst jetzt bemerkte er, daß sie nicht mehr im Zimmer war. Schon wollte er aufstehen, um sie zu suchen, als er sie plötzlich hereinstürzen sah. Ihr Gesicht war verstört. Er lief ihr entgegen. »Fred ist nicht mehr da!« stöhnte sie. »Man hat ihn mitgenommen!«

»Das kann nicht sein!« stieß er erschrocken aus. »Fred kann doch nicht gehen. Er ist sicher aus dem Hausflur rausgekrochen und hat sich irgendwo versteckt.«

»Nein ... ich hab' schon gesucht ... hinter dem Haus ... im Hof ...«

»Fred taugt nicht für die Zwangsarbeit«, sagte er, »außerdem haben sie nur zehn Leute gebraucht. Paß auf, das ist sicher nur 'n Spaß, den sie mit ihm gemacht haben ... einer dieser verrückten Späße, du weißt doch, das kommt immer vor, er wird sicher auf der Straße liegen.«

Sie nickte. Sie weinte nicht. Sie sagte bloß: »Komm! Hilf mir, ihn zu suchen!«

Wer nicht gehen kann, wird unterwegs getötet, dachte er, aber vielleicht war es wirklich nur ein Spaß.

»Paß auf«, sagte er wieder, »ist sicher nur 'n Spaß.«

Sie schauten nochmals im Umkreis des Hauses nach, aber von Fred war keine Spur zu sehen. Sie traten dann auf die Straße. Plötzlich fing Debora zu rennen an.

Sie fanden ihn an der ersten Straßenkreuzung. Er lag mitten auf dem Fahrweg, blutend und besinnungslos.

»Es ist nur 'ne leichte Kopfwunde«, beruhigte er sie. Er wartete, bis sie ihm das Blut aus dem Gesicht gewischt hatte. Dann sagte er: »Sei froh, daß sie ihn nur verprügelt haben.«

»Diese Bestien!« sagte sie. »Diese Bestien!«

»Was machen wir jetzt?«

»Wir müssen ihn tragen.«

»Vielleicht warten wir, bis er wieder zu sich kommt? Wir werden ihn stützen, und er wird versuchen zu gehen?«

»Nein, wir tragen ihn«, sagte sie hart.

Als das Zimmer von einem Haufen Obdachloser gestürmt wurde, lag Fred längst wieder unter der Treppe. Die Obdachlosen waren gut informiert und wußten, daß eine Menge Schlafplätze frei geworden waren; sie hatten sich noch eine Zeitlang in den Büschen verborgen gehalten, und erst, als sie sahen, daß die Polizei nicht mehr zurückkam, rückten sie an. Zuerst lärmten sie unter dem Fenster und warfen Steine gegen die Pappdeckelscheibe. Dann kamen sie in den Hausflur und verlangten Einlaß ... Sie waren mit Stöcken bewaffnet; sie drängten die Treppe hinauf und schlugen wild und verzweifelt auf die paar Leute ein, die sich in die Tür gestellt hatten, bereit, das Zimmer zu verteidigen.

Der Kampf hielt nicht lange an. Bald waren die freien Plätze besetzt, während der Rest des Haufens, der keinen Raum mehr gefunden hatte, fluchend wieder abgezogen war.

Ranek hatte sich nicht eingemischt, denn es war ihm egal, wer die Plätze bekam; er bedauerte nur, daß Debora vorgezogen hatte, weiter draußen bei Fred auszuharren, obwohl er versucht hatte, sie umzustimmen.

Er löschte nun das Licht aus, aber es dauerte noch eine Weile, bis der Lärm abflaute, denn die Neuen wurden andauernd provoziert; man hörte Beleidigungen und grobe Schimpfwörter durch die Dunkelheit schwirren, und ab und zu klatschte irgendwo ein harter Gegenstand auf … Allmählich aber beruhigten sich die Leute. Die Nacht war nicht mehr lang, und sie wollten schließlich noch ein paar Stunden Schlaf mitkriegen.

Er konnte nicht lange geschlafen haben, denn als er erwachte, war es noch immer stockdunkel. Während er sich benommen aufrichtete, spürte er, daß seine Hosen naß waren. Das machte ihn ganz wach. Fluchend untersuchte er nun auch seine Jacke; er hatte sie heute nacht nicht auf dem Boden ausgebreitet, sondern anbehalten, und so war sie zum Teil trocken geblieben.

Er rüttelte Leo. »Drecksau!« zischte er. »Verdammter Pisser!« Leo murmelte irgend etwas und versuchte sich aufzurichten, fiel aber kraftlos wieder zurück.

»Hast wohl Angst, was?« sagte Ranek. »Paß auf! Mit dir machen wir jetzt kurze Geschichten!«

Er stand wütend auf. Der muß raus! dachte er. Am besten, du machst es gleich jetzt. Schaff ihn in den Hausflur.

Er überlegte kurz. Leo war viel zu schwach, um sich zu wehren. Aber er konnte noch kriechen. Und er würde natürlich wieder zurückkriechen. Also, die Treppe runter, dachte er; du wirst ihn unten im Durchgang hinlegen. Die Treppe wird er nicht allein rauf können. So viel Kraft hat er nicht mehr.

Ranek bückte sich und packte die Beine des Halbtoten; er wartete darauf, daß Leo strampelte, aber er strampelte nicht; er hatte plötzlich das Gefühl, als wäre der andere vor Schreck völlig gelähmt; er wimmerte nicht mal. Ranek ließ wieder los. Daß man immer noch diese verdammten Hemmungen hat, dachte er kopfschüttelnd. Unentschlossen stand er im Dunkeln. Seine Hände tasteten nach der Lampe, er nahm sie vom Fensterbrett herunter, stellte sie aber gleich wieder zurück, als hätte er auf einmal Angst, das Gesicht Leos bei Licht zu sehen … Bist ihn sowieso bald los, dachte er; lange wird er nicht mehr pissen. Laß ihn jetzt in Ruhe!

Er schlurfte zum Herd, um einen Lappen zum Trockenwischen zu holen. Eine Weile tastete er das Ofenrohr ab, wo die Lappen gewöhnlich zu hängen pflegten, fand aber nicht, was er suchte. Wieder fluchte er leise vor sich hin. Ihm fiel ein, daß das Ofenrohr vorhin eingestürzt war und später wieder provisorisch zusammengesetzt wurde und daß wahrscheinlich niemand daran gedacht hatte, die Lappen wieder zurückzuhängen. »Diese Arschlöcher«, knirschte er, »diese verdammten Arschlöcher.«

Er suchte noch eine Weile auf der Herdplatte herum, dann tastete er, zwischen den Körpern einiger Leute, ein Stück schmalen Fußbodens ab, jedoch mit demselben negativen Ergebnis. Mach doch Licht! dachte er, aber dann fiel ihm ein, daß er nur Scherereien mit dem Roten haben würde, wenn er jetzt neben dem Herd Licht machte, und außerdem … es würde auch nichts helfen, denn wenn die Lappen auf den Fußboden gefallen waren, dann lag sicher irgend jemand drauf.

Er hockte sich neben der Türschwelle hin, weil er keine Lust hatte, an seinen Schlafplatz zurückzukehren. Er spürte jetzt auch keine Müdigkeit. Es ist ja bald Tag, dachte er … es ist ja bald Tag.

Er hatte versucht, sich die Zeit durch Zigarettenrauchen zu vertreiben, aber die Zeit schien wieder mal stillzustehen. Er wurde immer unruhiger. Das ist nicht auszuhalten, murmelte er vor sich hin, und plötzlich ertappte er sich bei dem Gedanken, irgendwohin zu rennen, so wie es Rosenberg gemacht hatte, als er es nicht mehr aushalten konnte. Aber er machte die Tür nicht auf. Nein, dachte er, das nicht. So weit ist man doch noch nicht gekommen.

Er trat zur Pritsche und tastete sich wie ein Schlafwandler an ihrem Rand entlang. Man kann sich auch hier im Zimmer die Beine vertreten, wenn es nicht anders geht, dachte er; das ist immer noch besser, als auf demselben Fleck zu hocken. Er spürte, wie seine Nervosität etwas nachließ.

Ranek zündete jetzt ein Streichholz an und leuchtete über die vielen Beine. Ungefähr in der Mitte der Pritsche machte er plötzlich halt. Das ist sie doch, dachte er verwundert, die, die verkehrt schläft, mit dem Kopf am Fußende, die einzige, die sich das hier oben erlaubt. An die hast du auch nicht mehr gedacht. Er hielt das Streichholz dicht über den Frauenkopf, so dicht, daß er fast das üppige, lange Haar versengte. In der aufblitzenden Erinnerung sah er Rosenberg neben sich stehen, und er hörte auch in Gedanken Rosenbergs Stimme: »Das ist die Langhaarige«, sagte die Stimme.

Das Streichholz krümmte sich leicht und flackerte stärker auf. Die Frau hatte ein breitknochiges Gesicht. Sie schnarchte leicht, weil sie auf dem Rücken lag und den Mund offenhielt. Sie hatte starke, schöne Zähne; die Lippen waren etwas wulstig.

Das Streichholz brannte langsam zu Ende und verlosch. Es wurde wieder stockdunkel. Das schlafende Gesicht war verschwunden, es war in die Nacht zurückgeglitten, als wäre es eine Traumvision gewesen.

Er blieb noch lange im Dunkeln stehen und starrte auf die Stelle. Schließlich konnte er sich nicht zurückhalten und zündete ein zweites Streichholz an. Wieder hielt er es dicht über den Kopf, aber diesmal erwachte die Frau.

Sie riß erschreckt die Augen auf. Und sah ein Licht. Und ein bärtiges Gesicht über dem Licht. Und sie begann zu schreien.

Er grinste sie eine Weile an. Dann löschte er das Licht aus und machte kehrt.

Er ging zum Fenster. Er kniete auf seinem Schlafplatz nieder. Er rüttelte Leo. Er wollte jetzt mit ihm sprechen, aber Leo war inzwischen gestorben.

17

Frau Dvorski faltete die grüne Wolldecke, die sie soeben vor dem Kellereingang ausgeschüttelt hatte, wieder zusammen, legte sie sorgfältig über den Arm und schickte sich an, zurück in den Keller zu gehen, als sie plötzlich Ranek erblickte.

»Haben Sie meinen Mann nicht gesehen?« rief sie ihm entgegen.

Ranek schlurfte heran. »Ich dachte, er wäre zu Hause. Ich suche ihn nämlich auch. Wann ist er denn weggegangen?«

»So gegen zwei. Aber er wollte bald wieder zurück sein.«

»Wohin ist er denn gegangen?«

»Zum Friseur.«

»Geschäftlich?«

»Diesmal nicht. Er läßt sich die Haare schneiden.«

Ranek lachte.

»Der Friseur schneidet doch auch Haare!« sagte sie ärgerlich. »Oder etwa nicht?«

»Natürlich«, grinste Ranek, »er macht nicht nur Schwarzgeschäfte. Er schneidet auch Haare. Er ist ein vielseitiger Schwuler.«

»Auf jeden Fall verdient er Geld«, sagte sie spitz. »Er ist kein Tagedieb. Er ist auch kein Schnorrer, und er treibt sich nicht auf den Straßen rum. Sie haben am wenigsten Grund, sich über ihn lustig zu machen.«

Die Frau drehte sich brüsk um und wollte in den Keller, aber kaum hatte sie den Fuß auf die erdgestampfte, steile Treppe gesetzt, als ihr etwas einfiel und sie wieder kehrtmachte.

»Ich sah Sie heut morgen aus dem Haus kommen«, sagte sie lauernd. »In der Dämmerung.«

»Ich wußte nicht, daß Sie so früh aufstehen.«

»Ich stehe immer früh auf.«

»Das soll angeblich gesund sein«, grinste er.

»Lassen Sie die faulen Witze! Sagen Sie mir lieber: Wer war der Tote, den Sie aus dem Hausflur rausgezerrt haben?«

»In der Dämmerung?« grinste er.

»Ja. In der Dämmerung. Tun Sie nur nicht so, als ob Sie von nichts wüßten. Wer war es? War es Ihr Bruder?«

»Nein. Mein Schlafnachbar.«

Sie nickte. »So ... also der ...«

»Ja ... bloß der.«

»Ich hätt' ja selber nachschauen können«, sagte sie langsam, »aber ich seh' so was nicht gern. Haben Sie wenigstens was geerbt?«

»Bei dem gab's nichts zu erben.«

Die Frau lachte spöttisch auf. Dann ließ sie ihn stehen.

Ranek folgte ihr in den Keller. Außer dem schlafenden Baby war niemand da.

»Darf ich hier auf Ihren Mann warten?«

»Meinetwegen. Was wollen Sie schon wieder von ihm?«

»Es ist nichts Wichtiges«, sagte er zögernd. Er zeigte auf den Kartoffelsack, der unter dem Herd lag. »Den Sack hab' ich unlängst für Ihren Mann vermittelt ... auf dem Basar ... hat er Ihnen doch erzählt ... es war ein Gelegenheitskauf.« Er fuhr hastig fort: »Er hat mir die Schalen versprochen. Er hat gesagt: Meine Frau wird die Schalen für dich aufheben.«

»Was wollen Sie denn mit den Schalen machen?«

Ranek lächelte. Der geht's zu gut, dachte er; sie weiß schon nicht mehr, was man mit den Schalen macht. »Debora wird sie waschen«, sagte er, »und eine gute Brühe daraus kochen.«

Die Frau nickte. Dann sagte sie kurz: »Wir haben den Sack noch nicht angefangen.«

Ranek ließ sich nicht von ihr einschüchtern. »Ich weiß, daß Sie ihn heute anfangen«, sagte er langsam, »denn Ihr Mann hat mir am Vormittag gesagt, daß es Kartoffeln zum Abendbrot gibt.«

Ranek half ihr beim Feuermachen. Während sie Papierhaufen ins Ofenloch steckte, zerkleinerte er das Holz und reichte ihr dann die einzelnen Stücke. Nachdem das Feuer brannte, setzte die Frau zwei große Töpfe mit Wasser auf: einen für die Kartoffeln und den anderen für eine Suppe; dann packte sie den Sack, zerrte ihn unter dem Herd hervor und rückte sich eine Kiste zum Sitzen heran. Ranek nahm ihr gegenüber auf dem alten Reisekoffer Platz. Er drehte sich langsam eine Zigarette. »Wollen Sie auch eine?«

»Nein. Ich rauche nicht. Möchte nur wissen, wo mein Mann so lange bleibt«, sagte sie dann, während sie ärgerlich auf den Kellerboden spuckte und die nasse Stelle mit dem Fuß zerrieb.

»Er wird sicher bald kommen«, beruhigte sie Ranek.

»Manchmal muß man warten beim Friseur.«

»Hoffentlich läßt er sich nicht auch rasieren«, sagte die Frau. »Er wird nämlich in der letzten Zeit immer großzügiger.«

Sie stand noch einmal auf, stocherte eine Zeitlang in der Feuerung herum und kam wieder zurück.

»Warum haben Sie vorhin gelogen?« fragte sie plötzlich.

»Sie meinen ... mit den Kartoffelschalen? Es war keine Lüge.«

Die Frau schüttelte den Kopf. »Das meine ich nicht ... ich meine was anderes ... das ... das mit dem Toten heut früh in der Dämmerung. Es war gar nicht Ihr Schlafnachbar. Es war Ihr Bruder, nicht wahr?«

»Es war mein Schlafnachbar«, sagte Ranek hart. »Sie wissen ganz genau, daß mein Bruder wieder gesund ist. Wie kommen Sie überhaupt auf diese Frage?«

»Weil er noch immer nicht gehen kann«, sagte die Frau. Sie setzte höhnisch hinzu: »Er ist wieder gesund, aber er kann noch immer nicht gehen, wie? Liegt noch immer wie 'n Halbtoter unter der Treppe ...«

»Das stimmt. Er liegt noch immer unter der Treppe.«

Die Frau lachte leise. »Wir waren gestern bei euch im Hausflur ... mein Mann und ich ... wir haben ihn angeguckt ... mein Mann hat dann gesagt: ›Höchstens noch ein paar Tage, dann ist es aus mit ihm.‹«

Verfluchte Giftschlange, dachte Ranek. Willst mir wohl jetzt die Kartoffelschalen versalzen? Willst mir gründlich den Appetit verderben, was?

»So ... hat er das gesagt?«

Die Frau nickte. »Sie glauben doch nicht etwa im Ernst daran, daß Ihr Bruder am Leben bleiben wird, bloß, weil er den Flecktyphus überstanden hat? Manche sterben eben erst nachher,

besonders Fälle wie Ihr Bruder, die vollständig erschöpft sind.«
Sie fingerte lächelnd an dem Bindfaden herum, mit dem der
Sack zugeschnürt war, aber sie öffnete ihn noch nicht. Sie blickte
jetzt wieder zum Feuer und nickte befriedigt, weil es gut brannte.

»Debora pflegt ihn mit Liebe«, sagte sie dann, »aber wissen
Sie, Ranek, mit Liebe allein ist noch kein Halbtoter wieder auf
die Beine gebracht worden. Nach so 'nem Flecktyphus muß er
vor allem mal anständig fressen ... die richtige Kost ... verstehen
Sie ... und die können weder Sie noch Debora ihm bieten.« Sie
grinste ihn teilnahmsvoll an. »Wie stellen Sie sich das eigentlich
vor? Wovon soll er denn wieder zu Kräften kommen? Von
Abfällen vielleicht ... und ein paar Löffeln Suppe aus Kartoffelschalen ... ab und zu ... einmal am Tag ... und manchmal
nicht mal das ... manchmal nur einmal in zwei Tagen? Nein,
Ranek. Das geht nicht. Ich weiß das. Und Sie wissen das auch.
Arme Schweine wie Ihr Bruder rappeln sich nicht wieder auf. Sie
werden nur schwächer, Ranek ... von Tag zu Tag schwächer und
schwächer ... und dann sterben sie. Jawohl, Ranek. Sie sterben
dann an ganz gewöhnlicher Entkräftung. Wie man so sagt: ›Nicht
mehr erholungsfähig, basta!‹«

Die Frau seufzte tief. »Tut mir leid, daß ich Ihnen das sagen
muß, aber glauben Sie mir, Ihr Bruder ist 'n sicherer Kandidat
für den großen Karren.«

Obwohl sie ihn nur verhöhnte, enthielten ihre Worte eine
grausame Logik. Ranek wußte plötzlich, daß sie recht hatte. Er
wußte auch im selben Moment, daß es nur Deboras unerschüt-
terlicher Glaube gewesen war, der ihm in der letzten Zeit über
die Zweifel an Freds wirklicher Wiedergenesung hinweggeholfen
hatte.

»Wenn's noch einen Gott gibt, dann ist er ein großer Bluffer«, sagte die Frau, »zuerst läßt er so 'n Kerl krank werden … dann, zur großen Freude der lieben Angehörigen, macht er ihn wieder gesund … und dann läßt er ihn plötzlich krepieren. Ist direkt 'ne Affenschande.«

»Verflucht«, sagte Ranek.

»Was werden Sie machen, nachdem er fort ist? Mein Mann hat mir erzählt, daß Sie Debora heiraten wollen? Stimmt das?«

»Ich kann mich nicht entsinnen, daß ich Ihrem Mann jemals so was gesagt habe.«

Die Frau rückte die Kiste jetzt etwas vom Herd fort, als wäre es ihr dort zu heiß geworden. Dann öffnete sie den Sack, nahm eine Handvoll Kartoffeln heraus, ließ sie auf ihren Schoß fallen und griff nach dem Küchenmesser. Während sie schälte, richtete sie kein einziges Wort mehr an ihn.

Sie hat genug, dachte er. Sie ist zufrieden. Sie hat den Giftbecher ausgeleert.

Es wurde gemütlich. Man hörte nur noch das Knistern des Feuers und das leise Kratzen des Küchenmessers. Im sanften Licht des Spätnachmittags, das von oben in den Keller fiel, wirkte das Vogelgesicht der Frau fast weich. Es glich jetzt all jenen Frauengesichtern, die um diese Stunde in sich versunken in einer Ecke sitzen und ihren Männern das Abendessen bereiten.

Als Dvorski nach Hause kam, ließ die Frau ihre Arbeit stehen und eilte ihm entgegen. Dvorski humpelte schwerfällig die Treppe herunter, die eine Hand stützte den zu kurzen Fuß. Die Frau erreichte ihn noch auf der Treppe und schlang leidenschaftslos ihre Arme um seinen Hals. »Hast du mir was mitgebracht?«

»Ja. Ein paar Knisches, direkt vom Wagen. Aber sie sind inzwischen kalt geworden; du kannst sie später aufwärmen.«

»Ja, gut.« Sie fuhr ihm mit der Hand übers Gesicht. Es war kein Streicheln, bloß eine Bewegung, wie ärgerliche Mütter sie machen, wenn sich die Kinder schlecht gewaschen haben. »Hast dich natürlich auch rasiert!«

»Warum nicht, wenn man schon die Gelegenheit hat!«

»Du weißt auch schon nicht mehr, wo du das Geld rausschmeißen sollst!«

»Dafür hat er mir den Haarschnitt billiger gerechnet.«

»Ach, das sagst du nur, der und billiger! Hast du sonst noch was mit ihm abgemacht?«

»Er wollte mir was verkaufen«, sagte Dvorski zögernd.

»Was denn?«

»Einen Frauenmantel. Ich konnte mich aber nicht entschließen. Die Ware war nicht ganz einwandfrei und der Preis zu hoch.«

»Wir brauchen wieder frische Ware«, flüsterte die Frau eindringlich. »Vielleicht gehst du nach dem Essen nochmals zu ihm zurück und handelst mit ihm?«

»Es war ein blutiger Mantel«, sagte Dvorski langsam. Er fügte hinzu: »Blutiger Kragen. Der Friseur hat ihn von einem Milizmann gekauft.«

»Wahrscheinlich ist die Besitzerin erschlagen worden«, lächelte die Frau kalt. »Aber das macht nichts. Das Blut ist leicht rauszuwaschen.«

»Gut, wenn du willst, dann werd' ich später nochmals zu ihm zurückgehen. Wie weit ist's mit dem Essen?«

»Die Kartoffeln sind bald fertig. Auch die Suppe. Willst du ein paar Minuten aufpassen?«

»Ich?«

»Ja, du.«

»Wohin willst du denn?«

»Ich muß mal raus.« Sie zeigte auf Ranek. »Aber den da konnt' ich die ganze Zeit nicht allein lassen. Du weißt ja … Dabei muß ich so dringend.«

»Na, geh nur.«

»Du warst sehr lange im Keller«, sagte Debora.

»Hast du mich reingehen sehen?«

»Ja.«

»Ich habe auf Dvorski gewartet. Er kam spät.«

Ranek gab ihr die Kartoffelschalen. »Das ist alles für heute. Auf dem Basar war nichts los.«

Sie gingen zusammen nach oben. Moische kam gerade aus dem Zimmer. Es fiel Ranek auf, daß sein in der letzten Zeit immer versorgtes Gesicht heute eine flatternde, unruhige Spannung zeigte. Als Moische sah, daß Debora ihm die Hand entgegenstreckte, blieb er zögernd stehen.

»Kopf hoch«, lächelte Debora ermunternd.

Moische drückte schweigend ihre Hand.

»Alles wird gut ablaufen«, sagte Debora. »Wenn Doktor Hofer dabei ist, brauchen Sie sich keine Sorgen zu machen.«

Moische nickte geistesabwesend; dann ging er schnell die Treppe hinunter.

»Was ist eigentlich los mit dem Kerl?« fragte Ranek.

»… wegen der schwangeren Frau«, sagte Debora. »Sie wird doch heute abend operiert. Wußtest du das nicht?«

»Nein, das wußte ich nicht«, sagte Ranek erstaunt.

»Hofer untersuchte sie neulich. Sie hat eine Beckenverengung. Hofer nennt das: hochgradige Beckenverengung. Die Frau kann nur durch Kaiserschnitt gebären.«

Moische hatte alle Hebel in Bewegung gesetzt, um seiner Frau zu helfen. Hofer mochte früher ein guter Gynäkologe gewesen sein, aber er konnte die Operation nicht machen, weil ihm die technischen Möglichkeiten fehlten. Es war also nur eins zu tun übriggeblieben: einen anderen Arzt zu finden, der besser eingerichtet war als Hofer und entweder bereit war, den Fall zu übernehmen oder wenigstens Hofer seine Hilfe zur Verfügung zu stellen. Moische hatte Umschau gehalten. Er hatte tagelang mit unermüdlicher Ausdauer unter den Leuten herumgefragt, bis er schließlich den richtigen Tip bekam. Es war im Kaffeehaus, wo er die Adresse eines gewissen Doktor Blum erhielt. Blum war Gynäkologe; er wohnte in der Nähe der Puschkinskaja.

Der Mann, der ihm den Tip gab – ein alter Stammgast bei Itzig Lupu –, erzählte ihm, daß Blum drüben in Rumänien keinen guten Ruf genossen hatte. »Ein kalter Geschäftsmann, das war er immer gewesen, einer, der seine Patienten gewissenlos auszunützen verstand. Ein richtiger Blutegel.«

»Das klingt nicht gerade ermutigend.«

»Man muß mit ihm handeln.«

Der Mann hatte eine verächtliche Handbewegung gemacht: »Sie werden schon mit ihm fertig werden.«

»Ich habe noch etwas Geld«, hatte Moische leise gesagt und dabei an die Ersparnisse gedacht, die seine Frau aus dem Bordell mitgebracht hatte. Ein Rest davon war noch da. »Ich habe noch etwas Geld.«

»Na, sehen Sie. Es ist sowieso immer am besten, wenn man für Gefälligkeiten bezahlen kann. Die, die sie erbetteln müssen, sind schlimm dran.«

»Das weiß ich.« Moische hatte dann gefragt: »Woher kennen Sie Blum so gut?«

»Ich wohne nebenan. Außerdem kenn' ich ihn noch von drüben.«

»Sie können ihn nicht leiden?«

»Niemand kann ihn leiden. Auch Sie werden ihn unsympathisch finden, wenn Sie ihn richtig kennenlernen. Das macht aber nichts. In Ihrem Fall – und das ist ein Notfall – muß man persönliche Gefühle ausschalten.«

»Ich hab' bis jetzt nie was von Blum gehört. Nicht mal Doktor Hofer, Sie wissen, der Arzt, von dem ich Ihnen vorhin erzählt habe, nicht mal der kennt ihn.«

»Blum ist hier als Arzt unbekannt.«

»Wie kommt das?«

»Weil er nicht mehr praktiziert. Er hat seinen Beruf längst an den Nagel gehängt. Im Prokower Getto gibt's zuviel arme Leute. Das ist nichts für ihn. Außerdem besteht hier im allgemeinen keine große Nachfrage nach Gynäkologen, und dann ... Sie wissen ja, mit wieviel Umständlichkeiten hier alles verbunden ist.«

Der Mann hatte ihm dann erzählt, daß Blum im letzten Herbst, gleich nach seiner Ankunft im Getto, Tabletten zu Wucherpreisen verkauft hatte und dann, mit Hilfe von etwas Kapital, umgesattelt hatte und Schwarzhändler geworden war. Doktor Blums Spezialgebiet war im Augenblick Pferdefleisch; er war bekannt für gute Qualität und preiswerte Ware. Nebenbei handelte er auch mit alten Kleidern, und er spielte auch ab und zu an der Börse.

»Dann hat es doch gar keinen Zweck, daß ich zu ihm hingehe?«

»Warum nicht? Ein Arzt, der Schwarzhändler geworden ist, ist trotzdem noch ein Arzt.«

»Das stimmt«, hatte Moische nachdenklich gesagt. »Er ist keiner, und er ist doch einer.«

»Sie haben mir erzählt, daß Doktor Hofer Ihre Frau operieren würde, wenn er die technische Möglichkeit dafür hätte. Nun gut. Blum ist diese technische Möglichkeit!« Der Mann hatte gegrinst. »Zahlen Sie noch einen Kaffee, dann erzähl' ich Ihnen auch, warum.«

»Gern. Sogar zwei.«

»Als Blum deportiert wurde, hat er alles aus seiner Praxis mitgenommen, was sich nur irgendwie mitnehmen ließ. Sie verstehen mich schon: den beweglichen Teil der Praxis. Hat einfach alles in 'nen großen Reisekoffer reingepackt. Ein richtiges Kofferlazarett.«

»Das haben auch andere gemacht.«

»Ja, aber bei der Kontrolle ist doch alles beschlagnahmt worden.«

»Fast alles.«

»Fast alles ist alles!«

»Erzählen Sie weiter!«

»Blum hat Glück gehabt; sein Koffer wurde nicht mal aufgemacht. Ein Ausnahmefall. Schweinehunde haben immer Glück! Er wußte damals natürlich noch nicht, daß er einen anderen Beruf ergreifen würde. Er hat's eben versucht, und es ist ihm gelungen. Auch eine ganz einfache Sache.«

»Ja, eine einfache Sache, verdammt noch mal!«

»Kitzeln Sie 'n bißchen Blums Nase«, hatte der Mann gelacht, »mit Geldscheinen natürlich, und passen Sie mal auf, wie schnell der seine chirurgische Werkstatt auspackt!«

Moische hätte den Mann vor Freude fast umarmt. »Wenn das alles wahr ist, was Sie mir da eben erzählt haben, dann bin ich

Ihnen fürs Leben verbunden.«

»Das ist gar nicht nötig«, hatte der Mann gesagt. »Wenn alles klappt, dann werd' ich mich mal gelegentlich bei Ihnen zum Essen einladen. Nachtasyl, nicht wahr? Das ist doch die Adresse?«

Es stellte sich später heraus, daß der Mann im Kaffeehaus nicht gelogen hatte; seine Angaben stimmten haargenau. Moische entsann sich, daß er auf der Straße gerannt war, als gälte es, um das Leben seiner Frau zu rennen.

Blum wohnte schön. Es war ein sauberes Quartier, in dem höchstens zehn bis fünfzehn Leute wohnten. Am Fenster hingen Gardinen, und auf dem Fensterbrett stand ein großer Blumentopf.

Er traf den Arzt zu Hause an. Blum war ein beleibter Mann mit einer Hornbrille, sprödem, schütterem Haar und einem fetten, gelben, mürrischen Gesicht. Auf den ersten Blick wirkte er wie jemand, der ein schweres Leberleiden hatte.

Blum saß mit einer jungen Frau auf dem Rand der Schlafpritsche. Als Moische ihn ansprach, schickte er die Frau weg; sie gehorchte, ohne ein einziges Wort zu verlieren. Vielleicht seine Tochter, dachte Moische, oder seine Frau oder bloß jemand, der ihm hörig ist.

»Wer hat Sie hergeschickt?« fragte Blum leise.

»Jemand, der nebenan wohnt«, sagte Moische.

»Wenn Sie Pferdefleisch wollen, dann müssen Sie ein anderes Mal kommen. Ich hab' im Augenblick keins im Haus.«

»Ich will kein Pferdefleisch«, sagte Moische.

Er kam gleich zur Sache. Blum hörte ihm aufmerksam zu; die kurzsichtigen Augen hinter den runden Brillengläsern waren zusammengekniffen; zuweilen huschten seine Blicke fragend und mißtrauisch über Moisches zerknitterten Anzug.

»Eine anständige Operation kostet natürlich Geld«, sagte Blum verbindlich, als Moische mit seinem Bericht zu Ende war.

»Das weiß ich«, sagte Moische, »sonst wäre ich nicht hergekommen.«

Blum nickte zustimmend. »Besonders hier im Getto«, sagte er dann langsam.

»Natürlich«, sagte Moische. »Hier ganz besonders.«

Blum schenkte sich lächelnd ein Glas Wasser ein; er trank bedächtig und stellte das Glas dann wieder zurück auf den Rand der Schlafpritsche. Moische beobachtete die fetten Hände des Arztes, und ihm wurde dabei ein wenig übel, und er wußte nicht, warum.

»Hat Doktor Hofer außer dem Kaiserschnitt sonst noch was erwähnt?«

»Was erwähnt?« fragte Moische.

»Von einer Kraniotomie«, sagte Blum.

Moische schüttelte den Kopf. Er wußte nicht, was das war.

»Was ist das?« forschte er. »Eine Kraniotomie?«

»Eine Kopfzerstückelung«, lächelte Blum. »Die Gefahr bei verengtem Becken ist der Kopf des Kindes. Er ist zu breit und bleibt im Becken stecken. Der Kopf wird durch einen kleinen Eingriff des Arztes zerstückelt und das Gehirn zum Ausfluß gebracht. Dadurch schrumpft der Kopf zusammen und kann durchgezogen werden.«

»Das wäre mir lieber als der Kaiserschnitt«, sagte Moische.

»Warum wäre Ihnen das lieber?«

»Weil es nicht um das Kind geht«, sagte Moische offen. Er blickte Blum gerade ins Gesicht. »Es geht um meine Frau. Ich will meine Frau retten. Das Kind ist unwichtig.«

»So …«, sagte Blum.

»Das Kind ist nicht von mir«, sagte Moische.

Blum lächelte noch immer.

»Außerdem ist es heute eine Sünde, Kinder in die Welt zu setzen«, sagte Moische schnell.

Blum nickte. »Da bin ich ganz Ihrer Meinung«, sagte er. Er fügte vorsichtig hinzu: »Natürlich nicht als Arzt. Wir sind dazu da, Leben zu erhalten, nicht zu zerstören. Aber ich stimme Ihnen als Mensch zu. Unbewußtes Leben wachsen zu lassen und bewußt werden zu lassen, das ist heutzutage das größte Verbrechen, das es gibt.«

»Dann bleibt's bei der Kraniotomie?«

Blum schüttelte den Kopf. Er lächelte plötzlich nicht mehr. Es war offenbar, daß er bereute, was er soeben gesagt hatte. »Als Arzt kann ich mich auf so was nicht einlassen. Das habe ich Ihnen doch klargemacht.« Seine Stimme war leicht verärgert. »Eine Kraniotomie wird nur dann gemacht, wenn es für den Kaiserschnitt zu spät ist, und auch dann nur, wenn Gründe da sind, die keinen anderen Ausweg zulassen. Wenn die Notwendigkeit eines Kaiserschnitts rechtzeitig erkannt wird, wird immer Kaiserschnitt gemacht!«

»Sie brauchen sich nicht aufzuregen. War doch nur 'ne Frage. Sie werden schon wissen, was richtig ist.«

»Na ja!« Blum grinste schwach. »Manchmal vergißt man, daß man mit einem Laien spricht.« Blum nippte wieder an dem halb-leeren Wasserglas. »Das mit dem Verbrechen … was ich gesagt habe … vergessen Sie das!«

»Natürlich«, sagte Moische.

»Ich hab' auch gar keine Instrumente für die Kraniotomie … das heißt … wenn's wirklich darauf ankommt, kann man sich immer irgendwie Rat schaffen, aber das würde das Leben Ihrer Frau nur unnötig gefährden. Und das wollen Sie doch nicht?«

»Nein«, sagte Moische. »Das nicht.« Es ist egal, dachte er. Wenn Blum gegen die Tötung des Kindes war, dann sollte es einstweilen leben. Die Hauptsache, daß etwas für seine Frau getan wurde. Den Bankert konnte man schließlich immer noch später beseitigen.

Moische entsann sich, daß ihm der Arzt nach dieser Unterredung noch ein paar geschickte Fragen gestellt hatte, um herauszufinden, ob er auch wirklich bei Kasse war und nicht nur bluffte. Und dann kam der Augenblick, auf den Moische gespannt gewartet hatte. Blum versprach ihm seine Hilfe. »Ich kann natürlich keine Diagnose stellen, ohne die Patientin zu sehen«, sagte Blum, »aber wenn Doktor Hofers Diagnose richtig ist, dann brauchen Sie sich keine Sorgen zu machen. Wir werden die Sache schon drechseln. Sagen Sie Doktor Hofer, daß ich morgen mal zu ihm rüberkomme, um die notwendigen Einzelheiten zu besprechen. Die Frage ist nur: Wo machen wir's? Hat Doktor Hofer irgendeine Idee?«

Während Moische sich all diese Ereignisse rückblickend wieder in den Kopf rief, war er unruhig im Hof auf und ab gegangen; jetzt aber stockte sein Schritt plötzlich. Heute abend, dachte er, es sind nur mehr wenige Stunden …

Man würde seine Frau unter den gegebenen Umständen im Nachtasyl operieren. Denn es blieb sich ja gleich, wo die Operation stattfand, da es im Getto sowieso kein geeignetes Spital gab. Die Sache an Ort und Stelle durchzuführen, war zweckmäßiger als in Blums Wohnung und ersparte den schwierigen Rücktransport seiner Frau nach der Geburt.

Er lenkte seine Schritte jetzt auf die Latrine zu, froh, einen Grund gefunden zu haben, um noch eine Zeitlang hier draußen zu bleiben. Obwohl er an dem glücklichen Ausgang der Notoperation nicht zweifelte, waren seine Nerven dennoch gespannt wie Draht, und er hatte es vorhin im Zimmer einfach nicht mehr aushalten können. Das Zimmer war ihm auf einmal zu eng erschienen, etwas, das er früher kaum bemerkt hatte, die neugierigen Gesichter der Leute wirkten seltsam verzerrt, der schmutzige Fußboden und die verklebten Wände zauberten die Vorstellung von verspritztem Blut hervor. Am schlimmsten aber hatte ihn der Anblick seiner Frau bedrückt: ihre verängstigten Augen, das bleiche Gesicht, aber vor allem der widerlich geschwollene Leib, der ihn immer wieder an den Bankert erinnerte.

Die Latrine war fast leer. Hier würde er eine Weile ungestört hocken können. Er wollte sich eine Zigarette anzünden, aber seine Hände zitterten so stark, daß er den Tabak auf das schmierige Brett verschüttete. Er gab es auf und verkrallte seine Hände fest in seine Knie und starrte vor sich hin.

Bald begannen seine Beine von dem langen Hocken zu schmerzen. Als das Stechen schlimmer wurde, stand er auf und bewegte sich vorsichtig auf dem nassen Brett auf und ab. Auf keinen Fall wollte er jetzt ins Zimmer zurück. Nach einer Weile hockte er sich wieder hin, und jetzt endlich gelang es ihm, die Zigarette, nach der seine Lungen lechzten, zu drehen. Er zündete sie gleich an und verfiel wieder ins Grübeln. Eine Frage tauchte auf. Es war nicht zum erstenmal. Er war ihr bisher immer ausgewichen, aber nun, nachdem er durchgesetzt hatte, was er wollte, verlangte sie zynisch nach einer Antwort. Da starben so viele Menschen an Hunger und an Flecktyphus, und er ... er machte soviel Umstände wegen einer schwangeren Frau. War er nicht ein armer, törichter Narr?

Moische paffte eine Weile, dann schmiß er die Zigarette achtlos in die tiefe Grube. Du bist kein Narr, dachte er; es ist schon richtig, was du gemacht hast. Von deinem Standpunkt aus ist deine Frau wichtiger als Tausende, die täglich krepieren; ganz einfach deshalb, weil sie dir am nächsten steht!

Er spuckte grimmig aus und starrte auf die Zigarette, die dort unten auf dem Dreck schwamm. Wenn man die Sache nun unparteiisch betrachtet, dachte er philosophisch, wie ist's dann? Ist es auch dann richtig, daß man wegen eines Einzelfalles so viele Umstände macht?

Natürlich … auch dann, grübelte er. Nehmen wir zum Beispiel mal die Hungernden unter die Lupe. Was konnten denn die Ärzte für sie tun? Nichts! Die Hungernden brauchten keinen Arzt. Brot brauchten sie, verdammt noch mal! Und wie war's mit den Flecktyphuskranken? Keine Medikamente, wie? Und wenn es Medikamente gäbe, dachte er frohlockend, dann würden sie 'n Dreck nützen, denn daß es kein radikales Heilmittel bei Flecktyphus gab, das wußte hier doch jeder Trottel. Seine Stimmung wurde immer besser. Er spuckte kichernd in seine Hände und betrachtete seine zerkauten Fingernägel. Man müßte direkt mal die Totenträgeragentur um ein Werbeplakat bitten, dachte er grinsend. Und darauf müßte stehen: Achtung, Kandidaten! Flecktyphuspatienten! Hungerleider! Da die Herren Ärzte nichts für euch tun können, raten wir euch, unsere Agentur rechtzeitig aufzusuchen, um Plätze zu reservieren. Er starrte heiter hinunter in die Grube. Die Zigarette war nicht mehr da; die Grube hatte sie verschluckt.

Es stimmt schon, dachte er, du siehst die Sache ganz richtig. Für die Hungernden und für die Flecktyphuskranken konnten die Ärzte sowieso nichts tun. Dagegen hat der Fall deiner Frau gute Aussichten.

Er lachte verächtlich vor sich hin. Die Operation – eine rein lokale Angelegenheit. Dazu also waren die Ärzte noch imstande, das allein konnten sie noch, diese verdammten Stümper: schneiden. Jawohl, dachte er, schneiden!

Während Moische auf der Latrine hockte, hatte Debora Feuer im Küchenherd gemacht, die Kartoffelschalen gewaschen und Wasser für die Suppe aufgesetzt. Sie hatte Ranek inzwischen alles erzählt, was sie von der Operation wußte und wie Moische es angestellt hatte, eine Sache, die hier jeder für unmöglich hielt, Wirklichkeit werden zu lassen.

»Eine tolle Sache«, sagte Ranek kopfschüttelnd, »wenn's mir ein anderer erzählt hätte und nicht gerade du, dann würd' ich's noch immer nicht glauben.«

Er fragte jetzt: »Sag mal ... heut morgen hat Hofer längere Zeit mit dir gesprochen. Wollte er was von dir?«

»Ja, er wollte was«, lächelte sie.

»Was ist das für eine verdammte Geheimniskrämerei?«

»Ich hab' dir was verschwiegen«, sagte sie, »Hofer hat mich nämlich gebeten, ein bißchen zu helfen.«

»Du meinst doch nicht etwa ... während der Operation?«

»Doch«, sagte sie. »Doktor Blum bringt zwar eine Schwester mit, aber Hofer sagte, daß er noch jemanden braucht ... für kleinere Handlangerdienste oder so was. Wahrscheinlich konnte er keine zweite Schwester finden. Hofer sagte, daß ich mich nützlich machen könnte.«

18

Die Dämmerung fiel. Wieder ging ein sinnloser Tag zu Ende. In der Puschkinskaja erstarb das Getöse.

Zwei Kinder kamen aus der Richtung des Basars. Sie gingen Hand in Hand über die Straße. Der Junge mochte ungefähr zwölf Jahre alt sein, das Mädchen acht. Sie waren Geschwister.

»Wo werden wir heute nacht schlafen?« fragte das Mädchen.

»Ich kenne ein verschüttetes Haus«, sagte der Junge, »wo uns niemand finden wird.«

Das Mädchen nickte. Eine Weile gingen sie stumm nebeneinanderher.

Die beiden Kinder stammten nicht aus Rumänien. Sie kamen aus einem ukrainischen Dorf und wurden nach der Invasion ins Prokower Getto gebracht. Ihre Eltern waren beim Einmarsch der Rumänen erschossen worden. Das Mädchen wußte nichts davon. Nur der Junge wußte es, aber er hatte es ihr nicht erzählt.

Der Junge hatte ein Greisengesicht. Seine Augen waren weise. Dagegen war das Mädchen noch vollkommen unschuldig.

Er hieß Mischa. Die Leute auf der Straße aber kannten ihn nur unter dem Namen »Zigarettenjunge«, denn Mischa brachte sich und seine kleine Schwester seit Monaten durch den Verkauf von geschmuggelten Zigaretten durch. Man konnte alle Sorten bei ihm finden: russische, mit dem langen Pappmundstück, die er von ukrainischen Beamten bezog, die noch welche aus Vorkriegszeiten auf Lager hatten; rumänische und deutsche, die er den Soldaten abkaufte. Es war keine Kleinigkeit, von früh bis spät auf der Puschkinskaja herumzustehen, die plumpe Holzschachtel mit der kostbaren Ware unter dem Jäckchen versteckt … immer auf der Hut vor der Polizei, und dabei den vorübergehenden

Zivilisten zuzuschreien: »Zigaretten, Zigaretten … russische, rumänische, deutsche, ganze Pakete und auch lose … Zigaretten, Zigaretten.« Es war ein endloses Lied; es war ein Lied, das nicht tönte; aber es hatte Rhythmus … den Rhythmus der grauen Straße.

Der Junge rauchte wie ein Großer. Vielleicht war's vom vielen Rauchen oder vom vielen Schreien, daß seine Stimme heiser geworden war.

Der Name des Mädchens war Ljuba, ein Wort, so zärtlich wie eine Liebkosung, das ganz zu ihrem Gesichtchen paßte.

»Wieviel Zigaretten hast du verkauft?« fragte Ljuba jetzt den Jungen.

»Vier lose und ein Paket«, sagte der Junge. »Den Rest hab' ich noch in der Schachtel.«

»Macht das ein ganzes Brot aus?«

»Nur ein halbes«, belehrte sie der Junge lächelnd, »ein halbes und vielleicht noch ein bis zwei Scheiben extra.«

»Ich bin hungrig«, sagte das Mädchen.

»Wir können erst morgen früh einkaufen«, sagte der Junge.

»Du hast noch eine Brotscheibe in der Tasche«, sagte das Mädchen, »… von heute morgen … 'ne ganz dicke Scheibe … ich weiß es.«

»Stimmt … die hab' ich noch.«

»Bitte«, sagte sie.

»Später«, sagte er. »Erst müssen wir Unterkunft finden.«

Plötzlich blieb der Junge stehen. »Hör mal, Ljubischka«, sagte er. »Das verschüttete Haus ist doch nicht das richtige. Ich kenne noch einen besseren Ort.«

»Wo denn?«

»Im Bordellhof«, sagte er. »Dort ist ein guter Keller, wo der

Wind nicht hinkommt.«

»Den Keller kenn' ich«, sagte die Kleine, »der Keller stinkt.«

»Da hast du ganz recht«, lächelte der Junge, »die Leute von der Straße benützen den Keller als Klosett; aber auf der Treppe kann man schlafen. Die Treppe ist nicht beschmutzt. Du kannst dich drauf verlassen.«

»Gut«, sagte die Kleine.

»Im Bordell ist viel Polizei«, sagte der Junge, »aber die sind außer Dienst und kümmern sich nicht um die Leute auf der Kellertreppe. Und bei Razzien ist der Keller ziemlich sicher.«

»Wie kommt das?«

»Wenn Razzien sind, verhandeln die Huren mit den Polizisten; sie tun nämlich alles mögliche für die Leute, die auf der Kellertreppe schlafen; sie nehmen sie immer in Schutz. Huren sind gutmütig, weißt du. Sie sind die gutmütigsten Menschen, die ich bisher kennengelernt habe.«

Ljuba blickte den großen Bruder voller Vertrauen an. Wie klug er ist, dachte sie. Er weiß alles. Sie glaubte nicht an den Tod. Der Tod war ein Gespenst, das nur die anderen überfiel. Kleine Mädchen ließ der Tod in Ruhe. Das hatte ihr Bruder gesagt. Aber sie fürchtete die Polizei. Deshalb, weil es schreckliche Männer waren mit bösen Gesichtern. Sie fürchtete sich vor diesen Gesichtern.

»Mischa«, fragte sie, »die Polizei kommt also nicht hin?«

»Komm schon«, sagte er. Und er zog sie schneller durch die dämmerige, still gewordene Puschkinskaja.

Beim Friseur brannte schon Licht. Es waren bloß zwei Kunden da, die schnell abgefertigt werden mußten. Der Friseur hielt den mageren Kopf eines Mannes wie eine große Erbse in seinen

Händen. Der Mann zappelte wie verrückt, während der Friseur mit der stumpfen Rasiermaschine über den Schädel fuhr. Der zweite Kunde wartete geduldig, und da bloß ein Stuhl da war, hatte er sich auf den Fußboden hingesetzt und dämmerte dort vor sich hin.

Endlich war der erste Kunde fertig. Er feilschte ein wenig, zahlte dann fluchend und ging.

Der zweite Mann auf dem Fußboden erwachte jetzt aus seinem Dämmerzustand, erhob sich und ließ sich stumm in den knarrenden Sessel vor dem Spiegel fallen. Sein großer, kahler Schädel war von kreisrunden Eiterwunden bedeckt.

»Rasieren Sie bitte nur an den Seiten«, sagte er zum Friseur.

Im Anfang preßte der Friseur den Schädel gewaltsam auf die Kopfstütze, weil er nicht richtig hineinpaßte; er gab sich sichtlich Mühe; dann faßte er aus Versehen in den grüngelben Eiter hinein und ließ den Schädel plötzlich los.

»Wo haben Sie sich nur diese verfluchten Wunden hergeholt?«

»In der Badewanne«, grinste der Mann.

»Keine Waschgelegenheit, wie?«

»Doch … ab und zu.«

»Wo wohnen Sie denn?«

»Im Kaffeehaus.«

»Ach … beim Lupu?«

»Ja, bei dem.«

»Sie schlafen auf dem Fußboden, nicht wahr?«

»Ja, unterm Tisch.«

»Sie sind doch nicht der einzige, der auf dem Fußboden schläft?«

Der Mann lachte schallend.

»Haben die anderen auch solche Wunden?«

»Nicht alle«, grinste der Mann, »ein paar haben Wunden … aber nicht auf dem Kopf.« Sein Gesicht verzerrte sich auf einmal wütend. »Die haben's auf dem Arsch! Was fragen Sie überhaupt soviel! Das geht Sie doch alles 'n Schmarren an!«

Der Friseur verweigerte jetzt die Bedienung. »Kommen Sie ein anderes Mal wieder vorbei, wenn die Wunden verkrustet sind. Es rinnt mir ja alles auf die Hände.«

»Die feinen Händchen, wie?« höhnte der Kunde.

»Es tut mir wirklich leid«, sagte der Friseur zitternd, »aber die Hygiene …«

»Ach, Scheiße!« Der Kunde sprang wütend auf. Er eilte mit seinen langen Schritten dem Ausgang zu. In der Tür drehte er sich nochmals um. »Mit dir rechne ich mal ab, du schwules Schwein!«

Inzwischen blickte sich der Lehrjunge suchend nach dem Strohbesen um. Er hatte ein hübsches Gesicht und ondulierte Haare wie ein Mädchen. Endlich entdeckte er den Besen hinter der wackligen Kommode.

Im Lauf des Tages waren so viele Kunden dagewesen, daß der Fußboden von lausigen Haaren nur so wimmelte. Es waren kurzgeschnittene Haare darunter und lange, blonde und schwarze, braune, rote und graue und auch andere Farbtönungen. Alle Sorten. Er kehrte sie jetzt verächtlich in eine Ladenecke zusammen, holte dann einen Sack und begann ihn zu füllen. Nach einer Weile trat er ans Schaufenster, preßte sein Gesicht gegen die Scheibe und blickte angestrengt hinüber auf die gegenüberliegende Straßenseite, wo das Bordell stand. Seine Augen blieben nachdenklich auf einem Fenster haften, das trotz der Abdunklung mit Blaupapier einen schwachen Lichtschimmer durchließ.

Plötzlich wurde das Fenster völlig dunkel. Jemand dort oben hatte ausgeknipst. Der Junge grinste. Er lud sich jetzt den Sack mit den Haaren auf den Rücken und trat auf die abendliche Straße hinaus. Drüben am Bordell blieb er stehen. Das Fenster war noch immer dunkel. Er wartete noch ein paar Minuten. Aber das Licht ging nicht wieder an ... Die machen verdammt lange, dachte er.

Er war zwölf, wie sein Freund, der Zigarettenjunge. Auch er hatte eine Schwester, aber die war nicht mehr so jung wie Ljuba; seine war schon alt; sie war schon vierzehn. Seine Schwester, die jetzt dort oben in dem dunklen Zimmer mit einem fremden Mann im Bett lag, hatte ihm genau erklärt, wie ein Geschlechtsakt vor sich geht; und nachdem sie's ihm erklärt hatte, hatte sie hinzugefügt: »Du siehst, da ist weiter nichts dabei. Man muß die Männer nur dazu bringen, die Sache so schnell wie möglich zu machen, damit man nicht ermüdet.« Und dann hatte sie ihn gefragt: »Hast du nicht was mit dem schwulen Friseur?«

Und er hatte gesagt: »Ja, natürlich.«

»Dann weißt du ja, was los ist.«

»Das ist doch was ganz anderes«, hatte er geantwortet.

Er guckte noch eine Weile hinauf, dann betrat er den Bordellhof, begab sich zur Mauer und warf den Sack Haare mit einem geschickten Ruck in den Fluß. Als er wieder umkehren wollte, hörte er einen bekannten Pfiff. Verdammt, das ist doch der Zigarettenjunge, dachte er.

Jetzt sah er die beiden Kinder vor dem Keller stehen: Mischa und die kleine Ljuba.

Er trat auf die beiden zu. »Nanu, was macht ihr denn hier?«

»Unsere neue Wohnung«, sagte der Zigarettenjunge und deutete mit seinem kleinen Greisenkopf auf den stinkenden

Keller.

»Gratuliere«, sagte er anerkennend. »Habt ihr keine Schwierigkeiten gehabt?«

»Nein. Auf der Treppe ist genug Platz. Die Leute, die hier schlafen, haben nichts dagegen. Die kennen mich und Ljuba von der Straße.«

Sie flüsterten noch eine Weile miteinander; dann verabschiedete er sich und lief geduckt über den halbdunklen Hof zurück zum Eingangstor. Der Friseur wird sich wundern, wo du so lange gesteckt hast, dachte er. Wirst ihm sagen: Hab' mit meiner Schwester geschmust. Hat das nicht gern, der Alte, aber was sonst kann man ihm sagen; das ist immer die beste Ausrede.

Im Tor stieß er mit der Buckligen zusammen. Er kannte sie gut. War ja auch eine von der Kellertreppe. »So eilig?« fragte sie. Er antwortete nicht. Er wollte vorbei. Aber sie hielt ihn plötzlich fest.

»Hast doch 'ne Minute Zeit, Kleiner?«

»Nein«, sagte er. »Ich muß zurück in den Laden.«

Die Bucklige grinste freundlich: »Willst du's nicht mal mit mir versuchen?«

»Ich wußte nicht, daß Sie auch so eine sind«, sagte der Junge zögernd.

»Du meinst, so eine wie deine Schwester?«

Der Junge nickte.

»Bin ich auch nicht«, sagte die Bucklige. »Ich bin keine Hure. Ich mache das nur ab und zu.«

»Das ist dasselbe«, sagte der Junge.

»Nein, das ist nicht dasselbe«, sagte die Bucklige hart. »Willst du? Oder willst du nicht?«

»Kein Geld«, sagte der Junge. »Außerdem muß ich jetzt

zurück.«

»Faule Ausrede. Du hast bloß Angst vor mir.«

Der Junge schüttelte den Kopf.

»Warum hast du vor dem Schwulen keine Angst?« keifte sie.

Der Junge schwieg.

»Ich hab' heute noch nichts gegessen«, sagte sie. »Gibst du mir was?« Sie zeigte auf ihren Bauch. »Dummer Junge. Ich krieg' doch keine Kinder mehr. Ich kann das machen, soviel ich will. Du brauchst keine Angst zu haben. Gibst du mir was? Willst du's nicht doch mal versuchen?«

Der Junge schüttelte wieder den Kopf. Er hatte weder Lust, sein sauer verdientes Taschengeld loszuwerden, noch irgend etwas zu versuchen. Er starrte die Bucklige eine Weile ängstlich an, dann stieß er sie unerwartet zur Seite und rannte weg.

Der Friseur zog sich gerade um, als ein Mann den Laden betrat. Das wird 'n Schwarzhändler sein, dachte er, ohne sich umzudrehen.

Er war jetzt schon wieder guter Laune. Warum auch nicht? Das Geschäft wurde immer besser. Scharenweise kamen die Leute aus den Massenquartieren zu ihm geströmt, um sich die Haare scheren zu lassen, solange sie lebten, natürlich, dachte er schmunzelnd, und wenn sie starben, dann wanderten ihre Schuhe, Kleider und Goldzähne in seinen Laden. Und dann kamen die Händler ... meistens erst gegen Abend ... um diese Zeit.

Jetzt drehte er sich um. »Wußte, daß es einer von euch ist«, sagte er, »aber auf dich hab' ich heut nicht mehr gerechnet.«

»Hab' mir's eben überlegt«, sagte Dvorski.

»Ich hätt' mir eigentlich gleich denken müssen, daß du nicht woanders kaufen wirst«, schmeichelte der Friseur.

»Weil mir nichts anderes übrigbleibt«, grinste Dvorski.

Der Friseur nickte nachdenklich. Er schaute jetzt wieder in den Spiegel, zupfte noch einmal an seiner Krawatte und bürstete ein paar unsichtbare Fädchen von seiner tadellosen Jacke herunter; dann befeuchtete er seine Fingerspitzen und strich sich langsam über die langen Augenwimpern. Die Wimpern sind zu hell, dachte er; man müßte sie färben.

»Was hat deine Frau zu dem Haarschnitt gesagt?« fragte er jetzt.

»Hat ihr gefallen«, grinste Dvorski. »Sie hat gesagt, du bist ein geborener Künstler.«

Der Friseur lächelte geziert. »Man versteht halt sein Geschäft.«

Er trat nun dicht zu Dvorski heran. »Hast du Geld mitgebracht?«

Dvorski nickte. »Ist der Mantel noch da?« fragte er gespannt.

»Nein, der ist schon weg, aber ich hab' inzwischen was anderes geliefert bekommen.«

»Was denn?«

»Schuhe«, flüsterte der Friseur. »Zwei Paar.«

»Zeig mal her!«

»Ich hab' sie draußen«, sagte der Friseur. »Komm mit!«

Sie traten jetzt beide durch den Notausgang, der hinter das Haus führte, dort, wo früher einmal irgendein Gebäude gestanden hatte und wo sich jetzt eine abgebrannte, rußige Stätte ausbreitete. Ein paar Blecheimer lagen auf den Brandstellen herum und auf einem Mauerrest hing ein alter Scheuerlappen, den der Junge einmal wöchentlich zum Aufwaschen benützte. Der Friseur räumte keuchend einige lose Ziegel beiseite und brachte die Schuhe zum Vorschein.

»Na, wie gefällt dir das?«

Dvorski prüfte die Schuhe umständlich. Dann verhandelte er lange mit dem Friseur, zahlte schließlich und hing sich die Schuhe über die breiten Schultern.

Sie traten wieder in den Laden.

Der Junge war schon zurück. Er saß still auf seinem Lager und kämmte sein Haar.

»Warum hast du eigentlich keine Untermieter in deiner Bude?« fragte Dvorski.

»Ich vermiete nicht«, sagte der Friseur großspurig, »hab's nicht nötig. Nur ich und der Junge schlafen hier.«

»Wundert mich, daß man dir den Laden noch nicht eingerannt hat, jetzt, wo wieder so viele obdachlos sind.«

»Sie sollen nur kommen. Ich hab' jetzt auch meine Beziehungen.«

»Sie werden dich nicht um deine Beziehungen fragen. Sie werden dir eines Tages das Schaufenster einschlagen und aus deinem Laden ein Schlafquartier ersten Ranges machen.« Dvorski lachte. Seine Hände strichen zufrieden über die Schuhe. Dann trat er wieder auf die Straße.

Wie spät es geworden ist, dachte er, und seine Augen wanderten nach oben zu dem fahlen Himmel. Er hörte, wie der Friseur ängstlich hinter ihm den Laden abschloß.

Der Dnjestr bot heute ein idyllisches Bild. Das Wasser hatte in der Dämmerung immer eine weichere Farbe, so halb Tag und halb Nacht, grau und schwarz und braun, sonderbar verwischt; der Fluß schien auch langsamer zu fließen, obwohl das nur eine optische Täuschung war. In dieser Stunde, wo der Tag zur Neige ging, hatte man das Gefühl, als hätte der Fluß endlose Weiten, als käme er von nirgendwoher und fließe nirgendwohin, als wäre er nur schattenhaftes Gleiten in einer traumverlorenen, stillen Landschaft.

Zwei Leichen trieben gemächlich flußabwärts: ein Mann und eine Frau. Die Frau schwamm etwas vor dem Mann. Es sah wie ein Liebesspiel aus; der Mann versuchte fortwährend, nach der Frau zu haschen, ohne daß es ihm gelang. Dann – etwas später – trieb die Frau etwas zur Seite und grinste den Mann an. Und auch der Mann grinste sie an. Und er holte sie ein; sein Körper stieß an den Körper der Frau.

Beide Leichen fingen nun an, sich im Kreis zu drehen; sie klebten eine Weile aneinander, als wollten sie sich vereinen. Dann trieben sie versöhnt weiter.

Die Dämmerung vertiefte sich. Und der Wind umfächelte die beiden Körper. Der Wind umfächelte sie genauso zärtlich wie das Wasser und die Ufer und die Maisfelder drüben auf der rumänischen Seite.

Ein sinnloser Tag war wieder zu Ende.

Zwei Kinder hatten Asyl im Bordellkeller gefunden … Dvorski war nach Hause gegangen … der Friseur hatte seinen Laden geschlossen; er knipste jetzt das Licht aus und legte sich hüstelnd neben den kleinen Jungen.

Im Bordell wurde eines der hinteren Fenster, das auf den Fluß hinausging, aufgerissen; eine Frau warf eine leere Konservenbüchse ins Wasser; sie sah die beiden Leichen vorbeischwimmen und lachte girrend und schloß das Fenster wieder. Jetzt ging auch ein Frontfenster auf. Eine Vierzehnjährige steckt den Kopf hinaus. Niemand mehr auf der Straße, denkt sie, nicht mal die Bucklige; die sucht sonst immer noch Kundschaft um diese späte

Stunde. Wo ist sie denn? Hat sie jemanden auf der Kellertreppe erwischt? Sie kichert. Sie wringt schnell ein nasses Handtuch über dem leeren Trottoir aus … und dann schließt auch sie das Fenster.

In diesem Augenblick wird auch im Nachtasyl die Pappdeckelscheibe zurechtgerückt. Eine Patrouille, die gerade vorbeigeht, blickt gelangweilt auf die einsame Ruine.

»Nichts los heute«, sagt der eine Polizist zum anderen. Sie schreiten weiter auf der stillen Straße dahin.

19

Hofers Blick wandert ruhelos durchs Zimmer. Wie leer es ist, denkt er, und er wird sich auf einmal bewußt, daß er das Zimmer noch nie so gesehen hat.

Es war nicht leicht gewesen, die Leute dazu zu bewegen, das Zimmer zu verlassen. Nicht mal die Autorität Hofers hatte genützt. Erst als Moische den Leuten etwas zu essen versprach, waren sie hinausgegangen.

Die Leute hockten jetzt draußen auf der Treppe und lagerten unten im Stiegenhaus; manche waren zu Dvorski gegangen, und andere hatten sich im Gestrüpp hinterm Haus verkrochen … all das nur für eine halbe Stunde, vielleicht auch für vierzig Minuten, solange die Operation dauern würde.

Doktor Blum ist anwesend – fett, behäbig, griesgrämig; außerdem die Operationsschwester, die vor dem Krieg für Blum gearbeitet hatte und jetzt seine Mätresse war – ein junges, unverbrauchtes Ding, das sein blühendes Aussehen Blums guten Geschäften auf dem Schwarzmarkt zu verdanken hatte. Auch

Debora ist zur Stelle. Hofer hatte ihr kurz gezeigt, was sie zu tun hatte; sie würde die Schwester später beim Überwachen der Narkose ablösen.

Auf dem kahlen, breiten Streifen Fußboden, zwischen Pritsche und Wand, steht ein Küchentisch. Hofer hatte ihn rechtzeitig besorgt. Jetzt liegt die Patientin drauf. Drei Petroleumlampen, ebenfalls Hofers fürsorgliches Werk, hängen an einem Strick über dem Tisch und ersetzen den fehlenden Reflektor.

Hofers Sorge galt vor allem der Sterilisation. Sie hatten getan, was sie konnten, soweit es die primitiven Mittel erlaubten, die ihnen zur Verfügung standen, und nicht nur die Instrumente, sondern auch die Handschuhe zur Not in Wasser ausgekocht auf dem Herd, in separaten, eisernen Töpfen. Mäntel und Leinentücher waren frisch gewaschen, aber für Hofer bildeten sie trotzdem ein großes Fragezeichen; dasselbe galt für die Tupfer und Gazekompressen. Sie hatten keine Sterilisierungstrommeln, und es mußte eben auch so gehen.

Die Narkose ist ungenügend.

»Wir müssen noch warten«, sagte Blum mit gleichgültiger Stimme.

Hofer nickt. Er beobachtet Blum, der sich jetzt über die Bewußtlose beugt. Die drei baumelnden Lampen bewegen sich unmerklich hin und her, seitdem Blum vorhin mit seinem wuchtigen Kopf daran gestoßen war. Jetzt huscht das grelle Licht über sein fettes Gesicht, die wulstigen Lippen wirken blaßgrün ... und in diesem Moment hat Hofer das sonderbare Gefühl, als prüfe Blum nicht den Atem der Frau, sondern die Zähne einer nicht mehr ganz jungen Stute auf dem Schwarzmarkt.

Die Schwester fährt fort, Äther auf die Maske zu träufeln.

Debora folgt aufmerksam ihren ruhigen Bewegungen; ab und zu nur schweift ihr Blick über die regungslose Gestalt auf dem Küchentisch, um sekundenlang fragend auf dem Körperteil haftenzubleiben, der, unverdeckt, zwischen den weißen Tüchern, sich nackt und grau und formlos aufbauscht, wie der gedunsene Leib einer Ertrunkenen. Es wird bestimmt nichts passieren, denkt sie zuversichtlich.

Nur Hofer spürt ein nagendes Unruhegefühl. Was ist bloß mit dir los? fragt er sich. Sind deine Nerven bereits schwach geworden? Bist du wirklich nicht mehr imstande, ein bißchen Verantwortung zu ertragen? Die ununterbrochenen Geräusche im Treppenhaus steigern Hofers Nervosität. Jemand hustet dort draußen. Sonderbar ... er hört es ganz genau ... dieses verdammte Husten. Er versucht, seine Gedanken von den störenden Lauten abzulenken, und denkt für einen kurzen Augenblick an das städtische Spital zurück, in dem er früher mal gearbeitet hat. Hofer spürt, wie sich etwas schmerzhaft in ihm zusammenzieht. Er sieht sich plötzlich wieder vor dem schmalen Operationstisch stehen. Er ist nicht allein. Mehrere Gestalten haben sich unter dem künstlichen Tageslicht des Reflektors versammelt: Doktor Lescu, Doktor Mihai, Schwester Anisora, Schwester Ruth. Das Gesicht der dritten Schwester sieht er nicht, weil sie etwas abseits steht und sich gerade über das Tischchen mit den Requisiten beugt. Es ist Schwester Miriam, die seit Jahren mit ihm zusammenarbeitet.

Er fühlt: Sicherheit. Nicht bloß, weil man weiß, daß man was kann ... nicht bloß, weil man gut ernährt ist und noch nicht an Kopfschwindel leidet und weil einem die Hände vor Schwäche noch nicht zittern. Es muß wohl noch etwas anderes gewesen sein. Das andere lag in der Umgebung selbst, ging von dem wohlorganisierten Körper des Spitals aus.

Er glaubt seine eigene Stimme zu hören: »Schwester Miriam ... meine Gummihandschuhe!«

»Noch in der Sterilisierungsdose, Herr Doktor!«

»Schwester Miriam ... ich will die Handschuhe. Ich habe um sieben Uhr noch eine zweite Operation ... und jetzt ist es bereits ...«

»Herr Doktor ... die Handschuhe müssen noch ein paar Minuten in der Sterilisierungsdose ...«

Er wacht aus seinen Gedanken auf. Er spürt den Blick Blums ... den Blick der Schwester ... den Blick Deboras. Verflucht, denkt er, du hast Lampenfieber wie ein Anfänger ... bloß weil du mal auf einem Küchentisch operieren mußt. Die Zeiten haben sich eben geändert. Das mußt du doch endlich mal kapieren, du alter Pedant.

»Die Schwester ist fertig mit der Narkose«, knurrt Blum, »alles andere ist vorbereitet. Worauf warten Sie eigentlich noch?«

»Was ist mit dem Catgut? Haben wir genug?«

»Mehr als genug. Oder glauben Sie, daß ich schneiden lasse, wenn wir nicht genug Catgut für die Suturen hätten?«

»Nur eine Routinefrage«, sagt Hofer leise, »und nicht ganz unberechtigt unter den Umständen ...«

Blum verzieht höhnisch den Mund. »Sogar keimfreies Catgut. Oder wollen Sie sich nochmals überzeugen, ob es wirklich keimfrei ist?« Sein fetter Kopf zeigt nach rückwärts auf den provisorischen Glaszylinder, der auf der Pritsche steht. »Alkohol und Glyzerinzusatz. Ein richtiges Catgutentnahmegefäß. Haben wir drüben auch nicht besser gehabt.«

Hofer nickt. Er sagt nichts. Er starrt mit zusammengebissenen Lippen auf die Gummihandschuhe. Das hat mir noch gefehlt, denkt er.

»Ein bißchen nervös, wie?« Blum grinst tückisch. »Wenn Sie sich nicht wohl fühlen, dann lassen Sie mich die Operation machen. Sie können ja assistieren.«

»Unsinn. Ich mache es schon.«

»Ist doch nicht etwa Ihre erste Laparotomie?«

Arschloch, denkt Hofer ärgerlich. »Die erste auf einem Küchentisch«, sagt er kalt, »wenn Sie das meinen.«

Als es soweit ist und Hofer das Messer nimmt, ist seine Sicherheit zurückgekehrt. Er hatte es ja gewußt. Im entscheidenden Augenblick ist er wieder der Alte. Jetzt existiert nichts mehr; nur der Streifen Fleisch zwischen den Tüchern ist noch da, der sich im nächsten Moment wie eine rote Gruft öffnen wird. Hofer beugt sich etwas nach vorn, setzt das Messer unter dem Nabel an – und schneidet.

Moische steht die ganze Zeit draußen vor der Tür. Jetzt preßt er sein Ohr dichter an die Ritzen. Es ist totenstill im Zimmer geworden. Sie haben angefangen, denkt er.

Später vernimmt er einen krähenden Schrei. »Der Bankert!« murmelt er leise vor sich hin. Er kann an nichts anderes denken. Er lauscht in atemloser Spannung. Das Krähen kommt jetzt aus einer anderen Richtung, als ob jemand das Kind weggetragen hätte. Jetzt: das sanfte Plätschern des Wassers in der Schüssel; in der Nähe der Tür, dort, wo der Küchentisch steht … die leisen Stimmen der Ärzte … das Scharren ihrer Füße … die metallenen Laute weggelegter Instrumente … das Klappern des Abfalleimers. Er möchte die Tür aufreißen und hineinstürzen, aber er beherrscht sich und bleibt weiter stumm stehen.

Die Zeit vergeht. Mittlerweile ist es draußen stockdunkel geworden. Die Leute im Treppenhaus werden unruhig. Sie drängen nach oben. Moische dreht sich plötzlich um: »Niemand geht rein! Verstanden!«

»Was machen die so lange? Der Balg ist doch schon raus?«

»Wahrscheinlich nähen die noch immer«, sagt ein anderer.

Jemand lacht im Dunkeln. »Man muß sie doch zunähen.«

»Niemand geht rein«, sagte Moische wieder. »Niemand ... bis drinnen nicht alles fertig ist.«

Man hat die Wöchnerin wieder auf ihren Schlafplatz geschafft. Sie ist noch bewußtlos.

Die Leute strömen jetzt wieder ins Zimmer. Sie poltern und machen Lärm. Einige bemächtigen sich des Küchentisches, der noch voller Blut ist, und schaffen ihn hinaus ins Treppenhaus.

Hofer läßt sie gewähren. Er weiß: Der Tisch muß raus. Es ist nicht genug Raum für ihn im Zimmer. Morgen früh wirst du ihn zurückgeben, denkt er, den Tisch und auch die Lampen.

In diesem Augenblick legt die Schwester das Neugeborene in Deboras Arme. Debora zögert erst, als hätte sie Angst, dieses zerbrechliche, kleine Wesen anzufassen. Dann nimmt sie es. Sie wiegt es eine Weile zärtlich. Als sie wieder aufblickt, sieht sie Moische auf Hofer zutreten.

Sie hört, wie Hofer sagt: »Es ist ein Junge.«

Das scheint Moische nicht zu beeindrucken. Er fragt bloß: »Ist meine Frau außer Gefahr?«

»Ja, sie ist außer Gefahr«, sagt Hofer.

Moische nickt mit leerem Gesicht. Er schaut sich im Zimmer um, als suche er etwas. Plötzlich erblickt er Debora; er zuckt zusammen, starrt auf das Kind, tritt dann ungestüm auf sie zu und reißt ihr das Kind aus den Händen.

Niemand wagt, sich einzumischen. Moische geht mit dem

Kind bis zur Tür, bleibt aber plötzlich stehen. Einen Augenblick lang schließen sich seine Finger gehässig um die Gurgel des Bankerts. Aber dann öffnen sie sich wieder ... so langsam wie aus einem Krampf. »Ich kann's nicht«, murmelt er vor sich hin, »ich kann's einfach nicht; diese kleine Mißgeburt ist nun einmal da, was kann man da machen.«

Der Bankert hat ein ausgesprochen häßliches Gesicht. Oder kommt ihm das nur so vor? Jedes Neugeborene ist doch häßlich? Ihm ist nicht ganz geheuer zumute. Es ist doch unglaublich, daß es wirklich seine Frau gewesen ist, die dieses winzige Lebewesen im Dunkel des Nachtasyls zur Welt gebracht hat.

Moische macht ein paar Schritte vorwärts. Er hält den Bankert mißtrauisch unter das flackernde Licht der Lampen, und wieder und wieder wandert sein Blick über das winzige Antlitz. Es hat 'n traurigen Gesichtsausdruck, stellt er jetzt kopfschüttelnd fest. Oder bildet er sich das bloß ein? Ist denn so was möglich? Aber es kommt ihm plötzlich vor, als wäre es wirklich so, als wüßte das Kind schon jetzt um die Bürde des Lebens. Ist doch Unsinn, denkt er erschreckt, so 'n Wurm kann doch noch nicht wissen, was ihm bevorsteht. Er preßt seine Lippen zusammen und geht auf Debora zu, die die ganze Zeit in seiner Nähe gestanden und ihn nicht aus den Augen gelassen hat.

»Nehmen Sie's«, stößt er heiser aus. »Aber lassen Sie's nicht fallen. Passen Sie gut auf.«

»Ich passe auf«, sagt Debora sanft.

Moische nickt mechanisch; er schluckt plötzlich und wendet schnell den Kopf weg, weil seine Augen feucht geworden sind und weil er nicht will, daß Debora es sieht.

Etwas später spürt Moische, daß jemand ihn von hinten am Ärmel zupft. Er dreht sich um.

»Was wollen Sie, Ranek?«

»Sie haben uns allen was zu fressen versprochen, wenn Ihre Frau die Operation gut übersteht.«

»Ihr kriegt alle was zu fressen«, antwortet Moische kurz.

»Wann?« fragt Ranek lauernd.

»Ich habe noch einen Sack Mohrrüben«, sagt Moische. »Ich werde die Rüben später unter die Leute verteilen.«

Blum: »Wir hätten früher anfangen sollen.«

Hofer: »Das ging nicht, weil ich den Küchentisch erst gegen Abend bekommen konnte.«

Blum: »Gut, aber die Schwester und ich hätten am Tag wieder nach Hause gehen können. Jetzt, in der Nacht, können wir nicht mehr fort. Es ist zu gewagt.«

Hofer: »Sie werden natürlich hier übernachten.«

Blum: »Falls die Leute damit einverstanden sind.«

Hofer blickt ein wenig ratlos drein. Blum, der Hofers Unsicherheit spürt, kriegt es plötzlich mit der Angst zu tun. Wenn die Leute dagegen sind, denkt er, was machen wir dann? Wohin sollen wir gehen? Er studiert verstohlen das Gesicht der Schwester, die neben Hofer steht, und er sieht: Auch sie ist erschrocken.

Debora ist noch immer mit dem Säugling beschäftigt, der jetzt in seiner neuen Wiege liegt: der inzwischen trockengewischten Waschschüssel, in der er vorhin gebadet worden war. Moische hatte die Schüssel unlängst von Dvorski gekauft. Das Baby strampelt und quietscht. Ein paar Leute haben sich grinsend rings um die Schüssel versammelt; andere stehen in kleinen Gruppen im Zimmer herum und unterhalten sich. Manche sind noch draußen. Es ist noch nicht sehr spät, aber wie sonst werden die Leute auch heute bald schlafen gehen. Bald wird die Pritsche zu krachen anfangen, und das Zittern der Bretter unter den sich unruhig hin und her wälzenden Leibern wird die Wöchnerin aufwecken. Sie wird Schmerzen spüren, und die Schmerzen werden ihr Schreie entlocken.

Blum versucht, sich die Gesichter der Leute einzuprägen, aber es sind so viele, daß er es aufgibt. Sein Blick irrt verwirrt in dem Durcheinander herum, aus dem sich plötzlich eine einzelne Gestalt herausschält: ein hagerer, unrasierter Mensch mit einem großen, verbeulten Hut. Der Mann ist in Lumpen gekleidet, seine Füße sind mit Fußlappen umwickelt; der große Hut sitzt seltsam schief auf seinem Schädel. Blum hätte den Mann nicht bemerkt, wenn er nicht etwas getan hätte, was Blum verblüffte. Der Mann war nämlich auf die drei baumelnden Petroleumlampen zugeschlurft, hatte ein kleines Taschenmesser aufgeklappt und dann eine der Lampen von dem Strick losgeschnitten. In diesem Moment begibt er sich mit der Lampe zum Fenster und stellt sie dort nieder.

»Eine Frechheit«, flüstert Blum Hofer zu. Hofer lächelt.

»Nur zwei Lampen sind geborgt«, sagt er, »die eine gehört dem Zimmer, und sie steht immer auf dem Fensterbrett.«

»So ...«, sagt Blum, »das ist was anderes.«

Er bemerkt jetzt, daß der Zerlumpte wieder zurückschlurft und vor der Waschschüssel mit dem Baby stehenbleibt, und dann zuckt Blum zusammen, weil er auf einmal sieht, daß Debora ihm zulächelt.

»Ranek, hast du das Kleine schon gesehen?«

Der Verwahrloste grunzt etwas Unverständliches, spuckt aus, und dann sagt er laut: »'n Bankert.«

Blum bemerkt, daß Moische, der ganz in der Nähe auf dem Pritschenrand neben der Wöchnerin hockt, jetzt langsam den

Kopf hebt: »Bist selber 'n Bankert«, zischt er.

Ranek grinst breit: »Wenigstens konnte der richtige Vater mehr als du.«

Was für ein widerlicher Mensch, denkt Blum.

Hofer war schnell zu der Gruppe getreten. Nun hört Blum, wie Hofer sagt: »Sie haben keinen Grund, den Mann zu beschimpfen, Ranek; das ist 'ne rein persönliche Angelegenheit, die niemanden was angeht.«

Ein paar Leute lachen wiehernd. Ein Mann mit einem rasierten Schädel mischt sich ein. »Hofer hat recht.«

Ranek sagt: »Halt's Maul, Sigi!«

»Hofer hat recht«, wiederholt der mit dem rasierten Schädel, und er fügt hinzu: »Das geht niemanden was an, dich auch nicht, Ranek. Du hast sie ja nicht gevögelt.«

Blum hört nicht mehr hin. »Ekelhaft«, sagt er zu der Schwester.

»Wer ist dieser Ranek?« fragt sie.

»Ich weiß nicht. Debora scheint mit ihm auf vertrautem Fuß zu stehen, hast doch gesehen?«

Sie nickt. »Sigmund, ich möchte fort von hier.«

»Es ist zu spät«, sagt Blum, »wir können nicht mehr fort. Oder willst du auf der Straße geschnappt werden?«

Die Schwester schweigt. In diesem Augenblick bemerkt sie, daß Moische das Kind behutsam aus der Waschschüssel herausnimmt und sich dann mit ihm neben die Wöchnerin legt. Er streichelt das Kind fortwährend. »Schau mal, Sigmund«, flüstert sie, »er hat den Bankert akzeptiert. Was für ein Glück für die Frau.« Und sie denkt: Wie schön ... wie schön ... und darüber vergißt sie fast ihre Sorgen.

»Hast du die Schüsse gehört?« fragt Blum plötzlich.

»Nein«, sagt sie. Sie starren beide zum Fenster. Nach einer Weile fragt Blum: »Hörst du's jetzt?«

»Ja, jetzt hör ich's. Aber das kommt von sehr weit her.«

»Gar nicht so weit«, sagt Blum, »hier in der Nähe.«

»Das bildest du dir nur ein, Sigmund.« Sie zögert und fügt dann leise hinzu: »Aber du hast recht, Sigmund; es ist doch zu gefährlich, wenn wir noch heut nach Hause gehen. Wir können nicht mehr fort.«

Sie sieht, daß Blum seine Hornbrille abnimmt und sie umständlich mit seinem schmutzigen Taschentuch putzt. Er ist wieder sehr nervös, denkt sie.

»Wo werden wir schlafen?« fragt sie.

»Eben daran hab' ich grad gedacht«, sagt er stockend, »ich weiß es nicht.«

Inzwischen hat Hofer unter den Leuten Umfrage gehalten. Es war ihm schließlich gelungen, für ein paar Zigaretten sowohl für Blum als auch für die Schwester Schlafplätze zu reservieren.

Hofer bringt den beiden die erfreuliche Nachricht:

»Ein Platz am Fenster«, sagt er zu ihnen, »einer unter dem Herd.«

Blums Gesicht verfärbt sich. »Unter dem Herd?« sagt er erschrocken.

»Neben dem Roten«, lächelt Hofer, »der läßt ab und zu mal jemanden neben sich schlafen.«

»Ich werde nicht unter dem Herd schlafen«, sagt die Schwester mit zuckendem Gesicht.

Blum wehrt ab; man konnte es ihm ansehen, wie schwer es ihm fällt, die bessere Seite seines Ichs herauszukehren und den Kavalier zu spielen. Stotternd sagt er zu der Schwester: »Nimm du ruhig den Fensterplatz. Ich werd' unter dem Herd schlafen. Dir kann ich so was nicht zumuten.«

»Danke«, sagt die Schwester tonlos, aber sie beachtet den stammelnden, verwirrten Blum nicht, denn ihre Augen hängen fragend an Hofer. Um Hofers Lippen spielt noch immer das dünne Lächeln. »Der Fensterplatz ist nicht so übel«, nickt Hofer ihr zu, »Ranek schläft dort, Deboras Schwager.«

»Ranek«, haucht sie, »Deboras Schwager.«

»Wußten Sie nicht, daß er ihr Schwager ist?«

»Nein.«

»Ich werde Sie ihm später vorstellen.«

»Nicht nötig«, haucht sie, »ich hab' ihn schon gesehen.«

»Gestern nacht ist Raneks Nachbar gestorben«, erklärt Hofer. »Inzwischen ist noch niemand nachgerückt, so daß Ranek heute nacht ausnahmsweise zwei Schlafplätze für sich allein hat.«

»Ein Zufall?«

»Ja, reiner Zufall.« Hofer räuspert sich. »Wenn Sie nicht auf dem Platz des Toten schlafen wollen, dann können Sie auch mit Ranek wechseln; das bleibt sich gleich.«

»Das ist mir egal«, flüstert sie.

Hofer nickt und sucht verlegen nach Worten. Schließlich sagt er: »Anfangs hat sich Ranek geweigert. Wollte allein schlafen. Wollte sich mal richtig ausstrecken. So 'ne Gelegenheit hat man ja nicht immer; jedoch … als ich ihm Zigaretten anbot, willigte er ein.«

»Sie sind sehr freundlich«, sagt die Schwester, »Doktor Blum wird Ihnen die Zigaretten wieder zurückgeben.« Und sie wendet sich an Blum. »Nicht wahr, Sigmund?«

»Natürlich«, sagt Blum.

»Ranek wird Sie nicht belästigen«, sagt Hofer unsicher,

während sein Blick prüfend über das Gesicht der Schwester huscht.

»Ich würde lieber neben einer Frau schlafen«, sagt die Schwester.

»Das weiß ich«, sagt Hofer, »aber hier kann man nicht wählerisch sein; man muß nehmen, was man kriegt, und der Fensterplatz und der unter dem Herd waren die einzigen Plätze, die ich für Sie und Doktor Blum belegen konnte.«

Hofer lächelt ihr wieder aufmunternd zu: »Es ist ja nur für eine Nacht.«

»Eine Nacht kann sehr lang sein«, sagt die Schwester.

»Na, na, nicht so pessimistisch.« Hofer reicht ihr mit schwachem Grinsen seinen Mantel. »Es wird schon gehen. Hier, decken Sie sich damit zu.«

»Danke«, sagt die Schwester wieder, genauso tonlos wie vorhin zu Blum.

Die zwei geborgten Lampen brennen nicht mehr; man hat sie längst ausgeblasen, und nun baumeln sie kalt und dunkel an den dünnen Stricken wie zwei Hampelmänner, die ein Spaßvogel an die Zimmerdecke gehängt hat. Nur die eine Lampe am Fenster brennt noch schwach. Die Leute haben sich zur Ruhe begeben, alle … außer einer einzelnen Gestalt, die in der Nähe der Tür, an den Rand der Schlafpritsche gelehnt, unschlüssig wartet: die Schwester.

Doktor Blum war gerade dabei, unter den Herd zu kriechen. Er zwängt seinen behäbigen Körper langsam unter das Eisengestell und rutscht dann stöhnend auf den Knien vorwärts. Blum ist froh, daß der Rote ihm keine Beachtung schenkt. Auch so ein ekelhaftes Individuum, denkt Blum; je weniger man mit solchem

Gesindel spricht, desto besser; immer eine gewisse Distanz halten; sonst wird so was zu frech.

Der Rote liegt auf dem Bauch und hat seinen Kopf in den Armen vergraben. Er schläft noch nicht. Er liegt bloß still und lauert wie ein Fuchs.

Als sich der ahnungslose Blum jetzt ächzend neben ihn hinrollt, dreht sich der Rote plötzlich um. Blum zuckt erschreckt zusammen.

»In Ihre Ecke!« zischt der Rote. »Los!«

»Was meinen Sie?« stottert Blum. »Welche Ecke? Ich kann doch nicht etwa …« Er kommt nicht mehr dazu, seinen Satz zu beenden, denn plötzlich fühlt er sich von zwei sehnigen Armen am Hals gepackt. Er schnappt nach Luft, er will sich wehren, aber er ist vor Schreck wie gelähmt. Er sieht mit weitaufgerissenen Augen ein häßliches, verzerrtes Gesicht über seinem eigenen.

»Lassen Sie mich los! Sind Sie verrückt geworden?«

»Sie wollen mich wohl von meinem Platz verdrängen?« zischt der Rote.

»Nein«, stammelt Blum.

»Dann gehen Sie in Ihre Ecke. Sie schlafen zwischen den beiden Ofenbeinen an der Tür. Sie haben hier nichts zu suchen. Das ist meine Ecke.«

»Ja«, stottert Blum. »Verzeihung. Das hab' ich nicht gewußt. Wer will Sie denn verdrängen? Ich nicht … bestimmt nicht.«

Der Rote hat ihn wieder losgelassen. Blum kriecht mit zitternden Knien so weit zurück wie möglich und zwängt sich zwischen die beiden Ofenbeine an der Tür.

»Hofer hat mir drei Zigaretten für Sie gegeben«, sagt der Rote, »dafür, daß Sie zwischen den beiden Ofenbeinen schlafen können.«

»Natürlich«, sagt Blum ängstlich.

»Ich hab' oft hier Leute unter dem Herd«, sagt der Rote, »jeder gibt mir was, wenn er hier schlafen will. Aber niemand ist so frech und kommt so nah an mich ran. Jeder bleibt in seiner Ecke.«

»Es war nur ein Versehen«, sagt Blum.

»Das nächste Mal kriegen Sie eins auf den fetten Schädel«, sagt der Rote.

Die Schwester hört jedes Wort, das unter dem Küchenherd gesprochen wird. Sie lauscht der seltsamen Unterhaltung, die noch eine Weile in demselben Ton fortgesetzt wird, mit gemischten Gefühlen; dann wird sie abgelenkt. Sie dreht sich jetzt um. Auf der Schlafpritsche ist eine Schlägerei ausgebrochen. Verrückt, denkt die Schwester, das ist ja verrückt; wenn die Wöchnerin verletzt wird …

Jemand schreit: »Das sind wieder mal Ihre Gören, Herr Seidel!«

Eine andere Stimme ruft: »Ruhe! Hört doch auf! Tun Sie doch was, Seidel!«

»Was soll ich machen?« kommt die Antwort.

Sie hört die Wöchnerin wimmern. Moische flucht. Das Baby weint. Stimmen rufen durcheinander. Jetzt bemerkt sie, daß der dürre, unrasierte Mensch am Fenster … dieser Ranek … die Lampe herabschraubt und dann auf einmal ausbläst. In der plötzlichen Finsternis wird der Tumult auf der Pritsche zum Chaos. Die Schwester taumelt erschrocken gegen die Tür. »Gott«, murmelt sie, »mein Gott, die Wöchnerin …«

Sie vernimmt Hofers Stimme: »Ranek! Machen Sie sofort wieder Licht!«

Sie hört ein heiseres Lachen aus der Richtung des Fensters.

Wieder Hofers Stimme: »Machen Sie sofort Licht!«

Dann flammt das Licht wieder auf. Ranek sitzt grinsend unter der Lampe; der große Hut ist verrutscht, zwischen seinen Lippen hängt ein toter Zigarettenstummel.

Inzwischen hat die Schwester die Tür geöffnet und ist in den Hausflur hinausgehuscht. Sie tastet sich jetzt vorsichtig bis zum Treppengeländer … und stößt im Dunkeln gegen eine kauernde Gestalt. »Sind Sie's, Debora?«

»Ja«, kommt es leise zurück.

»Ich kann das drinnen nicht mehr aushalten«, sagt die Schwester, während sie jetzt neben Debora Platz nimmt. Ihre zitternden Finger suchen nach den Zigaretten. Sie schiebt Debora eine zu. Debora nimmt sie schweigend und versteckt sie in ihrem Busen.

»Hofer hat mir erzählt, daß Sie hier draußen schlafen«, sagt die Schwester. Sie fügt zögernd hinzu: »Und Ihr Mann.«

»Ja, auch mein Mann«, sagt Debora. »Er war krank.«

»Stimmt es, daß er unter der Treppe schläft?«

»Ja, das stimmt.«

Die Schwester lächelt krumm. »Dann sind wir jetzt zu dritt.«

»Sie werden wieder reingehen«, sagt Debora.

»Nein … nicht mehr dort rein. Ich … ich kann nicht.«

»Haben Sie schon mit Ranek gesprochen?«

»Nein.«

»Dann waren Sie noch gar nicht auf Ihrem Schlafplatz?«

»Ich bin die ganze Zeit im Zimmer rumgestanden. Ich bin nicht müde. Ich will nicht schlafen. Ich kann nicht … ich kann nicht.« Sie zündet sich die Zigarette an. Ihre Finger zittern wieder stark.

»Machen Sie sofort aus«, sagt Debora. »Wir haben hier kein Haustor. Der Hausflur ist vollkommen offen.«

Die Schwester drückt die Zigarette nervös auf der Treppe aus. »Vergeßlichkeit«, sagt sie, »das sind die Nerven ... ein bißchen überreizt.« Sie lacht gezwungen.

»Sie sollten wirklich wieder reingehen!«

»Warum? Störe ich Sie hier?«

»Nein. Aber es ist gefährlich hier draußen.«

»Dann ist es auch für Sie gefährlich.«

Debora lächelt stumm.

»Bitte«, sagt die Schwester. »Lassen Sie mich hier sitzen. Ich will ja nicht schlafen. Bloß sitzen.«

»Die Treppe gehört nicht mir«, sagt Debora spöttisch. »Sie können hier sitzen, solange Sie wollen.«

»Es ist gut hier draußen«, flüstert die Schwester, und sie denkt dabei an das Zimmer, an den Lärm, an den Gestank ... an den Schlafplatz unter dem Fenster und an das Gesicht Raneks. Nein, du wirst dich nicht neben diesen Kerl legen, hämmern ihre Gedanken.

Sie zieht erst jetzt Hofers Mantel an und hüllt sich schaudernd darin ein. »Glauben Sie nicht, daß ich zimperlich bin«, sagt sie jetzt zu Debora, »ich bin auch nicht verwöhnt ... es ist bloß ... es ist ...« Sie ringt um Worte. »Ich wohne doch auch in einem Massenquartier. Aber bei uns ist es ganz anders. Es sind nicht so viele Leute da. Und es sind auch ganz andere Leute. So was wie hier hab' ich nur einmal im Leben gesehen ... und das war in Lupus Kaffeehaus; dort haben wir mal vorübergehend geschlafen ... Sigmund und ich ... das war ganz am Anfang ... aber auch dort ist es nicht so fürchterlich wie hier. So was hab' ich noch nicht gesehen ... so was wie hier.«

»Hier kann jeder schlafen, der Platz findet«, sagt Debora leise.

»Das ist bei uns anders«, sagt die Schwester. »Dafür hat

Sigmund gesorgt. Bei uns kann keiner rein, den wir nicht wollen. Wir rufen sofort die Polizei.«

»Wir können nicht schmieren«, sagt Debora. »Wir rufen keine Polizei.«

»Deshalb ist es so überfüllt«, sagt die Schwester.

Debora lächelt. »Hier wohnen die Ärmsten der Armen des Gettos«, sagt sie dann, »ich wünschte, wir hätten noch so ein Zimmer.«

»Die Frau, die heute operiert wurde, ist nicht so arm«, wirft die Schwester ein.

»Sie ist eine Ausnahme – sie und noch ein paar andere. Sie haben sogar Seife zum Waschen.«

Die Schwester nickt.

»Was ich vorhin gemeint hab'... ist nicht die Überfüllung«, sagt sie dann zögernd.

»Dann hab' ich Sie nicht richtig verstanden.«

»Ich meine ... daß die Leute hier anders aussehen.«

»Wie anders sehen sie denn aus?«

»Nicht mehr wie Menschen«, sagt die Schwester.

Debora war am Anfang verärgert über die Bemerkungen der Schwester, dann aber denkt sie daran, daß die Schwester hier im Hausflur bei ihr Schutz gesucht hat ... und das stimmt sie wieder versöhnlich.

Die beiden Frauen sprechen über die alltäglichen Dinge des Lebens, um die Zeit totzuschlagen. Die Nacht aber liegt wie ein widerspenstiger Schatten vor ihnen, der nicht weichen will. Nach einer Weile wird die Schwester einsilbig, so wie Menschen einsilbig werden, die nicht vergessen können, was sie bedrückt, obwohl sie es versucht haben. Debora bestreitet die Unterhaltung nun fast allein. Sie spricht von der Vergangenheit und vom Krieg und auch von der Zukunft. Sie spricht nur aus, was sie denkt, Dinge, über die man sich den Kopf zerbricht, wenn man mit sich allein ist und sich fragt: warum? Oder: wohin?

Die Schwester steckt sich eine Zigarette an, obwohl Debora heftige Einwendungen macht.

»Nur ein paar Züge hinter Ihrem Rücken«, bittet sie. Sie raucht nervös. Dann zuckt sie plötzlich zusammen. Jemand ruft aus dem Dunkel unter der Treppe: »Debora! Debora! Debora!« Ein leises, eindringliches, ängstliches Rufen ist's, das immer schwächer wird und schließlich im Geflüster erstirbt.

»Gott«, sagt die Schwester, »bin ich erschrocken!«

»Das ist mein Mann«, sagt Debora, »er will bloß wissen, ob ich da bin.« Und Debora beugt sich weit über's Treppengeländer und ruft hinunter. »Ich bin doch hier! Ich bin doch hier!« Dann hört sie zu rufen auf, und das ängstliche Geflüster aus dem tiefen Dunkel dort unten ertönt nicht wieder. Und es ist plötzlich still geworden, und es kommt der Schwester vor, als wäre mit dieser jähen Stille eine unsagbare Schwermut in den Hausflur eingezogen.

»Immer ist das so mit ihm«, sagt Debora leise, »er hat furchtbare Angst, jeden Abend ruft er meinen Namen … und oft auch mitten in der Nacht … und er wird erst still, wenn ich irgend etwas zu ihm runterrufe.«

Wie ein Kind, das nach seiner Mutter ruft, denkt die Schwester, aber sie spricht ihren Gedanken nicht aus. Sie sagt nur: »Jetzt versteh' ich, warum Sie bei ihm wachen.«

Drinnen im Zimmer fällt etwas polternd zu Boden, und ein schwacher Lichtschein unter der Türritze zeigt ihnen an, daß sich wieder ein unbedeutender Zwischenfall ereignet haben muß. Sie hören Ranek fluchen, aber sie verstehen nicht, was er sagt. Das Neugeborene, das sich eine Zeitlang ruhig verhalten hat, fängt wieder kläglich zu weinen an. Etwas später tritt wieder Stille ein.

»Jemand schleicht in der Nähe des Eingangs rum«, sagt die Schwester plötzlich. »Wer ist das?«

»Der Hund«, lächelt Debora, »der schleicht immer hier in der Nähe rum; manchmal kommt er auch bis in den Hausflur.«

Jetzt trappelt es im Hausflur ... ein niedriger Schatten. Debora hat recht. Es ist nur ein Hund.

Sie sieht, daß der Schatten mitten im Hausflur stehenbleibt, sie hört ihn schnuppern; dann setzt er sich wieder in Bewegung und schleicht bis zur Treppe ... und jetzt hört sie ihn im Hohlraum schnuppern, dort, wo der Mann liegt. Kurz darauf beginnt der Hund zu winseln. Gott, denkt die Schwester, der Hund winselt, als ob dort ein Toter liegt.

Debora ist aufgestanden. Sie geht schnell die Treppe hinunter, und erst, nachdem sie den Hund verjagt hat, kommt sie zurück.

»Sie dachten wohl, daß mein Mann gestorben ist?« fragt sie vorwurfsvoll. Und sie schüttelt mißbilligend den Kopf. »Er schläft bloß; Sie können's mir glauben.«

Es war den ganzen Abend windstill gewesen, jetzt aber kommen vom Zaun klappernde Geräusche, die auf Wind schließen lassen. Nach einer Weile hören sie wieder die Stimme unter der Treppe ... aber diesmal sind es abgerissene Sätze ... ein seltsames Gestammel.

»Er ist wieder wach geworden«, sagt die Schwester.

»Nein, er spricht aus dem Schlaf«, sagt Debora, »immer wenn's ihm in der Nacht kalt wird.«

»Vielleicht sollten Sie ihn lieber woanders hinlegen ... nicht dort unten, wo's zieht.«

»Er liegt auf einem Sack«, sagt Debora, »und er hat sich halb drin eingewickelt.«

»Können Sie ihn nicht ins Zimmer bringen?«

»Nein.«

»Warum?«

»Die Leute sind dagegen. Da ist nichts zu machen.«

»Ich verstehe.«

»Vielleicht später, wenn er wieder gehen kann ... wenn die Leute vergessen werden, daß er krank gewesen war.«

»Glauben Sie, daß sie's vergessen?«

»Ja«, sagt Debora.

Der Wind ist stärker geworden. Stöße kalter Luft fegen jetzt in den Hausflur und rütteln am Treppengeländer. Es quietscht in den Dachbalken. Die beiden Frauen sitzen eng beieinander. Sie schweigen und starren hinaus in die Nacht.

Später wird es laut auf der Straße. Es sind andere Geräusche ... ganz anders als die des Windes; es ist der bekannte Lärm, der ihnen das Blut in den Adern erstarren macht. »Die Treiber«, haucht die Schwester. Nur das eine Wort kommt über ihre Lippen, während sie sich ängstlich an Debora festklammert. Sie fühlt Deboras Hände; es sind kleine, ausgemergelte, aber willensstarke Hände, Hände, denen man sich anvertrauen kann.

»Was sollen wir machen?« flüstert sie.

Debora antwortet nicht. Sie sitzt still, regungslos.

Die Polizei sucht in den Straßengräben nach Obdachlosen; man kann es an den aufblitzenden Lichtern der Taschenlampen sehen, die über die Gräben huschen. Etwas später sehen sie die kleinen Lichtpünktchen weiter drüben auf dem Bahnhofsgelände.

»Wir sitzen hier in einer Mausefalle«, zischelt die Schwester. »Kann man sich nicht hinter dem Haus verstecken?«

»Das ist noch gefährlicher.«

»Wir können doch nicht einfach hier sitzen bleiben?«

»Gehen Sie ins Zimmer«, sagt Debora.

»Kommen Sie mit?«

»Nein. Ich bleibe hier.«

Die Schwester zögert noch. Sie blickt auf die Straße. Es dauert nicht lange, und die Polizei kommt wieder vom Bahnhofsgelände zurück. Sie gruppieren sich jetzt vor dem Zaun. Ein Lichtschein fällt auf die Latrine, geht wieder aus. Dann sieht sie auf einmal dunkle Gestalten über den Hof laufen; sie bleiben nicht am Hauseingang stehen ... sie laufen vorbei und verschwinden hinter dem Haus ... in den Büschen. Es wird wieder still ... und dann brüllt plötzlich irgend jemand markerschütternd, so wie nur ein Tier in panischem Schrecken brüllen kann. Zu ihrem Entsetzen sieht die Schwester Debora die Treppe hinunterrennen. »Kommen Sie zurück!« ruft sie ihr nach. »Kommen Sie doch zurück! Ihr Mann hat doch nicht nach Ihnen gerufen!« Aber sie weiß, daß ihre Worte ungehört im Hausflur verhallen.

Dann geht sie ins Zimmer.

Während sie im Dunkeln vorwärts tastet, bleibt sie an den Beinen eines Mannes hängen, bekommt einen Fußtritt und stürzt.

Sie ist nach rückwärts gegen den Küchenherd gefallen. Sie wagt sich nicht zu rühren, aus Angst, daß der Mann, über dessen Beine sie gestolpert war, sie wieder treten würde. Sie hält den Atem an. Nichts geschieht.

Es ist jetzt so still im Zimmer wie vorhin im Hausflur, ehe die Polizei kam. Sie weiß nicht, ob die Leute schlafen oder ob sie der Schrei aus den Büschen geweckt hat und sie sich nur ruhig verhalten, um auf weitere gefahrverkündende Geräusche zu lauschen. Sie bleibt noch eine Weile liegen. Später, als sie sich endlich entschließt, aufzustehen, bemerkt sie, daß ihre Schuhe fehlen. Jemand muß die Schuhe von ihren Füßen abgestreift haben, ohne daß sie es gespürt hatte. Sie rüttelt Blum. Blum ist noch wach. Er kriecht jetzt unter dem Herd hervor.

»Was ist los?« fragt er verwirrt.

»Meine Schuhe«, keucht sie. »Jemand hat sie gestohlen!«

Blum flüstert ihr ins Ohr: »Der rothaarige Kerl hat die Schuhe genommen. Ich hab's gesehen. Er hat sie unter seiner Jacke.«

»Hilf mir«, flüstert sie zurück.

»Ich will jetzt nicht mit ihm anfangen«, zischt Blum, »sonst läßt er mich nicht wieder zurück. Hofer wird die Sache morgen in Ordnung bringen, verlaß dich drauf.«

Blum kriecht wieder unter den Herd. Aber er kommt gleich drauf wieder zurück. »Ist draußen was los?« fragt er ängstlich.

»Ja ... es ist was los«, flüstert sie.

»Sind sie hier?«

»In den Büschen«, flüstert sie.

»Geh nicht wieder raus.«

»Nein. Nicht mehr.«

Sie spürt, wie die kauernde Gestalt nach ihren Händen greift.

»Was hast du nur, Sigmund?«

»Nichts«, sagt er, »gar nichts.«

Sie tastet zärtlich nach seinem Gesicht. »Wo ist deine Brille?« fragt sie dann erschrocken.

»Die hat er auch genommen«, flüstert Blum. »Das wird Hofer morgen früh auch in Ordnung bringen.«

»So ein Gesindel«, sagt sie.

»Sei ruhig«, flüstert er, »nicht so laut ...«

»Wenn er sie nun nicht zurückgibt? Was wirst du ohne Brille machen?«

»Ich hab' noch eine Reservebrille. Zu Hause.«

»Und meine Schuhe?«

»Ach, hör' doch schon auf. Hofer wird schon ...«

Das Baby beginnt wieder zu weinen.

»Ausgerechnet jetzt muß der Bankert weinen«, sagt eine Stimme. »Stopf ihm ein Tuch ins Maul ... schnell!«

»Er wird ersticken!«

»Dann soll er ersticken!«

»Gut, ich mach's schon, er wird schon nicht ersticken.« Man hört dann nur noch das Strampeln der kleinen Beinchen, und dann hört auch das auf.

Jetzt geht die Tür auf. Debora steht auf der Schwelle.

»Debora!« ruft jemand. »Sind sie weg?«

»Sie sind weg«, sagt Debora laut.

Daraufhin flammt ein Streichholz auf. Am Fenster wird die Lampe angesteckt. Leute fangen auf einmal zu reden an und quasseln durcheinander, als hätte man sie aufgezogen.

»Wollen Sie wieder rauskommen?« fragt Debora.

»Ist die Polizei wirklich weg?«

»Ja, weg.«

»Und wenn sie nun wiederkommen?«

»Das kann niemand garantieren.«

»Ich bleibe hier drinnen«, sagt die Schwester leise.

»Das ist auch das beste«, lächelt Debora, und sie denkt: Der sitzt noch der Schreck von vorhin in den Gliedern. Die wirst du nicht mehr dazu bewegen können, wieder hinauszukommen.

»Gute Nacht«, flüstert die Schwester.

»Gute Nacht«, sagt Debora sanft.

Sie blickt der Schwester nach, die sich vorsichtig zum Fenster tastet. Sie hatte vorhin nicht daran gedacht, daß der Schwester von Raneks Seite Unannehmlichkeiten drohen könnten, es kommt ihr erst jetzt zum Bewußtsein. Sollte sie die Schwester vor Ranek warnen? Sie noch mehr beunruhigen? Nein, denkt sie; es hat keinen Sinn, sie noch mehr zu beunruhigen. Und schließlich ist die Schwester kein Kind mehr. Sie wird schon mit Ranek fertig werden.

21

Ranek macht ihr schweigend Platz. Er spricht auch nicht zu ihr, nachdem sie längst Hofers Mantel auf der Erde ausgebreitet und sich darin eingehüllt hatte. Sie wußte vom ersten Augenblick an, daß er sie haßt. So was spürt man. Es ist ein Haß ohne Worte. Du kannst doch nichts dafür, daß er hungert, denkt sie … und was für ein Recht hat er überhaupt, dir seinen Hunger vorzuwerfen? Wenn's dir auch viel besser geht als ihm; das ist schließlich deine Sache, das geht niemanden was an. Die Gedanken jagen wild durch ihren Kopf. Warum starrt er dich unverwandt an, als wollte er dich mit seinen bitteren Augen nackt ausziehen? Und warum spricht er kein Wort … kein einziges Wort? Und was, zum Teufel, hält er da in seiner rechten Hand: so ein Ding, das wie eine Mohrrübe aussieht?

Sie entsinnt sich jetzt, daß Moische vorhin Mohrrüben unter die Leute verteilt hatte, aber dieser Gedanke beruhigt sie nicht. Warum ißt Ranek die Rübe nicht? Wollte er sie damit einschüchtern? Was wollte er denn von ihr? Er wird doch nicht etwa … Sie hat auf einmal das Gefühl, als ob eine eiskalte Hand nach ihrem Herzen greife, und sie dreht sich um, nur um das längliche, harte Ding in seiner Hand nicht weiter anblicken zu müssen.

Der Krüppel, links neben ihr, scheint ihre Anwesenheit gar nicht bemerkt zu haben, denn er liegt steif auf dem Rücken und starrt melancholisch auf die Zimmerdecke. Ab und zu kratzt er sein Holzbein, als ob es ihn tatsächlich jucke. Sie wendet noch einmal den Kopf nach rechts, um sich zu vergewissern, ob das mit der Rübe nicht alles bloß Einbildung war; aber in diesem Moment macht Ranek eine hastige Bewegung zum Fensterbrett und löscht die Lampe.

Wieder hat sie das Bedürfnis, aufzuspringen und hinauszulaufen, und es kostet sie viel Selbstbeherrschung, um es nicht zu tun.

Sie verhält sich ruhig und wartet ab. Noch immer sagt Ranek kein Wort, aber sie weiß, daß er sie immerfort durch das Dunkel anstarrt. Sie streckt vorsichtig die Hand aus, um seine zerfetzte Jacke etwas weiter fortzuschieben, aber kaum hat sie die Jacke berührt, da zieht sie ihre Finger angeekelt wieder zurück, weil seine Jacke voller ausgefallener Haare ist. Sie will gerade ihre Finger an der Wand abwischen, als sie plötzlich ein harter Schlag gegen das Knie trifft.

Es war das Holzbein. Der Krüppel hat sich umgedreht, und das Holzbein rutscht jetzt quer über ihre Schenkel und bleibt dort liegen. Sie wagt nicht, es wegzustoßen. Fang um Gottes willen keinen Streit an, denkt sie, das wäre nämlich das Unvernünftigste, was du jetzt tun kannst. Man darf den Mann nicht unnötig aufregen. Schieb das Bein ja nicht weg. Er wird es schon von allein wieder fortnehmen.

Jetzt richtet Ranek zum erstenmal das Wort an sie: »Warum

lassen Sie sich das gefallen?«

Er hat es also bemerkt, obwohl es so dunkel ist?

Ranek wiederholt: »Warum lassen Sie sich das gefallen?«

»Er hat es nicht absichtlich getan«, sagt sie ängstlich.

Ranek richtet sich jetzt auf und schiebt das Holzbein herunter.

»Danke«, sagt sie mit bebender Stimme.

»Er schnallt das Bein nie ab«, sagt Ranek. »Hat Angst, daß man's klaut.«

»Wer wird schon ein Holzbein stehlen?« sagt sie, und sie versucht, ihre Stimme so unbeschwert wie möglich klingen zu lassen.

»Sie irren sich«, sagt er, »uns fehlt oft trockenes Holz zum Verheizen.«

Sie lacht jetzt, aber ihr Lachen ist nicht echt.

Plötzlich fragt er: »Warum haben Sie eigentlich solche Angst vor mir?«

»Ich hab' keine Angst«, lügt sie. »Warum soll ich denn Angst haben?«

»Vielleicht, weil Sie die Mohrrübe bemerkt haben?« spöttelt er. »Glauben Sie, daß ich nicht weiß, was Sie gedacht haben.«

»Was sollte ich mir denn dabei gedacht haben?«

»Daß ich impotent bin«, sagt er, und seine Stimme hat jetzt das Spöttisch-Spielerische verloren. Die Stimme ist hart und gehässig. »Daß ich impotent bin«, sagt er wieder, »und daß ich's mit der Rübe bei Ihnen machen will. Das haben Sie doch gedacht, nicht wahr?«

Sie antwortet nicht.

»Ich hab' mal eine gehabt, die auch so gut ernährt war wie Sie«, sagt er jetzt eindringlich, »wenigstens war sie das in der ersten Zeit, nachdem sie hier ankam. Wenn eine Frau gut ernährt ist, dann kann ein Mann ganz verrückt werden. Weil so was so selten ist. Ich meine eine Frau, die noch kein Skelett ist, die noch Fleisch auf sich hat.« Und wieder zittert seine Stimme vor Haß: »Die noch wie ein Mensch aussieht. Nicht so wie ich. Nicht so wie die meisten von uns. Verstehen Sie das? So wie ein Mensch!« Er schnalzt mit der Zunge und fügt leise hinzu: »Soll ich Ihnen mal erzählen, was ich mit der gemacht habe?«

»Nein«, sagt sie schaudernd, »ich will nichts wissen.« Ihr fiel ein, daß er vielleicht nur übertrieb und daß alles gar nicht wahr sei, was er da sagte. Vielleicht will er dich erpressen? Das wird's wohl sein. Nichts weiter. Er will was. Geld? Aber du hast doch jetzt kein Geld bei dir.

»Sie wollen Geld von mir?« flüstert sie. »Das ist es doch, nicht wahr? Bloß Geld? Dann lassen Sie mich in Ruhe? Können Sie mir versprechen, daß Sie mich dann in Ruhe lassen, wenn ich Ihnen was gebe?« Sie fügt schnell hinzu: »Ich kann das verstehen. Ich kann das wirklich verstehen.«

»Was können Sie verstehen?« fragt er heiser.

»Daß es Ihnen gar nicht ums Geld geht«, sagt sie vorsichtig. »Sie wollen sich bloß was zu essen kaufen, nicht wahr? Morgen … Sie wollen morgen …«

»Sie reden zuviel«, unterbricht er sie ärgerlich. »Wieviel haben Sie bei sich?«

Großer Gott! denkt sie. Großer Gott! »Überhaupt keins«, sagt sie leise. »Ich bin doch nicht so dumm und werde hierher Geld mitbringen. Oder halten Sie mich für so dumm?«

»Sie machen sich über mich lustig. Das wird Ihnen schlecht bekommen.«

»Nein«, versichert sie hastig. »Ich … ich gebe Ihnen was an Stelle von Geld … etwas, das Sie verkaufen können.«

»Was?« fragt er.

Sie überlegt. Was … was kann sie ihm geben?

»Sie kamen vorhin ohne Schuhe zum Fenster«, sagt er. »Ich habe mir gleich gedacht, daß man sie gestohlen hatte, denn so unvorsichtig, um gute Schuhe über Nacht hier rumstehen zu lassen, ist doch kein Mensch.«

»Gestohlen«, sagt sie. »Das stimmt.«

Er fängt jetzt schallend zu lachen an, und es kommt ihr wie das Lachen eines Irren vor. Sie hatte sich schon etwas beruhigt, aber sein Lachen macht sie nun ganz wirr.

Sie spürt plötzlich, daß sie schwitzt. Und sie weiß: Sie hat wieder Angst. Gib ihm, was er verlangt! Er soll dich nur in Ruhe lassen!

»Wenn Sie mir hoch und heilig versprechen, daß …«

»Ich verspreche es«, sagt die heisere Stimme.

»Sie können meine Wäsche haben«, sagt sie zitternd. »Die können Sie meinetwegen für Brot umsetzen. Nur das Kleid müssen Sie mir lassen. Ich kann doch morgen nicht nackt nach Hause gehen.«

»Sie können das Kleid behalten.«

Sie gab ihm zuerst die Strümpfe. Dann den Büstenhalter. Sie zog sich nackt aus und gab ihm den Rest ihrer Wäsche, und dann zog sie das Kleid wieder an.

Die Schwester gähnt und bewegt ihre schmerzenden Glieder und setzt sich auf. Sie ist froh, daß die Nacht vorbei ist.

Die Leute sind noch nicht wach. Auch Ranek schläft noch, den Kopf auf dem Hut, das Licht scheint ihn nicht zu stören; er schläft so tief, als hätte er Pillen genommen.

Sie sucht nach ihrer Wäsche. Keine Spur davon. Vielleicht

hatte er alles unter der Jacke versteckt, auf der er jetzt liegt? Du wirst Hofer alles erzählen. Hofer wird Ranek bestimmt überreden, dir wenigstens einen Teil der Sachen zurückzugeben. Und wenn nicht, denkt sie, dann muß Blum eben wieder neue anschaffen. Aber so gute Wäsche kriegt man nicht mal auf dem Schwarzmarkt. Ihr fallen jetzt die Schuhe ein und dann Blums Brille. Eine schöne Geschichte, denkt sie. Ob Hofer auch mit dem Roten fertig werden wird? Eine Zeitlang betrachtet sie Ranek stumm. Sie hat jetzt keine Angst mehr vor ihm. Jetzt, bei Tageslicht, sieht er nicht mehr gefährlich aus. Was sie sieht, ist ein halbverhungerter, armseliger, schlafender Mensch.

Sie studiert aufmerksam sein Gesicht. Wenn seine Augen zu sind, wirkt es nicht so alt, denkt sie. Es waren ja vor allem diese bitteren Augen. Er hat zwar dicke Krähenfüße, die sich weit über die Schläfen ziehen, und lange Leidensfalten zwischen Nase und Mund, aber das haben heutzutage viele junge Leute, und daran ist man gewöhnt. Ihr fällt auf, daß sein Mund im Schlaf nicht so gewöhnlich wirkt wie gestern abend. Ihre Augen ruhen noch eine Weile auf seinem schütteren Haar, unter dem die schmutzige Kopfhaut durchleuchtet, und dann wendet sie angeekelt den Kopf weg. Und sie steht auf und tritt ans Fenster. Sie schiebt die Pappdeckelscheibe zur Seite. Sie sieht den Hof. Sie sieht den schiefen Telegrafenmast hinter dem beschädigten Zaun und drüben das brachliegende Bahnhofsgelände, und es kommt ihr vor, als erblicke sie eine erkaltete Landschaft auf einem fernen Planeten.

Nun öffnet sie beide Fensterflügel und atmet die frische Luft ein; sie atmet tief und versucht daran zu denken, daß Blum bald aufstehen wird und sie dann beide von hier fortgehen und nie wieder zurückkommen werden.

Dann holt sie einen Kamm und einen kleinen Spiegel aus der Tasche ihres Sportkleides; sie fängt an, ihr dichtes, schönes Haar zu kämmen, und dabei schaut sie fasziniert in den Spiegel. Und jetzt überkommt sie ein glückliches, freies Gefühl, weil sie sieht, daß sie noch jung ist.

Dritter Teil

1

Fred ist gestorben. Der Hohlraum unter der Treppe wirkt erschreckend öde. Man war so daran gewöhnt, ihn dort liegen zu sehen, als wäre er die leibliche Vermauerung der fehlenden Stufe. Jetzt ist nicht mal der Sack mehr da, auf dem er lag. Das Loch ist wieder ein Schlupfwinkel der Ratten geworden, die dort ihr freches Spiel treiben.

Seit seinem Tod sind zwei Monate verstrichen. Es ist inzwischen August geworden. August 1942.

Heute nacht ist es so schwül im Zimmer, daß man kaum atmen kann. Die Luft scheint stillzustehen.

Ranek ist erschreckt aufgewacht. Er zieht seine Knie ein, rappelt sich auf und hockt sich wie ein Schatten unter das Fenster.

»Was ist nur los mit Ihnen?« Es ist sein linker Nachbar, der Mann mit dem Holzbein. »Was ist nur los mit Ihnen?« flüstert er wieder. »Warum haben Sie so im Schlaf geschrien?«

»Ich hab' doch nicht geschrien«, sagt Ranek.

»Doch«, sagt der Mann. »Sie haben geschrien.« Er grunzt irgend etwas; dann hebt er sein Holzbein mit beiden Händen in die Höhe, dreht sich auf die andere Seite um und fängt wieder zu schnarchen an.

Ranek sucht nach Tabak und Zeitungspapier. Er dreht sich

eine Zigarette, aber er merkt kaum, was er tut.

Fred war mitten in der Nacht gestorben.

Debora merkte es als erste und kam gleich darauf ins Zimmer und weckte Ranek. Ranek folgte ihr mit der Lampe hinaus in den Hausflur. Er zog den Toten unter der Treppe hervor und stellte die Lampe auf die Erde hin, dicht neben den Kopf, so daß das Licht auf das wächserne Antlitz fiel.

Ranek starrte seinen Bruder nicht lange an, aber in diesen wenigen Sekunden schien die Zeit stillzustehen. Das ist er nicht, dachte er, das kann er doch nicht sein! Und es kam ihm plötzlich vor, als hätte er noch nie in seinem Leben ein totes Gesicht gesehen. Er spürte, wie sich etwas in ihm zu regen begann, etwas, von dem er nicht gewußt hatte, daß es noch existierte; er spürte ein seltsames Brennen und zugleich einen dumpfen Schmerz, und dann merkte er, wie es säuerlich aus seinem Magen hochkam und wieder zurückging, als dürfte es nicht hinaus. Nicht weich werden, dachte er verbissen, dafür hat man später Zeit. Jetzt mußt du handeln! Und du mußt schnell handeln!

»Ich muß es jetzt machen«, sagte er heiser zu Debora. »Weil es morgen früh zu spät sein wird.« Und da sie kein Wort herausbrachte, fuhr er fort: »Ich muß es machen, ehe die anderen aufwachen. Die sind alle scharf auf den Zahn. Das weißt du doch. Ich will mich nicht mit ihnen herumschlagen. Ich muß es machen, ehe sie's merken.« Seine Stimme klang hohl und seltsam fremd in der Nacht. »Der Zahn bedeutet Leben, Debora. Ein paar Wochen Weiterleben für uns. Versuch mich zu verstehen.« Er grinste sie verzweifelt an, und er blickte in ihr Gesicht, und es kam ihm vor, als ob er das alles gar nicht gesagt hätte. Dann wandte er sich ab.

Ranek wußte, daß es nicht leicht sein würde, Fred den Zahn herauszuziehen; der Mund war so steif wie ein Stück Altholz, und die Lippen waren so fest zusammengepreßt, als hätte er noch in den letzten Zügen daran gedacht, daß man ihn bestehlen würde. Ranek dachte einen flüchtigen Moment daran, zu Dvorski zu gehen, um die kleine Zange zu holen – dieselbe Zange, mit der Dvorski damals am rumänischen Ufer operiert hatte –, aber dann fiel ihm ein, daß Dvorski die Zange damals nur geborgt und längst wieder zurückgegeben hatte. Ranek überlegte nicht lange. Er ging in den Hof und holte den Hammer.

Debora hatte sich anfangs nicht eingemischt und schweigend zugeschaut, wie er, mit verkniffenem Gesicht, den Mund des Toten kontrollierte, aber als er dann aus dem Hof zurückkam und anfing, die widerspenstigen Lippen mit dem Hammer aufzureißen, hing sie sich weinend in seinen Arm und versuchte, die Schändung zu verhindern. Er kämpfte eine Weile mit ihr, bis sie plötzlich losließ und neben dem Toten zu Boden sank. Er hatte sie nicht geschlagen; er hatte sie nur nicht an sich herangelassen und sie immer wieder weggestoßen; er wußte nicht, wie es kam, daß sie plötzlich das Bewußtsein verlor.

Wieder ungestört, fuhr er mit seiner Arbeit fort. Freds aufgeplatzte Lippen wurden unter seinen Schlägen allmählich zu einem blutigen Brei. Als er den Zahn endlich raushatte und sich schweißtriefend aufrichtete, bemerkte er, daß außer Debora noch jemand im Hausflur war, ein zweiter Zeuge, den er in der Erregung nicht gesehen hatte: die alte Levi. Sie saß oben auf dem Treppenabsatz, und ihre trüben Augen blickten entsetzt auf das blutige Schauspiel im Lichtkreis der kleinen Öllampe.

Seitdem Dvorski sich unlängst verplappert und der Alten erzählt hatte, wer es gewesen war, der ihrem Sohn damals die

Schuhe gestohlen hatte, haßte sie Ranek wie ein böses Omen. Oft rief sie ihm Verwünschungen nach oder spuckte aus, wenn er in ihrer Nähe war.

Ranek hatte Dvorski ihretwegen zur Rede gestellt: »Warum hast du es ihr gesagt? Du hast mir doch versprochen, daß du das Maul hältst!«

»Vergeßlichkeit von mir«, hatte Dvorski gesagt. »Mach dir doch nichts aus dem alten Waschweib.«

»Sie hat mich für einen anständigen Menschen gehalten.«

Dvorski hatte bloß gegrinst.

»Ich hatte der Alten alles mögliche eingeredet«, hatte Ranek dann gesagt. »Ich habe die Tatsachen so verdreht, daß es aussah, als würde nicht ich dem Sohn, sondern der Sohn mir etwas schulden. Sie glaubte mir aufs Wort ... und ihre letzten Zweifel habe ich mit einem Stück Brot vertilgt, nämlich das Brot, das du mir damals für die Schuhe gegeben hast und das von Rechts wegen der Alten gehört hat.«

Daraufhin hatte Dvorski gesagt: »Weißt du, das ist eine gute Lehre für die alte Frau. Sie wird von nun an nicht mehr an die Selbstlosigkeit der Menschen glauben. Sie wird vorsichtiger werden.«

Die alte Frau saß stumm auf dem Treppenabsatz wie eine Nachteule. Erst als Ranek den Hammer fortwarf und neben Debora niederkniete, die noch immer bewußtlos war, schlich die Alte zurück ins Zimmer, um den Roten zu holen. Bald darauf kam sie mit ihm zurück. Ranek hörte die beiden dann oben miteinander sprechen.

»Sie kommen zu spät«, höhnte die Alte. »Ranek hat den Zahn schon.«

»Scheiße«, sagte der Rote, »verdammte Scheiße.«

»Sehen Sie mal, was der Kerl mit seinem eigenen Bruder gemacht hat«, sagte die Alte. »Sehen Sie dort unten den blutigen Hammer? Mit dem Hammer hat er ihm ...«

Ranek brachte den Zahn am nächsten Morgen zu Dvorski.

»Ist ja schön, daß du damit direkt zu mir kommst«, sagte Dvorski, »bin bloß ein bißchen erstaunt, weil du doch gesagt hast, daß ich schlecht zahle.«

»Red nicht soviel. Ich bin zu dir gekommen. Fertig.«

»Der Zahn wiegt zu schwer in der Tasche, was?«

»Zu schwer«, sagte Ranek.

Dvorski nickte. »Übrigens, mein Beileid.« Dvorski grinste. »Hättest bloß besser aufpassen sollen«, und dabei wies er auf den kaputten Goldzahn, »'s ist nicht mehr viel davon übriggeblieben.«

»Weil ich zu stark mit dem Hammer gehauen hab'«, sagte Ranek. »Seine Lippen waren so fest zusammengepreßt; ich hab' im Hausflur nach dem abgebrochenen Zahnstück gesucht, aber ich konnte es nicht finden.«

»Schade.« Dvorski zuckte bedauernd mit den Schultern.

»Was gibst du mir dafür?«

»Ein Stück Käse«, grinste Dvorski. »Weil du's bist.«

»Red keinen Quatsch. Du weißt, daß ich Mehl brauche.«

»Kein Quatsch«, sagte Dvorski. »Es ist guter Käse. Nimm ihn. Ist 'ne besondere Art, die's nicht jeden Tag auf dem Schwarzmarkt gibt.« Dvorski lächelte geheimnisvoll. »Roquefort! Na, was sagst du dazu? Kommt direkt aus Bukarest. Ein rumänischer Offizier brachte ihn mit, schenkte ihn 'ner Hure im Bordell; die verkaufte den Käse dem Friseur von vis-à-vis, und der Friseur ist 'n alter Bekannter von mir. So was geht von Hand zu Hand.«

»Ich brauche Mehl«, sagte Ranek.

»Sei kein Dickschädel. Roquefort ist verdammt teuer, und ich geb' dir 'n großes Stück. Dafür kriegst du im Tausch mindestens 'nen Zweiwochenvorrat Maismehl.«

»Das ist nicht viel. Ich hatte auf mehr gerechnet.«

»Es ist genug für den kaputten Zahn«, sagte Dvorski kurz.

Ranek überlegte. »Was soll ich mit dem Käse?« sagte er dann zögernd. »Man hat damit nur Laufereien, bis man jemanden findet, der ihn eintauscht. Kannst du mir nicht gleich Maismehl geben? Wozu so viel Umstände?«

»Hab' im Augenblick keines im Haus. Nur grad, was wir für uns brauchen.«

»Auch keine Kartoffeln? Oder Brot?«

»Nein. Es sei denn, du wartest, bis ich wieder einkaufe.«

Ranek schüttelte den Kopf. Er wollte den Zahn loswerden, den Zahn und mit ihm die Erinnerung an das Geschehene. »Gut«, sagte er, »'s ist in Ordnung.«

Ranek trug den Käse mehrere Tage in seiner Tasche herum, weil er auf dem Basar nicht mit den Händlern einig werden konnte, die ihn ausnützen und unterbieten wollten. Nach einiger Zeit duftete seine Jacke so stark nach Käse, daß er es mit der Angst zu tun bekam, denn die Leute im Nachtasyl schlichen um ihn herum, als wäre er ein wandelndes Lebensmittelgeschäft; manche folgten ihm sogar auf die Latrine. Der Mann mit dem Holzbein warnte ihn fortwährend: »So dürfen Sie nicht herumlaufen. Sie reizen die Leute; sie werden Sie überfallen. Passen Sie auf!«

Aus Angst, daß man den Käse stehlen würde, hielt er die Hand meistens in der Tasche, und bald begann auch die Hand nach dem Käse zu riechen.

Ranek besaß nur noch eine vage Vorstellung davon, wie Käse

eigentlich schmeckte. Die Versuchung, den Käse anzubeißen, war ungeheuer. Er wußte, daß so was ein Luxus war, den er sich nicht leisten durfte. Eines Tages aber konnte er nicht mehr widerstehen; er aß die Hälfte des Käses auf; den Rest steckte er wieder ein, um ihn Debora zu geben, die ein Recht auf ihren Anteil hatte.

Als Fred abgeholt wurde, standen die Leute wieder schwatzend am Zaun herum. Viele von ihnen erinnerten sich noch an den kleinen Blonden, Seidels Bruder, der dem Levi auf der Bahre die Patsche aufs Gesicht gelegt hatte … und sie erwarteten auch diesmal wieder einen ähnlichen Spaß.

Nun, diesmal verlief die Prozession ein wenig anders. Levi und der kleine Blonde wurden damals, wie man so sagt, privat behandelt; Fred hatte weniger Glück, weil weder Ranek noch Debora die Kosten für zwei Totenträger bestreiten konnten, und Fred mußte deshalb wohl oder übel ein paar Tage im Hausflur liegenbleiben, um auf den städtischen Leichenwagen zu warten.

Als der große Karren endlich ankam, fing die Menschenmenge am Zaun zu johlen an. Ranek und Sigi schleiften Fred keuchend über den Hof. Die Leute winkten ihnen und feuerten sie zur Eile an, denn der Wagen blieb nie lange stehen; es war so wie mit 'ner Straßenbahn. Ranek und Sigi schafften es bis zum Zaun; dort verließen sie die Kräfte. Die Menge griff ein. Unzählige Arme packten Fred, hoben ihn hoch und warfen ihn auf die Straße. Das Fuhrwerk war bereits bis zum Rand mit steifen Insassen vollgepfropft. Drüben auf der anderen Straßenseite lagen noch fünf Tote; es waren Leute vom alten Bahnhof, die nachts durch den Stacheldraht geschoben und die Böschung hinuntergerollt worden waren. Die fünf kamen zuerst an die Reihe, Fred zuletzt;

er wurde ganz oben aufgepackt.

Der Kutscher knallte ungeduldig mit der Peitsche, weil alles so lange dauerte; die Arbeiter, die die Toten geschickt verstauen mußten, damit sie nicht wieder herunterfielen, fluchten ärgerlich und beschimpften den Kutscher und beschimpften die Toten, und das kleine, geplagte Panjepferd schnaufte und zog mit zitternden Flanken an der Deichsel.

Die Leute am Zaun rissen wie gewöhnlich faule Witze. Ranek bemerkte einen Mann aus Dvorskis Keller: ein Mann mit einem Bulldoggengesicht, der auch jetzt wieder in seiner Nähe stand ... so wie damals, als der Blonde und der Levi abgeholt wurden.

Der Mann drehte sich eine Zigarette und bat Ranek um Feuer ... er benahm sich genauso wie damals ... und er murmelte auch jetzt wieder seinen Namen, als ob sie sich zum erstenmal treffen würden: »Gestatten: mein Name ist Sami. Ist der Kerl dort oben Ihr Bruder?« fragte er dann interessiert.

Ranek antwortete nicht.

»Wußte sofort, daß es Ihr Bruder ist«, sagte der Mann lebhaft, »sieht Ihnen verdammt ähnlich, wenn er nur nicht so 'n zerschlagenes Maul hätte.« Als sich der Wagen in Bewegung setzte und die Toten zu schaukeln und durcheinanderzurutschen anfingen, grinste er: »Übrigens hat Ihr Bruder dort oben 'ne gute Aussicht; die von unten sind nämlich nicht zu beneiden.«

»Mach schon die Klappe zu!« herrschte Ranek ihn an. Am liebsten hätte er ihm jetzt ins Gesicht gespuckt, aber er dachte daran, daß Debora unter der Menge war, und beherrschte sich.

»Sie brauchen mir den Scherz nicht übelzunehmen«, sagte der Mann betroffen; »ich meinte nur, daß es auch unter den Toten Bevorzugte und Benachteiligte gibt. Genauso wie unter den Lebenden.«

Raneks Augen suchten unaufhörlich nach Debora. Er bemerkte sie endlich. Sie stand etwas abseits. Niemand beachtete sie. Ihr Gesicht hatte etwas sonderbar Geistesabwesendes an sich. Sie schien niemanden zu sehen, weder die Herumstehenden noch den davonschaukelnden Wagen mit den Toten. Es war, als ginge sie die ganze Prozession nichts mehr an. Sie stand aufrecht da und starrte ins Leere, und dabei bewegte sie fortwährend ihre Lippen. Ranek glaubte zuerst, daß sie von Sinnen sei, aber dann sah er, daß sie bloß betete.

Seit jenem nächtlichen Zwischenfall im Hausflur wich Debora ihm aus. Wenn er sie ansprach, drehte sie den Kopf weg oder ging einfach aus dem Zimmer. Ranek war überzeugt, daß sie ihm keine Vorwürfe machte. Schließlich war Fred tot und brauchte den Zahn nicht mehr, und jeder andere an seiner Stelle hätte dasselbe getan. Es ist nicht, weil du es gemacht hast, sagte er sich, sie kann nur nicht vergessen, wie du es gemacht hast. Sie hätte es nicht sehen dürfen. Es war zuviel für sie.

Einmal verfolgte er sie auf der Straße. Er wußte, daß sie den ganzen Tag im Getto herumgeirrt war und Abfälle gesucht hatte; er wußte, daß sie hungrig war und verbraucht und dem Umfallen nah. Sie lief wie ein gehetztes, verwundetes Tier vor ihm auf der Straße her, taumelnd und sich mit letzter Kraft zu schnellerem Gehen aufraffend. Ranek holte sie leicht ein. Er packte sie am Arm. »Was hast du nur?« herrschte er sie an. »Kannst du die Sache nicht vergessen?« Er holte die Reste des Käses aus der Tasche. »Hier! Das ist dein Anteil von dem Zahn. Ich hab' ihn extra für dich aufgehoben!« Er wollte ihr den Käse in die Hand drücken, aber sie riß sich entsetzt von ihm los; der Käse fiel auf die Straße. Er bückte sich fluchend und hob ihn auf.

Unlängst war Moisches Frau ausgegangen und nicht wieder nach Hause gekommen. Niemand wußte, wo sie geblieben war. Die Leute foppten Moische und stichelten ihn; sie sagten zu ihm, daß seine Frau sicher wieder ins Bordell zurückgekehrt wäre und daß er sie dort besuchen sollte. Das war natürlich Unsinn. Die Frau war auf der Straße geschnappt und verschleppt worden; das war die einzige Erklärung.

Debora hatte die Pflege des Kindes übernommen, ohne viel Worte zu machen. Warum tut sie das? fragte Ranek sich. Er verstand sie nicht, aber er merkte, daß sie ruhiger geworden war und nicht mehr so zu leiden schien, seitdem sie sich mit dem Kind abgab.

Neulich, am Abend, badete sie es. Ranek schaute ihr verstohlen zu. Sie schrubbte es, und dabei schrie das Kind aus Leibeskräften, daß es einem schier das Trommelfell zerriß. Dann trocknete sie es ab, packte es in Windeln und wiegte es in den Schlaf. Wie immer, wenn sie das Kind wiegt, wiederholt sich derselbe Vorgang, bei dem Ranek sinnlose Eifersucht empfindet. Sie murmelt dann: »Pst ... pst, sei doch still, die Mama kommt gleich ... kommt gleich.« Und dann singt sie irgendein rumänisches Wiegenlied mit leiser, zärtlicher, geduldiger Stimme: »Heida lula, heida lula, der Vater ist auf dem Feld und pflückt Mais ... Mais für das Kind ... für das Kind.«

Er wußte, daß sie in solchen Augenblicken der Hingabe nicht mehr an Fred dachte. Ihr Kopf war dann tief über das Kind gebeugt; der schlichte Haarknoten hatte sich gelöst, und die langen, seidenen, dunklen Flechten fielen über ihre Schultern. Und so wie einst, wenn sie am Klavier träumte oder am Sabbat beim Gebet, immer wenn sie ganz in sich versunken war und sich unbeobachtet glaubte, so fiel ihm auch jetzt wieder auf, wie wunderbar beseelt ihr Gesicht war. Es war traurig, aber es leuchtete zugleich.

Ranek erinnert sich noch an das Gespräch mit Sigi vor einigen Tagen, das ihm sehr unangenehm gewesen und fast in einen Streit ausgeartet war.

»Man merkt dir an, daß du den Bankert nicht leiden kannst«, hatte Sigi gesagt. »Wenn Debora ihn badet, machst du Augen, als wolltest du ihn am liebsten umbringen.«

»Red keinen Quatsch!«

»Du bist eifersüchtig; möchtest wohl selbst noch gebadet werden, was?«

»Halt dein dreckiges Maul, verflucht!«

Sigi aber war unbeirrt fortgefahren: »Spaß beiseite. Ich weiß, daß du sie brauchst. Ein Mann ist doppelt soviel wert, wenn er 'ne Frau bei sich hat, auch wenn er nichts mehr bei ihr machen kann. Aber 'ne Frau braucht man, nicht wahr? Wir können alle nicht auf die Dauer allein sein.« Sigi räusperte sich und wußte nicht mehr weiter.

Ranek hockt noch immer unter dem Fenster und raucht; er hatte sich eine Zigarette nach der anderen angesteckt. Es war zum Verrücktwerden. Er konnte heute nacht keine Ruhe finden.

Jetzt zieht er noch einmal an der nassen Zigarette, dann zerkrümelt er sie langsam und drückt die Funken auf dem Fußboden aus. Er steht plötzlich auf. Er steht unbeweglich im Dunkeln und blickt in die Richtung, wo er Debora vermutet.

Sie schläft längst nicht mehr im Hausflur. Dort drüben an der langen Wand liegt sie, direkt unter dem Brett mit den leeren Kleiderhaken. Er geht jetzt vorsichtig zu ihr hinüber. Es ist nicht zum erstenmal, daß er sich nachts ihrem Schlafplatz nähert. Aber er rührt sie nie an. Und auch jetzt hockt er sich bloß stumm neben sie hin. Sie schläft tief und fest. Sie atmet so leise wie ein Kind. In ihrer Nähe ist die Nacht nicht so trostlos. Wenn man ihr nahe ist, dann hat man das Gefühl, als wären die vielen fremden Menschen nicht mehr da, als wäre die verpestete Luft in diesem Zimmer auf einmal rein geworden. Von Debora ging was Sauberes aus, und das tat einem gut.

Später schlurft er wieder zurück zum Fenster. Das Fenster ist offen. Er lehnt sich weit hinaus und füllt seine Lungen mit Luft. Nach einer Weile bemerkt er eine Männergestalt, die sich leise nähert und sich dann neben ihn hinstellt.

»Was ist los, Sigi? Kannst du auch nicht schlafen?«

»Auch nicht.«

»Ja, verflucht.«

»Komisch, dabei ist es so still draußen. Die Polizei kümmert sich nicht mehr um uns. Manchmal kommt's mir vor, als hätten die Behörden das Nachtasyl vergessen.«

»Sie haben uns nicht vergessen.«

»Dann ... warum?«

»Sie wollen, daß wir hier friedlich verrecken.«

»Ich glaube, du hast recht.«

»So ist's mir lieber«, grinst Ranek.

Sigi nickt. Er fragt plötzlich: »Willst du 'n bißchen in den Büschen spazierengehen? Vielleicht finden wir wieder einen Toten?«

»Nein ... nicht heute nacht.«

»Wir waren doch gestern ... und wir fanden was; vielleicht haben wir heute wieder Glück?«

»Keine Lust«, sagt Ranek.

»Hast Schiß in den Hosen, was?«

»Laß mich in Ruhe. Leg dich wieder hin.«

Sigi grunzt irgend etwas, und dann gähnt er und schlurft wieder zurück auf seinen Schlafplatz.

Ranek denkt: Der Kerl hat recht. Du hast Angst. Es war ja auch unheimlich gewesen ... gestern nacht ...

Und er erinnert sich jetzt schaudernd daran, wie er und Sigi gestern nacht umhergeirrt waren: Es war Vollmond, und auf den dünnen Zweigen der Büsche spielte silbernes Licht; es knisterte und knackte in der Natur ringsum, und die Schatten ihrer eigenen Gestalten folgten ihnen wie zwei Wächter. Nach einer Weile wollte Ranek umkehren, jedoch Sigi sagte immer wieder: »Wir werden was finden ... wir werden was finden ... irgendein Obdachloser wird doch krepiert sein ... wir müssen was finden.«

Und dann fanden sie wirklich, was sie suchten: eine splitternackte Frau. Sie hing tot im Gestrüpp.

»Schon ausgeraubt«, sagte Ranek zu Sigi, »wir kommen eben mal wieder zu spät.«

Sigi nickte. Dann aber zuckte er zusammen. »Guck mal, dort! Was ist das?«

Auch Ranek hatte den Gegenstand bemerkt, der etwas abseits auf dem Pfad lag. Sie liefen beide hin.

»Eine Handtasche«, rief Sigi verblüfft.

Ranek lachte. »Der Kerl, der die Kleider stahl, muß es sehr eilig gehabt haben, wenn er die Tasche übersehen hat.«

Sie öffneten die Tasche. Eine Puderdose waren drin und ein Kamm, dem ein paar Zähne fehlten. Sonst nichts. Nichts.

Sie zankten eine Weile miteinander, weil sie sich nicht einig werden konnten. Schließlich entschied Sigi sich für die Tasche; es war eine Stofftasche, die nicht viel wert war. Ranek nahm die

Puderdose und den Kamm.

Irgendwo gackert eine Henne. Davon erwacht Moische. Nanu, denkt er, verflucht, es ist doch noch tiefe Nacht, und die Hühner gackern schon? Er richtet sich verschlafen auf. Wo gibt's denn eigentlich hier Hühner in der Nähe? Er starrt kopfschüttelnd auf das offene schwarze Viereck des Fensters, wo sich die Silhouette einer Gestalt mit Hut abzeichnet. Das ist Ranek, denkt er.

Er ruft jetzt leise: »Ranek!«

Ranek zuckt zusammen. Dann kommt er langsam herangeschlurft.

»Was gibt's denn, Moische?«

»Hören Sie nichts?«

»Das kommt aus dem Hof«, flüstert Ranek. »Dvorski hat wieder mal Hühner auf Lager; er schlachtet sie immer nachts auf der Latrine, damit die Leute in seinem Keller es nicht sehen.«

»Dem geht's gut, was?«

»Der hat hier im Getto den großen Treffer gemacht; frißt heut besser als vor dem Krieg. War damals nur 'n lausiger Kutscher.«

»So ist es«, sagt Moische, »wenn sich die Zeiten ändern, schwimmt der Dreck nach oben.«

Sie lauschen noch eine Weile. Das Gackern wird zum ängstlichen Gezeter, und dann wird es plötzlich still.

Moische zündet sich eine Zigarette an. Er hält das Streichholz hoch und bemerkt, daß Ranek etwas in der Hand hält.

»Was haben Sie da?«

»'ne Puderdose«, sagt Ranek, »und 'nen Kamm.«

»Woher?«

»Gefunden.«

»Wollen Sie das verkaufen?«

»Ja. Haben Sie Interesse dafür?«

»Nein, ich nicht. Frage nur.«

»Der Kamm ist nichts wert. Den behalt' ich für mich. Aber die Dose ist gut.«

»Dvorski wird sie Ihnen abkaufen.«

»Dvorski will sie nicht. Ich hab' ihn schon gefragt.«

»Sie finden bestimmt einen Käufer.«

»Klar.«

»Zeigen Sie mal her.«

Ranek gibt ihm die Dose. Moische zündet wieder ein Streichholz an. Ein billiges Stück, denkt er, geschmacklos. Er sieht auf dem Deckel ein Bild aus der Rokokozeit: eine Frau mit silberner Perücke. Sie hält einen kleinen Spiegel in der schmalen Hand und lächelt geziert.

Moische grinst. »Schön«, sagt er.

»Nicht wahr?«

»Darf ich mal riechen?«

»Wenn's Ihnen Spaß macht.«

Moische öffnet die Dose und schnüffelt. »Kein Puder mehr drin«, sagt er enttäuscht.

»Wenn Sie 'n bißchen Phantasie haben«, sagt Ranek, »dann riechen Sie noch was.«

»Ich rieche nichts«, sagt Moische, »gar nichts; glauben Sie mir, es ist nicht mal 'n Duft von Puder da. Die Person, der die Dose gehörte, hat sie wahrscheinlich ausgewaschen; manchmal benützt man solche Dosen auch für was anderes; ich meine, wenn der Puder alle ist ... und ...«

»Es waren Strumpfbänder in der Dose«, sagt Ranek, »sie waren zerrissen, und ich hab' sie fortgeworfen.«

Moische sagt wieder: »Sie war ausgewaschen.«

Ranek nimmt ihm die Dose aus der Hand, und er riecht jetzt wieder daran und sagt: »Mir kommt's trotzdem vor, als riecht's nach Puder.«

Ranek schlurft zurück zum Fenster. Komischer Kauz, denkt Moische. Er legt sich wieder hin. Er stößt aus Versehen das Baby, und jetzt wacht es auf und beginnt zu wimmern. »Pst«, macht Moische, »pst ... pst.« Es hilft nichts.

»Bankert«, flucht er, »du lausiger, kleiner Bankert.« Und er denkt: Wenn's nicht meiner seligen Frau zulieb wär' ... Er nimmt das Baby verzweifelt in seine Arme und wiegt es. Er versucht es mit dem Schlaflied: »Heida lula, heida lula ...«, aber er hat den Rest der Strophe vergessen, und jetzt kann er sich nicht mehr daran erinnern.

Unlängst hatte Debora ihn gebeten, ihr das Kind nachts zu überlassen, aber er hatte abgelehnt, weil er nicht wollte, daß das Kind auf dem dreckigen Fußboden schlief. »Es ist schon gut«, hatte er zu ihr gesagt, »Sie tun ohnehin genug für das Kind. Lassen Sie's nur mit mir.«

Jetzt weiß er sich keinen Rat mehr. Er klettert seufzend von der Pritsche herunter, um Debora zu rufen; dann aber, als er mit dem Kind vor ihrem Schlafplatz steht, bringt er's nicht übers Herz, sie zu wecken. Die hat 'n festen Schlaf, denkt er. Kein Wunder nach der langen Zeit im Hausflur.

Er lenkt seine Schritte im Dunkeln in die Richtung des Küchenherdes. Das Halsband mit den drei Totenzähnen, denkt er ... klar, daß dir das nicht gleich eingefallen ist ... das Halsband hängt doch am Ofenrohr, und daneben die Puppe Mia, beides Fetische, die dem Roten gehören; aber der Rote wird's nicht merken, wenn du das Zeug für ein paar Minuten nimmst, so daß das Kind damit spielt.

Moische zündet wieder ein Streichholz an und zeigt dem Kind die Puppe; er hakt die Puppe los und gibt sie dem Kind, und dann nimmt er die Fingerchen und drückt sie gegen das eine Glasauge, aber das Kind will offenbar nichts vom Puppenspielen wissen, denn es stößt die Puppe immer wieder weg, und deshalb hängt Moische sie zurück ans Ofenrohr.

Er versucht es nun mit den Totenzähnen, und er zündet wieder ein Streichholz an und schwenkt das Halsband über der Flamme hin und her, und dabei sagt er fortwährend: »Sieh mal, was für ein schönes Kettchen, was für ein schönes Kettchen.« Und jetzt streckt das Kind die Händchen aus, greift nach den Zähnen und hört zu weinen auf.

Moische legt das Kind wieder auf die Pritsche. Er läßt es eine Weile mit den Zähnen spielen. Und später, nachdem es eingeschlafen ist, schleicht er zurück zum Herd und hängt die Zähne wieder neben die Puppe.

2

Die Bucklige saß schon mehrere Stunden bettelnd vor der Hoftür des Bordells. Sie hatte nicht viel eingenommen; das Geschäft war an dieser Stelle des Hauses immer schlecht, weil die Leute, die ab und zu von der Straße durch den Seiteneingang traten, um im Bordellkeller ihre Notdurft zu verrichten, meistens selber arme Schlucker waren. Da waren zwar die vielen Spaziergänger, die gemächlich auf dem Trottoir vorbeischlenderten, aber die taten so, als ob sie die Bucklige nicht sähen. Das Leben war einmal leichter gewesen, als sie noch vor der großen Hauptpforte sitzen durfte und den Soldaten, die meistens ein wenig besoffen aus dem Haus torkelten und guter Laune waren, ihre Hand entgegenstreckte; in der letzten Zeit aber ließ der Portier sie nicht mehr dort sitzen.

Jetzt blickte sie verstohlen zum Portier hinüber, der faul an der Eingangstür lehnte und wie gewöhnlich an seiner Pfeife zog. Er beachtete sie nicht. Sie konnte jetzt sehen, wie er schläfrig einer Hure zunickte, die geziert aus dem Haus tänzelte.

Die Bucklige spuckte aus; das galt dem Portier; sie paßte natürlich auf, daß er es nicht sah. Dieser aufgeblasene Affe, dachte sie ärgerlich, und ihr fiel ein: Ein Denunziant ist er auch; hat schon oft Leuten was ausgewischt, die er nicht leiden konnte. Den hängen sie bestimmt, wenn der Krieg vorbei ist. Sie grinste jetzt vor sich hin, weil sie sich vorstellte, wie der Portier wohl aussehen würde ... mit 'nem Strick um 'n Hals. Sie fing dann leise zu kichern an, denn der Hunger gaukelte ihr plötzlich wieder seltsame Dinge vor. Nun konnte sie's genau sehen ... wie er, der Portier, an einem krummen Haken über der Bordellpforte hing. Jemand hatte ihm zum Spaß die plumpe, braune Pfeife in den starren Mund gesteckt; an seiner Jacke klebte ein Zettel, auf dem mit roter Tinte geschrieben stand: Ein Denunziant! Darunter ein fremdsprachiges Siegel.

Die Bucklige klapperte wieder mit dem Bettelnapf, es war eine unbewußte Bewegung, und das laute Geräusch ließ sie wieder zu sich kommen. Diese verdammten Kopfschmerzen, dachte sie, diese verdammten Kopfschmerzen.

Heute war die Stadt wieder mal ein richtiger Backofen. Obwohl es jetzt schon spät am Nachmittag war und die unbarmherzige Sonne längst nicht mehr über der Straße stand, hatte die Hitze nicht nachgelassen. Der Verkehr auf der Puschkinskaja rollte wie eine müde Walze dahin. Wolken aus aufgewirbeltem Staub lagerten in der Luft und erschwerten das Atmen. Die Bucklige blickte mit schmerzendem Kopf auf die vielen Menschen, die so sinnlos hin und her gingen; weiter oben auf der Straße tauchten holzbeladene Pferdewagen auf, eine lange Reihe, die langsam und ächzend herangeschaukelt kam; vor dem Bordell kam die Wagenreihe ins Stocken; die Kutscher riefen derbe Schimpfworte in die offenstehenden Fenster; einer von ihnen fing zu singen an, ein ordinäres Lied, das heiser und brüchig aus seiner Kehle kam; dann zogen die schwitzenden Pferde wieder an, und die Wagen schaukelten weiter. Die Bucklige blickte ihnen stumpf nach. Die fahren zur Säge, dachte sie ... zur Säge ... zur Säge ... dort, wo sie den neuen Bahnhof gebaut haben, ist doch auch 'n Sägewerk. Sie murmelte eine lallende Verwünschung, weil sie sich entsann, daß sie selbst Sägespäne zum Unterstreuen brauchte; dann fing sie wieder mit dem Blechnapf zu klappern an und starrte auf die gleichgültigen Gesichter der Vorübergehenden und dachte an nichts mehr. Sie spürte nach einer Zeit auch keine Kopfschmerzen mehr; sie war nur noch eine Maschine, die mit dem Blechnapf klapperte, klapperte und klapperte und klapperte.

Plötzlich aber zuckte sie zusammen. Da kam jemand vorbeigeschlurft, den sie gut kannte. Eine taumelige Gestalt ... ein unrasiertes Gesicht ... ein zu großer, verbeulter Hut. Auch er beachtete sie nicht. Er ging einfach vorbei ... Das ist doch Ranek, dachte sie.

Ranek ging wie ein Storch; er sah aus, als hätte er Angst, fest aufzutreten, wie jemand, dem die heiße Straße schmerzhaft durch die dünnen Lappen brannte. Sie bemerkt: Ein langer Riß in seinen Hosen, der vom Hosenboden bis hinunter zu den Schenkeln lief. Und sie denkt: Der ist aber runtergekommen ... in den letzten Monaten ... dem schaut ja schon das nackte

Fleisch aus den Hosen.

Ranek trieb mit dem Menschengewühl vorwärts. Auf einmal aber blieb er stehen, ruckartig, als wollte er sich gegen die Masse stemmen und sich nicht mehr von ihr weiterschwemmen lassen. Ranek kam zurück. Er steuerte direkt auf sie zu. Er grüßte nicht. Er beugte sich zu ihr herab und fragte kurz: »Wissen Sie nicht, wann der Portier weggeht?«

Sie schüttelte den Kopf.

»Ich muß ins Bordell«, sagte Ranek hastig, »ich hab' was zu verkaufen; ich muß heut noch rauf.«

Seine Hände wischten nervös über das schmutzige Gesicht; in seinen Augen stand ein fiebriger Glanz.

Der ist auch nicht mehr ganz in Ordnung, dachte sie mitleidig, während ihre Augen fragend über sein Gesicht huschten.

»Heut hat der Portier sich nicht mal 'ne Mittagspause gegönnt«, sagte sie, »das Schwein will sich einfach nicht mehr vom Fleck rühren, steht den ganzen lieben Tag auf dem Posten und paßt auf. Da kann man nichts machen. Was haben Sie denn zu verkaufen?«

»Das geht Sie 'n Dreck an«, sagte Ranek.

»Vielleicht kann ich Ihnen helfen?«

Ranek überlegte. Dann sagte er: »'ne Puderdose. Dachte, daß die Huren so was brauchen können.«

»Glaube kaum. Die haben so 'n Zeug. Die sind doch mit allem versorgt.«

Sie rückte etwas zur Seite und forderte ihn nun auf, neben ihr Platz zu nehmen. Ranek schien diese einladende Geste nicht besonders zu imponieren, aber da seine Füße schmerzten, kam er ihr dann doch nach.

»Ruhen Sie sich erst mal 'n bißchen aus«, sagte sie, »und

versuchen Sie's später beim Friseur. Der handelt doch mit allem möglichen.«

»Sie haben recht«, sagte Ranek. »Das ist keine schlechte Idee.« Er drehte sich eine Zigarette.

»Was ist das für Tabak?« fragte sie neugierig.

»Selbstgemachter.«

»Aus Stummeln?«

»Diesmal nicht.«

»Aus Tabakblättern?«

Er schüttelte den Kopf.

»Also getrocknetes Gras?«

»So was Ähnliches«, grinste er, »genau weiß ich's selber nicht, was es ist.«

»Also Ihre eigene Mischung. Lassen Sie mich mal versuchen.«

Er fabrizierte eine zweite Zigarette und gab sie ihr. Aber er nahm sich zuerst Feuer.

»Sie sind nicht gerade höflich«, lächelte die Bucklige, »macht aber nichts; es ist immerhin nett von Ihnen, daß Sie mich traktieren.«

Sie rauchten; sie blickten nun schweigend auf die glühende, staubige Straße. Vor der Hauptpforte unterhielt sich der Portier mit einer Hure. Er sagte in diesem Moment: »Erlauben Sie mal. Will nur für 'nen Augenblick dort rübergehen, um die beiden Bettler wegzujagen.«

»Die Frau sitzt doch immer dort«, warf die Hure ein.

»Aber nicht der Mann«, sagte der Portier, »wenn man nicht scharf genug ist, werden's immer mehr. Bald haben wir hier 'n ganzes Bettlerregiment vor dem Bordell.«

»Ach, lassen Sie doch die Armen in Ruhe«, kicherte die Hure, und sie hielt den Portier am Ärmel zurück.

»Ich hab' oft nach Ihnen Ausschau gehalten«, sagte die Bucklige jetzt zu Ranek, »aber ich konnte Sie nicht finden.«

»Was wollten Sie denn?«

»Ich wollte Sie wegen was um Verzeihung bitten.« Sie räusperte sich umständlich. »Ich hatte Sie mal wegen was verdächtigt; dachte ... daß Sie Geld von mir gestohlen hätten. Sie erinnern sich doch? Wir waren mal allein im Hof. Sie und ich. Bestimmt erinnern Sie sich noch dran, nicht wahr? Als Sie wieder fortgingen, fehlte das Geld im Blechnapf. Ich dachte: Der hat's geklaut. Aber dann sagte ich mir: Nein, der macht so was nicht. Hat dir doch 'n Apfel geschenkt. Er wird doch nicht jemanden beschenken, um ihn dann zu bestehlen; das reimt sich nicht zusammen, nicht wahr? Und dann sagte ich mir: Du hast das Geld wahrscheinlich verloren.«

Ranek lachte leise. Und jetzt lachte auch die Bucklige.

»Wie komisch«, kicherte sie, »in was für Situationen die Menschen manchmal geraten.«

»Das ist urkomisch«, sagte Ranek, und er fügte ernst hinzu: »Mich hat noch nie jemand wegen 'ner schiefen Sache verdächtigt.«

»Sie sind eben ein anständiger Mensch«, sagte die Bucklige.

Ranek nickte.

»Und zu anständigen Menschen hat man Vertrauen ... Vertrauen, das ist der Lohn dafür.«

»Sie haben vollkommen recht«, sagte Ranek. Sie grinsten sich beide eine kurze Weile an, und dann blickten sie wieder auf die Straße.

Ein hochgewachsener Mann kam aus dem Hof, ging wortlos an ihnen vorbei und verschwand im Gewühl der Straße.

»Den kenne ich«, sagte Ranek.

»Der wohnt erst seit kurzem hier«, sagte die Bucklige, »den kennen Sie bestimmt nicht.«

»Doch, ich kenne ihn. Ich hab' ihn an seinem eitrigen Schädel erkannt.«

»Heutzutage gibt's 'ne Menge Leute mit eitrigen Schädeln.«

»Das stimmt. Aber ich kenne ihn trotzdem.«

»Der hat mal im Kaffeehaus gewohnt«, sagte die Bucklige.

Ranek nickte. »Ich wußte, daß es keine Täuschung war.«

»'ne Menge Leute aus dem Kaffeehaus wohnen jetzt hier bei uns«, sagte sie, »seitdem beim Lupu das Feuer ausbrach.«

»Wie lange ist's seit dem Brand her?«

»'ne Woche ungefähr. Wußten Sie's nicht?«

»Doch, aber ich dachte, es ist schon länger her; manchmal verliert man das Zeitgefühl.«

»Das geht uns allen so«, sagte sie, und sie fügte leise hinzu: »War 'ne furchtbare Sache, dieser Brand.«

»Sind viele Leute dabei umgekommen?«

»Die meisten«, sagte sie. »Der Eitrige hat mir genau erzählt, wie's zuging. Es war in der Nacht, und bis die Leute richtig aufwachten und wußten, was eigentlich los war, brannte bereits das ganze Zimmer. Stellen Sie sich das mal vor: die vielen Leute ... und die Verwirrung ... und die verriegelte Tür ... und dann wollte jeder als erster durchs Fenster raus, aber das ging natürlich nicht.«

»Das ist schlimm«, sagte Ranek. »Lebt der Itzig?«

»Der ist kerngesund«, sagte sie. »Er renoviert schon wieder.«

»Und seine Frau?«

»Die ist umgekommen.«

»Schade. War 'ne gutmütige Person.«

»Sprechen wir lieber von was anderem«, sagte die Bucklige,

»es gibt doch erfreulichere Dinge.«

»Natürlich«, sagte er. Jedoch weder er noch sie wußte etwas Erfreuliches zu berichten, und deshalb verfielen sie wieder in Stillschweigen. Nach einer Weile kamen wieder Leute aus dem Hof: erst ein Mann und dann eine Frau und dann zwei Kinder.

»Wohnen die auch hier?«

»Ja, alle vier. Ist aber keine Familie.« Sie lächelte: »Ein einzelner Mann … und 'ne einzelne Frau … und die Kinder … auch für sich.«

»Die Kinder gehören doch zusammen.«

»Ja, aber nicht zu dem Mann und nicht zu der Frau.«

»Das weiß ich.«

»Sie kennen sie also?«

»Von der Straße her«, sagte er, »die sind doch weit und breit bekannt.«

»Der Zigarettenjunge und das Zigarettenmädel«, lächelte sie.
Ranek nickte.

»Ein kleiner Schreihals, dieser Junge«, sagte er. »Ich kann seine Stimme nicht ertragen.«

»Sie meinen das Lied, das er immer singt … das Zigarettenlied?«

»Ja, das Lied und die Stimme, 'n heiseres Lied und 'ne heisere Stimme. So heiser wie die Stimmen der Pferdekutscher. Noch heiserer.«

»Sie reden doch auch 'n bißchen heiser. Oder wußten Sie das nicht?«

»Aber so 'n Wurm von 'nem Bengel«, sagte er, »so 'n Wurm mit so 'ner Stimme …«

»Ja, das geht einem auf die Nerven. Das stimmt schon. Dafür ist die Kleine süß. Ein sehr süßes Kind. Sie heißt Ljuba.«

»So, also Ljuba?«

»Die singt nie auf der Straße.«

»Warum nicht?«

»Weil der Junge das nicht will. Weil er nicht will, daß sie so heiser wird wie er.«

»Das nennt man Liebe«, grinste er.

Ihm fiel etwas ein. »Doch … einmal hab' ich auch die Kleine auf der Straße singen hören.«

»Vielleicht konnte der Junge gerade nicht«, sagte sie, »vielleicht hat er gerade was gegessen. So was kommt ja vor. Wundert mich aber trotzdem, daß er sie gelassen hat.«

»Ja, sehen Sie; so ist das.«

»Es wundert mich trotzdem, daß er sie gelassen hat«, sagte sie wieder kopfschüttelnd.

Sie fragte: »Hat sie gut gesungen?«

»Sehr schlecht«, sagte er. »Zu leise.«

»Zu leise?«

»So leise, daß man's kaum hören konnte. Sie hat auch nichts verkaufen können.«

Die Bucklige nickte. »Die Leute hören nicht auf leise Stimmen«, sagte sie nachdenklich, »man muß schon laut schreien, um verstanden zu werden. So sind die Leute.«

»Ja, sehen Sie, so ist das«, kicherte er. Er drehte sich wieder eine Zigarette. Er spuckte aufs Zeitungspapier und fragte: »Wollen Sie auch noch eine?«

»Nein, danke. Mir wird sonst übel.« Sie blickte ihn erstaunt an. Wie nervös der vorhin war, dachte sie; jetzt ist er plötzlich guter Laune. Ein komischer Mensch. Vielleicht tut's ihm gut, ein bißchen zu schmusen. Sie zeigte jetzt hinüber zu der großen Eingangstür. »Gucken Sie mal dorthin«, flüsterte sie, »die große

Blonde, mit der der Portier spricht …«

»Was ist denn mit der?«

»Raten Sie mal, wer das ist.«

»Eine aus dem Bordell«, grinste er, »eine, die ihren Hintern verkauft. Wer soll das schon sein?«

»So was sagt man nicht. Das ist häßlich. So was sagt man nicht. Die machen das auch nicht zum Spaß.«

Sie flüstert: »Sie ist eine von den Rückkehrern.«

Er verstand nicht sofort, was sie meinte. Sie sah, wie er nachdenklich auf die Beine der großen Blonden starrte und dabei den Rauch seiner Zigarette in die Luft stieß.

»Im Frühling«, flüsterte sie. »Sie müssen sich doch noch dran erinnern können? Im Frühling wurden die Huren alle zum Bug deportiert. Ein paar sind wieder zurückgekommen.«

»Was sagen Sie da?« Er wachte plötzlich auf.

»Ich sagte: Zurück vom Bug.«

»So was gibt's nicht.«

»Glauben Sie, daß ich Ihnen Märchen erzähle. Ich sitze hier jeden Tag … jeden Tag … ich weiß, was hier vorgeht.«

»Ich kannte mal eine. Die hieß Betti. Die haben sie damals auch geschnappt.« Er beschrieb genau, wie sie ausgesehen hatte.

»Nein, die ist nicht unter den Rückkehrern«, sagte die Bucklige. Und sie fügte hinzu: »Wenn sie nicht unter den Rückkehrern ist, dann hat man sie erschossen.«

Sie beobachtete ihn mit zusammengekniffenen Augen. Sie sah, daß ihm die Zigarette aus der Hand gefallen war, und sie dachte: Hättest ihm das nicht erzählen sollen. Das hättest du nicht … das hättest du nicht …

»Ich glaube Ihnen nicht«, sagte er plötzlich.

»Das mit den Rückkehrern?«

»Doch, das glaub' ich jetzt, aber das mit der Betti glaub' ich nicht.«

»Die haben Sie gern gehabt, nicht wahr?«

»Sie hat mir mal was zu fressen gegeben«, sagte er.

»Wie gern Sie die gehabt haben müssen«, sagte sie erschüttert, und sie fühlte, wie ihre Augen vor Mitleid feucht wurden.

»Wette, daß sie wieder oben im Bordell ist«, sagte er, und sie sah jetzt wieder den irren Glanz in seinen Augen. Gott, dachte sie, mein Gott, du lieber Gott. Die hat ihm was zu fressen gegeben. Jetzt hast du ihm Appetit gemacht.

»Ich muß mal rauf«, stieß er aus, »ich muß rauf ins Bordell. Ich muß mal nachsehen.«

»Sie wissen überhaupt nicht mehr, was Sie wollen«, sagte sie vorwurfsvoll, »erst wollen Sie wegen der Puderdose dort rauf; und jetzt wegen 'ner Frau. Sie sind ja vor Hunger schon ganz duselig. Ein Mensch muß sich doch beherrschen können.«

Er wollte aufstehen, aber sie sagte schnell: »Machen Sie jetzt um Himmels willen keine Dummheiten. Gehen Sie nicht rauf! Der Portier ist gefährlich; er wird die Polizei rufen und Sie festnehmen lassen. Es ist doch für unsereins verboten. Warten Sie, bis er weggeht!«

»Sie glauben also doch, daß er später weggeht? Vielleicht ruft man ihn ins Haus … wie?«

»Das weiß ich nicht. Aber er geht ja ab und zu mal pissen; er ist zwar ein Halunke, aber doch ein Mensch, nicht wahr … und dann … dann ist die Tür frei; dann können Sie rauf.« Sie lächelte mitleidig. »Aber glauben Sie mir, es ist keine da, die Betti heißt.«

Ranek erhob sich.

»Wollen Sie jetzt zum Friseur?«

»Ja.«

»Gehen Sie ruhig. Ich rufe Sie später, wenn der Portier weg ist«, und sie fügte scherzend hinzu: »Dann können Sie meinetwegen ins Bordell gehen und nach dem toten Frauenzimmer Ausschau halten.«

3

Ranek taumelte über die Straße. Ein alter Mann lehnte schief und stumm am verblichenen Schaufenster des Friseurladens. Ranek rührte ihn leicht mit dem Fuß an. Der alte Mann kippte um und fiel vor die Tür; Ranek stieg gleichgültig über ihn hinweg, öffnete die quietschende Tür und trat ein.

Der Raum war verraucht. Die Wartenden saßen wie gewöhnlich auf dem Fußboden, ein paar lehnten im Halbschlaf an der Wand, die meisten aber starrten ungeduldig auf den zierlichen Rücken des schwulen Friseurs und rauchten, um sich die Zeit zu vertreiben. Auch auf der Kante des schäbigen Toilettentisches brannte eine Zigarette; die Kante war schon angekohlt.

Als Ranek eintrat, wetzte der kleine Lehrjunge mit den ondulierten Haaren gerade ein krummes Messer auf einem alten Lederriemen, und der Friseur war damit beschäftigt, einen Kunden einzuseifen. Ranek sah das feiste Gesicht des Kunden deutlich im Spiegel; er erkannte es sofort: der fette Schieber, den er mal im Kaffeehaus getroffen hatte.

Ranek wartete in der Nähe der Tür. Niemand richtete ein Wort an ihn. Der Dicke betrachtete Ranek schläfrig im halbblinden Spiegel, aber offenbar hatte er ihn nicht erkannt. Der kann sich sicher nicht mehr an dich erinnern, dachte Ranek. Er bemerkte, daß der Junge jetzt mit dem Schleifen fertig war; der

Junge reichte dem Schwulen ein Messer, dann drehte er sich um und kam auf Ranek zu.

»Wollen Sie sich rasieren?« Der Junge musterte mißtrauisch Raneks Gesicht, dann seinen zerfetzten Anzug. Er fragte wieder: »Wollen Sie sich rasieren?«

Ranek schüttelte den Kopf.

»Also Haarschnitt«, sagte der Junge. »Sie müssen warten, bis Sie an der Reihe sind.« Mit diesen Worten machte der Junge wieder kehrt.

Jetzt drehte sich der Friseur um und feixte: »Habe leider keinen übrigen Sessel für Sie, aber wenn Sie 'n bissel warten wollen, der Herr ist gleich fertig, und die anderen Herren lassen sich nur die Köpfe rasieren; das geht schnell.«

Der Friseur wischte seine Seifenfinger an der schmutzigen Schürze ab; er hatte das Messer vorhin auf den Toilettentisch gelegt – neben die brennende Zigarette –, und jetzt nahm er es in die Hand. »Darf ich Ihre Zigarette ausmachen?« fragte er den Dicken zaghaft.

»Nein, lassen Sie nur ...«

»Sie verbrennt mir den Tisch.«

»Sie könnten sich wirklich mal 'n Aschenbecher anschaffen.«

»Ja«, sagte der Friseur leise. Er näherte die frisch geschärfte Messerschneide dem Gesicht.

»Passen Sie auf«, sagte der Dicke ängstlich.

»Aber ich bitte Sie«, flüsterte der Schwule beleidigt.

»Meine Haut ist so empfindlich«, sagte der Dicke, »Sie wissen doch ...«

»Ich rasiere Sie doch jeden Tag«, sagte der Schwule, »und Sie sagen mir immer dasselbe; dabei ist Ihre Haut nicht im geringsten aufgeschürft.«

»Das Brennen nachher«, sagte der Dicke.

»Ich hab' 'ne leichte Hand«, sagte der Schwule.

»Ja, ich weiß. Vielleicht können Sie mir diesmal etwas Creme geben? Haben Sie Creme?«

»Ja, selbstgemachte; die ist gut.«

Der Dicke brummte befriedigt.

Einer der Kunden auf dem Fußboden sagte jetzt laut: »Der hat keine Sorgen mit seiner Glatze; unsereins muß sich den Kopf rasieren lassen.«

Der Dicke kicherte: »Seien Sie doch froh, daß Sie noch Haare haben.«

Der Schwule sagte: »Die müssen sich immer beklagen.«

Der Dicke: »Glauben Sie mir, auf die Haare kommt's nicht an; Geld muß man haben; dann laufen einem die Weiber nach.«

»Das stimmt«, sagte der Schwule unsicher.

»Geld«, kicherte der Dicke, »das ist die Hauptsache; die sind alle nur neidisch auf mich; wissen Sie, können's nicht vertragen, wenn jemand im Leben vorwärtskommt.«

»Sie haben vollkommen recht«, sagte der Schwule ehrerbietig.

Der Dicke tastete nach seiner Zigarette, aber da sein schwerer Kopf auf der Sesselstütze ruhte und er sich jetzt nicht aufrichten konnte, fand er sie nicht. »Reich mir doch mal die Zigarette, Kleiner«, sagte er zu dem hübschen Lehrling, worauf der Junge gleich hinsprang.

»Sonst rauch' ich nur ›Nationale‹«, sagte der Dicke entschuldigend, »ist 'ne teure Marke, aber man kriegt sie nicht immer; diesmal ist's 'ne Plugar, ist aber auch nicht schlecht.«

»Sie dürfen jetzt nicht reden«, sagte der Schwule, »sonst könnt' ich Sie aus Versehen schneiden.«

»Das hätt' mir noch gefehlt«, sagte der Dicke.

Ranek hatte sich zu den anderen auf die Erde gehockt, aber da er allmählich ungeduldig wurde, dachte er daran, wieder fortzugehen und lieber später wiederzukommen. Er erhob sich und trat wieder auf die Straße.

Der alte Mann lag noch immer vor der Tür. Die Bucklige war herübergekommen, und jetzt stand sie vor dem Toten und musterte ihn mitleidig. Als Ranek aus der Tür trat, sagte sie zu ihm: »Ich hab's gesehen, wie Sie den Mann getreten haben.«

»Ich hab' ihn nicht getreten«, sagte Ranek, »bloß mit dem Fuß angerührt hab' ich ihn … außerdem war er schon tot.«

»Armer, alter Mann«, sagte die Bucklige.

»Ist der Portier schon fort?«

»Noch nicht.« Und sie versicherte wieder: »Wenn er weg ist, werd' ich Sie rufen«, obwohl sie genau wußte, daß sie's nicht tun würde; es war ja doch zu riskant.

Sie fragte: »Haben Sie was erreicht?«

»Der Friseur hat jetzt keine Zeit. Ich werde es später noch mal versuchen.«

»Wissen Sie, ich hab' drüber nachgedacht. Ich bezweifle, ob der Friseur sich wirklich mit Ihnen einlassen wird.« Sie überlegte ein wenig. »Vielleicht aber doch, wenn … wenn Sie ihm einen Gefallen tun.«

»Was soll ich denn machen?«

»Sie könnten den Toten fortschaffen. Sagen Sie dem Friseur, daß er vor seiner Türe liegt und den Eingang versperrt. Er wird Ihnen außerdem auch ein Trinkgeld geben.« Sie grinste vielsagend: »Fassen Sie mal meinen Buckel an; das bringt Glück.«

Er tat es. Dann stieg er wieder über den Toten hinweg und öffnete die Tür. Er rief: »Herr Chef, kommen Sie doch mal bitte raus!«

»Wer ruft mich da?« fragte der Friseur den ondulierten Lehrjungen, ohne sich umzudrehen.

»Der Abgerissene von vorhin.«

»Ist er schon wieder raus?«

»Ja.«

»Was will er?«

»Was wollen Sie?« rief der Ondulierte.

»Liegt 'n Toter draußen und versperrt eure Tür. Sag' dem Chef, daß er mal rauskommen soll.«

»Lassen Sie den Chef in Ruhe!« fluchte der Dicke. »Sie sehen doch, daß er jetzt beschäftigt ist.«

»Geh mal raus«, zischelte der Friseur dem Jungen zu, »und guck mal nach.«

Der Ondulierte kam widerwillig und faul auf die Straße, aber als er den Toten sah, wich der Zug gespielter Arroganz, die Ranek galt, aus seinem Kindergesicht. »Es stimmt also«, sagte er erblassend.

»Klar, was hast du dir denn gedacht?«

»Dachte, es wäre nur 'n Spaß«, stotterte der Junge, »dachte, daß Sie den Chef ärgern wollten, weil er Sie nicht gleich drangenommen hat.«

»Pack mal an«, sagte Ranek. »Na los! Oder hast du Angst?«

»Ich faß' ihn nicht an«, stieß der Junge aus.

»Ich brauch' 'ne Hilfe«, sagte Ranek, »kann's nicht allein machen.«

»Nein«, stammelte der Junge, »nein ... ich nicht.«

»Du willst wohl, daß es der Chef für dich macht, was? Los! Steh nicht so faul rum! Er liegt doch vor eurer Tür. Er muß weg. Oder soll ich dem Chef sagen, daß du nicht willst?«

Der Junge war verwirrt. Er wußte nicht, was er tun sollte. Ranek fing wieder mit ihm zu zanken an.

»Los, pack an!«

Inzwischen waren ein paar Leute vor dem Laden stehengeblieben und bildeten einen Halbkreis um Ranek, den Jungen und den Toten.

Von der anderen Seite des Trottoirs kam ein anderer Junge herüber; er hielt ein kleines Mädel an der Hand: der Zigarettenjunge und die kleine Ljuba. Aus dem Bordell traten zwei Huren in Begleitung eines Polizisten und eines Soldaten; auch sie wurden von dem Menschenauflauf angelockt und eilten über die Straße, um zu sehen, was los war. Als die Leute vor dem Laden den Polizisten und den Soldaten erblickten, traten sie erschrocken zur Seite, aber dann sahen sie, daß die beiden außer Dienst waren; sie grinsten und nickten ihnen zu, und sie nickten auch den Huren zu, und dann richteten sie ihr Augenmerk wieder gespannt auf den Toten. Ranek hatte den Jungen endlich überzeugt. Ranek packte die Beine des Toten an, der Junge griff ihm unter die schlaffen Arme. Aber augenscheinlich war der Tote zu schwer für den Jungen, denn sie kriegten ihn nicht vom Fleck.

Die eine Hure – eine große Blonde – sagte in diesem Moment zu dem Polizisten: »Ein armer, verhungerter, alter Mann.«

Der Polizist nickte gleichgültig. Er sagte: »Das ist mir hier zu langweilig; komm wieder zurück, wir können noch 'ne Nummer schieben.«

»Wart' doch noch 'n bißchen«, sagte die Hure, »ich will sehen, ob der Junge es schafft.«

Der Hure schoß das Blut vor Erregung ins Gesicht, obwohl man's unter der dicken Schicht Ersatzpuder, mit der ihr Gesicht beschmiert war, nicht recht erkennen konnte; sie beugte sich so weit wie möglich vor, um besser sehen zu können; ihre Arme schlenkerten nervös, die großen Brüste wippten. Die Leute feuerten Ranek und den Jungen an, und die Hure stimmte mit ein. Die zweite Hure war eine kleine Schwarze; auch sie war erregt. Ranek und der Junge wechselten. Ranek nahm das schwerere Ende des Toten, der Junge die spindeldürren Beine.

»Guck mal«, sagte die Schwarze zu der Blonden, und sie zeigte auf Raneks gebückte Gestalt: »Dem schaut doch der Arsch aus den Hosen.«

Sie sagte das viel zu laut. Jemand aus der Menge wieherte: »Er ist sicher noch Junggeselle.«

»Den werden sie auch bald fortschaffen«, sagte die große Blonde mitleidig.

Ranek und der Junge zogen den Toten ruckweise vom Trottoir herunter, und dann legten sie ihn platt unter die Bordkante, damit man ihn vom Friseurladen nicht sehen konnte.

Auf der Straße fuhr ein vollbeladener Leichenwagen vorbei. Ranek winkte. Der Kutscher hielt sekundenweise an und rief Ranek zu: »Wir sind schon voll; der kann ruhig bis morgen früh warten.«

»Den können Sie doch noch mitnehmen«, sagte Ranek.

Der Kutscher fuhr weiter. Ranek rief ihm ein paar saftige Worte nach; einige Leute schüttelten die Fäuste hinter dem davonfahrenden Wagen her, andere blickten ihm bloß stumm nach.

Der Polizist sagte wieder zu der Hure: »Komm schon noch 'ne Nummer schieben.«

Der Dicke hatte den Menschenauflauf hinter dem Schaufenster nur durch die Reflexion des Spiegels gesehen – ein wenig schief und verwischt und halb verdeckt von seinem eigenen fetten Gesicht, das sich eigensinnig dazwischenstellte. Der Friseur kratzte mit seiner gewohnten Ruhe und Bedächtigkeit auf seinen Backen herum, ohne sich besonders um die ungeduldigen Männer auf dem Fußboden zu scheren, denn der Dicke war ein Spezialkunde und wurde dementsprechend behandelt.

Der Friseur bestritt im Augenblick die Unterhaltung allein; er sprach mit leiser, unterdrückter Stimme über die Dinge, die auf dem Schwarzmarkt vorgefallen waren, über Geschäfte, die er mit dem Dicken einmal gemacht hatte, und über andere, die er noch machen wollte, alles Dinge, die die Leute auf dem Fußboden nichts angingen. Ein wenig später schweifte der Friseur ins Politische über, und nachher war's Philosophie. Die weiche Stimme des Schwulen war wie ein Schlafmittel, und der Dicke pflegte gewöhnlich bei diesen Reden einzunicken, um erst wieder aufzuwachen, wenn der Friseur seinen Kopf ins Waschbecken tauchte.

Auch jetzt war er dabei einzunicken, aber auf einmal bemerkte er etwas im Spiegel, das seine Aufmerksamkeit ganz in Anspruch nahm. Er blinzelte und wurde wieder wach. »Machen Sie heute 'n bißchen schneller«, sagte er zum Friseur.

»Warum so eilig?« Der Friseur bemerkte aber jetzt, wie interessiert der Dicke in den Spiegel starrte, und deshalb schaute auch er jetzt verwundert auf die bestimmte Stelle in dem halbblinden Glas.

»Ist's wegen der großen Blonden?«

»Ja, wegen der. Ich will sie noch erwischen, solange sie vor dem Schaufenster steht. Scheint 'ne Neue zu sein.«

»Wahrscheinlich eine von den Rückkehrern«, sagte der Friseur, »die sind gar nicht so neu; waren doch schon vor Monaten im

Bordell.«

»Die ist noch ziemlich jung«, sagte der Dicke, »sieht noch nicht so ausgeleiert aus. Finden Sie nicht?«

»Das kann man nicht so ohne weiteres durch den Spiegel beurteilen«, sagte der Schwule, unangenehm berührt; aber er beeilte sich jetzt, um den guten Kunden nicht zu ärgern.

Als der Dicke frisch rasiert aus dem Laden trat, hatte sich die Menschenmenge schon zerstreut. Er konnte gerade noch sehen, wie die große Blonde am Arm eines Polizisten zurück zum Bordell schlenderte. Pech, dachte er, dann aber fiel ihm ein, daß er warten könnte, bis die Blonde wieder runterkam.

Er bemerkte jetzt den Ondulierten am Rinnstein, im Gespräch mit Ranek, und er näherte sich den beiden. Den Abgerissenen kennst du doch, fiel ihm plötzlich ein, während er Ranek nachdenklich betrachtete ... dieses verschrumpfte Gesicht unter dem zu großen Hut hast du doch schon irgendwo mal gesehen, aber er konnte sich nicht erinnern, wo es gewesen war. Er grinste breit, als er sah, daß der Abgerissene dem Toten mit der nackten Zehe im Mund rumstocherte, und er hörte ihn jetzt zu dem Ondulierten sagen: »Siehst du, mein Junge, bloß 'n leeres Loch im Totengesicht, was hab' ich dir gesagt!«

»Das stimmt nicht«, sagte der Junge, »er hat noch einen Zahn im Mund.«

»Du hast recht«, sagte der Abgerissene, »hab' ich gar nicht bemerkt. Aber siehst du, der Zahn ist wertlos.«

»Wertlos?« fragte der Junge.

»Vollkommen wertlos«, sagte der Abgerissene, »aber wenn du willst, kann ich ihn für dich rausbrechen.« Und der Abgerissene lachte plötzlich schallend. »Kannst ihn dir um den Hals hängen.«

»Nicht nötig«, sagte der Junge.

Jetzt klopfte der Dicke dem Jungen mit einer altväterlichen Geste auf die Schultern.

»Na, Kleiner, das hast du gut gemacht.«

»Er hat doch nicht viel gewogen«, sagte der Junge, »war doch 'n Verhungerter.«

»Furchtbar, nicht wahr?« sagte der Dicke theatralisch, und dann nickte er dem Jungen freundlich zu, guckte noch einmal angeekelt in den Rinnstein, machte einen großen Bogen um den Toten und begab sich langsam hinüber zum Bordell. Er hörte nicht mehr, wie der Abgerissene hinter seinem Rücken sagte: »Der geht aber gut angezogen: die Seidenkrawatte, das feine Hemd, der feine Anzug – Klasse, was? Und hast du seine Schuhe gesehen? Lackschuhe, jawohl, mein Junge, echte Lackschuhe.« Und er hörte auch nicht mehr, wie der Junge sagte: »Dem geht's eben nicht schlecht.«

Ein ukrainischer Milizmann kam besoffen aus dem Bordell; er torkelte auf die große Blonde zu, die mit dem jüdischen Polizisten feilschend vor der Eingangstür stehengeblieben war, und kniff sie gröhlend in den Hintern. Der Polizist stieß einen Fluch aus. Der Milizmann taumelte weiter. Die Hure spuckte ihm nach. Nur der Portier auf der Türschwelle blickte scheinbar gleichgültig auf seine Fußspitzen.

Die Hure und der Polizist fingen wieder miteinander zu feilschen an. »Sei doch nicht so kleinlich«, sagte die Hure, »als ob 'n paar Geldscheine mehr oder weniger bei dir 'ne Rolle spielen. Das Geld ist doch sowieso nichts mehr wert; was kann man schon groß dafür kaufen, wo das Leben so teuer ist?« Sie zankten noch eine Weile; dann verschwanden sie im Haustor.

Der Dicke kam jetzt schwitzend beim Portier an. »So 'ne Hitze, was?« sagte er keuchend. Er wischte sich den Schweiß mit seinem gestickten Taschentuch von der Stirn und dachte: Wirst 'n bißchen mit dem Portier schmusen, bis die Blonde wieder runterkommt, und er wiederholte: »So 'ne Hitze, was?«

»Sie müssen eben abnehmen«, grinste der Portier.

»Sie haben recht«, sagte der Dicke klagend, »ich müßte wirklich eine Abmagerungskur machen.«

»Weniger Kuchen essen«, sagte der Portier, »weniger Butter.«

»Sie haben leicht reden. Aber sagen Sie das mal meiner Frau. Das Backen ist ihr Steckenpferd, und wer muß den Kuchen essen? Ich natürlich.« Seine Stimme wurde weinerlich: »Dabei hat mich mein Arzt gewarnt, daß weitere Verfettung schädlich fürs Herz ist.«

»Ja, angeblich«, sagte der Portier.

»Meine Frau will das einfach nicht begreifen.«

»Tja, so ist das«, sagte der Portier voller Verständnis, »jeder hat eben seine Sorgen, wie? Übrigens, wie geht's Ihrer Frau? Warum läßt sie sich nicht mal hier blicken?«

»Die will sich nicht mehr aus dem Haus rühren«, sagte der Dicke. »Seitdem ich 'ne Privatwohnung gemietet habe, wird sie nämlich immer häuslicher. Nicht mal spazierengehen will sie mehr.«

»So, so«, sagte der Portier.

Der Dicke tupfte sich wieder den Schweiß von der Stirn, lüftete dann seine elegante Jacke, senkte den massigen Kopf und roch ein wenig verschämt an seinem verschwitzten Hemd.

Plötzlich entsann er sich, daß er vergessen hatte, Obst einzukaufen, und er hatte es doch seiner Frau versprochen; Birnen wollte sie diesmal. Er dachte ärgerlich: Gelüste hat sie, als ob sie schwanger wäre.

»Glauben Sie, daß man so spät noch was auf dem Basar

kriegt?« fragte er hastig.

»Vielleicht«, antwortete der Portier lakonisch, »versuchen Sie's doch.«

Der Dicke griff umständlich nach seiner schweren Brieftasche, öffnete sie und fischte mit klobigen Fingern einen zerknüllten Geldschein heraus. »Wenn die Blonde runterkommt, sagen Sie ihr, daß ich mit ihr sprechen will. Hier! Das ist für Sie.«

Mit diesen Worten drückte er dem Portier den Schein in die Hand, den dieser, ohne eine Miene zu verziehen, in seiner Hosentasche verschwinden ließ.

»Nicht vergessen! Ich bin bald zurück.«

»Geht in Ordnung«, sagte der Portier, »ich werd's ihr ausrichten. Aber so leid es mir tut, machen Sie's woanders mit ihr, nicht bei uns. Sie wissen doch, daß Zivilisten nicht rauf dürfen.«

»Ich werd' den Friseur bitten, daß er mich nach Geschäftsschluß mit der Blonden in den Laden läßt.«

»Eine gute Idee«, grinste der Portier, »das wird er sicher für Sie tun.«

Der Zigarettenjunge und seine kleine Schwester ließen den Dicken nicht aus den Augen. Sie hatten gesehen, wie er Obst einkaufte, und sie folgten ihm nun den Weg vom Basar zurück in die Puschkinskaja. Einige Male verloren sie ihn im Gedränge, aber sie entdeckten ihn dann wieder. Erst kurz vor dem Bordell nahm der Junge sich ein Herz und sprach den Dicken an.

»Wollen Sie heut nicht wieder Zigaretten?«

Der Dicke blieb nun stehen und wandte dem Jungen sein verschwitztes Gesicht zu. »Du rennst mir also schon wieder nach?«

»Zigaretten!« sagte der Junge beharrlich, »Zigaretten!«

»Ich hab' noch genug für heute. Troll dich!«

»Ich hab' 'ne neue Sorte«, sagte der Junge hastig, »die haben Sie bestimmt nicht.«

»Was ist's denn?«

»Nationale.«

»Das nennst du neu. Das ist doch 'ne alte Marke, du kleiner Gauner.«

»Wenn Sie die nicht wollen, dann nehmen Sie doch Papyrossen, russische, die werden nicht mehr fabriziert.«

»Die mit 'nem Pappmundstück?«

»Ja, Pappe, die wird nicht so naß.«

»Nein, Nationale hast du gesagt? Gib mal her!«

Der Junge hielt ihm mit zitternden Händen die große Holzschachtel hin; der Dicke nahm sich ein paar lose Zigaretten heraus und steckte sie ein. Während er zahlte, betrachtete er neugierig das kleine Mädel, das scheu hinter dem Jungen stand und an seinem Daumen lutschte. »Wie heißt denn deine kleine Schwester?«

»Ljuba.«

Der Dicke grinste. »Du bist gar nicht wert, so 'ne süße, kleine Schwester zu haben, so 'n Schlingel wie du; dich hätten sie damals im Oktober im Dnjestr ertränken sollen, so wie sie's mit den meisten kleinen Jungen gemacht haben, die nicht viel getaugt haben.«

»Wir kamen nicht über den Dnjestr«, sagte der Junge, »wir sind doch nicht aus Rumänien.«

»So? Woher kommt ihr denn?«

»Aus einem ukrainischen Dorf, nicht weit von Wapnjarka.«

»Wapnjarka?«

»Ja«, sagte der Junge, »nicht weit von dort.«

»Du sprichst aber so wie wir?«

»Das hab' ich hier gelernt.«

»'n gutes Köppchen«, lachte der Dicke, »alle Achtung«, und er fügte dann etwas leiser hinzu: »Sag mal, willst du was nebenbei verdienen, mehr, als du in 'ner ganzen Woche mit dem Scheißkarton von Zigaretten verdienen kannst?«

»Klar«, sagte der Junge lebhaft.

Der Dicke flüsterte ihm etwas ins Ohr, aber der Junge wich erschrocken vor ihm zurück. »Nein«, stieß er aus, »das kommt nicht in Frage, Ljuba ist noch unverdorben, die ist erst acht Jahre alt, die hat noch nichts mit Männern zu tun.«

»Na, dann eben nicht«, sagte der Dicke ärgerlich, »merk dir's, ich kauf von nun an woanders.«

»Was wollen Sie denn von Ljuba? Sie können doch ihr Großvater sein!«

»Was hat denn das damit zu tun!« wetterte der Dicke. »Na, so was! Na, so was! Was, zum Teufel, hat denn das damit zu tun!«

In diesem Moment sagte der Portier zu der großen Blonden, die schon eine geraume Weile auf den Dicken wartete: »Sehen Sie! Dort steht er! Er kauft gerade Zigaretten. Gehen Sie zu ihm hin.« Und daraufhin setzte sich die stattliche Hure in Bewegung.

Als sie den Dicken erreichte, schwenkte er gerade zornig die Obsttüte über dem Kopf des Zigarettenjungen.

»Mach, daß du wegkommst!« schrie er. »Komm mir nicht wieder unter die Augen!«

»Was ist denn los?« fragte die Blonde. »Was ist denn los?« Sie zog den Dicken schnell von dem Jungen weg.

»So ein Lausbub«, keuchte der Dicke, »so ein Lausbub, nennt mich Großvater, bloß, weil ich mit dem kleinen Mädel reden wollte.«

Also deswegen, dachte die Hure … so ein geiler Bock. Sie sagte: »Der Portier hat mir Ihre Bestellung ausgerichtet. Haben Sie schon mit dem Friseur gesprochen?«

Der Dicke schüttelte den Kopf. »Ich hab' mir's überlegt«, sagte er zögernd. »Wissen Sie, vielleicht treffen wir uns ein anderes Mal. Ich bin jetzt zu aufgeregt. Morgen vielleicht … wie? Um dieselbe Stunde, so gegen Abend?«

»Was bilden Sie sich eigentlich ein?« Die Hure hielt plötzlich ihren Schritt an. »Ich hab' mehr als eine Viertelstunde auf Sie gewartet«, sagte sie empört, »und Zeit kostet Geld … meine wenigstens; Sie müssen auf jeden Fall bezahlen!«

Jedoch der Dicke hatte keine Lust, sein Geld zum Fenster hinauszuschmeißen, und da er jetzt keinen Skandal wollte, sagte er schnell: »Also gut. Kommen Sie!«

»Vergessen Sie das kleine Mädel«, lächelte die Hure.

»Wie meinen Sie das?«

»Ach, ich bin auch nicht auf den Kopf gefallen.«

Der Dicke grinste schwach.

»So 'n Kind, das ist doch noch grünes Gemüse«, beschwichtigte ihn die Hure, »das versteht doch noch nichts. Mit mir werden Sie Ihren Spaß haben. Ich versteh' was, glauben Sie's mir.« Sie hängte sich jetzt in seinen Arm und zog ihn über die Straße.

Vor dem Friseurladen sagte der Dicke: »Warten Sie hier. Ich bleib' nicht lange.«

Als der Dicke den Laden betrat, wirbelte der Ondulierte eine Fuhre Staub und Haare mit dem Strohbesen in sein Gesicht. Der Dicke schnaufte und blieb in der Tür stehen. »Verzeihung«, sagte der Ondulierte betreten, »ich hab' Sie nicht gesehen.« Er fing wieder zu kehren an, aber vorsichtiger und in eine andere

Richtung.

Der Dicke antwortete ihm nicht. Sie machen jetzt Feierabend, dachte er, das ist gut. Er sah, wie sich der Friseur eitel vor dem Spiegel kämmte; er hatte bereits eine andere Jacke an; die alte hing ordentlich zusammengefaltet über dem einzigen Sessel. Sonst war schon alles abgeräumt. Die Bürsten, Kämme und Rasiermaschinen waren verschwunden; die nassen Handtücher lagen, zu einem Bündel verschnürt, auf der Erde, und nur die selbstgemachten Pomaden und Haarwasser standen noch in Reih und Glied auf der wackligen Frisierkommode; aber die blieben immer dort, auch nachts.

Was will eigentlich der Abgerissene wieder hier? dachte der Dicke, und sein mißbilligender Blick fiel auf Ranek, der wie eine Vogelscheuche, links vom Eingang, an der Wand lehnte und auf den Rücken des Friseurs starrte. Der Friseur tunkte jetzt die Hand ins Waschbecken, näßte sein Haar, und dann zauberte er mit geschickten Fingern eine verführerische Schmachtlocke auf seinen Schädel.

Der Dicke räusperte sich.

»Ich hab' Sie gesehen«, lächelte der Friseur geziert. »Ich bin schon fertig. Ist's geschäftlich?« Jetzt drehte er sich um. »Treten Sie doch näher. Warum stehen Sie in der Tür?« Er fuhr den Ondulierten an. »Kannst du nicht 'n Moment mit dem Ausfegen aufhören! Oder hast du den Herrn nicht gesehen?«

»Ich hör' ja schon auf«, grunzte der Ondulierte mürrisch und legte den Besen auf den Fußboden.

Der Friseur wandte sich an Ranek: »Ich hab' Ihnen doch gesagt, daß ich die Puderdose jetzt nicht gebrauchen kann. Was stehen Sie da noch rum? Kommen Sie morgen wieder vorbei; vielleicht hab' ich morgen 'n Kunden dafür.«

Der Dicke dachte: Eine Puderdose hat er zu verkaufen, und er fing plötzlich zu lachen an.

Ranek sagte jetzt: »Gut, ich komme morgen wieder vorbei.«

»Dann machen Sie, daß Sie rauskommen«, sagte der Friseur.

»Sie haben mein Trinkgeld vergessen«, sagte Ranek leise.

»Wofür denn?«

»Für den Toten.«

»Geben Sie dem armen Schlucker doch was«, kicherte der Dicke.

»Für den Toten?« Der Friseur lächelte. Er schaute wieder in den Spiegel.

»Geben Sie ihm doch was«, feixte der Dicke. »Geben Sie ihm 'n Schluck Wasser, damit er nicht umfällt; sonst müssen wir ihn am Ende noch aus dem Laden tragen.« Er lachte wieder wiehernd und verschluckte sich dabei.

»Der Herr hat recht«, sagte der Friseur. »Wollen Sie 'n Schluck Wasser?«

»Ein Stück Brot«, sagte Ranek bebend, »ein Stück Brot ist doch nicht zuviel; ich hab' mich genug geplagt, bis ich Ihre Tür frei kriegte.«

Draußen pochte die Hure ungeduldig ans Schaufenster. Der Dicke machte ihr ein Zeichen, daß er gleich komme. Die Hure zeigte hinüber zum Bordell, was soviel heißen sollte wie: Du bist doch nicht der einzige; sind noch andere Anwärter da. Beeil dich 'n bißchen.

Inzwischen öffnete der Friseur, in einem Anflug von Mitleid, die mittlere Schublade der Frisierkommode, in der ein Paket Fleisch und ein rundes Kornbrot lagen. Er betastete das Fleisch und schüttelte den Kopf, und dann betastete er das Brot und überlegte, ob er nicht eine dünne Scheibe abschneiden sollte, aber dann schloß er die Schublade wieder, weil er sich dachte, daß es eigentlich schade sei, diesem Todeskandidaten eine gute Scheibe Brot zu schenken. Wozu ein verpfuschtes Leben unnötig verlängern?

Er drehte sich wieder um. »War Ihnen doch nicht ernst mit dem Trinkgeld?« Er zwinkerte freundlich. »War doch nur 'ne Gefälligkeit, nicht wahr? Kommen Sie morgen ruhig wieder vorbei. Vielleicht läßt sich was mit der Puderdose machen.«

Ranek hielt seine Hände in den Taschen vergraben; er ballte sie langsam zu Fäusten; er machte einen Schritt vorwärts, aber dann stand er plötzlich wieder still. Er hatte einen flüchtigen Moment daran gedacht, dieses weiche Gesicht da vor ihm zu Brei zu schlagen, aber jetzt war er sich bewußt, daß er es nicht konnte. Er fühlte sich so schwach, daß er Angst kriegte, bei der geringsten Anstrengung umzusacken. Er sah jetzt nur sein eigenes, weißes Gesicht, das ihn erschreckend aus dem Spiegel anstarrte.

»Kommen Sie ruhig morgen vorbei«, sagte der Friseur wieder; seine Stimme war jetzt ein wenig erstaunt.

»Um wieviel Uhr?« flüsterte Ranek.

»Ganz wie Sie wollen«, lächelte der Friseur. »Der Tag ist ja Gott sei Dank lang.«

Der Dicke wartete, bis Ranek aus dem Laden schlurfte. Dann sagte er: »Haben Sie das gesehen? Der kann kaum aufrecht stehen.«

»Er tut mir leid«, sagte der Friseur. »Das Leben ist eben nicht leicht. Der wird auch hier das Zeitliche segnen.«

Jetzt brachte der Dicke sein Anliegen vor.

»Wird's lange dauern?« fragte der Friseur.

»Ungefähr zehn Minuten«, grinste der Dicke.

Der Friseur nickte mißmutig, aber sein Respekt vor dem Dicken saß zu tief, als daß er ihm die Bitte abgeschlagen hätte. Er rief den Ondulierten. »Komm, mein Junge. Wir werden ein Stückchen spazierengehen.«

Der Schwule hatte den Jungen an einem Wintertag im Jahr einundvierzig von der Straße aufgelesen. Der Junge war damals in einem katastrophalen Zustand gewesen, halb verhungert und blaugefroren.

Damals war der Schwule allein gewesen und hatte sich gedacht: Du wirst den Jungen wieder aufpäppeln. Paß mal auf, wie rosig sein Kinderkörper in zwei bis drei Monaten aussehen wird. Und allein soll der Mensch nicht bleiben; man braucht doch immer jemanden, den man ins Herz schließen kann. Und so war's auch. Er gab dem Jungen tüchtig zu essen, und der Junge erholte sich rasch. Der Schwule wusch ihm den verlausten Kopf; sein Haar war üppig und weich; er ondulierte es, und dann cremte er das Gesicht des Jungen mit der selbstgemachten Creme. Schließlich war man nicht umsonst Friseur; man verstand sich eben auf Schönheitspflege. Und so machte er den Jungen zurecht, wie er ihn für seine Zwecke haben wollte.

Während sie jetzt Hand in Hand auf der Straße auf und ab spazierten, sagte der Junge: »Ich konnt' wegen dem Dicken nicht ausfegen. Der stört immer. Jetzt muß ich nochmals ausfegen … so spät am Abend.«

»Der Dicke ist 'n guter Kunde«, sagte der Friseur, »'ne Gefälligkeit, verstehst du. Wird aber bald wieder rauskommen. Bist du müde? Na ja, wirst eben morgen ausfegen.« Er lächelte süßlich. »Heute gibt's 'ne Fleischsuppe; das Fleisch hat der Dicke für mich billig besorgt, verstehst du; man muß mit solchen Leuten gut stehen. Bist du hungrig?«

Der Junge nickte.

»Wird gemütlich werden … heute abend«, sagte der Friseur.

Der Junge wußte nicht, wie er diese Anspielung deuten sollte.
Vielleicht freut er sich auf die Suppe, dachte er und empfand
selbst dabei Appetit; dann bemerkte er, daß der geile Blick des
Friseurs auf seine Hosen gerichtet war, und es überlief ihn plötzlich heiß und kalt.

Sie kamen an der Sackhandlung vorbei. Der Friseur trat mit
dem Jungen ein. Ein alter Mann kam hinter dem Verkaufstisch
hervor.

»Wie geht's Geschäft?« fragte der Friseur.

Er flüsterte jetzt dem Alten zu: »Man hat mir gesagt, daß man
bei Ihnen Zeitungen kriegt.«

»Wer hat Ihnen das gesagt?«

»Dvorski. Dvorski kennt Sie, hat er gesagt.«

Der Alte nickte. »Diskretion«, flüsterte er.

»Natürlich«, sagte der Friseur.

»Was wollen Sie? Timpul? Seara?«

»Beide.«

Der Alte schlich zur Tür und sperrte sie zu; dann brachte er
die Zeitungen; es waren veraltete Ausgaben, die eine zeigte das
Datum vom 20. Juni, die andere vom 17. Juli.

Der Friseur fing gierig zu lesen an.

»Lesen Sie zu Hause«, sagte der Alte bittend, »nicht hier.«

»Die Tür ist doch zu«, sagte der Friseur, und er dachte: Mein
Gott, die Nachrichten von der Ostfront, mein Gott, was für
Nachrichten.

»Nicht hier«, flüsterte der Alte wieder, »nicht hier.«

Jetzt steckte der Friseur die Zeitungen ein und warf dem

Alten eine Banknote zu.

»Danke«, flüsterte der Alte, »vielen Dank.«

»Ist in Ordnung«, grinste der Friseur.

Der Alte schlurfte zur Tür und öffnete sie diensteifrig.

»Warum sperren Sie den Laden nicht zu?« fragte der Friseur, während er mit dem Jungen auf der Türschwelle stehenblieb. »Sie sind der einzige, der noch offen hat; es ist doch schon spät.«

»Herr Stern ist noch nicht zurück. Ich muß auf ihn warten.«

»Wer ist Stern?«

»Dem der Laden gehört.«

»Ich dachte ...«

»Ja, es war mal mein Laden, aber ich hab' ihn unlängst verkauft. Bin jetzt nur angestellt. Nur die Zeitungen mach' ich auf eigene Rechnung«, sagte er dann vorsichtig.

»Ach so, die Zeitungen, natürlich«, lächelte der Friseur nachsichtig.

»Kommen Sie schon«, sagte der Junge ungeduldig und zerrte an der Hand des Schwulen.

»Gleich«, sagte der Friseur, »gleich, mein Junge.«

»Ich wohne 'ne halbe Stunde von hier entfernt«, sagte der Alte unvermittelt, »und ich muß noch nach Hause. Herr Stern läßt mich nämlich nicht hier im Laden schlafen.«

»Dann wird's höchste Zeit. Bald ist Nacht. Oder wollen Sie geschnappt werden?«

»Nein«, stammelte der Alte. »Wie spät ist es eigentlich?«

»Das ist doch egal. Es ist bald Nacht.«

Der Friseur wandte sich an den Jungen. »So, wir gehen jetzt.«

Sie gingen zum Friseurladen zurück. »Gute Nachrichten von der Ostfront«, sagte der Friseur leise zu dem Jungen. »Paß mal auf, heut über's Jahr haben wir die Befreiungstruppen hier.« Und er dachte für sich: Oder höchstens in zwei Jahren. Und wenn sie dann noch nicht hier sind, bestimmt in drei Jahren.

»Glauben Sie das wirklich?« fragte der Junge gespannt.

»Klar«, sagte der Friseur.

»Steht das in der Zeitung?«

»... scht ... nicht so laut ... Natürlich nicht, du dummer Kerl, man muß eben zwischen den Zeilen lesen.«

Die letzten Händler verließen den Basar. Alle Stände waren schon leer. Nur der Mann mit dem wallenden Patriarchenbart stand noch hinter seinem fahrbaren Backofen, auf seinem Stammplatz am Ausgang, Ecke Puschkinskaja, und versuchte, all den heimwärtseilenden Menschen den Rest der falschen Kartoffelkuchen zu verkaufen. Er rief ihnen eindringlich zu: »Knisches ... Knisches ... heiß ... noch heiß.« Dann aber, als die Dämmerung immer beängstigender wurde und wie eine graue Drohung über seinem Wagen hing, so daß er kaum noch die einzelnen Kuchen voneinander unterscheiden konnte, kam auch er zur Einsicht und sagte sich: Höchste Zeit abzuhauen.

Er löschte das Feuer und wickelte seine Ware in Papier; dann schob er seinen Karren los, als säße ihm der Teufel im Nacken. Als er um die Ecke der Puschkinskaja bog, bemerkte er einen Mann, der wie eine Vogelscheuche aussah, so stumm und geknickt stand er da, in seinen abgerissenen Kleidern, und starrte ins Leere. Er trug einen komischen Hut, der viel zu groß war und gar nicht zu seinem Gesicht paßte.

Als der Bärtige näher kam, wandte der Mann langsam den Kopf, schnüffelte und ließ ihn nicht mehr aus den Augen. Diese verdammten Bettler, dachte der Bärtige wütend. Er war schon öfter von solchen Leuten angefallen worden, besonders am

Abend, wenn der Verkehr abflaute und das Licht spärlich wurde; einmal hatten sie seinen Wagen umgestoßen und ihm die ganze Ware gestohlen. Er hatte allen Grund, mißtrauisch zu sein.

Der Bärtige hielt einen Moment an. Er klappte sein Taschenmesser auf und legte es auf den Wagen; dann fuhr er weiter. Die Vogelscheuche an der Straßenecke setzte sich plötzlich in Bewegung und folgte ihm; dann holte sie ihn ein und ging keuchend neben ihm her.

Der Bärtige hielt wieder an. »Machen Sie keine Dummheiten«, sagte er drohend zu Ranek. »Solche Hopfenstangen wie Sie lege ich mit einem Finger um.«

»Ich will nicht stehlen«, sagte Ranek. »Glauben Sie's mir.«

»Ich glaub's Ihnen«, grinste der Bärtige. »Sie sehen gar nicht danach aus.« Er fuhr weiter. Ranek wich nicht von seiner Seite.

»Ich hab' was zu verkaufen«, sagte Ranek plötzlich.

»So einer wie Sie hat nichts zu verkaufen«, sagte der Bärtige hart.

Ranek zeigte ihm die Puderdose. »Glauben Sie's jetzt? Ich hab' schon 'nen Kunden dafür, aber der will sie erst morgen kaufen.«

»Dann warten Sie doch bis morgen.«

»Ich bin hungrig«, sagte Ranek. »Ich muß jetzt was essen.«

»So … Sie müssen, was?«

»Geben Sie mir 'nen Kartoffelknisch, dann können Sie die Puderdose haben.«

»Was soll ich mir denn pudern?« grinste der Bärtige. »Vielleicht meine Arschbacken?«

»Machen Sie keine faulen Witze«, sagte Ranek, »es gibt genug Leute mit Geld im Getto, die ihren Frauen was schenken möchten, und Puderdosen werden nicht mehr fabriziert; man kann sie nirgends bekommen. Sie können sie doch weiterverkaufen.«

»Ich handle nicht mit Kleinkram«, sagte der Bärtige, ohne seinen Schritt zu verlangsamen, »ich verkaufe Knisches, kapiert! Und lassen Sie mich jetzt in Ruhe. Es ist spät. Ich muß nach Hause.«

»Ich hab' noch was zu verkaufen«, keuchte Ranek. »Meinen Hut.«

Der Bärtige lachte. »Jetzt ist Sommer. Wer braucht im Sommer einen Hut?«

»Manchmal regnet's.«

»Dann wird man eben naß; die Leute haben Wichtigeres mit ihrem Geld anzufangen, als verbeulte, alte Hüte zu kaufen.«

»Ich werd' den Hut schon los«, sagte Ranek, »verlassen Sie sich drauf.«

»Im Winter können Sie den Hut erst recht nicht verkaufen«, grinste der Bärtige, »denn im Winter nützt kein Hut; hierzulande braucht man 'ne Pelzmütze.«

»Geben Sie mir 'nen halben Kartoffelknisch; dann können Sie beides haben, den Hut und die Dose.« Ranek konnte kaum noch mit ihm Schritt halten. »Den Hut und die Dose«, keuchte er, »den Hut und die Dose.«

Sie waren jetzt vor der Bäckerei in der Puschkinskaja angelangt. Der Bärtige schob den Wagen an die verschlossene Tür heran. Er klopfte. Kurz darauf wurde drinnen ein Schlüssel knarrend im Schloß umgedreht; dann sprang die Tür auf. Eine plumpe Frauengestalt erschien auf der Schwelle. »Ach, Sie sind's«, sagte die Frau. Sie bemerkte Ranek. »Wer ist das?«

»Er hat was zu verkaufen«, lachte der Bärtige, »'ne Puderdose.«

Die Frau spuckte Ranek vor die Füße. »Ich will nichts mit Dieben zu tun haben, außerdem brauch' ich so was nicht.«

»Ich hab' sie nicht gestohlen«, sagte Ranek.

»Er hat so 'ne ehrliche Visage«, höhnte der Bärtige, »wie können Sie ihn nur verdächtigen?«

Die Frau übernahm den Wagen. »Wir öffnen morgen 'n bißchen später«, sagte sie zu dem Bärtigen. »Sie können den Wagen so gegen zehn abholen.«

»Jawohl«, sagte der Bärtige, »also, gegen zehn.«

Er grüßte und ging dann eilig über die Straße. Die Frau schmiß die Tür zu.

»Geduld' dich noch 'n bißchen«, sagte der Friseur zu dem Jungen. Sie waren beide wieder am Laden angelangt und drückten jetzt ihre Stirnen gegen das Schaufenster.

»Zehn Minuten hat der Dicke gesagt.«

»Ja, ja, ich weiß.«

»Dabei sind's schon mehr als zwanzig, seitdem er mit der Frau auf dem Fußboden rumspielt«, murrte der Junge.

»Geduld, mein Junge, Geduld.«

»Warum rufen Sie ihn nicht? Er scheint zu vergessen, daß es so spät ist. Wir können auch nicht mehr lange auf der Straße bleiben.«

»Er wird gleich rauskommen.«

»Klopfen Sie doch!«

»Um Gottes willen. Das würde er uns nie verzeihen. Man darf ihn nicht ärgern.«

»Wird er wieder billiges Fleisch besorgen?«

»Klar.«

»Dann ist's gut.« Der Junge lachte auf einmal laut auf: »Schauen Sie doch mal, was der Dicke jetzt mit der Frau macht!«

»Ekelhaft«, sagte der Friseur. »Einfach ekelhaft. Das soll ein

Beispiel für dich sein, mein Junge; immer ist das ekelhaft, wenn 'ne Frau im Spiel ist.«

»Das ist doch keine richtige Frau«, sagte der Junge.

»So? Keine richtige Frau? Was denn?«

»'ne Hure«, sagte der Junge, »keine richtige Frau.«

»Wer hat dir denn solche Flausen in den Kopf gesetzt?«

»Hat mir jemand gesagt.«

»So, jemand? Du treibst dich zuviel vor dem Bordell rum; das wird von nun an aufhören.«

Der Junge fing wieder zu lachen an. »Schauen Sie mal! Es sieht jetzt so aus, als ob der Dicke sie umbringen will.«

»Er bringt sie nicht um«, sagte der Friseur, »das sieht nur so aus.«

Ranek war viel zu lange auf den Beinen gewesen, um jetzt den weiten Weg nach Hause zurückzulegen, ohne sich vorher auszuruhen. Er hatte noch immer nichts gegessen und taumelte am Rand einer Ohnmacht dahin. Da war auch wieder diese entsetzliche Leere in seinem Schädel und das Kitzelgefühl auf seiner Haut, das wie Ameisenlaufen war. Er hatte sich vor der Tür des Bäckerladens hinsetzen wollen, aber die Bäckersfrau war lauernd hinter der Tür gestanden; sie hatte die Tür dann noch einmal aufgerissen und ihn schimpfend fortgejagt. Jetzt schlurfte er langsam zurück zum Friseurladen. Er sah den Friseur und den Jungen am Schaufenster stehen, und da er sich jetzt nicht in ihre Nähe traute, ließ er sich stöhnend am Rand des Trottoirs nieder – dort, wo der tote alte Mann lag. Nur ein bißchen ausruhen, dachte er, nur ein bißchen ausruhen; dann machst du, daß du nach Hause kommst. Er lehnte seine schmerzenden Fußsohlen an den Toten, weil das weicher war als die harte Straße.

Der Tote schaute ihn stumm an, als wollte er ihn auffordern, sich neben ihn hinzulegen. Er schien seine eigene lautlose Sprache zu sprechen: »Komm, leg dich neben mich. Man ruht sich doch nicht sitzend aus. Leg dich doch hin! Und morgen packen sie uns beide auf den großen Karren. Sei froh, daß alles vorbei ist. Sei doch froh, du Arschloch.«

Er saß da und starrte den Toten wie gebannt an, dann aber schüttelte er den Kopf. Nein, noch nicht! Du wirst doch nicht aufgeben, bloß weil deine Beine wieder mal nicht mitmachen. Los, steh auf!

Aber seine Beine wollten nicht mehr; auch sie sprachen ihre eigene Sprache, genauso wie der Tote, nur war's ein anderer Ton. Sie sagten: Erst was zu fressen! Dann tragen wir dich weiter.

Er hob müde den Kopf und schaute über die Straße. Ihm kam jetzt wieder die verrückte Idee, daß Betti zurückgekehrt war. Die Bucklige hat gelogen. Betti ist zurück. Paß mal auf ... spukte es in seinem schmerzenden Schädel ... sie tritt gleich aus der Tür. Sie wird dich rufen. Und dann werdet ihr zusammen ins Bordell gehen, und sie wird dir was zu fressen geben, genauso wie damals. Natürlich. Es kann gar nicht anders sein. Ihm fiel ein, was Daniel unlängst gesagt hatte: »Wir haben die Mädchen deportiert, obwohl wir wußten, daß sie nicht alle Syphilis hatten. War 'ne Vorsichtsmaßregel. Weiter nichts. Am Bug aber weiß kein Mensch was von der Geschichte.« Und dann hatte er gesagt: »Bordelle gibt's überall. Auch am Bug. Wenn Betti gesund ist, wird sie dort Arbeit finden. Und wer Arbeit findet, ist nützlich! Verstehst du das? Deshalb werden Huren gewöhnlich nicht erschossen. Die sind nützliche Mitglieder der menschlichen Gesellschaft, die ihren Platz im neuen Europa gefunden haben. Nur für euch ist kein Platz mehr da, für dich und deinesgleichen, weil ihr Parasiten seid. Ihr seid zu nichts mehr nütze.«

... Wenn man sie nicht erschossen hat, dann muß sie auch wieder mit den anderen zurückgekommen sein, hämmert es verzweifelt in seinem Schädel. Ob sie heute Fleisch für ihn hat? Oder bloß Suppe? Bestimmt Fleisch! Warte noch ein bißchen. Wenn sie aus der Tür tritt, dann wird sie herüberschauen zum Friseurladen ... und da wird sie dich sehen: da muß sie dich sehen. Ob sie dich gleich erkennen wird? Warum nicht? Warst damals schon ziemlich auf dem Hund. Kannst dich also nicht mehr viel verändert haben. Bloß die verfluchte Dämmerung auf der Straße ... die stört die Sicht. Hoffentlich kommt sie noch, bevor es ganz dunkel ist.

Er spürt, wie ihm immer schwindliger wird, aber seltsamerweise hat er keine Angst, obwohl er weiß, daß er jeden Augenblick nach vorn kippen und auf den Toten fallen kann. Er sieht jetzt nur noch Nebel. Und der Nebel ist wie Rauch. Und der Rauch hat einen Geruch wie der Rauch, der aus Bratpfannen aufsteigt. Eier sind's nicht, denkt er. Auch keine Bratkartoffeln. Er weiß auf einmal genau, was es ist. Fleisch! Es ist Fleisch! Es ist wirklich Fleisch! Er atmet gierig, er spürt, wie sein Magen sich verkrampft, wie der Krampf dann allmählich nachläßt, als wäre da etwas in seinem Magen, das auftaut und zerrinnt wie Eis, und er empfindet eine große Dankbarkeit und eine große Traurigkeit zugleich, und dann bemerkt er, wie es naß wird in seinen Augen und wie es salzig in seine Bartstoppeln rinnt. Er kann die Tränen nicht zurückhalten. Er will es auch nicht. Nicht mehr. Und dann erblickt er sie plötzlich: Betti. Aber nicht vor der Tür. Oben am Fenster. Ihr Gesicht ist gutmütig, ihr Mund lächelt. Betti winkt ihm. Sie winkt und winkt.

Ranek preßt beide Hände gegen den schmerzenden Kopf

und schließt minutenlang die Augen. Etwas später, als er wieder aufzublicken wagt und hinüber über die Straße starrt, ist das Trugbild weg. Alles ist weg: der Nebel, der Rauch, ihr Gesicht, die winkende Hand. Nur der Fleischgeruch ist geblieben und hängt schwer wie der Geruch der Toten über der abendlichen Puschkinskaja.

Er versucht jetzt, langsam die Beine zu bewegen. Dann steht er vorsichtig auf. »So … es geht schon. Man darf in diesem Zustand nicht zu lange auf einer Stelle sitzen bleiben.« Er geht mit unsicheren Schritten über die Straße. Er bemerkt jetzt … oben … an einem Fenster des Bordells … eine Frau; eine fremde Frau. Nein, es ist nicht Betti. Er bleibt mitten auf dem Fahrweg stehen. Die Straße ist leer. Du müßtest jetzt wirklich nach Hause gehen; es ist ja schon fast Nacht. Sein Blick schweift die Straße hinunter, über die Reihen der Häuser, die jetzt wie stumme Schatten in die Dunkelheit ragen. Er bemerkt ein paar rauchende Frauen an der Bordellmauer, die auf späte Kundschaft lauern. Ab und zu kommt eine Männergestalt aus dem großen Haus und verschwindet um die Ecke. Man könnte die Huren mal fragen, ob sie nicht was von Betti gehört haben, denkt er; nur mal fragen, da ist ja weiter nichts dabei.

Er taumelt weiter. Nur mal fragen, nur mal fragen. Auf der anderen Straßenseite strafft er seine Gestalt; er drückt den Hut noch schiefer ins Gesicht und glaubt, daß er so nicht auffällt. Während er an den Reihen der Huren vorbeischlurft, mustert er prüfend ihre Gesichter; sie ähneln Betti alle ein wenig, aber es ist nur die starke Schminke und das steife Lächeln, die diese Ähnlichkeit vortäuschen. Ranek geht einige Male vor den Reihen auf und ab. Sie grinsen ihn an und finden ihn lustig. Eine von ihnen flüstert ihm zu: »Willst du 'ne späte Nummer machen?«

Und dann sieht sie ihn genauer an und sagt: »Natürlich nicht.« Sie fügt warnend hinzu: »Geh lieber nach Hause, Kleiner. Oder willst du geschnappt werden? Es ist doch gleich Nacht. Oder hast du 'n Sonderausweis?«

Ranek schüttelt den Kopf. »Können Sie mir nicht 'ne Auskunft geben?« flüstert er. Und dann erzählt er ihr mit kurzen Worten, wen er sucht und warum er sie sucht.

Endlich kommen der Dicke und die Hure aus dem Friseurladen heraus. Der Dicke steckt dem Ondulierten drei Birnen zu. »Weil du so lange gewartet hast«, grinst er. »Sie sind doch nicht etwa böse, wie?« fragt er dann den Friseur.

»Nein, ich hab' nur Angst um Sie gehabt, weil … weil's so spät wurde.«

»Ich hab 'nen Sonderausweis. Mich dürfen die nicht schnappen.«

»Natürlich, daran hab' ich nicht gedacht.«

»Darf ich die Birnen jetzt essen?« fragte der Ondulierte.

»Es gibt gleich Nachtmahl!« fährt der Friseur ihn an. »Heb sie dir für morgen auf.«

Die große Blonde sagt: »Gute Nacht. Kommen Sie wieder mal vorbei.« Dann geht sie über die Straße.

»Die war nicht schlecht«, sagt der Dicke, »verdammt forsches Frauenzimmer.«

»Deshalb hat's wohl auch so lange gedauert?« versucht der Friseur zu scherzen.

»Man ist schließlich nicht mehr der Jüngste«, seufzt der Dicke.

Der Friseur lächelt; dann sagt er: »Wann wollen Sie sich morgen rasieren?«

»Am Nachmittag.«

»Also, am Nachmittag?«

Der Dicke nickt. Er tätschelt den Jungen, und dann sagt er: »Gute Nacht.«

»Gute Nacht«, sagt der Friseur. »Grüße an Ihre Frau.«

»Danke«, sagt der Dicke. Und dann geht auch er.

»Komm«, sagt der Friseur zu dem Jungen. Sie treten in den Laden, und der Friseur schließt die Tür von innen ab.

Inzwischen hat sich die große Blonde zu der Reihe ihrer Kolleginnen gesellt.

Eine von ihnen sagt jetzt zu ihr: »Hast du den Abgerissenen gesehen, der soeben ins Bordell reingegangen ist?«

»Nein, hab' ich nicht.«

»Stell dir vor, der ist da reingegangen.«

»Was geht mich das an?«

»Ich glaube, der war nicht mehr ganz beisammen. Hat die Betti gesucht. Erinnerst dich doch noch an sie?«

»Natürlich.«

»Ich hab' ihm gesagt, daß sie nicht erschossen wurde; hab' ihm gesagt, daß man sie aufgehängt hat. Aber er wollte es nicht glauben. Er sagte immer wieder: ›Euch hat man dort gut behandelt, und ihr seid wieder zurückgekommen. Warum nicht sie? Warum soll man sie denn aufgehängt haben?‹ ›Hat eben Pech gehabt‹, hab' ich gesagt. ›Oder weil sie so mager war, was weiß ich.‹ Aber das wollte er auch nicht glauben. Der Portier war gerade nicht da. Und da ist er reingegangen.«

»Verrückt«, sagte die große Blonde kopfschüttelnd, »der glaubt wohl am Ende, daß sie dort oben ist?«

Vor einiger Zeit hatte der Portier ein Schild im Bordellhof angebracht. Darauf stand: »Der Keller ist kein Klosett!!!« Natürlich hatte sich niemand darum gekümmert; das Schild war ja auch bald wieder verschwunden, und der Portier selbst schien die Sache inzwischen längst wieder vergessen zu haben.

Der Kellerraum war im Lauf der Sommermonate zu einem stinkenden, braunen Teich angeschwollen, der bereits die untersten Stufen überschwemmte; es war noch ein Glück, daß die Bucklige ab und zu ein wenig ausschöpfte, sonst wären wohl auch die oberen Stufen längst übergelaufen, und das durfte auf keinen Fall geschehen, weil sie Heimat und Bleibe für viele Menschen waren.

Die Bucklige entsann sich noch jener Zeit, als sie die einzige Bewohnerin der Kellertreppe war. Sie hatte sich oft gewünscht, mal irgendwo ganz allein zu schlafen, weil sie, wie die meisten Leute, daran glaubte, daß das Recht auf Ungestörtheit nur den Glücklichen auf dieser Erde zukam. Als sie aber dann endlich allein war, begann die Einsamkeit wie Zentnerlasten zu drücken. Der Mensch ist nie zufrieden, dachte sie damals. Du hast in einem Kuhstall gewohnt und hast dich von dort weggesehnt, und jetzt, da du endlich allein bist, sehnst du dich in den Kuhstall zurück. Sie erinnerte sich, wie das Grauen sie damals beschlichen hatte. Nachts war es unheimlich still im Hof gewesen. Der Wind rüttelte die Hoftür, und ihr war, als bringe er die Geister der ausgestorbenen Puschkinskaja mit sich. Ab und zu drangen wohl Laute aus den rückwärtigen Bordellfenstern zu ihr herab – abgerissene Laute, das Gelächter einer Hure oder das Fluchen eines Betrunkenen, auch das Klirren zerschlagener

Gläser –, jedoch nach Mitternacht hörten auch diese Geräusche auf, und dann waren nur noch der Wind da und die Geister, die durch den leeren Hof fuhren, und das gleichmäßige Plätschern des Flusses hinter der langen Mauer. Manchmal konnte sie diese Stille nicht ertragen, und dann ging sie zu der Holzbank, die vor der Hofmauer stand; sie stellte sich dort hinauf, zog sich an der Mauer hoch, starrte auf den schwarzen Nachtfluß und schrie den Fluß so lange an, bis sie vor Erschöpfung nicht mehr konnte; dann war sie beruhigt, denn die Erschöpfung schläfert auch die Angst ein.

Ihre Einsamkeit hatte nicht lange gedauert. Bald hatte es sich herumgesprochen, daß man im Bordellkeller sein Nachtquartier aufschlagen konnte, ohne Gefahr zu laufen, wieder vertrieben zu werden. Zwar wurden warnende Stimmen laut, die behaupteten, daß der Keller nur eine Falle sei, aber diese Stimmen wurden nicht beachtet. Zuerst kamen die Leute nur vereinzelt, ein bißchen ängstlich und mißtrauisch, dann wurden es mehr und mehr. Sie kamen, und sie blieben. Die Bucklige war zufrieden. Sie hatte wieder ihren Kuhstall.

Als das Kaffeehaus abbrannte und wieder ein neuer Menschen-schub ankam, drohte die Lage kritisch zu werden. Es hatte viel heißes Blut gegeben, und die Bucklige erinnerte sich, daß die vom Kaffeehaus sich fürchterlich untereinander geprügelt hatten, weil jeder gern in den Keller wollte. Aber das war unmöglich. So viele konnten nicht rein. Ein paar fanden noch auf der Treppe Platz, die übrigen mußten ihr Lager im Hof aufschlagen. Der Hof war ja geräumig genug.

Heute abend ging es auf der Kellertreppe gemütlich zu. Einer der Neuankömmlinge aus dem Kaffeehaus hatte eine Petroleum-lampe mitgebracht, die er angeblich billig von Itzig Lupu gekauft

hatte; sie hing jetzt an einem rostigen Nagel über der Treppe und
breitete gedämpftes Licht aus. Hier nahm man's mit der Abdunklung nicht so genau, weil das Licht weder von der Straße noch
vom Fluß aus gesehen werden konnte. Eine kleine Gruppe, die
aus zwei Männern, einer Frau und einem ungefähr zwölfjährigen
Jungen bestand, spielte Poker. Einige Leute kiebitzten. Auch die
Bucklige schaute interessiert zu. Die Einsätze waren gleichmäßig
zugeschnitzte Kartoffelschalen. Wer gewann, gab gewöhnlich
etwas an seinen Kiebitz ab; auf diese Weise hatte die Bucklige
schon öfter was zu essen bekommen.

Einer der Spielenden hatte einen eitrigen Schädel; er war ein
roher Kerl, mit dem nicht zu spaßen war. Der zweite Mann trug
einen großen, schmutzigen Verband um die Ohren und nannte
sich Max. Die Frau gehörte zu ihm; ihr Kopf war in ein schönes
rotes Tuch gehüllt, um das sie die Leute beneideten. Der vierte
Spielpartner war der Zigarettenjunge; ein kleiner Teufel, behaupteten die Leute, denn er verstand sich besser aufs Pokerspielen als
die Großen.

Das Spiel hatte noch vor Einbruch der Dunkelheit begonnen
und dauerte nun schon mehr als zwei Stunden; mittlerweile war es
tiefe Nacht geworden, ohne daß die Spieler zu ermüden schienen.
Es ging immer hitziger zu. Der Eitrige war am Verlieren und
fluchte wie ein Droschkenkutscher. Auch der Zigarettenjunge
hatte diesmal ausnahmsweise kein Glück und wechselte schon
zum drittenmal eine Zigarette gegen neue Einsätze um. Der
Verbundene und die Frau mit dem roten Tuch aber gewannen
andauernd. Die Frau mit dem roten Tuch sagte jetzt: »Genug für
heute.« Der Verbundene nickte: »Jawohl, Lea, du hast recht; es ist
Zeit, schlafen zu gehen.«

»Scheiße«, sagte der Eitrige zu dem Verbundenen, »es wird

weitergespielt. Oder willst du, daß ich dir den Verband runterreiße?«

»Max«, sagte die Frau mit dem roten Tuch, »mit dem hätten wir gar nicht spielen sollen. Wer nicht verlieren kann, soll überhaupt nicht spielen.«

»Sie haben leicht reden, Lea.« Der Eitrige lachte wütend. »So einfach zieht man sich nicht aus der Affäre. Wollen Sie mal sehen, wie ich Ihrem Freund den Verband runterreiße?«

Jetzt gab die Bucklige dem Zigarettenjungen einen Stoß; sie kauerte die ganze Zeit hinter ihm und wußte, daß heute sowieso nichts mehr für sie abfallen würde.

»Hör auf!« flüsterte sie dem Jungen ins Ohr. »Sonst gibt's gleich 'ne Schlägerei.«

Der Junge warf ihr einen kurzen Blick zu, und dann sah er hinunter auf die nächste Stufe, auf der die kleine Ljuba saß und ihn aufmerksam beobachtete; hellwach war die Kleine, obwohl sie doch schon längst schlafen sollte.

Plötzlich warf der Junge die Karten weg. »Max und Lea haben recht«, sagte er zu dem Eitrigen, »wir können ja morgen weiterspielen.«

»Du hast überhaupt nichts zu bestimmen«, sagte der Eitrige wütend, »du Dreikäsehoch.«

»Zum Spielen bin ich gut genug, was?« antwortete der Junge frech. »Aber mitreden darf ich nicht?«

Der Eitrige wollte gerade antworten, als auf einmal ein unerwartetes Geräusch aus der Richtung des Hofeingangs alle erschrocken aufblicken ließ. Jemand hatte die Tür geöffnet und sie knallend wieder zugeschlagen, und jetzt näherten sich schlurfende Schritte.

»Wer kommt denn noch so spät?« fragte einer der Kiebitze

ängstlich.

»Wahrscheinlich Polizei«, flüsterte der Verbundene, »da habt ihr's mit eurem lauten Geschrei. Macht die Lampe aus!«

Die Schritte aber waren schon zu nah, und es war das beste, sich jetzt still zu verhalten und sitzen zu bleiben. Im nächsten Moment tauchte ein einzelner Mann aus dem Dunkel auf. Er blieb im Kellereingang stehen. Sein Gesicht war blutüberströmt. Es war Ranek.

Die kleine Ljuba war die erste, die das jäh eingetretene Schweigen unterbrach, denn sie fing leise zu weinen an, wie nur ein Kind weinen kann, das sich nachts in seinem Bettchen aufrichtet und glaubt, der schwarze Mann stehe mitten im Zimmer ... und plötzlich geht das Licht an, und es sieht den Vater und die Mutter. Der Zigarettenjunge nahm sie rasch in seine Arme. »Sei still«, flüsterte er, »das ist doch kein Polizist; das ist doch bloß ein Bettler.«

»Gott, hat der mir 'nen Schreck eingejagt«, stieß nun die Bucklige aus, und dann sagte sie zu den eingeschüchterten Leuten: »Den kenn' ich, der ist harmlos«, und mit diesen Worten erhob sie sich und kletterte nach oben. Der Eitrige begann wieder zu fluchen. Er hatte Ranek nicht erkannt. Er verfluchte den fremden Störgeist und das abgebrochene Kartenspiel und Gott und das Bordell und den Keller, aber niemand schenkte ihm Gehör. Der Verbundene sammelte schnell die Spielkarten ein; sie waren sein Eigentum ebenso wie die Frau mit dem roten Tuch, die er niemals heiraten würde. Die Frau raffte die gewonnenen Kartoffelschalen zusammen und stopfte sie in ihre zerdrückte Handtasche.

Die Leute kümmerten sich bereits nicht mehr um Ranek. Sie hatten gesehen, wie die Bucklige auf ihn zustürmte und ihn mit einem Schwall von Worten überschüttete und dann mit ihm in dem dunklen Hof verschwand; er war eben ein Bekannter von ihr, dachten sie, der wohl im Hof übernachten wollte. Hätte er die Absicht gezeigt, jemanden von der Kellertreppe zu verdrängen, dann hätten sie sich alle wie ein Rudel wütender Wölfe auf ihn gestürzt, aber die Bucklige hatte gesagt: »Der ist harmlos«, und die Harmlosen nahm man nicht ernst; sie waren unwichtig, weil sie nicht imstande waren, durch ihre bloße Gegenwart in andere Schicksale einzugreifen. Sie stießen niemanden. Sie gingen nur vorbei.

Inzwischen hatte die Bucklige Ranek zur Hofmauer geführt. Ranek war nicht ernstlich verletzt. Es war nur Nasenbluten. Zwar rann's wie ein roter Bach aus seiner Nase – über Kinn und Hals und unter seine Jacke, aber das würde aufhören, wenn er sich erst mal hinlegte und den Kopf zurückbog. Er hätte sich gern auf die Bank gelegt, die vor der Mauer stand, aber die Bank war schon besetzt; so legte er sich im Hintergrund der Bank zu den anderen dunklen Gestalten, die dort auf der Erde ruhten.

Nach einer Weile hörte das Bluten auf. Er sagte der Buckligen, daß er sein Gesicht waschen wolle, und dann erhob er sich und folgte ihr an eine Stelle des Hofes, wo angeblich ein Wasserkübel stehen sollte. Die Bucklige konnte den Kübel nicht gleich finden, und so tasteten beide im Dunkeln herum.

»Was suchen Sie eigentlich nachts in dieser Gegend?« fragte sie zum wiederholten Male. »Sie haben doch ein Zuhause.«

»Natürlich hab' ich ein Zuhause.«

»Sie waren im Bordell, stimmt's?«

»Stimmt«, sagte Ranek, »im Bordell ... stimmt haargenau.« Jetzt stieß er an den Kübel; er bückte sich und steckte seine Hände hinein. »Kein Wasser drin«, sagte er.

»Die Schweine haben wieder mal alles ausgesoffen.«

»Wo gibt's sonst noch Wasser?«

»An der Straßenecke ist eine Pumpe, aber Sie können jetzt nicht hin.«

»Verflucht!« Er wischte sich wieder und wieder mit den Händen über sein verschmiertes Gesicht.

»Sie werden sich eben morgen waschen«, sagte die Bucklige, »die Hauptsache, daß das Nasenbluten aufgehört hat.« Und sie fragte: »Hat Sie der Portier verprügelt?«

»Wer sonst?«

»Ein gemeiner Kerl.«

»Ich habe mich gewehrt, so gut ich konnte, aber er ist viel kräftiger als ich; da sieht man wieder mal, daß man von Tag zu Tag schwächer wird.«

»Wie konnte er Sie nur so schlagen!«

»Ich werd's ihm eines Tages heimzahlen«, sagte Ranek, und dabei zitterte seine Stimme vor Haß. »Ich rechne mit ihm ab, sobald ich wieder bei Kräften bin.«

Sie nickte und sie dachte: Da kann der Portier lange warten. Armer Ranek, du siehst nicht danach aus, als ob das Leben noch viel mit dir vorhätte. Sie sagte: »Ja, natürlich. Sie werden bestimmt mit ihm abrechnen.«

Sie gingen wieder zurück zur Hofmauer; sie setzten sich dorthin, und nun erzählte ihr Ranek, warum er ins Bordell gegangen war, obwohl sie ihn doch gewarnt hatte. Er erzählte lange und ausführlich. Das Sprechen schien ihm offensichtlich Spaß zu bereiten, und sie wußte auch, warum, denn auch sie empfand Appetit bei seinen Worten. Als er geendet hatte, sagte sie: »Also deshalb ... weil Sie Fleisch gerochen haben ... deshalb gingen Sie dort rauf? Die ganze Straße hat nach Fleisch gerochen, sagen Sie, nicht wahr? Und die Häuser und der Dreck auf der Straße?«

»Ich hab's wirklich gerochen«, sagte er. »Auch unlängst ist mir so was passiert ... da war's Puder ... heut aber war's Fleisch.«

»Puder hab' ich auch mal gerochen«, sagte sie.

»Wo denn?«

»Auf dem Klosett, unten in dem beschissenen Keller.« Sie versuchte zu lachen, und auch er stimmte nun ein und lachte sein meckerndes, freudloses Lachen.

»Den Geruch von Puder kann man bekämpfen«, sagte er dann, »Fleischgeruch aber macht einen ganz verrückt.«

»Das glaub' ich Ihnen.«

»Später, als ich über die Straße ging, da wußt' ich, daß alles nur Einbildung war, ich wollte auch gar nicht mehr ins Bordell, denn ich sagte mir: Das ist doch Unsinn. Du riechst wieder mal was, das nur in deiner Phantasie existiert; aber meine Beine ... meine Beine waren's, als ob sie ihren eigenen Willen hätten, sie gingen einfach rauf in das verdammte Haus ... sie schleppten mich mit, verstehen Sie das?«

»Natürlich versteh' ich das«, sagte die Bucklige.

Im Keller wurde das Licht gelöscht. Die Nacht war schwül und stockfinster; es war kein Wunder, daß es nach solch einem heißen Tag regnen würde. Ein leichter Wind strich über den Hof wie der glühende Atem eines Fiebernden. Für die trockene Erde wäre der Regen wohl eine Erlösung gewesen, aber den Menschen, die im Freien schliefen, brachte er nur Erkältung, Krankheit und Tod.

Eine der Gestalten, die auf der Bank schliefen, – eine Frau – hob jetzt den Kopf und schaute prüfend nach oben. »Gott«, flüsterte sie. »Was machen wir nur, wenn es regnet?« Sie schaute

sehr lange in die Nacht dort oben und sprach ein leises Stoß-
gebet. Noch fielen keine Tropfen. Vielleicht würden die Wolken
sich wieder verziehen?

Sie beugte sich seitwärts. Sie tastete über die Beine ihres
Mannes ... dann über die Beine des Kindes.

Das Kind richtete sich jetzt auf. »Warum schläfst du nicht?«
fragte die Frau.

»Mir ist heiß«, sagte das Kind, »hoffentlich regnet's bald.«

»Nein, nein«, sagte die Frau, »es ist besser, wenn's nicht
regnet.«

»Ich hab' Durst«, sagte das Kind.

Die Frau stand auf, um etwas Wasser zu holen. Sie irrte eine
Weile im Hof herum, bis sie den leeren Kübel fand. Sie hielt ihn
hoch. Sie stülpte ihn um. Und sie ging wieder zurück zur Bank.

»Es ist kein Wasser mehr im Kübel«, sagte die Frau zu dem
Kind. Das Kind legte sich wieder zurück. Es schob die Beine
seines Vaters ärgerlich an den Rand der Bank, so weit, daß der
Mann heruntergefallen wäre, wenn die Frau es nicht gesehen
und die Beine schnell wieder zurückgeschoben hätte. Kinder sind
egoistisch, dachte sie, was kann man da machen.

»Stella!« sagte sie, »Stella! Das darfst du nicht noch mal
machen! Leg dich mit dem Kopf auf seine Beine, das geht schon!«

»Ich will nicht auf seinen Beinen liegen«, muckte das Kind
auf.

»Du tust, was ich dir sage! Hörst du! Sonst darfst du morgen
nicht mit Ljuba spielen. Du willst doch wieder mit ihr spielen,
nicht wahr?«

»Ja, Versteck spielen«, sagte das Kind.

»Gut. Dann leg dich jetzt auf seine Beine.«

»Ja«, sagte das Kind leise.

Die Frau blieb wegen des Platzmangels aufrecht sitzen. Sie lehnte nur den Kopf etwas zurück, auf die breite Lehne, und schloß die Augen. Die Leute an der Hofmauer schnarchten wie Kreissägen. Eine Weile konnte die Frau nur das Geschnarche hören, dann aber fingen die Bucklige und der Neue, den die Bucklige immer mit dem Namen Ranek ansprach, wieder miteinander zu flüstern an, und da sie so dicht neben der Bank saßen, konnte die Frau jedes Wort verstehen. Schon vorhin hatte sie die ganze Unterhaltung mitangehört, ohne es eigentlich zu wollen.

Jetzt sagte Ranek: »Der Eitrige hat mich mal bestohlen. Das war damals, als ich mit ihm zusammen schlief … im Kaffeehaus … unterm Tisch. Konnt' ihm aber nichts nachweisen.«

»Lassen Sie ihn in Ruhe«, sagte die Bucklige. »Oder wollen Sie wieder Prügel kriegen?«

»Eines Tages werd' ich auch mit ihm abrechnen«, sagte Ranek.

Dann fragte er: »Ich sah ihn vorhin Karten spielen; wer ist eigentlich der Kerl mit dem Verband um den Kopf, der neben ihm saß?«

»Das ist Max«, sagte die Bucklige.

»Ist er verletzt?«

»Er ist gesund wie ein Pferd.«

»Warum trägt er den Verband?«

»Bloß aus Eitelkeit.«

»Das versteh' ich nicht.«

»Im vorigen Winter sind ihm beide Ohrmuscheln erfroren. Er will nicht, daß man die häßlichen Stellen sieht.«

»Das ist doch egal.«

»Ist sein Geheimnis. Weiß niemand außer mir. Ich kenn'

ihn schon sehr lange … von der Straße. Kannte ihn schon im Winter.«

»Warum macht er 'n Geheimnis daraus?«

»Er hat jetzt 'ne Freundin. Sie haben sie doch gesehen … die mit dem roten Tuch. Sie weiß nichts von den erfrorenen Ohren. Sie glaubt, es sind bloß Eiterwunden.«

»Warum sagt er ihr nicht die Wahrheit?«

»Eiterwunden können heilen«, sagte die Bucklige, »aber Ohren wachsen nicht wieder nach. Er hat Angst, daß die Frau ihn sitzenläßt, wenn sie die Wahrheit erfährt.«

Die beiden schwiegen eine Zeitlang. Dann fing Ranek wieder an: »Diese verdammten spitzen Steine!«

»Meckern Sie doch nicht soviel«, sagte die Bucklige.

»Ich würd' mich am liebsten auf die Bank legen.«

»Die Bank ist besetzt.«

»Das weiß ich.«

»Na also.«

»Wer liegt denn auf der Bank?«

»Eine Frau, ein Kind und ein Sterbender.«

»Ein Sterbender? Hat er Flecktyphus?«

»Ich weiß nicht, was er hat. Seine Frau will's nicht sagen.« Die Stimmen wurden leiser. Die beiden kicherten, flüsterten dann wieder, und dann versandete das Gespräch.

»Mama, ich muß mal Pipi machen«, sagte jetzt das Kind zu der Frau auf der Bank.

»Geh schon«, sagte die Frau unwillig.

Das Kind kletterte von der Bank herunter und hockte sich neben die Hofmauer hin. »Paß auf!« zischte die Frau. »Dort schlafen doch Leute! Geh ein Stückchen weiter weg!«

Das Kind gehorchte. Dann kam es zurück und legte sich wieder hin. Es fragte: »Wird Papa heut nacht sterben?«

»Ich weiß nicht«, sagte die Frau barsch.

»Du hast mir nie gesagt, was er hat.«

»Er ist krank«, wich die Frau aus. »Er ist sehr krank.«

Das Kind gähnte. Es spielte eine Weile mit den Zehen seines Vaters; dann fragte es: »Warum sterben hier so viele Leute?«

»Weil sie verdammt sind.«

»Muß auch Papa deshalb sterben?«

»Wenn du fleißig betest«, sagte die Frau, »dann wird er vielleicht am Leben bleiben.«

Das Kind gähnte wieder. Es sagte dann: »Ich bin jetzt zu müde, um zu beten. Hat es bis morgen Zeit? Oder ist er morgen schon tot?«

»Sei jetzt ruhig«, sagte die Frau, »sei jetzt ruhig.«

Die Frau war sitzend auf der Bank eingenickt. Ein wüster Lärm aus der Richtung des Kellers aber weckte sie etwas später wieder auf. Am Keller wurden obszöne Lieder gesungen, rauhes Gelächter und das Wehklagen der kleinen Ljuba mischten sich wie eine groteske Begleitmusik dazwischen. Sie konnte jetzt deutlich hören, wie jemand um Hilfe rief. Gott, dachte sie, das ist doch der Zigarettenjunge. Sie lauschte mit klopfendem Herzen. Der Lärm kam näher. »Stella«, flüsterte sie. »Komm her.« Sie setzte sich so, daß sie das Kind mit ihrem Rücken verdeckte. »Verhalt dich still«, flüsterte sie, »und wenn sie mit ihren Taschenlampen herleuchten, dann hab' keine Angst; sie werden dich nicht sehen.«

Jedoch niemand näherte sich der Bank. Der Lärm wurde schwächer, entfernte sich mehr und mehr und verklang dann auf der Straße.

Die Frau beugte sich jetzt über die Lehne der Bank. »Was war denn los?« fragte sie die Bucklige.

»Ich werd's gleich erfahren«, kam die Antwort.

Die Bucklige lief jetzt zum Keller. Die Frau auf der Bank starrte ihr nach. Das Kind fragte: »Mama, sind sie weg?«

»Ja, weg.«

Raneks Stimme: »Hier hat man auch keine Ruhe, was?« Er zerrte sich an der Bank hoch und näherte seinen Mund ihrem Ohr: »Darf ich 'n bißchen neben Ihnen auf der Bank sitzen?«

»Es ist kein Platz«, antwortete die Frau, und sie dachte: Pfui Teufel, wie schlecht der riecht.

»Nur 'n paar Minuten«, sagte Ranek, »mein Hintern ist schon ganz wund von den verfluchten Steinen.«

»Kein Platz«, fauchte die Frau.

Die Bucklige kam wieder vom Keller zurück. »Stellen Sie sich vor. Drei Soldaten waren es. Waren stockbesoffen. Sie haben die kleine Ljuba mitgenommen.«

»Furchtbar«, hauchte die Frau auf der Bank.

»Der Zigarettenjunge ist mitgegangen«, sagte die Bucklige. »Er wollte die Kleine nicht allein lassen.«

»Haben die Soldaten den Jungen nicht weggejagt?«

»Er ließ sich nicht wegjagen. Die waren so besoffen, daß sie ihn schließlich mitgenommen haben.«

»Vielleicht wollen sie, daß der Junge mit dabei ist, wenn die Kleine entjungfert wird«, sagte Ranek, »ist 'n doppelter Spaß.«

Die Frau auf der Bank sagte wieder: »Furchtbar. Wie alt ist die Kleine eigentlich?« fragte sie dann.

»Acht«, sagte die Bucklige.

»Meine ist sieben«, sagte die Frau auf der Bank.

»Dann hat sie noch Zeit«, beruhigte sie die Bucklige.

Als es zu regnen anfing, entstand eine regelrechte Panik im Hof, so daß es den Anschein hatte, als wäre wieder eine Treibjagd im Gange. Viele, die nach dem Zwischenfall mit der kleinen Ljuba wieder eingeschlafen waren und friedlich auf der nackten Erde schnarchten, erwachten von der kalten Dusche und taumelten schlaftrunken hoch und stießen gegeneinander. Ängstliche Rufe erschollen im Dunkeln. Manche Leute versuchten, in den schützenden Keller einzudringen; die Kellerbewohner jedoch hatten inzwischen wieder die Lampe angezündet und paßten scharf auf, daß niemand durch den Eingang schlüpfte. Es war ein Glück, daß der Wind an Stärke zugenommen hatte, und da er von der Straßenrichtung herwehte und den Regen schräg über den Hof peitschte, blieb ein Streifen Erde an der Hauswand im Trokkenen. Die Menschen reihten sich dort auf. Manche standen und drückten ihre Rücken an die Wand, andere, die zu schwach zum Stehen waren, sackten neben der Wand hin und schliefen weiter. Nur der Sterbende auf der Bank und einige Halbtote in der Nähe der Hofmauer blieben ohne Deckung liegen und regneten wie Wäschestücke ein.

Ranek hatte sich der allgemeinen Flucht nicht sofort angeschlossen. Auch er war eingeschlafen und dann vom Regen überrascht worden, aber da er neben der Bank saß, hatte er das einfachste Mittel gewählt, um der Nässe zu entkommen: Er war unter die breite Bank gekrochen.

Er war nicht allein, denn die Frau des Sterbenden und das Kind lagen bereits dort. Sie machten ihm furchtsam Platz. Eine Weile ging alles gut, dann aber begann es unter die Bank zu regnen.

»Mama, wir werden naß«, sagte das Kind.

»Geh rüber zu den anderen und stell dich unter«, sagte die

Frau. Als das Kind fort war, wandte sie sich an Ranek: »Glauben Sie, daß es bald aufhört?«

»Glaube nicht«, sagte Ranek.

»Ich kann meinen Mann nicht länger auf der Bank lassen«, sagte sie plötzlich.

Der Regen wurde stärker. Als das Wasser wie ein Sturzbach unter die Bank zu laufen begann, kroch Ranek hervor. »Gehen Sie auch dort rüber?« fragte die Frau. »Ja«, sagte er; er wollte weiter, aber die Frau klammerte sich an seinen Füßen fest. »Helfen Sie mir!« keuchte sie verzweifelt. »Bitte helfen Sie mir; er darf nicht länger auf der Bank bleiben.«

Ranek riß sich los, aber sie rannte hinter ihm her und schrie immerfort: »Helfen Sie mir!«

Ranek erreichte die Hauswand. Er lief ein Stück an der Wand entlang, bis in die Nähe des Kellers, wo er einen freien Platz neben der Regenrinne erspähte. Er stellte sich dort unter. Sein Gesicht war naß; der Regen hatte die Blutkrusten wieder verschmiert. Er wischte sich keuchend übers Gesicht, blickte dann auf seine Hände und bemerkte, daß sie aussahen, als hätte er sie in rote Tinte getaucht.

»Was wollen Sie von mir?« sagte er jetzt zu der Frau.

Sie stand zitternd neben ihm und schaute ihn stumm an. Der schwache Lichtschein der Kellerlampe fiel auf ihr Gesicht. Es war ein vergrämtes Gesicht, das spitz und grau unter dem dunklen Kopftuch hervorsah. Die Frau trug eine Brille. Die Brillengläser waren naß vom Regen; es sah aus, als ob sie weinte.

»Was wollen Sie?« fragte er wieder.

»Sie wissen, was ich will«, sagte sie.

»Ich kann nichts für Sie tun«, sagte er.

»Er muß runter von der Bank.«

»Dann holen Sie ihn doch runter.«

»Ich kann's nicht allein. Wollen Sie mir helfen?« Sie fügte schnell hinzu: »Ich will's nicht umsonst. Ich geb' Ihnen was dafür.«

»Brot?« fragte er lauernd.

»Brot hab' ich nicht. Ich geb' Ihnen Bohnen.«

»Was für Bohnen?«

»Kommen Sie schon! Bitte! Schnell!«

»Was für Bohnen?«

»Richtige, gefleckte. Wirklich!«

»Zeigen Sie her!«

»Ich hab' sie in der Tasche. Kommen Sie! Schnell!«

»Zeigen Sie erst mal!«

Die Frau suchte verstört in ihren Taschen; als ihre Hände wieder zum Vorschein kamen, waren sie zu Fäusten geballt. Ranek lachte heiser. Er sah, wie sich die Hände wieder öffneten.

»Sehen Sie?«

Ranek nickte. »Gut«, sagte er.

»Kommen Sie nun?«

»Ja.«

Er folgte ihr durch den strömenden Regen. Als sie wieder bei der Bank ankamen, war sie leer. Keine Spur mehr von dem Mann. »Wo ist er?« fragte er. »War doch eben noch da?«

Plötzlich sagte sie: »Hier!«

Ranek bückte sich schnell; seine Hände stießen an den Körper des Mannes. Der Regen hatte ihn von der Bank heruntergeschwemmt.

Während Ranek und die Frau noch damit beschäftigt waren, den Sterbenden über den Hof zu schleifen, kehrten der Zigarettenjunge und die kleine Ljuba aus dem Bordell zurück. Das Mädchen begab sich still auf seinen Platz auf der Kellertreppe. Die Leute wichen ihr scheu aus. Dafür aber wurde der Junge mit neugierigen Fragen bestürmt: »Was ist passiert? Hat man sie entjungfert? Hat sie geschrien? Ist sie dabei ohnmächtig geworden? Blutet's noch? Können wir etwas für sie tun?«

»Nichts ist ihr passiert«, sagte der Junge.

»Wieso denn?«

»Ich war doch dabei.«

»Na, erzähl mal!«

»Die Soldaten haben Ljuba ins Bordell raufgeschleppt«, sagte der Junge. »Ich hab' ihnen gesagt, daß ich mit aufs Zimmer will. Und da haben sie bloß gelacht. Und dann sagte einer von ihnen: ›Wenn's dir Spaß macht, zuzugucken, dann komm mit.‹«

Die Leute staunten.

»Bist also tatsächlich mitgegangen?«

»Klar.«

»Und was war dann?«

»Die Huren kamen dazwischen. Sie ließen's nicht zu. Hättet ihr mal sehen sollen! Die Soldaten waren so besoffen, daß sie kaum auf den Füßen stehen konnten. Die Huren haben sich mit ihnen rumgeprügelt, und sie haben Ljuba vom Bett runtergezogen. Und sie ließen's nicht zu.«

»Sie ließen's also nicht zu?«

»Glaubt ihr's nicht?«

»Nein.«

»Ich kann's selber nicht glauben«, sagte der Junge, »es ist aber trotzdem wahr.«

»Na gut. Wir glauben's dir. Muß 'n schöner Schock für die Kleine gewesen sein?«

»Sie weiß nicht mal, worum es ging«, sagte der Junge, »sie hat gar keine Ahnung. Sie ist doch noch ein Kind.«

»Natürlich.«

»Sie hat mich auf dem Rückweg gefragt, warum die Soldaten sie ins Bett bringen wollten.«

»Und was hast du gesagt?«

»Ich hab' gesagt: Ich weiß nicht.«

Die Unterhaltung vor dem Kellereingang brach plötzlich ab. Eine heisere Männerstimme schrie: »Macht Platz! Los! Platz!« Die Leute sahen einen Mann und eine Frau aus dem Regen auftauchen. Die beiden schleiften ein menschliches Paket an den lose herabhängenden Armen über die nasse Erde. Die Leute drängten etwas zur Seite und machten ihnen an der Hauswand Platz.

»Das ist doch der Neue«, sagte der Zigarettenjunge.

Die Leute schauten gleichgültig zu, wie die Frau neben dem Sterbenden niederkniete und verzweifelt versuchte, seine nassen Kleider auszuwringen. Ranek zog die Frau roh von dem Mann weg und begann, ihn zusammenzurollen; er drückte dem Mann den Kopf auf die Brust, überkreuzte seine Arme und klappte dann seine Beine zusammen. »Damit er nicht so viel Platz einnimmt«, sagte er zu der Frau. Er rief ihr dann zu: »Los! Holen Sie das Kind. Wir können jetzt alle drei hier im Trockenen sitzen.«

Die Frau verschwand wieder im Regen. Sie fand das Kind frierend am anderen Ende der Hauswand. Sie packte es an den Händen und kam wieder mit ihm zurück. Inzwischen hatte sich Ranek neben dem Sterbenden hingesetzt. Als die Frau mit dem Kind anlangte, schüttelte er gerade das Wasser aus seinem Hut.

»Setz dich dorthin«, sagte die Frau zu dem Kind.

»Neben den Mann?«

»Zwischen den Mann und Papa«, sagte die Frau.

»Ist das Papa?« fragte das Kind und deutete auf das nasse Paket auf der Erde.

»Ja, das ist Papa«, sagte die Frau.

Ranek erhielt die versprochenen Bohnen. Die Frau warnte ihn: »Essen Sie sie nicht ungekocht. Warten Sie auf eine Kochgelegenheit!«

Ranek hörte nicht auf sie. Er hatte wahnsinnigen Hunger, und die Bohnen schwitzten in seiner Hand, und er konnte nicht warten, und er wollte nicht warten. Er aß, und etwas später erbrach er sich. Die Frau rückte angeekelt mit dem Kind von ihm weg.

Er merkte nicht, wie er einschlief. Als er erwachte, graute der Morgen. Der Regen hatte aufgehört. Es war warm und still. Bald würde im Osten die Sonne aufgehen.

Er dachte daran, was er heute noch alles vorhatte. Die Puderdose! Natürlich! Er mußte gleich zum Friseur. Und später? Später würde man irgend etwas anderes unternehmen. Schließlich war man ja noch nicht so hin wie das Knochenpaket dort an der Wand. Sich nur nicht gehenlassen. Das war die Hauptsache.

Jemand kam aus dem Keller. Es war der Mann mit dem Verband um die Ohren. Er trat zögernd in den dämmrigen Hof und hielt nach dem Wetter Ausschau.

Die Frau mit der Brille, die ebenfalls wach war, rief ihn zu sich heran: »Max, Max, kommen Sie doch mal her!«

»Guten Morgen«, sagte Max. »Wie geht's der kleinen Stella?«

»Danke. Sie schläft bloß.«

»Und Ihrem Mann?«

»Ich dachte heute morgen, daß ... daß ...«

»Ja, ich versteh' schon«, sagte Max.

»Noch nicht«, flüsterte die Frau.

»Noch nicht gestorben«, sagte Max, als müßte er unbedingt zu Ende sprechen, was sie nicht sagen konnte.

Die Frau nickte schwach.

»Er wird sich sicher nicht mehr lange plagen«, tröstete Max.

»Wer weiß«, seufzte die Frau.

»Sie tun ja allerhand für ihn«, sagte er anerkennend, und er fragte: »Ist er schon trocken?«

»Noch nicht ganz«, sagte die Frau.

Max prüfte die Kleider des Sterbenden. »Ja, ja«, sagte er, »noch nicht ganz. Legen Sie ihn später 'n bißchen in die Sonne. Wird 'n schöner Tag heute.«

Er gähnte faul. »Sie wissen doch, daß Lea und ich heute umziehen?« sagte er dann.

»Ich hab's von den Leuten gehört. Wohin ziehen Sie denn?«

»Auf den alten Bahnhof. Dort stehen Eisenbahnwaggons. Jetzt sind's Wohnwagen. Ist sogar Stroh drin. Nicht schlecht.«

»Ist dort nicht noch was frei?«

»Nein«, sagte Max, »ich war gestern dort ... ich weiß es, zwei Plätze werden heut frei ... zwei und nicht mehr.«

»Protektion?« fragte die Frau.

»Natürlich. Mein Bruder wohnt dort. Er wird die Plätze heut reservieren. Sonst hätten wir sie nie gekriegt.«

»Können Sie nicht was für uns tun?«

»Nein. Sind selber froh, daß man uns dort reinnimmt.«

Er grinste die Frau zufrieden an. Plötzlich fragte er: »Ist Ihnen nicht gut?«

»Wir können nicht hierbleiben«, sagte die Frau mit erstickter Stimme. »Wir müssen eine Wohnung finden. Das Kind wird mir auch noch draufgehen; nicht jeder kann so im Freien leben; erst mein Mann ... und dann das Kind.«

»Na, na, malen Sie doch nicht den Teufel an die Wand.«

Das Kind war erwacht. Es hatte auf dem Schoß seiner Mutter geschlafen, und jetzt rappelte es sich auf und kam schlaftrunken auf Ranek zu. Die Frau aber riß es schnell zurück. »Stella!« keifte sie, »geh nicht zu ihm! Er hat sich erbrochen. Tritt nicht rein. Pfui, Stella, tritt nicht rein!«

5

Der Portier war am frühen Morgen mit einer Bitte zum Friseur gekommen. »Wenn sich der Abgerissene wieder hier blicken läßt«, und er beschrieb Ranek ganz genau, »dann kommen Sie doch mal rüber und verständigen mich, falls ich nicht vor der Tür bin; heut vormittag werd' ich nämlich 'ne Zeitlang im Haus zu tun haben ... ist 'n kaputtes Bett ... muß repariert werden; also, falls ich nicht vor der Tür bin, dann kommen Sie ruhig 'n Moment rein. Brauchen sich nicht zu genieren.« Und dann hatte ihm der Portier erzählt, wie der Kerl sich gestern nacht ins Bordell eingeschlichen hatte. Es wäre nicht zum erstenmal gewesen. »Diesmal hab' ich ihn zwar ordentlich verprügelt«, sagte der Portier, »jedoch ist die Angelegenheit damit noch nicht erledigt. Heut früh nämlich hat sich eines der Mädchen beklagt, daß Geld aus ihrer Handtasche fehle. Gestohlen! Was sonst? Der Verdacht liegt klar auf der Hand. Der Abgerissene natürlich. Hat sich ja lang genug im Haus aufgehalten. Also, wenn der Kerl sich wieder blicken läßt ...«

Soeben war der Abgerissene eingetreten. Der Friseur hatte gleich seine Jacke angezogen und war aus dem Laden gegangen. Diese verfluchten Gefälligkeiten, dachte er jetzt ärgerlich: heute der Portier, gestern der Dicke und ein anderes Mal war's das Hurengesindel; jeder wollte Gefälligkeiten von ihm. Und man hatte nicht den Mut, ihnen was abzuschlagen; nein, man hatte einfach nicht den Mut. Er ärgerte sich besonders, wenn die Huren mit diesen verfluchten Gefälligkeiten zu ihm kamen. Sie kamen meistens nur, wenn sie in Geldverlegenheit waren; manche sagte ihm dann Schmeicheleien, andere wieder versuchten, ihn zu erpressen, indem sie ihm mit ihren Beziehungen drohten, und es gab auch welche, die ihn einfach verhöhnten. Ein freches Gesindel war's; aber sie wußten genau, daß er Angst vor ihnen hatte und deshalb immer was aus seiner Tasche rausrückte, obwohl er sie im geheimen verfluchte.

Da kam gestern die kleine Schwarze zu ihm.

»Wie geht's, Alter?« begrüßte sie ihn.

»Danke«, sagte er.

»Schönes Wetter, wie?« sagte die Hure und feixte.

»Ja«, sagte er mißtrauisch.

Ihre Freundlichkeit war ihm neu, denn die kleine Schwarze war immer kühl gewesen, viel kühler als das andere Gesindel. Und da hatte er sich gedacht: Also auch die will was. Aber geschenkt kriegt sie nichts, das soll sie ja nicht glauben; höchstens was gepumpt, verdammt; man wäre ja verrückt.

»Hör mal«, lächelte die kleine Schwarze freundlich, »du hast doch der Klara neulich ausgeholfen?« Sie fixierte ihn unangenehm. »Kannst du mir nicht mal aushelfen? Nicht viel ... bloß mit zwei Mark ... ist 'ne dringende Sache.« Die Hure war ganz nah an ihn herangetreten und atmete ihm ins Gesicht, ein süßlicher, geiler Atem, wie nach Halva oder gezuckerten Mandeln. »Hör mal«, sagte sie vertraulich, »ich will nichts umsonst. Du verstehst?« Sie zwinkerte ihm zu: »Ich hab' schon mal was mit 'nem Schwulen gehabt; du bist nicht der erste.« Sie lachte. »Ich kann auch mal den Mann spielen, wenn's sein muß. 'ne Kleinigkeit für mich; ich hab' nämlich ...«, sie lispelte ihm verschämt ins Ohr, »'nen haarigen Arsch ... hast du das gern?«

»Nein, danke«, sagte er, »wissen Sie, ich lebe sehr solide, pumpe Ihnen aber was, wenn Sie wollen. Aber ich möchte das Geld wiederhaben, verstehn Sie, wie man so sagt: Wiedersehn macht Freude. Ich hab's auch nicht so dicke.«

Er war mit zögernden Schritten über die Straße gegangen, und nun stand er unentschlossen vor dem Bordell. Keine Spur von dem Portier zu sehen. Repariert wahrscheinlich noch immer das Bett, dachte er. Er empfand heftigen Widerwillen davor, in das verrufene Haus hineinzugehen, aber er gab sich einen inneren Ruck und sagte sich: Los, Joschku, du hast es dem Portier versprochen und kommst jetzt nicht mehr drum herum; unangenehm nur, daß die Leute dich hier reingehen sehen ... dich ins Bordell ... ha ... lächerlich ... lächerlich ... was wird man denken? Und er schaute sich verlegen um, und dann trat er plötzlich entschlossen ein.

Er mußte mehrere Male rufen, ehe von oben aus dem zweiten Stock geantwortet wurde. Er wartete. Er zupfte nervös an seiner Krawatte. Dann hörte er gedämpfte Schritte auf dem billigen, abgenutzten Treppenteppich, und kurz darauf tauchte der Portier in der Diele auf. Er trug kein Hemd, bloß ein verfärbtes Leibchen unter den lila Hosenträgern.

»Ach, Sie sind's«, sagte der Portier gelangweilt, als hätte er die Vereinbarung ganz vergessen.

»Ich sollte Sie doch benachrichtigen«, sagte der Friseur schüchtern, »wenn ... wenn der Abgerissene sich wieder blicken läßt ...«

»O ja, ja, vielen Dank, ist nett von Ihnen, daß Sie noch daran gedacht haben. Aber die Sache mit dem Diebstahl ist jetzt in Ordnung.«

»In Ordnung?« hauchte der Friseur.

»Das Mädchen hat das Geld wiedergefunden ... in ihren Strümpfen.«

»Wiedergefunden?« sagte der Friseur enttäuscht; er kam sich plötzlich überflüssig vor, völlig überflüssig und noch lächerlicher.

»Wie geht's dem Ondulierten?« höhnte der Portier. »Ist er schon schwanger?«

Der Friseur öffnete verwirrt den Mund und klappte ihn wieder zu.

»Ist er schon schwanger?« grinste der Portier.

Es dauerte ein paar Sekunden, bis der Friseur sich faßte, dann aber packte ihn die Wut, und er taute auf. Man mußte diesem Angeber mal zeigen, daß man keine Angst vor ihm hatte, obwohl man sie hatte, aber zeigen mußte man's ihm trotzdem; man ist doch kein Hanswurst!

»Er war schwanger«, sagte der Friseur gedehnt, »aber ich hab' ihm 'ne Auskratzung gemacht.« Der Friseur wieherte wie ein Füllen über seinen eigenen Witz, und dann ließ er den Portier kurzerhand stehen und ging mit kleinen, graziösen Schritten aus dem Haus. Er ging zurück über die Straße, aber einige Schritte von seinem Laden entfernt kriegte er's plötzlich mit der Angst zu tun. Jetzt hast du es dir gründlich mit ihm verdorben, dachte er; der vergißt den Witz nicht, der wird dir eines Tages die Polizei auf den Hals hetzen ... und so machte er jetzt schnell wieder kehrt, um sich zu entschuldigen.

»Er geht schon zum zweitenmal rüber ins Bordell«, sagte Ranek zu dem Jungen. »Was hat das zu bedeuten? Was hat er überhaupt dort zu suchen?«

»Ich weiß nicht«, sagte der Junge ausweichend. »Warten Sie ruhig. Er kommt doch gleich zurück.«

Der Junge öffnete eine Schublade und holte ein zerlesenes, verjährtes Filmmagazin hervor, drückte es ihm in die Hand und forderte ihn dann höflich auf, inzwischen im Sessel Platz zu nehmen. Die Aufmerksamkeit des Jungen verblüffte ihn, aber da er keinen Verdacht schöpfte und sich sagte, daß der Junge eben auch seine Launen hatte, bedankte er sich flüchtig und begann, sich in das bunte Magazin zu vertiefen. Er beschaute voller Staunen die seltsamen Bilder; sie waren aus einer Märchenwelt, unglaubhaft, unvorstellbar; er versuchte zu lesen, mit zusammengekniffenen Augen und offenem Mund, aber die Buchstaben begannen bald zu verschwimmen und ebenso auch die Bilder, und so legte er das Heft wieder weg.

Als der Friseur zurückkam, drehte er sich langsam im Sessel um, stand dann mühselig auf und ging ihm entgegen. Auf dem Gesicht des Friseurs lag ein verklärtes Lächeln; er hatte sein Gewissen erleichtert und war nun guter Laune. Er flüsterte dem Jungen zu: »Es ist in Ordnung.«

»Tut mir leid, daß ich Sie so lange warten ließ«, wandte er sich jetzt an Ranek, und er legte ihm dabei freundschaftlich die Hand auf die Schultern, als hätte er bei ihm wieder etwas gutzumachen. »Machen Sie sich keine Sorgen. Ich kaufe die Dose. Hab' zwar noch keinen Kunden dafür. Kaufe sie aber trotzdem. Leichtsinnig, wie?«

Der Friseur putzte sich umständlich die Nase und wiederholte: »Leichtsinnig, wie? Aber man ist schließlich doch noch Mensch. Die Dose ist bestimmt von Ihrer verstorbenen Frau? Habe ich recht?«

Ranek nickte. »Sie ist ganz plötzlich gestorben«, sagte er.

»Mein Beileid«, sagte der Friseur teilnahmsvoll, »ich kann Ihre Gefühle verstehen ... das einzige Andenken wahrscheinlich, nicht wahr? Aber der Hunger, wie? Man muß sie verkaufen.«

»Ja«, sagte Ranek.

Der Friseur putzte sich wieder die Nase. »Geld kann ich Ihnen leider nicht geben, aber wenn Sie Lebensmittel wollen ...«

»Gut«, sagte Ranek. »Haben Sie Kartoffeln?«

Der Friseur schüttelte den Kopf.

Ranek bohrte weiter.

»Mehl oder Brot?«

»Leider nicht.« Der Friseur winkte dem Jungen. »Hast du noch die Birnen, die dir der Dicke gestern gab?«

»Nee«, sagte der Junge, »was glauben Sie denn, hab' ich längst verdrückt.«

»Du hast sie noch«, rief der Friseur erbost, und seine Fistelstimme schnappte fast über. »Komm! Gib sie her!«

»Ich hab' sie nicht«, sagte der Junge störrisch.

Der Friseur ging jetzt selbst zu dem Lager des Jungen und holte die Birnen unter dem Kopfkissen hervor; sie waren zerdrückt und fleckig. Ranek wollte sagen: Nein, kommt nicht in Frage, Kartoffeln will ich oder Mehl oder Brot, Gauner, verfluchter Gauner, aber der Friseur hielt ihm die Birnen schon unter die Nase. »Süß wie Zucker«, kicherte er, »na, wollen Sie sie?«

Ranek lief das Wasser im Mund zusammen, und seine Hand, die die Dose festhielt, begann stark zu zittern. Der Friseur nahm ihm die Dose sanft aus der Hand und steckte sie ein. Dann gab er ihm die Birnen. Er klopfte ihm nochmals begütigend auf die Schulter, öffnete dann die Tür und schob ihn hinaus.

Ranek stolperte vom Trottoir herunter; er trat auf den toten, alten Mann im Rinnstein, aber er merkte es kaum, denn er hatte schon zu essen angefangen. Er sah und hörte nichts und wußte nicht, was um ihn herum vorging. Als Nathan noch lebte, hatte er mal zu ihm gesagt: Ranek, Hunger ist wie ein Wurm; er nagt und nagt, und du spürst, wie er dich langsam von innen her auffrißt. Du möchtest ihn auskotzen und ihn zertreten, aber das geht nicht, Ranek. Du wirst den Wurm nicht los. Alles, was du tun kannst, ist, ihn besänftigen, ihn beruhigen. Gib ihm was zu fressen. Dann ist er beschäftigt. Dann läßt er dich in Ruhe.

Ranek spürte, wie ihm vom Essen heiß wurde. Er wanderte wie ein Träumender die Straße entlang. Er fühlte sich restlos glücklich. Herrgott, dachte er, mir ist ganz heiß geworden, mir ist ganz heiß geworden.

6

Das Unglück auf der Latrine war in der Nacht passiert, ehe der Regen losging. Die alte Levi war die einzige Zeugin gewesen.

Sie hatten zu zweit auf dem Brett gehockt: die Alte und ein gewisser Thaier. Die Alte kannte ihn nur vom Sehen; sie wußte nicht mehr von ihm, als daß er auch unter der Pritsche schlief, aber mehr zum Fenster zu; persönlichen Kontakt hatte sie nie mit ihm gehabt. Im Lauf der Unterhaltung, die sich immer entspann, wenn die Alte in solch einer warmen Sommernacht gemütlich neben einem jungen Mann auf dem Scheißbrett hockte, hatte ihr der junge Mann geklagt, daß er seit Wochen Durchfall hatte und sich sehr schwach fühle. Und dann sagte er plötzlich, daß ihm schlecht wäre. Daraufhin sprach die Alte ein paar aufmunternde Worte; sie nickte ihm freundlich zu, obwohl es stockfinster war und der Mann das gar nicht sehen konnte, und dann konzentrierte sie sich wieder auf ihre eigenen Gedärme. Als sie etwas später wieder aufblickte, konnte sie gerade noch bemerken, wie der hockende Schatten an ihrer Seite mit einem erstickten Seufzer zusammensackte, polternd auf das nasse Brett fiel, vorwärts rutschte und kopfüber in die tiefe Grube stürzte. Die Alte lief zurück ins Haus, um die Leute zu verständigen. Auf der Treppe entsann sie sich, daß so ein Fall schon mal passiert war und daß es auch in der Nacht gewesen war und daß damals kein Mensch zu Hilfe geeilt kam. Wer konnte schon jemanden im Finstern aus der Grube fischen? Und dieser hier, überlegte sie weiter, hat beim Sturz nicht mal geschrien; wahrscheinlich ist er also noch oben auf dem Brett gestorben, und als er herunterpurzelte, war es schon aus mit ihm. Und einen Toten nachts aus der Grube zu fischen wäre doch der größte Unsinn. Nach diesen Überlegungen legte sich die Alte mit ruhigem Gewissen wieder schlafen.

Am frühen Morgen, beim ersten Andrang vor der Latrine, stand die Alte tratschend in der Nähe der Grube und erzählte jedem, der das Brett bestieg, was in der Nacht vorgefallen war; die meisten aber hörten nicht mal hin, weil sie Leibkrämpfe hatten und sich nicht lange mit der Alten aufhalten konnten. Sie taumelten mit verzerrten Gesichtern auf das Brett und entleerten sich.

Dvorski und Frau standen neben der Alten. Auch der Rote und Sigi gesellten sich jetzt zu ihr und ließen sich nochmals alles genau beschreiben. Die Alte zeigte immer wieder auf die Stelle, wo der Mann ersoffen war.

»Man sieht sogar noch Wasserblasen«, sagte Dvorskis Frau.

»Quatsch«, sagte Dvorski, »die werden doch von den Leuten auf dem Brett verursacht.«

Der Rote lachte: »Wenn der Tote wüßte, daß man auf ihn scheißt.«

»Man scheißt immer auf die Toten«, sagte Sigi, »auch wenn sie nicht gerade in der Latrine liegen.«

»'s ist 'ne Schande und Spott«, sagte die Alte, »man müßte ihn wirklich rausholen.«

»Dazu braucht man 'n paar lange Stangen«, meinte Dvorski.

»Die Stangen könnte man schon besorgen«, sagte Sigi, »aber wer soll ihn rausholen? Niemand wird so 'ne Lausearbeit machen wollen.«

»Dann scheißt eben weiter auf den Toten«, sagte Dvorskis Frau, »glaubt ihr, daß wir uns deshalb graue Haare wachsen lassen, mein Mann und ich? Wir haben andere Sorgen.«

Die vier bemerkten im Eifer ihres Gespräches gar nicht, daß Ranek aus der Stadt heimkehrte. Ranek sah natürlich sofort, daß etwas auf der Latrine passiert war, aber da er müde und übernächtigt war, ging er gleich aufs Zimmer, ohne sich erst zu erkundigen, was los war.

Ranek schlief fest bis in den späten Nachmittag hinein, und er hätte noch länger geschlafen, wenn der Hunger ihn nicht geweckt hätte. Die Birnen haben nicht viel genützt, dachte er, das war nur eine Vorspeise. Er schlurfte zum Herd und trank etwas kaltes Wasser.

Moische rührte einen Hirsebrei für sich und das Kind. Ranek tippte ihm auf die Schulter und bot ihm einen Zigarettenstummel an. Moische nahm ihn und dankte.

»Kann ich mal von Ihrer Hirse kosten?« grinste Ranek.

Moische gab ihm den Stummel wieder zurück. »Wir wollen gar nicht erst damit anfangen«, sagte er lächelnd.

Er fragte: »Warum gehen Sie eigentlich nicht in die Armenküche wie Ihre Schwägerin?«

»Weil man sowieso nicht an die Reihe kommt, außer man kennt jemanden. Ich kenne niemanden.«

»Sie könnten's aber versuchen«, sagte Moische. »Debora versucht es.«

»Ich habe es versucht«, sagte Ranek. »Ich habe es zu oft versucht.«

Moische starrte nachdenklich auf den dampfenden Topf. Dann warf er noch etwas Holz in den Herd. Ranek fragte ihn jetzt über den Vorfall auf der Latrine aus. Moische erzählte ihm alles; er sagte ihm auch, daß der Schlafplatz des Toten schon wieder besetzt war und daß der Rote was dran verdient hatte.

»Gewöhnlich ist Sigi der Schnellste, was das Plätzevermitteln betrifft.«

»Diesmal war der Rote tüchtiger. Hatte im Nu einen Kunden.« Moische rührte geduldig seinen Brei zu Ende; dann ging er zur Pritsche, wo das Baby unbewacht lag und mit den Beinen strampelte. Ranek ging Moische nach. Einige Plätze weiter saß die Frau des Kaufmanns Axelrad; sie saß neben einem reglosen Körper und schluchzte leise.

»Was ist denn mit dem Kaufmann los?« fragte Ranek.

»Er ist der zweite Fall heute«, sagte Moische, und er begann jetzt, das Baby zu füttern. Er gab sich sichtlich Mühe. »Schade, daß Debora nicht da ist«, sagte er zu Ranek, »die versteht das Füttern besser als ich.«

»Wann ist denn der Kaufmann gestorben?«

»Vor einer halben Stunde.«

»Warum trägt man ihn nicht heraus?«

»Wollen Sie ihn vielleicht raustragen?« Moische lachte breit.

»Na also. Wer soll ihn denn raustragen? Höchstens Seidel. Denn seitdem das Kaufmannspaar auf die Pritsche übersiedelt ist, ist der Seidel des Kaufmanns linker Schlafnachbar geworden. Sie verstehen doch, was ich sagen will? Seidel wird ihn raustragen.« Moische zuckte mit den Achseln. »Falls er nicht aus lauter Faulheit vorzieht, neben dem Toten zu schlafen.«

Ranek nickte. »Wo ist Seidel?« fragte er dann.

»Er bleibt immer bis spätabends auf dem Basar.«

»Wird 'ne schöne Überraschung für ihn sein.«

»Ja, natürlich«, sagte Moische abwesend, und dann sagte er zu dem Baby: »Guck mal ... da kommt ein Zeppelin ... rups.« Moische machte kreisende Bewegungen mit dem Eßlöffel, und das Baby klappte den Mund auf, und Moische steckte ihm schnell den Löffel rein. »Rups«, sagte er wieder, »und jetzt kommt noch ein Zeppelin.«

Erst später, auf der Latrine, kam ihm der Gedanke, daß er an dem Schlafplatz des toten Kaufmanns etwas verdienen könnte.

Durch das offene Fenster drang das Wehklagen der Frau auf den Hof hinaus. Sie hatte die ganze Zeit nur leise vor sich hin geschluchzt und den Kopf nicht von dem Toten weggewandt; inzwischen aber war sie wohl verrückt geworden, und deshalb also das Geschrei. Sie wird sich wieder beruhigen, dachte Ranek, sie wird sich ein bißchen ausschreien, und dann wird sie still werden. Er dachte jetzt konzentrierter, und allmählich kam sein Plan zur Reife. Außer Moische und dem Baby, der Frau und dem Toten waren im Augenblick nur ein paar Halbtote im Zimmer.

Ranek wußte, daß Moische kein Interesse an dem Verkauf des Platzes hatte, weil er sich nie mit so was abgab; die Kaufmannsfrau hatte jetzt andere Sorgen, und die Halbtoten hatten keine Initiative und zählten deshalb nicht. Der Rote, Sigi und all die anderen waren im Augenblick noch in der Stadt und wußten nichts von dem Toten.

Er ist zu 'ner günstigen Zeit krepiert, dachte Ranek, jawohl, 'ne günstige Zeit. Jetzt hast du eine Chance. Sie werden wahrscheinlich alle erst bei Einbruch der Dunkelheit nach Hause kommen, und es war kaum anzunehmen, daß die Händler so spät nochmals loszogen; sie würden vielmehr morgen in aller Frühe versuchen, den Platz zu verkaufen. Er mußte ihnen diesmal zuvorkommen. Er mußte gleich jetzt einen Kunden finden und ihn schnell, aber ohne Aufsehen zu erregen, herbringen. Aber wo sollte er in so kurzer Zeit einen zahlungskräftigen Kunden auftreiben? Jemanden aus den Büschen? Das war in der Nähe. Aber das waren lauter arme Schlucker. Nein, dachte er, die nicht.

Und dann fiel ihm plötzlich die Frau von der Hofbank ein, die Mutter der kleinen Stella. Er erinnerte sich jetzt, wie sie den Mann mit dem Verband um die Ohren, diesen Max, heute morgen um einen Schlafplatz angebettelt und wie der Mann sie ausgelacht hatte. Die Frau war verzweifelt; sie war in einem Zustand, der gerade richtig für seine Zwecke war: der Zustand, der einen weich macht und ängstlich. Ob sie Geld hatte, wußte Ranek nicht, aber er hatte einen Ehering an ihrem Finger gesehen. Vielleicht würde sie den Ring hergeben? Man mußte die Sache bloß richtig handhaben.

Ihm fiel noch etwas ein. Die Frau, das Kind und der Mann – das waren drei; er hatte aber nur einen Platz. Wird die Frau sich vorläufig mit einem Platz begnügen? Vielleicht nicht, dachte er, aber da müssen wir eben auch einen Ausweg finden. Wirst unterwegs darüber nachdenken.

Ranek verließ die Latrine in überstürzter Eile.

7

Er kam atemlos im Bordellhof an. Er hielt nach der Frau Ausschau, konnte aber weder sie noch die kleine Stella entdecken. Nur der Mann lag wieder regungslos auf der Bank, denn Ranek und die Frau hatten ihn am frühen Morgen wieder dorthin zurückgelegt.

Ranek erkundigte sich bei einigen Leuten; man sagte ihm, daß die Frau und das Kind in die Armenküche gegangen wären. »Die kennt den Ausschenker. Die kriegt immer ihren Teller Suppe. Sie können sie dort jeden Tag um diese Stunde treffen.«

Ranek machte sich erneut auf die Suche. Er war schon lange nicht in der Küche gewesen und hatte vergessen, wie er vom Bordell aus dorthin gelangen konnte. Da die verfluchten Straßen keinen Namen hatten und die Auskunft der Leute, die er in der Puschkinskaja anhielt, ungenau und nur noch irreführender war, ging er aufs Geratewohl los. Er mochte mehr als eine halbe Stunde in den östlich der Puschkinskaja bis an den Stadtrand sich erstreckenden Trümmerfeldern herumgeirrt sein, als er endlich die langen Menschenreihen erblickte, die Schlange standen. Es waren mehrere Schlangen; ihr Kopf fing vor dem Suppenkessel an, aber ihr Schwanz reichte bis weit ins Trümmerfeld hinein. Ranek schätzte die Menschenmenge auf mehrere Tausend. Er ging, aufmerksam spähend, zwischen den Reihen entlang; überall lagen Ohnmächtige herum – still und bleich auf der nackten Erde, als wollten sie nie wieder aufstehen. Die Schlange rückte nur langsam vorwärts. Man trat auf die Gefallenen oder man stieg über sie hinweg. Irgendwo muß auch Debora stehen, dachte er, vielleicht aber liegt sie zwischen den Gefallenen? Er hatte sie nicht gesehen, und irgendwie war er froh darüber.

Der dampfende Kessel stand auf einem Baumstumpf im Hintergrund eines halboffenen Hofes. Der Baumstumpf wirkte wie ein Podium. Rings um den Kessel war ein Ring aus Stricken gespannt. Es kam Ranek vor, als ob hier ein Bühnenakt gespielt wurde; der Kessel, der Ausschenker und seine Helfer, wie die Männer, die Wache standen, damit es niemandem einfallen sollte, den Verstand zu verlieren, gehörten zum Akt, vielleicht auch derjenige, der gerade an der Reihe war und seine Suppe in Empfang nahm ... ja bestimmt auch der ... während die hungrige, wartende Menschenmasse die Zuschauer waren, fasziniert und erregt, wie nur Zuschauer sein können, wenn ein Akt gut gespielt wird, sehr gut sogar, so gut, daß man selbst alles miterlebt, was dort gezeigt wird.

Ranek bemerkte jetzt die Frau und das Kind. Sie standen links vom Kessel, inmitten einer abgesonderten Gruppe; das also waren die Bevorzugten, die der Ausschenker kannte.

Ranek stellte sich hinter den Kessel. Die Wächter warfen ihm mißtrauische Blicke zu, aber da er sich ruhig verhielt, trieben sie ihn nicht weg. Sie dachten wahrscheinlich, daß er bloß Dampf atmen wollte, und gönnten ihm das billige Vergnügen.

Er wartete ungefähr zehn Minuten, bis die Frau an der Reihe war. Er sah, wie sie sich ihre Schüssel bis an den Rand füllen ließ; sie wechselte ein paar Worte mit dem Ausschenker, nahm das Kind dann an der Hand und ging langsam aus dem Hof. Ranek folgte ihr in einiger Entfernung. Sie ging mit dem Kind über das Trümmerfeld. Sie blickte nicht zurück. Sie blickte geradeaus, und er wußte, was sie suchte: einen einsamen Ort, wo sie und das Kind ungestört essen konnten.

Er hatte sie absichtlich nicht angesprochen, weil er sich gedacht hatte, daß sie jetzt viel zu hungrig war, um mit ihm zu verhandeln. Es war das beste, daß er wartete, bis sie gegessen hatte; dann war immer noch Zeit.

Es war ein warmer und schöner Abend. Die Sonne warf ihre letzten Strahlen über das Trümmerfeld. Alles glänzte und schillerte in dem sanft flutenden, rötlichen Licht, und die Steinblöcke und die Stümpfe der abgebrannten Hausmauern zeigten das lächelnde Gesicht der Vergebung. Man hatte das Gefühl, auf einem abendlichen Friedhof zu stehen ... überall eine wunderbare Stille ... man konnte sie atmen, sie durchdrang einen bis hinein in die Gedärme.

Die Frau hatte auf der Höhe eines Kalkhaufens mit dem Kind Platz genommen. Beide kehrten ihm den Rücken. Er ging ganz nah an sie heran, aber sie sahen ihn nicht und wußten nicht, daß er hinter ihnen stand und sie beobachtete. Es war sonst niemand in der Nähe. Er sah, wie die Frau einige Löffel Suppe aus der Schüssel aß und dann die Schüssel dem Kind gab. Das Kind begann zu essen, und die Frau erhob sich und sagte zu dem Kind: »Mama muß mal austreten gehn. Iß nur ruhig. Ich komm' gleich zurück.« Dann ging sie fort.

Erst nachdem sie hinter dem nächsten Mauerstumpf verschwunden war, näherte Ranek sich dem Kind.

»Kennst du mich noch?« fragte er grinsend.

Das Kind hörte zu essen auf und drückte die Schüssel ängstlich an seinen Schoß.

Was dann geschah, war etwas, was gar nicht in seiner Absicht stand. Zwar wußte er, daß die Frau hinter der Mauer hockte und dort ihre Notdurft verrichtete und daß das Kind in diesem Augenblick allein und wehrlos war, aber schließlich war er nicht hierhergekommen, um das Kind zu bestehlen; er wollte doch mit der Frau ein Geschäft abschließen ... bestimmt wollte er nichts weiter, als eben dieses Geschäft abschließen, aber als er jetzt die Suppe in greifbarer Nähe vor sich sah, da konnte er sich nicht mehr beherrschen. Er riß dem Kind die Schüssel aus den Händen. Und er fing mit Heißhunger zu essen an. Das Kind begann jämmerlich zu schreien. Die Frau steckte den Kopf hinter der Mauer hervor, aber offenbar war sie in einer Verfassung, in der sie dem Kind nicht sofort zu Hilfe eilen konnte, denn es dauerte eine geraume Weile, bis sie endlich zum Vorschein kam. Ranek glaubte erst, daß sie nun wie eine Wahnsinnige auf ihn zustürzen würde, aber er hatte sich getäuscht. Sie ging langsam auf ihn zu und nahm ihm die leergegessene Schüssel weg. Dann nahm sie das Kind an der Hand und sagte: »Gott wird Sie dafür bestrafen.«

»Ich scheiß' auf Gott«, sagte er.

»Das Kind hat heut noch nichts gegessen«, sagte sie. »Wissen Sie überhaupt, was Sie gemacht haben?«

Er wollte erwidern: Jetzt weiß ich es. Aber vorhin, als ich es machte, hab' ich's nicht gewußt. Ich konnte nicht anders.

Aber statt dessen sagte er: »Heut früh hab' ich Ihren Mann zurück auf die Bank gelegt, und Sie haben mir nichts dafür gegeben. Jetzt sind wir quitt.«

Die Frau zog das Kind nun mit sich fort. Ranek ging neben ihr her.

»Was wollen Sie noch von mir?« fragte die Frau. »Ich will nichts mehr mit Ihnen zu tun haben.«

»Sie glauben doch nicht etwa, daß wir uns hier zufällig getroffen haben? Ich suche Sie schon seit 'ner Stunde.«

»Um mich zu bestehlen?« sagte die Frau bitter.

Er schüttelte den Kopf und dann erklärte er: »Ich hab' einen Schlafplatz für Sie und das Kind.« Er wiederholte: »Ich hab' einen Schlafplatz …« Die Frau war plötzlich stehengeblieben. Ihre Verblüffung war so groß, daß sie alles andere darüber zu vergessen schien. »Sie machen sich über mich lustig«, hauchte sie.

»Nein«, sagte er, und seine Stimme war sehr ernst, »ich hab' wirklich was für Sie.« Er kratzte sich umständlich unter seinem Hut und spuckte einmal aus, und dann fuhr er mit demselben Ernst fort und mit demselben schleppenden Tonfall. »Sie brauchen nun … nicht mehr … mit dem Kind … im Regen zu schlafen. Sie kriegen ein gutes Zimmer. Ein richtiges Zimmer. Eines, das 'n richtiges Fenster hat, 'n Fenster mit 'ner Pappdeckelscheibe. Ihr Platz ist der beste, den es gibt … nämlich nicht unter, sondern oben auf der Pritsche. Ich hab' schon alles vorbereitet. Heut nacht werd' ich Sie und das Kind in dieses fabelhafte Zimmer reinschmuggeln. Sie müssen mir das glauben.«

»Sie lügen«, sagte die Frau, aber sie ließ ihre Augen nicht von seinem Mund. »Sie lügen«, sagte sie immer wieder, »Sie lügen … Sie lügen …« Und dabei sprachen ihre Augen: Sag, daß du nicht lügst. Sag, daß du nicht lügst.

»Ich schlief gestern nur vorübergehend bei euch im Bordellhof«, lächelte er. »Heut bin ich wieder in mein Zimmer zurückgekehrt. Ich hab' ein Zuhause. Sie müssen mir das glauben. Ich hab' wirklich ein Zuhause. Und sehen Sie … heut ist jemand bei uns gestorben … in dem Zimmer, wo ich wohne … und da hab' ich natürlich gleich an Sie gedacht ... ich meine ... daß Sie und das Kind den Platz besetzen können ... das Kind ist doch nur 'ne halbe Portion. Ihr werdet beide auf dem Platz schlafen können. Ganz bestimmt.« Er unterbrach sich, und dann sagte er: »Das kostet natürlich was.«

»Was wollen Sie? Wieviel wollen Sie?« stieß die Frau aus.

»Den Ehering«, lächelte Ranek, und seine Stimme hatte jetzt einen fast zärtlichen Klang. »So was ist schon 'nen Ring wert, nicht wahr?« Er lachte jetzt leise. Er wußte, daß die Frau nicht abschlagen würde.

»Das ist zuviel«, sagte die Frau, die allmählich wieder ihre Fassung zurückgewann. »Ich kenne Leute, die für ein paar Kartoffeln Schlafplätze kaufen. Oder für Zigaretten. Wissen Sie denn überhaupt, was der Ring wert ist?«

»Ein Ehering ist nicht viel wert«, sagte er, »es ist doch kein Brillantring, bloß ein Ehering.«

»Der Ring ist meine letzte Reserve«, sagte die Frau. »Der Krieg kann noch jahrelang dauern. Ich kann ihn nicht hergeben. Ich kann nicht.« Und sie sagte: »Es ist viel zuviel ... viel zuviel.«

»Was geht's mich an, ob der Ring Ihre letzte Reserve ist oder nicht«, sagte Ranek, »und wenn er's auch ist ... Sie werden's nicht bereuen, wenn Sie ihn für den Platz hergeben; ein Schlafplatz ist lebenswichtig ... genauso wichtig wie Essen.« Und er fuhr fort: »Es gibt keine feststehenden Preise für Schlafplätze. Wenn Sie das Kind nicht hätten, dann würd' ich sagen: Ja, ein Ring ist zuviel. Aber mit dem Kind. Glauben Sie denn, daß Sie mit dem Kind irgendwo unterkommen können? Versuchen Sie's doch mal! Und wagen Sie bloß mal, den Leuten Kartoffeln anzubieten; die werden Ihnen schön kommen. Nein, so wie Sie sich das vorstellen, geht das nicht. Voriges Jahr ... da konnte man noch 'ne Familie unterbringen, aber diese Zeiten sind vorbei; heute geht das nicht mehr; das wissen Sie doch selbst. Für jeden freien Schlafplatz sind hundert Anwärter da ... das wissen Sie doch selbst, nicht wahr?« Ranek schöpfte Atem, und er dachte im stillen: Du bist ein ganz guter Verkäufer; an dir ist ein Straßenhändler verlorengegangen. Ganz gut, daß du ihr 'n bißchen Angst gemacht hast. Und dann fuhr er fort: »Der Schlafplatz, den ich vermittle, ist von monatlichen Abgaben frei. Das heißt: Sie wohnen umsonst. Wenn Sie ihn einmal haben, dann gehört er Ihnen ... bis Sie mal aus dem Getto rauskommen ... oder bis in alle Ewigkeit ... Ihr Platz, verstehen Sie das? Und Sie brauchen keine Miete zu bezahlen; jawohl; so was ist unbezahlbar, ich meine, wenn man keine Miete zu bezahlen braucht. Andere Leute würden mir die Füße küssen ... für so 'n Platz, jawohl. Und dann ... denken Sie doch daran, daß Sie es Ihrem Kind schuldig sind. Oder vielleicht nicht? Oder wollen Sie das Kind weiter ohne ein Dach überm Kopf lassen? Und was glauben Sie denn, wie kalt es bald wird; der Herbst ist nicht mehr fern. Was wollen Sie im Herbst machen? Und im Winter? Wissen Sie, wieviel Leute jeden Winter erfrieren ... bloß weil sie keine richtige Wohnung haben?«

»Es ist trotzdem zuviel«, sagte die Frau unsicher.

»Dann tut's mir leid«, sagte Ranek, »ich hab' noch andere Kunden.« Er tat so, als wollte er sie nun stehenlassen, aber die Frau hielt ihn jetzt fest.

»Warten Sie!« sagte sie hastig, »warten Sie ... gehen Sie nicht!«

Er blieb stehen und packte ihre Hand und wollte ihr den Ring vom Finger reißen; sie aber wehrte sich und stieß ihn wieder fort. Ihr Gesicht war kreideweiß. »Sie kriegen den Ring, wenn wir den Platz haben«, sagte sie. Damit war er einverstanden.

»Mein Mann ist noch immer nicht gestorben«, sagte die Frau

jetzt. »Was machen wir mit ihm?«

»Lassen Sie ihn einstweilen auf der Hofbank liegen.«

»Das geht nicht«, sagte die Frau zögernd, »schon wegen dem Kind ... das würd' ich mir nie verzeihen ... man kann ihn doch nicht einfach zurücklassen.«

»Man kann schon«, sagte er.

»Bitte helfen Sie mir«, sagte sie, »wissen Sie nicht vielleicht doch ...«

Er überlegte. »Wenn Sie eine Transportmöglichkeit für ihn haben«, sagte er schließlich, »dann könnte man ihn bei uns in den Hausflur legen; ist 'n guter Hausflur, dort, wo ich wohne, dort kann er liegen, bis er stirbt.«

»Dann nehmen wir ihn mit«, sagte sie.

»Dann wird's aber höchste Zeit«, sagte er. »Es ist bald Nacht.«

»Ich hab' noch etwas Kleingeld«, sagte sie, »grad genug, um zwei Träger für ihn zu mieten.«

»Gut. Wir müssen uns aber beeilen.«

»Wissen Sie, wo man Träger mieten kann?«

»In der Totenträgeragentur«, sagte er.

»Ist das weit?«

»Nicht weit vom Bordell«, sagte er.

8

Die Totenträgeragentur war schon gesperrt. Sie rüttelten draußen an der Tür, und als niemand antwortete, blickten sie durchs Schaufenster: Im hinteren Teil des Ladens brannte ein schwaches Licht; der Inhaber der Firma war noch anwesend; er war gerade dabei, Kasse zu machen; ein kleiner Junge – offenbar sein Sohn –

stand hinter ihm und schaute zu. Als sie zum wiederholten Mal an der Tür rüttelten, kam der Inhaber herangeschlurft und öffnete. Nachdem sie eingetreten waren und ihr Anliegen vorgebracht hatten, erklärte ihnen der Inhaber, daß die Träger schon nach Hause gegangen wären, weil es selten vorkäme, daß so spät noch Kundschaft kam, und er sagte ihnen, daß sie morgen wiederkommen sollten. Er war ein äußerst freundlicher und dienstbeflissener Mensch. Er fragte die Frau teilnahmsvoll: »Wer ist denn gestorben?«

»Niemand«, sagte die Frau, »es handelt sich um einen Kranken. Wir ziehen nämlich um und wollen ihn mitnehmen.«

»Muß das unbedingt heute sein?«

»Unbedingt«, sagte die Frau.

Der Mann überlegte eine Weile, und dann schlug er ihr vor, einen Schubkarren zu mieten, er hätte ein paar im Laden für Extrafälle; das würde auch weniger kosten.

»Weniger kosten? Weniger als Träger?«

»Ja. Weil sie den selbst schieben müssen. Das kostet immer weniger.«

»Gut«, sagte die Frau, »ich nehme den Schubkarren. Ich bringe ihn morgen wieder zurück.«

»Nicht nötig«, sagte der Mann, »ich schicke meinen Jungen mit, der wird ihn zurückbringen.«

»Gut«, sagte die Frau, »das ist sehr freundlich von Ihnen.«

Etwas später verließen sie mit dem Schubkarren den Laden. Der kleine Junge ging mit. Ranek befürchtete zuerst, daß die Tür des Bordellhofs zu schmal für den Karren sei, aber dann ging er doch gerade noch hindurch. Die Frau schob den Karren bis an die Bank heran, und während sie seinen vorderen Teil schräg wie eine Müllschaufel gegen die Bank hielt, zerrte Ranek den reglos daliegenden Mann geschickt hinein; er legte ihn dann so, daß Körper und Kopf flach auf dem Boden lagen, während die Beine, die etwas zu lang waren, heraushingen. Dann fuhren sie los.

Sie hatten Glück und trafen Max und Lea an der Ecke der Puschkinskaja. Die beiden waren schon am Vormittag umgezogen, aber später nochmals in die Stadt gekommen, um Brot zu kaufen, und jetzt gingen sie nach Hause; da der alte Bahnhof in derselben Richtung lag wie das Nachtasyl, schlossen sie sich ihnen an und halfen den Karren schieben. Die kleine Stella und der Junge gingen ein Stück vorneweg und unterhielten sich angeregt miteinander.

Vom gestrigen Regen war keine Spur mehr übriggeblieben. Die Straße war trocken und staubig. Der Karren hüpfte über die harten Krusten und Furchen des Fahrwegs und schüttelte den Sterbenden wie einen Kartoffelsack gegen die Seitenplanken.

Sie hatten fast die Hälfte des Wegs zurückgelegt, als Max plötzlich stehenblieb und sagte, daß er sich jetzt nicht mehr länger aufhalten könnte.

»Helfen Sie uns doch wenigstens noch ein Stückchen«, bat die Frau, »ich werde Ihnen das nie vergessen.«

»Es ist zu spät«, sagte Max. »Wir werden erwartet.« Er nahm den Arm seiner Freundin und sagte: »Komm! Lea.«

»Sie haben uns wirklich 'ne Menge geholfen«, sagte Ranek.

»Warum nicht«, sagte Max, »wenn ich helfen kann, helf ich gern.«

»Das war wirklich anständig«, sagte Ranek.

»Sie dürfen uns mal besuchen«, lächelte Lea. »Nicht, Max? Er soll mal rüberkommen. Er wohnt doch nebenan.«

»Gern«, sagte Ranek, »der alte Bahnhof ist nur 'n Katzensprung von uns entfernt.«

»Falls Sie mal Lebensmittel eintauschen wollen«, sagte Max, »ich stehe immer gern zu Ihrer Verfügung; unseren Eisenbahnwaggon werden Sie leicht finden, es sind ja nur zwei Stück da.«

»Oder wenn Sie mal Poker spielen wollen«, sagte Lea, »für Kartoffelschalen.«

Die beiden lachten, und dann gingen sie. Sie drehten sich um und winkten noch einmal von fern.

Die Dämmerung war schnell gefallen und hüllte die Straße tief ein. Die Nacht war ungeduldig; sie kam überraschend und atemlos. Max und Lea waren schon nicht mehr zu sehen, aber auch die beiden Kinder waren in der Dämmerung untergetaucht. Die Frau rief laut: »Stella … Stella … wo bist du? Stella!«

Es kam eine ferne Antwort.

»Komm zurück!« rief die Frau in die Dämmerung hinein. »Komm zurück!«

»Wir haben uns zuviel zugetraut«, sagte Ranek. »Ohne Max und Lea hätten wir's nicht mal bis hierher geschafft.«

»Was machen wir jetzt?«

»Ich bin nicht kräftig genug, um den Karren bis nach Haus zu schieben«, sagte Ranek, »mir ist schon jetzt ganz schwindlig.«

»Was sollen wir machen?«

»Wir lassen Ihren Mann hier«, sagte Ranek.

»Nein!« sagte die Frau. »Nein!«

Der Junge und die kleine Stella tauchten jetzt auf. Sie hielten sich an den Händen und kicherten vergnügt.

»Warum seid ihr so weit zurückgeblieben?« fragte das kleine Mädchen. Niemand antwortete ihr.

Die Frau zog plötzlich den Ring vom Finger und gab ihn Ranek. »Wir müssen ihn weiterschleppen«, sagte sie.

Ranek nahm den Ring und grinste. »Ich könnte mich jetzt aus dem Staub machen«, sagte er, »ich könnt' euch jetzt alle drei hier sitzenlassen.«

Die Frau versuchte zu lächeln. »Ich wollte Ihnen den Ring erst geben, wenn wir den Platz haben«, sagte sie, »aber sehen Sie, ich vertraue Ihnen.«

»Trotz der gestohlenen Suppe?« grinste Ranek.

Die Frau nickte. »Ja, trotz der Suppe«, sagte sie.

»Das ist gut«, sagte Ranek.

»Sie haben Hunger gehabt«, sagte die Frau, »und da haben Sie nicht daran gedacht, was für eine große Sünde das war, sie dem Kind wegzunehmen; aber Sie sind trotzdem kein schlechter Mensch, das sieht man Ihnen an.«

Ranek lachte.

»Ich weiß, daß Sie uns nicht im Stich lassen werden«, sagte die Frau ängstlich.

»Das haben Sie schön gesagt«, sagte Ranek, »so was gefällt mir.« Und er dachte für sich: Die ist ausgekocht. Sie will dich rumkriegen; dabei glaubt sie kein einziges Wort, was sie da eben gesagt hat.

»Na gut«, grinste er. »Versuchen wir's noch mal. Vielleicht schaffen wir's doch noch.«

Sie fingen wieder an, den Karren zu schieben. Die Kinder gingen jetzt neben ihnen her. Der Junge sagte jetzt: »Wenn mein Vater gewußt hätte, daß es so weit ist, hätt' er mich nicht mitgeschickt. Hat mir ausdrücklich gesagt, ich soll zurück sein, ehe es ganz dunkel ist.«

Ranek hielt plötzlich an und beugte sich über den Mann im Karren.

»Was ist los?« fragte die Frau erschrocken.

»Er ist doch tot!« rief Ranek aus. »Und wir haben es nicht mal gemerkt; er muß schon 'ne lange Zeit tot sein.«

»Schmeißen wir ihn raus?« fragte der Junge ungeduldig.

»Am besten, wir legen ihn in den Straßengraben«, sagte Ranek.

»Dann kann ich ja gleich zurückfahren«, sagte der Junge.

9

Ranek versteckte die Frau und das Kind inzwischen im Gestrüpp hinterm Haus. Sie warteten dort, bis sich alle Leute zur Ruhe begeben hatten; erst dann machte er ihr ein Zeichen, ihm zu folgen.

Es war kein Mensch im Hausflur. Oben aus dem Zimmer drang gedämpfter Lärm heraus. Er führte die Frau und das Kind bis zur Treppe und befahl ihnen dann, sich in das Loch zu kauern.

Seitdem der Mann im Karren gestorben war, war die Frau wie verwandelt. Dabei hatte sie doch gewußt, daß es sich nur noch um ein paar Stunden handeln konnte, bis der Kerl das Zeitliche segnete? Einfach nicht zu verstehen, dachte er kopfschüttelnd. Sie schluchzte schon die ganze Zeit und war nicht zu beruhigen. Vorhin, auf der Straße, hatte sie ihm eine Szene gemacht. Sie wollte nicht begreifen, daß der Mann plötzlich gestorben war, und bestand darauf, ihn weiterzuschleppen. Ranek hatte alles Mögliche versucht, um sie zu überzeugen, daß er wirklich tot war. Er hatte den Toten aus dem Karren rausgeholt und ihn tüchtig getreten, dann hatte er ihn ins Gesicht geschlagen, und als die Frau es noch immer nicht glauben wollte, hatte er sein Taschenmesser gezückt und den Toten ein wenig geritzt. Dann erst begriff sie.

Man gibt sich viel zuviel Mühe mit solchem Pack, dachte er; andere waren härter, sie hätten nicht soviel Geschichten gemacht wie er; und dann … man versucht immer noch, anständig zu bleiben … aber was hat man schon davon? Er hatte sich nicht mit dem Ring aus dem Staub gemacht. Er hatte sein Versprechen gehalten, und nachdem er den Jungen mit dem Schubkarren nach Hause geschickt hatte, hatte er dem Toten die Kleider ausgezogen und sie der Frau gegeben, weil sie ihr rechtmäßig gehörten. Die Frau hatte recht: Er verdiente ihr Vertrauen.

Jetzt sagte er zu ihr: »Hören Sie doch zu flennen auf, verdammt noch mal! Wenn jemand merkt, daß ich zwei Leute für den Schlafplatz mitgebracht habe, dann wird nichts aus der ganzen Geschichte. Ich gehe jetzt mal nach oben, um nachzusehen, was los ist. Bleiben Sie vorläufig hier unter der Treppe und rühren Sie sich nicht, hören Sie! Ist nur 'ne Vorsichtsmaßregel.«

Er schickte sich zum Gehen an, hatte aber Bedenken, weil die Frau sich noch immer nicht beruhigte. »Ich habe Ihnen doch gesagt, daß Sie sich ruhig verhalten sollen!« schnauzte er sie ärgerlich an. »Was ist denn nur mit Ihnen los? Die Leute werden noch aufmerksam werden! Hören Sie auf! Hören Sie endlich mit dem verdammten Geflenne auf!« Er packte wütend ihren Kopf. »Na wird's bald, verflucht!« Und dann schlug er sie heftig ins Gesicht. Das half. »Sie verdienen's nicht besser«, zischte er, »undankbares Gesindel seid ihr alle miteinander.«

Er schlurfte fort, die Treppe hinauf. Durch die Türritzen fiel kein Lichtschein. Es ist dunkel im Zimmer, dachte er … das ist gut … das ist gut … aber sie sind bestimmt noch nicht alle eingeschlafen; man muß vorsichtig sein … besser, noch etwas zu warten. Du wirst die Frau mit dem Gör erst raufbringen, wenn alles schläft. Man vermeidet dadurch unnötigen Streit und stellt die Leute morgen früh vor eine vollendete Tatsache.

Er blieb mitten auf der Treppe stehen, weil die Frau schon wieder zu wimmern anfing. Das Wimmern zerrte an seinen Nerven. Er ging nochmals hinunter und hieb ein paarmal mit der geballten Faust auf den Frauenkopf, bis es im Dunkel unter der Treppe still wurde. Ein Wunder, daß das Kind so brav ist, dachte er; gewöhnlich plärren Kinder lauter und hemmungsloser als Erwachsene; es muß noch größere Angst vor dir haben als seine Mutter. Er zuckte mit den Achseln und schlurfte wieder davon.

Er war nicht hineingegangen. Er hockte lauernd vor der Zimmertür und wartete. Noch immer wurde drinnen gesprochen. Noch immer schliefen sie nicht. Nach einer Weile wurde drinnen wieder Licht gemacht, und kurz darauf vernahm er, wie leise Schritte sich der Tür näherten.

Dann ging die Tür auf. Seidel stand mit der Lampe auf der Schwelle und leuchtete der Kaufmannsfrau heraus. Die beiden schenkten ihm keine Beachtung. Das Gesicht der Frau war verstört. Seidel sagte etwas zu ihr, aber sie antwortete nur mit halbem Mund. Seidel grinste und zog sich wieder zurück. Die Frau ging tastend die Treppe hinunter. Ranek lauschte gespannt. Er wußte, daß die Leiche des Kaufmanns unten im Hausflur lag. Seidel hatte sie noch nach dem Abendbrot hinuntergeschafft. Ob die Frau vor der Leiche stehenbleiben würde? Er ist ihr Mann, dachte er, warum soll sie nicht stehenbleiben? Aber sie blieb nicht stehen; das Geräusch der Schritte stockte keine Sekunde. Sie ging vorbei.

Ranek wartete.

Seidel hatte die Tür einen Spalt weit offengelassen. Ranek konnte aus dem Dunkel des Treppenabsatzes sehen, wie Seidel sich wieder auf die Pritsche setzte, die brennende Lampe zwischen die Beine stellte und dabei fortwährend gespannt auf die Tür starrte. Der wartet auf die Frau, dachte Ranek.

Bald kam die Frau von der Latrine zurück. Sie trat wieder ins Zimmer, und auch sie vergaß, die Tür zu schließen. Ranek sah, wie sie auf die Pritsche zuwankte. Als sie nahe genug war, beugte Seidel sich plötzlich nach vorn, packte das dünne Nachthemd der Frau, zog sie ganz nah heran, faßte sie dann um die Taille und zog sie nach oben.

Ranek kicherte leise in sich hinein. Der arme, kleine Kaufmann Axelrad, dachte er, der arme, kleine Kaufmann. Hat sich immer was drauf eingebildet, daß es ihm, dem unscheinbaren, schwächlichen Mann damals gelungen war, mit seiner Frau vom Fußboden auf die Schlafpritsche zu übersiedeln, um sich dort oben, trotz des Einspruchs der Leute, monatelang zu behaupten. Aber der Kaufmann war nicht weitsichtig genug gewesen. Hat nämlich nicht vorausgesehen, daß nach seinem Tod der andere Schlafpartner – Seidel – automatisch neben seiner Frau zu liegen kommt. Ranek wußte, daß Seidel sich den Teufel darum scherte, was seine drei Jungens von ihm dachten, und daß er sich noch heute nacht an die Frau heranmachen würde, obwohl die frische Leiche des Kaufmanns noch draußen im Hausflur lag.

Im Zimmer trat irgend jemand gegen die Tür. Sie fiel krachend zu. Es mußte der Rote gewesen sein; der verträgt's nie, wenn die Tür allzu lange offenbleibt. Ranek lehnte sich behaglich gegen das Treppengeländer. Zeit hatte er jetzt genug, und warten mußte man ohnehin. Seine Augen fielen zu. Er nickte ein, und als er wieder erwachte, war die Nacht schon weit fortgeschritten, und im Zimmer schlief alles.

Ranek trat leise ein. Seidel hatte die Lampe wieder aufs Fensterbrett gestellt. Ranek holte sie sich jetzt, weil er sich vorerst vergewissern wollte, wie er die Frau und das Kind am besten plazieren sollte.

Ranek näherte sich dann mit der Lampe dem Platz des toten Kaufmanns. Er paßte auf, daß er niemanden weckte. Er hielt die Lampe sehr hoch. Seidel hielt die Frau des Kaufmanns in seinen Armen. Beide schliefen fest. Das Gesicht der Frau glich einem aufgedunsenen Brotteig; sie atmete durch den Mund, und es hörte sich an, als ob sie röchelte. Seidel grinste im Schlaf, oder wenigstens kam ihm das so vor, weil ein kalter Zigarettenstummel zwischen seinen Lippen steckte und den Mund dadurch verzogen erscheinen ließ. Auf seine nackte Brust war etwas Asche gefallen.

Ranek nahm den Zigarettenstummel aus Seidels Mund; er machte das sehr vorsichtig, ohne Seidel dabei zu berühren … er war diesen Griff gewohnt. Er hatte Lust, den Stummel gleich anzuzünden – über dem heißen Lampenschirm –, aber er beherrschte sich und steckte ihn in die Tasche. Während er das Paar schweigend betrachtete, kamen ihm Bedenken. Seidel lag jetzt auf dem Platz des Kaufmanns; also konnten die kleine Stella und ihre Mutter den Platz nicht kriegen; sie mußten sich vielmehr auf Seidels früheren Platz legen. Eine Änderung der Rangordnung aber konnte unangenehme Folgen haben, weil die drei Buben von Seidel, die gleich daneben lagen, morgen früh Krach schlagen würden, wenn sie plötzlich eine fremde Frau und ein fremdes Kind an Stelle des Vaters neben sich entdecken würden; außerdem war es wichtig, daß die beiden genau auf dem Platz des Toten lagen, damit ihr Einzug in dieses Zimmer legal wurde. Am besten wäre es, dachte er, Seidel von der Kaufmannsfrau loszulösen, auf seinen ursprünglichen Platz zurückzurollen ... und die Frau mit der kleinen Stella dazwischenzuschieben.

Er holte die Frau und das Kind. Beide zitterten vor Angst, und er mußte sie gewaltsam die Treppe heraufziehen.

Als er sie endlich ins Zimmer gebracht hatte und nun zum wiederholten Male mit der Lampe über die Pritsche leuchtete, sah er, daß die Kaufmannsfrau munter geworden war. Komischerweise aber schien sie weder Ranek noch die Frau noch das Kind zu bemerken. Sie starrte Seidel fortwährend an: stumm und ausdruckslos. Es blieb Ranek nichts anderes übrig, als sie leise anzusprechen.

Er sagte zu ihr: »Zwei neue Insassen«, aber sie hörte ihn gar nicht. Erst nachdem er sie sanft rüttelte, erwachte sie halbwegs aus ihrer Starrheit. »Zwei neue Insassen«, wiederholte Ranek. Er erklärte ihr kurz, daß er die beiden auf den Platz des Kaufmanns legen wollte und warum er Seidel von ihr wegschieben mußte. Sie hörte sich alles an, und sie nickte stumm, ohne ihn anzublicken, und er hatte das Gefühl, daß sie ihn gar nicht verstanden hatte. Sie machte auch keine Einwände, als er den schlafenden Seidel vorsichtig zur Seite zog. Jetzt, endlich, blickte sie auf, und sie blickte ihm ins Gesicht, aber sie blickte ihn so an, wie ein Schlafwandler einen Gegenstand anblicken mochte, vor dem er ahnungslos steht ... ohne Erkennen. Es überlief ihn eiskalt. Sie ist doch noch halb betäubt von dem Schock, dachte er; sie weiß wahrscheinlich nicht mal, daß sie mit Seidel geschlafen hat, und sie weiß auch gar nicht, was jetzt hier vorgeht.

Ranek hob die kleine Stella auf den neuen Schlafplatz. Die Frau kletterte nach. »Gute Nacht«, flüsterte er, »und machen Sie sich keine Sorgen. Es ist alles in Ordnung.«

Dann ging er zum Fenster, stellte die Lampe hin und löschte sie.

10

Seitdem er den Ring auf dem Schwarzmarkt günstig verkauft hatte, schöpfte er wieder Hoffnung. Er kam sich jetzt wie ein Mensch vor, dem der Hals lange Zeit mit Stricken zugeschnürt war und der nun plötzlich wieder frei atmen konnte. Zwar war die Aussicht, eines Tages zu verhungern, immer noch nicht in unabsehbare Ferne gerückt, aber jetzt daran zu denken, wäre unvernünftig gewesen. Wer wußte schon, was die Zukunft brachte?

Ranek hatte für den Ring bares Geld bekommen. Einen Teil des Geldes benützte er für den Einkauf von Lebensmitteln: zwei Säcke Kartoffeln und einen dritten, der ein Gemisch von Sojabohnen und Hirse enthielt. Um Platz zu sparen, hatte er ein paar schwere Eisenhaken über seinem Schlafplatz angebracht und die Säcke dort aufgehängt. Das, was von dem Geld übriggeblieben war, trug er mit sich herum; er hatte ein Loch in die Geldscheine gebohrt und einen Bindfaden durchgezogen und diesen um den Bauch gewickelt; so konnte er's nicht verlieren, und so konnte man's auch nicht stehlen. Vorsicht war immer am Platz. Er konnte jetzt mit ruhigem Gewissen schlafen.

Heute kochte er Kartoffeln. Er hatte sich absichtlich auf die andere Seite des Herdes gestellt, neben die Tür, damit er während des Kochens auch die Säcke am Fenster im Auge behalten konnte. Einige Leute hatten einen Halbkreis um den Herd gebildet und atmeten Dampf; sie hatten glänzende Augen, aber sie wagten sich nicht allzu nah an den Topf heran.

Die Kartoffeln waren noch immer nicht weich, obwohl sie schon lange kochten. Es war überhaupt eine komische Sorte, hart wie Nüsse, aber dafür hatte er sie billig bekommen. Ranek pfiff zufrieden vor sich hin. Ein altes jüdisches Lied, dessen Worte er vergessen hatte.

Als Sigi ins Zimmer trat, stand Ranek noch immer am Küchenherd. Ranek wußte, daß Sigi schon früh am Morgen das Haus verlassen hatte, aber er hatte keine Ahnung, wo er gewesen war. Sigi schnüffelte eine Weile am Herd herum, dann sagte er plötzlich unvermittelt: »Ich komme soeben aus der Armenküche.«

»So«, antwortete Ranek gleichgültig. »Das ist ja sehr interessant.«

»Ich hab' deine Schwägerin gesehen«, sagte Sigi und kniff die Augen zusammen.

Ranek wollte gerade wieder zu pfeifen anfangen, so wie er die ganze Zeit vor sich hin gepfiffen hatte, aber es war, als hätte er plötzlich keinen Atem mehr. »Ist sie noch dort?« fragte er leise und schaute an Sigi vorbei.

»Sie ist noch dort«, sagte Sigi langsam. »Sie ist umgefallen … sie rührt sich nicht mehr.«

Sigi weidete sich grinsend an Raneks Schreck. Seine Augen waren noch schmaler geworden; sie leuchteten jetzt in harmlosem Vergnügen: zwei helle, glänzende Schlitze in dem eingefallenen, kalkfarbenen Gesicht. »Rührt sich nicht mehr«, sagte er wieder, und während er das sagte, streckte er die dünnen Arme aus … gegen die zischende Stichflamme, die unter dem Kartoffeltopf hervorzüngelte, und dann verdrehte er langsam die Hände.

»Was … was ist los?« stammelte Ranek.

»Noch nicht«, sagte Sigi, »noch nicht tot ... beruhige dich.«

»Was ist los?«

»Sie stand dort Schlange ... in der verfluchten Armenküche. Konnte nicht mehr stehen. Fiel einfach um. Weg war sie.«

»Du kommst wirklich von dort?«

»Klar, komme von dort.«

»Es ist keine Lüge?«

»Keine Lüge.«

»Nicht tot, sagst du?«

»Bloß bewußtlos«, grinste Sigi.

»Hör mal!« Raneks Stimme überschlug sich. »Tu mir 'n Gefallen. Kriegst 'ne Kartoffel dafür. Bring Debora her. Aber schnell, kapiert! Ich kann jetzt nicht weg von hier, sonst klauen die Kerle alles.«

Sigi warf einen kurzen Blick auf den dampfenden Kartoffeltopf und dann auf die Horde hinter dem Herd.

»Du kannst nicht weg. Das stimmt. Gibst du mir mehr? Weil du doch im Augenblick nicht wegkannst. Drei Kartoffeln?«

»Gut«, sagte Ranek, »kriegst du. Jetzt geh! Verlier keine Zeit!«

»Eine will ich jetzt«, sagte Sigi geschäftsmäßig, »die anderen kannst du mir später geben.«

»Und wenn du abhaust?«

»Ich hau' nicht ab.«

Schweinehund, dachte Ranek wütend, wenn du abhaust, du Schweinehund ... und wenn du sie nun nicht herbringst ... du fauler Schweinehund. Aber er wußte, daß er jetzt nicht die Geduld verlieren durfte, weil er Sigi brauchte.

»Die Kartoffeln sind noch nicht weich«, sagte er mit beherrschter Stimme. »Müssen noch 'n bißchen kochen. Paß mal auf, später werden sie weich wie Butter sein. Brauchst du nicht mal zu kauen … verdauen sich von allein … Klasse, sag ich dir, Klasse. Geb' sie dir später … auf Ehrenwort. Bring Debora erst her.«

»Erst die Kartoffel«, sagte Sigi hartnäckig. »Faß das nicht falsch auf. Ich trau' dir natürlich. Aber sicher ist sicher. Ist 'n Prinzip.«

»Meinetwegen, du Arschloch.« Ranek fingerte ärgerlich eine Kartoffel aus dem heißen Wasser und gab sie Sigi. Sigi ließ sie in seiner Tasche verschwinden. »Ich kann Debora natürlich nicht tragen.«

»Brauchst du auch nicht«, sagte Ranek. »Wenn du in der Küche ankommst, wird sie inzwischen munter geworden sein. Hilf ihr 'n bißchen beim Gehen; das ist alles, was ich von dir will. Und wenn sie wieder Geschichten macht, dann sag ihr, daß ich Essen für sie hab'; das hilft. Hast du mich verstanden?« Sigi nickte. Dann trollte er sich.

11

Sigi hatte Debora endlich nach Hause gebracht. Er riß die Tür auf. Sein Gesicht war vor Anstrengung verschwitzt. Er keuchte: »Sie ist unten im Hausflur. Sie kann nicht die Treppe rauf.«

Ranek machte eine hastige Bewegung auf die Tür zu, aber dann hielt er plötzlich inne, weil ihm wieder zum Bewußtsein kam, daß die Leute hinter dem Herd nur darauf warteten, daß er für ein paar Augenblicke das Zimmer verließ.

»Bring sie rauf!« fluchte er. »Zerr sie rauf, aber bring sie rauf!«

»Ich will jetzt die zwei Kartoffeln«, stieß Sigi aus.

»Hier! Steck sie ein. Und nun mach, daß du wegkommst.

Bring sie rauf!«

Sigi verdrückte sich wieder, und Ranek hörte, wie er draußen polternd die Treppe hinunterrannte.

Als Debora etwas später, gestützt von Sigi, ins Zimmer schwankte, nahm Ranek sie sanft in seine Arme. Sie zitterte am ganzen Körper. Sie lehnte sich an ihn an, ein Mensch, der keinen Willen mehr hatte und der sehr müde war und der plötzlich nichts anderes mehr wollte als ein bißchen Schutz und ein bißchen Wärme ... und etwas zu essen. So hielt er sie für eine kurze Weile, sanft und doch fest, und es kam ihm vor, als müßte er sie immer so festhalten und als dürfte er sie nie mehr loslassen. Sie aber sprach kein Wort. Dann half er ihr, während sie sich erschöpft auf den Fußboden vor dem Herd hinsetzte, und er gab ihr den Kartoffeltopf, und noch immer sagte sie kein Wort. Sie hielt den Topf mit bebenden Händen umklammert und fing zu essen an. Der Topf wurde leer, aber sie hörte nicht auf, seine Ränder abzukratzen.

Sigi war wieder hinausgegangen. Es ist gut, daß er jetzt nicht hier ist, dachte Ranek. Er lehnte am Herd und ließ Debora nicht aus den Augen. Ihr Gesicht war in diesem Augenblick vollkommen verändert; es drückte nichts anderes aus als tierischen Hunger, und es war plötzlich nicht mehr Deboras Gesicht; es war ein fremdes Gesicht, das er nicht mehr erkannte; aber es paßte jetzt in diese Umgebung.

Als sie fertig war, fragte er: »Fühlst du dich besser?«

Sie nickte.

»Nicht mehr böse?« fragte er.

Sie schüttelte den Kopf. Sie blickte ihn an, und in ihrem Blick lag nur die große Müdigkeit. Sie versuchte aufzustehen, aber es gelang ihr nicht. »Meine Beine«, flüsterte sie erschrocken, »ich kann ... ich kann nicht ... hilf mir doch, Ranek.«

»Das vergeht«, schmunzelte er, »ist nur die verdammte Schwäche, wart mal, bis der Fraß runterrutscht.«

»Hilf mir aufstehen«, bat sie wieder.

»Nein«, sagte er, »du bleibst jetzt sitzen.« Er sprach wie zu einem Kind: »Du ruhst dich jetzt aus. Bleib jetzt sitzen.«

Er machte sich am Herd zu schaffen, obwohl das Feuer längst aus war, weil er plötzlich verlegen war und nicht wollte, daß sie es sah. Dann ging er hinaus.

Als er nach einer Weile zurückkam, saß sie noch immer in derselben Stellung und starrte in den Topf.

Er hockte sich neben sie hin. Er nahm ihr den Topf behutsam aus den Händen und stellte ihn auf den Boden. Einer der Männer, die in der Nähe des Herdes herumstanden, riß den Topf an sich und stürzte davon. Ranek wollte ihm nacheilen, aber sie hielt ihn zurück. »Tu ihm nichts«, sagte sie, »der Topf ist doch leer.«

»Wenn du willst«, sagte er heiser, »dann tu ich ihm nichts.« Er wollte nun zu ihr sagen: Debora, jetzt ist alles wieder gut. Mach dir keine Sorgen. Solange ich was zu essen habe, ist auch für dich was da. Wir werden alles ehrlich miteinander teilen. Aber die Worte kamen ihm nicht.

»Ich brauche jemanden, der auf die Lebensmittel aufpaßt, wenn ich nicht zu Hause bin«, sagte er. »Ich kann mich nämlich nicht aus der Bude rausrühren. Willst du das machen?«

»Ja«, sagte sie, »du weißt doch, daß ich das für dich mache.«

»Dafür kannst du fressen«, sagte er. »Es lohnt sich für mich; man hat mich schon einmal bestohlen, und ich will nicht, daß mir das wieder passiert.« Er grinste sie steif an und zeigte ihr seine schwarzen Zahnstümpfe.

»Warum sagst du mir nicht die Wahrheit?« fragte sie.

»Was meinst du?«

»Warum sagst du nicht einfach, daß du mir helfen willst? Warum dieses Versteckspiel? Oder schämst du dich? So was ist doch keine Schande.«

»Red keinen Unsinn! Du weißt, daß ich nie etwas ohne Berechnung tue. Soweit solltest du mich schon kennen.« Er dachte: Da hast du ja was Schönes angerichtet. Jetzt wird sie am Ende noch sentimental. Er half ihr nun aufzustehen, führte sie auf ihren Schlafplatz, zog seine Jacke aus und deckte sie damit zu.

»Du bist sehr lieb«, sagte sie, »sehr lieb.«

»Willst du noch etwas? Ich kann noch was kochen.«

Sie schüttelte den Kopf, und jetzt kroch ein unmerkliches Lächeln über ihre Lippen. »Nein«, sagte sie, »ich will jetzt nichts mehr. Morgen ist auch noch ein Tag. Wir beide dürfen nicht leichtsinnig sein.«

»Wir beide?«

»Ja, wir beide«, sagte sie leise.

Sie beobachtete ihn stillschweigend. Ein kalter Zigarettenstummel klemmte hinter seinem Ohr; er holte ihn jetzt hervor und steckte ihn zwischen die Lippen.

»Hab' ich geklaut«, grinste er. »Dieser hier ist 'ne gute Marke.« Er lachte hüstelnd, sein gewohntes Lachen, seine Augen aber blickten bitter wie immer und lachten nicht mit. Er hat dir noch was zu sagen, dachte sie, und er weiß nicht, wie er's anfangen soll.

»Hast du ein Streichholz?«

Sie verneinte.

»Schon gut«, sagte er, und er holte eines aus seiner Tasche und zündete den Stummel an. Er kratzte sich umständlich. Dann sagte er: »Wollte dich noch was fragen … 's ist wegen Fred. Du weißt … die Sache mit dem Zahn.«

»Ich wußte, daß du davon sprechen willst.«

Er hockte sich wieder neben sie hin. »Ich hab' oft darüber nachgedacht, ob es nur deshalb zum Bruch zwischen uns beiden kam, weil ich ihm den Zahn herausgeschlagen hab'.« Er räusperte sich, und dann fuhr er fort: »Ranek, hab' ich mir immer gesagt, Debora sieht bestimmt ein, daß es richtig ist, wenn die Hinterbliebenen die Toten beerben. Das kann sie dir also nicht vorwerfen. Vielleicht war's 'ne Sünde, das mit dem Zahn … vor allem, weil er noch nicht lange tot war und weil du's gleich gemacht hast, aber heutzutage kann man's nicht so genau nehmen. Man erbt, was man kann und wie man's kann. Es bleibt einem keine Wahl. So ist das. Und Debora weiß das. Und deshalb darf sie dir keine Vorwürfe machen.«

»Ich hab' dir doch keine Vorwürfe gemacht, Ranek.« Debora schüttelte den Kopf. Sie starrte eine Weile nachdenklich auf ihre gefalteten Hände.

»Ich hab' dir keine Vorwürfe gemacht«, sagte sie dann ruhig, »weil ich gewußt hab', daß du keine Schuld hast. Du hast es getan, weil du verzweifelt warst und weil du geglaubt hast, daß wir von dem Zahn leben können, wenigstens eine Zeitlang. Du hast es für uns beide getan. Und weißt du, ich habe oft zu mir gesagt: Auch Fred hat ihm vergeben. Es kann gar nicht anders sein. Die Toten vergeben den Hungrigen, und sie vergeben den Verzweifelten.«

»Warum hast du dann nicht mit mir gesprochen … während all der vielen Wochen? Warum, Debora?« Er fragte, obwohl er es wußte und die ganze Zeit gewußt hatte.

»Weil ich nicht konnte«, sagte sie, sie richtete sich halb auf, die Jacke fiel von ihrem Schoß herunter, sie lehnte sich an die Wand, und dabei blickte sie ihn groß, mit halbgeöffneten Lippen an. »Ich hatte Angst. Nicht vor dir, Ranek. Bloß vor der Erinnerung. Vielleicht klingt das dumm. Aber so war's. Ich habe die Szene im Hausflur immer wieder erlebt. Immer wieder erlebt, wenn du in meine Nähe kamst.«

Die Szene im Hausflur, dachte er, die Nacht und das Entsetzen … Freds Totengesicht, das wie Wachs war im Lichtkreis der kleinen Öllampe … und du … wie du ihn geschlagen hast … mit dem Hammer … auf den stummen Mund.

»Wir haben alle Angst vor Gespenstern, Debora.«

»Es war vor allem sein Gesicht, dieses entsetzlich entstellte, blutige Gesicht. Es war immer da, immer, wenn ich dich anschaute.«

»Und jetzt?« fragte er.

»Jetzt nicht mehr«, sagte sie. »Das war nur in der ersten Zeit so schlimm.«

»Kannst du mir jetzt in die Augen schauen, ohne zu erschrecken?« fragte er, im Versuch zu spotten, aber er merkte, daß es falsch klang und daß seine Stimme ernst und gewichtvoll blieb.

»Ja, Ranek«, sagte sie sanft, »weißt du, mit der Zeit verblassen solche Sachen; man wird ruhiger; wenn das nicht so wäre, dann ist das ein Zeichen, daß man krank ist.«

»Du meinst, daß man verrückt ist?«

Sie lächelte schwach.

»Du bist nicht verrückt«, sagte er. Er drückte den Stummel auf dem Boden aus und scharrte ihn mit dem Fuß weg. Es ist in Ordnung, dachte er, alles ist wieder in Ordnung.

»Wir dürfen die Toten nicht vergessen«, sagte sie jetzt leise, »aber wir dürfen auch nicht weiter mit ihnen leben. Dazu haben wir kein Recht. Glaubst du nicht?«

»Wir dürfen es nicht. Das stimmt.«

Er erhob sich. »Du bist kreideweiß«, sagte er. »Schlaf ein wenig. Schlafen ist immer gut.«

Sie kuschelte sich wieder auf den Fußboden hin und deckte sich mit der Jacke zu. »Es ist noch viel zu früh zum Schlafen«, hauchte sie.

»Eine Stunde darfst du schlafen«, grinste er, »dann wirst du aufstehen, und wir werden uns ans Fenster setzen.«

»Gut«, sagte sie, »wenn du unbedingt willst.«

12

Die Nacht kam, und es war wieder eine ruhige Nacht. Einmal nur fiel ein vereinzelter Schuß aus der Richtung des Dnjestr, aber er klang dünn und weit entfernt.

Debora rauchte eine von Raneks Zigaretten; es war frisch geschnittener Tabak, den Ranek kurz zuvor für eine Handvoll Hirse eingetauscht hatte. Sie lag still auf ihrem Schlafplatz. Ab und zu sah sie irgend jemanden ans Fenster treten und hinaus auf den nächtlichen Hof spähen und sich dann beruhigt wieder zurücklegen. Die Hitze im Zimmer hielt die meisten Leute wach. Auf dem Fußboden war eine stete Bewegung; es war wie der Leib einer Schlange in einem zu kurzen und engen Glasgefäß, eine Bewegung, die weder vorwärts noch rückwärts steuerte, sondern wellenartig anzuschwellen schien, um dann wieder in sich zusammenzukriechen.

Sie lag still da, und sie dachte an Ranek ... Du hast am Nachmittag eine Stunde geschlafen, weil Ranek es so gewollt hatte.

Und als du aufgewacht bist, da saß er neben deinem Lager, wie jemand, der den Schlaf eines anderen Menschen bewachen muß. Und du warst sehr froh darüber. Ja, mehr als bloß froh. Du warst glücklich. Du hast plötzlich gewußt, daß du nicht mehr allein bist.

Jetzt starrte sie angestrengt auf das nachtschwarze Fenster. Ob Ranek schläft? Oder wälzt er sich unruhig hin und her wie sie?

Es ist gut, daß die Nächte nicht mehr so lang sind. Morgen früh, dachte sie, morgen früh wirst du ein paar Kartoffeln für Mais und Zwiebeln eintauschen. Du wirst einen Maisbrei kochen und ihn hart werden lassen und dann große Scheiben schneiden und diese mit Zwiebeln rösten. Das hat er sicher schon lange nicht gegessen. Und das hat er bestimmt gern.

Sie schloß die Augen und lag stumm da und dachte daran, ob er das gern hatte, und sie dachte noch an andere Leckerbissen, die sie von nun an für ihn zubereiten würde, und sie empfand ein seltsam prickelndes Glück dabei.

Sie vernahm ein leises Stöhnen in ihrer Nähe und richtete sich auf. Sie spähte durch das Dunkel auf die Frau, die neben ihr lag. Sie wußte, daß die Frau auffallend langes Haar hatte, das wie ein schmutziger, wallender Mantel um ihre Schultern fiel, und daß die Leute sie der Einfachheit halber die Langhaarige nannten. Unlängst war sie von ihrem Schlafplatz auf der Pritsche vertrieben worden, und jetzt schlief sie neben Debora.

Wieder das Stöhnen. Nein, das kam nicht von der Frau. Plötzlich wußte sie, wer das war: der Halbtote zu ihren Füßen. Er lag schon einige Tage auf seinem Platz und konnte nicht sterben.

Sie legte sich wieder zurück. Nicht daran denken. Nur nicht daran denken ... Morgen wirst du Mais für Ranek kochen ...

und Zwiebeln dazu rösten.

Es war am folgenden Tag, um die Mittagszeit. Debora lehnte am Fenster. Unten im Hof, neben der Latrine, stand der Polizist Daniel und tändelte mit der Langhaarigen. Eine Menge Leute standen um die beiden herum und gafften, was Daniel aber nicht zu stören schien.

Debora schob den Pappdeckel etwas weiter vor, weil sie nicht gesehen werden wollte. Sie dachte einen flüchtigen Moment an ihre erste Begegnung mit Daniel hier im Prokower Getto. Es war schon einige Monate her. Er hatte sie damals besucht, und sie erinnerte sich, wie er zu ihr gesagt hatte: »Mensch, Debora, ich hab' mich fast auf den Hosenboden gesetzt, als mir Ranek erzählte, daß du da bist.« Er hatte ihr die Hand hingestreckt, aber sie – sie hatte ihn nur angestarrt. Und dann hatte er gesagt: »Warum willst du mir nicht die Hand geben? Ist es wegen dem Zeug da?« Und dabei hatte er auf die weiße Armbinde mit dem Polizeiabzeichen gezeigt.

Ranek hatte ihr später heftige Vorwürfe gemacht: »So was kann man sich Daniel gegenüber nicht leisten. So was kann uns den Kopf kosten. Und vergiß nicht … wir brauchen ihn; er hat mir schon einmal aus der Patsche geholfen.«

Daniel kam jetzt öfter in diese Gegend, um sich irgendeine Frau zu holen, aus dem Nachtasyl oder aus den Büschen. Wahrscheinlich hatte er genug vom Bordell. Diese hier waren billiger, und man hatte mehr Spaß mit ihnen.

Unten vor der Latrine schwoll der Lärm an. Mehr und mehr Leute reihten sich in den Kreis, der sich um den Polizisten und die Langhaarige gebildet hatte; ein paar Männer pfiffen vergnügt durch die Zähne, und die weiblichen Zuschauer schnatterten erregt durcheinander, und einige kreischten wollüstig auf wie junge Mädchen beim unerwarteten Anblick eines nackten Mannes. Debora konnte sehen, wie der Polizist versuchte, die Frau mit sich fortzuschleppen; die Frau aber wehrte sich und wich vor ihm zurück. Schließlich versuchte Daniel den alten Trick. Er holte ein Stück Brot aus der Tasche und schwenkte es spöttisch in der Luft herum. Der Trick wirkte. Die hungrige Frau schnappte danach wie irre, wieder und wieder, aber ohne Erfolg, und brach dann in hysterische Schreie aus.

Kurz darauf gingen die beiden hinter das Haus. Daniel schritt vorneweg, die Brotscheibe fortwährend über seinem Kopf schwenkend, die Frau wankte hinter ihm her. Er wird sie hinter dem Haus huren, dachte Debora müde; die Frau ist ihm dankbar für das Brot, und Daniel glaubt, daß er etwas Gutes tut, weil er es ihr gibt.

Nach einer Weile kamen sie zurück. Der Polizist schleppte die Frau am Arm bis zur Latrine und befahl ihr, unter dem kreischenden Gelächter der Menge, sich dort hinzuhocken.

Debora trat plötzlich vom Fenster weg. Das Ekelgefühl war so übermächtig, daß sie glaubte, ersticken zu müssen, wenn sie noch länger dort hinunterschaute.

13

An diesem Nachmittag war der Dicke der einzige Kunde. Wie gewöhnlich politisierte der Friseur mit ihm, während er seine feisten Backen mit dem Rasierpinsel bearbeitete. Der Ondulierte stand müßig im Laden herum. Da der Redestrom des Friseurs zusehends hitziger wurde und weil der Junge wußte, daß seine

Anwesenheit im Augenblick von dem Friseur völlig vergessen worden war, machte er sich die Gelegenheit zunutze und entschlüpfte aus dem Laden.

Er überquerte die belebte Straße und betrat den Hof des Bordells. Der Zigarettenjunge, den er suchte, war nicht da. Er mußte ihm was mitteilen. Es war was Wichtiges. Schon am Vormittag hatte er ihn aufsuchen wollen, aber es war zuviel im Laden zu tun gewesen. Wirst ihn schon finden, dachte der Ondulierte, er wird sich irgendwo in der Nähe mit Ljuba rumtreiben; wahrscheinlich stehn die beiden weiter oben an der Straßenecke.

Er lief im Eiltempo die Puschkinskaja entlang. Er hielt sich mitten auf dem Fahrweg, während seine flinken Augen beide Seiten der Straße absuchten. Als er den Zigarettenjungen und die kleine Ljuba endlich entdeckte, war er außer Atem.

Der Zigarettenjunge sah den Ondulierten schon von weitem. Der Ondulierte winkte aufgeregt. »Er muß 'ne Neuigkeit für uns haben«, sagte der Junge zu dem kleinen Mädel. »Halt mal 'n Moment die Schachtel.«

Die Kleine übernahm die Zigarettenschachtel mit ihren ungeschickten Kinderhänden. »Ich werd' schon alles mit ihm erledigen«, sagte der Junge schnell. »Versuch inzwischen, noch was zu verkaufen. Wir haben heut nicht viel eingenommen.«

Er zog hastig seine Jacke aus. »Häng dir die Jacke um und versteck die Schachtel drunter. Mach's so wie ich … und paß auf, wenn 'n Polizist kommt.«

Die Kleine nickte, und während ihr Bruder dem Ondulierten entgegenging, flüsterte sie den Vorübergehenden die auswendig gelernten Sätze zu: »Zigaretten … Zigaretten … wollen Sie Zigaretten? Wir tauschen … wir verkaufen … Brot oder Geld … wie Sie wollen … Zigaretten … Zigaretten … russische … rumänische ... deutsche ...«

Der Ondulierte tuschelte längere Zeit mit ihrem Bruder.
Ihr Bruder hatte seine Arme freundschaftlich um die Schultern
des Gleichaltrigen gelegt und lauschte aufmerksam, was dieser
zu berichten hatte, und dabei nickte er fortwährend mit seinem
kleinen, spitzen Kopf. Nach einer Weile schlenderten die beiden
auf sie zu.

»Hör mal, Ljuba«, sagte ihr Bruder mit gewichtiger Miene,
»wir haben 'ne Neuigkeit für dich.« Er straffte seine eingefallene
Brust und zeigte auf den Ondulierten. »Er hat 'n Schlafplatz für
uns, 'n richtigen.«

»Wirklich?« sagte die Kleine strahlend.

Der Ondulierte nickte gönnerhaft. »Ihr werdet von nun an
nicht mehr auf der Kellertreppe schlafen müssen.«

Er fügte hinzu: »Das ist nichts für kleine Mädels, 'n Bordell,
nicht wahr?«

Ljuba nickte. Sie war immer einverstanden, wenn die älteren
Jungen etwas für richtig fanden.

»Er hat ein ordentliches Zimmer in Aussicht«, sagte ihr
Bruder.

»Ich will zwei Zigaretten für den Tip«, sagte der Ondulierte.

»Abgemacht, du kriegst sie, wenn wir den Platz haben.« Der
Zigarettenjunge wandte sich wieder an seine Schwester. »Es ist
nämlich noch nicht ganz sicher, bloß 'n Tip, wie gesagt.«

»Ein Tip«, lispelte das kleine Mädchen strahlend. Das Wort
gefiel ihr, und sie wiederholte es: »Ein Tip ... ein Tip ...«

»Du kennst doch die Stella?«

»Natürlich«, sagte Ljuba, »wir haben immer zusammen
gespielt. Stella ist nicht mehr da.«

»Ja, ihr habt immer vor dem Keller gespielt, und sie ist nicht mehr da. Auch ihre Eltern sind nicht mehr da.«

»Hat das was mit dem Tip zu tun?«

»Ja, das ist es eben. Das hat viel damit zu tun.«

Ihr Bruder grinste und sagte jetzt zu dem Ondulierten: »Und ob das was damit zu tun hat, was?«

»Und ob«, sagte der Ondulierte.

»Wir haben uns alle gewundert, warum Stella und ihre Eltern verschwunden sind«, sagte der Zigarettenjunge. »Jetzt weiß ich, warum. Sie sind woanders hingezogen, und ich weiß auch, wohin.« Er machte eine bedeutungsvolle Pause, und dann fuhr er fort: »Erinnerst dich doch an den Mann, der unlängst 'n Toten, der vor dem Friseurladen lag, fortgeschafft hat?«

»Mit meiner Hilfe«, unterbrach ihn der Ondulierte.

»Mit deiner Hilfe natürlich«, sagte der Zigarettenjunge. »Weißt doch, Ljuba, wir waren dabei und haben zugeschaut. Der Mann hat auch 'ne Nacht bei uns im Bordellhof geschlafen; daran wirst du dich auch erinnern können, und außerdem haben wir ihn oft auf der Straße getroffen, 'n komischer Kerl mit 'nem großen Hut und durchlöcherten Hosen, wo der Arsch durchschaut.«

»Ja, ich weiß, wen du meinst«, sagte die Kleine.

»Der Kerl hat Stella und ihrer Mutti 'n Schlafplatz verschafft.« Er zeigte auf den Ondulierten. »Der hat's erfahren.«

»Nur für Stella und ihre Mutti?« fragte die Kleine.

»Ihr Vater ist während des Umzugs krepiert«, sagte der Junge, »war ja auch höchste Zeit für ihn.«

Ljuba fragte nun den Ondulierten: »Ist das nur eine Geschichte, oder ist das wahr?«

»Natürlich ist das wahr«, sagte der Ondulierte, »oder glaubst du, daß wir dir Märchen erzählen? Für so was haben wir keine

Zeit.«

»Wieso hast du das alles erfahren?«

»Ich hab's deinem Bruder schon erzählt«, sagte der Ondulierte.

»Erzähl's eben noch einmal«, sagte der Zigarettenjunge, »kannst das besser als ich.«

»Na gut.« Der Ondulierte strich sich eitel über seine Locken und blickte Ljuba großspurig an. »War ganz einfach«, schmunzelte er. »Der Kerl hat unlängst dem Friseur 'ne alte abgekloppte Puderdose angehängt. Ist 'n ganz Gerissener, sag' ich euch. Dann kam er heut am Vormittag wieder vorbei. Hat ganz groß angegeben, sagte, er handle in der letzten Zeit mit Schlafplätzen, sagte, daß er glänzend damit verdiene, und dann fragte er den Friseur, ob dieser nicht einen Kunden für ihn hätte, jemand mit Pinke, denn heute abend würde, dort wo er wohnt, wieder was frei. Erst wollte 's der Friseur nicht glauben, dann aber hat er dem Friseur die Geschichte von Stella und ihren Eltern erzählt, lang und breit hat er's erzählt und natürlich wieder ganz groß angegeben, bis der Friseur einsah, daß es wirklich stimmte. Hat richtigen Respekt vor ihm gekriegt, der Friseur, sagte, man täuscht sich manchmal in den Menschen, aber Sie sind wirklich jemand. Ich stand dabei und hab' alles mitangehört. Der Kerl hat Stella und ihre Eltern ganz genau beschrieben. Ist kein Irrtum, bestimmt nicht. Und dann hat er dem Friseur seinen Namen und seine Adresse gegeben und ihn nochmals gebeten, ihm jemanden heut abend hinzuschicken.«

Der Ondulierte unterbrach seinen Redestrom. Dann sagte er plötzlich vorsichtig, als wäre es ein Geheimnis:

»Der Kerl wohnt im Nachtasyl ... und er heißt Ranek.«

»Ranek«, flüsterte die Kleine, »Ranek ... das Nachtasyl.«

»Glaubst du, daß der Friseur nicht schon jemanden hingeschickt hat?« fragte der Zigarettenjunge.

»Noch nicht«, sagte der Ondulierte.

Der Zigarettenjunge zog seine kleine Greisenstirn in krause Falten. »Weißt du«, sagte er dann leichthin zu dem Ondulierten, »wenn ich gewußt hätte, daß der Kerl Schlafplätze vermittelt, dann hätt' ich seinen Namen und seine Adresse auch ohne deine Hilfe rausgekriegt. Ich hätt' nur die Bucklige fragen brauchen, die kennt ihn nämlich gut.«

»Du hast's aber nicht gewußt«, sagte der Ondulierte höhnisch. »Mach jetzt keine faulen Tricks.«

»Ist schon gut; du kriegst deine Zigaretten, versprochen ist versprochen.«

»Ranek ist ein ganz Gerissener«, versicherte der Ondulierte wieder. »Verlaßt euch drauf. Der wird euch 'n Schlafplatz verschaffen. Das ist klar.«

Der Halbtote in der Nähe von Deboras Schlafplatz, der gestern Nacht noch gestöhnt hatte, lag schon seit mehreren Stunden stumm auf seinem Lager. Er starrte den leeren Kleiderhaken an der Wand an, und es sah aus, als ob er bloß döste. Er war kurz nach Mittag gestorben, aber niemand hatte es bemerkt.

Erst jetzt, gegen Abend, als Seidels Jungen den schweigsamen Mann zum Spaß an den nackten Fußsohlen kitzelten, fiel den Leuten auf, daß er tot war.

Die Jungen hatten schon öfter ihre Scherze mit ihm getrieben, mehr aus einem Gefühl kindlicher Zuneigung als aus Grausamkeit, denn sie freuten sich jedesmal, wenn er noch mit den Füßen zuckte oder leise wimmerte, weil das ein Zeichen des Lebens war. Jetzt, als auch die Jungen merkten, daß etwas mit dem Mann nicht so war wie sonst, ließen sie ihn in Ruhe; sie hockten sich ratlos neben dem Toten hin, betasteten seine Brust und horchten daran.

Dann wurden die Kinder von der Menge, die sich inzwischen um den starren Körper versammelt hatte, fortgeschoben.

»Du großer Gott«, sagte jetzt eine mitleidige Frauenstimme, »der hat doch gestern nacht noch neben meinen Beinen geschlafen.«

»Neben Deboras Beinen«, sagte Ranek.

»Auch neben meinen«, lächelte die Langhaarige. »Ich schlafe doch neben Debora. Oder wußten Sie das nicht?«

»Wer trägt den Toten raus?« rief jemand aus der Menge.

Niemand antwortete.

»Wer trägt ihn raus?«

Die Menge drängte zur Tür. Ranek wurde gestoßen. Er stolperte über den Toten und stürzte hin. Als er sich wieder erhob, war er mit dem Toten allein. Die verdrücken sich schnell, dachte er wütend; jeder will ihn angucken, aber keiner will ihn raustragen. Verdrücken sich einfach, das faule Gesindel. Ihm fiel jetzt wieder ein, daß Deboras Schlafplatz in der Nähe des Toten war. Er muß raus, dachte er, er muß raus. Debora soll nicht neben dem Toten schlafen, sie soll's nicht, nein, sie soll's nicht. Du wirst ihn eben rausschaffen müssen.

Er holte einen Reservestrick aus seiner Tasche und band die Beine des Toten zusammen, und aus dem Ende des Stricks fabrizierte er geschickt eine Schlinge. So war's gut; so würde es leichter gehen; wenigstens brauchte man sich nicht zu bücken. Während er den Toten zur Tür schleifte, hörte er draußen im Hausflur klatschende Schläge ... jemand heulte auf ... eine heisere Kinderstimme. Verflucht! Wer wird denn verprügelt? Was ist denn schon wieder los?

Auf der Treppe kam ihm ein kleiner Junge entgegengestürzt und rannte ihn fast um. Der Junge krallte sich an ihm fest und verbarg sein blutendes Gesicht in seiner Jacke. »Er hat mich geschlagen«, schluchzte der Junge, »er hat mich geschlagen«, und dann deutete er auf den Roten, der lachend am Treppengeländer stand.

Ranek hatte den Jungen sofort erkannt. »Was machst du denn hier?« fragte er verblüfft.

»Behauptete, jemanden zu suchen«, sagte jetzt der Rote. »Natürlich 'ne Lüge. Wollte sich hier einschleichen.« Und der Rote wollte sich wieder auf den Jungen stürzen. Ranek hielt ihn zurück. »Lassen Sie ihn. Ich kenne ihn. Das ist doch der kleine Zigarettenhändler aus der Puschkinskaja.« Und zu dem Jungen: »Wen suchst du, he?«

»Ich wollte mit Ihnen sprechen«, sagte der Junge, »der Ondulierte aus dem Friseurladen hat mich hierher geschickt.«

Ranek hatte den Toten fallen lassen. Seine Hände fuhren über den Wuschelkopf des Jungen, und dann blickte er die Treppe hinunter und sah das kleine Mädchen mit den großen, dunklen, sanften Augen; es stand still im Eingang und schaute zu ihnen hinauf.

»Was macht denn deine Schwester hier?«

»Die kommt immer mit, wenn ich wo hingehe«, sagte der Junge.

Ranek sprach jetzt leise zu ihm: »Der Rote wird dir nichts tun. Ist in Ordnung. Bleib jetzt hier und warte, bis ich zurückkomme. Ich will nur den Toten runterschaffen. Warte hier.«

Ranek ging mit dem Jungen zum Eingang. Außer dem kleinen Mädel war jetzt niemand da.

»Der Ondulierte hat mir gesagt, daß Sie Schlafplätze verkaufen«, sagte der Junge, »wir brauchen einen ... Ljuba und ich.«

Ranek nickte. »Du hast Glück, daß gerade jemand krepiert ist«, sagte er. »Ihr könnt den Platz haben. Ich werde euch decken. Der Rote wird euch nichts tun, und die anderen auch nicht.«

»Sie haben hier was zu melden, nicht wahr?«

»Ja«, sagte Ranek.

»Ist der Platz groß genug für uns beide?«

»Groß genug«, sagte Ranek, »für euch groß genug.«

»Wieviel wollen Sie dafür?«

»Zwanzig Zigaretten, von den rumänischen.«

»Zehn«, sagte der Junge, »von den rumänischen.«

Ranek schüttelte den Kopf. »Manche Leute möchten schweres Geld für einen Platz bezahlen und können doch keinen kriegen«, sagte er eindringlich. »Sieh mal«, er näherte seinen Mund dem Ohr des Jungen: »Da gab mir unlängst 'ne Frau 'nen goldnen Ring, 'nen Ehering.«

»Sie haben die Frau eben beschummelt«, sagte der Junge, der inzwischen seine Fassung wiedergewonnen und die Schläge schon verschmerzt hatte.

»Du bist ein gescheiter Junge«, lachte Ranek, »aber diesmal hast du dich geschnitten. War gar nicht nötig, die Frau zu beschummeln. Die hat mir den Ring nämlich aufgedrängt; na, was sagst du dazu, direkt aufgedrängt.«

»Dann haben Sie sie eben erpreßt«, sagte der Junge altklug.

Ranek blickte ihn erstaunt an und zugleich erschrocken.

»Du weißt zuviel für dein Alter«, sagte er langsam.

»Zehn Zigaretten«, sagte der Junge.

Ranek überlegte.

»Der Platz gehört Ihnen ja gar nicht«, sagte der Junge, »ich geb's Ihnen nur, damit Sie ein Wort für uns einlegen.«

Ranek lachte jetzt wieder. »Weil du's bist«, sagte er, »also zehn, abgemacht.« Und er dachte für sich: Nimm einstweilen mal zehn, den Rest der Zigaretten kannst du ihm ja später wegnehmen – in der Nacht.

»Vielen Dank«, sagte der Junge.

»Gib mal her.«

»Fünf geb' ich Ihnen jetzt«, sagte der Junge, »den Rest später, wenn alles glattgegangen ist.«

Verflucht, dachte Ranek, der steckt uns alle in die Tasche, geriebener, kleiner Lümmel. Na wart mal, du wirst dich schön wundern, wenn du morgen früh aufwachst und entdeckst, daß die ganze Ware verschwunden ist.

»Gut, gib her, fünf inzwischen.«

Der Junge gab ihm die Zigaretten. »Dem Ondulierten schuld' ich auch noch 'n paar für den Tip«, sagte er.

»Ist er dein Freund?«

»Ja, schon lange.«

»Er ist ein warmer Bruder«, grinste Ranek. »Weißt du, was das ist?«

Der Junge schüttelte den Kopf. Dann ging ihm ein Licht auf. »Ach so … wenn Sie das meinen; der ist keiner; der schläft bloß mit dem Friseur, weil er essen muß.«

»Ja«, sagte Ranek, »er muß essen; da hast du eigentlich recht.«

Der Junge zog ihn etwas weiter in den Hausflur hinein. »Wir dürfen nicht so laut vor Ljuba reden«, flüsterte er, »sie ist nämlich noch unverdorben. Sie weiß überhaupt noch nichts.«

»Du meinst, daß sie das Leben noch nicht kennt?«

»Ich passe auf sie auf«, sagte der Junge, und seine Stimme

wurde auf einmal hart.

»Ja, du paßt gut auf sie auf«, sagte Ranek. »Du bist ein guter Junge.«

Er legte seine knochigen Arme um die Schultern des Jungen, und dann führte er ihn langsam zum Eingang zurück, wo das kleine Mädel geduldig auf sie wartete.

»Komm, Ljubischka«, sagte der Junge. »Es ist alles in Ordnung.«

Das Kind kam schüchtern auf sie zu. Es blickte Ranek an. »Dürfen wir wirklich hierbleiben?«

»Ja«, sagte Ranek lächelnd. »Ihr dürft jetzt hierbleiben.«

Vierter Teil

1

Die Nachricht von Raneks Tod wurde von den Leuten des Nacht-asyls mit sturer Gleichgültigkeit aufgenommen. Seine näheren Bekannten zuckten die Achseln; er war eben nur einer der vielen Fälle, die früher oder später von der Bildfläche verschwanden, und es war am besten, die Sache so schnell wie möglich zu vergessen. Die meisten Leute aber hatten Ranek kaum gekannt; für sie war er ein Namenloser, irgendeiner, der mal hier gewohnt hatte. Manche erinnerten sich bloß an den alten, verbeulten Hut, den er meistens im Zimmer aufbehalten hatte, als hätte er Angst gehabt, ihn irgendwo liegenzulassen; einige jedoch, die über eine mehr als durchschnittliche Einbildungskraft verfügten, waren phantasievoll genug, um dieser blassen, unklaren Erinnerung an den Hut noch eine menschliche Gestalt hinzuzudichten. Sie stellten sich ihn also langbeinig vor, mit kleinem Kopf und Adler-nase, andere wieder mit kurzen Beinen, einem Kürbiskopf und flacher Nase. Manche dachten sich ihn auch nur als Schatten.

Die einzige Person, die mit rotumränderten Augen herumlief, war Debora, und dies war erstaunlich genug, denn nach der Meinung der Leute hatte sie allen Grund, froh zu sein, daß sie ihn auf diese einfache Weise losgeworden war.

Sigi sagte einmal zu ihr: »Ich verstehe Sie nicht, Debora; Sie haben den ganzen Vorrat an Bohnen, Hirse und Kartoffeln geerbt, und dabei laufen Sie herum, als erwarte Sie Sodom und Gomorrha. Und wenn man bedenkt, was er mit dem armen Fred gemacht hat ...« Aber Debora hatte sich bloß umgedreht und war aus dem Zimmer gelaufen, um Sigis höhnisches Gelächter nicht mitanhören zu müssen.

Nachdem einige Zeit verstrichen war, konnte Debora nicht mehr an Raneks Tod glauben. Im Anfang war es nur ein leiser Zweifel, aber er wurde mit jedem neuen Tag stärker, und schließlich glaubte sie tief in ihrem Herzen zu wissen, daß Ranek lebte. Tatsache war, daß man nichts Authentisches wußte; niemand aus dem Nachtasyl hatte ihn sterben sehen, und das Ganze war eigentlich nur auf ein Gerücht zurückzuführen, das ein gewisser Max verbreitet hatte, ein Mann mit einem dicken Verband um die Ohren, der behauptete, mit dabeigewesen zu sein, als Ranek erschossen wurde. Der Mann war zusammen mit Ranek während einer Razzia auf dem alten Bahnhof verhaftet worden. Man hatte sie deportiert, jedoch dem Mann war es später gelungen, auszureißen und wieder ins Prokower Getto zurückzukehren.

Debora nahm den Mann gründlich ins Kreuzverhör, in der Absicht, sich soviel Beweismaterial wie möglich zu verschaffen, um Raneks Tod zu widerlegen. Zuerst hatte sie sich alle Einzelheiten seiner Verhaftung erzählen lassen ... und dann weitergeforscht, mit vorsichtigen, tastenden Fragen und in gespannter Erwartung, daß der Mann in seinen Aussagen unsicher werden würde.

Raneks Verhaftung auf dem alten Bahnhof gingen folgende Vorgänge voraus (Vorgänge, über die im Sommer viel gemunkelt wurde, die aber heute kein Geheimnis mehr waren): Die Behörden hatten nämlich vor nicht langer Zeit mit dem Wiederaufbau des alten Bahnhofs begonnen. Das ausgebombte, für den Zugverkehr unbrauchbare Gelände sollte wieder dem Verkehrsnetz Großrumäniens angeschlossen werden. Da der neue Bahnhof, der ja seit langem fertiggestellt war, dem riesigen Nachschub an die Ostfront nicht mehr genügte, sollten hier auf dem alten Bahnhof Nebengleise gelegt werden, auf die der überschüssige Verkehr abgeleitet werden konnte.

Im Juli traf eine Gruppe auserlesener, kräftiger, junger Juden ein, die unter Bewachung von Polizei inzwischen mit den Aufräumungsarbeiten begannen. Es gab da eine Menge zu tun; herumliegendes Gerümpel, Reste verbrannter Schuppen, krumme Schienenstücke und sonstiges Alteisen und wer weiß was noch mußten weggeschafft und der Boden mit den schachttiefen Löchern wieder ausgeglichen werden. In den ersten Arbeitstagen kümmerte sich die Polizei wenig um die Leute, die in den beiden Waggons hausten, und auch nicht um die Obdachlosen, die unter den Waggons oder verstreut in den Löchern des Geländes schliefen. Die Polizisten trieben ihren Scherz mit ihnen, bewarfen sie mit Erdklumpen, bandelten mit den Frauen an und schlugen ab und zu mal jemanden windelweich … aber sie verjagten sie nicht. Erst als eine Militärinspektion eintraf, wurde die Sache anders. An jenem Tag griff die Polizei ein. Das Bahnhofsgelände wurde abgeriegelt und die Leute nach irgendwelchen Kohlengruben deportiert, deren Lage der Mann nicht genau zu beschreiben vermochte.

An jenem Unglückstag, erzählte der Mann, hatten er und Ranek sich ein Rendezvous auf dem alten Bahnhof gegeben, dessen Zweck geschäftlicher Natur war. Angeblich wollte Ranek ein rotes Tuch erstehen, das der Freundin des Mannes gehörte und für das Ranek ein paar Kartoffeln geben wollte. Ranek brauchte das Tuch für einen Friseur, dessen Laden sich vis-à-vis des Stadtbordells befand.

Der Mann sagte, daß Ranek ein Gauner sei und ihm das Tuch, das ein verdammt anständiges Tuch gewesen war, für lausige drei Kartoffeln abgehandelt hätte.

Nachdem das Geschäft abgeschlossen war, hatte Ranek vorgeschlagen, Karten zu spielen. Sie spielten dann drinnen im Eisenbahnwaggon. Der Mann sagte, daß Ranek im Lauf des Nachmittags seine drei Kartoffeln wieder zurückgewann. Am Abend vor der Katastrophe besaß Ranek die drei Kartoffeln nebst dem Tuch, und der Mann sagte, daß Ranek nicht ehrlich gespielt und ihn obendrein noch unverschämt verhöhnt hätte.

Als Ranek aufbrechen wollte, um sich auf den Heimweg zu machen, war es schon zu spät. Gerade drang von allen Seiten die Polizei ein. Das Gelände war vollkommen umzingelt. Man hatte sie überrascht, und es gab keine Möglichkeit zu entkommen.

Der Mann berichtete dann noch, daß man sie sehr weit fortgeschleppt hätte, daß sie öfter die Züge wechselten und den Rest der Strecke zu Fuß zurücklegen mußten; unterwegs wurden viele, die nicht schnell genug gehen konnten, von begleitendem Militär erschossen. Er sagte, er hätte Ranek zusammen mit anderen Toten in einer breiten Pfütze liegen sehen.

Dies waren ungefähr die Zusammenhänge, die sie nach wiederholten Fragen aus dem Mann herauspreßte.

Aber damit gab sich Debora nicht zufrieden.

Der Mann schlief jetzt in den Büschen hinterm Haus, wo er sich anderen Obdachlosen beigesellt hatte. Zuweilen besuchte sie ihn dort, während Moische auf die Lebensmittelsäcke im Zimmer aufpaßte, bis sie zurück war. Sie wollte mehr von ihm erfahren, aber der Mann gab ihr immer nur ausweichende Antworten. Es war offenkundig, daß sie ihm mit ihren vielen Fragen auf die Nerven ging.

Einmal, als sie wieder das flache Buschland durchstreifte und nach ihm Ausschau hielt, warf einer der Obdachlosen einen Stein nach ihr; sie stürzte und blutete, raffte sich auf und rannte zurück in den Hof.

Wozu gehst du immer wieder dorthin? hatte sie sich vorgeworfen. Du weißt, daß die Obdachlosen uns hassen, uns alle, die unter einem Dach schlafen. Auch der Mann mit dem Verband kennt nichts anderes als Haß, und deshalb vor allem sind seine Antworten kurz und abweisend, deshalb wirst du nicht mehr von ihm erfahren. Geh nicht mehr hin! Sie werden dich steinigen. Sie werden dich umbringen. Hatten die Obdachlosen nicht letztens einen Mann aus dem Nachtasyl, der bloß mal hinters Haus ging, um ein paar trockene Zweige zu sammeln, hatten sie ihn nicht überfallen und gesteinigt und den ohnehin halbverhungerten und geschwächten Mann in eine Grube geworfen, aus der er nicht mehr herauskonnte? Sie hassen uns! Sie hassen uns! Sie sind immer die ersten Opfer der Razzien ... und im Winter ... im Winter liegen ihre Leichen erfroren und platt auf der Erde, während wir's warm haben. Kümmern wir uns etwa um sie? Nein, dachte sie, wir kümmern uns nicht um sie.

Der Mann mit dem Verband kam ab und zu in den Hof und ging auf die Latrine. Das war wohl der einzige Grund, daß er hierherkam; vielleicht weil er sich nicht zwischen die Büsche hocken wollte – eine letzte Spur übriggebliebener Ästhetik, nicht dort seine Notdurft zu verrichten, wo er schlief oder wo andere schliefen. Sie verstand das. Es imponierte ihr sogar. Der Mann war also noch nicht ganz heruntergekommen. Vielleicht ... jawohl ... du wirst nochmals versuchen, mit ihm zu reden.

Und sie paßte ihn wieder ab. Sie wartete, bis sich seine Gestalt von den übrigen auf der Latrine löste. Als er über den Hof, in Richtung der Büsche, zurückging, hielt sie ihn an. Sie stellte wieder dieselben Fragen.

Der Mann sagte: »Er ist tot. Er ist nicht mehr wichtig. Wozu interessieren Sie sich so für ihn?«

»Ich bin seine Schwägerin. Das wissen Sie doch.«

Der Mann lachte bloß: »Schwägerin ... was ist das schon ... Sie machen so viel Wesens aus der Angelegenheit, als ob er ein Prinz wäre.«

»Prinz ...«, sagte sie tonlos.

»Ein Gauner«, sagte der Mann, »einmal ... jetzt ein toter Gauner.«

Der Mann blinzelte sie an und zeigte plötzlich Interesse. »Hat Sie wohl auch beschummelt, wie? Schuldet Ihnen wohl noch was? Und Sie warten, daß er zurückkommt?«

Sie sagte gar nichts.

»Ich verstehe«, sagte der Mann, »tut mir leid für Sie.« Es sah wirklich so aus, als ob sie ihm jetzt leid tat und er einen Moment lang den Rangunterschied vergaß, der sie trennte ... er, der Obdachlose ... und sie, die es gut hatte und in einem Zimmer schlafen durfte.

»Tut mir leid«, sagte er nochmals.

»Woher wissen Sie, daß er es war, der in der Pfütze lag?« fragte sie. »Sie sagten doch selbst, daß ein ganzer Haufen Toter drin lag? Und wie konnten Sie da den einzelnen unter so vielen Leibern genau erkennen?« Sie setzte ungeduldig und verzweifelt fort: »Geben Sie's doch zu! Geben Sie doch zu, daß Sie's nicht genau wissen!«

Der Mann spuckte wütend aus und ging, ohne ein weiteres

Wort zu verlieren.

Debora kehrte in das Zimmer zurück.

Seitdem sich ihre Gedanken soviel mit Ranek beschäftigen, kommt es ihr manchmal in der Nacht vor, als ob er wirklich wieder da sei.

Es ist zum Verrücktwerden. Jedes vom Wind verursachte Geräusch an der Pappdeckelfensterscheibe bringt Ranek wieder in das dunkle Zimmer zurück. In ihrer Einbildung sieht sie ihn tatsächlich unter der verlöschten Lampe hocken und rauchen. Zwar sieht sie nicht das glimmende Zigarettenende, aber sie denkt, weil das Fenster doch offen ist, verbirgt er's in der hohlen Hand, wie Leute, die nachts im Freien rauchen. Sie bildet sich ein, daß er fortwährend zu ihr hinüberstarrt und daß er sehr einsam ist ... und seine einsamen Augen dringen ihr bis tief ins Herz.

Eines Nachts konnte sie es nicht mehr auf ihrem Schlafplatz aushalten. Sie hatte wieder etwas gesehen: den Schatten eines breiten Hutes.

Sie stolpert zum Fenster. Der Mond hat einen hellen Fleck aufs Fensterbrett gemalt. Darunter aber, wo sie den Hut gesehen hatte, ist nichts ... nur Finsternis und Schnarchtöne. Sie zündet ein Streichholz an. Auf Raneks Platz liegt ein fremder Mensch. Einer von der Straße, denkt sie, genauso wie auch Ranek einer von der Straße war. Sie blickt noch eine kurze Weile hin. Es ist etwas geräumiger geworden unterm Fenster, seitdem sie die Lebensmittelsäcke aus Vorsicht auf ihren eigenen Platz unter den Kleiderhaken geholt hat. Als sie wieder kehrtmacht, stößt sie gegen den Roten. Sie spürt seinen Schweißgeruch. Sie weiß gar nicht, was er plötzlich hier am Fenster sucht. Sie starrt ihn entgeistert an … und dann verlöscht das Streichholz.

»Was wollen Sie?«

»Nichts«, sagt der Rote. »Ich bin Ihnen bloß nachgegangen.«

»Warum?« flüstert sie.

»Ihre Bemühungen sind umsonst«, sagt der Rote, »Ranek ist nicht mehr da.«

»Was wollen Sie?«

»Nichts«, lacht er. »Mir macht's bloß Spaß; macht mir immer Spaß, wenn jemand verrückt wird.«

»Ich bin nicht verrückt«, sagt sie. Und dann stößt sie gegen ihren Willen die Worte aus: »Ich habe seinen Hut gesehen.«

Der Rote steht regungslos vor ihr, wie ein Felsen in der Nacht, mitten auf dem Weg, an dem man nicht leicht vorbeikam.

»Waren Sie auch auf seinen Hut scharf?« fragt er plötzlich.

»Wie meinen Sie das?«

»Es war ein guter Hut«, sagt der Rote, »verdammt will ich sein, wenn's nicht 'n guter Hut war.«

»Lassen Sie mich damit in Ruhe«, sagt sie unwillig, »diese Art von Unterhaltung geht mir auf die Nerven. Und lassen Sie mich jetzt vorbei. Ich will auf meinen Platz zurück.«

»Ich hab' keinen Hut«, sagt der Rote, »und Ranek braucht ihn nicht mehr. Er hätte ihn mir geben sollen.«

»Was reden Sie da für Unsinn zusammen, als ob er gewußt hätte, daß sie ihn schnappen?«

»Klar. Das konnte er natürlich nicht wissen. Aber es wurmt einen trotzdem. Sein Hut stach mir schon immer in die Augen, wissen Sie; so 'n Hut hab' ich mir immer schon gewünscht.«

Zuweilen denkt sie noch an diese sonderbare Begegnung mit dem Roten zurück. Vor allem an seine Frage: Waren Sie auch auf seinen Hut scharf? Es lag eine gewisse Berechtigung in dieser Frage, denn sie hätte den Hut ja für ein Kopftuch eintauschen können ... und sie brauchte ein Kopftuch. Der Rote dachte bloß praktisch, so wie alle hier.

Was hätte sie ihm antworten sollen? Daß sie gar nicht an so was gedacht hatte? Das würde der Rote nicht verstehen, und er würde es ihr auch nicht glauben. Hätte sie ihm antworten sollen, daß der Hut für sie nur ein Symbol war, genauso wie ein Zigarettenstummel oder ein anderer Gegenstand, den Ranek öfters benutzt oder getragen hatte und der sie an ihn erinnerte?

Es muß etwas Magisches an gewissen Dingen liegen, weil sie imstande sind, die Note eines Menschen zu tragen, den Stempel seines Gesichtes, seines Lachens, seiner Stimme und vieles andere.

Eines Abends sagte Moische zu ihr: »Ranek würde sich im Grab umdrehen, wenn er wüßte, wie leichtsinnig Sie mit seinen Lebensmitteln umgehen.«

Debora versuchte die Worte »sich im Grab umdrehen« zu überhören. »Wieso?« fragte sie. »Was meinen Sie?«

»Sie haben gestern Suppe unter die Leute verteilt.«

»Gestern war Sabbat«, sagte Debora.

»Na und?« fragte Moische.

»Am Sabbat soll man sich freuen«, lächelte Debora, »und es gibt so wenig Freude auf der Welt! Deshalb hab' ich mir was vorgenommen.«

»Was haben Sie sich vorgenommen?«

»... daß ich einmal wöchentlich mehr Suppe koche, als ich essen kann, und sie dann unter diejenigen verteile, die sie am nötigsten haben.«

Moische nickte zustimmend, aber dabei blickte er sie an, so

wie man jemanden anblickt, der den Verstand verloren hat.

2

Es blieb weiterhin ruhig im Getto. Ab und zu kamen wohl noch vereinzelte Zwischenfälle vor, wie unlängst die Aktion auf dem alten Bahnhof, hier und da wurden ein paar Leute aus den Häusern geschleppt oder im Freien aufgegriffen und mitgenommen, aber die meisten, die sich noch an die großen Razzien im vorigen Winter und im Frühjahr 1942 erinnern konnten, hielten solche Aktionen, bei denen doch verhältnismäßig wenig Menschen ums Leben kamen, für völlig bedeutungslos.

Niemand wußte, was eigentlich los war. Es gab Leute, die der Ansicht waren, die rumänischen Behörden hätten endlich eingesehen, daß die Gettobewohner von selbst krepieren würden und deshalb nicht noch weiter in Massen verschleppt zu werden brauchten. Manche waren auch der Meinung, daß die Nachrichten von der russischen Front die Behörden im Augenblick ablenkten, und wieder andere behaupteten, daß die augenblickliche Stille nichts anderes war als die Ruhe vor dem Sturm; sie sagten, sie hätten aus verläßlicher Quelle erfahren, daß das Getto bei Eintritt der ersten Winterfröste völlig liquidiert werden würde, und zwar im Lauf einer einzigen Nacht. Das alles war leeres Gerede. Am besten, man dachte nicht zuviel nach und nützte die ruhigen Nächte aus, um ordentlich auszuspannen.

Die heißen Sommermonate waren endgültig vorüber. Es war Herbst geworden. Der viele Regen hatte die Stadt in ein Sumpfland verwandelt, und sie hatte nun wieder ihr altes Gepräge: die stumpfe Farbe des grauen Schlamms. Im Nachtasyl war der halbe

Zaun vom Sturmwind umgeweht worden, aber ein paar Freiwillige hatten sich seltsamerweise sofort gemeldet, um ihn wieder zu reparieren. Die Leute richteten die morschen Bretter wieder auf und gingen in ihrem Arbeitseifer so weit, daß sie all die herausgebrochenen Lücken wieder mit neuen Latten vernagelten. Der Grund ihres Arbeitseifers aber war nicht Fleiß.

»Warum vernagelt ihr den Zaun, ihr Hornochsen?« fragte unlängst einer der Neuen.

»Damit sie das Haus nicht sehen.«

»Wer denn?«

»Die Polizei.«

»Jetzt ist doch nichts los.«

»Man kann nie wissen, ob ...«

»Na, und wenn schon. Die wissen genau, wo das Haus steht, und außerdem kann man immer noch das Dach von der Straße aus sehen.«

»Das wissen wir. Wir dachten bloß ...«

»Ihr habt wohl euren Verstand schon ausgekotzt, was? Warum steckt ihr nicht gleich eure dämlichen Schädel in den Sand?«

Jetzt steht der Zaun halb unter Wasser. Ein Teil des Hofes ist von breiten Pfützen bedeckt, um die die Leute einen großen Bogen machen. Es ist noch ein Glück, daß die Latrinengrube tief genug ist und trotz des vielen Regens nicht überläuft.

Heute nachmittag, auf dem Basar, blieb ein Skelett mit seinen Fußlappen im Schlamm stecken. Debora, die nur einige Meter weit entfernt stand, sah es und hatte plötzlich das sonderbare Gefühl, es sei Ranek. Sie blieb wie gelähmt am selben Fleck stehen und starrte hinüber. Das Skelett machte verzweifelte Anstrengungen, seine dürren Füße aus dem tiefen Schlamm herauszuziehen, um sie auf eine festere Stelle des Bodens zu bringen; es jammerte und schrie und verdrehte seine Augen und bettelte die herumstehenden Leute um Beistand an. Im Versuch, ihm zu Hilfe zu eilen, bahnte Debora sich, so schnell sie vermochte, ihren Weg durch eine lachende, an dem Schauspiel sich ergötzende Menge. Plötzlich sah sie, daß das Skelett zusammensackte. Es war über seine Kräfte gegangen. Debora beugte sich mit fliegendem Atem über den Toten. Die Maske zeigte keine Ähnlichkeit mit Ranek.

Debora verließ den Basar. Ein frohes Gefühl hatte sie überkommen, wie schon lange nicht mehr, und während sie jetzt mit schnellen Schritten vorwärts eilte, dachte sie ein wenig beschämt darüber nach. »Es ist nicht richtig«, murmelte sie vor sich hin, »wie kannst du dich nur über den Vorfall freuen?« Und eine Stimme in ihr antwortete: Weil es nicht Ranek war … weil es nicht Ranek war … Und die Stimme sagte jetzt: Er lebt. Er lebt. Er lebt.

Instinktiv schlug sie den Weg zum Stadtpark ein. Das ewige, gleichmäßige Grau der Straße tat ihren Augen plötzlich weh, und sie hatte das starke Bedürfnis, etwas anderes zu sehen, und auch dieses Bedürfnis hatte sie schon lange nicht gehabt. Vielleicht weil ich weiß, daß er lebt, dachte sie, und weil ich weiß, daß ich nicht vergebens auf ihn warte, und weil ich jetzt ein Recht hab', mich zu freuen. Und warum soll ich nicht in den Park gehen? Warum denn nicht? Irgendwo wird wohl noch ein Fleckchen Gras übriggeblieben sein, das der Schlamm noch nicht begraben hat, dachte sie. Eine übergroße Sehnsucht war in ihr und wurde stärker und immer stärker, je näher sie dem Park kam … die Sehnsucht nach dem Leben, und wenn's auch nur ein letzter Abschiedsgruß der Natur war, den sie mit nach Haus nehmen konnte.

Im Stadtpark aber war keine Spur mehr von Gras zu sehen. Und der Anblick der Bäume schnitt ihr ins Herz; die meisten waren ja abgesägt worden, und die, die noch nicht abgesägt waren, waren so kahl, als wäre es bereits Ende November. Der scharfe Wind hatte kein einziges Blatt übriggelassen. Da standen sie in Reih und Glied, wie Tote, die man nackt ausgezogen hatte und die auf teuflische Weise zu einer aufrechten Haltung verdammt worden waren. Dort liegt noch das Pferdegerippe vom vorigen Jahr, dachte sie, und dort ist noch der Hundskadaver, und dort auf den Bänken liegen die Obdachlosen, von denen man nie weiß, ob sie bloß schlafen oder schon steif sind.

Du hättest nicht hierherkommen dürfen, dachte sie, es ist das beste, du gehst gleich wieder nach Hause.

3

Anfang November tauchte Ranek wieder auf. Er wurde zuerst von dem Zigarettenjungen gesehen, der wie elektrisiert zusammenzuckte, als er plötzlich Raneks hagere Gestalt vor sich über die schlammige Straße wanken sah.

Der Junge folgte ihm. Während er neugierig, aber in gemessenem Abstand hinter Ranek herging, mußte er fortwährend daran denken, wie Ranek ihm damals den Schlafplatz verkaufte ... er hatte pünktlich bezahlt, sowohl die Anzahlung wie auch den Rest der Zigaretten, die er Ranek noch schuldete, im guten Glauben, daß das Geschäft abgewickelt wäre. Er hatte sich geirrt. Denn später, in der Nacht, hatte Ranek ihn bestohlen und ihm alles abgenommen, was er noch in der Schachtel verpackt hatte ... und das waren insgesamt dreißig lose gewesen, zehn Papyrossen und zwanzig Rumänische. Der Junge erinnerte sich, daß er damals, kurz vor dem Einschlafen, die Schachtel seiner kleinen Schwester gegeben hatte, weil Ljuba einen leichteren Schlaf hatte als er. Ljuba hatte sie unter ihrem Röckchen verborgen. Als Ranek dann in der Nacht die Schachtel hervorzog, wachte Ljuba auf und erkannte Ranek an seinem großen Hut, und Ljuba schlug Krawall, und die Leute fingen zu schimpfen an – wie gewöhnlich –, und Debora, Raneks Schwägerin, die an der Wand unter dem Kleiderhaken, dicht neben Ljuba lag, nahm die weinende Ljuba in ihre Arme und erkundigte sich genau, was vorgefallen war. Als sie alles erfahren hatte, nahm sie Ljuba an der Hand und ging mit ihr zum Fenster, wo Raneks Schlafplatz war. Debora schien einen starken Einfluß auf Ranek zu haben, denn nachdem sie eine Weile mit ihm geredet hatte, gab Ranek die Zigaretten zurück.

Er lebt also, dachte der Junge mit Bedauern, er lebt, obwohl die Leute ihn längst tot glaubten.

Der Junge ließ Ranek nicht aus den Augen. Ranek drehte sich nicht nach ihm um und ging weiter die Straße hinunter. Sie mochten eine Viertelstunde gegangen sein, als Ranek stehenblieb. Der Junge drückte sich scheu an die nächste Hauswand, aber seine Vorsicht war unnötig, denn Ranek schien nur für den schmutziggrauen Fleck Straße vor ihm im Rinnstein Augen zu haben, auf den er fortwährend wie hypnotisiert starrte. Der Junge dachte: Die Straße kennst du doch! Dort, wo der Kerl steht, ist ja das demolierte Lenindenkmal, dem der halbe Kopf fehlt! Er hatte schon öfters hier Zigaretten verkauft, wenn ihm mal der Boden in der Puschkinskaja zu heiß wurde, denn es war zuweilen eine rege Verkehrsstelle. Jetzt, gegen Abend, aber war es hier still und wie ausgestorben.

Vielleicht hat der Kerl 'n Fimmel, dachte der Junge, denn er guckt noch immer auf dieselbe Stelle im Rinnstein, als ob er dort etwas sehen würde, was gar nicht da ist. Eine leere Stelle, ein bloßes Stück dreckige Straße. Es liegt doch nichts dort. Wozu guckt er denn immerfort hin?

Dann wurde er von Ranek bemerkt.

»Was machst du denn hier, he, du Lümmel?«

»Nichts«, sagte der Junge erschrocken, während das Blut in sein kleines, bleiches Gesicht schoß und es komisch, wie eine zu früh gereifte Tomate, verfärbte. »Nichts«, stotterte er, »ich … ich hab' Sie bloß früher gesehen.« Und der Junge sprang weg und versuchte fortzulaufen, aber Ranek war schon bei ihm und packte ihn. »Ich tu' dir doch nichts«, lachte Ranek, »kein Grund, sich so zu erschrecken. Warst wohl neugierig und bist mir nachgelaufen, was? Hast geglaubt, ich bin ein Gespenst? Na, ich bin noch der Alte, mein Junge.«

»Man hat gesagt, daß Sie gestorben sind«, sagte der Junge jetzt, wieder Mut fassend. Vor dem brauchst du doch keine Angst zu haben, dachte er, der hat bloß 'ne große Schnauze, tut dir aber nichts. Der klaut bloß. Da mußt du aufpassen. Aber sonst tut er dir nichts. »So 'n Kerl mit 'nem Verband um die Ohren erzählte das«, sagte der Junge, »er sagte, er hätte Sie in 'ner Pfütze liegen sehen.«

»So«, sagte Ranek, »hat er das erzählt, der gute Max?«

»Ja, das hat er.«

»Wann ist er zurückgekehrt, der mit dem Verband um die Ohren?«

»Der kam schon vor langer Zeit.«

»So, allerhand, allerhand.«

»Sie sind wohl zu Fuß gegangen?«

»Ja.«

»Der nicht. Der ist gefahren.«

»Also deshalb. Wie denn?«

»Auf 'nem Dach von 'nem Güterwagen, hat er gesagt ... hat er uns erzählt.«

»So?«

»Jawohl ... sehen Sie ...«

»Züge fahren schnell«, lächelte Ranek, »das ist besser als zu Fuß ... manchmal wenigstens ist das besser. Möchte wissen, wie er das fertiggebracht hat.«

»Das weiß ich nicht.«

Ranek nickte nachdenklich. Dann sagte er: »Den Verband trägt er also noch immer, der Max?«

»Ja.«

»Das wundert mich, wundert mich wirklich. Die Lea ist doch nicht mehr da, und den Verband braucht er eigentlich nicht mehr. Den trug er doch nur wegen ihr.«

»Ich erinnere mich noch an die Lea«, sagte der Junge, »noch vom Keller her. Kommt sie nicht zurück?«

»Nein, sie kommt nicht mehr zurück«, sagte Ranek, »bestimmt nicht.«

Es hatte wieder zu regnen begonnen, ein hauchdünner Sprühregen, der die halbdunkle Straße wie ein Netz einfing; der Wind war stärker geworden und heulte in den Ruinen. Ranek ließ den Jungen plötzlich los, weil ihn ein Hustenanfall schüttelte; sein Gesicht verzerrte sich im Krampf, und er preßte beide Hände vor die Brust. Als er sich beruhigt hatte, sagte er: »'s ist noch nicht wirklich kalt, und doch friert man schon so; man hätte 'n Hemd nötig und auch 'nen Pullover, glaubst du nicht?«

»Ein Mantel wäre noch das Beste«, sagte der Junge.

»Stimmt«, sagte Ranek, »stimmt.«

Der Junge sah die Gänsehaut auf Raneks Gesicht, die sich nach oben, bis an den Rand des breiten Hutes, spannte, und er sah sie auch auf seinem faltigen Hals und dort, in der Öffnung der Jacke, wo die nackte Brust heraussah. Dem ist jetzt schon kalt, dachte er schadenfroh, der überdauert den russischen Winter bestimmt nicht. Der Junge grinste, und dann fragte er dreist: »Warum guckten Sie eigentlich vorhin immerfort in den Rinnstein?«

»'ne Sentimentalität von mir«, sagte Ranek. »Überkommt mich jedesmal, wenn ich hier vorbeigehe.« Und er fügte sinnend hinzu: »Weißt du, was das ist ... 'ne Sentimentalität?«

Der Junge schüttelte den Kopf.

»Ein Gefühl«, sagte Ranek, »und zwar ein besonderes Gefühl.«

Das verstand der Junge.

»Früher einmal«, sagte Ranek, »da spürte man so was in der Brust, jawohl, mein Junge, in der Brust, das ist es eben, aber nicht von 'ner Laus, weißt du ... weiter drinnen, wo die Läuse nicht hinkommen ... im Inneren sozusagen, wo das Herz liegt. Man hat es mit dem Herzen gespürt. Heute kriege ich nur noch Durchfall, wenn mich was aufregt.«

Er fuhr fort: »Damals, im Frühjahr, kam ich hier vorbei. Ich war auf Wohnungssuche. Und als ich hier vorbeikam, da sah ich jemanden, so 'n vornehmen toten Herrn mit 'nem Spazierstock ... und ob du's glaubst oder nicht, der war so freundlich und gab mir 'ne Zigarette.«

»War nett von ihm«, grinste der Junge.

»Das ist es«, sagte Ranek, »und man schätzt so was besonders, wenn man lange Zeit nichts Anständiges geraucht hat, jawohl. Aber weißt du, um ganz ehrlich zu sein, 's ist gar nicht der Tote, der mich so aufregt, bloß jener Tag, an den er mich immer erinnert.«

»Was für 'n Tag?« fragte der Junge.

»Ein denkwürdiger Tag«, sagte Ranek. »An jenem Tag bin ich nämlich ins Nachtasyl eingezogen.«

»Damals im Frühjahr?«

»Ja, damals im Frühjahr. Und weißt du … ich bin ja schon oft umgezogen … wir alle sind, glaube ich, schon oft umgezogen … aber dieser Umzug, damals, war 'n besonderer.«

»Warum war er so besonders?«

»Weil ich damals ein Zuhause gefunden hab'«, sagte Ranek, »ein richtiges Zuhause, wie ich's vorher hier in Prokow nicht gehabt hab'. Denn vorher war alles immer nur vorübergehend.«

Der Junge trottete mißmutig neben Ranek her. Wozu höre ich mir das Gequassel von dem Kerl an? dachte er, es ist spät und es dunkelt und er geht viel zu langsam.

»Könnten Sie nicht schneller gehen?«

»Nicht mit meinen Frostbeulen«, sagte Ranek, »sind noch vom vorigen Winter, und sie schmerzen immer, wenn die Kälte wiederkommt.«

»Ich will jetzt weg«, sagte der Junge störrisch, »weil's dunkel wird. Und Sie gehn mir zu langsam.« Aber Ranek krallte seine knochigen Finger wieder in den Ärmel des Jungen.

»Nein, du bleibst«, sagte er. »Ich gehe nicht gern allein.«

»Lassen Sie mich doch gehen«, bat der Junge, »bitte, lassen Sie mich doch gehen. Ljuba wartet auf mich. Ich muß schneller gehen.«

»Ich möchte dich noch so Verschiedenes fragen«, sagte Ranek, ohne den Jungen loszulassen, und jetzt holte er etwas Eßbares aus seiner Tasche, dessen Herkunft schwer festzustellen war, jedoch bei näherer Betrachtung konnte der Junge sehen, daß es Kartoffelscheiben waren. Sie waren halbverkohlt und steinhart; Ranek mußte sie vor langer Zeit, unter freiem Himmel am Lagerfeuer, geröstet und dann als eiserne Reserve in seinen Taschen verwahrt haben. Der Junge aber nahm sie dankbar und fing emsig zu kauen an.

Ranek hörte gespannt zu, was der Junge berichtete, und wenn es auch nicht zusammenhängend war, so genügte es ihm doch, um sich ein Bild zu machen.

Als Ranek die Stadt nach so langer Zeit wiedersah, war er guter Laune gewesen, er lebte und er war wiedergekehrt, und das war die Hauptsache; jetzt aber überkam ihn Angst. Die Wirkung des Gehörten tropfte wie giftiges Öl in sein Blut; er vergaß seine schmerzenden, wunden Füße, und es war, als wäre ein Teil seines Gehirns plötzlich gelähmt. Flecktyphus ist ausgebrochen, dachte er, im Nachtasyl … Flecktyphus … also doch … es ist also doch geschehen.

Der Junge hatte längst zu sprechen aufgehört, und jetzt gingen sie beide schweigend durch den Abend. Der Wind blies ihnen den Regen ins Gesicht. Was soll ich jetzt machen? dachte Ranek … Jetzt gar nichts, dachte er; du wirst später entscheiden. Natürlich später. Erst mal nach Hause gehen.

Nach einer Weile fragte er: »Seit wann herrscht bei euch Flecktyphus? Wie lange ist es denn her?«

»Ungefähr 'ne Woche«, sagte der Junge.

»Warum habt ihr nichts dagegen getan?«

Der Junge lachte leise, als mache er sich plötzlich über Ranek lustig.

»Ihr hättet die Kranken wenigstens in den Hausflur legen

sollen«, sagte Ranek, »damit sich die anderen nicht anstecken; das ist ja verrückt; wie konntet ihr nur so fahrlässig sein und sie im Zimmer liegenlassen?«

»Über zwanzig Fälle innerhalb 'ner Woche«, sagte der Junge, »wenn wir sie alle in den Hausflur gelegt hätten, dann wären die Leute auf der Straße aufmerksam geworden, und wir wollten doch nicht, daß man wußte, was bei uns los ist; das hätte doch nur die Behörden alarmiert, und dann wäre die Polizei gekommen und hätte uns alle ins Spital geschafft. Und im Spital bringt man doch alle um.«

»Du hast recht. Dann wär's euch allen an den Kragen gegangen.«

»Ja … es darf niemand erfahren«, sagte der Junge, und seine Stimme klang jetzt wieder hart und bestimmt und alt.

»Wer hat die Seuche eingeschleppt?«

»Ein paar von den Neuen.«

»So was greift schnell um sich.«

»Ja.«

»Verflucht schnell.«

»Die ersten Fälle haben wir in den Hausflur geschafft, aber als es viele wurden, brachten wir sie zurück ins Zimmer.«

»Weißt du«, sagte Ranek, »im Nachtasyl ist immer ab und zu mal einer krepiert; aber das waren arme Schweine, die verhungert sind. Ich kann mich nur an zwei Flecktyphusfälle erinnern.«

»Nur zwei?« fragte der Junge.

»Nur zwei«, sagte Ranek, »einer davon war ein gewisser Levi, der andere war mein Bruder, aber der gehörte eigentlich nicht dazu, weil er das Zimmer nie gesehen hat; der Kerl hat nämlich nur den Hausflur kennengelernt.«

»Warum erzählen Sie mir das?«

Ranek lachte grimmig. »Bei uns stand immer ein Schutzengel vor der Tür.«

»Sie machen sich über mich lustig. Es gibt keine Engel.«

»Vielleicht doch«, sagte Ranek.

»Dann hat er nicht viel genützt«, sagte der Junge hart.

»Solch ein Schutzengel ist sterblich wie wir Menschen«, lächelte Ranek matt, »wenn seine Zeit um ist, dann läßt er einfach alles im Stich.«

»Vielleicht hat der Engel sich angesteckt«, grinste der Junge.

Ranek nickte. »Das wird's wohl sein; der liebe Gott hätte ihn impfen sollen, bevor er zu uns kam … hat er wahrscheinlich vergessen.«

»Oder er ist bloß verhungert«, sagte der Junge.

»Das ist auch möglich«, sagte Ranek.

Sie waren fast angelangt. Ranek humpelte jetzt schneller neben dem Jungen her. Sein Herz begann auf einmal stark zu klopfen. Er konnte wegen der tiefen Dämmerung nur ein paar Meter weit sehen, aber er wußte, daß sie jeden Augenblick an die Umzäunung stoßen würden, hinter der das einsame Haus lag. Und wie vor vielen Monaten, als er in seiner Verzweiflung im Nachtasyl Schutz suchte, kam ihm auch jetzt, trotz allem, das Haus wie ein Eiland vor, wie ein Stückchen feste Erde im bewegten Meer, das man lange gesucht und endlich gefunden hatte.

Was würde Debora sagen? Würde sie froh sein, daß er wieder da ist? Oder enttäuscht? Hatte sie ihn vergessen?

»Ist meine Schwägerin noch gesund?« fragte er den Jungen; er hatte diese Frage schon längst stellen wollen und sie nur verzögert, und jetzt spürte er, wie seine Stimme zitterte.

»Heute morgen war sie's noch«, sagte der Junge, »wenigstens

kam es mir vor, als ob sie's noch wäre. Aber ich war den ganzen Tag nicht zu Hause.«

»Willst du mir einen Gefallen tun? Ich gebe dir dafür später noch was zu essen. Willst du?«

»Ja«, sagte der Junge.

»Ich werde im Hauseingang auf meine Schwägerin warten«, sagte Ranek eindringlich. »Ich will nicht so einfach dort oben reinschneien. Du verstehst schon, nicht wahr? ... Schick' sie zu mir runter. Sag ihr, daß ich wieder da bin.«

4

Der Junge folgte Debora neugierig in den Hausflur. Er war nicht darauf gefaßt gewesen, daß seine Botschaft eine solch erschütternde Wirkung auf sie ausüben würde. Sie hatte ihn kaum ausreden lassen und war weinend aus dem Zimmer gestürzt.

Der Junge lehnte jetzt oben am Treppengeländer und schaute ohne Verständnis hinunter, wo sich, im Dämmerlicht des Hauseingangs, soeben zwei Menschen wiedergefunden hatten. Der Mann stand kerzengerade da, wie jemand, der seine Verlegenheit meistern wollte, die Frau hing schluchzend an seinem Hals. Was geht da nur vor? dachte der Junge. Das ist doch alles bloß leeres Getue. Debora kann doch nichts für den schäbigen Kerl übrig haben? Dann aber dachte er daran, daß die beiden allein waren, vielleicht genauso allein auf der Welt wie er und Ljuba, und daß sie niemanden mehr hatten als sich selbst.

Er verhielt sich ruhig und wartete. Nach einer Weile kam Ljuba in den Hausflur. »Mischa«, sagte sie zaghaft, »Mischa.«

»Bleib drinnen!« herrschte er sie an.

»Du bist nicht lieb zu mir«, sagte die Kleine traurig, »ich hab' dich heut den ganzen Tag nicht gesehen, und du bist vorhin nach Haus gekommen und hast nicht mal mit mir geredet. Was hast du nur?«

»Gar nichts hab' ich«, sagte der Junge ärgerlich. »Geh' wieder rein. Ich komme später zu dir.« Dann aber tat sie ihm plötzlich leid, und er hielt sie zurück. Er hatte sie heute absichtlich zu Hause gelassen, weil er nicht wollte, daß sie auf der Straße nasse Füße kriegte. Er wußte, wie einsam sie den ganzen Tag ohne ihn gewesen sein mußte.

»Hab's nicht bös gemeint«, sagte er jetzt versöhnlich, »es ist nur wegen der beiden dort unten.« Und er zeigte ihr nun, was ihn so in Anspruch nahm.

Inzwischen aber war die Nacht auf leisen Füßen in den Hausflur geschlichen, und die Gestalten des Mannes und der Frau im Eingang wirkten unwirklich und fern und so schattenhaft ineinander verwoben, als wären sie eins. Das Kind erkannte sie nicht.

»Die Frau ist Debora«, flüsterte der Junge, »du weißt ... die neben uns schläft. Der Mann ist Ranek. Er ist wieder zurück.«

Die Kleine nickte. Sie erinnerte sich noch an Ranek.

»Den kann man nicht vergessen«, sagte der Junge.

»Das stimmt. Den vergißt man nicht.«

Sie blickten eine Weile wortlos hinunter. Dann nahm der Junge sich eine Zigarette. »Hast du dich heute sehr gelangweilt?« fragte er.

»Ja, sehr«, sagte das Kind.

»Weißt du, warum ich dich heut zu Haus ließ?«

»Du sagtest, damit ich keine nassen Füße kriege.«

»Das stimmt«, grinste der Junge, »aber ich hatte noch einen anderen Grund.«

»Was war's denn?«

»Ich will nicht, daß du mir immer nachläufst. Nicht bloß, weil die Leute uns deshalb auslachen. Ich will vor allem, daß du endlich mal lernst, mit dir allein zu sein. Du mußt selbständiger werden. Wenn ich mal sterbe, was dann?«

Der Junge gab ihr die Streichholzschachtel. »Gib mir jetzt Feuer. Zeig mal, was du kannst. Auch so was gehört zur Selbständigkeit.«

Die Kleine gehorchte. Sie machte es richtig. Der Junge lachte leise und blies den Rauch in die Luft.

»Die Zigarette geht diesmal auf Geschäftsspesen«, sagte er. »Weißt du, was Spesen sind?«

Die Kleine schüttelte den Kopf.

»Du bist eigentlich noch sehr kindisch«, sagte der Junge, »ich frage mich ernstlich, was aus dir mal werden wird, wenn ich sterbe. Weißt du, du machst mir Sorgen.«

»Du hast mir einmal versprochen, daß du immer bei mir bleibst«, sagte das Kind. »Erinnerst du dich noch daran?«

»Nein«, sagte der Junge hart.

»Doch. Ganz bestimmt. Du hast es gesagt.«

»Dann glaubst du es also?«

Das Kind nickte. Der Junge blickte es nachdenklich an, und dann wandte er plötzlich den Kopf weg. Schweigend rauchte er seine Zigarette zu Ende, und dann warf er den noch glimmenden Stummel in weitem Bogen über die Treppe. Er hatte ohne Absicht gegen den Hauseingang gezielt. Der Stummel fiel dicht neben dem Paar auf die nasse Erde und verlöschte zischend, aber das Paar schien es gar nicht zu bemerken.

»Es sieht so aus, als ob die dort unten wirklich zusammengehören«, sagte der Junge, »so wie wir beide; die haben nämlich auch niemanden mehr.«

»Niemanden mehr?« fragte das Kind.

»Sie sind auch die letzten«, sagte der Junge.

Nach und nach kamen die Leute in den Hausflur, um Ranek zu sehen. Seidel faßte ihn an der Schulter und betastete dann seinen Hals, als wollte er sich überzeugen, daß das, was er da anrührte, wirklich aus Fleisch und Blut sei, während die Kaufmannswitwe, die schlaff an Seidels Arm lehnte, Ranek nur stumm, mit offenem Mund und kreisrunden Augen, anstarrte. Die alte Levi und der Rote begnügten sich damit, um ihn herumzuschleichen und abfällige Bemerkungen zu machen. Es kamen noch andere Leute, die er kannte, und Leute, die er nicht kannte, aber sie alle blieben nicht lange, und bald waren sie wieder allein.

»Wo ist eigentlich Sigi geblieben?« fragte Ranek.

»Sigi hat Flecktyphus«, sagte Debora.

»Wer noch?«

»Die kleine Stella.«

»Wer noch?« fragte er wieder beharrlich und kalt.

»Saras Mann«, sagte sie.

»Der Lehrer«, flüsterte er. »Saras Mann.«

»Du hast mir nie was von Sara erzählt«, sagte sie tonlos.

»Aber er hat dir's erzählt?«

»Ja, Ranek.«

»Er hat nur einmal mit mir gesprochen … und später nie wieder.«

»Aber mit mir hat er gesprochen«, sagte sie. »Mit mir, Ranek.«

»Wer noch? Ist Moische auch darunter?«

Sie schüttelte den Kopf. Er fragte nicht mehr weiter.

»Komm jetzt rauf«, sagte sie. »Oder bist du nicht neugierig?

Das Zimmer hat sich ein bißchen verändert.«

»Geh nur«, sagte er, »ich will nur mal in den Hof.«

»Fühlst du dich nicht gut?«

»Doch … ausgezeichnet. Aber ich war schon lange nicht mehr auf 'ner richtigen Latrine.«

Sie lächelte jetzt. »Die Latrine ist noch die alte«, sagte sie.

Als er später das Zimmer betrat, war er ruhig und gefaßt. Debora und der Junge hatten ihn ja vorbereitet, und was er sah, setzte ihn nicht in Erstaunen.

Zuerst war's nur die Umgebung des Küchenherdes. Sie empfing jetzt stärkeres Licht, weil die Lampe nicht mehr am Fenster stand, sondern an einem Nagel neben der Tür hing. Er bemerkte, daß auch die Wäscheleine, die sonst immer quer durch die Mitte des Zimmers gespannt wurde, in die Nähe der Tür verlegt worden war und nun hoch über dem Herd von einer Wand zur anderen lief.

Der Rote war schon unter den Herd gekrochen. Seine Beine ragten wie immer weit hervor. Unter den Leuten, die sich um den Herd tummelten, fiel ihm ein fetter Mann auf, der sich im Augenblick an der Feuerung zu schaffen machte. Als der Mann sich aufrichtete, erkannte ihn Ranek. Doktor Blum. Verflucht, durchzuckte es ihn. Was sucht der denn hier? Einige neue Töpfe standen auf der heißen Herdplatte, in denen Instrumente brodelten, und in einem großen Kessel sah er ein Paar Gummi-handschuhe schwimmen. Blums Besuch galt also nicht den Flecktyphuskranken. Wen wollte er denn wieder aufschneiden? Ranek zuckte die Achseln. Das geht dich nichts an, dachte er. Was hatte er noch damit zu tun?

Was ihn jetzt fesselte, war der rückwärtige Teil des Zimmers.

Von dort aus dem Halbdunkel drang das Röcheln der Kranken; es kam aus vielen Kehlen, aber ihm schien, als wäre es nur eine einzige, um Hilfe und Mitleid bettelnde Stimme. Die Kranken lagen hinter einem Bretterverschlag, der ungefähr drei Meter vom Fenster entfernt durch das Zimmer lief und dieses in zwei ungleiche Abschnitte teilte. Diese Abschnitte erinnerten ihn an ein Hühnerschlachthaus in der Provinz: vorn der große Raum für alles Lebendige und hinter der langen Schlachtbank der kleine Raum, wo's nur noch ab und zu leise aufzuckte.

Eine gute Idee, das mit dem Bretterverschlag, dachte Ranek. Hättest du dir auch nicht besser ausdenken können. Man hielt sich die Kranken vorläufig vom Leib. Sie waren ohne Essen, ohne Wasser, ohne jedwede Pflege und würden rasch krepieren. Noch vor der Flecktyphuskrise würden sie krepieren. Und dann war man sie los. Man würde sie rausschaffen, so wie man das immer mit den Toten gemacht hatte, und die Leichenbestatter würden nicht mal wissen, was eigentlich los war; sie würden sie für Verhungerte halten, was ja auch zum Teil stimmte. Auf diese Weise erfuhren die Behörden nichts davon. Eine wirklich gute Idee, dachte Ranek. So war's ganz in Ordnung. Für Mitleid war kein Raum. Nicht unter diesen Umständen. Wer krank war, sollte sterben. Kranke sind Ungeziefer. Wenn man sich ihrer rasch entledigte, bestand Hoffnung, daß die Gesunden davonkamen. Man würde das Zimmer dann wieder reinigen, und alles war wieder in Butter.

Das alles ging ihm durch den Kopf. Und doch empfand er keine Erleichterung bei diesen Gedanken. Wer konnte schon garantieren, daß die Krankheit nicht doch auf die andere Seite der Holzbarriere übergriff? Nein, dachte er, kein Mensch kann das garantieren. Und jetzt, wie schon so oft, fragte er sich wieder:

Bleibst du nur heute nacht? Und willst du morgen ein anderes Quartier suchen?

Aber er wußte, daß er diesmal nicht wieder auf die Suche gehen würde. Er würde warten. Er würde hoffen. Man mußte Zuversicht haben. Das hier war sein Zuhause. Es gab kein anderes.

Jemand stieß die Tür von draußen auf. Ranek bekam einen harten Stoß und taumelte gegen den Herd. Als er sich umdrehte, erkannte er die Mutter der kleinen Stella. Sie machte ein verdutztes Gesicht, dann gab sie ihm zögernd die Hand. »Sie sind also wieder zurück«, sagte sie.

»Mich kriegen die nicht so leicht rum«, grinste Ranek, »altes Eisen.«

Die Frau nickte. Sie blickte ihn an, so seltsam wie die Kaufmannswitwe ihn vorhin angeblickt hatte, und ebenso wie jene sperrte auch sie jetzt den Mund auf und brachte kein Wort mehr hervor.

»Ich weiß«, sagte er, »ich weiß ... die kleine Stella ... tut mir aufrichtig leid.«

Die Frau bewegte die Lippen, als schnappe sie nach Luft. Erst dann kamen Worte: »Stella ist tot.«

»Ich denke, sie ist bloß krank.«

»Stella ist tot«, sagte sie wieder, und ihre Augen wurden plötzlich hart.

Natürlich, dachte er. Wer hinter dem Verhau liegt, ist bereits lebendig begraben. Er wollte sagen: Es ist besser so für die kleine Stella. Aber er sah davon ab.

»Ja, es ist schlimm«, sagte er.

Die Frau ließ ihn stehen und begab sich auf ihren Platz. Ranek breitete seine Jacke in der Nähe des Herdes aus und setzte sich darauf. Er paßte auf, daß er die Beine des Roten nicht berührte. Er wußte nicht, ob der Rote schlief oder sich ganz einfach bloß ruhig verhielt. Vielleicht würde er ihn später für etwas Tabak unter dem Herd schlafen lassen? Vielleicht auch nicht? Es war Ranek egal; die Kranken dort drüben lagen ja fast übereinander, und jetzt gab's hier auf dieser Seite der Barriere genug freie Lücken, in die man sich hineinzwängen konnte.

Ein paar Schritte nur von der Barriere entfernt standen Debora und Moische. Sie unterhielten sich leise miteinander. Wahrscheinlich sprachen sie über das Baby, denn sie tätschelten es andauernd und lächelten.

Debora hatte Ranek nicht eintreten sehen. Als sie etwas später zum Herd blickte und ihn bemerkte, machte sie eine schnelle Bewegung. Und dann kam sie auf ihn zu. Ranek rückte zur Seite und machte ihr auf seiner Jacke Platz.

»Moische starrt zu uns rüber«, sagte Ranek. »Warum kommt er nicht her? Er hat mich noch nicht begrüßt.«

»Er wird es sicher später tun; laß ihm Zeit, du weißt doch, wie das ist: Du bist wieder heimgekehrt, seine Frau nicht, er hat nie wieder was von ihr gehört.«

»Die Leute sind immer neidisch«, sagte Ranek bitter, »nur wenn du krepierst, das nimmt dir niemand übel.«

»Manchmal nimmt man dir auch das übel«, lächelte sie.

»Man kann's niemandem recht machen.«

»Das kann man nicht, Ranek. Das konnte man auch früher nicht. Wie soll man jedem gerecht werden? Aber den anderen verstehen … das kann man, wenn man's versucht. Und das ist schon viel.«

Er nickte geistesabwesend. Sein Blick schweifte verloren

durch den großen Raum, blieb für eine kurze Weile auf der dunklen Stelle des Fensterbretts haften, dort, wo einmal die Lampe gestanden hatte, kehrte wieder zurück und ruhte nun auf dem blassen Gesicht an seiner Seite.

»Hat dich Moische wenigstens ein bißchen unterstützt?« fragte er.

»Ja, Ranek«, sagte sie. »Eine Zeitlang konnte ich von den Lebensmitteln leben, die du mir zurückgelassen hast. Dann, als sie alle waren, hat Moische mir ein bißchen geholfen.«

»Er schuldet es dir«, sagte Ranek. »Du bist wie eine Mutter zu dem Kind.«

»Er hat sich anständig benommen. Er hat mich oft zum Essen eingeladen.«

»Oft. Aber nicht regelmäßig?«

»Er hat doch auch nichts mehr, Ranek. Manchmal reicht's kaum für ihn und das Baby. Er war anständig.«

»Du bist dann meistens in die Armenküche gegangen, nicht wahr?«

»Ja, Ranek«, sagte sie. »Ich hab' mich durchgeschlagen.«

Er nickte wieder. Sie hat sich durchgeschlagen, dachte er. Ohne dich. Und warum auch nicht? Warum sollte sie sich nicht ohne ihn durchschlagen können? Schließlich war sie schon einmal allein gewesen ... allein mit Fred, der nur eine Last war, und das war noch schwieriger gewesen.

Er fing jetzt an, sie über Verschiedenes auszufragen. »Ich hab' vorhin Stellas Mutter gesprochen ... sag, hat sie Schwierigkeiten mit Seidel gehabt, nachdem ich fort war?«

»Ja«, sagte Debora.

»Schläft sie noch zwischen Seidel und der Kaufmannswitwe?«

Debora schüttelte den Kopf. »Sie hat mit der Kaufmannswitwe gewechselt. Es gab nämlich immer Krach ... immer in der Nacht ... weil Seidel über sie hinwegklettern mußte, wenn er zu der Kaufmannswitwe wollte. Manchmal war Seidel zu faul zum Klettern, und da fing er einfach mit ihr an, weil es praktischer für ihn war. Und dann hat sie geschrien, so gellend hat sie geschrien, daß wir anderen immer davon aufgewacht sind.«

»Hat Seidel sich auch an Stella vergriffen ... ich meine, als Stella noch gesund war und oben auf der Pritsche lag? Sie lag doch neben ihrer Mutter, nicht wahr? So hatte ich's damals arrangiert. Hat er ...«

»Nein, ich glaube nicht«, sagte sie unsicher, »wenigstens hab' ich das Kind nie schreien hören.«

»Es war immer ein stilles Kind«, sagte Ranek.

»Ja ... aber ich glaube nicht, Ranek ... daß ...«

»Wenn man dir zuhört, dann glaubt man, daß dir so was wirklich nahegeht. Du darfst dir nicht alles so zu Herzen nehmen.«

»Weißt du, Ranek«, seufzte sie, »das eigene Leben ist doch schon traurig genug, aber daß man so eng zusammenlebt und alles mitansehen muß, was die anderen machen, ob man will oder nicht, das ist das Schlimmste von allem; es gibt soviel Schmutz und soviel Häßlichkeit, und man ist mittendrin und kann nicht weg.«

»Es wird höchste Zeit, daß du dich mal an deine Umgebung gewöhnst und aufhörst, über sie nachzudenken.«

»Wie macht man das, Ranek, um nicht nachzudenken?« fragte sie, und sie sagte es so, als ob es nur ein Scherz sei.

»Man denkt eben nicht nach«, sagte er. »Verstehst du nun?«

»Ja«, sagte sie, »ich verstehe; aber ich glaube, ich werde es doch nie verstehen.«

Nun fragte er: »Erinnerst du dich noch an den Krüppel, der

mal neben mir geschlafen hat?«

»Ja, er liegt auch hinter der Barriere«, sagte sie langsam.

»Hat man ihm das künstliche Bein gelassen?«

»Nein. Sie haben's ihm weggenommen. Eine bodenlose Gemeinheit.«

»Man hätt's ihm wirklich lassen können.«

»Weil's zuviel Platz weggenommen hat ... deshalb.«

»Er hat immer schon Angst gehabt, daß man's ihm eines schönen Tages stehlen wird.«

»Und dabei haben die Leute noch Witze mit ihm gerissen. Sie sagten, er sollte beide Beine einziehen, nicht nur das eine; stell dir das vor.«

»Hat man das Holzbein verheizt?«

»Natürlich«, sagte sie.

Erst jetzt fiel ihm ein, daß er auch Hofer nicht gesehen hatte. »Auch Hofer?« fragte er und deutete mit dem Kopf in die Richtung der Barriere.

»Ja, auch Hofer«, sagte sie.

»War 'n feiner Kerl. Schade um ihn.« Und plötzlich entsann er sich, daß Doktor Blum hinter seinem Rücken stand, und er flüsterte ihr zu: »Hofer hat dran glauben müssen, und so ein Schwein wie der Blum ist gesund.«

»Er ist ein Schwein. Jeder haßt ihn hier.«

»Was sucht er denn heute hier? Wer wird denn operiert?«

»Eine Frau ... keine wirkliche Operation, bloß ... Ach, Ranek, bitte frag mich nicht. Du wirst schon selber sehen.«

»Warum willst du mir's nicht sagen?«

»Du wirst schon sehen. Es ist auch so was Ekelhaftes. Und gerade hier ... und gerade jetzt ... das war nicht nötig, Ranek ... aber du wirst schon sehen. Frag mich nicht.«

»Gut«, sagte er, »ich frag' dich nicht mehr.«

In der Nähe des Herdes herrschte eine wohlige Wärme. Er spürte die heißen Strahlen der Feuerung auf seinem nackten Rücken brennen, und er drehte und streckte seinen Oberkörper behaglich. Der Rote schnarchte schon. Es wirkte ansteckend, und Ranek hatte sichtlich Mühe, seine Augen offenzuhalten. Er wollte noch nicht schlafen. Dafür würde man genug Zeit haben. Man war ja wieder zu Hause. Wie warm es ist, dachte er, und wie gut. Komisch, daß man das immer erst richtig zu schätzen weiß, wenn man von der Straße kommt. Der Mensch gewöhnt sich schnell an das Gute und vergißt zu rasch. Aber man soll nicht vergessen, dachte er, auch nicht, wenn man viele Tage, Wochen und Monate am Feuer gesessen hat; auch dann soll man die Straße nicht vergessen. Sonst wird man undankbar.

»Erzähl mir was von dir«, bat sie. »Du hast mir vorhin im Hausflur so wenig erzählt.«

»Später«, sagte er.

»Ist es wahr, daß viele unterwegs erschossen wurden?«

»Ja, 'ne Menge.«

»Max hat dich in einer Pfütze liegen sehen«, sagte sie plötzlich. »Unter den Toten.«

»Ich warf mich neben die Toten hin, um nicht aufzufallen; das ist ein alter Trick.« Er grinste leicht. »Ein bissel Glück hab' ich natürlich auch gehabt, denn es regnete und der Nebel war dicht … und die Kerle hatten's eilig.«

»Erzähl mir mehr.«

»Später«, sagte er wieder. »Erst werden wir was essen. Will nicht, daß du dir jetzt den Appetit verdirbst.«

»Was hast du zu essen?«

Er zeigte ihr zuerst den Rest der Kartoffelscheiben, und dann holte er ein kleines, in einen Sackfetzen gewickeltes Paket aus seiner Tasche; den Fetzen hatte er sich aus den Kleidern eines Toten zurechtgeschnitten, weil er nichts anderes zum Einwickeln gehabt hatte. »Weißt du, was drin ist?«

»Mais«, sagte sie.

»Nein«, grinste er, »fehlgeraten.«

»Was denn?«

»Brot«, sagte er.

Er öffnete jetzt den Beutel und zeigte ihr das Brot. Es war ein faustdickes Stück, schwarz und klebrig. Er drehte es nach allen Seiten um, und dann brach er es entzwei, und den einen Teil drückte er in ihre Hände.

»Das ist ein schöner Zug von dir, daß du an mich gedacht hast«, sagte sie leise, während es in ihren dunklen Augen glücklich aufleuchtete.

»Ich hab' überhaupt nicht an dich gedacht«, grinste er. »Ich wollte das Brot schon vorhin auf der Straße aufessen, aber da der Junge mit mir ging, konnte ich's nicht.«

»Du lügst wieder mal.« Sie lachte jetzt, aber es war ein zärtliches Lachen. »Du hast absichtlich mit dem Essen gewartet, bis du zu Hause warst. Du wolltest mit mir teilen. Du konntest nicht ohne mich essen.«

»Du irrst dich«, spottete er. »Oder hältst du mich für einen Idioten?«

Sie schüttelte den Kopf, und sie lachte noch immer, ihr Knie berührte sein Knie, ganz sanft, wie unabsichtlich, aber sie nahm es nicht wieder fort, und dann schmiegte sie ihre Wangen an seine spitze Schulter, und noch immer lachte sie, als hätte er etwas sehr Lustiges und völlig Unglaubwürdiges gesagt, aber doch etwas Liebes. Dann wurde ihr Gesicht plötzlich wieder ernst; ihr schmaler Kopf an seiner Schulter bewegte sich langsam seitwärts, und sie blickte zu ihm auf. »Ranek«, sagte sie leise, »ich war die ganze Zeit so allein. Du weißt gar nicht, wie allein ich war.«

»Iß jetzt«, sagte er.

»Du gehst nicht wieder fort, Ranek? Sag, daß du nicht wieder fortgehst.«

»Ich bleibe bei dir«, sagte er.

»Immer?« flüsterte sie.

»Ja, immer«, sagte er.

»Und wenn man einen von uns schnappt?«

»So was kann gar nicht passieren«, lächelte er. »Bestimmt nicht. Wir lassen uns eben nur noch zusammen schnappen … nur zusammen … wir lassen uns einfach zusammen schnappen.«

»Und wenn einer von uns krank wird?«

»Dann wird er den anderen anstecken, so daß dann beide krank sind. Ganz einfach … du siehst … immer zusammen. Du und ich. Wir beide. Immer zusammen.«

»Ja, Ranek, immer. Und wenn nun einer von uns beiden stirbt?«

»Davon soll man lieber nicht reden«, sagte er.

»Warum bin ich auf einmal so glücklich, Ranek? Ich weiß … ich habe kein Recht dazu … nach allem, was hier bei uns geschehen ist. Aber ich bin trotzdem glücklich. Warum, Ranek? Sag, warum?«

»Ich weiß nicht«, sagte er. »Bist du wirklich glücklich?«

»Ja. Sehr. So sehr. Und du?«

»Ja«, sagte er. »Ich auch. Und ich weiß nicht, warum.« Und er dachte: Warum lügen wir? Wir sind nicht glücklich. Oder doch? Sind wir's? Sind wir's wirklich?«

»Ich werde immer häßlicher«, sagte sie plötzlich.

»Nein, du wirst immer schöner«, sagte er.

»Meinst du das auch? Oder sagst du das nur?«

»Ich meine es. Du bist sehr schön.«

»Schau mal mein Haar an«, flüsterte sie.

»Ja, ich schaue es doch an.«

»Faß es an.«

Er tat es. Er streichelte ihr Haar.

»Es ist struppig geworden«, sagte sie. »Und es war mal so wie Seide. Jeder hat das gesagt.«

»Es ist noch wie Seide«, sagte er. »Und du bist schön. Weißt du, ich hab' immer schon gewußt, daß du schön bist. Aber nicht richtig gewußt. Ich habe es bloß geahnt. Aber jetzt weiß ich es. Jetzt sehe ich es.«

»Sag mir noch etwas.«

»Nein. Nun nichts mehr.«

»Warum?«

»Weil du jetzt essen sollst.«

»Gut«, lächelte sie. Sie biß herzhaft in das Brot hinein, und nun wartete auch er nicht länger.

5

Blum war heute schon früh am Nachmittag ins Nachtasyl gekommen. Er wollte die Sache so schnell wie möglich erledigen und wieder fortgehen, denn er hatte keine Lust, noch einmal in diesem verdammten Saustall zu übernachten. Dann aber hatte er mit dem Feuer Schwierigkeiten gehabt; erst war das Ofenrohr verstopft, und der Rauch des brennenden Haufens Sägespäne und Zeitungspapier, mit dem er das Feuer anfachte, schlug ins

Zimmer zurück; er hatte das Rohr gereinigt und dann nochmals von vorn angefangen; dann hatte es sich herausgestellt, daß die dicken Holzscheite naß waren, und so ging das weiter. Als das Feuer endlich brannte, war es bereits Abend geworden.

Blum kam diesmal nicht aus freiem Willen. Er stand unter Druck.

Vor einiger Zeit war seine Mätresse, die hübsche, junge Krankenschwester, an der roten Ruhr gestorben. Es war ein schwerer Schicksalsschlag für ihn gewesen. Der Schmerz hatte fast eine Woche lang gedauert – und das war schon was. Blum hatte in dieser Woche ein paar Kilo Fett verloren, das er noch immer nicht ersetzt hatte. Nachdem die Schwester beerdigt worden war, hatte Blum sich nach einem neuen Quartier umgesehen. Er hatte Glück gehabt und nach ein paar Tagen eine Bettstelle in einer Privatwohnung eines kinderlosen Ehepaars gefunden. Es war ein sauberes Zimmer. Zwar hatte Blum bei den Leuten nicht viel zu melden – Untermieter bleibt eben Untermieter, und alle Wirtsleute sollte der Teufel holen, ein ewig meckerndes despotisches Gesindel ist das –, trotzdem aber war er froh, daß er endlich einmal sein eigenes Bett hatte und nicht mehr mit fremden Leuten auf der harten Pritsche schlafen mußte. Er hatte den Leuten beim Einzug ausdrücklich versprechen müssen, keine Besuche zu empfangen und vor allem keine fragwürdigen Elemente in ihrer Abwesenheit über die Türschwelle zu lassen. Er durfte auch nicht in dem neuen Zimmer praktizieren, was er ja sowieso nicht beabsichtigte. »Die Bettstelle ist Ihnen zum Schlafen vermietet worden«, hatten die Leute gesagt. »Zu nichts anderem. Merken Sie sich das!«

Gestern nun erhielt Blum Besuch. Daniel, der Polizist, in Begleitung einer Frau, einer arg heruntergekommenen Person.

Blum war in sichtlicher Verlegenheit. Das Ehepaar war nicht zu Hause. Was sollte er jetzt tun? Er konnte den Polizisten unmöglich aus dem Zimmer weisen, denn so was konnte man mit dem Leben bezahlen.

Der Polizist stellte die Frau vor: »Jente Lipski.« Er fügte grinsend hinzu: »Im Nachtasyl nennt man sie die Langhaarige.« Auch die Frau grinste und gab ihm die Hand und nickte stumm.

»Ich will, daß Sie mir 'nen Gefallen tun«, sagte der Polizist. »Es handelt sich nämlich um 'ne Auskratzung.«

Er zeigte auf die Frau, und die Frau nickte wieder stumm und grinste Blum an.

»Was soll das arme Luder mit 'nem Kind anfangen«, sagte der Polizist, und dann setzte er ihm den Fall klipp und klar auseinander.

Während Blum die Frau untersuchte, schaute der Polizist zu. Er hatte sich großspurig in den schweren Klubsessel gesetzt und rauchte. Als Blum mit der Frau fertig war, sagte er: »Ich kann den Fall nicht übernehmen.«

»Sie werden ihn übernehmen«, sagte der Polizist, »darauf können Sie Gift nehmen.«

Sie zankten sich eine Weile, aber wie vorauszusehen war, drohte der Polizist mit Deportation, und Blum, völlig eingeschüchtert, gab am Ende nach.

»Hier kann ich's nicht machen«, stammelte Blum. »Es ist nämlich nicht meine Wohnung, und ich riskiere, daß man mich rauswirft.«

»Dann machen Sie's im Nachtasyl«, sagte der Polizist.

»Sie haben doch schon einmal bei uns operiert«, sagte die Frau.

»Wenn Sie unbedingt wollen«, nickte Blum, und er spürte,

daß er erblaßte.

»Sind 'n paar Flecktyphusfälle bei uns«, sagte die Frau. »Daniel weiß Bescheid; er hat mir versprochen, die Schnauze zu halten; es soll nämlich niemand wissen. Sie werden natürlich auch schweigen?«

»Natürlich«, lächelte Blum krampfhaft.

»Vielleicht machen Sie's doch in Ihrer Wohnung?« schmunzelte der Polizist.

»Unmöglich«, sagte Blum.

»Du siehst doch, Daniel, daß er's hier nicht machen kann, sonst wird er doch rausgepfeffert.«

»Ja, ich seh' schon.«

»Er wird sich bei uns nicht anstecken. Er ist doch ein Doktor.«

»Manchmal steckt sich auch ein Arzt an«, lächelte Blum dünn.

»Sie werden eben aufpassen«, tröstete die Frau. »Sie sind doch ein Doktor.«

Der Polizist erhob sich, klappte eine schöne Zigarettendose auf und bot Blum eine russische an. »Die Frau kann natürlich nicht bezahlen«, sagte er freundlich, »und im Augenblick bin ich auch nicht bei Kasse. Aber wenn Sie mich mal brauchen. Sie wissen ja …«

»Das ist in Ordnung«, sagte Blum.

»Wann wollen Sie's machen? Können Sie morgen?«

»Also morgen …«

»Am Nachmittag ist bei uns die beste Zeit«, sagte die Frau.

»Also am Nachmittag«, sagte Blum langsam.

Die beiden verabschiedeten sich. In der Tür aber hielt die Frau plötzlich inne. »Wart' draußen auf mich, Daniel. Ich will dem Herrn Doktor noch was sagen.«

Und dann, als sie allein waren, flüsterte die Frau. »Es ist mir unangenehm, daß ich nicht bezahlen kann.«

Blum winkte ab.

»Ist das Kind wirklich von Daniel?« fragte er.

»Ich weiß nicht«, sagte die Frau. »Es waren so viele.«

»Warum setzt er sich dann so für Sie ein?«

Die Frau zuckte ratlos die Schultern.

Blum lachte häßlich.

»Er hat so seine Launen«, sagte die Frau leise. »Erst hat er mich wie ein Tier behandelt und jetzt auf einmal … Ich kann es auch nicht verstehen. Er ist ein komischer Mensch.«

»Ein feiner Mann«, sagte Blum verächtlich.

»Sie haben Angst vor ihm, nicht wahr?«

»Ich will bloß nichts mit ihm anfangen. Das lohnt sich nicht.«

Die Frau nickte geistesabwesend, und dann fing sie wieder an: »Ich kann nicht bezahlen, aber wenn Sie auch mal mit mir wollen …«

Blum spuckte angewidert aus, als er jetzt daran dachte. Er schielte nun zu der Frau hinüber, die zusammengekauert auf der Pritsche saß und auf ihn wartete. Sie muß sich eben gedulden, dachte er, ich kann nicht hexen. Er würde die Operation auf der Pritsche machen, in der Ecke neben der Tür. Der Platz gehörte einem gewissen Janow. Blum hatte vorhin mit diesem Janow verhandelt, der ihm den Platz dann für ein Stück Schwarzmarkt-schokolade zur Verfügung gestellt hatte.

Blum wandte sich wieder den Töpfen zu. Das Feuer brannte jetzt gut, aber das Wasser kochte noch immer nicht. Er rückte die Töpfe näher an die Stichflamme heran, und das bei der Bewegung überschwappende Wasser schlug kleine Schaumkronen auf der Herdplatte, die sich wie Käfer hin und her bewegten.

Bei katastrophaler Unterernährung kommen Schwangerschaften nicht mehr vor, hatte Hofer einmal zu ihm gesagt. Blum entsann sich noch genau daran. Zwischen Hofer und ihm hatten von Anfang an Meinungsverschiedenheiten bestanden, aber über diese Frage waren sie sich einig gewesen. Jedoch der heutige Fall? dachte er. Ein Wunder, wie? Die Natur läßt sich von uns keine Gesetze aufzwingen. Stimmt das? Blum beruhigte seine letzten Zweifel. Sie ist doch auch eine Hure, dachte er, ebenso wie jene andere Frau, bei der Hofer und er damals den Kaiserschnitt gemacht hatten. Sie hat sich also ab und zu mit Brot versorgt. Sie ist zwar nicht so gut ernährt wie jene, aber immerhin leidlich ernährt. Natürlich, leidlich ernährt, das genügte. Diese Auslegung gefiel ihm besser. Hier war wenigstens eine reale Basis da. Er konnte sich nun einmal nicht für unerklärliche Wunder begeistern.

Blum war sich vollkommen bewußt, daß der Zweck seines Besuches von den meisten Leuten in diesem Zimmer als eine freche Provokation angesehen wurde. Zuweilen schielte er beunruhigt über die Schulter, weil er das beklemmende Gefühl nicht loswerden konnte, daß die Leute etwas gegen ihn im Schilde führten. Das einzig Verdächtige aber, was er bemerkte, waren ein paar Jammergestalten, die in der Nähe des Herdes herumstanden und ihn mit ihren leeren Augen anstarrten. Blum fragte sich jetzt, ob diese dumpfen, halbverhungerten Menschen überhaupt zu einer Gewalttat imstande waren? Wahrscheinlich nicht, versuchte er sich zu beruhigen. Trotzdem mußte man auf der Hut sein. Man konnte nie wissen …

Mit der Zeit wurde ihm immer unbehaglicher zumute, und er spürte plötzlich, wie etwas an seinem Gewissen zu nagen begann. Wenn es diesmal um ein fettes Honorar gegangen wäre, dann hätte sein Gewissen wie gewöhnlich geschwiegen, aber er verdiente nichts bei dieser verfluchten Geschichte und hatte obendrein noch Scherereien. Kein Wunder, daß man da nachdenklich wurde.

Blum rauchte sich eine Zigarette an, inhalierte tief, aber der Tabak schmeckte auf einmal nicht mehr. Natürlich hatten die Leute recht. Es war eine unverschämte Provokation. Eine Weile schaute er stumm auf seine plumpen Fleischerhände. Es ist ja auch unerhört, dachte er kopfschüttelnd, ein wahrer Irrsinn, von dir zu verlangen, gerade hier in dem infizierten Raum, unter all den sterbenden Leuten, den Abort zu machen. War das nicht eine Verhöhnung? Eine teuflische Verhöhnung der rettungslos Verlorenen, wie man sie sich grausamer gar nicht auszudenken vermochte? Konnte er sich damit vor den Leuten rechtfertigen, daß es im Grunde genommen doch egal sei, was hier vor sich ging, da den Kranken hinter der Barriere ja sowieso nicht mehr geholfen werden konnte? Oder war das etwa eine Entschuldigung, daß er diese lächerliche Angelegenheit von einem Abort unter Zwang machte, machen mußte, weil er Angst vor dem Polizisten hatte, diese verfluchte ewige Angst, immer vor irgend etwas oder vor irgend jemandem? Nein, dachte er, nichts kann dich rechtfertigen. Nicht mal deine Angst.

Blum fühlte sich nicht mehr am rechten Platz. Der Arztberuf hatte nicht nur den Nimbus, sondern auch den Ernst verloren. Da war der Schwarzhandel doch noch am besten; das war heutzutage die einzige vernünftige Beschäftigung.

Blum versuchte, seine trüben Gedanken auf konkretere Bahnen zu lenken, und er begann wieder, an den Töpfen herumzufingern. Das Wasser kochte jetzt. Laß es noch ein bißchen kochen, dachte er, dann wirst du alles herausnehmen und abtropfen lassen. Er überlegte, ob er sich inzwischen umziehen sollte. Ach, Unsinn. Wirst dir später nur den Mantel umhängen; kein Mensch kümmert sich drum, was du darunter anhast. Nimm's heut nicht so genau. Ist sowieso alles durcheinander. Er grinste schwach. Natürlich … waschen mußt du dich … jetzt, nach der verfluchten Feuermacherei, einmal und später, kurz vor dem Eingriff, noch einmal … gründlicher. Wenigstens ein bißchen Sauberkeit vortäuschen.

Blum rückte jetzt den Kübel heran, füllte ihn bis zur Hälfte mit Wasser, tunkte seine rußigen Hände und Arme hinein und begann, sie ärgerlich zu schrubben. Verfluchte Schweinerei! Der Dreck war gar nicht mehr von den Pfoten runterzukriegen, und dabei mußte man noch sparsam mit dem Wasser umgehen.

Sicherlich dachte der Polizist, daß so ein Abort keine große Angelegenheit war, aber was wußte der denn von den technischen Schwierigkeiten, mit denen man diesmal zu rechnen hatte? Gut – die Plackerei mit dem verdammten Ofen konnte man noch hinnehmen; auch daß man all die anderen dreckigen Handgriffe allein machen mußte, weil man keine Assistenz hatte; auch das war noch nicht das Schlimmste. Aber es gab andere Schwierigkeiten. Seine private Apotheke war im Lauf der Zeit auf einen kläglichen Rest zusammengeschmolzen … die Leute in seiner früheren Wohnung hatten ihn bestohlen, und nicht nur an seiner Apotheke hatte man sich vergriffen, sogar Instrumente waren abhanden gekommen, zum Beispiel die Kugelzange, ausgerechnet die Kugelzange; die er heute so dringend brauchen würde. Und dann: kein richtiger Tisch! Ja, verflucht, nicht mal das hatte man. Und die Beleuchtung – nur eine einzige Lampe. Wenn doch wenigstens Hofer dagewesen wäre! So aber ruhte die ganze Verantwortung auf seinen Schultern.

Und ein anderes Problem: Die Leute hatten sich geweigert,

aus dem Zimmer zu gehen.

Na, das wird ein schöner Spaß werden, dachte Blum verbittert.

Als Blum zu der Langhaarigen hinüberging, liefen die Leute zusammen. Zuerst glaubte er erschrocken, daß man sich nun einmischen würde, um den Abort zu verhindern, aber dann sah er, daß er sich getäuscht hatte. Sein Verdacht vorhin war also ohne Grund gewesen; das hätte er sich eigentlich denken müssen. Das Gesindel war bloß neugierig. Mehr steckte nicht dahinter. Es war neugierig, und es wollte ihm zusehen.

»Was geht dort vor?« fragte in diesem Moment die kleine Ljuba. »Guck mal ... die vielen Leute ... die laufen alle zu dem komischen, fetten Mann hin.«

»Der Fette ist ein Doktor«, antwortete der Zigarettenjunge nachlässig; und er fügte dann etwas leiser hinzu: »Die Langhaarige wird nämlich operiert.«

Ljuba dachte daran, wie sich die Leute, wenn Doktor Hofer mal nicht dagewesen war, die dicken Geschwüre gegenseitig mit Nadeln aufstachen, um den Eiter ausfließen zu lassen, und sie entsann sich auch jetzt wieder, wie Debora das bei ihrem Bruder gemacht hatte, als er den ziehenden Schmerz nicht länger ertragen konnte.

Ihr Bruder zündete sich jetzt eine zweite Zigarette an und grinste: »Das geht wieder auf Geschäftsspesen; ich verspreche dir aber ...«

»Was für eine Operation?« unterbrach ihn das Kind. »Schneidet man wieder Geschwüre?«

Der Junge lachte belustigt. »Die Langhaarige hat doch keine

Furunkulose.«

»Was hat sie denn?«

»Nichts«, sagte der Junge, »die macht sich nur 'ne Auskratzung.« Und er bereute bereits, was er gesagt hatte.

»Was ist das?« fragte das Kind.

»Na, jetzt fängst du schon wieder mit den vielen Fragen an.«

»Bitte, sag mir, was das ist.«

»Das brauchst du noch nicht zu wissen«, sagte der Junge barsch.

»Bitte, Mischa, sag schon.«

»'n bißchen Blutverlust. Du mußt aber wirklich nicht alles wissen.«

Das Kind erschauerte bei dem Wort »Blut«, und weil der Junge das bemerkte, wurde er freundlicher. »Das ist nicht schlimm«, beschwichtigte er das Kind, »die Langhaarige weiß schon, was sie macht, verlaß dich drauf.« Er zeigte auf seinen Bauch und erklärte: »Die hat bloß Angst, daß sie was kriegt, und will's rechtzeitig loswerden.« Ihr Bruder sagte dann noch etwas, das Ljuba auch nicht verstand, und sie verlor das Interesse an dem Gespräch. Operationen sind doch was Langweiliges, dachte das Kind. Es lief jetzt zum Küchenherd, um mit der Puppe Mia zu spielen. Wenn der Rote schlief, durfte sie das tun. Natürlich wagte das Kind nicht, den langen Strick am Ofenrohr, an dem die Puppe Mia hing, loszubinden, um die Puppe in seine Ärmchen zu nehmen und mit ihr spazierenzugehen oder sie auf den Schlafplatz zu bringen und zu wiegen. Vor langer Zeit, als Ljuba noch sehr klein war, hatte sie immer mit einer Puppe geschlafen; das war eine Stoffpuppe gewesen, mit blauen Augen und lockigem, schwarzem Haar, die Mutter ihr abends vor dem Einschlafen immer ins Bett zu legen pflegte. Wie schön war das gewesen, frühmorgens mit solch einer herrlichen Puppe im Arm aufzuwachen.

Warum ist Mia so häßlich? dachte das Kind. Und warum hat Mia nur ein Auge? Und warum hat der Rote ihr Gesicht mit Bleistift bekritzelt?

Das Kind versetzte der Puppe einen leichten Rippenstoß, und es lachte, weil die Puppe so komisch hin und her baumelte. Jetzt drehte das Kind sich um, zufällig nur … ahnungslos. Und plötzlich weiteten sich seine Augen vor Entsetzen. An der grauen Wand gegenüber der Pritsche, dort, wo das Licht der Lampe kaum noch hinreichte, baumelte eine menschliche Gestalt; sie hing am Kleiderhaken und schwankte ebenso komisch hin und her wie die Puppe Mia.

Das Kind lief weinend zu seinem Bruder und zeigte auf die Wand. Ihr Bruder guckte eine Weile hin und rauchte schweigend. »Einer hat sich erhängt«, sagte er dann gleichgültig. »So was kommt vor. Deswegen brauchst du nicht gleich zu flennen.«

»Warum hat er sich erhängt, Mischa?«

»Das weiß ich nicht«, sagte der Junge. »Vielleicht hat's ihm hier bei uns nicht mehr gefallen.«

Der Junge streichelte das Kind. »Lauf zurück zum Herd«, sagte er dann aufmunternd, »und spiel ruhig weiter mit der Puppe Mia.«

Der wachsende Menschenhaufen rammte bereits gegen die Tür und den Küchenherd.

»Hier können wir nicht mehr länger bleiben«, sagte Ranek zu Debora, »sonst werden wir noch umgerannt.«

Sie hatten sich nach dem Essen angeregt unterhalten und sich nicht darum gekümmert, was um sie herum vorging, und jetzt war es wie ein Erwachen. Sie standen auf und ihre unruhigen Blicke suchten die Schlafpritsche ab.

»Setz dich einstweilen neben Moische hin. Er wird nichts dagegen haben.«

»Ja«, sagte sie.

»Nimm das Baby.«

»Ja, Ranek.«

»Er wird froh sein, wenn du das machst. Dafür kannst du den ganzen Abend neben ihm auf der Pritsche sitzen.«

»Und du?« fragte sie jetzt.

»Geh schon!«

»Du willst dir doch nicht etwa das ekelhafte Schauspiel ansehen?«

»Geh schon!« sagte er.

Nachdem sie sich wortlos entfernt hatte, reihte Ranek sich hinter dem Menschenhaufen an. Warum auch nicht? dachte er achselzuckend; schließlich ist jedes Schauspiel gut, wenn es seinen Zweck erfüllt – ablenkt, damit man nicht mehr nachzudenken braucht.

Ranek kam gerade zurecht, als zwischen Blum und der ungeduldigen Menge eine Meinungsverschiedenheit ausbrach, die drohende Ausmaße annahm. Blum stand auf der Pritsche und versuchte vergebens, einen Vorhang aus einer Schlafdecke an der Wäscheleine anzubringen, um die Patientin vor dem neugierigen Publikum zu verbergen. Das ließen sich die Leute aber nicht gefallen. Blum, der sich verzweifelt wehrte, wurde jetzt von der Pritsche heruntergeholt und von der Menge fast erdrosselt. Erst als einige Leute den Vorhang wieder heruntergezerrt hatten, ließen sie Blum in Ruhe.

Ranek konnte jetzt die nackte, kauernde Gestalt der Frau

sehen, die ängstlich ihre Knie zusammenpreßte und stumm vor den Leuten zurückwich, so weit, bis sie hinten an die Wand stieß.

Blum hatte sich bereits wieder gefaßt, und da er einsah, daß aus seiner guten Absicht mit dem schützenden Vorhang nichts mehr werden würde, sagte er jetzt vor Wut zitternd: »Na, meinetwegen könnt ihr euren Spaß haben, ihr Arschlöcher; aber haltet wenigstens die Schnauzen und rückt ein Stück von der Pritsche weg, damit ich arbeiten kann.« Blum ordnete sein zerrauftes Haar, dann hängte er die Lampe auf einen anderen Nagel, der niedrig an der Seitenwand, dicht über dem Pritschenrand stak. Er sagte den Leuten noch ein paar Schimpfworte, obwohl das nicht mehr nötig war, denn da sie ihren Willen durchgesetzt hatten, machten sie Blum nun Platz. Dicht gedrängt, eine kompakte Masse, standen sie hinter ihm; sie kicherten und schnatterten durcheinander und zeigten lüstern auf die nackte Frau, die wie eine kranke Fliege an der Wand klebte.

»Ich kann nichts dafür«, sagte Blum jetzt zu der Frau. »Was kann ich schon als einzelner gegen die ganze Bande unternehmen?«

»Vielleicht machen wir's ein anderes Mal?« flüsterte die Frau.

»Ein anderes Mal wird's dasselbe sein«, sagte Blum.

Er dämpfte seine Stimme: »Sie brauchen sich nicht um diese Todeskandidaten zu kümmern.«

Die Frau nickte, aber sie schluckte ängstlich.

»Na sehen Sie, lohnt sich doch nicht, sich aufzuregen, wegen so 'n paar Kandidaten.« Und Blum verzerrte höhnisch den Mund. »Die wollen bloß 'n bißchen geistige Nahrung, ehe sie umfallen, sie wollen noch 'ne Erinnerung auf ihren langen Weg mitnehmen, ha, ha …

Blum grinste die Frau an. »Kommen Sie jetzt, rücken Sie

'n bißchen näher, und legen Sie sich endlich hin, damit wir anfangen können.«

Die Frau schluckte wieder, aber sie gehorchte jetzt und rückte zaghaft von der Wand weg.

»Wie lange wird's dauern?« fragte sie.

»Wenn Sie sich brav verhalten, nicht lange. Sie müssen kooperieren.«

»Die Pritsche ist so dreckig«, flüsterte die Frau.

»Da kommt bald ein sauberes Leinentuch drauf«, beschwichtigte Blum. »Und dann werden Sie desinfiziert. Wird alles vorschriftsmäßig gemacht, keine Angst.« Blum lächelte wohlwollend: »Aber noch nicht jetzt, verstehen Sie, mein Kind, erst wenn wir anfangen.«

»Was wollen Sie denn jetzt?«

»Rasieren«, sagte Blum.

»Muß das sein?«

»Natürlich. Oder glauben Sie, daß wir einfach so ...«

»Ich hab' mich doch schon rasiert«, flüsterte die Frau.

»Sie haben sich eben schlecht rasiert«, sagte Blum.

Er tat so, als würde er das Gekicher hinter seinem Rücken nicht hören. Nun bückte er sich, um die Kanne mit lauwarmem Wasser zu holen, die er vorhin unter die Pritsche gestellt hatte. Er fand sie aber nicht. Teufel, dachte er, in diesem verhexten Raum verschwindet auch alles. Blum suchte eine Weile vergebens den Fußboden neben den Beinen der alten Levi ab. Die Alte stieß ihn einige Male wütend. Schon wollte er seine Bemühungen aufgeben, um sich anderes Wasser vom Herd zu holen, als er auf einmal die Kanne erblickte. Keuchend kroch er in das Halbdunkel hinein und rüttelte den Unbekannten, der dort platt auf dem Rücken lag und aus der Kanne trank.

»Das ist doch nicht zum Trinken, verdammt noch mal!« schimpfte Blum.

»Verzeihung«, sagte der Unbekannte, »ich dachte bloß, daß ...«

»Viehzeug«, knurrte Blum finster, »verdammtes Viehzeug.«

Als er unter der Pritsche hervorkam und sich wieder aufrichtete, bemerkte er drüben im düsteren Teil des Raumes, an der anderen Wand, die schlaffe Gestalt des Erhängten. Er blieb wie gelähmt stehen. Die Kanne zitterte in seinen Händen, und er hätte sie beinahe fallen lassen. Das Kichern der Leute dröhnte plötzlich wie lautes Lachen in seinen Ohren, und seine Schläfen begannen heftig zu stechen. Aber das alles dauerte nur wenige Sekunden, und als er sich der Frau zuwandte, hatte er sich schon wieder in der Gewalt.

Jetzt sah auch die Frau den Toten: »Herr Doktor«, stotterte sie, »haben Sie das gesehen?«

»Schauen Sie nicht hin«, sagte Blum.

»Ein Erhängter«, flüsterte sie, »mein Gott.«

Blum sagte wieder: »Schauen Sie nicht hin.« Und er fügte hinzu: »Das irritiert Sie nur. Und Sie müssen jetzt stillhalten.«

»Das dauert viel zu lange«, flüsterte ein kleiner Mann mit einer Spiegelglatze, der vor Ranek gestanden hatte und jetzt neben ihn getreten war.

»Blum hat Schwierigkeiten«, grinste Ranek. »Er sucht schon wieder die Wasserkanne.«

»Dabei hat er die Langhaarige schon zweimal rasiert.«

»Er muß ihr noch den Seifenschaum zwischen den Beinen wegwaschen«, sagte Ranek.

»Schade, daß man nicht sehen kann, wer die Kanne schon wieder geklaut hat. Wir stehen zu weit hinten.«

»Ja, das stimmt, zu weit hinten.«

»Blum macht einen jämmerlichen Eindruck«, sagte jetzt der Glatzkopf, »man möchte sagen – ganz verdattert, finden Sie nicht?«

Ranek nickte.

»Wenn der wüßte, wie schwer mir das Stehen fällt«, sagte der Glatzkopf, »dann würde er sich 'n bißchen beeilen. Mir ist schon ganz schwindlig.«

»Dann würd' ich an Ihrer Stelle nicht hier rumstehen.«

»Ich will's aber sehen. So 'n Spaß hat man nicht jeden Tag.«

»Das ist kein Spaß«, sagte Ranek. »Das ist eine Verhöhnung.«

»Sie glauben, daß Blum uns verhöhnt?«

»Nicht uns. Er verhöhnt die Sterbenden hinter der Barriere. Er verhöhnt ihre stummen Hilfeschreie. Er macht ihr Sterben lächerlich. Und damit alles. Das Leben und den Tod. Und den lieben Gott, der zusieht und schweigt.«

»Er tut es nicht absichtlich«, sagte der Glatzkopf.

»Drum ist's doch eine Verhöhnung«, sagte Ranek.

Der Glatzkopf nickte gleichgültig, als ob es ihm ganz egal wäre, ob das nun eine Verhöhnung war oder nicht. Er stieß Ranek jetzt mit dem Ellbogen an und zeigte nach rückwärts. »Ein Erhängter«, flüsterte er. »Ich wollte Sie schon vorhin drauf aufmerksam machen.«

Ranek drehte sich jetzt um. Er blickte angestrengt in das Halbdunkel. Dann sagte er plötzlich: »Ich werde ihn loshaken.«

Der Glatzkopf sperrte verwundert den Mund auf.

»Weil meine Schwägerin unter dem Kleiderhaken schläft«, sagte Ranek.

Der Glatzkopf grinste. »Sie haben wohl Angst, daß sie schlecht träumt?«

»So ist es«, sagte Ranek. »Ich will nicht, daß sie schlecht träumt. Sie soll gut träumen.«

Ranek schlenderte auf die baumelnde Gestalt zu. Er hob sie vom Haken ab und warf sie wie einen Sack auf den Fußboden. Da die Menschenmenge vor der Tür den Weg in den Hausflur versperrte, beschloß er, den Toten vorläufig zu den Flecktyphuskranken zu legen, und so zerrte er ihn jetzt an die Bretterbarriere heran und warf ihn mit einem raschen Schwung hinüber. Einstweilen ist er dort gut aufgehoben, dachte Ranek. Er ging zurück und stellte sich wieder hinter die Gaffer.

Die Frau lag jetzt auf einem zerknitterten, weißen Tuch. Ein leerer Eimer stand schief unter dem Rand der Schlafpritsche.

Blum hatte die Arme der Frau nur provisorisch gefesselt, so gut es eben ging. Das Problem waren die Beine, denn es war wichtig für die Dilatation und überhaupt für den Erfolg des Eingriffs, daß sie vorschriftsmäßig in Spreizstellung befestigt wurden. Er hätte jetzt dringend ein paar Beinhalter gebraucht, so wie man das von früher her gewöhnt war ... Beinhalter mit Lagerschalen, drehbaren Gleitringen und Fixierschrauben. Gestern hatte er lange darüber nachgedacht, was er an ihrer Stelle verwenden könnte, und schließlich hatte er sich für zwei Stühle mit hohen Lehnen entschieden. Das war auch keine Kleinigkeit gewesen, diese Stühle zu besorgen, und vor allem der Transport, eine regelrechte Plackerei, denn er hatte sie den langen Weg bis zum Nachtasyl allein schleppen müssen.

Jetzt standen die Stühle wie zwei stumme Wächter vor der Pritsche. Blum musterte noch einmal kritisch die Lehnen. Die sind in Ordnung, stellte er fest, gerade die richtige Höhe. Du wirst die Beine der Frau drüberhängen, und zwar so, daß die Kniekehlen auf den Rand zu liegen kommen. Dann wirst du die Beine festbinden. Am besten an den Gelenken. Das genügt. Blum suchte nun in seinen Hosentaschen nach den Stricken, aber dann entsann er sich, daß er sie noch gegen Abend, beim Feuermachen, herausgenommen und irgendwo in die Nähe des Küchenherdes hingelegt hatte. Er drehte sich um. Mit ungeduldigen Bewegungen schob er ein paar Leute zur Seite und bahnte sich den Weg bis zum Herd. Von den Stricken aber war keine Spur mehr zu sehen. »Weg«, murmelte er enttäuscht, »auch weg.«

Er überlegte. Hatte er nicht soeben die Hände der Frau damit gefesselt? Nein ... das waren andere Stricke gewesen ... dünnere ... nicht diese ... und diese lagen doch schon so lange dort. Vielleicht hat der Kerl sie genommen, der sich erhängt hat, dachte er, und dieser Gedanke machte ihn noch wütender. Ratlos blickte er sich im Raum um, und dann begab er sich zurück zur Pritsche. Er tastete nun seinen Mantel ab. Der Mantel hatte keinen Gürtel. Du könntest den Hosengürtel zum Festbinden benützen, dachte er. Damit wäre aber nur dem einen Bein geholfen, und außerdem würdest du deine Hosen verlieren. Geht also nicht. Dann fiel ihm die Wäscheleine ein, und er kletterte nun wieder auf die Pritsche, klappte sein Taschenmesser auf und schnitt sich von der Leine zwei lange, gleichgroße Stricke ab.

Er machte sich sogleich an die Arbeit. Er rückte die Stühle auf den gewünschten Abstand heran, dann packte er die nackte Frau, die wieder ängstlich zurückgewichen war, und zerrte sie an den Pritschenrand. Er begann zuerst das linke Bein zu fesseln. Der Stuhl rückte nicht vom Fleck. Es war ein schweres Möbelstück aus Eichenholz, solider, importierter Biedermeierstil. Beim zweiten Stuhl kriegte Blum einen Schweißausbruch, weil der Stuhl fortwährend kippte. Ich hab's ja gewußt, dachte er wütend, so 'n wackliges Dreckzeug aus Zaunlatten, wie's die Leute heute selbst anfertigen, das hält ja nicht still. Verflucht. Was sollte er jetzt machen? Blum wandte schweratmend den fetten Kopf nach rückwärts und musterte sein Publikum. Jemand wird das Bein halten müssen. Natürlich.

Blum winkte einen aus der Menge zu sich heran, einen Mann, der einen großen Hut auf dem Kopf trug und der ihm irgendwie bekannt vorkam.

Ranek arbeitete sich jetzt durch die menschliche Mauer bis zu Blum hindurch. »Wenn's Ihnen nichts ausmacht …«, sagte Blum gedehnt und versuchte, sein griesgrämiges Gesicht in freundliche Falten zu ziehen, »… nur wenn's Ihnen nichts ausmacht … wollen Sie das Bein 'ne Weile halten? Tut mir wirklich leid, daß ich Sie belästige, aber Sie verstehen … die Umstände …«

Blum wartete nicht erst auf Raneks Zustimmung. Er hob das Bein wieder auf die Stuhllehne. »Fassen Sie hier an! Wenn ich anfange, dann pressen Sie das Bein fest gegen die Lehne und ziehen es gleichzeitig zu sich ran, damit der Stuhl nicht kippt.«

»Geben Sie mir 'ne Zigarette dafür?«

»Selbstverständlich.« Blum holte umständlich ein Paket Nationale aus seiner Tasche. »Bitte«, sagte er höflich.

Ranek nahm sich drei Stück heraus. Blum sagte kein Wort.

»Wird's lange dauern?« fragte Ranek.

»Nicht lange«, antwortete Blum kurz.

Blum bückte sich noch einmal und blickte unter die Pritsche. Das alte Weib saß noch immer auf demselben Fleck, und neben der Alten hockte der Mann, der vorhin aus der Kanne getrunken hatte. Ausgerechnet unter dem Arbeitsfeld, dachte Blum ärgerlich. »Macht, daß ihr dort wegkommt!« rief er barsch. »Los, weg von dort unten!«

»Wir gehen nicht weg«, sagte das alte Weib. »Wir bleiben hier. Das ist unser Platz.« Und der Mann, der aus der Kanne getrunken hatte, schürzte die Lippen, rückte sein Gebiß im Mund zurecht, und auch er sagte: »Wir bleiben. Das ist unser Platz.«

Die alte Frau grinste boshaft. Sie zeigte auf den Mann neben ihr. »Der ist neu hier. Der muß sich erst mal an den Platz gewöhnen. Den kriegen Sie jetzt nicht weg. Und ich ... ich bin nicht neu hier. Aber mich kriegen Sie auch nicht weg.«

»Nicht wahr, Frau Levi?« sagte der Mann. »Wir bleiben?«

»Ja, wir bleiben«, sagte die alte Frau wieder. »Das ist unser Platz.«

»Wollen Sie, daß alles auf Sie draufrinnt?« knurrte Blum, »... Blut ... wollen Sie, daß das Blut ...«

»Mir ist's egal«, sagte die alte Frau, »und dem da ist's auch egal. Hol Sie der Teufel! Wir haben Sie nicht hierhergerufen. Und warum sollen wir weggehen? Das ist doch unser Platz!«

»Na, macht, was ihr wollt«, sagte Blum, und er kümmerte sich nicht mehr um die beiden.

Er wusch sich noch einmal, trocknete sich ab und zog sich die Handschuhe an.

»Festhalten!« sagte er jetzt zu Ranek.

Ganz am Anfang seiner Karriere war eine seiner Patientinnen an einem Abort gestorben; Perforation der Uteruswand beim Ausräumen von Ei und Schleimhaut mit der Kürette. Warum mußte er gerade jetzt daran denken? Damals – das war eine Fahrlässigkeit gewesen; wenn heute etwas passierte, dann waren die Umstände daran schuld. Dafür konnte man ihn doch nicht zur Verantwortung ziehen?

Die Dilatation, zum Zweck der Erweiterung und Streckung des Zervikalkanals, war nicht so vollständig, wie Blum es anfangs beabsichtigt hatte. Er hatte sich zu sehr beeilt. Die stete Angst, von irgendeinem der hinter ihm stehenden Leute gestreift zu werden und eine Laus zu erwischen, hatte ihn so nervös gemacht, daß er die Hegarschen Stifte nur oberflächlich eingeführt hatte. Ein weiterer Umstand, der zu seiner Nervosität beitrug, war das Fehlen der Kugelzange. Blum hatte sich an ihrer Stelle eine kleine Flachzange besorgt, diese mit Watte gepolstert und dreifach Xeroformgaze drumgewickelt. Wer hätte sich jemals gedacht, daß man einmal ein Schlosserwerkzeug zum Festhalten der vorderen Zervixlippe benützen würde? So was stand im Widerspruch zu allen fachlichen Grundsätzen … und wenn man jetzt auch nicht daran denken durfte, so konnte man sich doch nicht über die Tatsache hinwegsetzen, daß man mit dieser verfluchten Ersatzzange kein Gefühl in den Fingern hatte.

Blum wußte genau, wie gefährlich es war, bei der schlechten Beleuchtung mit der Kürette in den ungenügend erweiterten inneren Muttermund bis zum Fundus uteri vorzudringen; trotzdem arbeitete er verbissen weiter. Seine Augen schmerzten und tränten, und die Brillengläser liefen feucht an. Die Frau zuckte fortwährend und stöhnte, und Blum schnaufte vor Wut, weil der Kerl mit dem verbeulten Hut das eine Bein nicht richtig festhielt und der Stuhl ab und zu verdächtig kippte.

Als Blum ausschabte, drehte Ranek den Kopf weg. Das viele Blut und der dumpfe Gestank verursachten ihm Übelkeit. Erst später, als Blum tamponierte, blickte er wieder hin.

Janow, ein Skelett mit eisgrauem Kopf und einem Eiterpustelgesicht, wartete geduldig auf eine Gelegenheit, um nochmals mit Blum zu verhandeln.

Du wirst dem fetten Kerl noch was abknöpfen, dachte Janow, diesmal keine Schokolade, diesmal bares Geld, und wenn er sich weigert, was aus seiner Tasche rauszurücken, wirst du ihn erpressen.

Die Neugierigen hatten sich längst wieder zerstreut. Blum stand allein vor der Pritsche und räumte seine Sachen zusammen. Er hatte den Lampendocht tief herabgeschraubt, weil der Glasschirm so heiß geworden war, daß Blum zu fürchten begann, er würde zerspringen.

Die Frau lag noch immer auf dem blutigen Tuch. Einstweilen ließ er sie so. Er nahm jetzt nur den Eimer fort, obwohl es weiter von dem Tuch heruntertropfte – ein Geräusch wie ein schlecht zugedrehter Wasserhahn. Blum hantierte noch eine Weile in der Nähe der Frau herum, er bewegte sich wie ein unruhiger Schatten vor dem zuckenden Lampenschirm und schmierte mit seinen guten Lederschuhen das Blut breit über den Fußboden.

Janow wartete, bis Blum endlich das Tuch unter dem Gesäß der Frau fortzog, es zusammenfaltete und neben den Küchenherd warf. So, der ist fertig, dachte er, und dann trat er auf ihn zu.

»Die Frau muß von der Pritsche runter«, sagte Janow.

Er blickte Blum herausfordernd ins Gesicht.

»Sie muß runter! Oder haben Sie etwa vergessen, was wir abgemacht haben?«

»Das geht nicht«, sagte Blum erschrocken.

»Ich hab' Ihnen den Platz nur für die Operation überlassen, nicht für die ganze Nacht«, zischte Janow. »Los … runter mit ihr! Machen Sie jetzt keine Geschichten!«

Blum war erblaßt. »Unmöglich«, flüsterte er, »das geht doch nicht. Sie sind doch ein Mensch? Oder nicht? Sie müssen doch begreifen, daß so was nicht geht? Das ist nicht menschlich, nicht wahr … das ist nicht menschlich?« Und nun versuchte er, Janow davon zu überzeugen, daß er die Frau in diesem kritischen Zustand nicht auf den dreckigen Fußboden legen konnte, und als Janow das nicht einsehen wollte, erklärte er ihm: »Eine bestimmte Person, eine maßgebende Person, wird morgen Erkundigungen einziehen … wegen der Frau natürlich … und ich muß doch mein Gesicht wahren.«

»Was für 'ne Person?«

»Einer von der Polizei«, flüsterte Blum. »Wenn der nun erfährt, daß ich's zugelassen hab', daß die Frau nach so 'ner Sache auf dem Fußboden geschlafen hat … Stellen Sie sich das mal vor. Wenn der das erfährt. Darum geht's, verstehen Sie? Man muß das Gesicht wahren.«

Blum gestikulierte, als wäre er auf dem Basar. Er beschwor Janow; seine plumpen Fleischerhände malten die unheilvollsten Visionen in die Luft, zuweilen fuhren sie verzweifelt über das verschwitzte Gesicht, und einmal nahm er die Brille ab und putzte sie mechanisch an dem dreckigen, blutbespritzten Mantel. Janow aber lachte ihm nur frech ins Gesicht. Blum versuchte jetzt, ihm eine Mark in die Hand zu drücken. Janow zog plötzlich den Kopf ein, als wollte er Blum umrennen. In seinem Gesicht begann es zu zucken, und dann spuckte er auf die fette Hand, die das Geld hielt, drehte sich um und stürzte auf die Schlafpritsche zu, packte die Frau an den Beinen und versuchte, sie herunterzuzerren. Blum war mit einem Satz hinter ihm.

»Wieviel wollen Sie?« keuchte er.

Janow ließ die Frau los. »Zehn Mark«, sagte er, »das ist schon für die ganze Nacht, alles inbegriffen.«

»Wissen Sie überhaupt, daß ich nichts an dem Abort verdient habe«, sagte Blum, zitternd vor Wut.

»Was geht mich das an?« grinste Janow.

Blum zahlte fluchend.

In diesem Moment blies irgend jemand die Lampe aus.

Blum wagte nicht, die Lampe wieder anzuzünden. Offenbar sparten die Leute mit Petroleum; es war immerhin anständig genug, daß sie die Lampe nicht während des Aborts ausgelöscht hatten.

Er machte ein paar ängstliche Schritte durch das finstere Zimmer. Dann blieb er unschlüssig stehen. Nein, dachte er, auch du kannst dich nicht auf den Fußboden legen … zuviel infizierte Läuse … zu gefährlich. Ihm fiel ein: In der Pritschenecke. An der Wand. Das ist noch am sichersten. Natürlich, das war am sichersten, und die Frau würde eben ein bißchen rücken müssen.

Vorsichtig schlurfte er zurück. Seine Hände tasteten über den Pritschenrand. Er war noch feucht und klebrig. Blum wischte mit dem Mantel über die blutigen Bretter; dann zog er die Frau etwas von der Wand weg. Es wird sehr eng sein, dachte er, so eng, daß du halb auf ihr liegen wirst, aber zur Not muß es eben gehen.

Blum schlief unruhig. Wilde Alpträume quälten ihn. Er träumte, daß ihn zwei Männer von der Pritsche herunterzerrten. Er hatte keine Kraft. Er war vollkommen wehrlos. Er wollte schreien, aber es war, als hätte man ihm seine Lippen mit Klebepapier verschlossen. Die Männer trugen ihn stumm durch das dunkle Zimmer, und dann blieben sie stehen, hoben ihn sehr hoch und warfen ihn über die Bretterbarriere. Als Blum wieder zurückkriechen wollte, griffen die Flecktyphuskranken nach ihm ... unzählige Hände waren es, unerbittliche Hände ... und sie hielten ihn fest und ließen ihn nicht mehr los.

Laßt mich los! wollte er schreien und konnte nicht. Laßt mich los! Ich gehöre nicht zu euch. Ich gehöre doch nicht zu euch. Laßt mich zurück ... zurück!

Da wurde er wach. Es war noch tiefe Nacht. Im ersten Augenblick wußte er nicht, wo er war, und es dauerte eine Weile, bis er sich zurechtfand. Zuerst fühlte er nur, daß er halb auf einem fremden Körper lag und daß dieser Körper einer Frau gehörte. Seine zittrigen Hände tasteten über ihr kaltes Fleisch, und die Kälte dieses Fleisches machte ihn schauern, und dann tastete er über die harten, blutverkrusteten Bretter der Pritsche und dann auch ein Stück über die kahle Wand, aber dabei dachte er nur an den Alptraum und an die vielen Hände, die nach ihm gegriffen hatten und ihn nicht mehr loslassen wollten ... und auf einmal wurde ihm alles klar: Du bist gestern abend nicht nach Haus gegangen. Du bist noch im Nachtasyl.

Blum richtete sich ächzend auf. Er spürte, daß er heftigen Urindrang hatte. Davon war er wahrscheinlich aufgewacht. Du hast dir wieder mal die Blase erkältet, dachte er wehleidig. Wo kann man hier austreten, verflucht? Er rieb sich die Augen und gähnte. Dann machte er Licht. Sein verschlafener Blick fiel auf die Frau. Er betrachtete sie lange. Er beugte sich über ihr Gesicht. Sie atmete nicht mehr. Sie war tot. Ich hab's ja gewußt, dachte er, und er murmelte leise vor sich hin: »Du alter Pfuscher, du verdammter, alter Pfuscher!«

6

Im Lauf der nächsten Woche griff die Epidemie auf die andere Seite der Barriere über. Die Kranken lagen nun überall im Zimmer herum, und es war schwer, sich vor ihrer Berührung in acht zu nehmen. Noch entsetzlicher aber war die Berührung der Toten, über die man immer wieder stolperte. Es waren gute Vorsätze dagewesen, die Toten fortzuschaffen, aber dann stellte es sich heraus, daß niemand Hand an sie legen wollte. Der Rest der Leute, die noch gehen konnten, zog aus. Sie verstreuten sich in alle Windrichtungen. Manche folgten einem guten Stern und fanden irgendwo in der übervölkerten Ruinenstadt Unterkunft. Die meisten aber gingen in die Büsche. Für eine Weile, ehe an eine Rückkehr ins Nachtasyl zu denken war, würden sie, wohl oder übel, auf der nassen, herbstlichen Erde schlafen müssen; sie waren ungenügend für ein Leben im Freien ausgerüstet, und es blieb ihnen nur die Hoffnung, daß der Winter nicht so rasch kommen würde.

Ranek und Debora waren erst aufgebrochen, als die anderen längst fort waren; sie hatten nicht aufgeben wollen und verbissen bis zur letzten Stunde ausgeharrt. Ranek hatte noch in aller Eile zwei Säcke besorgt. Sie hatten sie um ihre Schultern gehängt, und jetzt, während sie die Straße in Richtung des Basars hinuntergingen, waren sie froh, daß die Säcke sie vor dem kalten Wind schützten.

»Glaubst du, daß wir Unterkunft finden?«

Sie blickte fragend in sein entschlossenes Gesicht.

»Bestimmt«, lächelte er. »Ganz bestimmt.«

»Dann ist es gut, daß wir nicht in die Büsche gegangen sind. Mir hat's immer schon vor den Büschen gegraut.«

Ranek sah Debora an.

»Wir werden ein Dach überm Kopf finden«, sagte er zuversichtlich. »Und wir werden nur dort übernachten, wo es nicht hineinregnet und wo der Wind nicht hinkommt. Das haben wir uns doch fest vorgenommen, und deshalb werden wir es auch durchführen.«

»Ja, Ranek.«

»Wer in die Büsche geht, hat keine Ansprüche mehr ans Leben. Dem ist alles egal. Und wem alles egal ist, der ist verloren. Solange man noch Ansprüche hat, ist man nicht verloren.«

»Ja, Ranek«, sagte sie wieder.

Als sie vorhin an Dvorskis Kellerwohnung vorbeikamen, hatten sie nochmals dort angeklopft, aber Dvorski hatte sie nicht mal besuchsweise hereingelassen, mit der Begründung, daß sie infizierte Läuse aus dem Nachtasyl in seine Wohnung schleppten. Jetzt wollten sie noch ein paar Leute aufsuchen, die sie flüchtig kannten – von der Straße her und vom Basar. Vielleicht würden sie mit sich reden lassen? Und wenn nicht, dann würden sie eben von Haus zu Haus, von Tür zu Tür gehen.

Ranek trug ein Paket auf seinem Rücken. Es war Fleisch darin, gekochter Hund. Die Geschichte mit dem Hund hatte sein Selbstbewußtsein beträchtlich gehoben. Man hatte schließlich noch Ideen; irgendwie verstand man es immer wieder, sich Rat zu verschaffen und einen Ausweg aus der schwarzen Sackgasse der Hoffnungslosigkeit zu finden. Gestern hatte Debora zu ihm gesagt: »Ranek, wenn wir auf Wohnungssuche sind, werden wir keine Zeit haben, um in die Armenküche zu gehen; wir werden nicht mal Zeit haben, um in den Mülleimern der Puschkinskaja nach Abfällen zu suchen oder auf dem Basar herumzustehen. Wir müßten Vorräte auf den Weg mitnehmen, wenigstens für ein oder zwei Tage.« Und er hatte geantwortet: »Mach dir keine Sorgen. Wir nehmen was mit.« Und dann war er in den Hof gegangen und hatte nach dem gelben, zottigen Hund Ausschau gehalten, der immer hier herumlief. So mancher hatte schon versucht, den Hund zu fangen, aber er war jedesmal flinker als die schwachen Beine der Ausgemergelten und sprang bellend davon, wenn es jemandem einfiel, nach ihm zu haschen.

Ranek hatte den hungrigen Hund in den Hausflur gelockt … mit einem langen Strick, an dem ein paar Kartoffelschalen angebunden waren. Kurz vor dem Eingang war der Hund zögernd stehengeblieben und hatte die Schnauze zu ihm aufgehoben, aber dann hatte er doch Vertrauen zu ihm gefaßt und kam langsam in den Hausflur getrippelt. Ranek hatte ihm schnell die Jacke über den Kopf geworfen und ihn dann mit dem langen Strick gefesselt, und später hatte er ihn hinter dem Haus geschlachtet.

Auch Debora trug ein Paket. Sie trug es auf dem Arm. Sie trug es vorsichtig und liebevoll. Während sich die Mühe mit dem Hund wenigstens bezahlt machte, besaß Deboras Paket, nach Raneks Meinung, keinen praktischen Wert. Vielleicht konnte er sie doch noch dazu überreden, daß sie es im Rinnstein liegenließ?

Ranek betrachtete das Baby auf ihrem Arm mit heftigem Widerwillen. Er dachte jetzt daran, wie Moische ihr das Kind übergeben und sie angefleht hatte, es mitzunehmen. Vorgestern war es gewesen, als Moische vom Fleckfieber gepackt wurde; es hatte ihn, der doch zu den Rüstigsten im Nachtasyl gezählt hatte, wie einen Stier gefällt. Und nun war das Kind bei Debora.

Das Kind war gut eingewickelt. Es verhielt sich so still, als wollte es sich erkenntlich zeigen, als hätte es bereits Vernunft und wüßte, daß seine Weiterexistenz nur von dem guten Willen und der Fürsorge Deboras abhing.

Heute ist Sonntag. Im Dorf, drüben am rumänischen Ufer, läuten wieder die Kirchenglocken und senden ihren fernen Gruß über den Dnjestr. Ein sehr trüber Sonntag, obwohl es nicht regnet. Die Wolken hängen tief über der Erde; so hängen sie schon seit heute morgen und bewegen sich nicht vom Fleck. Man hat den Eindruck, als wäre die Natur wankelmütig geworden und könnte sich nicht entscheiden, ob sie lachen oder weinen soll.

Seit dem Auszug ist eine Woche verstrichen. Im Nachtasyl häufen sich die Leichen. Noch immer ist der große Karren nicht gekommen, um sie abzuholen. Die Zimmertür ist verschlossen, aber das Fenster ist jetzt offen. Es war doch zu? Das ist seltsam. Irgendeiner der Flecktyphuskranken, der den Verwesungsgeruch im Zimmer nicht mehr ertragen konnte, mußte sich mit letzter Kraft am Fenster hochgezogen und es aufgestoßen haben. Und nun weht der Gestank in den Hof hinaus und verpestet die ganze Umgebung.

Der Hof ist vollkommen verödet. Ebenso leer ist die Latrine. Nicht mal Dvorski und die Leute aus seinem Keller benützen sie mehr. Nur der Rote kommt ab und zu noch hierher. Er ist ein Gewohnheitsmensch, und ihn zieht es wie mit magischen Kräften in den Umkreis des einsamen Hauses zurück. Oft steht er stundenlang vor dem Eingang und starrt in den Hausflur, und dabei denkt er wehmütig an den vertrauten Platz unter dem Küchenherd.

Auch heute ist der Rote wieder da. Diesmal jedoch bekommt er Gesellschaft, denn von der Straßenseite betritt ein zweiter Mensch den Hof. Eine alte Frau. Die alte Levi. Sie bleibt eine Weile stumm am Zaun stehen, als könnte sie das große Schweigen noch nicht fassen. Dann schlurft sie langsam heran und ruft. Sie ruft gar nicht laut, aber in dem ungewöhnlich stillen Hof wirkt ihre Stimme seltsam schrill. Der Rote fährt erschrocken zusammen. Und dann dreht er sich um und erkennt sie.

»Ich dachte, daß Sie auch dort drinnen wären«, sagte der Rote mit schwachem Grinsen und wies auf die Totenkammer.

»Nein. Ich bin noch rechtzeitig raus, wie Sie sehen.« Die Alte fuhr sich triumphierend über das wirre Haar und glättete es zärtlich. Sie trug einen warmen Schal um Hals und Schultern, den er nie zuvor an ihr gesehen und den sie anscheinend geerbt hatte.

»Ein feiner Schal«, sagte der Rote.

»Gefällt er Ihnen?«

»Ja, sehr. Aber ich hab' noch was Besseres.«

Er zeigte ihr jetzt Moisches alten Wollpullover, den er unter der Jacke trug. Moische hatte sich strampelnd gewehrt, als er ihn auszog; er hatte gebrüllt und dann wie ein Kind geweint, und er wurde erst still, als der Rote ihn niederschlug. Er hatte das nicht gern gemacht, aber schließlich war es nicht seine Schuld, wenn Moische keine Vernunft annehmen wollte. Später hatte er den Pullover desinfiziert.

»Gefällt er Ihnen?« fragte auch er.

Die Alte nickte. Dann sagte sie unvermittelt: »Die Behörden wissen längst, was hier los ist.«

»Wer hat Ihnen denn das erzählt?«

»Seidel ... Seidel hat's mir erzählt. Seidel hat nämlich die Behörden verständigt ... natürlich nicht persönlich ... durch einen dritten Mann ... Sie verstehen schon ... er hat verlangt, daß man 'nen Leichenwagen hierherschickt.«

»Das ist ja allerhand.«

»Er behauptete, daß es nun keinen Zweck mehr hätte, die

Seuche weiterhin geheimzuhalten, da wir ja nicht mehr im Nachtasyl wohnen und da der Gestank die Behörden sowieso früher oder später alarmieren wird ... und daß ... daß die Toten aus dem Zimmer raus müßten.«

»Es wäre auch höchste Zeit«, sagte der Rote.

»Seidel weiß natürlich, daß wir nicht so schnell wieder einziehen können, weil die Polizei noch 'ne ganze Weile hier rumschnüffeln wird; es muß erst mal Gras über die Geschichte wachsen. Ich glaube, daß Seidel es nur wegen der Kaufmannswitwe mit dem Leichenwagen so eilig gehabt hat. Er hatte doch 'n Verhältnis mit ihr, und er wollte nicht, daß sie dort oben im Zimmer rumliegt. Tote gehören unter die Erde, nicht wahr?«

Der Rote nickte gleichgültig.

»Zwar hat er keine Ahnung, ob die Frau schon tot ist«, seufzte die Alte, »aber er dachte sich, bis der große Karren eintrifft, wird sie's wohl sein.«

Wieder stimmte ihr der Rote zu.

»Hoffentlich kommt der Karren bald«, sagte die Alte leise.

»Das geht nicht so schnell, wie Sie sich das vorstellen«, sagte der Rote, »das kann sogar ein paar Wochen dauern.«

»Glauben Sie? Ein paar Wochen?«

»Klar. Ist doch logisch. Denken Sie mal nach. Der Karren, der sonst hier vorbeifährt, ist immer schon voll oder fast voll und kann nur Einzelfälle mitnehmen. Das Nachtasyl braucht also 'nen Spezialwagen, nämlich so 'n ganz leeren. Und Spezialwagen sind knapp, sehr knapp.«

»Daran hab' ich gar nicht gedacht.«

»Und einer wird wahrscheinlich nicht mal genügen.«

»Ja, das ist wirklich ein Problem.«

»Nicht mein Problem. Mir ist's scheißegal. Oder glauben Sie, daß ich mir deshalb graue Haare wachsen lasse?«

»Nein, Sie bestimmt nicht.«

»Na also«, brummte der Rote.

Sie traten nun in den Hausflur. Ein paar aufgescheuchte Ratten huschten ängstlich an der Mauer entlang und flüchteten unter die Treppe. Die alte Frau ging stolpernd vor dem Roten her. Plötzlich aber blieb sie wie erstarrt stehen.

»Da liegt doch jemand!« rief sie erschrocken aus.

»Ein Mann ... unter der Treppe! ... Wer ... wer ist denn das?« Sie japste: »Mein Gott, dort lag einmal mein Sohn.«

»Und sein Bruder«, grinste der Rote.

»Sein Bruder?«

»Raneks Bruder.« Der Rote lachte leise, und dann nahm er den Arm der zitternden Frau und zog sie noch näher an die Treppe heran.

»Erkennen Sie den Mann nicht?« fragte er spöttisch.

»Er liegt auf dem Bauch«, sagte die Alte zögernd, »ich kann sein Gesicht nicht sehen.«

»Er trägt einen verbeulten Hut«, zischte der Rote; »wissen Sie noch immer nicht, wer das ist?«

»Ranek«, flüsterte die Alte, »Ranek.«

Ranek rührte sich nicht. Es war schwer zu erraten, ob er sie bemerkt hatte. Er lag so steif da wie ein Toter. Sein Rücken schimmerte durch die zerrissene Jacke hindurch – ein nackter, grauer, schmutziger Fleck.

»Ich dachte, daß Ranek von hier fortgezogen wäre«, sagte die Alte.

»Er zog fort. Gestern kam er wieder zurück. Allein.«

»Was hat er denn?«

»Flecktyphus.« Der Rote grinste wieder. »Er muß sich noch

im Nachtasyl angesteckt haben, kurz ehe er fortging, wußte es wahrscheinlich nicht einmal.«

Der Rote zerdrückte langsam eine Laus auf seinem Rockkragen, er spuckte auf den verschmierten Finger und wischte ihn an den Hosen ab. Dann schob er die alte Frau von der Treppe fort und trat wieder mit ihr in den Hof.

»Die Geschichte wird Sie interessieren«, sagte er wichtigtuerisch, und während er der Alten erzählte, was er von Ranek wußte, wurden seine stumpfen Froschaugen seltsam lebendig.

»Es war gestern nachmittag«, fing er an. »Ich hatte so 'nem Arschloch von 'nem Obdachlosen 'nen Maiskolben geklaut. Ich wollte ein Lagerfeuer anfachen, um den Kolben zu rösten, aber das Holz, das ich benützte, war erdig und feucht und brannte nicht. Ich sagte mir also: Mensch, geh doch mal rüber ins Nachtasyl und hol dir 'n paar anständige Zaunlatten; das ist verdammt gutes Holz.« Der Rote lachte tonlos. »Ich war gerade dabei, so 'n Brett auszubrechen, als ich Ranek entdeckte. Mir blieb vor Überraschung die Spucke weg. Der Kerl lag mitten im Hof. Vielleicht tot, dachte ich. Oder vielleicht auch nicht. Ich ging zu ihm hin und trat ihm ordentlich ins Rückgrat. Das hilft immer. Der Kerl kam wieder zu sich. Er konnte nicht aufstehen. Er blieb wie 'n Klotz liegen und blickte mich bloß an, so komisch, wissen Sie ... so ganz komisch ... Auch das Sprechen fiel ihm schwer, aber ich half ihm natürlich etwas nach.«

Der Rote unterbrach sich. Er senkte den schweren Kopf, als müßte er nachdenken, und eine Weile betrachtete er verloren seine schmutzigen, großen Zehen, die aus den Fußlappenfetzen herausragten. Du brauchst neue Lappen, dachte er, es sieht nicht gut aus so ... bei einem lebendigen Menschen sollen die Zehen nicht rausragen. Nein, sie sollen's nicht ... du wirst Raneks

Lappen nehmen. Natürlich ... die sind noch gut. Der hat immer gute Lappen gehabt. Der Rote bewegte die Zehen unmerklich, und dann lachte er wieder leise und spuckte aus.

»Weiter ...«, sagte die alte Frau ungeduldig. »Erzählen Sie doch weiter!«

»Ich gab ihm Wasser zu trinken«, sagte der Rote langsam. »Ranek war dankbar dafür. Früher konnte er mich nie leiden, aber in diesem Augenblick war er mir dankbar. Und ich gab ihm soviel Wasser zu trinken, wie er wollte, weil ich neugierig war und weil ich dachte, das Wasser würde seine Zunge lösen. Ich wollte wissen, was er erlebt hatte, wie es kam, daß ein Mensch in solch einem Zustand den weiten Weg von der Stadt bis hierher zurücklegen konnte. Wie gesagt, richtig reden konnte er nicht mehr, aber aus seinem Gestammel reimte ich mir schließlich die ganze Geschichte zusammen ... Sie waren auf Wohnungssuche, Ranek und die junge Frau, seine Schwägerin. Wie heißt sie doch gleich?«

»Debora«, sagte die Alte.

»Ach ja, Debora, stimmt«, murmelte der Rote. »Ich hab' ein schlechtes Gedächtnis für gewisse Namen, wissen Sie ... Die beiden haben alles mögliche versucht, konnten aber bei der Überfüllung der Wohnquartiere nirgends unterkommen. Als es spät wurde und zu dunkeln begann, versuchten sie es nochmals in der Wohnung eines Bekannten von Ranek – eines Schusters, der ihnen am selben Nachmittag schon einmal die Tür gewiesen hatte; Sie wissen ja, Ranek ist ein aufdringlicher Mensch, der sich nicht so leicht abweisen läßt. Ranek ging allein und ließ die Frau unten warten. Aber es bekam ihm diesmal schlecht; er wurde fürchterlich verprügelt; die Leute warfen ihn die Treppe runter und begossen ihn mit schmutzigem Wasser.«

Die Froschaugen glänzten schadenfroh. Sie streichelten mit ihrem Blick das haßverzerrte Gesicht der alten Frau. Sie haßt Ranek, dachte der Rote, sie haßt ihn so sehr, seitdem sie erfahren hat, was er damals mit ihrem Sohn gemacht hat. Das kann man ja verstehen.

»Debora hatte ein Kind bei sich«, fuhr der Rote fort. »Moisches Baby. Eine verrückte Idee von ihr, das Kind zu retten und mitzunehmen, bloß weil es hilflos ist. Aber sie war ja immer schon ein wenig übergeschnappt.«

Die alte Frau nickte. »Bei der ist 'ne Schraube locker«, sagte sie mit Überzeugung. »Ich hab' schon immer für ihren Verstand gefürchtet.« Sie fragte: »Was geschah, nachdem der Kerl verprügelt wurde?«

»In seiner Wut schob Ranek dem Baby die ganze Schuld zu, was natürlich Unsinn war, weil die beiden auch ohne das Kind keine Wohnung gefunden hätten. Ranek wollte das Baby erwürgen und es in den Rinnstein werfen, aber Debora ließ ihn nicht an das Kind ran. Als er einsah, daß er bei ihr nichts ausrichten konnte, ließ er das Kind in Ruhe ... In jener Nacht gingen sie in den Hof des Stadtbordells. Dort ist ein Keller. Den kenne ich zufällig. Ist 'n öffentliches Klosett. Ich ging nämlich auch manchmal hin, wenn ich dort in der Nähe war. Im Hof ist's jetzt zu kalt zum Schlafen, und unten im Kellerraum kann's kein Schwein aushalten, aber auf den Stufen kann man noch zur Not übernachten.«

»War denn dort Platz?«

»Im Sommer war die Treppe besetzt, jetzt nicht mehr, sind viele Leute gestorben oder weggezogen, weiß es nicht genau. Auf jeden Fall fanden sie dort einen Platz.«

»Könnten wir nicht auch dort hingehen? Das ist doch besser

als die Büsche.«

»Lieber nicht. Ich traue dem Ort nicht; man sagt zwar, daß das Hurengesindel die Leute beschützt, aber wissen Sie, es ist bestimmt kein Vergnügen, in nächster Nähe von soviel Polizei und Soldaten zu wohnen. Ist nichts für mich. Mich kriegen nachts keine zehn Pferde dorthin.«

»Sie werden's schon wissen«, sagte die Alte.

Der Rote nickte. Dann fing er wieder zu erzählen an: »Die Kellerleute nahmen Ranek und Debora in ihren Kreis auf. Die Sache war in Ordnung. So ist das; wenn genug Platz da ist, dann stellt kein Mensch irgendwelche Fragen. Die ersten paar Tage ging alles glatt, obwohl Ranek kurz nach dem Einzug umgefallen war, aber so was kümmert niemanden; das kommt jeden Tag vor, und da ist weiter nichts dabei. Erst als die Leute draufkamen, daß er Flecktyphusfieber hatte, ging das Theater los. Die Leute sagten zu Debora, daß sie und das Kind bleiben könnten; Ranek aber müßte aus dem Hof raus. Natürlich wollte Ranek nicht. Er wurde wieder verprügelt. Gehen konnte er nicht mehr. Und so zerrten sie ihn aus dem Hof und warfen ihn auf die Straße ... Debora blieb bei ihm. Sie half ihm auf und versuchte, ihn wegzuführen, damit er wenigstens nicht vor dem Bordell liegenblieb; er kam aber nicht mehr weit und brach wieder zusammen ... Ranek lag auf dem Trottoir. Stellen Sie sich das mal vor. Auf dem Trottoir in der Puschkinskaja. Bei dem fürchterlichen Gedränge. Und die Vorübergehenden sahen ihn nicht mal, denn die sehen so was nie. Wer guckt denn hin, wenn irgendwas auf der Straße liegt ... ein Hund, eine Katze oder ein Mensch? Er lag da wie ein krankes Tier, das vom Verkehr plattgetreten wird, wenn es nicht wegkriecht. Aber wohin hätte er kriechen sollen? Es war gerade um die Mittagszeit, und die Leute lungerten vor den Türen rum;

kein Mensch hätte ihn irgendwo reingelassen. Er wollte auf den Fahrweg kriechen, aber da war die Gefahr, unter die Wagenräder zu kommen und zerquetscht zu werden. Ranek legte sich also in den Rinnstein. Das war noch am sichersten. Debora ließ ihn einstweilen liegen und eilte in ihrer Verzweiflung zurück in den Keller, um die Leute nochmals um Mitleid anzubetteln; sie glaubte fest daran, daß die Leute sich letzten Endes doch erweichen lassen und Ranek wieder aufnehmen würden.«

Der Rote kratzte sich fortwährend am Hintern. Je mehr er mit seiner Schilderung in Schwung kam, desto stärkeres Darmjucken empfand er. Die Froschaugen glühten. Die alte Frau aber starrte nur auf seine großen Hände.

»Daß man immer Stuhldrang kriegt, wenn man was Trauriges erzählt«, sagte der Rote. »Ist das nicht komisch?«

»Ranek lief auch immer gleich auf die Latrine, wenn ihm was naheging«, sagte die Alte. »Sie sollten's ihm nicht nachmachen.«

»Mir geht's aber nicht nah«, sagte der Rote.

»Dann hören Sie endlich mit dem Gekratze auf«, zischte die Alte. »Was war dann? Erzählen Sie! Ich will es wissen. Was war dann?«

»Gerade als Debora weg war, kam ein Leichenwagen vorbei. Sie wissen doch, daß man jetzt auch die Halbtoten auflädt? Der Kutscher hielt also an der Stelle an, wo Ranek lag ... die sind doch Fachleute ... sind immer gleich im Bild. Man hat nicht viel Faxen mit ihm gemacht. Ranek wurde aufgeladen. Er fuhr eine lange Strecke mit. Später raffte er sich nochmals auf und arbeitete sich aus dem Leichenhaufen raus. Sie wissen ja, wie das ist? Angst verleiht einem übermenschliche Kräfte. Ranek hatte Glück. Der Wagen schaukelte nämlich hier in der Nähe vorbei; muß aus irgendeinem Grund 'nen Umweg gemacht haben; war wahrscheinlich noch nicht ganz voll und wollte noch 'n paar Tote aus den Straßengräben mitnehmen.« Der Rote zeigte in eine ungewisse Richtung. »Dort unten, wo die Straßenkreuzung ist, ließ Ranek sich runterfallen. Er schaffte es dann noch bis ins Nachtasyl.«

»Finden Sie das nicht sonderbar, daß Ranek sich ausgerechnet in das Loch unter der Treppe gelegt hat? Dort, wo mein Sohn und dann Fred lag ... so, als könnte er nur dort krepieren, nur dort unter der Treppe?«

»Das ist reiner Zufall«, sagte der Rote. »Ranek hatte Schüttelfrost, und er wollte nicht im Hof liegenbleiben. Er wollte ins obere Treppenhaus, weil's dort wärmer ist als draußen im Wind. Er kroch in den Hausflur, konnte aber nicht mehr die Treppe rauf. Und deshalb legte er sich in das Loch.«

Die beiden gingen zurück in den Hausflur.

»Ich muß mal ins Zimmer rauf!« sagte der Rote plötzlich. Er ließ die verdutzte Alte stehen und schlurfte auf die Treppe zu. Dann nahm er sich ein Herz und ging hinauf. Unten rief die Alte: »Um Gottes willen, kommen Sie zurück!« Aber er hörte nicht auf sie, denn diesmal wollte er sich die Gelegenheit nicht entgehen lassen, um seine letzten Habseligkeiten aus dem Zimmer zu holen: die Puppe Mia, das Halsband mit den drei Zähnen und ein altes Tuch, das ebenfalls über dem Ofenrohr hing. Er hatte die Sachen in den letzten, panischen Minuten des Auszugs vergessen und später einfach nicht mehr den Mut aufgebracht, sie zu holen. Er würde die Tür nur einen Spalt weit aufmachen ... es war ja zu gefährlich, ins Zimmer zu treten ... und er würde sich die Sachen vorsichtig mit einem Arm herausangeln.

Als er oben angelangt war, stellte er fest, daß die Tür nicht aufging.

»Teufel noch mal!« fluchte er. »Was ist denn das? Na, so was …« Die Leichen versperrten die Tür von innen, und er hätte sich jetzt gegen das morsche Holz stemmen müssen, um sie aufzubrechen. Er verspürte blinde Wut. Ihm war, als spielten ihm die Leichen einen üblen Streich, als wären sie absichtlich vor der Tür zusammengebrochen, damit er nicht mehr ins Zimmer konnte. »Verdammt!« fluchte er. »Ihr Saukerle … ich werd' euch zeigen, daß mit mir nicht zu spaßen ist …« Und er war schon im Begriff, mit einem Satz gegen die widerspenstige Tür anzurennen – so kochte es in ihm –, als er plötzlich wieder die alte Frau rufen hörte und innehielt.

»Was wollen Sie?«

»Bloß wissen, mit wem Sie dort oben sprechen?« fragte die Alte.

»Mit niemandem«, grunzte der Rote.

»Mit den Toten«, kam es lachend von unten.

»Ja, mit den Toten«, rief er wütend zurück. Er stand unschlüssig vor der Tür und dachte: Mach's nicht, mach's lieber nicht; du wirst die Sachen eben ein anderes Mal holen. Hatte er auf einmal Angst, das Zimmer wiederzusehen? Du mußt ja nicht hingucken, dachte er. Steck nur den Arm durch den Spalt und guck nicht hin.

Er brachte es plötzlich nicht mehr über sich. Noch einmal hämmerte er mit den Fäusten gegen die versperrte Tür.

Dann kehrte er um.

»Warum sind Sie nicht reingegangen?« fragte ihn die Alte, als er wieder neben ihr stand.

»Weil ich mir's anders überlegt hab'«, antwortete er kurz angebunden.

»Sie wollten Ihre Sachen holen, nicht wahr?«

»Ja.«

»Vor allem die Puppe, wie?«

»Ja, die ganz besonders.«

Die Alte kicherte höhnisch. »Wie konnten Sie nur die Puppe Mia dort drinnen vergessen?«

»Ich weiß nicht, hab' sie eben vergessen.«

»Schade. War 'n schönes Andenken.« Sie lachte herzhaft. »Von Ihrer Tochter, nicht wahr? Die man in den Dnjestr geschmissen hat?«

Der Rote hob die Hand, als wollte er der Alten über den giftigen Mund schlagen, aber er tat es nicht; er drehte sich brüsk um, stürzte auf die Treppe zu und stillte seine Wut an Ranek. Er trat ihn einige Male auf den Rücken, schnaufend, fluchend; er trat ihn so lange, bis er sich die Zehen verstauchte und aufhören mußte. Die alte Frau war dem Roten nachgeschlichen. Sie lachte jetzt nicht mehr. »Gut«, sagte sie, »gut; man müßte ihn tottreten … so ein Schwein.« Sie beugte sich tief herab und steckte den grauen Kopf in das Loch hinein, weil's ihr sonderbar schien, daß Ranek nicht geschrien hatte … er hatte sich auch nicht bewegt … er hatte überhaupt nicht reagiert; aber als sie sich dann etwas später wieder aufrichtete, sagte sie: »Er atmet noch.«

»Ja, ich weiß.« Die Stimme des Roten wurde jetzt leise: »Ranek trug einen Beutel auf dem Rücken. Der Beutel war so gut festgebunden, daß er ihn nicht mal auf dem Leichenwagen verloren hatte. Es war Fleisch drin. Ich hab's ihm weggenommen; er braucht es doch nicht mehr.«

»Was für Fleisch?«

»Weiß nicht, Fleisch. Debora und er hatten nicht viel davon gegessen; war 'n Riesenstück, sah aus wie Lamm, aber der Kopf hat gefehlt und auch die Beine.«

»Wo ist es?«

»Ich hab's versteckt«, sagte der Rote geheimnisvoll.

»Geben Sie mir was davon?«

»Sie können mich am Arsch lecken.«

»Ich meine nur«, sagte die Alte zögernd, »weil ... weil Ranek mir doch was schuldet.«

Der Rote lachte und schüttelte den Kopf, und dann sagte er wieder: »Sie können mich am Arsch lecken.«

Er kniete jetzt vor dem Loch nieder, und eine Weile horchte er stumm auf Raneks rasselnden Atem, genauso wie's die Alte gemacht hatte. Dann aber kroch er ein Stück weiter. Seine großen Hände betasteten Raneks Fußlappen. Gestern hast du's nicht machen wollen, dachte er, weil er noch zu munter war. Aber jetzt kannst du's ruhig machen. Natürlich. Der Alten wird das sogar ganz recht sein. Ranek hat es nicht besser verdient.

Mit phlegmatischen Bewegungen knotete er die Bindfäden auf und rollte sie zusammen, und dann wickelte er die Lappen vorsichtig ab. Er blickte nicht lange auf die nackten, grauen Füße. Füße, dachte er. So wie Füße eben aussehen.

Dann kroch er wieder zurück ans andere Ende der Mauer, hob den Hut vom Boden auf und hielt ihn prüfend gegen das fahle Licht. Grinsend sagte er zu der alten Frau: »Den Hut hätt' ich beinahe vergessen.«

»Geben Sie mir doch was von dem Fleisch«, bat die alte Frau, »geben Sie mir doch was davon ... geben Sie mir doch was davon.«

8

Die Mittagssonne stand hoch über der schlammigen Puschkinskaja; ihre Strahlen aber waren ohne Kraft und erweckten in den
Menschen nur die schmerzliche Sehnsucht nach Wärme. Die
Pfützen schillerten bunt; sie zeigten die Farben des Regenbo-
gens. Vor einem Haustor spielte ein Kind. Es spielte mit dem
aufgelösten, weichen, welligen Haar einer Frauenleiche, die am
Vormittag aus dem Fenster geworfen worden war. Die Leiche
war nicht geplatzt, denn es war ein niedriges Fenster, eine jener
gemütlichen Einrichtungen, die nur dafür dazusein schienen, um
an der Brüstung zu lehnen und den Leuten vor dem Haus guten
Tag zu wünschen und mit ihnen über das Wetter zu plaudern.
Soeben beugte sich ein kahlköpfiger Mann heraus und schüttete
einen Eimer Wasser auf die Straße. Das Kind – noch rührig und
behende – sprang lachend zur Seite und freute sich darüber, wie
gut der Mann am Fenster gezielt hatte, denn die Leiche hatte sich
komischerweise von dem seitwärts unter ihren Rippen aufplat-
schenden Wasserstrahl umgedreht, eine Bewegung, die Tote
sonst nicht zu machen pflegen. Das Kind wartete. Es dachte:
Ob sie wohl jetzt aufstehen wird? Es war logisch, denn wenn
sich jemand umdrehen konnte, warum sollte es da nicht auch
mit dem Aufstehen gehen? Als jedoch nichts geschah, hob das
enttäuschte Kind einen platten Stein auf und warf ihn ärgerlich
auf den starren Körper.

Wieder erschien ein Kahlkopf am Fenster, aber es war nicht
derselbe, der das Wasser ausgeschüttet hatte.

»Komm rauf, Lina!« schrie er zu dem Kind herunter.

»Nein, Papa, ich will noch nicht raufkommen«, rief das Kind,
»ich will noch ein bißchen spielen.«

»Na, wird's bald!« schrie der Mann. »Oder soll ich runterkommen? Dann wirst du aber was erleben!«

»Gut, ich komm' ja schon«, rief das Kind ängstlich, und dann verschwand es eilig im Haustor.

Jetzt trat eine dicke Frau ans Fenster.

»Warum gehen Sie nicht mit Lina spazieren?« fragte sie freundlich. »Ein bißchen Sonne würde Ihnen ganz gut tun.«

»Sie haben ganz recht«, erwiderte der Kahlkopf, »ich hab' auch schon dran gedacht, aber Sie wissen ja, wie das ist – die Straßen sind jetzt naß und schlammig.«

»Empfindliche Füße, wie?«

»Nein, das nicht; aber neue Schuhe, ich will sie nicht ruinieren.«

Die Frau nickte verständnisvoll. Dann näherte sie ihren Mund vorsichtig seinem Ohr und flüsterte: »Man hat heut wieder ein paar Polizisten abgebaut. Haben Sie das auch gehört?«

Der Kahlkopf nickte.

»Ja, ich hab's gehört.«

»Passen Sie auf. Demnächst werden noch mehr entlassen. Und wissen Sie, was das bedeutet?«

»Natürlich«, sagte der Kahlkopf, »das bedeutet, daß sich die Lage im Getto vollkommen beruhigt hat.«

Auf der anderen Seite des Trottoirs stand ein Liebespaar. Es unterhielt sich angeregt. Jetzt kam es langsam über die Straße geschlendert: ein junger Mann mit einem sommersprossigen, noch verhältnismäßig glatten Gesicht und eine alte Frau, die eine Totenmaske auf den Schultern trug. Die Alte hatte sich zärtlich in den Arm des jungen Mannes gehängt und trottete watschelnd neben ihm her.

Seit ihrer Begegnung, unlängst, im leeren Hof des Nachtasyls, waren der Rote und die alte Levi öfters zusammen. An diesem Umstand mochte die Einsamkeit schuld sein, an der sie beide in letzter Zeit mehr litten als jemals zuvor. Der Rote sah verändert aus, seit er Raneks Hut trug; vielleicht, weil man dadurch den roten Haarschopf, an den man gewöhnt war und der ihn zu verkörpern schien, nun nicht mehr zu sehen bekam. Der Hut paßte ihm besser als Ranek. Er war ihm nicht zu groß und saß windfest und wie angegossen auf seinem Schädel, so als wäre er seit jeher für ihn bestimmt gewesen.

Als der Rote jetzt die Leiche unter dem Fenster erblickte, blieb er gedankenverloren stehen und murmelte bewundernd: »Diese Brüste ... sehen Sie nur ... diese Brüste ...«

»Als ob sie noch Muttermilch enthielten«, sagte die alte Frau, »es ist ein Jammer.«

Der Rote nickte. Er schürzte seine Lippen und sammelte Speichel auf seiner Zunge, spuckte aber nicht aus und schluckte seine Empfindungen herunter. Die Alte zog ihn schnell von der Leiche fort und flüsterte ihm ein schamhaftes Wort zu, und dabei knöpfte sie ihr Kleid an den oberen Knöpfen auf und zeigte ihm ihre eigenen Brüste. Wieder nickte der Rote; er lachte jetzt leise ... die wimperlosen Froschaugen traten etwas aus den Höhlen und wirkten auf einmal wie zwei runde Glasknöpfe.

»Ich gebe mich sonst nicht so ohne weiteres einem Mann hin«, sagte die alte Frau, »aber weil Sie's sind ...«

»Weil Sie was von Raneks Fleisch abkriegen wollen«, grinste der Rote.

»Ranek schuldet es mir«, beharrte die Alte.

»Ich hab' nicht mehr viel davon«, wich der Rote aus.

»Bitte ...«, sagte die Alte, und sie wiederholte verbissen: »Ranek schuldet es mir.«

»Ihr Weiber seid doch alle gleich«, sagte der Rote ärgerlich, »immer wollt ihr aus der Liebe ein Geschäft machen, als ob so was 'n Geschäft wäre, immer seid ihr gleich dabei, wenn's darum geht, den Männern das Blut abzuzapfen.« Und er dachte für sich: Sogar wenn das Gesindel schon wie alte Pappe aussieht und nach ranziger Butter stinkt … sogar dann denkt's noch an Profit. »Verflucht«, sagte er, »ich scher' mich den Teufel drum, ob Ranek Ihnen was schuldet oder nicht.«

Die Alte sagte nichts mehr. Sie schielte ihn bloß vielsagend von der Seite an. Sie glaubte zwar nicht daran, daß er wirklich nach einer Frau ausgehungert war, aber sie wußte, daß die lange Abstinenz ihn neugierig gemacht hatte, und Neugierde war eine Schwäche, die leicht auszunützen war. Sie würde ihn schon rumkriegen. Er würde nachgeben. Der Gedanke an die Mahlzeit machte sie schwanken. Sie klammerte sich fester an seinen Arm und versuchte nicht daran zu denken. Aber umsonst. Sie merkte plötzlich, daß sie am ganzen Körper zitterte.

»Glauben Sie, daß Ranek schon tot ist?« fragte der Rote.

»Ich weiß nicht«, sagte sie mit halberstickter Stimme und dachte an das Fleisch.

»Er wird noch nicht gestorben sein«, sagte der Rote nachdenklich, »weil er doch nicht mal 'ne Woche unter der Treppe liegt … und so ein zäher Kerl wie er braucht 'n bißchen länger zum Krepieren.« Er rechnete: »Erst vier Tage sind's her.«

Mittlerweile beruhigte sich die Alte. Nicht schlappmachen, dachte sie, nicht schlappmachen; heute abend wirst du tüchtig fressen, der Rote wird dich nicht fallenlassen. Sie wickelte den warmen Schal, den der Wind gelockert hatte, fester um den Hals, blinzelte in den matten Sonnenschein und spürte, wie sie wieder zuversichtlich wurde.

»Wie bitter kalt es vorige Woche war«, sagte sie, »und heute dieses sonnige, frische Wetter, als wär's 'n früher Oktobertag. Ist das nicht erstaunlich bei dieser fortgeschrittenen Jahreszeit?«

»Ja, natürlich«, sagte der Rote zerstreut.

»Vielleicht ist's ein Gotteszeichen?« lächelte die Alte, »ein Gotteszeichen, wie der Frieden, der jetzt in der Stadt herrscht.«

»Vielleicht«, murmelte der Rote.

Als sie an der Ecke der Puschkinskaja anlangten, flüsterte die Alte: »Komisch, daß man den Zigarettenjungen nicht mehr sieht; der stand doch immer hier. Und die kleine Ljuba ... so 'n süßes Mädchen, die kleine Ljuba, nicht wahr?«

»Die sind doch im Nachtasyl geblieben.«

»Das wußte ich nicht«, sagte die Alte betroffen, und sie fügte hastig hinzu: »Man kann sich schließlich nicht alle merken, die dort geblieben sind, und die, die nicht geblieben sind.«

Der Rote zog sie mürrisch über den Basar. Sie schlugen den Weg zum Nachtasyl ein. Plötzlich fing der Rote an, schneller zu gehen, als befürchte er, etwas Wichtiges zu verpassen.

»Warum haben Sie's auf einmal so eilig?«

»Vielleicht ist Ranek inzwischen doch krepiert?« sagte der Rote, dessen mißtrauische Natur sich mit den früheren Spekulationen nicht abzufinden vermochte. »Wenn's so ist und es jemandem einfällt, die Zähne zu klauen, ehe ich ...«

»Unsinn.« Die Alte lachte auf. »Raneks Zähne? Er hat doch bloß faule Stümpfe gehabt.«

»Kein Unsinn. Wissen Sie, manchmal hat Ranek sich so komisch benommen, als ob er irgendein Geheimnis mit sich herumtrage ...«

»Ein Geheimnis?«

Der Rote nickte. »Ich könnte wer weiß was wetten, daß

irgendwo in einem seiner faulen Stümpfe 'ne alte Goldplombe sitzt.«

»Das hätten Sie schon längst kontrollieren können«, sagte die Alte spöttisch.

Der Rote verlangsamte seinen Schritt nicht. Sein Gesicht zuckte nervös. Die Alte torkelte keuchend neben ihm her; sie schimpfte fortwährend: »Rennen Sie doch nicht so, rennen Sie doch nicht so.«

Der Rote hatte sich nicht von ihr aufhalten lassen und war inzwischen vorausgegangen; sie hatte ihn dann aus den Augen verloren.

Als sie später im Hof des Nachtasyls anlangte, sah sie den Roten im Gerümpel herumstöbern.

»Na endlich«, rief er.

Die Alte schlurfte heran. »Sie haben eben noch junge Beine«, grinste sie.

»Wissen Sie nicht, wo Ranek damals den Hammer versteckt hat? Ich suche ihn schon 'ne ganze Weile und kann ihn nicht finden.«

»Liegt bestimmt unterm Gerümpel. Suchen Sie nur weiter.«

Sie fragte: »Ist Ranek schon tot?«

Der Rote nickte. Er verschwieg, daß er Debora im Hausflur gesehen hatte. Er sagte jetzt nur: »Wollte vorhin seine Zähne kontrollieren, aber konnte den Mund nicht aufkriegen. Muß es mit dem Hammer machen.«

9

Die Alte trat allein durch den Eingang der Ruine. Da sie aus dem hellen Sonnenlicht kam, konnten sich ihre Augen nicht sogleich an den düsteren Hausflur gewöhnen. Sie tapste ungeschickt vorwärts, beide Arme weit ausgestreckt. Der Schlamm im Hausflur war noch nicht ausgetrocknet, obwohl es seit vorgestern nicht mehr geregnet hatte; es gluckste unter ihren Füßen, als würde sie über den Moosboden einer verregneten Heide gehen – ein leises, gurgelndes Geräusch. Erst als sie an die wacklige Treppe anstieß, bemerkte sie eine Frauengestalt, die stumm neben dem Toten kauerte. Sie erkannte sie nicht gleich, aber sie wußte auf einmal, daß es nur Debora sein konnte.

Debora wandte langsam den Kopf um. Ihr Haar war seit langem nicht mehr gekämmt worden und fiel in strähnigen Flechten über ihr bleiches Gesicht.

»Zu spät«, flüsterte sie, »zu spät.«

»Sie hätten ihm nicht mehr helfen können, auch nicht, wenn Sie früher gekommen wären«, sagte die Alte kalt. Sie lehnte sich schwerfällig ans Treppengeländer. Geschieht ihm recht, dachte sie gehässig, geschieht ihm recht.

Es kam der alten Frau vor, als wehten plötzlich Nebelschwaden in den Hausflur hinein, und sie spürte, daß ihr Blick sich wieder verschleierte; die kauernde Gestalt wurde undeutlicher; der eisgraue Nebel hüllte sie vollkommen ein; aber daran waren wohl nur ihre trüben, schmerzenden Augen schuld. Du wirst alt, dachte sie, da kann man nichts machen … und die vielen Monate, an denen man Abend für Abend bei einer kleinen Öllampe saß, haben deine Augen auch nicht besser gemacht.

Jetzt vernahm die alte Frau ein leises Wimmern. Es schien aus der nassen Erde aufzusteigen, geisterhaft, unwirklich, als ob die Erde eine Stimme hätte. Dann merkte sie, daß es nur das Kind war. Es war von Deboras Schoß heruntergeglitten und lag jetzt neben dem Toten.

Na, so was, dachte die alte Frau erstaunt; die schleppt es also immer noch mit sich rum.

»Ich habe Ranek tagelang gesucht«, sagte Debora jetzt zu ihr, »wie verrückt hab' ich ihn gesucht, aber wie konnte ich denn wissen, daß Ranek hierher zurückkehren würde; daran hätte doch kein Mensch gedacht.«

»Es war ihm bestimmt, unter der Treppe zu krepieren«, zischte die Alte boshaft, »so wie sein Bruder und so wie mein Sohn … mein Sohn … unter dieser verfluchten Treppe; ja, es war ihm bestimmt, glauben Sie's mir.«

Die Alte begann heiser zu lachen; sie schüttelte das knarrende Treppengeländer und beugte den Kopf zurück, und dabei hielt sie den zahnlosen Mund weit offen.

Debora verhielt sich still. Sie wartete, bis der Lachanfall der Alten vorüberging; dann sagte sie tonlos: »Man hat Ranek ermordet. Wissen Sie, wer es war?«

Die Alte zuckte zusammen. »Was … was fällt Ihnen denn ein … Ranek war sehr krank. Er hat Flecktyphus gehabt. Das wissen Sie doch.«

»Ranek hatte Fleisch bei sich«, sagte Debora. »Man hat's ihm gestohlen, denn sonst wäre der Beutel mit den Resten noch da; aber der ist weg. Ranek wäre nicht so schnell gestorben, wenn er etwas zu essen gehabt hätte.«

»Unsinn. Was soll das heißen: zu schnell gestorben?«

»Noch vor dem Eintritt der Flecktyphuskrise«, sagte Debora leise. »Ich habe die Tage seit seiner Krankheit gezählt. Es kann noch nicht die Krise gewesen sein.«

»Vielleicht hat er 'ne Gehirnkomplikation gekriegt«, meinte die Alte unsicher, »so was hängt ja angeblich auch mit dem Flecktyphus zusammen, oder es war bloß die nasse Erde … und die hat ihn vorzeitig umgebracht; das kann ja sein?«

»Nein. Er ist verhungert. Ich bin ganz sicher. Er ist verhungert.«

Die Alte verzog höhnisch den Mund. »Woher wissen Sie so genau, was die Todesursache war? Heutzutage kennen sich nicht mal die Ärzte mehr aus.«

»Man hat ihn ermordet! Man hat ihn einfach verhungern lassen!«

»Denken Sie nicht mehr dran«, sagte die Alte tröstend. »Es ist doch egal, woran er gestorben ist. Tot ist tot. Und sie modern alle gleich.« Sie beugte sich unwillkürlich vorwärts; sie hatte das Geländer losgelassen, und ihre runzeligen Hände tasteten über Deboras Gesicht. »Sie haben geweint«, murmelte sie.

»Ich habe nicht geweint«, sagte Debora leise.

»Doch«, sagte die alte Frau. »Ihr Gesicht ist ja noch feucht davon.«

»Ich habe Gott gebeten, daß er wenigstens ihn am Leben lassen soll. Wenn Sie wüßten, wie sehr ich gebetet habe …«

»Ich weiß … ich weiß … Sie haben für ihn gebetet. Aber Sie sehen ja, was es genützt hat.«

»Ich wollte nicht allein bleiben«, flüsterte Debora.

»Niemand will allein bleiben«, sagte die Alte kalt.

»Ranek war gut zu mir«, flüsterte Debora.

Die Alte nickte. Er war nur ein verkommenes Schwein, dachte sie, aber eines muß man ja zugeben: Er war gut zu Debora.

»Ranek hat Sie geliebt«, sagte die alte Frau jetzt nachdenklich.

»Er hat das nie zugegeben, aber ich habe es immer schon gewußt, Debora.« Sie versuchte zu lächeln, aber es gelang ihr nicht. »Ich hab's gewußt«, sagte sie, »bloß hab' ich mir's nie erklären können, weil er doch einer war, dessen Glauben man zerstört hatte, den Glauben an Gott, Debora, und den Glauben an die Menschen, einer, dem dann nichts mehr heilig war ... und weil ich mir gesagt habe: So einer wie der ist gar nicht mehr fähig zu lieben. Aber Hofer hat eben doch recht gehabt.«

»Recht gehabt?« flüsterte Debora. »Was hat Hofer denn gesagt?«

»Nur die Toten können nicht mehr lieben ... hat er gesagt.«

Die alte Frau schielte angestrengt über Deboras Kopf hinweg in das schwarze Loch unter der Treppe, und sie dachte jetzt wieder daran, was Ranek an ihrem Sohn verbrochen hatte, als er sterbend und wehrlos im Hausflur lag, aber sie dachte dann auch daran, daß Ranek gut zu Debora gewesen war, und sie empfand in diesem Moment eine sonderbare Verwirrung, und sie wußte nicht mehr, ob sie den Toten verfluchen oder ob sie ihm verzeihen sollte.

»Ich habe euch beide oft beobachtet«, sagte sie dann langsam zu Debora. »Besonders in den letzten Tagen im Nachtasyl. Am Abend seid ihr immer am Feuer gesessen ... und manchmal ... wenn es spät wurde ... sind Sie in Raneks Armen eingeschlafen.« Die Alte grinste versonnen. »Ranek hat nicht gewagt aufzustehen. Ich entsinne mich. Er ist still dagesessen, und nur seine Hände haben sich leise bewegt. Seine Hände haben Ihr Haar gestreichelt, Debora. Immer wieder haben sie es gestreichelt. Immer wieder und immer wieder. Und da hab' ich zu mir gesagt: Soviel Zärtlichkeit hätt'st du dem dreckigen Kerl gar nicht zugetraut. Und ich hab' zu mir gesagt: Debora ist glücklich. Und ich hab' mich ein bißchen gewundert, wissen Sie. Aber dann hab' ich zu mir gesagt: Glück gibt es auch hier bei uns. Es gibt noch das Glück der Frierenden, die eine warme Decke finden. Und das Glück der Hungrigen, die Brot finden. Und das Glück der Einsamen, die Liebe finden.«

Die alte Frau sagte nun nichts mehr, obwohl es noch vieles gab, was sie gern gesagt hätte, um die Zeit totzuschlagen, bis der Rote mit dem Hammer kommen würde; aber sie wußte, daß Debora ihr nicht mehr zuhörte. Debora war noch näher an den Toten herangekrochen, und ihre Knie berührten seine Jacke. Die Alte hörte sie flüstern, aber es war so leise, daß sie nichts davon verstand. Vielleicht betet Debora, dachte sie. Oder vielleicht auch nicht. Vielleicht ist es nur ein letztes Geständnis, etwas, was sie dem Toten sagen muß, weil sie es vorher nicht konnte ... und wenn es so ist, dann geht es dich nichts an.

Das Kind hatte die ganze Zeit gewimmert. Nun war es still. Es war sanft neben dem Toten eingeschlafen. Debora nahm es jetzt in ihre Arme und erhob sich. Sie wollte an der Alten vorbei, aber diese vertrat ihr plötzlich energisch den Weg. »Warum lassen Sie das Kind nicht einfach hier liegen?« krächzte sie. »Wen kümmert es, wenn es krepiert? Später, wenn der Leichenwagen kommt, werde ich es mit Stricken an Ranek festbinden, damit es nicht übersehen wird. Nun, wie ist's?«

»Nein«, sagte Debora hart. »Nein.«

»Nehmen Sie doch Vernunft an. Der Krieg ist eines Tages vorbei. Allein werden Sie vielleicht durchhalten. Mit dem Kind ... nie.«

»Ich habe Moische versprochen, daß ich das Kind rette«, sagte Debora, die entgeistert in das Gesicht der alten Frau starrte, als erblicke sie dort die zu Leib gewordene Sünde.

»Versprochen«, äffte die Alte sie höhnisch nach, »versprochen ... versprochen, das Kind zu retten, als ob Sie sich dafür was kaufen könnten. So eine Dummheit!«

Die Alte spuckte verächtlich auf den Sack, in dem das Kind eingewickelt war. Debora ist nicht mehr ganz richtig im Kopf, dachte sie. Natürlich. Du hast's ja auch unlängst zum Roten gesagt: Bei der ist 'ne Schraube locker.

»Es ist doch nur ein dreckiger Wurm«, zischte sie, »ein dreckiger Wurm, der niemandem was nützt.«

»Lassen Sie mich gehen. Bitte, lassen Sie mich jetzt gehen.«

»Hören Sie auf mich! Ich mein's doch gut mit Ihnen. Was Sie da tun, das ist ja Wahnsinn. Das ist ja Wahnsinn!«

Debora dachte einen flüchtigen Moment daran, die Alte mit Gewalt zur Seite zu stoßen und fortzulaufen, nur um so schnell wie möglich aus dem Hausflur herauszukommen, aber sie spürte plötzlich, daß ihr nicht gut war; sie fühlte das bekannte Sausen im Kopf, ihre Knie drohten nachzugeben, und ohne es zu wollen, machte sie ein paar taumelnde Schritte auf die Treppe zu und setzte sich erschöpft hin.

Die Alte wich nicht von ihrer Seite. »Armes Ding«, flüsterte sie, und ihre Stimme hatte jetzt einen leisen Anflug von Mitleid, »armes, armes Ding. Wohin wollen Sie eigentlich mit dem Kind? In die Büsche?«

»Nicht in die Büsche«, hauchte Debora.

»Dann werden wir uns wahrscheinlich gar nicht mehr wiedersehen«, sagte die Alte, und sie grinste mit verzerrtem Mund. »Oder wir sehen uns doch noch mal, was?«

»Vielleicht«, sagte Debora tonlos.

»Irgendwo«, sagte die Alte, »wer weiß ... vielleicht eines Tages hier im Nachtasyl oder auf der Straße oder auf dem Friedhof?

Aber richtige Friedhöfe gibt's doch auch nicht mehr, nicht wahr?«
Sie kicherte eine Weile vor sich hin. Und dann wischte sie sich
mit ihren schmutzigen Händen über die alten Augen, weil sie
wieder zu triefen anfingen. Der verfluchte Nebel, dachte sie ...
der verfluchte Nebel ... und du hättest doch so gern noch mal
Deboras Gesicht gesehen, ihr Gesicht, von dem Ranek immer zu
sagen pflegte, es sähe aus wie das einer Heiligen. Schade, daß sie
so verrückt ist.

Die Alte fuhr plötzlich zusammen, und auch Debora hob
den Kopf. Im Gang waren Schritte vernehmbar. Der Rote kam
wieder zurück. Er hatte den Hammer gefunden. Er hielt ihn in
der Hand und schlenkerte damit.

Der Rote beachtete Debora gar nicht. Er starrte nur den Toten
an; dann drehte er sich ruckartig um. In seinen Froschaugen
leuchtete es hell auf. Er zerrte die alte Frau von der Treppe weg
und stieß sie gegen die rissige Mauer.

»Was tun Sie?« keifte die Alte.

»Jetzt hat's Zeit mit Raneks Zähnen«, grinste der Rote,
während er den rostigen Hammer gleichmütig unter seine Jacke
schob, »ich war bloß vorhin auf der Straße so ungeduldig, wissen
Sie; manchmal reißt es einem an den Nerven, aber Ranek läuft
mir nun nicht mehr davon.«

Er hob der alten Frau das Kleid hoch, und seine haarigen
Hände fuhren gierig über ihre nackte, vertrocknete Haut. »Sie
kriegen das Fleisch nachher«, lachte er. Dann riß er ihr das Kleid
mit hastigen Bewegungen vom Leib und warf sie auf den Boden.
Die alte Frau wehrte sich verzweifelt. »Nicht hier!« keuchte sie,
»nicht doch ... nicht hier neben dem Toten.«

Debora ging stumm an dem Paar vorbei, das ineinander
verkrampft sich wie das Vieh auf der Erde wälzte. Ihre Kehle

war ausgetrocknet, ihr ganzer Körper schmerzte, als wäre er eine einzige, große, offene Wunde. Wie tief war der Mensch gesunken! Wie sehr hatte man ihn erniedrigt! Sie wollte zurückblicken, um Ranek ein letztes Mal zu sehen, aber sie konnte jetzt nicht. Das Lachen des Roten schallte ihr heiser aus dem Hausflur nach, und es kam ihr plötzlich vor, als stimme auch der Tote unter der Treppe in dieses Gelächter ein.

Sie schritt benommen über den leeren Hof; ihr war, als träume sie einen Alptraum mit offenen Augen. Der Wind wehte von der Straßenseite schräg gegen den morschen, wetterzerfressenen Zaun; da war das vertraute Geräusch der klappernden, zitternden Bretter, und vis-à-vis vom Bahnhof, wo noch immer gebaut wurde, erklang das schwere Dröhnen der Aufschlaghämmer und das Kreischen der Holzsägen.

Auf der Straße blieb sie zögernd stehen. Wohin? dachte sie. Wohin jetzt? Dann kam ihr ein Gedanke, und sie schwenkte rechts ab.

Sie hatte das Gefühl, durch eine große Einöde zu gehen. Im Geist hörte sie wieder den Toten lachen, und ihr schien, als blickten seine Augen sie vorwurfsvoll aus dem grauen Schlamm der Straße an. Nach und nach aber hörte der Spuk auf, das Lachen erstarb, und auch die Augen im Schlamm verschwanden und quälten sie nicht mehr. Es war dann nur noch der Wind da und die Einsamkeit der Straße. Ich bin noch nicht verrückt, dachte sie; ich wußte es doch … ich wußte es doch. »Gott, hilf mir jetzt weiter«, flüsterte sie inbrünstig. »Laß mich jetzt nicht an Ranek denken. Ich kann doch nichts mehr für ihn tun. Ich kann nicht mal die Totenträger bezahlen, damit sie ihn von dort wegholen. Und ich brauche jetzt einen klaren Kopf. Ich hab' doch das Kind bei mir. Und ich muß heut nacht noch Unterkunft finden. Und es gibt so viele andere, lebenswichtige Dinge, an die ich jetzt denken muß.«

Das Kind räkelte sich schlaftrunken in ihrem Arm. Dieses leise Sichbewegen ließ sie von der Straße aufblicken, und sekundenlang schaute sie wie gebannt auf das winzige, friedliche Antlitz. »Wir werden nicht mehr dorthin zurückkehren«, sagte sie zu dem Kind. »Ranek braucht mich nicht mehr, und außerdem ist es besser, wenn ich nicht mit ansehen muß, wie sie ihn, zusammen mit den anderen, auf den großen Karren packen.«

Sie stolperte. Sie raffte sich wieder auf. Das Kind erwachte. Es schlug die Augen auf, und sein kleines, graues Gesicht verzerrte sich zu einem Lachen. Dann schlief es wieder ein.

Debora drückte das Kind fester an sich, als fürchte sie, es zu verlieren. »Wir werden jetzt in den Bordellhof gehen«, sagte sie zu dem Kind. »Und dort werden wir uns wieder auf die Kellertreppe setzen. Man wird uns nicht fortjagen, so wie man ihn fortgejagt hat. Wir beide sind doch gesund! Heut nacht wird es nicht sehr kalt sein, und morgen früh werden wir ein besseres Quartier suchen. Du brauchst keine Angst zu haben. Wir werden bestimmt etwas finden. Und ich werde auch etwas zu essen auftreiben.« Debora lächelte. »Du brauchst keine Angst zu haben«, sagte sie wieder. »Mutter wird auf dich aufpassen.«

CPSIA information can be obtained
at www.ICGtesting.com
Printed in the USA
LVHW092135090119
603385LV00001B/105/P

9 783943 334517